허수아비

사마의 망자들

THE SCARECROW

허수아비 사막의 망자들

마이클 코넬리 지음
이창식 옮김

MICHAEL CONNELLY
The Scarecrow

RHK
알에이치코리아

Media Review

"코넬리는 비단 크라임 픽션 팬들만을 위한 보물이 아니다. 그는 인간을 읽을 줄 아는 작가다."_크라임스프리 매거진

"《허수아비》의 이 근사한 시도야말로 마이클 코넬리가 왜 오늘날 최고의 크라임 스릴러 작가로 군림할 수밖에 없는지 상기시킨다."_퍼블리셔스 위클리

"코넬리의 걸출한 캐릭터 해리 보슈의 광팬들마저도 보슈가 등장하지 않는 이 작품을 코넬리의 최고작으로 인정할지도 모른다."_북리스트

"첫 페이지부터 마지막 페이지까지 사로잡힐 수밖에 없었다. 코넬리는 생생한 캐릭터를 만들어내는 놀라운 능력을 가지고 있다. 단연코 10점 만점에 10점이다."_북로지스트닷컴

"마이클 코넬리의 작품을 항상 기대하는데, 그는 이 기대를 한 번도 배반한 적이 없다. 군더더기 없는 문장, 똑똑한 플롯, 멋진 반전, 빠른 페이지터닝, 이 모든 것이 훌륭하다."_데들리 플래저 매거진

"거의 매일 모든 신문에 실리고 있는 범죄 피해자들의 슬픈 현실을 알고 있는가. 《허수아비》는 그들의 진실을 파헤쳐 간다."_세인트 루이스 포스트 디스패치

"독창적인 스토리 라인과 섬뜩한 반전, 《허수아비》는 코넬리가 이루어낸 획기적인 발전이다."_워싱턴 포스트

"보통 스릴러는 다시 읽을 필요가 없다고 생각하지만, 《허수아비》는 두 번 이상 읽어볼 것을 권한다."_미스터리 신 매거진

"《허수아비》는 코넬리가 현재 미국 사회의 범죄에 대해 얼마나 정통한 시각을 가졌는지 보여준다."_콜럼버스 디스패치

"디지털 사회에 뒤처져 가는 아날로그 세대에 대한 슬프고 정직한 연민이 드러난 작품이다."_밀워키 저널 센티널

"코넬리는 두말할 것 없는 최고의 작가이지만, 이 작품으로 또다시 그 사실을 공표하고 있다."_라이브러리 저널

"코넬리의 모든 작품들과 마찬가지로《허수아비》역시 신속한 스토리 진행을 보여준다. 이 장인(匠人)의 작품은 기술적으로도 완벽하지만, 정서상으로도 확실히 독자의 마음을 끄는 무엇이 있다."_시카고 트리뷴

"《허수아비》는 마치 영화를 보는 듯하다. 그러나 단지 눈으로 보는 것이 아니라 마음으로 보는 듯한 느낌이 든다."_엔터테인먼트 위클리

"《링컨 차를 타는 변호사》에 이어 코넬리의 최신작 중에서 최고의 날카로움과 기지를 보여주는 작품이다."_뉴욕 타임스

"우리가 편의상 '장르소설'이라 칭하는 소설들이 생각보다 많은 진실과 가치를 담고 있다는 것을 아는가. 문학의 사회적 가치를 실현하는 작가 코넬리는 천천히 정공법으로 자신만의 주제의식을 작품 속에서 펼쳐나간다."_LA 타임스

"《허수아비》는 마이클 코넬리의 스릴러 작가로서의 재능 이상을 보여준다."_크라임 타임

"현대 크라임 픽션 작가 중 유일하게 일관된 작품성을 유지하고 있는 작가 마이클 코넬리. 그중에서도 《허수아비》는 단연코 그의 최고작 중에 포함시켜야 옳다."_선 센티널

"《허수아비》를 읽고나면 온라인으로 무슨 일이든 하기가 어려워진다. 코넬리의 날카로운 현실성에 오히려 부작용이 생겼다고나 할까."_세인트 피츠버그 타임스

"코넬리는 해리 보슈 시리즈로 하드보일드 경찰 소설, 《링컨 차를 타는 변호사》를 통해 법정 스릴러로서 대성공을 거둔 바 있는데 《허수아비》로 저널리스트를 주인공으로 한 범죄 스릴러로도 성공하고 말았다."_더 타임스

"코넬리의 오랜 기자 생활로 인해 《허수아비》의 깊이와 질감은 크게 돋보인다."_시애틀 타임스

"어떤 방식으로 흠을 잡으려 해도 잡을 수 없다. 《허수아비》는 그냥 최고다."_마이애미 헤럴드

"잭 매커보이는 융통성이 없다 싶은 꼿꼿한 양심 속에 현대인의 냉소를 갖춘 다소 클래식한 세계 속 캐릭터. 《시인》 이후 10여 년 만에 주인공으로 돌아온 그는 확실히 매력적이다."_아이리시 타임스

"잭 매커보이가 나오는 《시인》도 훌륭하지만, 《허수아비》는 미디어 저널리즘에 대한 보다 깊은 시각을 보여준다는 점에서 《시인》을 능가한다."_AP 통신

Contents

_일러두기

본문 속의 각주는 모두 옮긴이의 주석입니다.

01
서버 팜

웨슬리 카버는 통제실 안을 오락가락하며 프런트 포티를 살펴보았다. 그 타워들은 눈앞에서 깔끔하고 완벽한 줄을 이루고 있었다. 그것들이 내는 조용하고 효율적인 소리를 들으며, 카버는 테크놀로지가 빚어낸 경이로움에 새삼 감탄하지 않을 수 없었다. 저렇게 좁은 공간에 그렇게 많은 것들이 들어가다니! 빠르고 따끈따끈한 데이터들이 날마다 그의 곁을 시냇물도 아닌 큰 강물처럼 흘러 지나갔다. 그것들은 기다란 강철 막대기로 그의 앞에서 자라나고 있었다. 그가 할 일이라곤 그냥 살펴보고 손을 내밀어 잡는 것뿐, 마치 사금을 건지는 일 같았다. 아니, 그보다도 더 쉬웠다.

그는 머리 위의 온도계를 체크했다. 서버 룸 내부는 아무 이상 없었다. 앞쪽에 있는 워크스테이션 화면으로 시선을 내렸다. 엔지니어 세 명이 진행 중인 프로젝트에 열심히 매달려 있었다. 계획적인 침입 시도가 있었지만 카버의 기술과 준비성이 그것을 좌절시켰다. 이젠 그에 대한 벌을 내릴 차례였다.

침입에 실패한 자는 팜 하우스의 벽을 돌파할 수 없었던지 벽 전체에 지문만 잔뜩 묻혀 놓았다. 카버는 부하 직원들이 트래픽 노드•를 통해 인 터넷 주소를 추적하고 고속으로 소스를 찾아들어가는 것을 보며 회심의 미소를 지었다. 이제 곧 그는 누가 자신의 적이었는지, 그 적의 회사가 어 딘지, 또 무엇을 찾고 있었고 어떤 이익을 취하려고 했는지 알게 될 것이 다. 그러고 나면 보복 행위로 들어가 그 불운한 경쟁자를 가차 없이 파괴 할 것이다. 카버는 자비를 베풀지 않았다. 절대로.

머리 위에서 침입자가 있음을 알리는 경보가 울렸다.

"화면을 켜봐."

카버가 지시하자 워크스테이션에 앉은 세 명의 젊은 부하들이 일제히 명령을 입력했다. 방문객들에겐 그들이 작업하는 것이 보이지 않았다. 통 제실 문이 열리고 맥기니스가 정장 차림의 한 사내와 함께 들어왔다. 카 버가 한 번도 본 적 없는 사내였다.

"여기가 통제실입니다. 저 창문 안쪽으로 보이는 것이 '프런트 포티'라 는 것이죠."

맥기니스가 사내에게 설명했다.

"우리가 제공하는 콜로케이션 서비스••는 모두 이곳에 집중되어 있습 니다. 귀사의 물건들이 가장 먼저 보관될 곳이죠. 40개의 타워에 총 1천 여 명의 헌신적인 근무자들이 매달려 있습니다. 물론 빈자리는 아직 남아 있고 항상 여유가 있습니다."

정장 차림의 사내가 천천히 고개를 끄덕이며 대꾸했다.

"우리가 걱정하는 건 수용능력이 아니라 보안이오."

"네, 그래서 이곳으로 모신 겁니다. 웨슬리 카버 씨를 소개해 드리고 싶

• 데이터들이 지나다니는 통신회선의 접속점
•• 개인이나 기업이 소유한 서버를 데이터 센터에 갖다 놓고 공동지원하는 것

어서요. 여기선 팔방미남으로 통하죠. 세 명의 톱 엔지니어를 거느린 최고기술경영자(CTO)로 이 데이터 센터를 직접 설계한 사람입니다. 콜로케이션 보안에 대해 귀사가 알고 싶어 하는 모든 것을 충분히 설명해드릴 겁니다."

또 한바탕 쇼를 하라는 얘기지. 카버는 속으로 생각하며 정장 차림의 사내와 악수를 교환했다. 맥기니스는 그를 세인트루이스 소재 법률회사 '머서 앤드 기살'에서 나온 데이비드 와이어스 씨라고 소개했다. 하얀 와이셔츠와 트위드가 사각거리는 소리를 냈다. 카버는 와이어스의 넥타이에 바비큐 얼룩이 진 것을 보았다. 손님이 찾아올 때마다 맥기니스는 '로지의 바비큐'로 모시고 가서 바비큐를 대접하곤 했다.

카버는 사치스런 옷차림의 법률가가 원하는 모든 것에 대해 청산유수처럼 설명을 늘어놓으면서도 감출 것은 꼭꼭 감추었다. 와이어스는 바비큐와 성실성을 저울 양쪽에 올려놓고 임무를 수행하고 있었다. 그는 세인트루이스로 돌아가서 자기 상사들에게 무척 인상적이었다고 역설할 것이다.

그러면 맥기니스는 또 한 건의 계약을 따게 되겠지.

와이어스에게 그런 설명을 하면서도 카버는 부하들이 추적하고 있는 침입자에 대한 주의를 잠시도 내려놓지 않았다. 저 바깥 어딘가에 있을 침입자가 그에게 재빠른 반격을 가해올 것 같지는 않았다. 카버와 그의 젊은 문하생들은 침입자의 개인 계좌들을 캐내고, 그의 신원과 그의 작업 컴퓨터에 숨겨 놓은 성인들과 여덟 살짜리 남자아이들과의 섹스 사진들을 찾아낸 다음 복제 바이러스로 파괴해버릴 것이다. 침입자는 그것을 고치려고 낑낑대다가 안 되면 전문가를 불러들이겠지. 그러면 사진들이 발견될 것이고 경찰들이 달려올 것이다.

침입자에 대해서는 이제 더 이상 걱정할 것이 없었다. 다른 위협은 허수아비에 의해 쫓겨 나갔다.

"웨슬리?"

맥기니스가 부르는 소리에 카버의 의식은 현실로 돌아왔다. 정장 차림의 사내가 무슨 질문을 던졌는데, 카버는 벌써 그의 이름을 잊어버렸다는 걸 알았다.

"죄송하지만, 뭐라고 하셨습니까?"

"와이어스 씨는 콜로케이션 센터가 침범 당한 적이 있느냐고 물었소."

맥기니스는 미소를 지었다. 그에 대한 대답은 뻔했다.

"없습니다. 단 한 번도 없었죠. 사실 몇 차례 시도는 있었지만 모두들 참담한 실패로 끝나고 말았어요."

사내는 숙연한 표정으로 고개를 끄덕인 뒤 말했다.

"우린 세인트루이스의 엘리트들을 대표합니다. 우리가 제시하는 파일이나 고객 리스트의 수준은 최고 중에서도 최고예요. 그래서 내가 직접 여기까지 온 겁니다."

그것 외에도 맥기니스가 당신을 데려갔던 스트립 클럽이 마음에 쏙 들었기 때문이기도 하겠지. 카버는 그렇게 생각했지만 입 밖으로 내진 않았다. 그 대신 썰렁한 미소를 지어 보였다. 그는 맥기니스가 사내의 이름을 다시 기억나게 해준 것에 대해 감사했다.

"걱정 마십시오, 와이어스 씨. 귀사의 엘리트들은 이 서버 팜에서 안전할 것입니다."

와이어스도 미소로 답했다.

"바로 그 말을 듣고 싶었소."

02
벨벳코핀

크레이머의 사무실에서 나와 내 자리로 돌아가는 동안 편집실 사람들의 모든 시선이 나를 따라왔다. 그 시선들로 인해 내 발걸음이 길게 느껴졌다. 빨간 딱지는 항상 금요일에만 나왔고, 그래서 동료들은 모두 내가 해고통지를 받았다는 것을 알았다. 다만 이젠 그것을 그냥 해고라 하지 않고 정리해고라 부르는 것만 달랐다.

그들은 자신들이 그것을 받지 않았다는 사실에 가벼운 안도의 한숨을 토해냈고, 아직은 아무도 안전하지 않다는 사실에 가벼운 불안감을 느껴야만 했다. 다음번엔 누가 불려 들어갈지 알 수 없는 일이었다.

경찰 표지판 아래를 지나 내 자리로 돌아갈 때까지 나는 아무하고도 눈길을 마주치지 않았다. 칸막이 안으로 들어가 의자에 털썩 앉은 나는 병사가 참호 속으로 몸을 숨기듯 그들의 시야에서 사라졌다.

갑자기 내 전화기가 울렸다. 발신자를 확인해 보니 래리 버나드란 친구였다. 내 자리에서 두 칸 떨어진 칸막이 안에서 전화한 것이었다. 내 자리로 건너왔다간 다른 사람들도 이때다 하고 우르르 몰려와 빤한 질문들을 해댈 것 같았던 모양이다. 기자들은 그처럼 때로 몰려다니는 데는 이골이

난 족속이니까.

헤드세트를 쓰고 전화를 받자 그가 말했다.

"안녕, 잭?"

"안녕, 래리."

"그래, 뭐라던가?"

"뭐가 말인가?"

"크래머가 원한 게 뭐냐고?"

래리는 편집부 부국장 크레이머를 꼭 크래머*라고 불렀다. 리차드 크레이머가 담당 편집자였던 시절에 신문기사의 질보다는 양을 더 중시했다고 해서 기자들이 붙여준 별명이었다. 그의 이름이나 성은 세월에 따라 다른 많은 별명으로 진화해갔다.

"뻔히 알면서 왜 물어. 나더러 좀 나가 달래."

"망할 자식! 자네한테 해고통지를 했단 말이야?"

"맞았어. 요즘 말로는 강제퇴직이라고 하지."

"지금 당장 나가야 해? 내가 도와줄까?"

"아니야, 이 주일 여유가 있어. 5월 22일자로 퇴직이야."

"이 주일? 이 주일은 왜?"

정리해고를 당한 대부분의 사람들은 즉시 회사를 떠나도록 되어 있었다. 이런 칙령이 반포된 것은 해고통보를 내린 한 사내에게 일주일의 유예기간을 주었다가 낭패를 본 다음이었다. 사람들은 그 사내가 그 일주일 동안 사무실에서 매일 테니스공을 치고 던지고 쥐어짜는 모습을 보았다. 그렇지만 그 공이 날마다 다른 공이었다는 사실은 알지 못했다. 사내는 매일 한 개씩 테니스공을 남자 화장실 변기 아래로 흘려보냈다. 일주일

---

* Crammer: 꽉꽉 채우는 사람

14

후 사내가 회사를 나간 뒤에야 화장실 파이프에서 오물이 역류하기 시작했고 그 결과는 끔찍하고 참담했다.

"후임자를 훈련시켜 주는 조건으로 이 주일 여유를 주더군."

래리는 후임자를 훈련시켜야 하는 모멸감에 대해 생각하며 잠시 침묵했다. 그렇지만 내 입장에서는 그런 조건을 거부하면 이 주일치 급료만 날아갈 뿐이었다. 게다가 편집실의 동료들이나 순찰 중인 경찰들한테 작별 인사라도 건네려면 그만한 시간이 필요하기도 했다. 개인 소지품 상자를 들고 경비원 앞을 지나가는 편이 더 쪽팔릴 거라는 생각도 안 해본 바는 아니었다. 경비원들은 분명 내가 혹시 테니스공을 소지하고 있진 않은지 확인하겠지만, 그런 걱정은 할 필요가 없을 것이다. 그건 내 스타일이 아니니까.

"그게 전부야? 이 주일 봐줄 테니 나가라고 했단 말이지?"

"내 손을 잡고 흔들며 나는 아주 잘생겼으니 TV 쪽으로 진출해야 한다고도 했어."

"까고 있네. 오늘 밤 한잔 안 할 수가 없네."

"아무렴. 해야지."

"젠장, 이건 공정하지 못해."

"세상은 공정하지 않아, 래리."

"후임은 누구야? 최소한 자신이 안전하다는 건 아는 자겠지."

"안젤라 쿡."

"알 만하군. 경찰들이 모두 그 여자와 사랑에 빠질 거야."

래리는 내 친구지만 정리해고 당한 일에 대해 시시콜콜 얘기하고 싶진 않았다. 그보다는 내게 주어진 기회에 대해 생각해볼 필요가 있었다. 나는 의자에서 목을 쭉 빼고 1.2미터 높이의 칸막이 벽 너머를 살펴보았다. 아직 아무도 내 쪽을 주시하고 있는 사람이 없다는 걸 알았다. 유리벽으로 된 편집자 사무실들을 죽 훑어보자 크레이머가 모퉁이에 있는 자기 사무실에서 편집실을 살펴보고 있었다. 나와 눈이 마주치자 그는 재빨리 다른 곳으로 시선을 돌렸다.

"그래, 앞으로 뭘 하려고?"

래리가 물었다.

"아직 생각해 보지 않았지만 이제부터 고민해야지. 어디서 마시고 싶어? 빅 왕스야, 숏 스탑이야?"

"숏 스탑으로 가지. 어젯밤 빅 왕스에서 마셨거든."

"그럼 거기서 보자."

전화를 끊으려는 순간 래리가 마지막 질문을 내뱉었다.

"한 가지만 더. 부국장이 자네 번호를 말해 주던가?"

옳거니. 그러니까 네놈이 알고 싶은 건 결국 이 마지막 감원 사태에서 살아남을 확률이 얼마나 되는가, 하는 것이었군.

"부국장은 이제 거의 끝나간다면서 마지막 선별이 어렵다고 하더군. 내가 99번이라고 했어."

두 달 전 신문사는 경비절감과 회사 고위층을 행복하게 해주기 위해 편집부 직원 100명을 감원하겠다고 발표했다. 이제 누가 마지막 100번이 될 것인지 래리에게 생각할 시간을 주면서 나는 크레이머의 사무실을 다시 흘끗 돌아보았다. 도끼 담당은 여전히 유리벽 뒤에 서 있었다.

"그러니까 머리 콱 처박고 죽은 듯이 있어. 지금 부국장이 도끼를 들고 100번째 내려찍을 놈을 찾고 있으니까."

나는 전화를 끊고 헤드세트는 그대로 쓰고 있었다. 그러면 편집실에 있는 사람들이 나한테 접근하는 것을 꺼릴 것 같아서였다. 내가 강제퇴직 당했다고 래리 버나드가 다른 기자들한테 입을 나불대기 시작하면 다들 몰려와 애도를 표하려 할 것이 뻔했다.

나는 LAPD* 강력반이 체포한 청부살인 모의 용의자에 대한 사건개요를 작성하는 일에 정신을 집중해야만 했다. 그래야만 편집실에서 슬며시 빠져나가 술집으로 이동한 다음 나의 신문기자 생활 마감에 대한 축배를 들 수 있을 것이다. 그게 내가 하려는 일이기 때문이다. 마흔 살 넘은 경찰 사건담당 기자를 받아줄 신문사는 아무 데도 없다. 안젤라 쿡 같은 병아리 기자 지망생들이 해마다 남가주대(USC)와 메딜, 콜롬비아 등에서 무더기로 쏟아져 나왔고, 이들 대부분은 기술적으로 정통한데다 최저임금 수준에도 기꺼이 일하려고 했다. 문서나 인쇄매체 그 자체처럼 나의 시대도 끝났다. 이젠 인터넷 세상이다. 데이터를 시간별로 온라인 버전과 블로그에 전송한다. 텔레비전 타이인과 트위터로 업데이트한다. 기사를 불러주려고 전화를 거는 것이 아니라 기사를 보내려고 전화기를 사용한다. 조간신문은 ‘뒷북일보’로 이름을 바꿔야 할 판이다. 거기 실린 기사들은 전날 밤 웹에 모조리 올랐던 것들이다.

　　전화벨 소리가 귀에 울렸다. 나의 전처가 워싱턴 지국에서 벌써 소식을 듣고 전화했을 거란 생각이 맨 먼저 들었다. 그런데 발신자 표시를 보니 ‘벨벳코핀’**이라고 찍혀 있었다. 솔직히 이건 좀 충격이었다. 래리가 아무리 입이 싸도 이 정도로 빨리 퍼뜨릴 수는 없다 싶었다. 이 전화는 안 받는 게 좋은데 하면서도 나는 받았다. 역시 자칭 〈LA 타임스〉 경비견이자 내부 기록원이라고 주장하는 돈 굿윈이었다.

　　“자네 얘기 들었어.”

　　“언제?”

　　“방금.”

* 로스앤젤레스 경찰국
** velvetcoffin: 벨벳 안감을 댄 관

"어떻게? 나도 겨우 5분 전에 알았는데."

"그쯤 해, 잭. 내가 쑤셔대지 않는다는 거 알잖아. 하지만 거기에 도청기를 심어놨지. 자넨 방금 크레이머 사무실에서 나왔어. 30인 명단을 작성했고."

'30인 명단'이란 지난 여러 해 동안 신문사 축소 과정에서 모가지가 날아간 사람들을 가리키는 말이었다. 그래서 옛날 신문에서는 30이란 숫자가 '기사 끝'이라는 암호로도 통했다. 굿윈 자신도 한때는 그 명단에 포함되어 있었다. 그가 〈LA 타임스〉 편집자로 근무하며 광범위한 권한을 행사하고 있을 때 소유주가 바뀌며 새로운 금융정책을 도입했다. 일은 더 많이 하고 급료는 더 적게 받으라는 그 정책에 저항하자 회사는 그의 무릎 아래를 댕강 잘라버렸다. 결국 그는 회사가 정리하는 첫 번째 계열회사 지분을 인수했다. 〈LA 타임스〉를 소유하고 있는 미디어 회사는 파산보호 신청을 내기 전에 자발적으로 퇴직하겠다는 사람들에겐 그런 식으로 바이아웃•을 통한 실질 급료를 보장해 주었다.

굿윈은 자기 지분을 받은 다음 웹사이트와 블로그에 점포를 열고 〈LA 타임스〉로 들어오는 모든 정보를 커버했다. 그리고 신문사가 냉혹한 짓을 저질렀던 것을 되새기기 위해 상호를 '더벨벳코핀닷컴'으로 정했다. 쉽게 빠져 들어가 즐겁게 일하며 죽을 때까지 머무는 곳이란 뜻이었다. 소유, 관리, 휴업, 직원과 예산 축소 등을 끊임없이 반복한 끝에 이제 그곳은 단순한 관(棺) 이상의 것이 되었다. 굿윈은 그것의 몰락에 대한 모든 상황을 기록하고 있었다.

그의 블로그는 거의 매일 업데이트되었고, 편집실 사람들은 모두 은밀하게 열심히 그 정보들을 읽었다. 하지만 〈LA 타임스〉의 두꺼운 방탄벽

• buy out: 불황기 유동성 위기에 빠진 기업에 투자한 후 가치가 회복되면 회수하는 방식

바깥에 있는 세상 사람들은 그것을 거들떠보지도 않을 것 같았다. 〈LA 타임스〉는 모든 신문사들이 하는 방식 그대로 하고 있을 뿐이었고, 그것은 뉴스거리가 못 되었다. 심지어 〈뉴욕 타임스〉까지도 뉴스와 광고가 인터넷으로 이동하는 것으로 인해 타격을 받고 있었다. 굿윈이 기록한 것과 나한테 불러주고 있는 것은 이제 침몰하는 타이타닉 호 갑판에서 의자들을 재배치하는 정도를 넘어섰다.

하지만 이 주일 후엔 그런 것도 내겐 중요하지 않게 될 것이다. 나는 이미 그런 문제들을 떠나 컴퓨터에 담기 시작한 약간 놀랍기도 하고 멍청하기도 한 내 소설에 대해 생각하고 있었다. 집에 돌아가면 즉시 그놈을 불러내어 작업에 들어가야지. 그동안 저축한 돈으로 6개월쯤 버틸 수 있을 것이다. 그 후에도 무슨 수가 안 터지면 집값을 갉아먹는 수밖에 없는데, 그것도 최근 시세가 떨어져 남은 것이 있을 경우에나 가능하다. 가스비를 절약하기 위해 시내 사람들이 모두 몰고 다니는 하이브리드 틴캔 소형차로 바꿀 수도 있을 것이다.

나는 벌써 문밖으로 밀려나는 것을 기회로 보기 시작했다. 모든 언론인들의 마음 깊은 곳엔 소설가가 되고 싶은 욕망이 있다. 기술과 예술은 차이가 있기 때문이다. 글 쓰는 사람들은 모두 예술가로 인정받길 원한다. 나도 이제 그 목표를 향해 승부수를 던지려는 것이다. 줄거리조차 정확히 기억나지 않지만, 집에서 쓰고 있던 그 미완의 소설이 열쇠인 셈이었다.

"오늘 중 나올 건가?"

굿윈이 물었다.

"아니. 내 후임을 훈련시켜주면 이 주일 모가지를 붙여 주겠다고 하더군. 기꺼이 동의했지. 이 주일이 약간인가."

"좆 같은 놈들! 그 새끼들은 이제 인간의 존엄성 따위는 알 바 없다고 하던가?"

"진정하게. 그래도 오늘 당장 소지품 상자 들고 나가라는 것보다는 백 번 낫지. 이 주일치 급료는 하늘에서 공짜로 떨어지는 줄 아나?"

"그렇지만 그게 공정한 거야? 자네 거기서 몇 년 근무했어? 6년? 7년? 그런데 겨우 이 주일 봐주더란 말이지?"

돈 굿윈은 내게서 분노의 말을 끌어내려 하고 있었다. 명색이 기자인 내가 그게 어디 쓰일지 모를 리 없었다. 그는 자기 블로그에 올릴 싱싱한 생선을 원하고 있었지만 나는 미끼를 물지 않았다. 적어도 내가 완전히 회사를 떠나기 전까지는 벨벳코핀을 위해 더 이상 해줄 말이 없다고 분명한 선을 그었다. 그가 만족하지 못하고 계속 무슨 말이든 끌어내려고 애쓰고 있을 때 내 귀에서 대기 신호음이 울렸다.

발신자 표시를 확인해 보니 스크린에 xxxxx라고 떠 있었다. 이건 직통 전화로 걸려온 것이 아니라 교환대를 통한 전화였다. 편집실 교환대에서 근무하는 로렌은 내 자리에서도 훤히 보였다. 그녀가 발신자에게 내가 통화 중임을 알리고 메시지를 받아두는 대신 대기 신호를 보낸 것은 그만큼 중요한 전화라는 뜻이었다.

나는 돈 굿윈의 말을 댕강 잘랐다.

"잠깐만, 돈. 그 얘긴 그쯤 하자고. 급한 전화가 온 모양이야."

그가 또 정리해고에 대해 물고 늘어지기 전에 나는 재빨리 버튼을 누르고 대기 중인 전화를 받았다.

"잭 매커보이 기잡니다."

아무 대꾸도 없었다.

"여보세요? 잭 매커보이 기잔데요. 무슨 일로 전화하셨습니까?"

나더러 편견주의자라고 해도 할 말 없지만, 상대방 대답을 듣자마자 나는 그녀가 교육을 제대로 받지 못한 흑인이라고 판단했다.

"매커보이? 당신 말이야, 진실은 언제 말할 거야?"

"누구시죠?"

"거짓말하고 자빠졌어, 매커보이. 당신 신문에 말이야."

젠장, 내 신문이라면 좋기나 하지.

"부인, 누구신지 몰라도 불평을 하시겠다면 듣겠습니다. 그게 아니라면 저는….'"

"그들은 우리 조가 성인이라고 하는데 그게 뭔 개소리야? 그 아인 여자를 죽인 적이 없어!"

아, 또 그런 얘기군. '무죄'를 주장하는 전화들은 계속 걸려왔다. 범인의 어머닌지 여자친구인지는 몰라도 내 기사가 엉터리라는 주장이었다. 지금까지 그런 전화를 계속 받아 왔지만 충분히 들어주진 못했다. 그래서 이 문제를 최대한 빠르고 친절하게 처리하기로 마음먹었다.

"우리 조가 누구죠?"

"내 아들 조, 알론조 말이야. 그 아인 아무 죄도 없어. 성인도 아니고."

여자가 하고자 하는 말의 요지가 그것이었다. 무죄라는 것. 그들은 죄가 있다고 말할 때가 절대 없다. 당신 기사 내용이 옳다거나, 경찰 말이 옳다거나, 자기 아들이나 남편이나 남자친구가 죗값을 제대로 받았다고 말하려고 전화하는 사람은 하나도 없다. 감옥에서 전화를 걸어온 죄수들 중에서도 자기가 그런 짓을 했다고 말하는 자는 없다. 모두가 결백하다. 여자가 한 말 중에서 내가 알아듣지 못한 것은 이름뿐이었다. 알론조라는 이름을 기사에 쓴 적이 없다. 있었으면 당연히 기억하겠지.

"부인, 그 기자가 저인 것이 분명합니까? 전 알론조라는 이름을 쓴 기억이 없는데요."

"틀림없이 당신이 썼어. 여기 이름이 다 적혀 있다고. 그 아이가 여자를 트렁크 속에 쑤셔 넣었다고 썼는데, 이게 다 말짱 개소리지 뭐야!"

그제야 생각이 떠올랐다. 지난주에 있었던 트렁크 살인 사건. 6인치짜리 짤막한 기사라 데스크 사람들은 아무도 눈여겨보지 않았다. 청소년 마약 거래자가 고객 한 명을 교살하여 그 시신을 그녀의 자동차 트렁크에 쑤셔 박은 사건이었다. 흑인 소년이 백인 여자를 살해한 사건인데도 데스크가 주의를 기울이지 않았던 것은 피살자가 마약중독자였던 탓이었다. 신문이 살인자와 피살자를 모두 무시한 셈이었다. 헤로인이나 코카인을 구입하려고 LA 남부를 돌아다니면 으레 그런 일이 일어나게 마련이다. 스프링 스트리트의 〈뉴욕 타임스〉가 동정을 베풀 일은 없다. 그런 사건을 시시콜콜하게 실을 스페이스가 신문에는 별로 없는 것이다. 그저 내면에 끼워 넣을 6인치 기사로 적당하다.

그제야 나는 알론조라는 이름을 알아듣지 못한 것은 한 번도 들어본 적이 없었기 때문이란 것을 알았다. 체포된 혐의자는 16세 청소년이었기 때문에 경찰이 이름을 공개하지 않았던 것이다.

책상 오른쪽에 쌓아둔 신문 뭉치를 뒤적거려서 이 주일 전 화요일에 발행된 신문을 찾았다. 4페이지 메트로란에 문제의 기사가 실려 있었다. 너무 짧아서 바이라인•을 넣을 정도도 못 되었다. 그렇지만 데스크는 기사 끝에 꼬리처럼 내 이름을 달아 놓았다. 그런 친절만 베풀지 않았더라도 이런 전화는 받지 않았을 것이다. 운도 참 좋으시지!

"알론조가 부인 아드님이란 말씀이죠."

나는 여자에게 확인했다.

"그리고 이 주일 전 일요일에 데니스 배빗을 살해한 혐의로 체포되었고요. 맞습니까?"

"말짱 다 개소리라니까 그러네."

"좋아요, 하지만 부인께서 말씀하시는 기사가 이거 맞죠?"

• 기사 제목 아래 기자명을 적는 줄

"맞아. 그러니까 그걸 언제 사실대로 고칠 거냐고 묻고 있잖아?"

"부인 아드님은 아무 죄도 없다는 것이 사실이란 말씀이죠?"

"그렇다니까. 당신이 잘못 썼어. 게다가 그놈들은 이제 겨우 열여섯 살 먹은 아이를 성인으로 기소하려고 해. 어린애한테 어찌 그런 못된 짓을 할 수가 있지?"

"알론조의 성이 뭡니까?"

"윈슬로."

"알론조 윈슬로. 그렇다면 윈슬로 부인이시겠군요?"

"아니야."

여자는 화난 목소리로 말했다.

"이젠 내 이름까지 신문에 넣어 거짓말을 꾸며대려는 거지?"

"그럴 리가요, 부인. 저는 단지 누구와 얘기하고 있는지 알고 싶을 뿐입니다."

"완다 세섬즈야. 신문에 나는 거 싫어. 당신한테 바라는 건 진실을 써 달라는 것뿐이야. 당신은 내 아들을 살인자라고 써서 그 애 명예를 더럽혔어."

신문이 범한 오류를 바로잡을 때 '명예'라는 말은 가장 중요한 이슈가 된다. 그렇지만 나는 내가 쓴 문제의 기사를 검토하며 하마터면 웃음을 터뜨릴 뻔했다.

"그 소년은 살인죄로 체포되었다고 말씀드렸죠, 세섬즈 부인. 그건 거짓말이 아닙니다. 틀림없는 사실이에요."

"체포는 됐지만 사람은 안 죽였어. 내 아들은 파리 한 마리도 못 죽이는 애야."

"경찰은 아드님이 열두 살 때 마약판매 전과가 있다고 하던데, 그것도 거짓말입니까?"

"그 아이가 실업자인 건 맞지만 그렇다고 사람을 죽인다는 뜻은 아니지. 그놈들은 내 아들한테 죄를 뒤집어씌웠고, 당신은 눈을 질끈 감고 그들이 말한 대로 적었어."

"경찰에게 듣기론 아드님이 그 여자를 죽여 트렁크에 넣었다고 자백했다던데요."

"새빨간 거짓말이야! 그런 짓은 하지도 않았어."

경찰과 살인자 중 어느 쪽이 거짓말을 했다는 얘긴지 알 수 없었지만 그건 내게 중요하지 않았다. 난 퇴직해야만 하니까. 모니터를 보니 이메일이 여섯 통이나 들어와 있었다. 모두 내가 크레이머 사무실에서 걸어 나온 이후에 들어온 것들이다. 디지털 독수리들이 썩은 냄새를 맡고 몰려든 것 같았다. 나는 이 통화를 빨리 끝내고 다른 일들과 함께 안젤라 쿡에게 훌쩍 던져주고 싶었다. 정보를 잘못 알고 있는 이런 무식한 사람들은 안젤라에게 모두 맡겨버리자. 그녀가 알아서 처리하겠지.

"좋습니다. 윈슬로 부인. 저는….."

"세섬즈라고 했잖아! 당신들이 얼마나 잘 틀리는지 이제 알겠어?"

여자는 거기서 내게 한 방 먹였다. 나는 잠시 침묵했다가 그녀에게 말했다.

"죄송합니다, 세섬즈 부인. 말씀하신 건 여기 잘 적어두었습니다. 검토해 보고 기사를 쓸 일이 있으면 부인께 꼭 전화 드리겠습니다. 그때까지 행운이 함께 하시기를….."

"아니, 당신은 안 해."

"뭘 안 한다는 건지?"

"전화를 안 할 거라고."

"기사를 쓰게 되면 전화를 드리겠다고…."

"내 전화번호도 물어보지 않았잖아! 내 말을 흘려듣고 있어. 당신도 다른 잡놈들이나 마찬가지야! 너 같은 놈들 때문에 내 아들이 죄도 없이 감옥에 가게 됐어!"

여자는 전화를 탁 끊어버렸다. 나는 여자가 내게 퍼부은 말들을 생각하며 잠시 꼼짝도 않고 있다가 신문을 무더기 위에 던져버렸다. 그리고 키보드 앞에 놓인 내 수첩을 들여다보았다. 거기엔 여자가 말한 내용이 한 줄도 적혀 있지 않았다. 무식한 것 같았던 그 여자는 그것에 대해서도 나를 호되게 꾸짖었다는 생각이 들었다.

의자에 등을 기대고 앉아 내 칸막이 사무실 안의 물건들을 살펴보았다. 책상 하나와 컴퓨터 한 대, 전화기, 파일들이 쌓인 선반 두 개, 수첩들과 신문 무더기. 너무 오랜 세월 동안 사용해서 책등의 웹스터(Webster's) 금박 글씨가 다 지워져버린 빨간 가죽 장정의 사전. 내가 작가가 되고 싶다고 했을 때 어머니가 사주신 사전이었다.

20년이 넘는 기간 동안 언론계에 종사한 내게 남은 것이라곤 이게 전부였다. 그러니까 이 주일의 유예 기간이 끝난 후 내가 가져갈 가치가 조금이라도 있는 것은 그 사전밖에 없다는 얘기였다.

"안녕하세요, 잭."

갑자기 들려온 여자 목소리에 나는 정신이 번쩍 들어 쳐다보았다. 안젤라 쿡의 귀여운 얼굴이 웃고 있었다. 한 번도 만난 적 없지만 금방 알아볼 수 있었다. 일류 대학에서 갓 채용한 신세대 기자로 사건현장에서 전자 장비를 이용해 민첩하게 자료를 송부할 수 있는 이른바 기동성 저널리스트였다. 그녀는 웹사이트나 신문을 위해 사진과 텍스트를 송부할 수 있고, 텔레비전과 라디오 파트너에겐 비디오와 오디오를 발송할 수도 있었다. 하지만 그런 모든 훈련들을 받았음에도 불구하고 실무에서는 아직 왕초보에 지나지 않았다. 주급도 나보다 500달러는 적을 테니, 요즘 신문사 형편으로는 나보다 그녀를 사용하는 편이 훨씬 경제적일 것이었다. 정보원이 없는 그녀가 많은 이야기들을 놓치게 되는 것까지 신경 쓸 수는 없다. 또 기회가 왔을 때 그것을 이용할 줄 아는 경찰 고위층이 그녀를 얼마나 조종할 것인가까지 걱정할 여유도 없다.

안젤라도 어차피 진득하니 붙어 있진 않을 것이다. 한두 해쯤 경험을 쌓아 멋진 바이라인을 취득한 뒤에는 더 큰물, 이를테면 법과대학이나 정계나 TV 방송국으로 직장을 옮길 것이다. 그렇지만 래리 버나드의 말은 옳았다. 금발에 초록색 눈동자와 도톰한 입술을 가진 그녀는 한눈에 봐도 미인이었다. 그리고 경찰들이 나 같은 기자를 잊어버리는 데는 일주일도 안 걸릴 것이다.

"안녕, 안젤라."

"크레이머 씨가 가보라고 하셔서요."

개새끼들, 어지간히도 다그친다. 날 해고한 지 15분도 안 지났는데 벌써 후임자를 내 사무실로 밀어 넣다니.

"지금은 금요일 오후잖아, 안젤라. 난 방금 모가지가 잘렸고. 그러니까 나중에 보자. 월요일 아침에 만나 커피나 한잔하고 파커센터•나 한 바퀴 둘러보자고. 소개해 줄 사람들도 있을 테니, 알겠지?"

"예, 좋아요. 그리고 음, 미안해요. 무슨 얘긴지 아시죠?"

"그럼. 하지만 괜찮아. 암튼 해고 덕분에 내 팔자가 늘어지게 생겼으니까. 정 그렇게 미안하다면 오늘 밤 숏 스탑으로 나와 술이라도 한잔 사든지."

안젤라는 난감한 표정을 지으며 웃었다. 그럴 수 없다는 걸 우린 둘 다 알고 있었다. 편집실 안이건 밖이건, 신세대 기자는 구닥다리들과 어울리려 하지 않았다. 특히 나와는 어울릴 이유가 없었다. 나는 이미 끝난 사람

• LAPD 본부

이었고, 그녀는 추락한 선배와 교제할 시간도 의사도 없었다. 오늘 밤 숏스탑에 가는 것은 나환자촌을 방문하는 것이나 마찬가지였다.

"다음에 가죠."

안젤라가 가볍게 거절했다.

"그러면 월요일 아침에 봐요. 됐죠?"

"그래. 커피는 내가 살게."

그녀는 미소를 지었다. 나는 크레이머의 충고를 받아들여 TV 방송국으로 진출해야 할 사람은 내가 아니라 안젤라라는 생각이 들었다. 그녀는 즉시 돌아섰다.

"참, 안젤라?"

"네에?"

"부국장을 크레이머 씨라고 부르지 마. 여긴 법률회사가 아니라 편집실이야. 그리고 대부분의 담당자들은 '씨'자를 붙여줄 자격도 없어. 그것만 기억하면 여기서 잘 해나갈 수 있을 거야."

그녀는 다시 씨익 웃고는 나갔다. 나는 의자를 바짝 당겨 앉은 다음 컴퓨터에서 새 문서를 열었다. 편집실을 나가 해고의 슬픔을 붉은 와인으로 푹 적시기 전에 나는 살인사건 스토리를 하나 짜내지 않으면 안 되었다.

나와 밤을 함께 보내기 위해 숏 스탑에 나온 기자는 겨우 세 명이었다. 래리 버나드와 스포츠 데스크에서 나온 두 녀석. 이들 둘은 내가 나오든 말든 숏 스탑에 출근할 놈들이었다. 만약 안젤라 쿡이 왔더라면 난감할 뻔했다.

숏 스탑은 에코파크의 선셋 대로에 있었다. 다저스 스타디움 근처임을 감안할 때 숏 스탑이란 술집 이름도 야구의 유격수 포지션에서 따온 듯했다. LA 폴리스 아카데미도 가까이 있어서 옛날에는 경찰들이 무리지어 몰려와 먹고 마시며 조셉 웹보의 추리소설을 읽곤 하던 곳이었다. 하지만 그런 시절도 오래전에 지나갔다. 에코파크가 변화하고 있었다. 할리우드 물결을 타고 인근으로 이주해온 젊은 직업인들에 의해 경찰들은 숏 스탑 에서도 밀려나게 되었다. 가격이 치솟자 경찰들은 다른 술집을 찾지 않을 수 없었다. 숏 스탑의 벽에는 아직도 경찰 소지품들이 기념품처럼 걸려 있지만, 요즈음 이곳을 찾은 경찰은 번지수가 틀렸다는 것을 금방 깨닫게 된다.

아직 이른 시각이라 우리는 바에서 가장 좋은 위치에 자리를 잡고 앉았다. 나와 래리, 스포츠 기자 셸턴과 로마노는 텔레비전 바로 앞에 있는 의자 네 개를 차지했다. 나는 셸턴과 로마노를 잘 알지 못하기 때문에 래리가 중간에서 다리 역할을 했다. 그들은 신문의 스포츠 특종들이 모두 뒤섞일 거라는 얘기로 대부분의 시간을 보냈다. 그리고 곧이어 벌어질 남가주대학 풋볼과 UCLA* 야구 기사와 함께 다저스나 레이커스의 프리미어 특종을 잡고 싶어 했다. 대부분의 스포츠 기자들이 유능하지만, 셸턴과 로마노도 대단한 것 같았다. 스포츠 기사 작성법은 언제나 나를 놀라게 했다. 독자들은 기사를 읽기도 전에 열에 아홉 번은 그 내용을 알아차린다. 그들은 누가 이겼는지 이미 알고 있거나, 게임을 관전했을 수도 있다. 그런데도 불구하고 신문을 읽기 때문에, 스포츠 기자들은 기사가 신선해 보이도록 쓰는 기술과 통찰력을 지녀야만 한다.

나는 항상 독자들이 모르는 이야기를 찾아다녔기 때문에 경찰서를 둘러보길 좋아했다. 그래서 일어날 수 있는 나쁜 일들을 취재하곤 했다. 극한 상황에서의 삶. 식탁에 토스트와 커피를 놓고 앉아 있는 사람들은 결코 경험할 수 없지만 그래도 알고 싶어 하는 지하세계. 그런 것은 나에게

* 캘리포니아대학 LA 캠퍼스

살아갈 맛을 줄 뿐만 아니라 밤에 차를 몰고 귀가할 때는 이 도시의 왕자라도 된 것 같은 기분을 느끼게 해준다.

숏 스탑 바에 앉아 싸구려 레드와인을 홀짝이며, 나는 기자생활의 모든 것이 아쉬워질 것만 같은 기분에 사로잡혔다.

"내가 무슨 소릴 들었는지 알아?"

래리가 내 쪽으로 머리를 돌리고 스포츠 기자들이 듣지 못하게 속삭였다.

"무슨 소릴 들었는데?"

"볼티모어에서 있었던 바이아웃 과정에서 계산을 끝낸 한 직원이 마지막 근무일에 순 엉터리 기사를 송부했다더군. 발칵 뒤집혔대."

"그걸 그대로 찍었단 말이야?"

"그럼. 다음날 전화들이 막 걸려오자 그때서야 안 거지."

"기사 내용이 뭐였어?"

"잘은 모르지만 경영진이 모두 엿을 먹었나 봐."

나는 와인을 홀짝거리며 잠시 생각한 뒤 말했다.

"그러진 않았을 거야."

"뭔 소리야? 그러고도 남지."

"경영진은 고개를 끄덕이며 자기들이 제대로 추려냈다고 말했을 거란 뜻이야. 그들에게 정말 엿을 먹이고 싶다면 그를 내보낸 걸 후회하게 만들었어야지."

"그럼 자넨 후회하게 만들겠단 말이야?"

"아니야, 난 그냥 조용히 물러날 거야. 집에 가서 소설이나 쓰는 게 내가 엿 먹이는 방법이거든. 실은 그게 내 소설의 가제야. '엿 먹어라, 크레이머.'"

"멋지군!"

래리 버나드는 껄껄 웃었다. 우리는 화제를 바꾸었지만 나는 다른 얘기를 하면서도 줄곧 엿을 먹었다는 경영진에 대해 생각하고 있었다. 그리고 다시 쓰기 시작하면 반드시 완성시키고 싶은 내 소설에 대해 생각했다. 매일 밤 소설 쓰는 일에 매달린다면 다음 이 주일을 보내기가 한결 수월할 것 같은 생각도 들었다.

휴대전화가 울려서 보니 내 전처가 나를 부르고 있었다. 받아야 할 전화 같았다. 의자를 뒤로 밀치고 일어나서 조용한 주차장으로 나갔다. 워싱턴은 여기보다 세 시간이나 빠를 텐데, 내 전처는 데스크 전화를 사용하고 있었다.

"케이샤, 무슨 일로 아직 회사에 있는 거야?"

시계를 보니 7시가 가까웠다. 그렇다면 거긴 10시란 얘기 아닌가.

"전화 회신을 기다리며 〈포스트〉 기사들을 점검하고 있어."

〈웨스트 코스트〉 신문에 근무하는 장단점은 국내 주요 경쟁지인 〈워싱턴 포스트〉와 〈뉴욕 타임스〉가 잠자리에 든 후에도 최소한 세 시간은 지나야 마감할 수 있다는 점이다. 이것은 〈LA 타임스〉가 그들의 특종에 맞먹는 일격을 항상 지니고 있으며 다른 기사들에 있어서도 리드할 수 있다는 뜻이었다. 아침이 되면 〈LA 타임스〉는 양질의 최신 정보로 중요한 기사들을 가장 먼저 마감할 수 있었다. 이것의 온라인 버전은 또한 LA에서 5천 킬로미터 떨어진 곳에 있는 정부 각 기관들의 필독서가 되었다.

워싱턴 지국의 신참 기자인 케이샤 러셀은 야간 교대조로 근무하고 있었다. 그녀는 가끔 추적 기사를 이어받아 쓰기도 하고 사건의 새로운 디테일이나 변화를 추적하기도 했다.

"안됐군."

내 말에 그녀는 대꾸했다.

"오늘 당신한테 일어난 일보다는 나은 것 같은데."

나는 고개를 끄덕였다.

"맞아. 난 잘렸어, 케이샤."

"정말 안됐어, 잭."

"그래, 정말 안됐지? 다들 그래."

2년 전에 그녀와 함께 D.C.로 발령 나지 않았을 때 나는 이미 사정권 내에 있었다는 사실을 밝히고 싶었지만, 그건 다른 얘기였다. 그녀와의 사이에 침묵이 끼어들었다. 그것이 싫어서 나는 다시 말했다.

"쓰다 만 소설을 꺼내서 완성할 생각이야. 저축한 돈도 좀 있고 집도 있으니 적어도 1년쯤은 버틸 수 있지 않을까 싶어. 지금 안 쓰면 영영 못 쓸 것 같아서."

"그래, 당신은 할 수 있어."

케이샤는 거짓 열정을 섞어 말했다.

우리가 함께 살 때 그녀가 내 소설 원고를 발견하고 읽었다는 사실을 난 알고 있다. 하지만 그녀는 읽었다는 말을 한 적이 없었다. 그 말을 하면 소설에 대한 자신의 생각도 말해야만 할 것이고, 거짓말을 할 수는 없기 때문이었을 것이다.

"LA에 계속 있을 거야?"

그녀가 물었다.

멋진 질문이야, 하고 나는 생각했다. 소설의 무대는 내가 성장한 콜로라도지만, 나는 LA의 에너지를 사랑하기 때문에 떠나고 싶은 마음이 없었다.

"아직 생각해 보지 않았어. 집을 팔고 싶진 않아. 아직 시세가 너무 안 좋아서. 이 상태라면 융자금을 그냥 끌어안고 버티는 게 낫지. 암튼 지금은 그런 생각을 하기도 너무 일러. 목 잘린 기념으로 동료들과 한잔하는 중이거든."

"거기 레드 윈드야?"

"아니, 숏 스탑."

"누구랑 있는데?"

나는 약간 창피한 생각이 들었다.

"뭐, 당신도 알 만한 친구들이야. 래리와 경찰 사건담당 기자들, 스포츠 기자들."

그녀는 다시 입을 열기 전에 잠시 망설임으로써 내가 과장하거나 새빨 간 거짓말을 하고 있다는 것을 알아챈 표시를 내고 말았다.

"정말 괜찮은 거야, 잭?"

전처는 걱정스런 말투로 물었다.

"그럼, 난 그냥 단지…."

"잭, 미안해. 전화가 왔어. 회신 전화."

그녀가 다급하게 말했다. 이 전화를 놓치면 더 이상 안 걸려올지도 모 른다.

"받아! 나중에 연락할게."

나는 재빨리 소리친 뒤 전화를 끊었다. 스모그 자욱한 할리우드 풍경 너머로 지는 해 같은 내 처지에 비하면 케이샤는 욱일승천하고 있었다. 그런 전처를 상대로 미래의 내 삶에 대해 얘기해야 하는 곤혹스러움에서 나를 구해준 워싱턴의 어느 정치가가 나는 너무너무 고마웠다. 휴대전화 를 주머니 속에 쑤셔 넣던 나는 케이샤도 그런 구질구질한 얘기를 듣고 싶지 않아서 전화가 온 것처럼 꾸며댄 것이 아닐까 하는 의심이 불쑥 솟 았다.

동료들 곁으로 돌아간 나는 좀 진지해질 작정으로 바텐더에게 아이리 시 카 밤이라는 폭탄주를 한 잔 주문했다. 한 모금 들이키자 제임슨 위스 키가 뜨거운 기름처럼 목구멍을 훑고 내려갔다. 다저스 팀이 내가 싫어하는 자이언츠 팀을 상대로 초장에 박살나는 것을 지켜보며 나는 점점 더 우울해졌다.

로마노와 셸턴이 먼저 나를 구해 주었고, 야구가 3이닝에 접어들자 래리 버나드도 술기운이 도는지 신문 사업의 암담한 미래에 대해 떠들어대기 시작했다. 그는 의자에서 미끄러져 내려와 내 어깨에 손을 올리며 말했다.

"난 천우신조였을 뿐이야."

"뭐가?"

내가 물었다.

"내가 잘렸을 수도 있었단 얘기지. 편집실 인원이면 누구든 잘릴 수 있었어. 그들이 자네를 찍은 건 자네가 큰돈을 벌었기 때문이야. 7년 전 여기 올 때 자네는 베스트셀러 작가로 래리 킹 토크 쇼에도 출연하지 않았나? 그땐 자네를 초청하기 위해 지나친 대가를 지불했지만 그것이 이번엔 자네를 타깃으로 만든 거야. 솔직히 말해 난 자네가 지금까지 버틴 것만도 놀랍다고 생각해."

"그런가. 그래본들 더 나아진 것도 없어."

"알아. 하지만 그렇다는 거지. 난 이제 가야겠어. 집에 안 갈 거야?"

"난 좀 더 마셔야겠어."

"에이, 어지간히 마셨잖아."

"딱 한 잔만 더. 괜찮을 거야. 정 힘들면 택시를 부르지, 뭐."

"음주운전에 걸리지 않도록 조심해. 자네한텐 그게 중요해."

"젠장, 그들이 뭐 어쩌겠어? 날 해고할 건가?"

옳은 말씀이란 듯 래리는 고개를 끄덕이며 손바닥으로 내 등을 철썩 때렸다. 그들이 바를 떠난 뒤에도 나는 혼자 앉아 야구 경기를 지켜보았다. 새로 주문한 제임슨에는 기네스와 베일리를 넣지 않고 얼음만 넣었다. 그래서 단숨에 마시지 않고 두세 차례 나누어서 마셨다. 직장생활을 이런 식으로 끝내는 것은 내가 꿈꾸어온 바가 아니었다. 나는 이제 〈에스콰이어〉와 〈베니티 페어〉 잡지에 게재할 1만 단어짜리 기사를 쓰는 일에 대해 생각했다. 그것들은 내가 찾아나서는 것이 아니라 나를 찾아올 것이다. 그리고 무엇에 대해 쓸 것인지 선택해야 할 것이다.

내가 또 한 잔을 주문하자 바텐더가 제동을 걸었다. 내 자동차 열쇠를 자기한테 건네줘야 위스키 스트레이트를 한 잔 더 주겠다는 것이었다. 그거 참 괜찮은 조건이다 싶어서 나는 얼른 열쇠를 건네주었다.

위스키가 밑에서부터 내 골을 뜨겁게 달구었지만, 나는 볼티모어에서 어느 직원이 경영진에게 마지막으로 된통 엿을 먹였다고 하던 래리 버나드의 얘기를 다시 떠올렸다. 그들에게 엿을 먹인 해고된 기자에게 축배를 올리며 나 혼자 고개를 끄덕이기도 했다.

그러자 다른 아이디어가 불꽃을 튀기며 내 뇌리에 깊숙이 새겨졌다. 볼티모어에서 먹였다는 엿의 변종이었다. 유리 트로피에 이름을 새기는 것처럼 또렷하고 완전한 것이었다. 바에 팔꿈치를 올려놓은 채 나는 다시 축배를 들었다. 하지만 이번엔 나를 위한 축배였다.

"제기랄, 죽기 아니면 까무러치기지, 뭐."

나는 혼자 중얼거렸다.

"언젠 뭐 그렇게 안 살았나. 직장에 붙어 있으려면 죽기 살기로 덤벼야 했지."

늘 듣던 소리지만 이전엔 그저 남의 일이거니 했다. 어떤 식으로 직장을 나갈 것인지를 깨달은 나는 혼자 고개를 끄덕였다. 경찰 사건담당 기자로 근무하는 동안 적어도 1천 건의 살인사건을 취재했을 것이다. 거기에 한 건을 더 추가할 생각이었다. 기자로서의 내 경력에 묘비로 우뚝 세울 만한 기사. 내가 나간 뒤에도 그들이 나를 기억해줄 만한 그런 기사.

미래라 할 수 없는 새로운 미래를 붙잡고 씨름하며 보낸 주말은 알코올과 분노와 모멸감으로 온통 흐리멍덩하기만 했다. 토요일 아침 정신이 조금 맑아지자 나는 쓰고 있던 소설 파일을 불러내어 읽기 시작했다. 그러자 곧 나의 전처가 오래전에 알았던 것을 알게 되었다. 내가 오래전에 알았어야만 했던 것이었다. 파일에는 대단한 것이 없었고, 있다고 생각했던 내가 어리석었다.

결국 이 길로 가겠다면 자료를 모으는 일부터 시작해야 한다는 얘기였고, 그런 생각을 하자 맥이 탁 풀렸다. 내 차를 가지러 가기 위해 택시를 타고 숏 스탑으로 간 나는 다시 그곳에 퍼질러 앉고 말았다. 다저스 팀이 또 깨지는 것을 지켜보며 술을 마셔대고, 생판 모르는 사람들을 상대로 〈LA 타임스〉와 모든 신문들이 망조가 들어간다고 떠들어대다가 일요일 새벽 가게 문 닫을 시간이 되어서야 쫓겨나듯 밀려났다.

월요일 아침이 된 후에야 나는 술에서 겨우 깨어났다. 마침내 숏 스탑에서 차를 찾아 출근하고 보니 45분이나 지각이었다. 그래도 몸의 구멍이란 구멍에서는 모두 술내를 내뿜는 것 같았다.

안젤라는 빈 칸막이 사무실에서 의자를 하나 빌려다 내 책상에 놓고 앉아 있었다. 계열회사 지분매각과 정리해고를 시작한 이후로 빈 칸막이가 많이 늘어났다.

"지각해서 미안해, 안젤라."

나는 변명조로 말했다.

"금요일 파티부터 시작해서 주말을 몽땅 술로 보냈네. 안젤라도 왔으면 좋았을 텐데."

신참 기자는 얌전한 척 웃었다. 마치 파티 따위는 없었으며, 혼자 밤새도록 술타령했다는 걸 다 알고 있다는 듯이.

"커피 갖다놨는데 다 식었겠네요."

그녀가 화제를 돌렸다.

"고마워."

컵을 들어보니 정말 식어 있었다. 그렇지만 〈LA 타임스〉 식당의 장점 하나는 리필을 얼마든지 해준다는 것. 그들도 이것 하나 만큼은 아직 바꾸지 않았다.

"데스크를 체크해 보고 아무 일도 없으면 리필이나 하러 가지. 업무 인수인계에 관한 얘기도 하고."

안젤라를 칸막이에 남겨두고 나온 나는 메트로 데스크로 걸어갔다. 도중에 잠시 전화교환대 앞에 멈춰 섰다. 그것은 교환수가 방 안의 모든 사람들을 살펴보며 전화를 바꿔줄 수 있도록 편집실 한가운데 구명 스탠드처럼 높다랗게 세워져 있었다. 나는 교환수가 나를 내려다볼 수 있게 가까이 다가갔다.

지난주 금요일에 근무했던 로렌이었다. 그녀는 손가락 하나를 세워 잠시 기다리라는 신호를 보냈다. 그리고 두 통을 재빨리 연결한 다음 헤드세트를 왼쪽 귀에서 내리고 말했다.

"당신한테 연락 온 것 없어요, 잭."

"알아. 지난 금요일 오후에 왔던 전화 때문이야. 완다 세섬즈라는 여자를 바꿔줬잖아. 그 여자 전화번호가 남아 있어? 내가 물어본다는 것이 그만 깜박했거든."

로렌은 헤드세트를 제자리로 돌리고 다른 전화를 한 통 받았다. 그리곤 나한테 그 번호는 남아 있지 않다고 대답했다. 번호를 적어 놓지도 않았고, 교환기 시스템에 남아 있는 전자 리스트는 마지막으로 걸려온 500개까지라고 했다. 완다 세섬즈가 나한테 전화를 건 지 이틀도 더 지났고, 이 교환대의 수신 횟수는 하루 1천 건에 가까웠다.

로렌은 그 번호를 알아내기 위해 411을 부를 것인지 나한테 물었다. 가끔은 기본적인 출발점을 잊어버릴 때도 있다. 나는 그녀에게 됐다고 말하곤 데스크로 걸어갔다. 나는 이미 집에서 안내를 통해 완다 세섬즈란 이름은 미등록 상태란 걸 알고 있었다.

현재 지방기사 편집장 자리에는 도로시 파울러란 이름의 여자가 앉아 있었다. 정치적으로나 실무적으로 신문사에서 가장 이동이 심한 자리로, 마치 회전문을 하나 달고 있는 것처럼 보였다. 파울러는 매우 유능한 정부출입 기자로, 도시에서 근무하는 기자들을 지휘하기 시작한지 이제 여덟 달째 되었다. 나는 그녀가 잘해나가길 바라지만, 정보원들이 모두 잘려나가고 빈 칸막이들만 남은 편집실을 감안할 때 성공할 가능성은 거의 없어 보였다.

파울러는 유리로 된 작은 사무실을 사용하고 있지만, 그보다는 사람들로 둘러싸인 편집장 쪽을 선호했다. 그래서 항상 모든 에이스•들이 앉아 있는 책상들 맨 앞쪽 데스크에 앉아 있었다. 이곳은 '뗏목'이라고 알려져 있었는데, 모든 데스크들이 함대처럼 밀려들어 다수의 힘으로 상어 떼에 대항할 수 있는 곳이기 때문이었다.

모든 도시 기자들은 1급 수준의 편집·관리 에이스와 함께 일했다. 나의 에이스인 앨런 프렌더게스트는 경찰과 법원을 출입하는 모든 기자들을 담당하고 있었다. 오후 근무조인 그는 항상 정오 무렵에 출근했다. 법집행기관이나 법원에서 나오는 뉴스들은 대부분 오후 늦게야 터지기 때문이다.

그래서 나의 출근 신고는 매번 도로시 파울러나 마이클 워런 차장과의 대면으로 이루어졌다. 나는 항상 파울러의 눈도장을 받으려고 애썼는데, 그녀는 나와 워런이 결코 오르지 못했던 높은 지위에 있기 때문이었다.

• 편집장의 조수

이건 아무래도 내가 〈LA 타임스〉에 들어오기 오래전 덴버에 있는 〈로키 마운틴 뉴스〉에서 근무하면서 워런과 주요 기사들을 놓고 경쟁했던 일과 관련이 있는 듯했다. 그는 비윤리적으로 행동했고, 그래서 나는 그를 결코 신뢰할 만한 편집자로 볼 수 없었다.

도로시가 화면에 시선을 고정시키고 있었기 때문에, 그녀의 주의를 돌리기 위해서는 이름을 불러야만 했다. 내가 해고통보를 받은 이후로는 그녀와 얘기를 나눈 적이 없었기 때문에, 나를 본 그녀의 표정이 마치 췌장암 진단을 받은 환자를 대하는 듯 동정심으로 일그러졌다.

"들어가요, 잭."

도로시는 일어나서 뗏목을 떠나 좀처럼 사용하지 않는 자기 사무실로 안내했다. 그녀가 자기 책상 뒤로 가서 앉았지만 나는 얘기를 빨리 끝낼 심산으로 그냥 서 있었다.

"잭, 당신이 떠나고 나면 다들 서운해할 것 같아요."

나는 머리를 끄덕여 감사를 표했다.

"안젤라가 감쪽같이 땜질할 텐데요, 뭐."

"안젤라는 유능하고 의욕적이긴 하지만 한칼이 없어. 적어도 아직까진 말이죠. 그게 문제라고, 안 그래요? 신문은 사회의 경비견이라고 하는데, 우린 그 임무를 강아지들에게 맡기고 있어요. 우리가 평생 동안 보아온 그 막강한 신문들을 생각해 봐요. 부정부패를 들춰내고, 공익에 이바지한 그 신문들. 이 나라의 신문들이 이처럼 모조리 박살나면 이제 그런 일은 누가 하죠? 우리 정부가? 어림없지. TV나 블로그가? 말도 안 돼. 플로리다에서 기업 지분을 인수한 내 친구는 그러더군요. 신문의 감시 기능이 없어지면 부정부패가 새로운 성장 산업이 될 거라고."

그녀는 잠시 슬픈 현실을 생각하는 표정을 짓더니 이어 말했다.

"오해하진 말아요. 기분이 좀 엿 같아서 그래. 안젤라야 훌륭하지. 일도 잘 하고 있고, 3~4년 지나면 당신이 지금 하는 만큼은 경찰을 요리하겠죠. 문제는 그때까지 그녀가 놓칠 기사들이 얼마나 많을까 하는 거예요. 그중 많은 것들은 당신이면 건져낼 수 있는 기사들이겠죠."

나는 어깨만 들썩했다. 그런 건 도로시에게나 중요한 문제지 내겐 이제 아니었다. 나는 십이 일만 지나면 여기서 나간다. 그녀는 잠시 침묵한 뒤 말했다.

"암튼 유감이에요. 당신과 함께 일하는 게 늘 좋았는데."

"아직 시간이 좀 있어요. 어쩌면 그 사이에 진짜 멋진 기삿거리를 찾아낼지도 모르죠."

도로시는 환한 미소를 지었다.

"그러면 진짜 멋질 거예요!"

"오늘은 아직 아무 일도 없습니까?"

"별로. 방금 보고서를 보니 특수 인종을 목표로 한 범죄에 대해 흑인 지도자들과 경찰국장이 회의를 한다는군요. 하지만 그런 기사는 이제 신물 나잖아요."

"안젤라를 데리고 파커센터나 둘러볼 생각입니다. 건질 게 있는지 봐야죠."

"좋은 생각이에요."

몇 분 후 안젤라와 나는 커피를 리필한 뒤 식당 테이블에 마주 앉았다. 식당이 자리 잡은 이 1층 공간은 신문을 찍어내기 전에도 수십 년 동안 낡은 인쇄기들이 돌아가던 곳이었다. 안젤라와의 대화는 딱딱했다. 그녀가 입사했던 6개월쯤 전에 파울러가 칸막이마다 데리고 다니며 소개시켰을 때 잠시 보았을 뿐이었다. 하지만 그 이후로 그녀와 취재를 같이 하거나, 점심이나 커피를 같이 하거나, 편집실의 선임 기자들이 즐겨 가는 술집에서 마주친 적도 한 번 없었다.

"어디 출신이지, 안젤라?"

"탬파예요. 플로리다 대학을 다녔죠."

"좋은 대학이지. 저널리즘 전공?"

"네, 석사 과정에서요."

"경찰 사건 보고서를 작성해본 적 있어?"

"석사 과정을 밟기 전 세인트피트에서 2년간 일한 적 있어요. 그중 1년은 경찰서에서 보냈죠."

나는 커피를 몇 모금 마셨다. 에너지원 공급이 필요했던 것이다. 지난 24시간 동안 아무것도 먹지 못해 위장이 텅 비어 있었다.

"세인트 피터스버그에서? 거기선 살인사건이 1년에 10여 건쯤 일어나나?"

"운이 좋으면요."

안젤라는 그 아이러니를 생각하고 웃었다. 범죄를 취재하는 기자들은 항상 끔찍한 살인사건들을 원한다. 그러니까 기자의 행운은 다른 누군가의 불행인 셈이다.

"여기선 400건 이하만 일어나도 좋은 해라고 하지. 진짜 좋은 해. 범죄를 취재하고 싶다면 로스앤젤레스가 최고야. 살인사건 기사를 쓰긴 그만이지. 만약 다음 특종을 기다리며 시간만 계산하고 있다면 싫어질 지도 모르지만."

신참 기자는 고개를 저었다.

"다음 특종 따위는 걱정하지 않아요. 이건 내가 원해서 하는 거예요. 살인사건 기사를 쓰고 싶어서요. 그것에 대한 책을 쓸 거예요."

진심으로 하는 소리 같았다. 오래전부터 내가 하고 싶었던 소리이기도 했다.

"좋아. 파커센터로 가서 사람들을 소개해 주지. 대부분 형사들이야. 그들이 널 도와주겠지만, 먼저 신뢰를 얻어야만 해. 그들의 신뢰를 얻지 못하면 보도용밖에 들어올 게 없어."

"어떻게 하면 되는데요, 잭? 그들이 절 신뢰하게 해줘요."

"알고 있잖아. 기사를 써. 공정하고 정확하게. 그렇게 쓸 줄 알잖아. 신뢰는 행동으로 쌓는 거야. 이 도시의 경찰들은 놀라운 연락망을 갖고 있다는 걸 잊지 마. 기자에 대한 얘기는 급속도로 전해지지. 네가 공정하게 굴면 그들 모두는 금방 알아. 그런데 그들 중 하나에게 엿을 먹이면 그것도 금방 알려져서 네가 아무 데도 접근 못 하게 막을 거야."

엿을 먹인다는 말에 그녀는 당황한 것 같았다. 경찰들을 상대하려면 그런 말에도 익숙해져야만 한다.

"또 한 가지 명심해야 할 것이 있어. 그들은 숭고한 정신을 숨기고 있어. 네가 만약 그것을 기사에 녹여 넣을 수만 있다면 언제든지 그들을 네 편으로 만들 수가 있지. 그러니까 그들의 숭고한 정신을 디테일에 살짝 녹여 넣도록 노력해봐."

"알았어요, 잭. 노력할게요."

"그러면 아무 문제도 없을 거야."

LA 경찰국 본부가 있는 파커센터를 돌아보며 소개를 하다가 우리는 미제사건 전담팀에서 살인사건 하나를 건졌다. 나이 든 여자를 강간하고 살해한 혐의를 받았던 스무 살짜리 청년이 무죄로 밝혀졌다는 것이었다. 1989년 피살자로부터 수집한 DNA를 사건 기록에서 찾아내어 주 법무부 성범죄 데이터 뱅크를 통해 검증한 결과였다. 살인자의 신원을 드러낸 그 DNA 대조 결과를 콜드 히트(cold hit)라고 불렀다. 피살자로부터 채집한 DNA는 강간미수죄로 현재 펠리칸 베이에서 복역 중인 사내의 것이었다. 미제사건 전담 형사는 그 사내가 보석으로 풀려나기 전에 본 사건을 종합하여 기소할 예정이었다. 나쁜 놈이 이미 감방에 갇혀 있어서 그다지 화려한 기삿거리는 못 되지만 그래도 8인치짜리는 충분했다. 사람들은 나쁜 놈들이 항상 빠져나가지는 못한다는 생각을 확인시켜주는 기사를 읽기 좋아하니까. 특히 경제가 자꾸 가라앉아 모든 것이 냉소적으로 흐르기 쉬울 때는 더욱 그랬다.

편집실로 돌아오자 나는 안젤라에게 그 살인사건을 기사로 작성하라고 지시했다. 그녀가 경찰서에서 취재한 첫 번째 작품이 될 것이었다.

그동안 나는 지난 금요일 나한테 전화를 걸어 화를 냈던 완다 세섬즈를 수소문했다. 〈LA 타임스〉 교환대에도 그녀의 통화 기록이 남아 있지 않고, LA 지역 전화안내에서도 완다 세섬즈란 이름은 등록이 되어 있지 않다는 것은 이미 확인한 터였다. 그래서 나는 산타모니카 경찰국에 근무하는 길버트 워커 형사에게 전화했다. 그는 데니스 배빗 살해 사건으로 알론조 윈슬로를 체포한 수사 지휘관이었다. 산타모니카가 뉴스 레이더에 자주 잡히는 것도 아니고, 워커와 인간관계를 맺은 적도 없으니 전화가 좀 냉랭할 수밖에 없었다. 베니스와 말리부 중간쯤 되는 비교적 안전한 해변 마을인지라 노숙자 문제가 좀 심각하긴 하지만 살인사건이 많이 일어나는 곳은 아니었다. 1년에 겨우 네댓 차례 일어나면 많은 편이고, 그나마 뉴스 가치는 별로 없는 살인사건들이었다. 대개의 경우 데니스 배빗 사건처럼 시체를 내버렸다. 살인은 다른 곳 ─ 일테면 LA 남단 ─ 에서 일어났고, 해변의 경찰이 그 뒤치다꺼리를 도맡았다.

워커 형사는 책상에서 내 전화를 받았다. 처음엔 아주 상냥한 목소리로 대답했지만, 내가 〈LA 타임스〉 기자라고 신분을 밝히자마자 급속히 차가워졌다. 종종 겪는 일이었다. 경찰 사건담당 기자로 7년 동안 여러 경찰서를 들락거리면서 많은 경찰들을 정보원으로 만들었고 서로 친구가 되기도 했다. 곤경에 처하면 도움을 요청할 수도 있었다. 그러나 가끔 누구에게 손을 내밀어야 할지 선택할 수 없을 때가 있다. 결론을 얘기하자면 그들을 완전히 내 편으로 만들 순 없다는 것이다. 언론과 경찰이 편안한 관계를 유지한 적은 없었다. 언론은 자신을 공중의 경비견으로 보고 있지만, 경찰을 포함한 그 누구도 자신을 감시하는 그런 존재를 달가워하지 않는다. 두 조직 사이에 생긴 깊숙한 틈 속으로 신뢰가 추락한 지는 옛날이었다. 그 결과 기사 내용을 몇 가지 보충할 필요가 있는 신출내기 기자들만 일하기 팍팍하게 만들어 놓은 꼴이었다.

"용무가 뭡니까?"

워커 형사는 사무적으로 물었다.

"알론조 윈슬로의 모친과 연락할 방법을 찾고 있는데 혹시 형사님의 도움을 받을 수 있을까 해서요."

"알론조 윈슬로가 누구요?"

나는 하마터면 '왜 이러세요, 워커 형사'라고 소리칠 뻔했다. 그 순간 나도 그 소년의 이름을 몰랐다는 생각이 떠올랐다. 청소년의 이름을 발표하면 법적으로 처벌받게 되어 있었다.

"데니스 배빗 사건의 혐의자 이름입니다."

"당신이 그 친구 이름을 어떻게 아시오? 나도 모르는 이름인데."

"이해합니다, 워커 형사. 이름을 확인해 달라는 얘기가 아니에요. 나도 그 소년의 모친이 금요일에 전화를 걸어 아들 이름을 말해줬기 때문에 알았어요. 그런데 전화번호를 말해주지 않아 연락할 길이…."

"안녕히 계세요."

워커는 불쑥 말하곤 전화를 끊어버렸다.

의자에 등을 기대면서 나는 안젤라 쿡에게 이전에 말해줬던 그 숭고한 정신은 모든 경찰이 다 지니고 있진 않다고 말해줄 필요가 있겠다는 생각이 들었다.

"개자식!"

입에서 욕이 절로 튀어나왔다. 손가락으로 책상을 톡톡 치며 궁리하던 끝에 새로운 계획을 짜냈다. 처음부터 이렇게 했어야 하는 건데. 나는 LAPD 남부 지국에 정보원으로 심어둔 형사를 전화로 불렀다. 나는 그가 윈슬로 체포에 관여했던 걸로 알고 있었다. 그 사건은 원래 산타모니카 시에서 발생했다. 피살자의 시체가 트렁크에 담긴 본인의 승용차가 부둣가 근처 주차장에서 발견되었기 때문이다. 그렇지만 살인현장에서 발견된 증거물이 남부 LA 주민인 알론조 윈슬로의 것으로 밝혀지자 LA 경찰국이 엮여들었다.

산타모니카 경찰은 합의된 규정에 따라 LA 경찰국으로 연락했고, 그 지역에 빠삭한 LAPD 남부 지국 형사들이 출동하여 윈슬로를 찾아내어 체포한 뒤 산타모니카로 이송했다. 그때 남부 지국에서 나갔던 형사들 중 하나가 나폴레옹 브래즐턴이었다. 지금 나는 그를 전화로 불러내어 톡 까놓고 얘기하고 있었다.

"이 주일 전에 트렁크 속 여자 건으로 출동했던 일 기억합니까?"

"그럼요. 산타모니카 일이었지. 우린 도와주러 나갔소."

"압니다. 그들 대신 당신들이 윈슬로를 체포했죠. 그 일로 전화했습니다."

"그 사건은 그쪽 관할이오."

"알아요. 그런데 워커 형사와 통화가 안 돼요. 다른 사람들은 알지도 못하고. 당신을 아니까 연락한 건데, 내가 알고 싶은 건 사건 자체가 아니라 체포에 관한 겁니다."

"왜? 무슨 불평이 있소? 우린 그 아이에게 손도 대지 않았는데."

"알아요, 브래즐턴 형사. 불평이 아니에요. 내가 알기론 정당한 체포였어요. 나는 단지 그 아이의 집을 좀 알고 싶을 뿐입니다. 어디 사는지 알면 아이의 어머니와 얘기를 좀 해보고 싶어서요."

"그야 상관없겠지만, 그 아이는 자기 할머니와 살고 있소."

"정말입니까?"

"보고서에 그렇게 나와 있어요. 우린 나쁜 늑대들처럼 할머니 집을 덮쳤죠. 사진에도 아이 아버지는 없었고, 어머니는 부랑자로 들락날락하는 것 같더군. 마약중독자였소."

"그러면 아이 할머니와 얘기하죠, 뭐. 주소가 어딥니까?"

"그냥 안부 인사나 건네려고 가는 거요?"

그가 미심쩍은 말투로 물었다. 나는 금방 눈치챘다. 내가 백인이니까 알론조 윈슬로의 이웃들이 별로 환영하지 않을 것 같다는 뜻이었다.

"걱정 말아요. 여러 사람들과 함께 갈 거니까."

"행운을 빌겠소. 내가 4시에 순찰 나가기 전에 엉덩이에 총을 맞지 않도록 해요."

"조심하죠. 주소가 어딘지 기억하십니까?"

"로디아 가든스 어딘데. 잠시만 기다리시오."

그는 정확한 주소를 확인하기 위해 전화기를 내려놓았다. 로디아 가든스는 와츠 내에 있는 거대한 연립주택 단지로 그 자체가 하나의 도시 같은 곳이었다. 아주 위험한 도시. 로디아 가든스는 이 도시의 기적들 중 하나인 '와츠 타워'를 창조한 예술가 사이먼 로디아의 이름을 딴 것이라 했다. 그렇지만 로디아 가든스에 기적 같은 건 없었다. 지난 수십 년 동안 가난과 마약과 범죄의 악순환만 이어져 온 곳이었다. 여러 세대가 한 집에서 함께 사는 가족들이 그곳을 벗어나 자유롭게 살기란 꿈이나 다를 바 없었다. 대부분의 아이들이 한 번도 해변에 가거나 비행기를 타보거나 극장에 가본 적도 없이 성장했다.

브래즐턴 형사가 돌아와서 주소를 불러준 뒤 전화번호는 없더라고 말했다. 혹시 할머니의 이름을 아느냐고 물었더니 그는 내가 이미 알고 있는 이름을 불러 주었다. 완다 세섬즈.

딩동댕. 나한테 전화를 걸어왔던 여자였다. 여자가 알론조의 어머니라고 거짓말을 했거나, 아니면 경찰이 가진 정보가 틀렸다는 얘기였다. 어쨌거나 이제 주소를 손에 넣었으니 지난 금요일 나를 몹시 꾸짖었던 목소리의 주인공을 곧 대면할 수 있을 것 같았다.

브래즐턴 형사와 통화를 끝낸 나는 칸막이를 나와 사진부로 건너갔다. 당직 데스크에 앉아 있는 바비 아즈미샤라는 사진 편집자를 만나 현재 특별히 맡은 일이 없는 사진기자가 있느냐고 물었다. 그는 업무일지를 살펴보더니 와일드 아트를 찾아 나선 두 명의 사진기자를 찍어냈다. 와일드 아트란 뉴스 이벤트와는 상관없이 신문 1면을 장식하는 데 사용할 수 있는 사진들을 말했다. 둘 다 내가 아는 사진기자들이었고, 그중 하나는 흑인이었다. 내가 소니 레스터를 데리고 110번 고속도로를 좀 달려갔다 와도 되겠느냐고 묻자 아즈미샤는 기꺼이 그 사진기자를 근무에서 풀어주었다. 그들은 15분 후에 글로브 로비 바깥에서 나를 태우고 가기로 약속했다.

편집실로 돌아온 나는 미제사건 전담팀에서 취재한 기사를 작성하고 있는 안젤라를 체크한 뒤 나의 에이스와 얘기하기 위해 뗏목으로 건너갔다. 프렌더게스트는 오늘 첫 번째 뉴스 버짓*을 타이핑하느라 바빴다. 내가 말을 건네기도 전에 그가 먼저 입을 열었다.

"안젤라한테 벌써 슬러그를 받았어요."

슬러그(slug)나 버짓 라인(budget line)은 전체 버짓에 들어갈 각 기사의 타이틀과 간략한 설명을 가리키는 말이다. 편집자들이 당일 뉴스회의를 진행할 때 각 기사의 중요성을 토론한 다음 웹에 올릴 것과 인쇄 매체

* 광고를 제외한 모든 기사의 분량을 계산하는 일

에 올릴 것으로 구분하여 운영 방법을 결정하도록 돕기 위한 것이다.

"그래, 안젤라가 해냈어. 그건 그렇고 사진기자 하나를 데리고 남부에 좀 다녀올까 하는데."

"무슨 일인데요?"

"아직은 몰라. 그렇지만 나중에 얘기할 것이 있을지 모르지."

"좋아요."

프렌도는 언제나 시원시원하게 나를 지원해 주었지만 이제 그런 건 중요치 않았다. 하지만 그는 내가 정리해고 당하기 이전에도 기자들에겐 항상 무간섭주의를 유지하려고 했다. 우린 사이가 좋았다. 그는 호락호락한 사내가 아니었다. 나는 내게 주어진 시간과 내가 하려는 일을 잘 계산해야만 할 것이었다. 그렇지만 그는 언제나 내가 그 자신을 곤경에 밀어 넣기 직전까지 충분히 기다려 주었다.

나는 뗏목을 떠나 엘리베이터로 향했다.

"동전은 있어요?"

프렌더게스트가 등 뒤에서 소리쳤다. 나는 돌아보지 않고 손을 쳐들어 보였다. 내가 기사를 취재하기 위해 편집실을 나설 때면 그는 언제나 그렇게 외치곤 했다. 영화 〈차이나타운〉에 나오는 대사였다. 나는 이제 공중전화를 이용하진 않는다. 다른 기자들도 그렇다. 하지만 그 대사에는 낭만이 있다. *계속 연락해 줘요.*

글로브 로비는 퍼스트 애버뉴와 스프링 스트리트 모퉁이에 있는 신문사 건물의 정식 출입구였다. 로비 중심에 폭스바겐 크기의 청동 회전문 하나가 강철 축을 중심으로 돌아가고 있었다. 각국의 많은 지국들과 〈LA 타임스〉 파견대들 중 다수가 비용 절감을 위해 문을 닫았음에도 불구하고 비용이 급등한 지역들은 계속 체크를 당했다. 대리석 벽들은 신문 역사의 이정표를 나타내는 퓰리처 수상자들과 스탭진, 임무 수행 도중 사망한 특파원들의 수많은 사진과 액자들로 장식되어 있었다. 그 모든 신문들과 마찬가지로 이곳은 자랑스러운 박물관이었다. 그런데 소문에 의하면 이 건물이 매물로 나와 있다고 했다.

그렇지만 나는 내게 남은 십이 일에만 관심이 있었다. 그게 내가 마지막으로 쓸 살인사건 기사에 주어진 마지막 마감시간이었다. 그때까지는 저 회전문이 계속 돌아가게 할 필요가 있었다.

내가 묵직한 프런트 도어를 밀고 나갔을 때 소니 레스터는 회사 자동차 안에서 기다리고 있었다. 내가 올라타며 행선지를 말하자, 그는 대담하게 유턴을 하더니 브로드웨이로 올라갔다. 그리곤 법원 정문을 지나 곧장 고속도로로 진입했고, 잠시 후엔 110번을 타고 남부 LA를 향해 달렸다.

"내가 이 일에 동참하게 된 것이 우연은 아닐 텐데요."

도시를 빠져나오자 레스터가 말했다. 나는 그를 돌아보곤 어깨를 으쓱했다.

"글쎄, 아즈미샤한테 물어봐. 그 친구한테 사진기자가 필요하다고 했더니 자넬 추천했어."

레스터는 내 말이 믿기지 않는다는 듯 고개를 저었지만 나는 개의치 않았다. 신문사에서는 인종차별적인 것에 대해서는 강력하게 저항하는 것을 자랑으로 생각하는 전통이 있다. 그렇지만 편집실의 장점을 최대한 활용하는 실질적 전통도 있었다. 지진으로 도쿄가 박살났을 때는 일본 기자를 파견하고, 흑인 여배우가 오스카를 수상했을 때는 흑인 기자를 보내어 인터뷰하게 하고, 국경수비대가 칼렉시코에서 트럭 뒤에 실린 24명의 불법이민자를 발견했을 때는 스페인 말에 가장 능통한 기자를 보내는 식이다. 기삿거리는 그런 식으로 얻는 법이다. 레스터는 흑인이므로 작업에 들어갈 때 함께 있으면 조금이라도 안전할 것이라는 것이 내가 그를 선택한 유일한 이유였다. 나는 취재해야 할 기삿거리가 있을 뿐 그 선택이 옳은가 그른가는 전혀 고려하지 않았다.

레스터가 어디로 뭐 하러 가는 거냐고 물었다. 나는 가급적 많은 얘기를 해주고 싶었지만 아직은 구체적인 내용이 별로 없었다. 그래서 지금 우리가 만나러 가는 여자가 자기 손자를 살인자라고 쓴 내 기사에 대해 불만을 제기해 왔다고 설명했다. 그 여자를 찾아가서 협조만 해준다면 손자의 살인혐의를 벗는 방법을 의논해 보고 싶었다. 나는 레스터에게 구체적인 계획은 말하지 않았다. 그 정도는 스스로 짐작할 만큼 똑똑한 사람이라고 생각되었기 때문이다.

내 얘기를 들은 레스터는 고개를 끄덕인 뒤 말없이 운전만 했다. 로디아 가든스에 도착했을 때는 오후 1시 무렵이었는데 주택단지 안이 온통 고요하기만 했다. 학교는 아직 파하지 않았고, 마약 거래는 어두워진 다음에나 이루어질 것이다. 마약상이나 마약중독자, 난교자들은 아직 잠들어 있었다.

주택단지는 두 가지 색으로 칠한 2층짜리 건물들로 복잡하게 얽혀 있었다. 대부분의 건물들이 갈색과 베이지색으로 칠해져 있었고, 나머지는 석회와 베이지색이었다. 건물들을 나무나 관목으로 치장하지 않은 이유는 그런 것들이 마약과 무기를 숨기는 장소로 악용될 수 있기 때문이었다. 전체적으로는 부대시설들이 아직 들어오지 않은 새로 건설된 마을 같은 인상을 주었다. 자세히 들여다봐야만 벽에 칠해진 페인트들이 오래되었고 건물들도 낡았다는 것을 알 수 있었다.

브래즐턴 형사가 가르쳐준 주소를 찾는 일은 그다지 어렵지 않았다. 모퉁이에 있는 아파트 2층이었고, 건물 오른쪽으로 올라가는 계단이 있었다. 레스터가 자동차에서 크고 묵직한 카메라를 꺼낸 다음 차문을 잠갔다.

"집 안에 들어가면 그건 아마 필요 없을 거야. 만약 여자가 촬영을 허락하면 재빨리 끝내야 할 거고."

"사진은 안 찍어도 상관없지만, 난 물건을 차 안에 두진 않아요."

"무슨 소린지 알겠어."

2층에 올라가 보니 쇠창살이 박힌 스크린 도어 뒤로 아파트 현관문이 열려 있었다. 나는 가까이 다가가 노크를 하기 전에 주위를 한 번 돌아보았다. 단지 내 마당이나 주차장에 사람 그림자도 하나 얼씬하지 않았다. 단지 전체가 텅 빈 느낌이었다.

나는 여자 이름을 부르며 노크했다.

"세섬즈 부인?"

잠시 기다리자 스크린 도어 사이로 대답 소리가 들려왔다. 지난 금요일에 내게 전화했던 그 여자 목소리였다.

"누구슈?"

"잭 매커보입니다. 지난 금요일에 전화하셨죠? 〈LA 타임스〉예요."

스크린 도어는 수년 동안 낀 먼지와 기름때로 아파트 안이 보이지 않을 정도였다.

"여긴 웬일이야, 젊은이?"

"부인과 얘기 좀 나누고 싶어 왔습니다. 주말 내내 부인께서 하신 말씀에 대해 많은 생각을 했거든요."

"대체 날 어떻게 찾아냈나?"

목소리로 그녀가 스크린 도어 안쪽에 다가온 것을 알 수 있었다. 먼지 낀 스크린 사이로 여자의 형체만 희미하게 보였다.

"알론조가 여기서 체포된 것을 알았으니까요."

"같이 온 사람은 누구야?"

"같은 신문사에 근무하는 소니 레스터예요. 세섬즈 부인, 저는 부인 말씀을 듣고 알론조 사건을 조사해 보고 싶어서 왔어요. 만약 그 아이가 결백하다면 석방되도록 도울 겁니다."

'만약'이란 말에 악센트를 주었다.

"물론 그 아인 결백해. 아무 짓도 안 했다니까."

"좀 들어가서 얘기해도 되겠어요?"

내가 재빨리 물었다.

"제가 할 수 있는 일이 뭔지 알고 싶은데요."

"들어오는 건 좋지만 사진은 안 돼. 절대 찍을 수 없어."

스크린 도어가 살짝 열리자 나는 손잡이를 잡고 널찍하게 열었다. 그리고 현관에 선 여자를 본 순간 알론조 윈슬로의 할머니라고 판단했다. 나이는 60줄에 접어든 것 같았고, 여러 가닥으로 단단하게 땋아 붙인 머리카락 뿌리 부분이 하얗게 자라나 있었다. 빗자루처럼 비썩 마른 몸에는 스웨터 입을 날씨가 아닌데도 청바지 위에 스웨터를 걸치고 있었다. 금요일 전화에서 자기가 알론조의 어머니라고 했던 이유가 궁금하긴 하지만 중요한 일은 아니었다. 내가 보기엔 그 아이의 할머니인 동시에 어머니 노릇을 했던 것 같았다.

완다 세섬즈는 소파와 커피 탁자가 놓인 좁은 공간을 가리켰다. 집 안에는 개어 놓은 옷 무더기들이 발 디딜 틈 없이 놓여 있었고, 각 무더기 위에는 이름이 적힌 종이 쪼가리들이 놓여 있었다. 어디선가 세탁기와 드라이어 돌아가는 소리가 들렸다. 나는 그녀가 정부가 제공한 아파트 안에서 영업행위를 하고 있다는 것을 알았다. 아마 그것 때문에 사진을 못 찍게 했던 것 같았다.

"그 옷 무더기들을 밀어내고 좀 앉아. 그리고 우리 조를 어떻게 할 건지 말해봐."

알론조의 할머니가 말했다.

나는 소파 위의 옷 무더기를 탁자 위로 옮겨놓고 소파에 앉았다. 옷 무더기들 속에는 빨간 옷이 한 점도 보이지 않았다. 로디아 연립주택 단지는 크립스 갱단의 구역이기 때문에, 라이벌 블러드 갱단의 색깔인 빨간 옷을 입고 다니다간 어떤 놈 손에 봉변을 당하게 될지 모른다.

레스터는 내 옆에 앉았다. 그는 카메라 가방을 자기 두 발 사이에 놓았다. 그리고 지퍼를 열고 손에 들고 있던 카메라를 가방 안에 넣었다. 완다 세섬즈는 세탁물 바구니를 들고 와서 커피 탁자 위에 놓더니 옷을 하나하나 꺼내어 개기 시작했다.

"조의 사건을 조사해보고 싶습니다. 말씀하신 대로 만약 아드님이 결백하다면 석방도 가능할 거라고 생각합니다."

나는 '만약'을 다시 강조했다. 내가 줄 수 없는 것은 어떤 것도 약속할 수 없었다.

"당신이 그 아이를 석방시킨다고? 마이어 씨도 법정출두일을 통보 받지 못했는데?"

"마이어 씨가 아드님의 변호사인가요?"

"그렇지. 국선 변호인이야. 유대인이지."

여자의 말투에 선입견이나 적의는 전혀 없어 보였다. 마치 자기 아들이 유대인 변호사를 맞을 만큼 교육 수준이 높다고 자랑하는 것처럼 말했다.

"그렇다면 마이어 씨에게도 이 모든 것에 대해 얘기하겠습니다. 세섬즈 부인, 신문은 가끔 아무도 할 수 없는 일을 해낼 때가 있어요. 만약 제가 알론조 윈슬로는 결백하다고 소리치면 세상은 제 말에 주의를 기울일 겁니다. 변호사들의 말과는 달라요. 그들은 자기 고객이 결백하든 그렇지 않든 언제나 결백하다고 소리치기 때문이죠. 늑대 소년처럼 말입니다. 너무 심하기 때문에 실제로 결백한 고객을 맞았을 때도 아무도 믿어주지 않아요."

완다 세섬즈는 미심쩍은 표정으로 나를 바라보았다. 무슨 소린지 이해하지 못했거나 내가 속임수를 쓰고 있다고 생각하는 듯했다. 나는 내가 말한 어느 특정한 내용에 그녀가 너무 집착하지 않도록 계속 얘기를 진척시켰다.

"세섬즈 부인, 제가 만약 이 사건을 조사하게 된다면 부인께서 마이어 씨에게 전화하여 저를 도와주라고 하셔야 합니다. 법원 서류와 조사보고서 등도 봐야 하거든요."

"그 사람은 지금까지 아무것도 찾아내지 못했어. 여기저기 돌아다니며 모두에게 가만히 앉아 있으라고만 했지."

"제가 말씀드린 것은 법적 서류들입니다. 검찰은 그들의 서류와 증거물들을 변호인 측에 모두 제시하게 되어 있어요. 알론조를 석방시키려면 그것들을 제가 봐야 해요."

알론조의 할머니는 이제 내가 하는 말에 주의를 기울이지 않는 듯했다. 그녀는 빨래 바구니에서 천천히 손을 쳐들었다. 진홍색의 팬티가 손끝에 매달려 있었다. 그녀는 죽은 쥐새끼 꼬리를 잡은 것처럼 눈에서 멀찌감치 떼어내며 말했다.

"이런 멍청한 계집애를 봤나. 누구랑 놀고 있는지도 모르고 있군. 빨간 속옷을 감추고 있다니. 이러고도 무사할 줄 알았다면 모자라도 한참 모자라지."

그녀는 방구석으로 걸어가 쓰레기통의 페달을 밟아 뚜껑을 연 뒤 빨간색 죽은 쥐를 던져 넣었다. 나는 알 만하다는 듯이 고개를 끄덕인 뒤 하던 말을 계속하려고 했다.

"세섬즈 부인, 제가 말씀드린 서류에 대해 이해하셨습니까? 제가 하려는 일은…."

"그런데 당신이 어떻게 조의 결백을 밝히겠다는 거야? 서류에 적힌 내용은 전부 경찰들이 한 말이고, 그들은 선악과나무의 뱀처럼 거짓말을 해대는데."

거리에서 사용하는 슬랭과 종교적 언어를 마구잡이로 구사하는 여자의 말을 다 이해한 뒤에 대답하려니까 시간이 조금 걸렸다.

"제가 직접 모든 사실들을 조사하고 스스로 판단을 내리겠습니다. 지난주에 그 기사를 쓸 때는 경찰 말만 듣고 썼습니다. 이제부터는 제 눈으로 직접 확인할 거예요. 아드님이 결백하다면 제가 알게 될 겁니다. 그리고 그대로 쓰겠어요. 그러면 그 기사가 아드님을 석방시켜 줄 겁니다."

"좋아, 그러면 됐어. 신이 당신을 도와 내 아들을 집으로 돌려보내 주시기를!"

"그렇지만 저는 부인의 도움도 필요합니다, 완다."

나는 이제 그녀의 이름을 부르기 시작했다. 앞으로는 그녀도 이 일의 일부가 되어야 한다는 것을 알려줘야 할 때였다. 그녀가 응답했다.

"우리 조를 위한 일이라면 난 언제든 도울 거야."

"좋습니다. 그러면 이제부터 제가 시키는 대로 하십시오."

03
서버 팜

　웨슬리 카버는 자기 사무실에서 콧노래를 부르며 카메라들을 열심히 살펴보았다. 화면들은 36장면을 송신하는 멀티 모드로 조정되어 있었다. 그는 모든 카메라들을 스캔할 수 있을 뿐만 아니라, 아무도 모르는 구석구석까지 살펴볼 수가 있었다.

　카버가 손가락을 히터 패드로 가져가더니 카메라 앵글 하나를 중앙 플라스마에 화면 크기로 끌어냈다. 그러자 카운터 뒤에서 소설책을 읽고 있는 제네바의 모습이 보안화면에 잡혔다. 그는 무슨 책인지 알고 싶어 카메라 초점을 바짝 당겼다. 그런데 책 제목은 안 보이고 표지 꼭대기에 있는 저자 이름만 보였다. 자넷 에바노비치. 이 작가가 쓴 책을 제네바가 이미 여러 권째 읽고 있다는 것을 그는 알고 있었다. 독서를 하면서 그녀가 혼자 미소 짓는 모습도 가끔 보았다.

　이런 정보는 알아두면 좋다. 카버는 서점에 가서 에바노비치 소설을 구입할 생각이었다. 그걸 가방에 담고 접수대 앞을 통과하며 제네바에게 슬쩍 보여주는 것이다. 어쩌면 그것만으로도 그녀와의 대화가 가능해질지 모른다.

카버는 시계를 들여다보았다. 그녀의 오후 휴식시간이었다. 비서실의 요란다 차베스가 문을 열고 들어와 제네바를 내보냈다. 15분간 휴식. 카버는 카메라로 그녀를 따라갈 작정이었다. 어디든 쫓아갈 수 있었다. 그의 카메라가 미치지 않는 곳은 없으니까. 그녀가 무슨 짓을 하든 다 엿볼 수가 있었다.

요란다가 문을 통과하여 접수대를 지나갈 때 카버의 사무실 문에서 노크 소리가 났다. 그가 재빨리 도피 명령을 입력하자 세 개의 화면이 세 개의 다른 서버 타워를 위한 데이터 순서도로 돌아갔다. 통제실에서 맨트랩 부저가 울리는 소리를 듣지 못했지만 알 수 없는 일이었다. 제네바한테 정신을 쏙 빼앗겨서 못 들었을 수도 있으니까.

"네에?"

문이 열렸다. 그런데 프레디 스톤이었다. 뭐야, 이 자식 때문에 제네바를 놓치게 생겼잖아. 카버는 짜증난 목소리로 물었다.

"무슨 일이야, 프레디?"

"휴가 기간을 어떻게 잡을 건지 여쭤보러 왔습니다."

스톤이 큰 소리로 대답하곤 등 뒤로 문을 닫았다. 그리곤 카버 건너편에 있는 워크스테이션으로 걸어가 허락도 구하지 않고 의자에 털썩 앉았다.

"휴가 좋아하시네."

카버가 대꾸했다.

"그런 건 저 바깥에 있는 놈들이나 가는 거야. 그보다 난 아이언 메이든에 대해 얘기하고 싶어. 지난 주말에 우리들의 다음 여자를 발견한 것 같았거든."

프레디 스톤은 카버보다 스무 살은 어렸다. 카버는 다른 아이디로 아이언 메이든 채팅룸에 숨어들었다가 그를 처음 발견했다. 그래서 추적하려고 했지만 그 방면엔 도사인 스톤이 디지털 안개 속으로 감쪽같이 사라지는 바람에 놓치고 말았다.

하지만 실망은커녕 호기심만 훨씬 커진 카버는 마더인아이언스닷컴 (motherinirons.com)이라는 캐치 사이트를 개설해 놓고 기다렸다. 아니나 다를까, 그 그물에 스톤이 마침내 걸려들었다. 이번엔 카버가 직접 접근 했고, 거기서부터 두 사람의 춤은 시작되었다. 스톤의 나이가 너무 어린 것에 충격을 받았지만 그래도 카버는 그를 채용하여 외모와 신분을 바꿔 준 다음 제자로 삼았다.

카버는 스톤을 구해주었지만 4년쯤 지나자 가까이 두기엔 너무 부담스 런 존재로 느껴지기 시작했고, 가끔은 참기 어려울 때도 있었다. 아무 때 나 마구 들락거리고 허락도 없이 아무 데나 앉는 등 프라이버시 침범이 너무 심했다.

"정말이야."

카버는 정말 믿을 수 없는 일이라는 듯이 말했다.

"다음 여자는 내가 찍도록 해준다고 약속했잖아요?"

스톤이 반발했다.

그때 그런 약속을 했던 것은 순간적인 열정 때문이었다. 그들은 산타모 니카 해변을 따라 10번 고속도로를 달리고 있었고, 열린 창문을 통해 바 닷바람이 그들의 얼굴을 시원하게 때렸다. 기분이 한껏 고조된 상태에서 카버는 어리석게도 어린 제자에게 다음 여자를 선택해도 좋다고 허락했 던 것이다.

그런데 이제 그것을 바꿔야만 하게 되었다. 그는 제네바를 지켜보는 일 로 빨리 돌아가고 싶었다. 지금 스톤 따위와 이런 불편한 대화나 나누고 있을 때가 아니었다.

"그 노래 지겹지도 않아요?"

스톤이 불쑥 물었다.

"뭐라고?"

카버는 자신이 제네바를 생각하며 다시 콧노래를 흥얼거리고 있었다는 걸 알았다. 당황한 그는 스톤에게 다시 물었다.

"그래, 어떤 여자를 찍었는데?"

스톤은 입이 귀에 걸리도록 웃으며 자신의 행운을 믿을 수 없다는 듯이 고개를 살랑살랑 흔들었다.

"본인 포르노 사이트를 가진 여자예요. 링크를 걸어줄 테니 직접 보세요. 보나마나 좋아하겠지만. 그 여자 세금신고서를 봤는데, 작년 한 해 동안 그 여자를 감상하는 대가로 매월 25달러씩 지불하는 회원들한테서 들어온 돈이 무려 28만 달러였어요."

"그 여잘 어디서 찾았는데?"

"듀이 앤드 바흐 회계사 사무실이요. 그 여자가 캘리포니아 주정부 세무당국으로부터 감사를 당하고 있는데, 그들이 도와주고 있더군요. 여자의 신상명세서는 여기 있고요. 우리가 필요로 하는 건 다 있어요. 그 여자의 웹사이트인 맨디포야닷컴(mandyforya.com)으로 들어가 체크해 봤죠. 딱 우리 타입이라니까!"

카버는 자신의 근육 세포가 기대로 가볍게 떠는 것을 느낄 수 있었다. 그렇지만 실수는 하지 않을 것이었다.

"캘리포니아 어딘데?"

그의 물음에 스톤이 재깍 대답했다.

"맨해튼 비치예요."

카버는 유리 덮인 테이블 위로 손을 뻗어 플라스마 모니터로 스톤의 대갈통을 후려치고 싶은 충동을 꾹 눌러 참고 다시 물었다.

"맨해튼 비치가 어디에 있는지 알아?"

"로호야와 샌디에이고 근처 아니에요? 그 아래요."

카버는 머리를 절레절레 흔들었다.

"로호야가 아니라 라호야야. 그리고 맨해튼 비치는 그 근처에 있지도 않아. LA 근처에 있지. 산타모니카에서 그다지 멀지 않아. 그러니까 그 여잔 잊어버려. 거기 돌아갈 일은 한참 동안 없을 테니까. 규칙을 잘 알잖아."

"하지만 더브, 그 여잔 완벽해요! 이미 그 여자의 파일을 뽑아왔어요. LA는 큰 도시예요. 산타모니카 사람들은 맨해튼 비치에서 일어난 일 따위엔 관심도 없을 거예요."

카버는 짜증난다는 듯이 머리를 흔들었다.

"파일은 제자리에 갖다 두면 되지. LA는 최소한 3년 동안은 위험해. 네가 어떤 여자를 찾아냈는지, 얼마나 안전하게 생각하는지 따위는 관심 없어. 난 원칙에서 벗어나진 않을 테니까. 그리고 또 한 가지. 내 이름은 웨슬리야. 웨스도 아니고 더브는 절대 아니라고."

프레디 스톤은 무참한 표정으로 테이블 유리만 내려다보았다. 내가 너무 심했나 싶어 카버는 그를 달랬다.

"이봐, 내가 곧 작업해서 멋진 애를 찾아낼게. 기다려 봐, 너도 아주 행복해할 테니. 내가 보증한다니까."

"그렇지만 이번엔 내 차례잖아요."

스톤이 불퉁하게 반박했다.

"네 차례지만 네가 날려버렸어. 이제 다시 내 차례야. 그러니까 그만 나가서 일이나 하지 그래. 80호에서 85호 타워에 대한 현황보고서를 아직 제출하지 않았잖아. 오늘 중으로 반드시 제출하도록 해."

"아무렴요."

"가 봐. 상판대기 좀 펴, 프레디. 이번 주말까진 다시 사냥을 시작하게 된다니까."

스톤은 일어나서 문 쪽으로 걸어갔다. 카버는 그를 지켜보며 저 녀석을 얼마나 더 데리고 있다가 제거해야 하나 고민하기 시작했다. 영원히. 파트너와 함께 일하는 건 언제나 바람직했다. 하지만 어떤 파트너든 결국은 너무 가까이 다가왔고 너무 많이 침범해 왔다. 그 시작은 지금까지 아무도 부르지 않던 이름으로 카버를 부르는 것이었다. 더브니, 헤스니 하는 식으로. 그들은 그것을 똑같은 권리를 가진 평등한 파트너십이라고 생각했다. 카버로서는 받아들일 수 없는 위험한 생각이었다. 명령은 한 사람이 해야 한다. 카버 자신이.

"문 좀 닫아 주게."

카버가 말했다. 스톤이 등 뒤로 문을 닫고 나가자 카버는 즉시 카메라로 돌아갔다. 재빨리 접수대 부근으로 앵글을 돌리니 카운터 뒤에 앉아 있는 요란다가 보였다. 제네바는 벌써 가고 없었다. 그는 이 카메라 저 카메라로 옮겨 다니며 그녀를 찾기 시작했다.

04
30년차 기자

소니 레스터와 내가 완다 세섬즈의 아파트를 떠날 무렵엔 연립주택 단지 전체가 활기를 띠며 부산해졌다. 학교는 파하고 마약거래인과 고객들이 고개를 쳐들었다. 주차장과 놀이터, 아파트 건물들 사이에 있는 불탄 잔디밭에 아이들과 어른들이 바글거렸다. 이곳에서의 마약거래는 차에 탄 채 이루어졌다. 나이가 들쭉날쭉한 보초와 취급자들이 단지 내의 미로 같은 거리 속으로 바이어들을 안내하여 구입 장소로 오는데, 이 장소도 수시로 바뀌었다. 이 단지를 설계하고 건설한 정부의 기획관들은 대부분의 주민들을 온갖 방법으로 파괴하는 이런 암적인 환경을 자신들이 창조하게 될 줄은 몰랐다.

나는 지역의 마약전쟁에서 연 2회 업데이트를 작성하는 동안 남부 지국 중독자 전담팀들과 한 차례 이상 출동해 봤기 때문에 이런 내용에 대해서는 잘 알고 있었다.

잔디밭을 가로질러 레스터가 세워놓은 자동차 쪽으로 걸어가면서 우리는 머리를 숙이고 다른 일에는 관심 없다는 태도를 취했다. 다만 이곳을 빨리 빠져나가고 싶을 뿐이었다. 자동차가 있는 곳에 거의 다 왔을 때에야 나는 운전석 문에 기대고 서 있는 새파랗게 어린 사내 녀석을 발견했다. 지저분한 작업화를 신고, 청바지는 푸른 무늬의 박서 쇼츠 위에 반쯤 걸치고, 깨끗한 하얀 티셔츠는 오후 햇빛에 눈부실 지경이었다. 연립주택 단지를 주름잡고 있는 크립스 갱단의 유니폼이었다. BH단으로 알려져 있는데, 누가 페인트를 뿌리고 있느냐에 따라 바운티 헌터즈를 뜻하기도 하고 블러드 헌터즈를 의미하기도 했다.

"별일들 없수?"

어린 녀석이 시건방진 말투로 물었다.

"별일 없네. 돌아가는 길이야."

레스터가 대답했다.

"이젠 경찰이 됐수?"

레스터는 그런 농담은 처음 듣는다는 듯 껄껄 웃었다.

"아니야, 친구. 우린 신문사에서 왔어."

레스터는 태연하게 카메라 가방을 트렁크에 넣은 뒤 새파란 녀석이 기대어 선 운전석 문으로 돌아갔다. 놈은 움직이지 않았다.

"가야 해, 형제. 좀 비켜주겠나?"

조수석 문 쪽에 서 있는 나는 뱃속이 팽팽하게 긴장되어 있었다. 사고가 터질 것이라면 지금이 바로 그때였다. 똑같은 갱단 유니폼을 입은 놈들이 여차하면 달려 나올 준비를 갖추고 주차장 그늘 아래 서 있었다. 다들 몸속에 무기를 지니고 있거나 근방에 감추고 있을 것이 분명했다.

우리 자동차에 몸을 기대고 있는 놈은 꿈쩍도 하지 않았다. 팔짱을 낀채 레스터를 바라보며 물었다.

"저 위에 사는 엄마한테 무슨 얘길 했소, 형제?"

"알론조 윈슬로에 대한 얘기였네."

내가 대신 대답했다.

"우린 그 친구가 살인하지 않았다고 보고 조사하는 중이야."

새파란 녀석은 자동차 문에 기대고 있던 몸을 돌려 나를 바라보았다.

"그게 사실이우?"

나는 고개를 끄덕였다.

"지금 조사 중이야. 그래서 맨 먼저 세섬즈 부인과 얘기하려고 여기 온 거고."

"그러면 부인이 세금에 대해서도 말했겠네."

"무슨 세금?"

"부인도 세금을 내니까. 여기서 장사하는 사람은 누구나 세금을 내거든."

"그래?"

"통과세죠. 조 슬로와 얘기하려고 온 기자들은 모두 통과세를 내야 해요. 내가 당신들 편의를 봐드리지."

나는 고개를 끄덕였다.

"얼마지?"

"오늘은 50달러 되시겠습니다."

이 돈을 지불하고 도로시 파울러가 얼마나 방방 뛰는지 볼 일이었다. 주머니에서 지갑을 꺼내어 살펴보니 총 53달러가 들어 있었다. 20달러짜리 두 장과 10달러짜리 한 장을 재빨리 뽑아 녀석에게 내밀었다.

"여기 있네."

내가 자동차 뒤쪽으로 가자 녀석도 운전석 문을 떠나 내게로 왔다. 그 사이에 레스터는 운전석에 올라 시동을 걸었다. 나는 녀석에게 돈을 건네며 말했다.

"우린 가야 해."

"그러슈. 그런데 다시 오면 세금이 배로 늘어나요, 기자 양반."

"알았네."

그쯤에서 끝내고 떠나야만 했는데 분명한 질문을 남겨두고 그럴 수가 없었다.

"조를 석방시키기 위해 내가 조사를 시작한 것이 자네들에겐 중요하지 않아?"

새파란 녀석은 그 질문이 심각한 고민이라도 안겨준 것처럼 오른손으로 자기 턱을 문질렀다. 그 주먹 관절 네 곳에는 F−U−C−K이란 문신이 새겨져 있었다. 나의 눈길이 그의 허리 아래쪽에 있는 왼손으로 갔다. 왼손 관절 네 곳에 새겨져 있는 D−A−5−0이라는 문신을 보자 나는 대답을 얻을 수 있었다. FUCK THE PO(엿 먹어라, 경찰 놈). 저런 감정을 주먹에 새기고 다니는 걸 보면 내게 돈을 갈취한 것은 자기 동료 한 명을 돕기 위한 것이 분명했다. 여긴 원래 자기 자신밖에 모르는 곳이다.

녀석은 낄낄 웃으며 대답도 않고 돌아섰다. 내가 자기 두 주먹을 봐주길 바랐던 것이다.

내가 조수석에 오르자 레스터는 차를 뒤로 뺐다. 뒤를 돌아보니 방금 나한테서 50달러를 갈취한 녀석이 크립워크(Crip walk)로 걸어가고 있었다. 녀석은 상체를 구부려 내가 준 달러로 자기 구두를 닦는 시늉을 하고 나더니 발가락 끝과 발뒤꿈치를 질질 끌며 걷기 시작했다. 크립스 갱단 고유의 것이라는 크립워크였다. 그가 다가가자 그늘에 서 있던 한 패거리들이 환성을 내질렀다.

나는 110번 고속도로로 나와 북쪽으로 달리기 시작할 때에야 겨우 긴장이 풀리는 걸 느꼈다. 그리고 50달러에 대한 생각을 밀어내고 완다 세섬즈를 방문해서 얻은 성과를 뒤돌아보자 기분이 좋아지기 시작했다. 그여자는 데니스 배빗−알론조 윈슬로 사건 수사에 적극 협조하겠다고 분명히 약속했다. 내 휴대전화로 윈슬로의 국선 변호인 제이콥 마이어에게 전화하여 피고인의 후견인으로서 사건에 관한 모든 증거물과 서류들을 볼 수 있는 권리를 나에게 위임한다고 통보했다. 마이어는 마지못해 다음 날 아침 청문회 사이에 시내 청소년보호감호소에서 나와 만나기로 동의했다. 그로서는 선택의 여지가 없었던 것이다. 나는 완다에게 만약 마이어가 협조를 거부한다면 대신할 개인 변호사들이 얼마든지 있다고 말했다. 신문의 헤드라인을 장식할 사건이라는 판단만 서면 공짜로 변호하겠다는 변호사들이 줄을 설 것이다. 마이어는 나에게 협조해서 언론의 주목을 끌든가, 싫으면 사건 자체를 포기하는 수밖에 없었다.

완다 세섬즈는 나에게 자기 손자를 만나 인터뷰할 수 있도록 실마 청소년보호감호소 방문을 허락했다. 나는 윈슬로를 만나 얘기하기 전에 사건 내용을 파악하기 위해 국선 변호인의 사건 파일을 이용할 생각이었다. 그것은 내가 기사화할 가장 중요한 인터뷰가 될 것이다. 그러자면 그를 만나 얘기하기 전에 내가 알아야 할 모든 것을 알고 싶었다.

50달러를 갈취 당했지만 그래도 방문한 보람이 있었고, 나는 이제 프렌더게스트에게 내 계획을 설명할 궁리를 하기 시작했다. 소니 레스터가 내 생각을 방해했다.

"선배가 뭘 하고 있는지 알았어요."

"내가 뭘 하고 있는데?"

나는 사진기자를 돌아보며 물었다.

"그 세탁하는 아줌마는 너무 멍청하고 변호사는 신문 헤드라인을 간절히 원할지 모르지만 나는 아니에요."

"무슨 얘길 하고 싶은 거야?"

"선배는 자신이 마치 백기사나 되는 것처럼 그 아이의 결백을 증명한 뒤 석방시키려 하고 있지만, 실제로는 정반대의 일을 하고 있다고요. 그들을 이용해서 사건 내막을 깊숙이 알아낸 다음, 열여섯 살짜리 소년이 어떻게 그처럼 냉혹한 살인자가 되었는가에 대해 쓰실 거잖아요. 결백한 사람을 석방시킨다는 신문기사는 이젠 신물 나요. 하지만 어린 살인자의 마음속을 들여다보는 그런 스토리라면? 사회가 그런 살인을 부르고 있다는 식의 얘기라면? 그건 퓰리처 감이잖아요, 선배."

나는 갑자기 대꾸할 말을 잃었다. 레스터의 말에 가슴이 써늘해진 느낌이었다. 잠시 마음을 다잡은 후에야 간신히 대꾸할 수가 있었다.

"그 여자한테 약속한 건 사건을 조사하겠다는 것밖에 없었어. 그래서 갈 데까지 가보겠다는 것뿐이야."

"말짱 헛소리. 선배는 그 여자가 무식하다는 걸 알고 이용하려는 거예요. 그 여자의 손자 녀석도 똑같이 멍청해서 아마 따라오겠죠. 게다가 변호사는 그 녀석과 신문 헤드라인을 기꺼이 바꾸려 할 거고. 선배도 설마 이 사건에서 거물을 상대로 승소할 거라곤 생각하지 않겠죠?"

나는 아무 대꾸도 않고 고개만 저었다. 얼굴이 화끈거려 창밖으로 시선을 돌리지 않을 수 없었다. 그러자 레스터가 다시 말했다.

"하지만 그것도 괜찮은 생각이에요."

이건 또 무슨 소린가 싶어 나는 그의 얼굴을 빤히 바라보았다.

"자네가 원하는 게 뭔데?"

"딱 한 장이죠, 뭐. 한 팀으로 일할 거잖아요. 선배랑 같이 실마와 법원에도 가서 사진 작업은 내가 다 할 겁니다. 촬영요청서 작성하고 사진기자란에 내 이름을 기입하세요. 기왕이면 더 좋은 패키지로 해요. 특히 제출용은 말이죠."

제출용이란 퓰리처나 다른 상의 심사용을 뜻했다.

"이봐, 난 아직 이 건에 대해 편집장한테도 말 안 했어. 너무 그렇게 앞질러가지 마. 그들이 어떻게 나올지조차…."

"그들은 분명히 좋아할 거예요. 아시잖아요. 이 일을 잘 하도록 선배를 풀어줄 거라고요. 어쩌면 나도 풀어줄 거고요. 우리 두 사람이 공동수상하게 될지 누가 알아요. 선배가 퓰리처를 안고 오면 그들은 선배를 자를 수 없어요."

"헛발질 좀 그만해, 소니. 정신이 아주 나갔구먼. 자넨 내가 이미 잘린 줄도 몰라? 이제 고작 12일 남았어. 퓰리처 상은 무슨 얼어죽을! 난 곧 나간다고!"

내가 잘렸다는 소식에 그는 놀라 눈이 휘둥그레졌다. 내 표정을 살펴보곤 농담이 아니란 걸 알았는지 고개를 끄덕이며 말했다.

"그렇담 이건 마지막 작별 인사군요. 알겠다. 선배가 나간 뒤에도 그들이 앞다투어 뛰어들 그런 기삿거리를 남겨 엿을 먹이겠단 말이죠."

나는 대꾸하지 않았다. 내가 남들에게 그처럼 쉽사리 속을 보였나 싶어 시선을 창밖으로 돌려버렸다. 고속도로가 여기서부터는 높아져서 주택들이 몰려 있는 블록들이 연이어 눈앞에 나타났다. 낡아서 빗물이 새는 지붕에 타르를 칠하고 푸른 방수포를 덮씌운 집들이 많이 보였다. 도시 남쪽으로 멀리 내려갈수록 그런 방수포는 더 많이 눈에 띄었다.

"그래도 나는 할 겁니다."

레스터가 마지막 결의를 다지듯 말했다.

알론조 윈슬로와 그의 사건에 완전히 접근할 수 있게 되었으니 이젠 기사에 대해 편집자와 의논할 때도 된 셈이었다. 그것은 내가 그 일을 한다고 공식적으로 선언하는 것이고, 나의 에이스가 그것을 자신의 버짓으로 잡을 수 있다는 뜻이었다. 편집실로 돌아온 나는 곧바로 뗏목으로 다가갔다. 프렌더게스트는 자기 데스크에 앉아 컴퓨터를 열심히 두들겨대고 있었다.

"프렌도, 잠시만 시간 좀 내줄래?"

그는 고개도 들지 않고 대답했다.

"지금은 안 돼요, 잭. 4시까지는 기사 편집을 끝내야 해요. 내일 올릴 안젤라 기사와 관련된 건가요?"

"아니, 좀 더 긴 거야."

그가 타이핑을 중단하고 나를 돌아보았다. 의아한 표정이었다. 모가지가 겨우 12일밖에 안 남은 기자가 웬 긴 기사?

"엄청나게 긴 기사는 아니고. 내일이나 나중에 얘기하지, 뭐. 안젤라 기사를 넘겼나?"

"아직요. 선배가 들어와서 봐주길 기다리고 있는 것 같던데. 들어가서 좀 읽어보고 지금 넘겨줄래요? 최대한 빨리 웹에 올리고 싶거든요."

"그러지, 뭐."

"좋아요, 잭. 나중에 얘기하든가 이메일을 보내줘요."

나는 돌아서며 편집실을 스윽 훑어보았다. 미식축구 경기장만큼 커다란 홀이었다. 안젤라 쿡의 책상이 어디쯤 있는지 모르지만 뗏목 가까운 곳에 있을 것이다. 신출내기일수록 뗏목 근처에 배치하니까. 도움이나 감독이 덜 필요한 베테랑 기자들은 편집실 가장자리로 배치했다.

남쪽 가장자리는 바하 메트로라고 불렸는데, 아직 활동 중인 베테랑 기자들이 차지하고 있었다. 북쪽 사이드는 데드우드 포리스트라고 불렸다. 이곳에는 기사를 거의 쓰지 않는 기자들이 죽치고 있었다. 정치적 연줄이나 퓰리처 수상 덕분에 철밥통을 차지한 사람들이나, 업무할당 편집장이나 정리해고 담당자의 주의를 끌지 않도록 기막히게 머리를 잘 숙이고 다니는 사람들이었다.

뗏목 가까운 곳에 있는 한 칸막이 위로 안젤라의 금발이 눈에 띄었다. 나는 다가가며 그녀에게 물었다.

"기사 어떻게 됐어?"

안젤라는 놀라서 팔짝 뛰었다.

"미안, 놀라게 하려던 건 아니었어."

"괜찮아요. 이걸 읽느라고 정신이 빠져서."

나는 컴퓨터 화면을 가리키며 물었다.

"이게 그 기사야?"

안젤라의 얼굴이 빨개졌다. 그녀는 머리를 뒤로 틀어 올리고 연필을 비녀처럼 끼우고 있었다.

"아니에요. 아카이브에서 불러온 건데, 선배님과 시인이라는 살인범에 관한 기사예요. 정말 으스스하군요."

나는 모니터를 좀 더 자세히 들여다보았다. 정말 12년 전에 내가 썼던 기사였다. 그때 내가 몸담고 있던 〈로키 마운틴 뉴스〉는 이 기사를 놓고 〈LA 타임스〉와 치열한 경쟁을 벌였다. 덴버에서 이스트코스트까지 범인을 추격했다가 결국 LA로 돌아와서 끝장을 보았던 내 일생일대의 사건이었다. 그것은 내 언론인 생활의 정점이었고, 아니지, 내 인생의 절정이었고, 그것을 벌써 오래전 옛날 일로 떠올리고 싶지가 않았다.

"그래, 아주 끔찍했지. 그런데 오늘 기사는 다 썼어?"

"선배님과 함께 뛰었던 그 FBI 요원은 어떻게 됐어요? 레이철 월링 말예요. 다른 기사에 의하면 선배님과 윤리적 선을 넘은 것에 대해 징계를 받았다고 하던데."

"아직 근무하고 있어. 이곳 LA에서. 오늘 기사 좀 볼까? 프렌도가 웹에 올린다고 빨리 제출해 달라고 하던데."

"그러죠. 벌써 다 썼어요. 선배님께 보여드리려고 기다리고 있었죠."

"의자를 가져올게."

나는 빈 칸막이에서 의자 하나를 끌어 왔다. 안젤라가 의자를 옆으로 밀어 만들어준 자리에 나란히 앉아 그녀가 쓴 12인치 기사를 읽어 보았다. 뉴스 버짓은 이 기사를 10인치짜리로 잡아놓았고, 그것은 곧 8인치로 치겠다는 뜻이었다. 그렇지만 웹에서는 스페이스 제한이 없으므로 기사를 길게 써도 된다. 자기 몸값을 하는 기자들은 으레 기사를 한도보다 길게 썼다. 어디에 올리려고 쓴 기사건 간에, 그 내용이나 글솜씨를 본 편집자들이 지금까지 제출한 어떤 기사보다도 낫다고 생각할 거라는 자부심이 그렇게 만드는 것이다.

내가 가장 먼저 지운 것은 내 이름이 적힌 바이라인이었다.

"왜요, 잭? 저랑 같이 취재했잖아요?"

안젤라가 항의했다.

"그래. 하지만 네가 썼어. 바이라인은 이제 네 차지야."

그녀는 키보드 위로 손을 뻗어 내 오른손을 잡고 애원했다.

"제발요. 전 선배님과 함께 바이라인을 달고 싶단 말예요. 저한텐 큰 의미가 있어요."

나는 어이없는 표정으로 그녀를 돌아보았다.

"안젤라, 이건 12인치짜리 기사야. 아마 8인치로 잘려 내지 속에 파묻혀버릴걸. 이런 평범한 살인사건에 바이라인을 둘씩 달 필요가 없어."

"그렇지만 이 살인기사는 제가 〈타임스〉에 들어와 처음 쓴 거예요. 꼭 선배님 이름을 같이 올리고 싶단 말예요."

그녀는 여전히 내 손을 잡고 있었다. 나는 어깨를 으쓱하곤 고개를 끄덕였다.

"맘대로 해."

그제야 안젤라는 내 손을 놓았다. 나는 바이라인에 내 이름을 다시 쳐넣었다. 그러자 그녀는 다시 내 오른손을 잡으며 물었다.

"이게 그때 다친 자리예요?"

"어어…."

"좀 보여주시겠어요?"

나는 손을 뒤집어서 엄지와 검지 사이에 남은 총상 흉터를 보여주었다. 그곳을 관통한 총알은 시인이란 별명을 가진 연쇄살인범의 얼굴을 스치고 지나갔다. 안젤라가 측은한 표정으로 말했다.

"그래서 타이핑을 할 때 엄지를 사용하지 않으셨군요."

"총알이 힘줄을 끊어버렸어. 접합수술을 받았지만 엄지는 영 못 쓰게 됐지."

"느낌이 어때요?"

"느낌은 정상이야. 내가 원하는 대로 움직이지만 않을 뿐이지."

안젤라는 깔깔 웃었다.

"왜 웃어?"

"그렇게 사람을 죽이는 느낌이 어땠느냐고 물은 거예요."

얘기가 좀 이상한 쪽으로 흘러갔다. 안젤라는 살인에 대해 어떤 호기심을 품고 있는 것일까?

"아, 그런 얘긴 하고 싶지 않은데. 아주 오래전 얘기고, 내가 그 사내를 죽인 것 같지도 않거든. 그 스스로 죽은 것 같았어. 자살하고 싶었나 봐. 그가 총을 쐈어."

"난 연쇄살인 얘기를 좋아하지만 시인에 관해서는 한 번도 들어본 적 없어요. 오늘 점심시간에 누가 얘기하기에 구글에 들어가 봤죠. 선배가 쓴 책도 구입할 거예요. 베스트셀러라고 하던데."

"행운을 빌어. 10년 전 베스트셀러라 절판된 지 5년도 넘었을 테니."

점심시간에 그 책에 대해 들었다면 사람들이 내 얘기를 하고 있었다는 말이었다. 지금은 고임금 경찰 사건담당 기자로 해고통보서를 받은 왕년의 베스트셀러 작가에 대한 이야기.

"그러면 선배님한테 빌려 보면 되죠, 뭐."

안젤라는 입을 삐죽이며 말했다. 나는 그녀를 한참 동안 바라보았다.

그 순간 나는 그녀가 죽음에 대한 편집증 같은 걸 가지고 있다는 걸 알았다. 살인사건에 대해 쓰고 싶어 하는 이유도 신문기사나 TV 뉴스에서는 발표하지 않는 세부 내용을 원하기 때문이었다. 경찰들이 그녀를 사랑하게 되는 것은 그녀가 단지 미인이기 때문만은 아닐 것이다. 그녀가 보여주는 반응에 경찰들은 자신들이 조사하고 있는 사건현장에 대해 리얼하게 떠벌릴 것이고, 어두운 내막에 대한 그녀의 숭배를 자신들에 대한 숭배로 착각할 것이다.

"오늘 밤 집에 가면 책이 남아 있는지 찾아보지. 이제 그만 기사나 검토해서 넘기자고. 프렌도가 4시 회의 끝나자마자 이 기사를 보고 싶다고 했으니까."

"알았어요, 잭."

그녀는 두 손을 들었다. 나는 10분쯤 걸려 기사를 다 살펴본 뒤 한 가지만 변화시켰다. 안젤라는 1989년 강간당한 뒤 칼에 찔려 피살된 한 여자의 아들을 추적했다. 그 아들은 경찰이 사건을 포기하지 않은 것에 대해 진심으로 감사한다고 말했다. 경찰에 대한 그의 찬사를 기사 상단으로 옮기며 나는 설명했다.

"데스크에서 잘릴까 봐 이 부분을 올리는 거야. 이런 찬사를 읽은 경찰들은 너한테 후한 점수를 주기 마련이거든. 그들은 시민들을 위해 일하지만 이런 감사의 말은 듣기가 힘들어. 이렇게 상단에 올려주면 내가 말했던 그들과의 신뢰가 돈독해질 거야."

"그렇군요, 좋아요."

그리고 나는 마지막으로 기사 하단에 '- 30 -'이라고 타이핑했다. 안젤라가 재깍 물었다.

"그건 무슨 뜻이에요? 데스크 서류함에 담긴 다른 기사들도 그렇게 되어 있던데."

"옛날 학교에서 가르친 거야. 내가 처음 신문사에 들어왔을 때 기사 아래쪽에 다들 그렇게 치고 있었어. 암호 같은데 아무래도 텔레그래프 시대의 유물 같아. 기사 끝이란 뜻이지. 이젠 칠 필요도 없는데…."

"오, 세상에, 그래서 정리해고한 사람들의 명단을 '30인 명단'이라 부르는군요."

내가 말하려는 것을 이미 알고 있는 것이 놀라워서 나는 고개를 끄덕이며 그녀를 빤히 바라보았다.

"맞아. 그런데도 내 기사에 바이라인을 달기 시작한 이래 계속 사용해 왔지."

"알았어요, 잭. 쿨하다는 생각이 드네요. 나도 그렇게 시작하죠, 뭐."

"전통을 잇는 거야, 안젤라."

나는 웃으며 의자에서 일어났다.

"내일 아침 혼자서 경찰서 둘러본 뒤 파커센터에 들어갈 수 있겠지?"

안젤라는 얼굴을 찡그렸다.

"선배랑 같이 안 가고요?"

"그래, 난 다른 일 때문에 법원에 가야 할 것 같아. 그렇지만 점심시간 전까진 돌아올 수 있을 거야. 어때, 혼자 할 수 있겠지?"

"선배님이 그렇게 생각하신다면요. 그런데 무슨 일이에요?"

나는 로디아 가든스 연립주택 단지에 갔던 일과 앞으로의 계획에 대해 간단히 얘기해 주었다. 그리고 비록 하루밤에 나한테 교육을 받지 못했지만 그녀 혼자 파커센터에 가도 아무 문제가 없을 거라고 안심시켰다.

"넌 괜찮을 거야. 게다가 내일 실릴 그 기사 덕분에 네가 생각했던 것보다 더 많은 친구들이 생길 테니까."

"그럴 테죠."

"그렇고말고. 혹시 무슨 일 있으면 내 휴대전화로 연락해."

그녀의 컴퓨터 기사를 다시 본 뒤 나는 주먹으로 데스크를 살짝 치며 말했다.

"빡세게 밀어."

위대한 기자의 얘기를 담은 영화 〈모두가 대통령의 사람들〉*에 나오는 대사지만 안젤라가 알아듣지 못했다는 걸 나는 금방 알았다. 하기야, 옛날 학교와 요즘 학교는 가르치는 것도 다르겠지.

내 칸막이 사무실로 돌아와 보니 메시지 등이 숨넘어갈 듯이 깜박거렸다. 여러 개가 들어와 있다는 뜻이었다. 나는 전화기를 집어 들었다.

첫 번째 메시지는 제이콥 마이어가 보낸 것이었다. 새 사건을 배당받아서 다음날 일정을 조정했다는 소리였다. 그래서 나와의 면담 시간을 30분 늦춰 오전 9시 30분으로 하자고 했다. 나야 그래도 상관없지. 잠잘 시간이나 면담 준비 시간이 그만큼 늘어날 테니까.

두 번째 메시지에는 옛 동료의 목소리가 담겨 있었다. 밴 잭슨은 15년쯤 전 내가 〈로키 마운틴 뉴스〉에 있을 때 경찰 사건담당 기자로 훈련시켰던 신참이었다. 그 후 승승장구하여 지방기사 편집장까지 올랐는데, 신문사가 몇 달 전 문을 닫고 말았다. 콜로라도에서 150년간 명맥을 유지해온 신문사가 그렇게 끝장이 났고, 그것은 무너져가는 신문 산업의 커다란 조짐이었다. 잭슨은 아직도 자신이 헌신해온 분야에서 자리를 잡지 못하고 있었다.

"잭, 밴이에요. 방금 소식을 들었는데 좋은 일이 아니라 정말 유감이네요. 전화 한 통 주쇼. 개새끼들 욕이나 같이 합시다. 난 아직 덴버에서 프리랜서로 뛰며 일자리를 구하고 있습니다."

---

* All The President's Men: 워터게이트 사건을 소재로 한 로버트 레드포드, 더스틴 호프만 주연의 영화

침묵이 길게 이어졌다. 나는 잭슨이 내 앞에 가로놓인 일에 대해 적절히 충고해줄 말을 찾고 있다는 생각이 들었다.

"솔직히 까놓고 말할게요, 선배. 바깥엔 아무것도 없어. 실은 나도 자동차 세일즈맨이라도 해볼까 하는데, 지금 하고 있는 놈들도 전부 죽겠다고 아우성이네요. 암튼 전화해줘요. 혹시 알아? 서로 도와주며 정보라도 교환할 게 있을지."

나는 메시지를 다시 한 번 돌렸다가 지워버렸다. 잭슨에게는 나중에 시간을 내어 전화할 생각이었다. 여기서 더 이상 끌려가고 싶지가 않았다. 기자 생활 30년째 접어들고 있지만 내겐 아직 선택의 여지가 있다. 지금의 탄력을 그대로 유지하고 싶었다. 내겐 쓰고 싶은 소설이 있으니까.

제이콥 마이어는 화요일 아침 약속시간에 늦었다. 나는 국선 변호사 사무실 대기실에 모인 고객들에게 둘러싸여 30분 가까이나 기다렸다. 이들은 너무 가난하여 개인 변호사를 고용할 돈이 없기 때문에 자신들을 기소한 정부가 돈을 내고 선임해준 변호인에게 의지하려고 찾아온 사람들이었다. 변호사를 고용할 돈이 없는 사람에게 정부가 변호인을 선임해 주는 것은 헌법에 보장된 권리지만 내겐 언제나 모순처럼 느껴졌다. 그 수요와 공급을 정부가 마음대로 조종하는 것처럼 보였기 때문이다.

마이어는 법대를 나온 지 5년도 안 된 것처럼 보이는 젊은 친구였다. 그런 그가 살인혐의로 체포된 자기보다 더 젊은 사람, 아니 어린 소년을 변호하게 되었다. 법정에서 돌아온 그는 파일들을 불룩하게 쑤셔 넣어 손잡이를 잡고 옮기긴 너무 무겁고 거북해 보이는 가죽가방을 옆구리에 끼고 있었다. 그가 접수원에게 메시지 온 것이 없느냐고 묻자 여자는 손가락으로 나를 가리켰다. 그는 무거운 가방을 왼쪽 옆구리로 옮기고 오른손을 내게 내밀었다. 그의 손을 잡고 내 신분을 밝히자 그가 말했다.

"어서 오세요. 시간이 별로 없어서."

"괜찮습니다. 지금은 당신 시간을 많이 빼앗지 않겠습니다."

우리는 서류 캐비닛들이 오른쪽 벽을 끝까지 차지하는 바람에 비좁아진 복도를 한 줄로 나란히 서서 걸어 내려갔다. 이건 소방법규 위반이 분명했다. 정 쓸 것이 없는 날을 위해 뒷주머니에 꼬불쳐둘 만한 자잘한 기삿거리는 되었다. 국선 변호사들 화재 무방비 상태에서 일하다. 그렇지만 내가 지금 그런 자질구레한 기사 따위를 걱정하게 생겼나? 난 이제 마지막으로 딱 한 기사만 더 쓰면 되는 거야.

"이쪽으로."

마이어의 안내를 받아 들어가니 가로 20미터, 세로 12미터쯤 되는 공동사무실이었다. 모퉁이마다 책상들을 놓고 사이에 칸막이를 쳐놓았다.

"내 집처럼 생각하세요. 의자 하나 당겨 앉으시고요."

마이어와 대각선 모퉁이에 놓인 책상에 다른 변호사가 앉아 있었다. 내가 옆자리에 놓인 의자 하나를 당겨 놓고 앉자 마이어가 말했다.

"알론조 윈슬로의 할머니라는 여자 참 흥미롭죠, 안 그래요?"

"특히 그녀의 집에 가보니 그렇더군요."

"혹시 유대인 변호사를 두어 자랑스럽다고 하지 않던가요?"

"분명히 그랬습니다."

"전 아일랜드인이지만 그 여자 기분 맞춰주려고 가만히 있답니다. 그래, 알론조를 어떻게 하시려고요?"

나는 주머니에서 소형 녹음기를 꺼내어 켰다. 라이터만 한 그것을 책상 위에 올려놓으며 그에게 물었다.

"녹음해도 되겠소?"

"그럼요. 저라도 녹음하고 싶을 겁니다."

"전화로 미리 설명했듯이, 조의 할머니는 경찰이 생사람을 잡았다고 믿고 있어요. 그래서 나는 조사를 해보겠다고 했죠. 왜냐하면 조가 범행을 자백했다고 경찰이 말한 내용을 내가 그대로 기사로 내보냈기 때문입니다. 조의 법적 보호인인 세섬즈 부인이 조와 이 사건에 대한 접근 권한을 내게 부여했습니다.”

“그 부인이 조의 법적 보호인인지는 조사를 해봐야 알겠지만, 그녀가 당신에게 허락한 접근 권한은 법적 효력이 전혀 없으므로 저한테도 아무 의미가 없습니다. 무슨 뜻인지 이해하시겠습니까?”

이것은 내가 완다 세섬즈를 시켜 그에게 전화로 부탁하게 했을 때 그가 약속했던 것과는 전혀 다른 얘기였다. 내가 그 점을 따지려고 하자 그는 재빨리 등 뒤로 시선을 던졌다. 사무실 안에 있는 다른 변호사를 의식하고 한 소리임을 눈치챈 내가 얼른 받았다.

“그럼요. 그리고 당신이 나한테 얘기할 내용도 규정에 따라야 한다는 걸 알고 있습니다.”

“그걸 이해하신다면 우린 함께 일할 수 있습니다. 당신의 질문에 어느 선까지는 대답해 드릴 수 있지만, 지금까지 밝혀진 것을 넘겨드릴 권한은 제게 없군요.”

마이어는 그렇게 말하며 다른 변호사가 여전히 돌아앉아 있는지 확인한 뒤 재빨리 플래시 드라이브 한 개를 내 손에 건네주었다. USB 포트 커넥션이 있는 데이터 저장용 스틱이었다.

“그런 건 검찰이나 경찰에게서 얻을 수 있을 겁니다.”

“사건 담당 검사는 누굽니까?”

“아, 로자 페르난데스였지만 그녀는 청소년 사건 담당이에요. 그런데 조를 성인으로 처리하고 싶어 한다니까, 어쩌면 담당 검사가 교체될 수도 있단 얘기죠.”

“당신은 이 사건이 소년법원 밖으로 송치되는 걸 반대합니까?”

"물론이죠. 제 고객은 지금 열여섯 살이고, 열 살에서 열두 살 이후론 어떤 정규교육도 받아본 적 없어요. 어떤 법적 기준으로도 성인이 아닐 뿐만 아니라, 정신 능력이나 민감성은 열여섯 살에도 못 미칠 정돕니다."

"그렇지만 경찰은 이 범죄가 상당히 정교하고 성폭행 흔적도 있다고 말했어요. 피살자는 강간을 당하고 다른 물건으로 성고문을 당했다고 하던데."

"당신은 제 고객이 범죄를 저질렀다고 가정하고 있군요."

"그가 자백했다고 경찰이 말했어요."

마이어는 내 손에 있는 플래시 드라이브를 가리키며 말했다.

"맞아요. 경찰은 그가 자백했다고 말했죠. 그것에 대해 두 가지 정도만 말씀드리죠. 첫째, 열여섯 살 된 아이를 벽장에 가둬놓고 먹을 것도 마실 것도 안 주고, 있지도 않은 증거물이 있다고 거짓말하고, 할머니든 변호사든 아무도 못 만나게 해보세요. 아이는 벽장에서 내보내주기만 한다면 상대방이 원하는 대로 대답할 겁니다. 둘째, 그 아이가 자백한 것이 정확히 뭐냐는 겁니다. 그 점에서 경찰의 관점은 저와는 전적으로 다릅니다."

나는 변호사를 지그시 바라보았다. 대화는 흥미진진하면서도 너무 모호했다. 아무래도 마이어가 자유롭게 얘기할 수 있는 곳으로 이동해야 할 것만 같았다.

"커피 한잔하고 싶지 않소?"

"아니, 시간이 없습니다. 그리고 말씀드린 대로 사건에 대해 세부적으로 들어갈 수 없어요. 여긴 여기대로의 규칙이 있고 우린 지금 청소년 문제를 다루고 있으니까요. 주정부에서는 성인 문제로 끌고 가려고 있지만 말이죠. 게다가 모순되게도 제가 청소년에 관한 사건 서류를 당신에게 넘겨주면 이 아이를 성인으로 기소하고 싶어 하는 지방검사실에서 얼씨구나 하고 저와 제 상관에게 달려올 겁니다. 여긴 아직 성인 법정이 아니므로 청소년을 보호하려고 만든 프라이버시 법규들이 건재합니다. 그리고 당신은 필요한 정보를 얻을 수 있는 정보원들을 경찰국 안에 확보하고 있을 겁니다."

"그렇습니다."

"좋아요. 만약 저의 진술을 원하신다면 이렇게 말씀드리죠. 본건에서 제 고객은… 고객의 이름을 밝힐 권리가 제겐 없습니다…. 데니스 배빗에 못지않은 희생자입니다. 그녀는 끔찍한 방법으로 살해되었으므로 최대의 희생자가 분명합니다. 그렇지만 제 고객은 자유를 박탈당했고, 이 범죄에서 그는 무죄입니다. 법정에 들어가면 전 그것을 증명할 수 있어요. 성인 법정이든 청소년 법정이든 별로 중요하지 않습니다. 제 고객은 결백하기 때문에 전 힘껏 변호할 겁니다."

그것은 조심스럽게 가려서 말한 진술이었다. 내가 기대한 이상의 것이었지만 잠시 무언가를 생각하게 만들었다. 마이어가 내게 플래시 드라이브를 건네는 위험을 무릅쓰는 이유에 대해 나는 의문을 품지 않을 수 없었다. 내가 잘 아는 변호사도 아니었다. 그가 들어간 기사를 쓴 적도 없었고 설사 기사를 써서 신문에 났다고 해서 기자와 정보제공자 사이에 그런 신뢰가 생기는 것도 아니었다. 따라서 마이어가 나를 위해 그런 위험을 무릅쓰는 것이 아니라면 대체 누굴 위해 그러는 것일까? 알론조 윈슬로를 위해? 유죄인 고객들의 파일로 서류가방이 터질 지경인 이 국선 변호인은 정말 자기가 진술한 말대로 믿고 있는 걸까? 그는 정말 알론조가 이 사건의 희생자이며 결백하다고 생각하는 것일까?

나는 시간을 낭비하고 있다는 생각이 들었다. 사무실로 돌아가서 데이터 저장용 스틱에 무엇이 담겨 있는지 봐야만 했다. 내 손안에 숨겨진 디지털 정보를 보면 방향을 찾을 수 있을 것이다.

나는 책상 위에 놓아둔 녹음기를 집어 들고 스위치를 껐다.

"도와주셔서 무척 감사합니다."

사무실 안에 있는 다른 변호사가 들으라고 나는 비꼬는 말투로 말했다. 그리고 마이어에게 윙크한 뒤 고개를 끄덕이며 의자에서 일어났다.

편집실로 돌아온 나는 펫목과 안젤라 쿡 쪽은 돌아보지도 않고 내 칸막이 사무실로 곧장 들어가서 마이어 변호사가 준 데이터 스틱을 내 랩탑 컴퓨터에 꽂았다. 파일이 세 개 들어 있었는데, 각기 SUMMARY.DOC, ARREST.DOC, CONFESS.DOC이란 제목이 붙어 있었다. 사건 개요와 체포 과정, 자백 내용 등이 담긴 듯했다. 가장 두툼한 세 번째 파일을 열어 봤더니 알론조 윈슬로에 대한 조서만 자그마치 928쪽이었다. 이 파일은 나중에 읽어보기로 하고 일단 닫았다. 제목을 '심문'이 아니고 '자백'이라 붙인 걸 보면 검사가 마이어에게 보낸 파일이 아닐까 싶었다. 디지털 세계에서 살인 피의자를 아홉 시간 동안 심문한 조서를 경찰이 검사에게, 검사가 다시 변호사에게 전자 포맷으로 보내는 것이 그렇게 놀라운 일은 아니었다. 928쪽이나 되는 문서를 복사하고 재복사하는 비용만도 상당할 것이고, 특히 그와 유사한 사건들이 매일 수천 건씩 벌어진다는 점을 감안하면 이해가 되었다. 만약 마이어가 국선 변호인 예산으로 그것을 복사하고 싶었다면 돈은 그의 주머니에서 나와야 했을 것이다.

나는 파일들을 내 컴퓨터로 옮긴 뒤 이메일로 사내 복사실에 보냈다. 디지털 버전보다는 손에 들 수 있는 신문을 더 좋아하기 때문에 내 기사의 바탕이 되는 자료들을 모두 인쇄물로 보고 싶었던 것이다.

알론조 윈슬로의 범행과 체포에 대해 들은 얘기가 더 많았지만, 나는 사건이 일어난 순서대로 서류들을 살펴보기로 했다. 처음 두 서류는 그 다음에 따라올 자백을 위한 무대 설정이었다. 그리고 그 자백이 바로 내 기사의 빌미를 제공했다.

나는 사건 개요를 컴퓨터 화면에 불렀다. 이것은 윈슬로를 체포하기 위한 수사 행위를 최소한으로 압축한 것이란 생각이 들었다. 서류 작성자는 전날 나한테 싸가지 없이 전화를 팍 끊어버렸던 그 길버트 워커 형사였다. 그런 놈이라면 기대할 것이 없었다. 사건 개요는 특정 약식에 타이핑한 뒤 지금의 디지털 서류로 만들기 위해 스캔하여 컴퓨터에 입력한 것이었다. 워커는 그것을 타이핑하면서 변호인 측과 검찰 측이 모두 서류상의 약점과 실수를 찾아내려고 애쓸 것임을 알고 있었다. 그들의 창을 막아내려면 트집 잡힐 말을 최소한으로 줄이는 수밖에 없다. 내가 보기에 워커는 그 점에서 성공한 것 같았다.

　하지만 그 파일 속에는 놀랍게도 짤막한 사건 개요만 있는 것이 아니라 완벽한 검시보고서와 사건현장 보고, 현장 사진들도 있었다. 이런 것들은 나중에 내 기사에서 현장을 묘사할 때 큰 도움을 줄 것이었다.

　모든 기자들은 약간의 관음증 기질이 있다. 나도 보고서를 읽기 전에 사진들에 먼저 눈길이 갔다. 범죄 현장에서 찍은 데니스 배빗의 시신 컬러사진은 모두 48장이었다. 그녀의 1999년형 마쯔다 밀레니어 트렁크에서 발견되었을 때의 모습부터 시신을 비닐 가방에 넣어 옮길 때까지의 현장을 찍은 사진들이었다. 시체를 들어낸 뒤의 트렁크와 승용차 내부를 찍은 사진들도 있었다.

　한 사진은 시신의 머리에 비닐봉투를 씌우고 보통 빨랫줄처럼 보이는 끈으로 목 주위를 단단히 동여맨 그녀의 모습을 보여주었다. 데니스 배빗은 겁에 질려 눈을 커다랗게 치뜬 채 죽어 있었다. 나는 그동안 꽤 많은 시신들을 직접 보거나 사진들을 통해 보았지만, 이런 눈에는 도무지 익숙해지지가 않았다. 내가 아는 강력계의 한 형사—실은 나의 형이지만—는 그런 눈을 너무 오래 바라보지 말라고 충고했다. 고개를 돌린 뒤에도 오랫동안 뇌리에서 사라지지 않는다는 것이었다.

데니스가 그런 눈을 하고 있었다. 죽어가면서 마지막으로 보고 느끼고 생각한 것을 떠올리게 만드는 눈.

나는 사건 개요로 돌아가서 다시 정독하며 중요하고 유용하다고 생각되는 정보가 담긴 문단들을 내가 새로 만든 파일에 옮겨 담았다. 파일 이름은 POLICESTORY.DOC이라 붙이고, 공식 보고서에서 퍼온 문단들을 모조리 고쳐 썼다. 경찰 보고서에 사용되는 말에는 과장이 심하거나 약어나 이니셜들이 너무 많아 이해하기가 어렵다. 나는 이 스토리를 내 것으로 만들고 싶었다.

작업을 끝내고 다시 살펴보니 정확하기는 한데 여전히 설명식 문장이었다. 나중에 출판하기 위한 소설을 쓸 때는 이 문단들의 많은 부분과 정보들이 거기에 포함될 것이다. 따라서 초기 단계인 여기서 실수를 저지르면 그 화가 소설에까지 미치게 될 것이 분명했다.

데니스 배빗은 2009년 4월 25일 일요일 오전 9시 45분에 자신의 1999년형 마쯔다 밀레니어 트렁크 속에서 발견되었다. 발견자는 산타모니카 경찰국(SMPD) 소속 순찰경관 리처드 클리디와 로베르토 지미네스였다. 연락을 받은 길버트 워커와 윌리엄 그래디 형사가 현장으로 달려갔다.

순찰경관들은 산타모니카 주정차단속 요원의 연락을 받고 출동했던 것으로 밝혀졌다. 그 요원은 카사델마르 호텔 옆 공공 해변 주차장에서 자동차를 발견했다. 매일 오전 9시부터 오후 5시까지 주차료를 받고, 그 이후에 남아 있는 차량들에는 주차 패스를 구입해서 대시보드 위에 올려놓지 않으면 딱지를 발부했다. 주정차단속 경관인 윌리 코르테스가 패스를 확인하려고 마쯔다에 다가갔을 때, 차의 창문이 내려져 있고 키가 그대로 꽂혀 있는 것을 발견했다. 조수석에는 여자의 핸드백이 떨어져 있고 내용물이 그 옆에 흩어져 있었다. 이건 정상이 아니라고 느낀 그는 SMPD로 연락을 했고, 근처를 순찰 중이던 클리디와 지미네스가 곧 도착했다. 자동차 소유주를 확인하기 위해 번호판을 살펴보던 그들은 트렁크 사이에 끼어 있는 여자의 실크 무늬 치마를 발견했다. 그들은 자동차 안으로 손을 밀어 넣어 트렁크를 열었다.

트렁크 안에는 여자의 시체가 들어 있었고, 신원은 데니스 배빗으로 자동차의 주인이었다. 그녀의 몸은 속옷과 드레스와 구두 등으로 덮여 있었다. 나이는 23세. 클럽 스네이크 핏이라 불리는 할리우드 스트립 바의 댄서였다. 그녀가 사는 아파트는 할리우드 오키드 거리에 있었다. 1년 전 헤로인을 소지한 죄로 체포되었지만 사건이 여전히 계류 중인 이유는, 사전심리조정관이 그녀를 외래환자 약물치료 프로그램에 투입함으로써 결론이 미뤄지고 있기 때문이었다. 그녀는 LAPD가 로디아 가든스 연립주택 단지에 쳐놓은 함정수사에 걸려 체포되었다. 혐의자들이 마약을 구입하는 현장을 감시하던 잠입 형사들은 그들이 드라이브 스루 마약시장을 빠져나오는 순간 차를 세웠다.

자동차 안에서 머리카락과 섬유 증거물이 채취되었다. 짧은 털을 가진 종류 미상의 개가 남긴 개털도 많이 채집되었지만 데니스 배빗에게는 애완견이 없는 것으로 확인되었다.

피살자의 사인은 어디서나 구입할 수 있는 빨랫줄로 비닐봉투 위의 목 부위가 묶여 질식사한 것으로 밝혀졌다. 여자의 손목과 발목에는 유괴당해 있던 동안 묶여 있었던 자국이 남아 있었다. 검시보고서는 여자가 이물질로 여러 차례 성폭행을 당했음을 보여 주었다. 몸 속에 남아 있는 미세한 파편들은 그 이물질이 나무막대기나 다른 도구의 손잡이였을 것으로 추측하게 했다. 정액이나 음모는 발견되지 않았다. 사망 시각은 시체가 발견되기 열두 시간 내지 열여덟 시간 전이었던 것으로 추정되었다.

피살자는 평소처럼 스네이크 핏에서 야간 근무를 마치고 4월 24일 금요일 새벽 2시 15분에 업소를 떠났다. 스네이크 핏의 동료 댄서이자 룸메이트인 27세 로리로저스는 배빗이 근무 후 귀가하지 않았으며, 금요일 내내 오키드 거리에 있는 그들의 아파트로 돌아오지 않았다고 경찰에 진술했다. 배빗은 금요일 야간근무에도 나오지 않았으며, 다음날 아침에야 그녀의 자동차와 시신이 발견되었다.

피살자는 전날 밤 스네이크 핏에서 춤추면서 300달러 이상의 팁을 받은 것으로 추정되었다. 그렇지만 그녀의 자동차 안에서 발견된 핸드백에는 현금이 한 푼도 없었다.

현장감식원들은 피살자의 자동차를 버린 범인이 자기 지문을 지우려고 차 안팎을 문질러 닦았지만 성공하진 못했다는 것을 알았다. 내부의 문손잡이와 운전대, 기어 레버는 깨끗하게 닦여 있었다. 그렇지만 운전자가 백미러를 조정하면서 뒤쪽에 남긴 선명한 엄지손가락 지문 한 개를 찾아냈다.

이 엄지 지문은 컴퓨터 조회뿐만 아니라 잠재지문 전문가의 물리적 비교 결과에서도 알론조 윈슬로의 것으로 드러났다. 열여섯 살짜리 이 청소년은 데니스 배빗이 전년에 헤로인을 구입하다가 체포되었던 바로 그 연립주택 단지에서 마약을 팔다 체포당한 전과 기록을 가지고 있었다.

피살자가 4월 24일 새벽 업소를 나온 뒤 헤로인이나 다른 약물을 구입하기 위해 로디아 가든스 연립주택 단지로 차를 몰아갔을 거라는 이론이 제시되었다. 단지 내 주민의 98퍼센트가 흑인인데 비해 데니스 배빗은 백인 여자지만 이전에 여러 차례 마약을 구입해본 적이 있어서 출입에 전혀 불편을 느끼지 않았다. 뿐만 아니라 알론조 윈슬로를 포함하여 단지 내의 다른 마약거래인들도 개별적으로 알고 있었을 것이다. 또한 마약을 구입하기 위해 성매매를 한 전력도 있었다.

하지만 이번에 그녀는 알론조 윈슬로나 어쩌면 다른 정체불명의 범인들에게 납치당했다. 그리곤 알려지지 않은 곳으로 끌려가 여섯 시간 내지 열여덟 시간 동안 성폭행을 당했다. 눈 주위에 나타난 심한 점상출혈은 그녀가 수차례나 목이 졸려 의식을 잃었다 깨어나기를 반복하던 끝에 최종적으로 질식사했음을 보여주고 있었다. 그렇게 살해한 뒤 범인은 시체를 그녀의 자동차 트렁크에 처박은 채 산타모니카까지 30킬로가 넘는 거리를 달려 해변 주차장에 버리고 달아났다.

이 이론을 뒷받침하는 확실한 증거인 지문과 배빗이 로디아 가든스 내의 마약거래인을 알고 있었다는 사실을 연결시켜 워커 형사와 그래디 형사는 알론조 윈슬로에 대한 체포영장을 발부받았다. 두 형사는 혐의자의 위치 확인과 체포에 협조를 구하기 위해 LA 경찰국과 접촉했다. 윈슬로는 4월 26일 일요일 아침에 아무 말썽 없이 체포되었으며, 긴 심문 끝에 살인 범행을 자백했다. 다음날 아침 경찰은 체포 사실을 발표했다.

사건 개요 파일을 닫으며 나는 윈슬로가 남긴 단 한 개의 지문 때문에 수사가 너무 빨리 진행되었다는 생각이 들었다. 윈슬로는 와츠에서 30킬로미터나 떨어진 산타모니카 정도라면 살인죄가 미치지 않을 것이라고 생각했을 것이다. 이제 그는 실마에 있는 청소년보호감호소 감방에 앉아 그때 괜히 경찰의 미행을 걱정하여 백미러를 조정했다고 후회하고 있을 것이다.

내 책상 위에 놓인 전화기가 울려서 살펴보니 발신자 확인용 화면에 안젤라 쿡이 떠올라 있었다. 내버려두고 내 스토리에 집중하고 싶었지만 교환대를 통해 온 것이라 그러기도 난감했다. 교환대 근무자가 안젤라에게 내가 너무 바빠 전화를 못 받는 것 같다고 말하는 것을 듣고 싶지 않았다. 나는 전화기를 집어 들고 물었다.

"안젤라, 무슨 일이지?"

"지금 파커센터에 와 있는데요, 무슨 일이 있는 것 같은데 아무도 얘길 안 해줘요."

"왜 무슨 일이 있는 것 같다고 생각하는데?"

"기자들과 카메라맨들이 들이닥치고 있거든요."

"어디로?"

"여긴 로비예요. 막 나가다가 저들이 몰려오는 걸 봤죠."

"홍보실은 체크해 봤어?"

"물론이죠. 아무도 대답 안 해요."

"미안, 내가 멍청한 질문을 했군. 내가 몇 군데 찔러보지. 필요할지 모르니 거기서 대기해. 금방 전화해 줄게. TV 쪽 사람들만 몰려왔어?"

"그런 것 같아요."

"혹시 패트릭 데니슨의 얼굴을 알고 있나?"

데니슨은 이 지역에서는 〈LA 타임스〉의 유일한 경쟁지인 〈데일리 뉴스〉의 경찰 사건담당 기자였다. 유능해서 가끔 특종기사를 터뜨리는 바람에 내가 물을 먹곤 했다. 기자들에게 가장 곤혹스러운 일은 경쟁자의 특종을 그대로 따라 실어야 할 경우다. 그렇지만 TV 매체들이 이미 LA 경찰국 본부에 들이닥쳤다면 내가 여기서 물먹을 걱정은 없다. TV 리포터들이 떴다는 것은 항상 전날 뉴스를 좇아가고 있거나 기자회견장으로 가고 있다는 뜻이니까. 이 도시의 TV 뉴스들은 1991년 채널5에서 로드니 킹 구타 테이프를 내보낸 이래 합법적인 특종기사를 한 건도 날려보지 못했다.

안젤라와 통화를 마친 뒤 나는 무슨 일인지 물어보기 위해 중범죄 전담반의 하디 경위한테 전화를 걸었다. 그가 모른다고 하면 강력반과 마약단속반에 알아볼 생각이었다. 방송국 사람들이 왜 파커센터로 몰려갔는지는 곧 알게 되겠지만 〈LA 타임스〉가 맨 꼴찌가 될 것이 분명했다.

나는 중범죄 전담반에서 전화를 받는 자원봉사자를 잘 구슬려서 오래 기다리지 않고도 하디와 통화할 수 있었다. 하디 경위는 반장으로 부임한 지 1년도 안 되었기 때문에 내가 아직 열심히 사귀고 있는 중이었다. 그는 차츰 믿을 만한 정보원이 되어가고 있었다. 나는 그에게 '하디의 아이들'이 또 무슨 일을 벌이고 있느냐고 물었다. 그의 휘하에 있는 형사들을

'하디의 아이들'이라고 불러주는 것은 경위에게 자부심을 안겨준다는 걸 나는 알고 있었다. 솔직히 말해 그는 단지 관리자일 뿐이고 휘하에 있는 수사관들은 상당히 자율적으로 근무하고 있었다. 하지만 그와 친해지기 위해 그렇게 불러주는 것이고 지금까지는 효과가 있었다.

"오늘은 열중쉬어야, 잭. 올릴 만한 것이 없소."

하디가 시큰둥하게 대꾸했다.

"확실해요? 방금 그곳에서 누가 전화하기로는 방송국 사람들이 떼로 몰려왔다고 하던데."

"그건 다른 일 때문이오. 우리하곤 아무 상관없어."

그렇다면 최소한 우리가 중범죄 사건에서 뒷북을 치고 있는 건 아니란 소리였다. 그건 정말 다행이군. 나는 경위에게 물었다.

"다른 일이란 건 뭡니까?"

"그건 국장이나 그로스먼에게 물어봐야 할걸. 기자회견을 열고 있으니 까 말이오."

그 말을 듣자 나는 슬그머니 걱정이 되기 시작했다. 경찰국장은 이미 신문에 난 것을 토의하기 위해 기자회견을 열진 않았다. 그는 정보를 통 제하고 점수를 선취하기 위해 항상 자신이 먼저 터뜨리는 스타일이었다.

하디가 말한 또 한 사람은 중요한 마약사건을 책임지고 있는 아트 그로 스먼 경감이었다. 아무래도 우리가 기자회견에 초대를 받지 못한 듯했다. 나는 하디 경위에게 도와줘서 고맙다고 인사하고 나중에 다시 연락하겠 다고 말했다. 안젤라에게 다시 전화하자 즉각 받았다.

"6층으로 다시 올라가 봐. 국장과 마약단속반 아트 그로스먼이 기자회 견을 열 모양이야."

"알았어요. 시간은요?"

"나도 몰라. 당장 열릴지 모르니 일단 올라가 있어. 정말 그런 소리 전혀 못 들었나?"

"못 들었어요!"

안젤라는 팔짝 뛰었다.

"거기 얼마 동안 있었는데?"

"오전 내내 있었어요. 사람들을 만나려고 했죠."

"좋아, 올라가 있어. 내가 다시 전화할게."

전화를 끊은 다음 나는 여러 가지 일을 시작했다. 그로스먼 사무실에 전화를 요청하고는 컴퓨터로 들어가 CNS 방송을 체크했다. 시티 뉴스 서비스(CNS)는 로스앤젤레스 발 긴급뉴스를 포함한 디지털 뉴스 송신을 매 분마다 업데이트하고 있었다. 주로 범죄와 경찰 동정에 관한 뉴스로 채워져 있었고, 기자회견 스케줄과 범죄 보고 및 수사에 관한 제한적 세부 내용들을 정보로 제공했다. 경찰 사건담당 기자인 나는 그것들을 매일 꾸준히 체크했다. 마치 증권 시장 애널리스트가 화면 아래쪽 블룸버그 채널에 흐르는 다우지수만 쳐다보고 있듯이.

이메일과 휴대전화 문자정보 알림에 가입해서 CNS와 더 깊은 관계를 맺을 수도 있지만 그건 내 방식이 아니었다. 나는 신식이 아니라 구식 기자인지라 끊임없이 접속을 알리는 벨 소리와 휘슬 소리를 듣고 싶지가 않았다.

그렇지만 나는 그런 방식을 선택하는 것에 대해 안젤라에게 말해주지도 않았다. 그래서 그녀는 파커센터에서, 나는 배빗 사건을 추적하느라 오전을 보내는 동안 우린 둘 다 벨 소리나 휘슬 소리도 듣지 못했고, 구식 매뉴얼을 체크하지도 못했던 것이다.

나는 CNS 화면을 뒤로 돌려 경찰 기자회견이나 다른 범죄에 관한 긴급 뉴스가 있는지 찾아보았다. 그로스먼의 여비서는 반장이 이미 6층 기자회견실로 올라간 뒤라서 전화를 돌려줄 수 없다고 대답했다.

전화기를 내려놓자 CNS는 오전 11시에 파커센터 6층 미디어 룸에서 기자회견이 열린다는 짧막한 광고를 내보냈다. 내용은 전날 밤 경찰이 로디아 가든스 연립주택 단지에서 벌인 대대적인 마약범 소탕전 결과를 발표한다는 것이었다.

왔구나. 나의 연재 기사는 그처럼 멋지게 충격적인 이야기로 엮여들고 있었다. 아드레날린이 뿜어져 나왔다. 일은 가끔 이런 식으로 벌어진다. 판에 박힌 일상적인 뉴스들은 보다 큰 것을 위해 자리를 물려주었다. 나는 안젤라에게 전화했다.

"지금 6층에 있어?"

"네, 아직 시작되지 않았어요. 그런데 무슨 일이죠? 방송국 사람들한테는 물어보기 싫어요. 그랬다간 멍청이로 낙인찍힐 테니까."

"맞아. 간밤에 로디아 가든스에서 마약범 소탕전을 벌였대."

"그 때문이에요?"

"그래. 하지만 일이 커질 수도 있어. 어제 내가 얘기한 살인 때문에 벌인 작전 같거든. 트렁크 속의 여자를 추적하니 그곳으로 이어졌잖아, 기억 나?"

"아, 맞아요, 맞아."

"안젤라, 이건 내가 하는 일과 직결되기 때문에 프렌도에게 팔아먹고 싶어. 내가 그걸 쓰고 싶어 하는 이유는 내 스토리의 무대가 될 것 같아서야."

"우리가 함께 작업할 수 있을 거예요. 제가 여기서 최대한 많이 취재할게요."

나는 잠시 사이를 두었다. 미묘한 문제지만 단호하게 잘라야 했다.

"아니야, 지금 그쪽으로 가려고 해. 내가 도착하기 전에 시작하면 메모를 잘 해둬. 그걸 웹에 올리도록 프렌도에게도 보내주고. 그렇지만 이 기사는 내게 필요해, 안젤라. 더 큰 스토리를 쓸 생각이거든."

"당연하죠, 잭."

그녀는 주저 없이 말했다.

"제가 빼앗기라도 할까봐 그러세요? 이 기사는 당연히 선배님 거죠. 그렇지만 제 도움이 필요하면 언제든 말씀만 하세요."

막상 그렇게 나오자 낫살이나 먹은 내가 너무 이기적으로 처신한 것 같아 얼굴이 뜨거워왔다.

"고마워, 안젤라. 뭐가 나올지 함께 알아보자고. 나는 프렌도에게 이 기사에 대한 버짓을 잡아두라고 연락한 뒤 곧바로 출발할게."

파커센터의 건물 수명은 이제 몇 달 남지 않았다. 이 낡은 건물은 50년가량이나 경찰의 작전 지휘소로 사용되었고 노후화된 지 최소한 10년은 지났다. 그래도 두 차례의 소요와 수많은 민중항쟁, 중범죄들을 목격하며 시를 위해 알뜰히 봉사했다. 그리고 지금도 내가 참석하려고 달려가고 있듯이 수천 차례나 기자회견이 열렸던 곳이기도 했다. 그렇지만 수사본부로 사용하기엔 너무 낡은 건물인데다 초만원이었다. 배관들은 터졌고 고장 난 냉난방 시스템은 고철덩이나 다름없었다. 주차장 면적과 사무실 공간은 충분치 않고 감방조차도 모자랐다. 복도나 사무실 군데군데에서는 오염된 공기로 퀴퀴한 냄새를 풍겼다. 비닐 바닥은 뒤틀렸고 건물 골조는 심한 지진이 일어날 경우 무사히 견뎌낼 수 있을지 의심스러울 정도였다. 실제로 많은 형사들은 큰 지진이 일어났을 때 사무실 안에 남아 있지 않으려고 불필요할 정도로 오랫동안 단서와 범인들을 추격하며 거리에서 시간을 보내곤 했다.

그러나 몇 주일 후면 스프링 스트리트의 〈LA 타임스〉 바로 옆자리에 완공될 아름다운 새 건물로 옮겨갈 예정이다. 널찍하고 기술적으로도 최첨단인 그 건물은 또다시 한 50년쯤 시와 경찰국을 위해 봉사해줄 것이다. 하지만 그 건물로 이사할 즈음엔 나는 거기 없을 것이다. 나를 대체한 아름다운 그녀가 그 자리에 있겠지. 삐걱거리는 엘리베이터를 타고 6층으로 올라가면서 이것도 결국 그렇게 될 수밖에 없다는 생각이 들었다. 내가 파커센터를 그리워하게 된다면 그건 아마도 나 자신이 파커센터 같기 때문일 것이다. 낡고 허약해진.

국장실 옆의 커다란 미디어 룸에 도착했을 때 기자회견은 한창 진행 중이었다. 복도에서 정복 차림의 경찰이 내미는 유인물을 받아든 나는 뒤쪽 벽을 따라 늘어선 카메라들을 지나 빈자리에 앉았다. 이전에 이 방에 들어왔을 때는 서 있을 자리밖에 없었다. 그런데 오늘은 파커센터에서 마약사범 소탕전에 관한 결과를 발표할 예정인데도 참석자들이 심드렁한 표정을 짓고 있었다. 참석자들을 체크해 보니 아홉 군데 지방 TV 채널 중 다섯 곳에서 나왔고, 두 명의 라디오 기자, 신문기자 몇 사람이 전부였다. 안젤라는 두 번째 줄에 앉아 랩탑을 열어놓고 열심히 타이핑하고 있었다. 아직 기자회견이 진행 중인데도 웹에 올릴 기사를 보내고 있는 모양이었다. 역시 믿음직한 신세대 기자였다.

나는 내용을 따라잡기 위해 유인물을 읽어 보았다. 경찰국장과 마약단속반 반장이 회견 도중 자세히 설명한 유인물의 내용은 다음과 같았다.

로디아 가든스 연립주택 단지 내에서 일어난 것으로 짐작되는 데니스 배빗 피살 사건의 여파로 LAPD 남부 지국 마약단속반은 단지 내 마약 거래에 대한 일주일간의 고강도 감시활동 끝에 오늘 아침 소탕전에 들어가 총 16명의 마약거래 혐의자들을 체포했다. 이들 중 11명은 성인 갱 단원들이고 나머지 5명은 청소년들이다. 주택단지 내 아파트 열두 곳을 수색하여 압수한 헤로인과 코카인, 메스암페타민의 양은 발표되지 않았다. 또한 산타모니카 경찰과 검찰 수사관들은 살인 수사와 관련된 세 장의 수색영장을 발부받았다. 그들은 살인죄로 기소된 16세 소년은 물론이고 범죄에 가담했을지도 모르는 다른 사람들에 대한 추가 증거물을 찾았다.

다년간 기자로 밥 먹으며 보도자료만 수천 장 읽어댄 덕분에 행간의 뜻을 잡아내는 데는 나도 도사나 마찬가지였다. 압수한 마약의 양을 밝히지 않은 것은 창피할 정도로 소량이기 때문이란 것을 금방 알 수 있었다. 그리고 보도자료에서 수사관이 추가 증거물을 찾았다고 할 때는 아무것도 발견하지 못했을 가능성이 더 컸다. 그렇지 않다면 영장 집행 과정에서 더 많은 증거물이 나왔다고 나발을 불어댔을 것이다.

이 모든 것에 대해 나는 약간의 흥미를 느꼈다. 내가 흥분하는 이유는 마약범 소탕전이 살인에 대한 반발로 실시되었고, 이런 행동은 필시 인종 분쟁을 야기하기 때문이다. 그런 분쟁은 나의 연재 기사를 상사들에게 팔아먹는 데 도움을 줄 것이다.

연단을 쳐다보니 국장이 그로스먼에게 마이크를 넘기고 있었다. 경감은 마이크 앞으로 다가서더니 파워포인트 프레젠테이션을 따라 마약범 소탕 과정을 설명하기 시작했다. 연단 왼쪽에 있는 스크린에는 체포된 성인들의 상반신 사진들이 각자에게 적용된 혐의와 함께 떠올랐다.

그로스먼 경감은 아침 6시 50분에 1조 6명으로 구성된 12조의 경찰이 12개의 아파트를 동시에 급습했다고 세부 작전을 설명했다. 부상자는 경관 한 명으로 운수 사납게 엉뚱한 때 엉뚱한 곳에서 다친 경우라고 했다. 그 경관은 배후를 지원하기 위해 연립주택 측면으로 달려갔는데, 때마침 방 안에 있던 혐의자가 자기 아파트 현관문을 두드리는 경찰들의 소리에 놀라 들고 있던 산탄총을 창밖으로 던져버렸다. 불법무기소지죄를 피하려고 던진 그 샷건이 하필이면 그 경관 머리에 떨어져서 그를 기절시켰다고 했다. 구급대원에게 응급치료를 받은 그 경관은 모 병원으로 옮겨져 밤새 치료와 간호를 받아야만 했다.

전날 나한테 50달러를 갈취했던 갱단 녀석의 사진도 스크린에 떠올랐다. 그로스먼의 설명에 의하면 녀석은 스무 살 먹은 다넬 힉스라는 골목대장으로, 자기보다 어린 소년들 여럿에게 마약 장사를 시키는 놈이었다. 커다란 화면에 떠오른 녀석의 얼굴을 보자 내일 아침 기사를 쓸 때 체포된 혐의자들 명단 맨 위에 녀석의 이름을 올려놓을 생각을 하며 약간 즐거워졌다. 그건 내가 그에게 크립워크를 되돌려주는 방법이 될 것이다.

그로스먼은 경찰국이 기꺼이 제공하고 싶은 세부사항들을 설명하는데 10분을 더 보낸 뒤 기자들에게 질문을 받겠다고 했다. TV 리포터 몇명이 가벼운 질문을 서너 가지 던지자 경감은 사뿐히 받아넘겼다. 아무도 까다로운 질문을 던지는 사람이 없기에 마침내 내가 손을 들었다. 방 안을 둘러보던 그로스먼이 내 손을 발견했다. 그는 내가 어디서 근무하는 누군지 잘 알고 있었다. 그리고 나한테서는 절대 가벼운 질문이 나오지 않는다는 것도. 그래서 다른 멍청한 TV 리포터가 손을 들어주지 않을까 하고 방 안을 다시 둘러보았다. 그렇지만 불운하게도 그런 얼간이는 없었기 때문에 하는 수 없이 내게 물었다.

"매커보이 기자, 질문 있습니까?"

"네, 경감님. 혹시 그곳 공동체에서 거센 반발 같은 것이 예상되진 않습니까?"

"공동체에서 반발을? 아뇨. 거리에서 마약상과 갱단을 몰아내는 데 누가 불평하겠소? 오히려 이 작전에 대해 우린 공동체의 전폭적인 지지와 협조를 받았습니다. 반발이 나오리라곤 상상할 수 없어요."

나는 공동체의 전폭적인 지지와 협조라는 말은 나중에 써먹기로 하고 질문을 계속했다.

"아, 로디아 연립주택 단지에서는 오랫동안 마약과 갱단이 문제를 일으켰던 것으로 잘 알려져 있습니다. 그러나 경찰국에서는 할리우드 출신 백인 여성이 그곳에서 납치되어 살해당한 후에야 이런 대대적인 소탕전을 벌였거든요. 그래서 전 경찰국이 이 작전을 실시하기 전에 그 공동체의 반발에 대해 고려한 바 있었는지 궁금합니다."

그로스먼의 얼굴이 붉어졌다. 재빨리 국장 쪽을 돌아보았지만 국장은 그 질문을 받을 생각이 전혀 없는 듯했고, 그로스먼을 거들 기미조차 보이지 않았다. 그는 혼자 감당할 수밖에 없었다.

"우린, 에… 그런 식으론 보지 않습니다. 데니스 배빗의 살인범은 단지 그 지역의 문제들에 주의를 집중하도록 했을 뿐이죠. 오늘 우리가 펼친 작전과 체포는 그 공동체를 더욱 살기 좋은 곳으로 만드는 데 도움이 되었을 겁니다. 그에 대한 반발은 없었어요. 게다가 그 지역에서 우리가 소탕전을 벌인 것이 처음도 아닙니다."

"그것에 대해 기자회견을 요청한 것은 처음 아닙니까?"

나는 그를 조금 비틀어주고 싶어서 물었다.

"그건 잘 모르겠는데요."

그로스먼은 고개를 갸웃했다. 그의 눈은 다른 손을 찾아 방 안을 헤맸지만 아무도 그를 구해주지 않았다. 나는 다른 질문이 있다고 말한 뒤 그에게 물었다.

"데니스 배빗 피살 건으로 발부된 수색영장에 관해서 경감님은 그녀가 납치되어 피살되었다고 주장하는 장소를 찾아내셨습니까?"

이 질문에 대해 그로스먼은 책임전가용 대답을 준비해 놓고 있었다.

"그 사건은 우리 소관이 아닙니다. 그 문제는 산타모니카 경찰국이나 지방검찰청에 문의하시기 바랍니다."

그는 그 대답으로 나를 침묵하게 만든 것을 즐기는 듯했다. 내가 더 이상 질문을 하지 않고 자리에 앉자 그로스먼은 방 안을 한차례 더 둘러본 뒤 기자회견을 끝냈다. 나는 의자에서 일어나 안젤라 쿡이 앞자리에서 돌아오길 기다렸다. 그녀가 메모한 것 중에서 경찰국장이 말한 부분이 필요하다고 말할 참이었다. 나머지는 다 커버했으니까.

나한테 유인물을 건네준 정복 차림의 경관이 다가와서 기자회견실의 다른 쪽 문을 가리키며 말했다. 회견을 하는 동안 그래픽을 제공하는 장비들이 있는 방이었다.

"민터 실장님이 보여주고 싶은 것이 있답니다."

"좋아요. 나도 물어보고 싶은 것이 있는데."

그를 따라 방 안으로 들어가니 모퉁이에 놓인 책상 뒤에 민터 실장이 상체를 꼬챙이처럼 꼿꼿하게 세우고 앉아 있었다. 날렵한 몸매에 까무잡잡한 피부, 언제나 미소 짓는 핸섬한 이 사내는 미디어관리실을 책임지고 있었다. LA 경찰국에서는 중요한 부서지만 나를 항상 곤혹스럽게 만들기도 했다. 훈련을 받고 총과 배지를 지급받은 경관이 왜 미디어 관련 업무를 할까? 물론 이 일을 하면 거의 매일 밤 TV에 나오고 신문에도 항상 이름이 오르지만 그건 경찰 업무가 아니었다.

"어서 오시게, 잭."

민터는 내 손을 잡고 흔들며 곰살맞게 굴었다. 나는 당연히 기자회견에 초청받은 것처럼 행동했다.

"안녕하세요, 실장님. 불러주셔서 감사합니다. 기사 작성을 위해 혐의자들 중 한 사람인 힉스란 친구의 상반신 사진을 한 장 얻을 수 있을까 해서요."

민터는 고개를 끄덕였다.

"어려울 것 없지. 그 친군 성인이니까. 다른 사진은 필요 없나?"

"네, 그 친구 사진만 실을 수 있어도 다행이죠. 사진들을 여러 장 죽 늘어놓는 걸 싫어해서요."

"힉스 사진만 원한다니 이상하군."

"뭐가요?"

그는 데스크 뒤쪽으로 손을 뻗어 파일 하나를 빼들더니 그 속에서 8×10인치 사진 한 장을 뽑아 내밀었다. 오른쪽 하단 가장자리에 경찰 코드가 찍힌 정찰 사진이었다. 전날 나한테 통과세를 요구한 다넬 힉스에게 내가 50달러를 건네주는 장면이 담겨 있었다. 사진 결이 거친 걸 보면 원거리에서 각도를 아래로 찍은 것임을 금방 알 수 있었다. 돈을 갈취당한 장소가 주차장이었고 로디아 주택단지의 중심이었던 것을 감안하면 이 사진을 찍을 수 있었던 장소는 그 주위에 있던 아파트 건물 내부의 한 곳이었음을 짐작할 수 있었다. 이제 그로스먼이 공동체의 전폭적인 지지와 협조를 받았다고 주장한 의미를 이해할 만했다. 로디아 주민들 중 최소한 한 명은 자기 아파트를 감시 장소로 그들에게 제공했다는 뜻이었다. 나는 사진을 쳐들며 민터 실장에게 물었다.

"이걸 내 스크랩북에 철해두라고요?"

"아니, 난 그게 무슨 영문인지 물어보고 싶었네. 혹시 무슨 문제가 있다면 내가 도와줄 수도 있네, 잭."

사람 엿 먹이는 미소를 지어 보이며 그가 말했다. 내가 그것도 눈치 못챌 만큼 멍청한 놈인가? 나를 한번 쥐어짜보겠다는 건데. 앞뒤 싹둑 자르고 나온 이런 사진이 내 상사나 경쟁자의 손에 흘러 들어가면 아주 해괴망측한 메시지를 전달할 수가 있다. 그렇지만 나는 여유만만하게 웃어 보였다.

"나한테 원하는 게 뭡니까, 실장님?"

"우린 불필요한 일로 소란을 일으키고 싶지 않네, 잭. 이 사진처럼 말이야. 이것도 여러 가지 의미로 해석될 수 있어. 거긴 왜 갔었나?"

요지는 분명했다. 로디아 주택단지 내의 반발을 취재할 생각은 버리라는 것. 민터와 그의 상사들은 이 도시에 뉴스가 있는 한 〈LA 타임스〉가 언제든지 밥상을 차릴 것임을 잘 알고 있었다. 그러면 TV 채널들과 다른 매체들도 죽 따라올 것이다. 〈LA 타임스〉만 통제할 수 있으면 나머지 지방 매체들은 모두 협조하게 만들 수 있었다.

"아직 통보를 못 받은 모양이군요."

나는 픽 웃으며 말했다.

"난 아웃이에요. 금요일자로 해고통보를 받았죠. 실장님이 나한테 할 수 있는 일은 하나도 없어요. 내겐 마지막 이 주일만 남아 있거든요. 만약 이 사진을 신문사 누군가에게 보내고 싶다면, 나라면 도로시 파울러 편집장한테 보내겠는데요. 그렇지만 내가 이 기사를 어떻게 쓸 건지, 또 누구에게 얘기할 건지에 대해서는 아무 영향도 못 미쳐요. 그건 그렇고, 남부지국 마약단속반은 자신들의 정찰 사진을 실장님이 이렇게 내보이고 있다는 걸 알고 있습니까? 이건 아주 위험한 건데요, 실장님."

나는 이번엔 그가 볼 수 있게 사진을 높이 쳐들었다.

"이건 나에 관해서보다 경찰 마약단속반이 로디아의 아파트 한 곳에 감시소를 설치했다는 사실을 더 요란하게 알리고 있잖아요. 만약 밖으로 새나가면 그곳에 있는 크립스 갱단이 마녀사냥에 나설 겁니다. 몇 년 전 브라이스 거리에서 일어났던 일 기억하시죠?"

민터의 미소가 싸느랗게 얼어붙었다. 그의 눈빛을 보니 과거의 일을 떠올리고 있는 듯했다. 3년 전에도 경찰은 밴 나이스의 블라이스 거리에서 드라이브 스루 마약시장을 운영하던 라틴계 갱단을 감시하다가 소탕한 일이 있었다. 마약거래 현장을 찍은 정찰 사진들이 체포된 혐의자들을 변호하는 변호인들에게 제출되자, 갱단은 곧 사진을 촬영한 아파트를 찾아냈다. 어느 날 밤 그 아파트에서 폭음과 불길이 치솟았고 그 결과 예순의 노파가 침대 위에서 불타 죽었다. 경찰국은 그 일로 인해 언론의 호된 비난을 받았다. 민터 실장은 그때 저질렀던 대실책을 되살리고 있었다.

"난 써야 해요. 나가는 길에 미디어관리실에 들러 그 친구 사진 한 장 집어가겠습니다. 고마워요, 실장님."

"그러시게, 잭."

그는 우리 사이에 물밑 대화는 아예 없었다는 듯이 태연하게 말했다.

"퇴사하기 전에 또 보세."

나는 문을 열고 다시 기자회견실로 돌아갔다. 카메라맨 몇 명이 장비들을 철수하느라고 남아 있었다. 안젤라 쿡을 찾아 방 안을 둘러보았지만, 그녀는 나를 기다리고 있지 않았다.

다넬 힉스의 상반신 사진을 들고 〈LA 타임스〉 건물까지 걸어서 돌아온 나는 곧장 3층 편집실로 올라갔다. 편집자에게 이미 마약 소탕전 기사에 대한 버짓 라인을 보냈기 때문에 체크인 따위에는 신경 쓰지 않았다. 그보다는 몇 군데 전화를 걸어 기사를 더 보충한 다음 그것이 인쇄 버전뿐만 아니라 홈페이지 프런트에도 올라야 할 물건이라고 프렌도를 설득할 셈이었다.

내가 복사실에 보냈던 928쪽짜리 윈슬로의 진술서와 다른 서류들의 카피가 내 책상 위에 놓여 있었다. 책상에 앉자마자 진술서 속으로 빠져들고 싶은 충동을 억제해야만 했다. 그러나 15센티 두께의 서류뭉치를 책상 옆으로 밀어놓고 컴퓨터로 다가갔다. 화면에 있는 주소록을 열고 윌리엄 트레처 목사의 번호를 찾았다. 그는 남부 LA 성직자회 회장으로 언제나 LA 경찰국과 대립각을 세우는 것으로 유명했다.

트레처 목사는 신자들이나 지방 미디어에 의해 비공식적으로 알려져 있지만 나는 무턱대고 전화기를 집어 들었다. 그때 머리 위로 그림자가 어른거리는 것 같아 고개를 들었더니 앨런 프렌더게스트가 내려다보고 있었다.

"내 메시지 못 봤어요?"

그가 물었다.

"아니, 방금 돌아왔어. 다른 사람들보다 먼저 트레처 목사와 통화하려고 전화를 걸고 있어. 무슨 일인데?"

"선배 기사에 대해 의논하고 싶어서요."

"내가 보낸 버짓 라인 못 받았어? 이 전화 얼른 끝내게 해줘. 그러면 거기에 첨가할 사항이 생길지 몰라."

"오늘 기사가 아니고요, 잭. 그건 쿡이 이미 끝냈어요. 난 선배가 말한 연재 기사에 대해 듣고 싶다고요. 10분 후에 미래회의가 있거든요."

"잠깐. 쿡이 이미 끝냈다는 게 무슨 소리야?"

"그 애가 오늘 기사를 썼다고요. 기자회견장에서 돌아와 선배와 함께 그 작업을 한다고 하더군요. 트레처한테도 벌써 전화해서 좋은 걸 취재했어요."

나는 안젤라 쿡과 함께 그 일을 하지 않을 것이라고 말하고 싶었지만 참았다. 그건 내 기사였고 쿡한테도 분명히 그렇게 말했다.

"선배가 쓰려는 기사가 뭐예요? 오늘 것과 관계가 있죠?"

"그런 셈이지."

나는 쿡의 행동으로 받은 충격에서 아직 깨어나지 못하고 있었다. 편집실 안에서 기자들끼리 경쟁하는 일은 흔했다. 나는 단지 쿡이 그 기사에 대해 그처럼 대담하게 거짓말을 하리라곤 예상하지 못했을 뿐이다.

"잭? 시간이 별로 없다니까요."

"아, 그래, 맞아. 데니스 배빗 살인 사건에 관한 기사야. 하지만 살인자의 시각에서 본 것이지. 열여섯 살짜리 알론조 윈슬로가 살인죄를 뒤집어쓰게 된 과정에 대한 거야."

프렌도는 고개를 끄덕였다.

"제대로 잡았나요?"

제대로 잡았느냐는 말은 내가 직접 접촉했느냐는 뜻이었다. 어디에나다 적용되는 '경찰당국에 의하면'이란 전제가 달린 기사라면 프렌도도 관심을 보이지 않았을 것이다. 미래 버짓에 제대로 포함시키려면 '알려진 바에 의하면'이란 말 따위를 기사에서 보고 싶진 않을 것이었다. 그는 모든 사람들이 이미 알고 있는 기본적인 뉴스 뒤에 숨어 있는 이야기, 범죄의 특성을 원하고 있었고 까칠한 현실감으로 독자들의 세계를 두드리고 싶어 했다. 다시 말해 〈LA 타임스〉의 전매특허가 될 만한 폭과 깊이가 있는 기사를 원했다.

"내부 접선이 있었어. 알론조의 할머니와 변호인을 만났거든. 내일쯤이면 그 아이를 만나게 될 것 같아."

나는 책상 위에 놓인 프린트 더미를 가리켰다.

"저게 금덩이야. 900쪽에 달하는 그 녀석의 진술서. 손에 넣을 수 없는 걸 넣었어. 다른 사람은 아무도 가질 수 없지."

앨런 프렌더게스트는 알 만하다는 듯 고개를 주억거렸다. 내 기사를 회의에서 어떻게 팔아먹을 건지, 아니면 더 좋은 방법을 생각하고 있는 듯했다. 그는 칸막이 밖으로 나가 의자를 한 개 들고 들어오더니 내 옆에 바짝 붙이고 앉으며 말했다.

"내게 생각이 있어요, 잭."

이 친구는 오늘 내 이름을 너무 자주 불렀다. 게다가 옆에 찰싹 달라붙어 상체를 내 쪽으로 바짝 기울이는 전에 하지 않던 짓까지 하자 완벽한 속임수를 쓰는 것처럼 보여 어쩐지 불편하게 느껴졌다. 나는 이런 식으로 흘러가는 걸 좋아하지 않는다.

"뭔데, 앨런?"

"만약 한 소년이 살인자가 된 것으로만 그치지 않으면 어쩔 건가요? 한 여자도 역시 희생자가 된 경우라면 어쩌죠?"

나는 그것에 대해 잠시 생각한 뒤 고개를 끄덕였다. 그것이 내 실수였다. 만약 그렇다고 말하고 시작하면 나중에 아니라고 부정하며 제동을 걸기가 어려워진다.

"스토리의 초점을 그렇게 분산시키면 시간만 더 많이 걸리겠지."

"아니죠. 선배는 초점을 분산할 필요 없어요. 그 아이를 계속 만나며 우리한테 강렬한 기사를 제공해줘요. 피살자 쪽은 쿡을 내보내도 잘 커버할 겁니다. 그런 다음 선배가 양쪽 스토리를 잘 엮어내면 우린 칼럼 원(COLUMN ONE) 스토리를 얻게 되겠죠."

1면 기획기사 코너인 칼럼 원은 그날의 테마 기사를 위해 마련되어 있는 곳이었다. 가장 잘 쓴 기사, 가장 영향력 있는 기사, 연재 기사의 내용이 좋으면 1면 상단에 있는 칼럼 원에 실렸다. 프렌도가 나를 놀리고 있다는 사실을 그 자신도 알고 있는지 궁금해졌다. 왜냐하면 〈LA 타임스〉에 근무한 7년 동안 나는 한 번도 칼럼 원 기사를 올려본 적이 없었기 때문이다. 2천 일도 넘게 경찰 사건담당 기자를 하면서도 그날의 최고 기사를 한 건도 올리지 못했다는 소리였다. 프렌도는 지금 내게 칼럼 원 기사를 굵직한 홍당무처럼 안고 퇴직할 수 있는 가능성을 흔들어 보이고 있었다.

"그 아이가 이런 아이디어를 제공했나?"

"누구요?"

"누군 누구겠어, 쿡이지."

"아네요, 선배. 내가 생각해본 거예요. 방금요. 선배 생각은 어때요?"

"우리 둘이 이 일에 매달리면 경찰 출입은 누가 하고?"

"두 분이 교대로 하면 되죠. 지금 하는 것처럼. 내가 또 가끔 지원해줄 수 있을 거예요. 두 분이 지금 이대로 한다고 해도 내가 완전히 손을 뗄

수는 없어요.”

기자들이 일반적인 임무를 수행하기 위해 범죄현장에 투입될 때마다 그 결과 나오는 기사들은 항상 피상적이거나 기계적인 것이었다. 그런 식으로 현장을 커버해서는 안 되지만, 내가 지금 그런 것에 신경 쓸 때인가? 모가지가 겨우 십일 일밖에 안 남았는데.

나는 한순간 프렌도를 믿지 않았고 그가 제의한 칼럼 원에 흔들리지도 않았다. 그렇지만 그의 제안으로 인해—그의 제안이든 안젤라 쿡의 것이든—나의 기사가 더 좋아질 수 있다는 것을 판단할 만큼은 영리했다. 그건 내가 바라던 것을 이룰 수 있는 더 좋은 기회를 제공할 것이었다.

“서로 상충되는 점은 살인자와 희생자가 어딘가에서 서로 만나 그곳으로 갔다는 사실이야.”

“바로 그거예요!”

프렌도는 맞장구를 친 뒤 미소를 지으며 일어섰다.

“회의에 올리겠어요. 선배와 쿡은 머리를 맞대고 연구해서 퇴근 전까진 버짓을 잡을 자료를 좀 넘겨줘요. 나는 회의에서 선배가 이번 주말까지는 스토리를 제출할 거라고 말하겠어요.”

그 정도면 충분한 시간이라곤 할 수 없지만 가능하다는 생각이 들었다. 그리고 필요할 경우 며칠 더 청구할 수도 있었다.

“좋아.”

“좋아요. 그럼 갈게요.”

앨런 프렌더게스트는 회의장으로 갔다.

나는 매우 조심스러운 말투로 안젤라에게 식당에서 만나 커피나 한잔 하자는 이메일을 보냈다. 화난 기색이나 그녀를 의심하는 티는 전혀 내지 않았다. 그녀는 즉시 답장을 보내왔다. 15분 후에 만나자고 했다. 이제 나는 매일 작성해야 할 기사도 없이 15분을 때워야 하게 생겼으므로, 알론조 윈슬로의 진술서 복사물 뭉치를 책상 앞으로 당겨놓고 읽기 시작했다.

면담은 산타모니카 경찰국 선임 형사 길버트 워커와 윌리엄 그래디가 했고, 시작 시각은 윈슬로가 구금된 지 세 시간쯤 후인 4월 26일 일요일 오전 11시부터였다. 추가 설명이 거의 없는 질문과 대답 형식으로 처음엔 짤막짤막해서 마치 탁구공을 주고받듯 쉽고 빠르게 읽혔다.

두 형사는 윈슬로에게 그의 권리를 읽어주고, 열여섯 살 나이지만 그 내용을 이해했음을 확인하는 것으로 시작했다. 그다음엔 청소년 면담용으로 마련된 일련의 질문들을 진행했다. 그것들은 옳고 그름에 대한 그의 인식을 이끌어내도록 짜여 있었다. 그 그물에 일단 걸려들자 윈슬로는 좋은 사냥감이 되었다.

윈슬로 입장에서는 그 자신도 피해자지만 인간의 가장 큰 약점인 자만심에 빠져들었다. 그는 자기가 두 형사를 요리할 만큼 영악하다고 착각하고 있었다. 그들과의 말씨름에서 이길 수 있을 뿐만 아니라 어쩌면 수사에 대한 내부 정보까지도 얻어 들을 수 있을지 모른다고 생각했다. 그래서 기꺼이 그들과의 대화에 응했고―아이고, 순진한 놈!―형사들은 세 줄짜리 베이스 기타를 연주하듯 아이를 갖고 놀았다. 짠짜자자잔, 짠짜자자잔. 믿을 수 없는 온갖 설명들과 명백한 거짓말들을 기록으로 남기며.

진술서의 처음 200쪽까지는 대충대충 읽어 내려갔다. 데니스 배빗 살해에 대해서는 아는 것도 본 것도 없다고 부인하는 윈슬로의 진술이 길게 기록되어 있었다. 그다음으로는 아주 일상적인 대화처럼 사건 당일 윈슬로의 행방에 대한 형사들의 질문이 이어졌다. 그가 진술한 것이 사실인지 거짓인지 분명히 가리는 작업으로, 어느 쪽으로 확인되든 사건 수사에 도움이 될 것이었다. 진술 내용이 사실이면 면담 방향을 잡아나갈 수 있고 거짓으로 드러나면 채찍으로 써먹을 수 있다.

알론조 윈슬로는 두 형사에게 그날 자기는 집에서 잠을 자고 있었고,

그것은 '엄마'—완다 세섬즈—가 보증할 수 있다고 주장했다. 또한 데니스 배빗이란 여자는 알지도 못하며 그녀의 납치와 살해에 대해서는 전혀 아는 바 없다고 줄기차게 뻗대었다. 그가 바위처럼 버티자 형사들은 거짓말로 덫을 치기 시작했다. 진술서 305쪽에 기록된 내용.

워커: 씨도 안 먹힐 소린 이제 집어치워, 알론조. 여기 들어온 이상 불어야 해. 거기 앉아서 "아니, 아니, 난 아무것도 몰라요"만 되풀이하면 나갈 수 있을 줄 알아? 네가 뭔가를 알고 있다는 걸 우린 알아. 다 알고 있다니까, 꼬맹이.

윈슬로: 알긴 뭘 알아요. 난 그 여자 본 적도 없어요.

워커: 정말? 그러면 해변 주차장의 카메라에 그 여자 자동차에서 내리는 네 모습이 어떻게 찍혔을까?

윈슬로: 무슨 카메라 말예요?

워커: 주차장에 설치되어 있던 감시카메라 말이야. 넌 그 차에서 내렸고 주위에 다른 사람은 얼씬도 안 했어. 트렁크에서 시체가 발견될 때까진 말이야. 그래서 이런 난리가 벌어진 거야, 친구.

윈슬로: 아니에요. 그건 내가 아냐. 난 그런 짓 안 했어요.

변호인이 내게 건네준 서류를 통해 내가 알고 있는 바로는, 주차장에 버려진 피살자의 마쯔다 승용차를 찍은 비디오테이프는 존재하지 않았다. 게다가 미국 대법원은 경찰이 피의자에게 거짓말을 하더라도 그것이 결백한 사람에게 타당하게 들리는 내용이라면 적법하다는 판결을 내린 바 있었다. 두 형사가 지어낸 모든 거짓말은 승용차 백미러에서 발견한 윈슬로의 지문을 유일한 증거로 삼은 것이었다. 그들은 대법원 판례를 가이드라인으로 윈슬로를 막다른 길로 유인하고 있었다.

언젠가 나는 형사들이 살인현장에서 사용된 권총을 담은 증거물 봉투를 혐의자에게 보여주며 심문하는 이야기를 쓴 적이 있다. 그런데 봉투 안에 든 권총은 실제 살인에 사용된 무기가 아니었다. 똑같은 모델의 다른 권총이었던 것이다. 그러나 혐의자는 그것을 보자 경찰이 증거물을 모두 찾아낸 줄 알고 범행을 자백했다.

알론조 윈슬로를 살인죄로 체포했다지만 나는 어쩐지 기분이 안 좋았다. 정부를 대표하는 공무원들이 대법원의 승인 하에 마치 악당처럼 거짓말과 속임수를 쓴다는 것은 아무래도 옳고 공정해 보이지 않았다.

100여 쪽쯤 더 훑어보고 있을 때 휴대전화가 울렸다. 발신자 표시를 본 나는 진술서를 읽느라고 안젤라와의 커피 약속 시간을 까먹었다는 걸 알았다.

"미안해, 안젤라. 내가 붙잡혔어. 곧 내려갈게."

"빨리요. 오늘 기사를 끝내야 한단 말예요."

1층에 있는 식당으로 내려간 나는 커피도 안 뽑고 그녀가 앉아 있는 테이블로 다가갔다. 20분이나 늦었다. 안젤라의 커피 컵은 이미 비어 있었다. 테이블 위에는 엎어놓은 프린트 무더기가 있었다.

"라테 한 잔 더 할 거야?"

"아뇨, 됐어요."

"좋아."

식당 안을 둘러보니 오후 서너 시경이라 사람들이 거의 없었다.

"무슨 일이에요, 잭? 빨리 올라가봐야 하는데."

나는 그녀를 똑바로 응시했다.

"오늘 기사를 네가 그런 식으로 해치운 게 마음에 안 든다고 말해주고 싶어 보자고 한 거야. 아직 공식적으로는 내가 경찰 사건담당 기자이고 이 기사는 내가 작업 중인 더 큰 스토리를 구성하기 때문에 내가 써야겠다고 미리 말했잖아."

"미안해요. 회견장에서 선배님이 구구절절 옳은 질문만 하시는 걸 보고 너무 흥분해서 편집실에 돌아와서도 붕 뜬 기분이었나 봐요. 선배님과 그 일을 함께 하고 있다고 했더니 프렌도 선배님이 기사 작성을 먼저 시작하라고 지시했어요."

"그때 나의 다른 스토리도 함께 작업하겠다고 프렌도에게 제의했던 거야?"

"아뇨. 무슨 말씀을 하시는지 모르겠군요."

"내가 돌아오니 프렌도가 그러던데? 우리가 그 일을 함께 한다고. 나는 살인자 쪽, 너는 희생자 쪽을 맡기로. 네 아이디어라고 말했어."

당황한 안젤라는 얼굴이 새빨개져서 고개를 천천히 저었다. 나는 이제 두 명의 거짓말쟁이를 밝혀냈다. 그렇지만 안젤라는 거짓말 속에 정직한 부분이 있어 내가 쉽게 다룰 수 있었다. 그녀는 자신이 원하는 걸 대담하게 해치우고 있었다. 괴로운 사람은 프렌도였다. 그와 오랫동안 함께 일했지만 거짓말을 하거나 나를 조종한 적은 한 번도 없었다. 그는 단지 편을 짜고 있을 것이다. 나는 곧 나갈 사람이고 안젤라는 머물 사람이다. 그가 나보다 안젤라를 택한 것을 간파하긴 어렵지 않았다. 미래는 안젤라의 편이었다.

"프렌도 선배님이 배신할 줄은 몰랐어요."

그녀는 믿을 수 없다는 듯이 말했다.

"그래, 편집실에서 누굴 믿을 때는 조심해야 할 것 같아. 자기 편집자조차도."

"그런 것 같아요."

안젤라는 커피 컵을 들고 안을 살펴보았다. 비어 있는 줄 알면서도 그러는 것은 내 눈길을 피하고 싶기 때문일 것이다.

"안젤라, 네가 이 기사를 처리한 방법은 마음에 안 들지만 자신이 원하는 것을 추구하는 그 자세만큼은 감탄스러워. 내가 아는 최고의 리포터들은 다 그랬거든. 그리고 네가 제안한 살인자와 희생자의 더블 프로파일 진행 방식이 더 나을 것 같아."

그제야 내 얼굴을 쳐다보는 그녀의 표정이 환해졌다.

"저는 정말 그 일을 선배님과 함께 하고 싶어요."

"한 가지 분명히 해두고 싶은 게 있어. 이 기사는 시작도 내가 하고 마무리도 내가 한다는 거야. 보고서가 다 끝나면 기사 작성은 내가 할 거야, 알겠어?"

"당연하죠. 선배님이 그 작업을 하신다는 말씀을 듣고 전 단지 끼워주기만 바랐어요. 그래서 희생자의 각도에서 접근했죠. 하지만 이건 선배님 기사예요. 선배님이 작성하고 선배님 이름이 바이라인에 들어가야죠."

나는 안젤라가 또 무엇을 숨기고 있는 건 아닌지 그녀의 얼굴을 자세히 살펴보았다. 하지만 안젤라는 내 눈을 바라보며 진지한 표정으로 말하고 있었다.

"좋아. 내가 하고 싶은 말은 그것뿐이야."

"알았어요."

"오늘 기사 작성에 도움이 필요해?"

"아뇨, 준비는 다 된 것 같아요. 선배님이 기자회견장에서 제기했던 각도로 공동체에서 많은 자료를 수집하고 있어요. 트레처 목사는 경찰국이 벌인 또 하나의 인종차별이라고 말했죠. 한 백인 여자가 피살되었다고 특별수사팀을 출동시키는 경찰국이 그 주택단지에서 사는 800여 명의 무고한 주민들 중 한 명이 갱단 손에 죽을 때는 꼼짝도 하지 않았다는 주장이었죠."

듣기에는 그럴듯하지만 행동이 뒤따르지 않는 공허한 소리였다. 트레처란 사내는 사실 교활하고 약삭빠른 기회주의자였다. 나는 그가 공동체를 위한다는 말을 절대 곧이듣지 않았다. 그는 항상 자기만을 위했고 자신의 성과와 이익을 올리기 위해 TV와 신문에 얼굴과 이름을 올리는 인간이라고 나는 생각했다. 한번은 내가 편집장한테 트레처에 대한 추적 기사를 쓰겠다고 했더니 단칼에 거부하며 "안 돼, 잭. 우린 그자가 필요해"라고 말했다. 그 말은 사실이었다. 신문은 선동적 발언으로 여론을 뜨겁게 달구는 트레처 같은 역발상 전략가를 필요로 했다.

"그럴듯해."

나는 안젤라에게 말했다.

"이제 올라가서 하던 일을 계속해. 나도 올라가 다른 스토리를 위한 버짓 라인을 제출해야 하니까."

"여기요."

그녀가 얄팍한 서류를 테이블 위로 건네며 말했다.

"이게 뭐지?"

"별거 아니에요. 하지만 시간을 좀 절약해줄 거예요. 선배님이 쓰시려는 스토리에 대한 얘기를 듣고 어제 퇴근 전 제 나름대로 생각 좀 해봤어요. 선배님한테 그것에 대해 의논하고 같이 작업하자고 전화하려다 말았죠. 감히 그럴 수가 없었어요. 그래서 구글로 들어가 '트렁크 살인'을 검색했더니 세상에, 자동차 트렁크 안에서 생을 마감한 사람들이 그렇게 많을 줄이야! 대부분이 여자였어요, 잭. 폭력배들도 많았고요."

페이지를 넘겨보니 1년쯤 전의 〈라스베이거스 리뷰 – 저널〉 기사들을 복사한 것이었다. 첫 번째 문단을 읽어보니 전처를 죽여 자기 자동차 트렁크에 처박아 자기 집 차고에 세워두었던 한 사내에 대한 유죄판결 기사였다.

"선배님이 쓰시려는 스토리와 유사한 것처럼 보여서요."

안젤라가 말했다.

"역사적 사건도 있어요. 90년대 지방에서 일어났던 사건이에요. 이 영화인은 할리우드 원형극장 언덕 위에 세워진 자신의 롤스로이스 트렁크 안에서 발견되었죠. 심지어 트렁크머더닷컴(trunkmurder.com)이라는 웹사이트도 발견했지만 아직은 구축 중이더군요."

나는 고개를 끄덕이며 말했다.

"아, 고마워. 당장은 어디에 써먹을지 모르겠지만 한번 훑어볼 필요가 있겠네."

"네, 제 생각도 그래요."

안젤라는 의자를 뒤로 빼고 일어서더니 빈 커피 컵을 집어 들었다.

"자, 그러면 오늘 기사는 보낼 준비가 되면 즉시 이메일로 넣어드릴게요."

"그럴 필요 없어. 그건 이제 네 기사야."

"아녜요. 선배님 이름도 올릴 거예요. 선배님의 질문으로 폭과 깊이가 있는 기사가 되었으니까요."

편집자가 원하는 폭과 깊이가 있는 기사. 〈LA 타임스〉의 명성이 그 위에 세워져 있었다. 벨벳코핀 안으로 들어온 첫날부터 우리 머리에 깊이 심어진 말이었다. 너의 기사에 폭과 깊이를 더하라. 사건을 일어난 그대로만 쓰지 마라. 그것의 의미를 설명하고 도시생활과 독자들 속으로 맞춰 들어가라.

"좋아, 그렇다면 고맙지, 뭐. 알려만 주면 금방 읽어볼게."

"같이 걸어 올라가실래요?"

"아, 아니야. 여기서 커피를 한잔해야지. 네가 찾아낸 이 자료들을 훑어보면서."

"그러세요."

안젤라는 내가 진짜 좋은 무언가를 놓치고 있다는 듯이 뿌루퉁한 미소를 지어보이며 물러갔다. 나는 그녀가 커피 컵을 쓰레기통에 던지고 식당을 나가는 것을 지켜보았다. 일이 어떻게 돌아가고 있는지 알 수가 없었다. 내가 안젤라의 파트너인지 멘토인지, 그녀에게 업무를 넘겨주기 위해 훈련을 시키고 있는 건지 그녀가 벌써 다 인수해버렸는지. 이 직장에서 내 모가지가 잘릴 날까지는 겨우 십일 일밖에 안 남았는데도, 그 하루하루를 나는 그녀에게 내 뒤통수를 조심하며 보내야 할 판이었다.

버짓 라인을 작성하여 프렌더게스트에게 이메일로 보내고 안젤라의 신문 기사에 서명한 뒤 나는 편집실 한쪽 구석에 있는 빈 칸막이를 찾아 들어갔다. 전화나 이메일이나 다른 기자들에게 방해를 받지 않고 알론조 윈슬로의 진술서에만 정신을 집중하고 싶어서였다. 나는 진술서 가운데 중요한 인용 부분에는 노란 포스트잇을 붙여가며 읽었다.

탁구공처럼 주고받는 대화가 전개되는 부분을 제외하고는 빠른 속도로 읽어나갔다. 한 곳에서는 형사들이 윈슬로를 속여서 치명적인 인정을 이끌어냈는데, 나는 그들이 한 짓을 이해하기 위해 그 부분을 두 번이나 읽었다. 윌리엄 그래디 형사는 분명 줄자를 꺼내들었다. 그리곤 윈슬로에게 그의 양손 엄지 끝과 검지 끝 사이의 거리를 재어보고 싶다고 했다.

윈슬로가 순순히 협조하자, 두 형사는 거리를 측정한 뒤 데니스 배빗의 목에 남아 있던 살인자의 손자국과 0.5밀리 오차 범위 안에 있다고 말했다. 윈슬로는 펄펄 뛰며 자기는 살인에 가담하지 않았다고 부인했고, 그 과정에서 결정적인 실수를 하고 말았다.

윈슬로 : 그 여자 목을 조른 새끼는 아무도 없다구요. 어떤 개새끼가 비닐봉투를 대가리에 씌워 묶었다니까!

워커 : 그건 어떻게 알지, 알론조?

워커는 이 질문을 하며 회심의 미소를 지었을 것이다. 원슬로는 된통 걸려들었다.

> **원슬로:** 난 몰라요, TV나 다른 데서 봤겠죠. 그냥 어디서 들은 소리예요.
>
> **워커:** 아니지, 꼬맹이. 우린 이 사건을 발표한 적 없어. 그걸 아는 사람은 그 여자를 죽인 놈뿐이야. 그러니까 우리가 널 도와줄 수 있을 때 술술 불래, 입 꽉 다물고 있다가 기어이 뜨거운 맛을 볼래?
>
> **원슬로:** 지금 말하고 있잖아, 씨발! 난 그 여자 안 죽였다니까!
>
> **그래디:** 그러면 그 여잘 어떻게 했는데?
>
> **원슬로:** 아무 짓도 안 했어. 난 아무 짓도 안 했다고, 씨발!

결정적 실수로 꼬투리를 잡힌 원슬로는 허물어지기 시작했다. 시간이 피의자에게 결코 우호적이지 않다는 걸 깨닫게 하기 위해 아부 그라이브 교도소*의 심문관이 되어야 할 필요는 없다. 워커와 그래디는 끈질긴 형사들이었고, 시간이 자꾸만 흘러가자 원슬로의 완강한 고집도 마침내 무너지기 시작했다. 사건에 대해 그가 모르는 것을 알고 있는 베테랑 형사 두 명을 상대하기엔 애초부터 무리였다. 진술서 830쪽부터 그는 허물어지기 시작했다.

> **원슬로:** 집에 가고 싶어요. 엄마가 보고 싶어. 제발 집에 가서 엄마랑 얘기할 수 있게 해줘요. 그러면 내일 다시 올게요.
>
> **워커:** 그런 일은 없어, 알론조. 진실을 다 알아내기 전엔 널 보내줄 수가 없어. 네가 먼저 사실대로 얘기하기 시작해야 우리도 널 엄마한테 보내준

---

* 바그다드 서쪽 32km 지점에 있는 익명 높은 교도소

다는 얘길 할 수가 있지.

윈슬로: 난 그딴 짓 안 했다니까요. 그 여자랑은 만난 적도 없어요.

그래디: 그러면 어째서 네 지문이 차에 온통 찍혀 있고, 또 그 여자가 목 졸려 죽은 건 어떻게 알지?

윈슬로: 난 몰라. 내 지문이 있을 리 없어. 좆 같은 거짓말 하지 말아요.

워커: 그래, 우리가 거짓말한다고 생각하는 것은 네가 그 자동차를 깨끗이 닦았기 때문이겠지. 그렇지만 한 군데 빼먹은 곳이 있었어, 알론조. 백미러 뒤는 그만 깜박했지! 누가 미행하는지 보려고 그걸 비틀었던 기억나? 바로 그때 찍혔어. 그 하나의 실수 때문에 넌 평생 감옥에서 썩게 될 거야. 남자답게 인정할 건 인정하고 지은 죄를 깨끗이 자백하지 않는다면 말이지.

그래디: 야야, 우린 다 이해할 수 있어. 여자가 너한테 입을 놀렸을 수도 있고, 거래를 트자고 수작을 부렸을 수도 있지. 어떻게 돌아가는지 다 안다니까. 그러다 무슨 일이 벌어져 여자가 죽었겠지. 깨끗이 털어놓으면 우린 너와 손잡을 수 있어. 엄마가 기다리는 집으로 보내줄 수 있을지도 모르지.

윈슬로: 씨발, 아니라니까. 순 엉터리야!

워커: 알론조, 네놈 거짓말에 이젠 질렸다. 나도 집에 가고 싶어. 널 도와주려고 이 일에 너무 오래 매달렸어. 이젠 집에 가서 저녁 식사를 하고 싶어. 그러니까 이제라도 깨끗이 불든지, 싫으면 감방으로 들어가. 난 네 엄마한테 전화해서 네가 영영 돌아갈 수 없다고 전해줘야겠다.

윈슬로: 왜 나한테 이러는데요? 난 아무 죄도 없다고, 씨발. 왜 날 못 잡아먹어 난리야?

그래디: 그 여자 목을 졸랐을 때 네놈이 네 자신을 잡아먹은 거야.

윈슬로: 난 안 했어!

워커 : 어쨌거나. 그런 하소연은 네 엄마가 면회 오면 유리 구멍을 통해서 해. 일어나. 넌 감방에 가고 우린 집으로 가야지.

그래디 : 일어나라고 하잖아!

윈슬로 : 알았어, 알았어. 다 불게요. 아는 대로 다 불 테니 집에 보내줘요.

그래디 : 제대로 불어야 해.

워커 : 그러면 귀가 조치를 검토해 보지. 딱 10초 만에 다 불지 않으면 끝날 줄 알아.

윈슬로 : 알았다니까요. 이게 다야. 퍽페이스와 산책을 하고 있는데 그 여자 자동차가 타워 옆으로 보였어요. 안을 들여다보니 열쇠와 핸드백이 좌석에 놓여 있었죠.

워커 : 잠깐. 퍽페이스가 누구야?

윈슬로 : 내 개요.

워커 : 개가 있니? 무슨 종이야?

윈슬로 : 네, 호신용으로요. 스피츠예요.

워커 : 털이 짧은 개야?

윈슬로 : 네, 짧아요.

워커 : 털이 길지 않단 말이지?

윈슬로 : 네, 길지 않아요.

워커 : 좋아. 그 여자는 어디 있었지?

윈슬로 : 아무데도 없었죠. 말했잖아요. 그 여잔 본 적도 없다고. 살아 있을 땐 말이죠.

워커 : 아하, 그럼 이건 한 소년과 강아지의 얘기로군. 그래서 어쨌는데?

윈슬로 : 그래서 올라타고 달렸죠.

워커 : 개도 태우고?

윈슬로 : 그럼요. 개도 태웠죠.

워커: 어디로 갔는데?

윈슬로: 그냥 한 바퀴 돌았어요. 바람 좀 쐬려고.

워커: 좋아, 그랬군. 네놈 거짓말은 이제 신물 난다. 우린 그만 가겠어.

윈슬로: 잠깐, 잠깐만요. 난 차를 쓰레기통 옆으로 끌고 갔어요, 알겠어요? 로디아 말예요. 차 안에 뭐가 있는지 살펴보고 싶었죠, 내 말 알겠죠? 그래서 차를 세우고 핸드백을 열어 보았더니 250달러쯤 들어 있더군요. 글러브박스와 다른 곳도 체크한 뒤 트렁크를 열었는데, 그 안에 여자가 있었어요. 멀쩡해 보였는데 이미 죽어 있더라고요. 알몸이었지만 난 손도 안 댔어요. 이게 전부예요.

그래디: 그러니까 자동차를 훔치고 보니 트렁크 안에 이미 죽은 여자가 들어 있더란 말이지? 그 말을 지금 우리한테 믿으란 거냐?

윈슬로: 사실이라니까요. 그 이상은 아무리 짜봐야 나올 것이 없어요. 트렁크 안의 여자를 보자 이거 큰일이다 싶었죠. 번개같이 트렁크를 닫고 차를 몰고 나왔어요. 원래 있던 곳으로 돌려놓을 생각이었는데, 그랬다간 우리 애들한테 온갖 귀찮은 일들이 다 생기겠더라고요. 그래서 해변까지 몰고 간 거예요. 백인 여자니까 백인 지역으로 옮겨놓자고 생각한 거죠. 그게 내가 한 일의 전부예요.

워커: 자동차는 언제 닦았는데?

윈슬로: 거기서 바로 닦았어요. 빌어먹을 백미러를 빼먹었지만.

워커: 자동차를 버릴 때 누가 도와줬지?

윈슬로: 아무도 안 도와줬어요. 나 혼자 해치웠죠.

워커: 누가 자동차를 닦았어?

윈슬로: 내가 닦았다니까요.

워커: 언제 어디서?

윈슬로: 주차장에서요. 거기 올라갔을 때.

그래디: 주택단지엔 어떻게 돌아갔지?

윈슬로: 거의 걸었어요. 오크 숲 속을 밤새 좆 빠지게 걸어 버스를 탔죠.

워커: 그때도 개를 데리고 있었어?

윈슬로: 아뇨. 개는 그 여자와 함께 버렸어요. 엄마가 손님들 세탁물 버린다고 개를 싫어했기 때문에 그럴 수밖에 없었죠.

워커: 그러면 여자는 누가 죽였지?

윈슬로: 내가 어떻게 알아요? 내가 발견했을 때 이미 죽어 있었는데.

워커: 넌 단지 자동차와 돈만 훔쳤단 말이지?

윈슬로: 그렇다니까요. 그게 전부예요. 난 다 불었어.

워커: 제기랄, 알론조. 거기까진 증거로 이미 다 드러났잖아. 그 여자한테서 네놈의 DNA가 나왔어.

윈슬로: 아니, 그럴 리 없어. 거짓말이야!

워커: 진짜 나왔다니까. 네놈은 그 여잘 죽였어. 이제 그 죗값을 치르게 될 거야.

윈슬로: 아니야! 난 죽이지 않았어!

그 뒤로도 100여 쪽이 더 이어졌다. 형사들은 거짓말로 윈슬로를 몰아붙였고, 그는 끝까지 부인했다. 그러나 나머지 쪽들을 읽어나가는 도중에, 나는 갑자기 72포인트 헤드라인처럼 튀어나오는 어떤 사실을 깨달았다. 알론조 윈슬로는 여자를 죽였다는 말을 한 번도 하지 않았다. 데니스 배빗의 목을 졸랐다고 말한 적이 없었다. 오히려 수십 번이나 부인했다. 그가 자백한 것이라곤 단지 그 여자의 돈을 훔친 것과 그녀와 함께 자동차를 버렸다는 것뿐이었다. 하지만 그것은 윈슬로가 그 여자를 죽였다는 얘기와는 한참 거리가 먼 내용이었다.

나는 재빨리 내 칸막이로 돌아가서 아웃박스 속의 문서들을 뒤지기 시작했다. 윈슬로가 살인죄로 체포된 이후 산타모니카 경찰국에서 제공한 보도자료를 찾기 위해서였다. 마침내 그것을 찾아내자 나는 의자에 앉아 네 문단으로 된 문서를 다시 읽어 보았다. 윈슬로의 진술서를 읽어봐서 이제 알 만큼은 아는 나는 경찰이 매체를 조종하여 거짓을 사실처럼 발표하게 만들었다는 것을 알 수 있었다.

산타모니카 경찰은 오늘 사우스 로스앤젤레스 출신 16세 갱단원이 데니스 배빗의 죽음과 관련하여 체포되었다고 발표했다. 나이 때문에 이름을 밝힐 수 없는 이 청소년은 현재 실마에 있는 청소년보호감호소에 구금되어 있다.

경찰 대변인 말에 의하면 토요일 아침 피살자의 자동차 트렁크 속에서 시체가 발견되었고, 자동차 속에서 발견된 지문을 추적하여 다음날 일요일 마침내 피의자를 체포하기에 이르렀다고 한다. 체포 장소는 피살자가 납치되어 살해된 곳으로 믿어지는 와츠 내의 로디아 가든스 주택단지로 알려졌다.

피의자는 살인과 납치, 강간, 절도 혐의를 받고 있다. 취조 과정에서 피의자가 자백한 말에 의하면 그는 배빗이 와츠 내에서 살해당한 의심을 받지 않도록 하기 위해 시체가 트렁크에 실린 자동차를 산타모니카 해변 주차장으로 옮겼다고 한다.

산타모니카 경찰국은 피의자를 구속하는 데 있어서 LA 경찰국의 협조가 아주 긴요했음을 특히 강조했다.

보도자료는 정확하지 않았다. 그렇지만 이제 나는 아주 냉소적인 시각으로 그것을 보게 되었고, 그래서 정확하지 않은 어떤 것을 전달하기 위해 매우 교묘하게 다듬었다는 것을 알게 되었다. 즉 살인에 대해 모두 자백했다고 하면서도 정작 알맹이는 하나도 없는 자백이었다. 윈슬로의 변호인 말이 옳았다. 그 자백은 효력이 없을 것이고, 그의 고객은 무죄일 가능성이 무척 높았다.

부정폭로 기사의 성배라면 역시 대통령을 끌어내리는 기사가 되겠지만, 밑바닥 범죄에서는 무고한 사람의 죄를 벗기는 일도 그에 못지않게 가치 있는 일이다. 소니 레스터는 나와 함께 로디아 가든스로 갔던 날 그 점을 무시하려 했지만, 그건 내게 중요하지 않았다. 무고한 아이를 으뜸 패로 빼들면 게임에서 이길 수 있다. 알론조 윈슬로는 아직 법적으로 어떤 유죄 판결도 받지 않았지만, 언론에서는 이미 유죄 판결을 받은 것이다.

따지고 보면 나 자신도 그 린치에 가담했던 셈인데, 이젠 그 모든 것을 바꾸고 바로잡을 한 방을 찾아낸 것 같았다. 어쩌면 윈슬로를 구해낼 수 있을지도 모른다.

갑자기 생각나서 책상 위를 두리번거렸지만 안젤라가 트렁크 살인 사건에 대한 자료를 탐색하여 프린트해 준 서류가 보이지 않았다. 그러자 식당 쓰레기통에 던져버린 것이 기억났다.

나는 후다닥 일어나 편집실에서 식당으로 나가는 계단으로 달려갔다. 안젤라가 화해의 뜻으로 건네주었던 프린트 뭉치를 찾아 쓰레기통으로 다가갔다. 그때는 프린트를 대충 훑어보곤 열여섯 살짜리 살인범과 피살자가 충돌하는 스토리에 다른 트렁크 살인 얘기까지 끼어들 여지는 없다고 판단했던 것이다.

그런데 이젠 확신이 없었다. 알론조의 자백서라는 것에서 내가 얻은 결론을 바탕으로 바라보니 〈라스베이거스 리뷰 – 저널〉 기사들의 얘기가 더 이상 멀게만 보이지 않았다.

그 쓰레기통은 커다란 광고용이었다. 뚜껑을 열자 다행히도 생활 쓰레기들 위에 프린트물이 별로 더럽혀지지 않은 상태로 놓여 있었다. 쓰레기통을 뒤지느니 안젤라가 한 것처럼 구글을 탐색할 생각도 했지만, 이게 더 빠르겠다고 판단했다. 내 팔꿈치 정도 깊이에서 프린트물을 꺼내든 나는 다시 읽어보기 위해 식탁으로 가져갔다.

"이봐요!"

여자가 외치는 소리에 돌아보니 머리카락을 그물망으로 감싼 뚱뚱한 아줌마가 불끈 쥔 두 주먹을 엉덩이 위에 짚고 나를 노려보고 있었다.

"저걸 저대로 둘 거예요?"

뒤를 돌아보니 쓰레기통 뚜껑을 바닥에 내려놓은 채 그대로 둔 것이었다.

"미안합니다."

나는 얼른 돌아가서 뚜껑을 제자리에 놓았다. 그리고 프린트물도 편집실로 가져가서 살펴보는 것이 좋겠다고 생각했다. 적어도 편집자들은 헤어네트를 쓰고 있진 않으니까.

내 책상에 앉아 프린트물을 읽어보았다. 안젤라는 트렁크 속에서 발견된 시체에 관한 기사들을 여러 개 찾아냈다. 대부분이 너무 오래되고 부적절해 보였다.

하지만 〈라스베이거스 리뷰 ─ 저널〉에서 스크랩한 일련의 기사들은 그렇지가 않았다. 그 다섯 건의 기사에는 비슷한 정보들이 담겨 있었는데, 자신의 전처를 살해하여 자동차 트렁크에 처박은 한 사내의 체포와 재판에 관한 얘기였다.

희한하게도 그 기사를 쓴 기자는 릭 하이케스라는 나도 아는 친구였다. 〈로스앤젤레스 타임스〉에서 일하다가 초장에 터진 바이아웃에 보따리를 쌌던 친구. 그는 〈타임스〉에서 받은 수표를 예금하고 즉시 〈리뷰 ─ 저널〉에 취직하여 지금까지 다니고 있었다. 위기를 극복했을 뿐만 아니라 오히려 진일보한 셈이었다. 〈타임스〉는 좋은 기자를 다른 신문사에 넘겨주고 손해만 보았다.

기사들을 재빨리 훑어보던 나는 기억나는 내용을 발견했다. 재판정에서 클라크 카운티의 검시관 게리 쇼가 증언한 내용이었다.

검시관: 전처, 여러 시간 갇혀 고문 당해

케릭 하이케스, 〈리뷰 – 저널〉 스탭 기자

검시 결과 샤론 오글비는 납치 후 열두 시간 이상 질식 상태에 있었다고 클라크 카운티의 검시관은 수요일 피살자의 전남편 살인사건 공판에서 증언했다.

게리 쇼는 검찰 측 증언 과정에서 납치와 강간, 살인에 대한 새로운 사실들을 밝혔다. 그는 샤론 오글비의 사망시간을 그녀가 팜므파탈 쇼의 벨리 댄서로 일하는 클레오파트라 카지노 앤드 리조트의 뒤쪽 주차장에서 밴 속으로 끌려들어가는 것을 목격당한 지 열두 시간 내지 열여덟 시간 후라고 추정했다.

"그녀는 납치 당한 후 살해될 때까지 적어도 열두 시간은 온갖 끔찍한 일들을 당했습니다"라고 쇼는 검찰의 질문에 증언했다.

그녀의 시체는 하루 후 전처의 행방을 물어보기 위해 서머랜드에 있는 전남편 브라이언 오글비의 집으로 찾아간 경찰에 의해 그의 자동차 트렁크 속에서 발견되었다. 그는 경찰에게 자기 집 안을 수색하도록 허락했고, 샤론 오글비의 시체는 주택 차고에 있던 그의 자동차 속에서 발견되었다. 그들의 결혼생활은 8개월 전 쓰고 고통스런 이혼으로 막을 내렸다. 샤론 오글비는 블랙잭 딜러인 전남편에 대해 30미터 이내 접근금지 명령을 신청한 상태였다. 청원서에서 그녀는 전남편이 자기를 죽여 사막에 파묻어버리겠다는 협박을 했다고 주장했다.

브라이언 오글비는 납치와 이물질을 이용한 성폭행, 1급 살인죄를 적용받았다. 시체를 트렁크에 넣어 둔 것은 나중에 사막으로 싣고 나가 파묻을 계획이었다고 수사관들은 설명했다. 그는 전처를 죽인 것을 부인했으며, 누군가가 자신에게 살인자 누명을 씌운 것이라고 주장했다. 하지만 그는 체포되어 보석 없이 구속되었다.

게리 쇼는 배심원들에게 끔찍하고 무시무시한 살인 내용들을 제공했다. 검시관은 샤론 오글비가 미지의 이물질로 여러 차례 성폭행을 당하여 극심한 내부 손상을 입었다고 말했다. 체내의 히스타민 농도가 유난히 높은 것은 그녀가 질식사하기 전까지 그 상처들로 인해 몸속에서 화학물질이 생성되었음을 가리킨다고 증

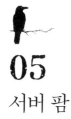

05
서버 팜

웨슬리 카버는 세인트루이스 소재 법률회사 '머서 앤드 기살'로부터 데이터 전송 시험운행을 받아들일 최종 출입구를 마련하고 오픈하는 일로 하루 종일 바빴다. 그 일로 진이 빠진 그는 예정된 순찰을 그날 늦게야 시작할 수 있었다. 무심코 트랩들을 살펴보다가 갑자기 가슴을 한 방 얻어맞은 것 같은 충격을 느꼈다. 그의 우리들 중 한곳에 뭐가 걸려든 것을 발견했던 것이다. 화면 속의 아바타는 그것을 통통한 회색 쥐가 '트렁크 살인'이라는 라벨이 붙은 우리 속에서 쳇바퀴를 타는 모습으로 그려놓고 있었다.

카버는 마우스를 이용하여 우리를 열고 회색 쥐를 꺼냈다. 눈깔은 루비처럼 빨갛고 날카로운 이빨에서는 반짝이는 푸른색 침이 흘러내렸다. 목에는 은빛 태그를 단 칼라를 두르고 있었다. 카버는 태그를 눌러 쥐의 정보를 불러 올렸다. 방문 날짜와 시각은 전날 밤 그가 트랩들을 마지막으로 점검한 직후였고, 열자리 인터넷 주소가 캡처되어 있었다.

그의 트렁크머더닷컴 사이트를 방문한 자는 딱 12초 머문 뒤에 나갔다. 하지만 그것만으로도 충분했다. 저 바깥에 있는 누군가가 검색 엔진에 트렁크 살인이라는 단어를 입력했다는 뜻이니까. 이제 그는 그자가 누구인지, 왜 그랬는지 알아야만 했다.

2분 후 카버는 기본 컴퓨터 주소인 IP를 따라 인터넷 서비스 공급자를 확인하곤 입을 딱 벌렸다. 좋은 소식과 나쁜 소식이 함께 기다리고 있었다. 좋은 소식은 야후 같은 거대한 공급자가 아니라는 점이었다. 그런 공급자는 전 세계에 소통로가 깔려 있어 추적하기가 너무 힘들다. 나쁜 소식은 공급자가 개인이긴 하지만 엘에이타임스닷컴(LATimes.com)이라는 도메인을 가지고 있다는 사실이었다.

〈로스앤젤레스 타임스〉라는 얘긴데. 가슴 속에 뭐가 덜컥 떨어지는 느낌이었다. 로스앤젤레스 기자 하나가 그의 트렁크 살인 웹사이트를 다녀갔다. 카버는 의자에 등을 기대고 앉아 이 문제를 어떤 식으로 접근해야 할지 고민했다. IP 주소는 있지만 이름은 아직 알지 못했다. 심지어 방문자가 기자인지조차 확신할 수 없었다. 신문사에 근무하는 사람들 중에는 기자 아닌 사람들도 수두룩하니까.

그는 의자를 굴려 옆에 있는 워크스테이션으로 이동했다. 그리곤 오래전에 풀어낸 맥기니스의 암호로 로그인했다. 〈로스앤젤레스 타임스〉 웹사이트로 가서 온라인 아카이브 검색창에 트렁크 살인(trunk murder)이라고 타이핑했다.

최근 3주일 사이에 트렁크 살인이란 단어를 사용한 기사는 모두 3건이었다. 그중 하나는 바로 그날 저녁 웹사이트에 올랐고 다음날 아침 신문에 실릴 예정이었다. 그는 먼저 최근 기사를 화면에 불러 올린 뒤 읽기 시작했다.

LAPD 마약단속에 지역공동체 반발

안젤라 쿡 & 잭 매커보이, 〈타임스〉 스탭 기자

와츠에 있는 주택단지에 경찰이 마약단속을 실시하여 지역 활동가들의 반발을 사고 있다. 그들은 화요일 소수민족이 거주하는 주택단지에서 백인 여자가 살해되었다는 혐의만으로 LA 경찰국이 자신들을 백안시하고 있다고 불평했다.

경찰은 마약법 위반 혐의로 로디아 가든스 주민 16명을 체포했으며 일주일간의 수색 결과 찾아낸 소량의 마약을 압수했다고 발표했다. 경찰 대변인은 이번 소탕전은 할리우드 출신의 23세 데니스 배빗 피살 사건 여파로 실시되었다고 말했다.

살인 혐의로 체포된 자는 로디아 가든스 주민이자 갱 단원으로 알려진 16세 소년이다. 배빗의 시체는 이 주일 전 산타모니카 해변 주차장에 버려진 그녀의 자동차 트렁크 속에서 발견되었다. 수사진은 범죄현장을 추적한 끝에 로디아 가든스에 이르렀고, 벨리 댄서인 배빗이 마약을 구입하기 위해 거기 갔던 것으로 산타모니카 경찰국은 믿고 있다. 하지만 그녀는 납치되었고, 여러 시간 동안 감금되어 반복적인 성폭행을 당한 끝에 교살되었다.

공동체의 활동가들은 왜 살인이 일어나기 전에 마약의 주택단지 유입과 범죄행위를 차단할 노력을 기울이지 않았느냐고 따져 물었다. 또한 공동체의 주민들이 백 퍼센트 아프리카계 미국인인데 반해 트렁크 살인의 피살자는 백인이란 점을 지적했다.

"보세요, 사실을 직시합시다" 하고 남부 LA 성직자회(SLAM) 회장 윌리엄 트레처 목사는 소리쳤다. "이건 경찰의 또 다른 형태의 인종차별입니다. 그들은 로디아 가든스를 무시하여 마약과 갱단 범죄의 온상이 되도록 방치했어요. 그런데 백인 여자가 거기 들어와서 살해되자 그들은 어떻게 했습니까? 특별수사팀을 투입했습니다. 그 이전에 경찰은 어디 있었습니까? 특별수사팀은 어디서 뭐하고 있었죠? 그들은 왜 백인에 대한 범죄를 이용하여 흑인 공동체의 문제점을 부각시키는 겁니까?"

경찰 대변인은 인종과 마약범 소탕작전과는 아무 상관도 없으며 이전에도 이와 유사한 작전들이 로디아 가든스에서 여러 차례 있었다고 답변했다.

"거리에서 마약거래자들과 갱 단원들을 몰아내는 일에 누가 불평을 한단 말인가?" 하고 작전을 지휘한 아트 그로스먼 경감은 오히려 반문했다.

웨슬리 카버는 읽기를 중단했다. 그는 기사에서 자신에 대한 어떤 위협도 느낄 수 없었다. 하지만 그것이 〈LA 타임스〉의 누군가가, 아마도 쿡 아니면 매커보이겠지만, 검색 엔진에 '트렁크 살인'을 찍어 넣은 이유를 설명해주진 않았다. 그들은 단지 기초자료를 수집하기 위해 잠시 다녀간 것일까? 아니면 다른 어떤 목적이 있었을까? 그는 트렁크 살인을 언급한 이전 기사 두 건을 아카이브에서 찾아보았다. 잭 매커보이 기자가 쓴 기사들이었다. 데니스 배빗 살인사건에 대한 연속기사로 첫 번째 것은 피살자의 시신을 발견했다는 내용이었고, 하루 뒤에 쓴 두 번째 것은 그녀를 죽인 어린 갱 단원을 체포했다는 소식이었다.

살인자 낙인이 찍힌 소년에 대한 기사를 읽고 나자 카버는 웃음이 나왔지만 그렇다고 조심하지 않아도 된다는 뜻은 아니었다. 아카이브 속에서 매커보이를 검색하자 로스앤젤레스에서 발생한 온갖 범죄들에 관한 수백 건의 기사들이 떠올랐다. 그는 범죄담당 기자였던 것이다. 각 기사 맨 아래쪽에는 그의 이메일 주소인 jackMcEvoy@LATimes.com이 찍혀 있었다.

이번엔 검색 엔진에 안젤라 쿡을 입력해 보았더니 기사 숫자가 턱없이 적었다. 그녀는 〈LA 타임스〉에 입사한 지 6개월도 안 되었고, 범죄 기사를 쓰기 시작한 건 겨우 지난 주부터였던 것으로 드러났다. 그 이전에는 쓰레기 데모에서 먹기 콘테스트에 이르기까지 온갖 종류의 기사들을 써댔다. 그러니까 이번 주 들어 매커보이와 두 개의 바이라인을 공유하기 전까지는 전담 분야가 없었다는 뜻이었다.

"매커보이가 그녀를 조수로 둔 모양이군."

카버는 혼자 킬킬거렸다. 그렇다면 안젤라 쿡은 아직 어린애고 매커보이는 나이가 좀 들었다는 얘긴데, 나이가 어린 쿡 쪽이 더 쉬운 목표물이 되겠군. 그는 오래전에 날조한 가짜 ID를 이용하여 페이스북 안으로 들어가 보았다. 과연 예상했던 대로 안젤라 쿡의 페이지가 있었다. 내용은 아무나 볼 수 없게 되어 있었지만 그녀의 사진이 거기 있었다. 금발이 어깨까지 찰랑거리는 미녀였다. 초록색 눈동자에 약간 뿌루퉁한 입술. 다만 증명사진이기 때문에 그녀의 몸매를 모두 볼 수 없는 것이 유감이었다.

그는 콧노래를 부르기 시작했다. 콧노래는 항상 그를 차분하게 만들었다. 그의 소년시절이었던 60~70년대에 유행했던 노래들이었다. 여자가 듣고 춤을 추며 몸을 흔들어댈 수 있는 하드 로커들.

안젤라 쿡에 대한 검색을 계속하던 카버는 그녀가 몇 년 전에 마이스페이스(MySpace)를 탈퇴하면서 페이지를 완전히 지우지 않은 것을 발견했다. 또한 링크드인(LinkedIn)에서 직업적 프로필을 찾아내어 그 모체인 시티오브안젤라닷컴(CityofAngela.com)이라는 블로그 페이지로 들어갔다. 안젤라는 거기에다 로스앤젤레스에서의 자기 삶과 일에 대한 일기를 계속 적어나가고 있었다. 최근 그녀는 경찰범죄담당 기자로 전보되어 베테랑 기자인 잭 매커보이의 지도를 받게 된 것에 크게 고무되어 블로그가 온통 그 얘기로 넘쳐날 지경이었다.

남을 잘 믿는 젊은이들의 그 순진함은 언제나 카버를 감탄하게 만들었다. 아주 단편적인 사실들을 연결하면 어떤 결론을 도출할 수 있다는 말을 그들은 믿지 않았다. 그들은 자신들의 영혼을 인터넷에 노출시키고, 내키는 대로 사진과 정보를 전송하고도 아무 일 없을 거라고 믿는다. 그는 안젤라 쿡의 블로그에서 그녀에 관해 필요한 거의 모든 정보를 얻을 수 있었다. 그녀의 고향, 대학교 여학생 클럽, 심지어 그녀의 개 이름까지도. 그녀가 가장 좋아하는 밴드는 데스 캡 포 큐티•였고, 가장 좋아하는 음식은 모짜라는 가게에서 구운 피자였다. 의미 없는 데이터 속에서 그는 쿡의 생일을 알아냈다. 그리고 그녀가 가장 좋아하는 레스토랑에서 가장 좋아하는 피자를 구입하려면 자기 아파트에서 두 블록을 걸어가야 한다는 것도 알았다. 그가 주위를 배회해도 그녀는 전혀 눈치채지 못했다. 그렇지만 매번 배회할 때마다 그녀에게 점점 더 가까워져 갔다.

9개월 전에 '나의 톱10 연쇄살인자'라는 제목으로 올린 블로그 포스트를 발견하자 그는 잠시 읽기를 멈추었다. 쿡은 그 아래에 열 명의 살인자 명단을 달아 놓았는데, 전국적으로 알려진 악명들이었다. 명단의 첫 번째 이름은 테드 번디였다. 그녀는 테드 번디라는 이름 옆에 선을 긋고 "왜냐하면 내가 플로리다 출신이고 그가 거기서 끝장났기 때문"이라고 적어 놓았다.

카버의 입술이 뒤틀렸다. 이 여자 마음에 드는데.

사람의 침입을 알리는 맨트랩 경보가 울리자 그는 즉시 인터넷 연결을 차단했다. 모니터 속 화면들을 바꾸고 카메라를 통해 맥기니스가 들어오는 것을 보았다. 그는 의자를 돌려 앉아 최후의 문을 열고 통제실로 들어오는 맥기니스를 맞았다. 맥기니스는 벨트에 찬 수축용 코드에 연결된 키 카드를 소지하고 있었다. 그것이 그를 촌뜨기처럼 보이게 했다.

"여기서 뭐 하고 있소?"

콜로케이션 센터 사장인 그가 물었다.

카버는 일어나서 의자를 빈 워크스테이션 아래로 밀어 넣었다.

"사무실에서 프로그램을 진행하다가 '머서 앤드 기살' 법률회사에 대해

• 미국 4인조 인디 록밴드

뭘 좀 체크하고 있었습니다."

맥기니스는 별로 신경 쓰지 않는 것 같았다. 그는 메인 윈도를 통해 사업체의 심장이자 혼이라 할 수 있는 서버 룸을 들여다보며 물었다.

"저건 왜 저러지?"

"절차상의 작은 문제들이죠, 뭐. 그렇지만 곧 괜찮아질 겁니다. 목표일 전까진 모두 완성하고 운영할 수 있어요. 제가 저길 나가봐야겠지만 곧 돌아올 겁니다."

"좋아. 그런데 다들 어디 갔지? 왜 당신 혼자요?"

"스톤과 얼리는 뒤에서 타워를 건축하고 있습니다. 저는 여기서 지켜보고 있다가 야근조와 교대할 거고요."

맥기니스는 알았다는 듯 머리를 끄덕였다. 다른 타워를 건축한다는 것은 사업의 확장을 의미했다.

"다른 이상은 없소?"

"37번 타워에 문제가 있습니다. 원인을 알아내기 위해 물건들을 이동하는 중이지만 일시적인 거예요."

"잃어버린 것이라도 있소?"

"제가 알기로는 없습니다."

"누구 소속이지?"

"캘리포니아 주 스톡턴에 있는 한 사설요양원 소속입니다. 크지 않습니다."

맥기니스는 고개를 끄덕였다. 고객 하나를 놓고 크게 걱정할 필요는 없었다.

"지난주의 침입자는 어떻게 됐소?"

"처리했습니다. 목표는 거스리 존스였어요. 그들은 '빅스, 바로우 앤드 카우드리'라는 회사와 담배공익소송 중에 있습니다. 롤리더럼에서 말이죠. 빅스에 몸담고 있는 한 천재 녀석이 거스리가 증거물을 감추고 있다고 생각하고 직접 찾아보려 했던 것 같습니다."

"그래서?"

"FBI에게 아동 포르노를 수사하게 만들었는데 그 천재 녀석이 주요 타깃이에요. 아마 이제는 더 이상 우리 주위를 맴돌며 귀찮게 하지 않을 겁니다."

맥기니스는 고개를 끄덕이며 웃었다.

"역시 내 허수아비야. 당신은 최고라고."

카버는 맥기니스에게 그런 소릴 듣지 않아도 잘 알고 있었다. 하지만 이 영감쟁이는 사장이니까. 그리고 이 노인 덕분에 그는 자기 연구실과 데이터 센터도 만들 수 있었다. 맥기니스는 그를 유명인으로 만들었다. 덕분에 카버는 단 한 달도 경쟁자들의 스카우트 제의를 받지 않고 지나는 때가 없었다.

"감사합니다."

맥기니스는 맨트랩 문으로 돌아서며 말했다.

"이따가 공항으로 나가봐야 해. 샌디에이고에서 손님들이 오기로 했거든. 내일은 관광을 시켜야 하고."

"어디로 모실 겁니까?"

"오늘 밤? '로지의 바비큐'지 어디겠어."

"또요? 그다음엔 '하이라이터'로 가실 거고요?"

"분위기를 봐서. 같이 갈 거요? 당신이 가면 나를 도와 그들을 감동시킬 수 있을 텐데."

"그들을 감동시키는 건 벌거벗은 여자들뿐이에요. 전 아니라구요."

"옳은 말이야. 지저분한 일이지만 누군가는 해야 해. 그렇다면 당신은 면제해주지."

맥기니스는 선심 쓰듯 말하곤 통제실을 떠났다. 그의 사무실은 건물 1층 앞쪽에 있었다. 은밀한 그곳에서 그는 가망고객들을 맞이하거나 어쩌면 카버의 눈길을 피하면서 대부분의 시간을 보내고 있었다. 벙커 속에서의 그들의 대화는 항상 약간 긴장된 것처럼 느껴졌다. 맥기니스는 그런 시간을 최소한으로 줄이는 방법을 아는 듯했다.

벙커는 웨슬리 카버의 영역이었다. 사업은 건물 진입지점에서 맥기니스와 사무원들이 꾸려가고 있었다. 지상 층에도 기획자와 운영자들이 딸린 웹호스팅 센터가 있었다. 하지만 고도의 보안을 요하는 콜로케이션 팜은 벙커라 불리는 지하에 자리 잡고 있었다. 직원들은 지하로 들어올 수 없었고, 카버는 그런 방식을 좋아했다.

그는 다시 워크스테이션에 앉아 온라인으로 돌아갔다. 안젤라 쿡의 사진을 다시 불러내어 몇 분 동안 자세히 살펴보다가 구글로 돌렸다. 이번엔 잭 매커보이를 찾아내어 그가 자기방어에서 안젤라 쿡보다 더 현명한지 볼 차례였다.

검색 엔진에 그의 이름을 입력하자마자 카버는 새로운 긴장이 몸속을 날카롭게 꿰뚫고 지나가는 느낌이었다. 잭 매커보이는 블로그를 가지고 있지 않았고 페이스북이나 다른 어디서도 프로필을 찾아볼 수 없었다. 그렇지만 그의 이름은 구글에서 수없이 떠올랐다. 카버는 처음부터 그 이름이 눈에 익다 싶었는데 이제야 그 이유를 알았다. 10여 년 전에 매커보이는 '시인'이란 별명을 가진 살인자에 관한 베스트셀러를 썼는데, 카버는 그 책을 여러 차례 정독했다. 조사를 해보니 매커보이는 단지 살인자에 대한 책만 쓴 것이 아니었다. 그는 시인의 정체를 세상에 드러낸 신문기자이기도 했다. 또한 결과적으로 시인의 목을 조인 장본인이었다. *잭 매커보이는 무서운 자객이야.*

옛날 아마존 페이지의 북 재킷에 실린 매커보이의 사진을 살펴보며 카버는 천천히 고개를 끄덕였다. 그리곤 큰 소리로 사진에게 말했다.

"이보게, 잭. 정말 영광이야."

안젤라 쿡의 개가 그녀를 안으로 들여보냈다. 다섯 달 된 그녀의 블로그에 의하면 개의 이름은 아피(Arfy)였다. 그것의 변화형은 두 가지밖에 없었다. 패스워드인 여섯 글자에 맞추려면 아피(Arphie)가 된다. 그것으로 안젤라의 엘에이타임스닷컴 계정에 로그온 성공.

다른 사람의 컴퓨터 안으로 들어갈 때는 언제나 묘하게 감질이 났다. 침입에 몰입할 때의 그 안달. 가슴속 깊숙한 곳에서 뭐가 팔딱거리는 듯한. 마치 다른 사람의 마음속이나 몸속으로 들어가는 듯한 느낌. 그는 그 사람과 일체가 되었다.

가장 먼저 들어간 곳이 그녀의 이메일이었다. 열어보니 아직 읽지 않은 메일이 두 통 있었고 이미 읽은 몇 통은 저장이 되어 있었다. 잭 매커보이가 보낸 것은 없었다. 새 메일 중 하나는 플로리다의 친구가 보낸 문안 편지로 LA에서 잘 지내고 있느냐는 내용이었고, 다른 하나는 〈LA 타임스〉 사내의 편집자나 상사가 보낸 답장처럼 보였다.

보낸사람: 앨런 프렌더게스트〈AlanPrendergast@LATimes.com〉

제목: Re: 상충

보낸시간: 2009 - 5 - 12, 14 : 11 PDT

받는사람: 안젤라 쿡〈AngelaCook@LATimes.com〉

꽉 붙잡아. 이 주일이면 많은 일들이 생길 수 있어.

보낸사람: 안젤라 쿡〈AngelaCook@LATimes.com〉

제목: 상충

보낸시간: 2009 - 5 - 12, 13 : 59 PDT

받는사람: 앨런 프렌더게스트〈AlanPrendergast@LATimes.com〉

내가 쓸 기사라고 말씀하셨잖아요!

　안젤라는 화를 내고 있는 것 같았지만 영문을 모르는 카버는 그 이유를 이해할 수 없었다. 그래서 그녀의 이전 메일 폴더를 열어봤더니 다행히도 여러 날 지우지 않고 있다는 것을 알았다. 수백 통의 이메일들을 죽 훑어 내려가던 그는 그녀의 동료이자 공동집필자인 매커보이가 보낸 것을 여러 통 발견했다. 그중 가장 최근에 온 것부터 읽기 시작했다.

　그는 곧 그것들이 동료들 간에 흔히 주고받는 기사에 관한 얘기와 식당에서 커피나 함께 마시자는 따위의 내용이란 것을 알았다. 쿡과 매커보이는 최근까지 서로 모르던 사이였음이 밝혀졌다. 편지 내용에서 격식과 딱딱함이 느껴졌다. 약식 표기나 속어는 서로 사용하지 않았다. 그렇다면 잭은 안젤라가 범죄전담부서로 발령받아 자기 후임으로 오기 전까지는 그녀를 몰랐다는 얘기였다.

　불과 몇 시간 전에 보낸 마지막 이메일은 잭이 안젤라에게 함께 작업 중인 기사에 대한 요약을 보낸 것이었다. 내용을 읽어보니 조사 중인 사건에 대해 잭이 몹시 걱정하고 있다는 것을 느낄 수 있었다.

보낸사람: 잭 매커보이〈JackMcEvoy@LATimes.com〉

제목: 상충 슬러그

보낸시간: 2009 - 5 - 12, 14 : 23 PDT

받는사람: 안젤라 쿡〈AngelaCook @ LATimes.com〉

안젤라, 이건 내가 프렌도에게 미래 버짓 용으로 보낸 거야. 바꾸고 싶은 것
이 있으면 연락해 줘.

잭

상충 - 4월 25일, 데니스 배빗의 시체가 산타모니카 해변 주차장에 버려진
그녀의 승용차 트렁크 속에서 발견되었다. 범인은 그녀를 성폭행한 뒤 비닐
봉투를 머리에 씌우고 빨랫줄로 묶어 질식시킨 것으로 드러났다. 마약 중독
전과가 있는 이 벨리 댄서는 눈을 커다랗게 뜬 채 죽어 있었다. 경찰은 곧 그
녀의 승용차 백미러 뒤에 남아 있는 지문 한 개를 찾아냈고, 그 주인이 남부
LA 주택단지에서 살고 있는 16세 갱 단원 마약거래자임을 밝혀냈다. 아버지
도 모르고 어머니도 거의 본 적 없이 주택단지 안에서 성장한 알론조 원슬로
는 즉시 체포되어 청소년 범죄자로 기소되었다. 그는 자신이 한 역할을 경찰
에 자백했으며 현재는 주 당국에 의해 성인으로 기소되기를 기다리고 있다.
우리는 피의자와 그의 가족뿐만 아니라 피살자를 아는 사람들과도 만나 얘
기하고, 이 치명적인 충돌의 근원까지 추적한다. 90인치 - 매커보이와 쿡, 사
진 레스터

카버는 처음부터 다시 읽어 보았다. 그제야 목의 근육이 풀리기 시작하
는 느낌이었다. 매커보이와 쿡은 아무것도 모르고 있었다. 무서운 자객
잭은 엉뚱한 콩 줄기를 타고 올라가고 있었다.
그가 계획했던 대로였다. 그 기사가 나오면 읽어봐야겠다고 기억에 새

겨두었다. 카버는 그것이 어떻게 잘못되었는지 아는 이 지구상의 세 사람 중 한 명이었다. 그 불쌍한 알론조 윈슬로 녀석을 포함하여.

그는 쿡이 보낸 메시지들을 다시 불러왔다. 매커보이와 주고받은 것과 프렌더게스트에게 보낸 이메일이 겹치고 있었다. 카버가 보기엔 모두 시시껄렁한 내용들이었다. 이메일을 닫고 브라우저로 들어간 그는 최근 며칠 동안 쿡이 방문한 모든 웹사이트들을 훑어보았다. 트렁크머더닷컴과 구글을 여러 차례 방문했을 뿐만 아니라 다른 신문사들의 웹사이트들도 방문했던 것으로 드러났다. 그런데 그의 호기심을 끄는 웹사이트가 있었다. 대니커스던전닷컴(DanikasDungeon.com). 안으로 들어가자 남자들을 통제하고 고문하는 여자들의 사진이 잔뜩 실린 '남성의 정복과 구속' 사이트로 안내되었다. 카버는 미소를 지었다. 쿡이 이 사이트를 방문한 것은 단지 기자로서의 목적 때문이었을까?

카버는 머뭇거리지 않고 그 정보를 밀어냈다. 나중에 쓸모가 있을지 모르지만 지금은 아니었다. 그다음엔 프렌더게스트를 살펴보기로 했다. 그의 패스워드 여섯 글자는 너무 빤했기 때문이다. 프렌도(Prendo)를 입력하자 단번에 성공. 사람들은 가끔 이처럼 단순하고 멍청하다. 메일박스로 들어가자 매커보이가 바로 2분 전에 보낸 메시지가 맨 위에 있었다.

"무슨 일이지, 잭?"

카버는 메시지를 열었다.

보낸사람: 잭 매커보이〈JackMcEvoy@LATimes.com〉

제목: 상충

보낸시간: 2009-5-12, 16:33 PDT

받는사람: 앨런 프렌더게스트〈AlanPrendergast@LATimes.com〉

참조: 안젤라 쿡〈AngelaCook@LATimes.com〉

카버는 속의 것이 목구멍으로 올라오는 느낌이었다. 목 근육이 단단하게 굳어지며 긴장하자 그는 토할 것에 대비하여 의자를 뒤로 물리고 쓰레기통을 잡아당겼다. 갑자기 시야 가장자리가 캄캄해지더니 잠시 후 어둠이 걷히고 다시 환해졌다.

그는 쓰레기통을 발로 차서 제자리에 돌려놓고 상체를 앞으로 숙여 메시지를 다시 들여다보았다. 매커보이는 라스베이거스와 관련을 짓고 있었다. 카버는 이제 자신을 나무랄 수밖에 없다는 걸 알았다. 일처리를 똑같은 방법으로 너무 자주 반복했던 것이 화근이었다. 자신을 열어둔 채 방치했기 때문에 무서운 자객 잭이 지금 추적해오고 있는 것이다. 중대한 실수였다. 라스베이거스에 도착한 매커보이는 약간의 행운만 있어도 사건 진상을 파악하게 될 것이다.

카버는 그것을 막아야만 했다. 중대한 실수가 치명적인 것이 되어서는 안 된다고 그는 혼자 중얼거렸다. 눈을 감고 오랫동안 생각했다. 그러자 어느 정도 자신감이 되살아났다. 모든 돌발 사태에 대한 준비가 되었다. 어떻게 해야 할 것인지에 대한 계획이 덩굴손처럼 그에게 다가왔다. 가장 먼저 처리해야 할 일은 눈앞에 있는 화면 속 메시지를 삭제한 뒤 안젤라 쿡의 계정으로 돌아가서 그녀의 메일박스에서도 그것을 삭제하는 것이었다. 프렌더게스트와 쿡은 그것을 볼 수 없게 될 것이다. 게다가 운이 좋으면 그들은 매커보이가 알고 있는 것을 끝내 알 수 없게 될 것이다.

웨슬리 카버는 메시지를 삭제하기 전에 프렌더게스트의 인터넷 활동을 실시간으로 추적할 수 있는 스파이웨어 프로그램을 업로드했다. 그러면 프렌더게스트가 누구에게 이메일을 보냈고, 누가 그에게 접촉해 왔고, 그가 어떤 웹사이트들을 방문하는지 알 수 있게 될 것이다. 삭제를 끝내자 카버는 이번엔 쿡의 계정으로 들어가서 똑같은 짓을 재빨리 해치웠다.

다음은 매커보이 차례지만 카버는 그가 라스베이거스에 도착해서 혼자 일을 시작한 후에 하기로 했다. 먼저 일어난 것부터 먼저 처리한다. 그는 일어나서 서버 룸으로 들어가는 유리문 옆의 판독기에 손을 올렸다. 판독이 끝나 승인이 내리고 자물쇠가 열리자 그는 문을 밀어서 열었다. 항상 섭씨 16~17도를 유지하는 서버 룸은 써늘했다. 약간 높인 금속 플로어를 걸어가자 발자국 소리가 울렸다. 그는 세 번째 줄을 따라 여섯 번째 타워로 걸어갔다. 그리곤 열쇠로 냉장고 크기의 서버 전면을 열더니 데이터 블레이드 두 개를 5밀리쯤 앞으로 당겼다. 그런 다음 다시 닫고 자물쇠를 채운 뒤 작업대로 돌아왔다.

몇 초 지나자 워크스테이션의 화면으로 알람이 울리기 시작했다. 그는 규약에 따라 응답을 촉구하는 명령을 타이핑했다. 그리고 다시 몇 초쯤 더 기다렸다가 전화기로 손을 뻗었다. 인터콤 버튼을 누르고 맥기니스의 구내번호를 찍었다.

"아, 사장님, 아직 거기 계십니까?"

"무슨 일이오, 웨슬리? 막 나가려던 참인데."

"코드 쓰리가 발생했습니다. 와서 보셔야 할 것 같은데요."

코드 쓰리는 만사 제처놓고 먼저 해결해야 하는 문제다.

"금방 가겠소."

카버는 웃음이 비어져 나오려는 걸 간신히 참았다. 그는 맥기니스에게 그것을 보이고 싶지 않았다. 3분 후 맥기니스가 문을 통해 들어오자 그의 키 카드가 벨트에서 튕겨 나와버렸다. 그래서 그는 숨을 헐떡이며 계단으로 내려왔다.

"뭐가 잘못된 거요?"

그가 식식거리며 물었다.

"LA의 듀이 앤드 바흐 회계사무소가 데이터를 날려버린 모양입니다. 루트 전체가 붕괴되었어요."

"맙소사, 어쩌다가?"

"저도 모르죠."

"누가 날린 거야?"

카버는 어깨를 으쓱했다.

"이쪽에선 알 수 없습니다. 회사 내부 문제인 것 같아요."

"그쪽에 전화해 봤소?"

"아뇨. 사장님께 먼저 말씀드리려고요."

맥기니스는 카버 뒤에 서서 몸무게를 양쪽 다리에 교대로 실어가며 유리를 통해 서버 안을 들여다보았다. 마치 해답이 그 안에 있기라도 한 것처럼.

"당신 생각은 어때요?"

"우리 쪽은 아무 문제없습니다. 일일이 다 체크했는데 문제는 저쪽이에요. 수리할 사람을 보내서 루트를 다시 뚫어야 할 것 같은데요. 스톤이 저 위에 있는 것 같으니 그를 보내겠습니다. 그러면 원인을 알아내서 재발을 방지할 수 있겠죠. 만약 해커의 소행이라면 잡아내어 아예 화장을 시켜버려야죠."

"얼마나 걸리겠소?"

"LA행 비행기는 시간마다 있으니까 지금 스톤을 보내면 내일 아침 첫 비행기로 도착시킬 수 있을 겁니다."

"당신이 가면 어떻소? 이 건은 잘 처리하고 싶은데."

카버는 망설였다. 갈 땐 가더라도 어디까지나 사장 뜻으로 해두고 싶었다.

"프레디 스톤도 잘 할 수 있는데요."

"그렇지만 당신이 최고지. 우리가 헤매는 꼴을 듀이 앤드 바흐에 보이고 싶지 않아. 제대로 해치워야지. 문제가 생기면 최고 전문가를 보낸다는 걸 보여줘야 해. 신출내기는 안 돼. 필요하면 스톤이든 누구든 데려가시오. 하지만 당신이 다녀오라고."

"즉시 다녀오겠습니다."

"계속 연락하고."

"그러죠."

"내가 직접 공항까지 마중 나가겠소."

"그러실 것까진 없습니다."

"초치지 말고."

맥기니스는 카버의 어깨를 툭 치곤 문을 통해 나갔다. 카버는 어깨에 남은 손의 느낌 때문에 한참 동안 가만히 앉아 있었다. 그는 누가 자기 몸에 손대는 걸 싫어했다.

마침내 그는 화면 쪽으로 상체를 숙여 알람 해제 코드를 입력했다. 그리고 규약을 확인한 뒤 그것을 삭제했다. 그가 휴대전화를 꺼내어 단축번호를 누르자 스톤이 대뜸 물었다.

"무슨 일입니까?"

"얼리도 함께 있나?"

"네, 타워를 건축하고 있습니다."

"통제실로 와. 문제가 하나 생겼어. 하나가 아니라 둘이군. 두 가지 모두 손을 봐야 해. 지금 계획을 짜고 있어."

"금방 가죠."

카버는 휴대전화를 탁 하고 끊었다.

06
미국에서 가장 외로운 길

수요일 오전 9시. 나는 라스베이거스 다운타운 부근 찰스턴에 있는 오피스 빌딩 4층 시피노 앤드 어소시에이츠 사무실의 잠긴 문 밖에서 기다리고 있었다. 피곤한 나머지 벽에 기대고 서 있다가 주르르 미끄러져 내려가 멋진 카펫이 깔린 바닥에 털썩 앉아버렸다. 행운이 따라줄 것 같았던 도시에서 나는 특히 불운한 느낌이었다.

출발은 아주 좋았다. 자정에 만달레이 베이에 도착하여 체크인하고 나자 신경이 너무 곤두서서 잠이 올 것 같지 않았다. 그래서 카지노로 내려가서 가진 돈 200달러로 룰렛과 블랙잭을 했는데 금액이 세 배로 불어났다.

현찰이 두둑해진데다 도박 도중에 마신 공짜 술로 거나해진 나는 방으로 돌아오자 쉽사리 곯아떨어졌다. 평화로웠던 상황이 수직 낙하한 것은 모닝콜이 걸려온 이후부터였다. 문제는 내가 모닝콜을 부탁하지도 않았다는 데 있었다. 프런트 데스크가 내게 전화한 이유는 〈LA 타임스〉가 지급한 나의 아메리칸 익스프레스 카드가 거부당했다는 말을 전하기 위해서였다.

"그건 말도 안 되는데요."

나는 어이없다는 투로 말했다.

"어젯밤 그 카드로 비행기 표를 샀고 맥카렌 공항에서 자동차도 렌트했소. 여기 체크인할 때도 아무 이상 없었고. 거기 누가 카드를 긁었다니까요."

"네, 손님. 거기까진 정상적으로 사용되었습니다. 카드가 거부되기 시작한 것은 오전 6시 체크아웃부터예요. 죄송하지만 내려오셔서 다른 카드를 제시해 주시겠어요?"

"그러죠, 뭐. 그렇잖아도 지금 일어나서 당신들의 돈을 좀 더 따먹고 싶다는 생각을 하고 있었습니다."

그런데 문제는 나의 다른 신용 카드 석 장도 거부당했다는 사실이었다. 카드를 모조리 거부당한 나는 하는 수 없이 카지노에서 딴 칩의 절반을 현찰로 바꾸어 호텔에서 체크아웃할 수밖에 없었다.

렌터카로 돌아온 나는 휴대전화를 꺼내어 신용 카드 회사들에 차례대로 전화를 걸었다. 하지만 한 군데도 통화가 되지 않았다. 통화지역이 나빠서가 아니라 내 전화기가 먹통이었다. 당혹스럽고 짜증도 났지만 나는 흔들림 없이 윌리엄 시피노의 주소지를 찾아 나섰다. 그렇다고 해서 내가 추적할 기사까지 없어진 건 아니었으니까.

9시가 조금 지나자 한 여자가 엘리베이터에서 내려 복도를 따라 내 쪽으로 걸어왔다. 시피노의 사무실 문에 등을 기대고 바닥에 앉아 있는 나를 발견한 여자의 발걸음이 잠시 머뭇거리는 듯했다. 나는 일어나서 가까이 다가오는 그녀에게 미소를 지어 보였다.

"윌리엄 시피노 씨와 함께 일하세요?"

"네, 그분의 접수원인데 무슨 일로 오셨죠?"

"시피노 씨와 상의드릴 게 있어서요. 로스앤젤레스에서 왔는데….."

"약속은 하셨어요? 시피노 씨는 미리 약속한 잠재고객만 만나세요."

"약속도 하지 않았고 잠재고객도 아닙니다. 난 기자예요. 브라이언 오글비에 대해 시피노 씨와 상의할 것이 있습니다. 작년에 유죄판결을 받은 사람인데…."

"브라이언 오글비가 누군지는 알아요. 그 사건은 항소 중이구요."

"맞아요. 그런데 새로운 정보가 있어요. 시피노 씨도 듣고 싶어 할 겁니다."

시피노의 접수원은 열쇠를 꺼내들고 문을 열기 전에 다시 나를 가늠해 보며 말했다.

"들어와서 기다리세요. 언제 오실지 모르지만 오늘 오후까진 재판이 없어요."

"당신이 전화를 할 수도 있겠죠."

"그럼요."

사무실 문을 열고 들어가자 그녀는 나를 조그마한 대기실 소파로 안내했다. 가구들은 편안하고 새것처럼 보였다. 시피노는 어느 정도 성공한 변호사인 듯했다. 접수원은 자기 책상으로 가더니 컴퓨터를 켜고 하루 일과를 준비하기 시작했다.

"시피노 씨에게 전화 좀 해주시겠소?"

나는 그녀에게 부탁했다.

"때가 되면요. 그냥 편안하게 계세요."

나도 그러고 싶지만 기다리는 건 딱 질색이다. 가방에서 랩탑을 꺼내며 그녀에게 물었다.

"여기 와이파이가 있습니까?"

"있죠."

"잠시 내 이메일을 확인해볼 수 있을까요? 몇 분이면 되는데."

"안 될 것 같은데요."

나는 여자를 잠시 살펴보았다.

"안 된다고요?"

"네. 보안 시스템이라 시피노 씨의 허락을 받아야 할 거예요."

"아, 그러면 시피노 씨에게 전화하실 때 그것까지 좀 여쭤봐 주시겠어요?"

"가급적 빨리 해드리죠."

여자는 입에 발린 미소를 살짝 지어보이곤 하던 일로 돌아갔다. 전화벨이 울리자 그녀는 예약 장부를 펼쳐놓고 고객과의 면담 시간을 잡기 시작했다. 그리고 법률 상담료를 지불할 수 있는 신용 카드 종류에 대해서도 일러주었다. 그 소리를 듣자 나는 거부당한 내 신용 카드들이 생각나서 커피 테이블 위에 놓인 잡지 한 권을 집어 들었다. 그 문제는 더 이상 생각하고 싶지 않아서였다.

〈네바다 법률 리뷰〉라는 제목의 그 잡지는 변호사들 광고와 필사와 자료저장 같은 법률 서비스에 대한 소개들로 가득했다. 법률사건에 관한 기사들도 있었는데, 대부분이 카지노 허가나 카지노 범죄와 관련된 것이었다. 라스베이거스와 클라크 카운티에서 운영되는 매춘업을 합법화한 것에 대한 법률공방 기사를 읽느라고 20분쯤 빠져 있을 때 사무실 문이 열리고 한 사내가 들어섰다. 그는 나에게 고개를 끄덕여 보인 후 아직도 전화기를 붙잡고 있는 접수원을 돌아보았다.

"잠시만요."

접수원이 전화기에 대고 말하더니 나를 가리키며 사내에게 말했다.

"시피노 씨, 이분은 예약하시진 않았어요. 로스앤젤레스에서 오신 기자라고 말씀하시는데…"

"브라이언 오글비는 결백합니다."

여자의 말을 댕강 자르며 나는 단도직입적으로 말했다.

"난 그걸 증명할 수 있다고 봐요."

시피노는 한참 동안 나를 살펴보았다. 짙은 빛깔의 머리카락 아래 잘생긴 얼굴이 야구 모자로 인해 고르지 않게 그늘진 모습이었다. 골프 선수나 코치처럼 보였다. 아니면 양쪽 모두이거나. 눈매가 날카로웠고 판단이 빠른 것 같았다.

"그렇다면 사무실로 모셔야할 것 같군요."

나는 그를 따라 안쪽에 있는 사무실로 들어갔다. 커다란 책상 뒤로 가서 앉은 그가 맞은편에 놓인 의자를 가리키며 말했다.

"〈LA 타임스〉라고 하셨던가요?"

"그렇습니다."

"좋은 신문인데 요즘 자금 문제로 어려움이 많다죠."

"네, 신문사들이 다 그렇죠."

"그런데 어떻게 LA에서 여기 있는 내 고객이 결백하다는 결론을 내리게 되었습니까?"

나는 그에게 가장 비열한 미소를 지어보이며 말했다.

"사실 나도 확실히는 모릅니다. 하지만 당신을 만나야만 했고 이것 하나만큼은 알고 있으니까요. 내가 보기엔 살인을 저지르지 않은 한 소년이 살인죄로 감옥에 갇혀 있는데 세부사항이 오글비 사건과 아주 흡사해요. 단지 소년의 살인사건이 이 주일 전에 일어났다는 점만 빼면 말이죠."

"두 사건이 똑같다면 내 고객에겐 분명한 알리바이가 있고 제 3의 인물이 그 짓을 했다는 얘기가 되는군요."

"바로 그겁니다."

"좋습니다. 당신이 가져온 것을 봅시다."

"그런데 나도 당신이 가진 것을 보고 싶습니다."

"당연하죠. 내 의뢰인은 지금 감옥에 있습니다. 이런 시점에서 그 자신에게 도움이 되는 정보를 교환한다고 해서 변호사와 의뢰인 사이의 비밀유지특권을 문제 삼진 않을 것 같군요. 게다가 내가 당신에게 얘기할 대부분의 내용은 법원 기록에서 찾아볼 수 있는 것들이에요."

시피노는 자기 파일들을 뽑아 건네주었다. 우리는 서로 상대방의 파일들을 읽기 시작했다. 나는 윈슬로에 대해 알고 있는 것을 그에게 얘기해주는 동시에 보고서를 읽으며 점점 더해지는 긴장감을 느꼈다. 그리고 범죄현장 사진들을 하나하나 비교해 나가던 나는 결국 아드레날린이 폭발할 것만 같아 소리치고 말았다. 오글비 사건의 사진들이 배빗 사건의 사진들과 완전히 일치할 뿐만 아니라, 두 피살자도 놀랄 만큼 똑같아 보였던 것이다.

"정말 놀랍군요! 거의 같은 여자처럼 보여요."

두 여자 모두 갈색 눈동자와 깎아지른 코, 흑갈색 머리와 긴 다리를 가진 댄서들의 몸매를 지니고 있었다. 그 순간 살인자는 무작위로 이 여자들을 살해한 것이 아니란 생각이 내 뒤통수를 후려쳤다. 그들은 선택되었던 것이다. 목표물이 될 만한 어떤 기준에 들어맞았다는 뜻이다.

시피노도 나와 같은 느낌을 받은 듯했다. 그는 두 군데의 사건현장에서 찍은 사진들을 가리키며 유사성을 강조했다. 두 여자 모두 비닐봉투를 머리에 씌우고 가느다란 하얀 줄로 목 주위를 묶어 질식시켰다. 그리고 두 여자 모두 발가벗긴 뒤 트렁크 안쪽을 향하게 옆으로 누이고 그들의 옷가지로 살짝 덮어둔 상태였다. 변호인은 탄식했다.

"세상에! 이걸 보세요. 두 사건이 완전히 동일한 수법 아닙니까. 전문가가 아니라도 알 수 있어요. 이제야 말하지만 잭, 난 당신을 처음 봤을 때 오늘 아침 한바탕 코미디가 벌어지겠구나 하고 생각했어요. 웬 미친 기자 하나가 황당무계한 얘길 들고 찾아왔겠지 하고 말이죠. 그런데 이건 정말…."

그는 책상 위에 짝을 지어 널어놓은 사진들을 가리켰다.

"이것들이 내 의뢰인의 자유를 보증하는군요. 그는 석방될 겁니다!"

흥분을 감추지 못하고 의자에서 벌떡 일어나는 그에게 내가 물었다.

"어떻게 이런 일이 일어났죠? 이런 날치기가 어떻게 가능하냐고요."

"경찰은 빨리 해결하고 싶어 하니까. 사건이 터지면 경찰은 맨 먼저 눈에 들어오는 혐의자에게 끌려 다른 놈은 안 보여요. 유사한 사건들을 찾아볼 필요도 못 느끼죠. 혐의자를 검거하면 게임은 끝났다고 생각하니까."

"그렇지만 살인자는 샤론 오글비의 시체를 그녀의 남편 자동차 트렁크에 어떻게 넣을 수 있었을까요? 그의 자동차를 찾기도 쉽지 않았을 텐데 말이죠."

"나도 모르겠소. 하지만 그건 중요하지 않아요. 중요한 건 이 두 살인사건이 놀랄 만큼 똑같은 양상이라 브라이언 오글비든 알론조 윈슬로든 책임을 지울 수가 없다는 겁니다. 다른 세부사항들은 수사가 시작되면 다밝혀지겠죠. 하지만 지금 나는 당신이 아주 굉장한 것을 발견했다고 생각합니다. 이런 사건이 두 건뿐인지 누가 알겠어요? 다른 곳에서 또 일어났을 수도 있다는 뜻이죠."

나는 고개를 끄덕였다. 그럴 가능성에 대해서는 생각해보지 않았다. 안젤라 쿡의 온라인 검색은 오글비 사건만 찾아냈기 때문이다. 하지만 두 사건만으로도 어떤 패턴을 보이고 있었다. 더 많은 사건들이 있을 수 있었다.

"이제 어떻게 하실 겁니까?"

나는 변호사에게 물었다.

시피노는 의자에 다시 앉았다. 그리곤 의자를 앞뒤로 흔들며 내 질문에 대해 생각하는 듯한 표정을 지었다.

"헤비어스 코퍼스*를 위한 탄원서를 제출할 겁니다. 이건 무죄를 증명하는 새로운 사실이므로 공개 법정에 제출해야죠."

"그렇지만 나는 이런 서류들을 가질 수 없게 되어 있습니다. 떠들 수가 없어요."

"있고말고요. 내가 서류제공자를 밝히지만 않으면 되죠."

나는 이마를 찌푸렸다. 일단 내 기사가 나가면 서류제공자가 나라는 것이 저절로 밝혀질 것이다.

"이걸 법원에 제출하는 데 며칠이나 걸리죠?"

"조사해볼 것이 좀 있지만 이번 주말까진 제출하겠습니다."

"그러면 아마 난리가 날 겁니다. 난 그때까지 기사를 내보낼 수 있을지 모르겠어요."

시피노는 두 손바닥으로 가로막는 시늉을 하며 고개를 저었다.

"내 의뢰인은 1년도 넘게 일리에 갇혀 있습니다. 감옥 환경이 워낙 열악해서 가끔 사형수들은 단지 그곳을 탈출하기 위해 사형을 빨리 집행해 달라고 탄원하지만 거절당한다는 사실을 아십니까? 내 의뢰인도 하루하루가 지옥처럼 느껴질 겁니다."

"압니다, 알아요. 나는 단지…."

아무리 생각해도 기사 쓸 시간을 마련하기 위해 브라이언 오글비를 단 하루라도 더 감옥에 방치하는 것을 정당화시킬 방법은 없었다. 시피노의 말이 옳았다.

"좋습니다. 그렇다면 법원에 서류를 제출할 시간을 알고 싶습니다. 그리고 당신의 고객과 면담을 하고 싶습니다."

"어려울 것 없죠. 석방되는 즉시 단독면담이 가능합니다."

"그게 아니라 지금 당장 말입니다. 나는 그 친구와 알론조 윈슬로를 석

• habeas corpus: 불법구금을 당한 자를 보호하기 위해 그자의 신병을 법원에 제출하도록 명한 영장

방시킬 기사를 쓰려고 합니다. 그래서 오늘 그 친구와 얘기하고 싶은데, 어떻게 하면 될까요?"

"오글비는 최고보안등급 감옥에 갇혀 있어요. 명단에 등록되지 않은 사람은 면회를 허락하지 않습니다."

"당신이 해주면 가능하잖아요?"

시피노는 항공모함 같은 책상 뒤에 앉아 한 손으로 턱을 고이고 잠시 생각하더니 고개를 끄덕였다.

"가능하죠. 그러자면 당신이 나를 위해 일하며 브라이언을 만날 일이 있다는 내용의 팩스를 교도소로 보내야 합니다. 그리고 당신이 나를 위해 일한다는 것을 증명하는 편지도 써드리죠. 변호사 밑에서 일하는 사람들은 주 면허가 필요 없으니까요. 그 편지를 교도소 담당자에게 제시하면 들여보내줄 겁니다."

"그렇지만 실제로는 내가 당신을 위해 일하고 있진 않잖아요. 우리 신문사는 기자들의 사칭 행위를 금하고 있습니다."

시피노는 주머니에서 지갑을 꺼내더니 1달러짜리 지폐를 빼내어 내게 건네주었다. 나는 살인현장 사진들이 깔린 책상 위로 손을 내밀어 돈을 받았다.

"자, 이제 돈을 지불했으니 당신은 내게 고용되었소."

그런다고 해결될 것 같진 않았지만 신문사에서도 모가지가 간당간당 하는 판에 그까짓 게 무슨 대수냐 싶었다.

"어떻게 되겠죠, 뭐. 일리까지는 얼마나 됩니까?"

"운전하기에 달렸죠. 여기서 북쪽으로 서너 시간 걸리는 외딴곳인데, 거기 가는 도로를 '미국에서 가장 외로운 길'이라고들 하죠. 감옥으로 가는 길이라 그러는지, 주위의 풍경 때문인지는 모르지만 무슨 이유가 있겠죠. 비행장도 있어요. 거기서 샌드 점퍼를 타고 갈 수도 있죠."

샌드 점퍼는 푸들 점퍼나 마찬가지로 조그마한 경비행기일 거라는 생각이 들었다. 나는 고개를 저었다. 경비행기 추락 사건에 관한 기사는 신물이 나도록 썼다. 불가피한 경우가 아니면 그런 비행기는 타지 않기로 했다.

"자동차로 가겠어요. 편지를 써 주세요. 그리고 당신이 가진 파일들을 모두 복사해 주면 좋겠는데요."

"그러죠. 복사는 아그네스에게 시키겠소. 나도 헤비어스 코퍼스 탄원서를 제출하자면 당신이 가진 파일의 복사본이 필요합니다. 그 대가로 내가 1달러를 지불했다고 말할 수 있죠."

나는 고개를 끄덕이며 생각했다. 그래, 그 잘난 척하는 아그네스에게 내 일을 시키는 것도 기분 좋은 일이지.

"한 가지만 물어볼까요?"

"물어보세요."

"내가 여기 들어와서 이런 것들을 보여드리기 전까지는 브라이언 오글비가 유죄라고 생각하고 있었습니까?"

시피노는 고개를 뒤로 젖히고 잠시 생각한 뒤 물었다.

"기사화할 것 아니죠?"

나는 어깨를 으쓱했다. 기사화하고 싶진 않지만 알아두어야 할 사항이었다.

"그게 대답의 전제조건이라면."

"좋아요. 기사화를 전제한다면 브라이언은 처음부터 결백했다고 말할 수 있습니다. 이런 끔찍한 범죄를 그가 저질렀을 리는 없어요."

"기사화하지 않는다면요?"

"명백히 유죄라고 생각했습니다. 재판에서 지는 것이 내가 살 수 있는 유일한 길이었죠."

세븐일레븐에 들러 100분짜리 일회용 휴대전화를 구입한 뒤 사막을 가로지르는 93번 고속도로를 타고 일리 주립교도소를 향해 달렸다. 93번은 넬리스 공군기지를 지나 북쪽 50번 도로와 이어졌다. 그것이 왜 '미국에서 가장 외로운 길'이라고 알려졌는지 깨닫기까지는 그리 긴 시간이 필요하지 않았다.

사방에 보이는 거라곤 텅 빈 사막의 지평선밖에 없었다. 자동차가 앞으로 달려가면 초목이 살지 않는 울퉁불퉁하고 삐죽삐죽한 산악지대가 오르락내리락할 뿐이었다. 문명의 상징이라곤 2차선 아스팔트 도로와 혹성에서 내려온 거인들처럼 보이는 철탑들이 연결하고 있는 전선뿐이었다.

새로 산 휴대전화로 맨 먼저 연락한 곳은 신용 카드 회사들이었다. 왜 내 카드들이 거부당했느냐는 질문에 그 회사들은 서로 입이라도 맞춘 듯 똑같은 대답을 들려주었다. 전날 밤 카드 도난으로 당분간 사용중지 요청이 들어왔으며, 내가 컴퓨터로 들어와서 모든 비밀 질문들에 정확히 대답하고 카드 도난을 보고했다는 것이었다.

내가 신용 카드들을 도난당하지 않았다고 그들에게 보고한 것은 중요하지 않았다. 다른 누군가가 나의 계정 번호뿐만 아니라 내 주소와 생년월일, 내 어머니의 처녀시절 이름과 사회보장번호까지 알아내어 신용 카드 도난 신고를 했다는 것이 중요했다. 내가 계정을 다시 열어줄 것을 요구하자 서비스 부서들은 기꺼이 동의했다. 다만 신용 카드를 새로 발급하여 내 집으로 보내야 하는 것이 문제였다. 그러자면 며칠이 걸리는데 그 동안 나는 신용 카드 없이 지내야만 했다. 이런 황당한 경우는 한 번도 겪어보지 못했다.

그다음으로 로스앤젤레스 거래 은행에 전화해본 나는 누군가가 그와 비슷한 장난들을 쳐놓은 것을 발견했다. 그 충격은 더 컸다. 내 직불카드가 아직 유효한 것은 그나마 다행이라고 생각했지만, 내 저축예금이나 당좌예금 계좌에는 인출할 잔고가 남아 있지 않았다. 전날 밤 나는 온라인 뱅킹 서비스를 이용하여 당좌예금 계좌에 남아 있던 돈을 일반기부금 형식으로 어린이 돕기 자선단체인 메이커위시 재단•에 전액 출금이체 해버렸기 때문이다. 덕분에 나는 지금 빈털터리가 되었지만 메이커위시 재단에서는 웬 성인이 한 분 납셨나 했을 것이었다.

나는 전화를 끊고 자동차 안에서 고함을 바락바락 질러댔다. *제기랄, 도대체 무슨 일이 벌어지고 있는 거야!* 각종 신용정보를 도둑맞은 사건은 신문에 노상 실리는 이야기였다. 그런데 막상 내가 그런 일을 당하고 보니 도무지 믿을 수가 없었다.

11시에 편집부로 전화해본 결과 나를 향한 이 일방적인 공격은 그 정도로 끝난 것이 아님을 알게 되었다. 내 전화를 받은 앨런 프렌더게스트의 목소리가 팽팽하게 긴장해 있었다. 이럴 경우 그는 했던 말을 자꾸 반복하는 버릇이 있다는 걸 나는 알고 있다.

"어디 있어요, 어디 있어요? 트레처 목사가 떴는데 내보낼 사람이 아무도 없어."

"말했잖아, 라스베이거스로 갈 거라고."

"베이거스! 베이거스? 베이거스에서 뭘 하고 있는 겁니까?"

"내 메시지 안 읽어봤어? 어제 출발하기 전에 자네한테 이메일을 보냈는데."

"못 받았어요. 선배는 어제 갑자기 사라졌지만 난 상관 안 해요. 그렇지만 오늘은 문제예요. 지금 당장이 문제라고요. 공항에 도착하는 즉시 전화해 줘요, 잭. 한 시간 내에 LA로 돌아와야 해요."

"그렇지만 난 지금 공항에 있지 않아. 베이거스도 이미 떠났다고. 미국

• Make a Wish Foundation: 소원성취 재단

에서 가장 외로운 길을 따라 북쪽으로 달리고 있는 중이야. 트레처 목사가 뭘 어쨌다는 거지?"

"어쩌긴요? LA 경찰국에 항의하기 위해 로디아 가든스에 대규모 시위대를 모으고 있어요. 전국적으로 번질 거라는 얘기도 있고요. 이런 판국에 선배는 라스베이거스에 있고 쿡은 연락조차 끊겼어요. 거기서 뭘 하는 거예요, 잭? 뭘 하는 거예요?"

"글쎄, 이메일로 다 설명했는데 무슨 소리야."

"이메일은 정기적으로 체크하는데 선배가 보낸 건 없었어요. 없었다고요."

프렌더게스트는 단언했다.

자네가 체크를 잘못 했겠지, 라고 말하려던 나는 사용중지를 당한 내 신용 카드들을 떠올렸다. 내 신용 카드와 은행계좌를 망가뜨릴 수 있는 놈이라면 내 이메일도 얼마든지 망가뜨릴 수 있을 거란 생각이 들었다.

"잠깐만, 프렌도. 뭔가 수상한 일이 벌어지고 있어. 내 신용 카드들이 모두 죽고, 내 휴대전화가 죽더니 이젠 내 이메일마저 증발했다는 소리잖아? 이건 정상이 아니야. 나는…."

"암튼요, 잭. 네바다에서 뭘 하고 있는 거예요?"

나는 한숨을 훅 토해낸 뒤 창밖을 내다보았다. 인간이 지구를 지배해온 내내 조금도 변함이 없었고 인류가 사라진 후에도 언제까지나 변함이 없을 척박한 풍경이 끝없이 펼쳐져 있었다. 앨런 프렌더게스트에게도 이젠 얘기해 줘야 할 것 같았다.

"알론조 윈슬로의 스토리가 달라졌어. 그 아이가 살해하지 않았다는 사실을 알게 됐단 얘기야."

"그 아이가 죽이지 않았다고요? 그 아이가 죽이지 않았어요? 그 여자를 말이죠? 도대체 무슨 소릴 하고 있는 거예요, 잭?"

"맞아, 그 여자. 알론조가 죽이지 않았어. 그 아인 결백해, 앨런. 내가 증명할 수 있어."

"죽였다고 자백했잖아요. 선배 기사에서 그렇게 읽었는데."

"그랬지. 경찰이 그렇게 말했으니까. 하지만 나는 그 자백서란 걸 읽어봤지. 알론조가 자백한 내용이라곤 그 여자의 자동차와 돈을 훔쳤다는 것밖에 없었어. 자동차를 훔칠 땐 트렁크 안에 여자 시체가 있는 줄도 몰랐다니까."

"잭…."

"들어봐, 프렌도. 나는 그 살인사건을 라스베이거스의 다른 살인사건과 연결시켰어. 똑같은 사건이었지. 한 여자가 교살당하고 트렁크 안에서 발견된 것이 말이야. 그 여자도 댄서였어. 그 사건 때문에 여기서도 한 사내가 감옥에 갇혔는데, 그 친구도 여자를 죽이지 않았어. 난 지금 그 친구를 만나러 가는 길이야. 목요일까지는 보고하고 기사를 쓸 생각이지. 금요일까지는 그 문제를 마무리해야만 해. 왜냐하면 그때 세상에 공표될 예정이니까."

침묵이 길게 이어졌다.

"프렌도? 듣고 있는 거야?"

"그럼요, 잭. 이 문제에 대해 얘기할 필요가 있겠군요."

"당연하지. 안젤라는 어디 갔지? 그 친구가 트레처 목사를 맡아줘야 하는데. 오늘도 경찰 출입처에 나갔을 거야."

"안젤라가 어디 있는지 알았다면 벌써 사진기자와 함께 로디아 가든스로 보냈겠죠. 아직 출근하지도 않았어요. 어젯밤 퇴근하면서 오늘 아침 출근 전에 파커센터를 둘러보고 오겠다고 했거든요. 그런데 아직 오지 않았어요."

"데니스 배빗 사건을 쫓아다니고 있는지도 모르지. 전화해봤어?"

"물론 전화해봤죠. 전화해봤어요. 메시지도 남겼는데 지금까지 아무 응답이 없어요. 선배가 여기 있는 줄 알고 내 전화를 무시한 것 같아요."

"잘 들어, 프렌도. 이 사건은 트레처 목사의 시위보다 더 크다고, 알겠어? 여기에 중점을 두라고. 대형 사건이야. 경찰과 FBI의 수사망을 완전히 벗어난 살인자 한 놈이 대로를 활보하고 있어. 라스베이거스의 한 변호사는 금요일까지 모든 진상을 밝힐 소장을 제출하기로 했어. 우린 그를 포함한 다른 누구보다도 선수를 쳐야만 해. 나는 감옥에 있다는 이 친구를 만난 뒤 곧 돌아갈 거야. 언제 출근할지는 모르겠어. 비행기를 타려면 라스베이거스까지 먼 길을 달려야 하거든. 다행히도 돌아가긴 쉬울 거야. 어떤 놈이 내 신용 카드를 취소시키기 전에 비행기 표를 구입했거든."

다시 침묵이 길게 이어졌다.

"프렌도?"

"있잖아요, 선배."

그가 모처럼 차분한 목소리로 말했다.

"우린 피차 이곳 상황에 대해 잘 알고 있지만, 선배가 바꿀 수 있는 건 아무것도 없는 것 같아요."

"무슨 얘길 하고 있는 거야?"

"정리해고 말예요. 선배가 좋은 기사로 지금의 자리를 보전할 수 있다고 생각한다면, 그건 착각이라는 생각이 들어요."

이번엔 내가 침묵할 수밖에 없었다. 그의 말에 울화통이 터져 견딜 수가 없었다.

"듣고 있어요, 선배? 듣고 있어요?"

"그래, 듣고 있다. 내가 네놈한테 해주고 싶은 말은 '좆 까지 마라!'야. 넌 내가 없는 얘길 지어내고 있다고 생각하니? 이건 실제상황이야! 나는 이 먼 곳에서 누가 무슨 이유로 나를 곤경에 빠뜨리고 있는지도 모르고 있어. 이 좆 같은 새끼야!"

"알았어요, 알았어, 선배. 흥분하지 말아요. 흥분하지 말라니까, 알겠어요? 난 선배가 그렇다는 뜻이 아니라….'

"좆 까는 소리 말라니까! 아니긴 뭐가 아냐, 이 새끼야! 넌 분명히 그런 뜻으로 말했어."

"선배, 계속 그런 상스런 말로 나오면 더 이상 대꾸하지 않겠어요. 제발 좀 점잖게 말할 수 없어요? 좀 점잖게요."

"그래, 이 좆만 한 새끼야. 다른 데도 전화할 일 있으니 이쯤 해두지. 네놈이 이 기사를 원치 않는다면, 혹은 날조한 것으로 생각한다면 내 다른 신문에 신도록 노력해보지. 그러면 되겠냐? 다른 놈도 아니고 나의 에이스란 새끼가 여기까지 나와 곤경에 빠져 있는 내 뒤통수를 후려칠 줄은 정말 상상도 못했다!"

"아니야, 선배. 그런 뜻이 아니라니까."

"난 그런 뜻으로 받아들였어, 프렌드. 그러니까 좆 까지 말라고. 나중에 얘기하자."

전화를 끊은 나는 하마터면 전화기를 창밖으로 던질 뻔했다. 그렇지만 다시 구입할 돈이 없다는 것을 기억에 떠올렸다. 침묵 속에 몇 분쯤 달리고 나자 더럽던 기분이 조금은 가셔졌다. 아직 전화할 데가 한 군데 더 있었고 내 목소리가 냉정하고 차분해지길 바랐다.

나는 창밖의 푸르스름한 산들을 살펴보았다. 원시적이고 거칠지만 나름대로 아름다워 보였다. 수천 년 동안 빙하에 떠밀리고 깨지면서도 살아남아 언제까지나 태양을 향해 우뚝 치솟아 있었다.

주머니 속에서 불통인 휴대전화를 꺼내어 통화자 명단을 열고 FBI 로스앤젤레스 지국 전화번호를 찾아내어 일회용 휴대전화에 찍어 넣었다. 전화를 받은 교환수에게 나는 레이철 월링 요원을 좀 바꿔달라고 요청했다. 전화가 연결되기까지 약간 시간이 걸렸지만 신호가 떨어지자 곧 남자 목소리가 흘러나왔다.

"정보팀입니다."

"레이철 좀 부탁합니다."

나는 최대한 차분하게 말했다. 이번엔 레이철 월링 요원이라고 말하지 않은 이유는 내가 요원처럼 들리도록 하기 위함이었다. 그러면 상대방은 내가 누군지 물어보지 않을 것이고, 그 결과 레이철은 내 전화를 피할 기회를 잡지 못할 것이라고 계산했다.

"월링 요원입니다."

그녀의 목소리였다. 전화상으로 들어본 지 여러 해가 지났지만 의심할 여지가 없었다.

"여보세요? 월링입니다. 뭘 도와드릴까요?"

"나야, 레이철. 잭."

이번엔 그녀가 조용해졌다.

"어떻게 지내?"

"왜 전화했어, 잭? 우린 서로 말을 섞지 않는 편이 낫다고 예전에 동의 했을 텐데."

"알아. 하지만… 당신의 도움이 필요해. 내가 좀 어려운 처지에 빠졌거 든, 레이철."

"그래서 내가 도와줄 거라고 기대하는 거야? 대체 어떤 처진데?"

자동차 한 대가 시속 100마일●쯤 되는 속도로 내 옆을 지나갔다. 얼마 나 빠른지 나는 가만히 서 있는 것처럼 느껴졌다.

"설명하자면 좀 길어. 난 지금 네바다에 있어. 사막 한가운데. 아무도 모

● 160킬로

르는 살인자에 관한 기사를 취재 중인데, 누군가 날 믿어주고 도와줄 사람이 필요해."

"잭, 내가 적당한 상대가 아닌 줄 잘 알잖아. 난 도울 수가 없어. 그리고 지금 다른 일에 묶여 있다고. 당장 나가봐야 해."

"레이철, 끊지 마. 제발…."

그녀는 대답하지 않았지만 전화를 끊지도 않았다. 나는 기다렸다.

"잭… 지친 것 같네. 도대체 무슨 일이야?"

"나도 모르겠어. 누가 나를 공격하고 있는 것 같아. 내 전화기, 내 이메일, 내 은행계좌까지 못 쓰게 만들었어. 난 지금 신용 카드 한 장 없이 사막 한가운데를 달리는 중이야."

"어딜 가는 중인데?"

"일리. 누굴 좀 만나려고."

"교도소에?"

"맞아."

"그러니까, 누군가가 당신한테 무고한 사람이 있다고 전화했고, 그래서 당신은 또 경찰의 실수를 밝혀내고 싶어 달려가고 있단 말이군?"

"그런 얘기가 아니야, 레이철. 이놈은 여자들에게 끔찍한 짓을 한 뒤 교살하고 자동차 트렁크에 처박았어. 그러고도 최소한 2년은 버젓이 돌아다니고 있다고."

"잭, 나도 트렁크 속의 여자에 대한 당신 기사를 읽었어. 갱단에 속한 살인자가 자백한 것으로 기억하는데."

레이철이 내 기사를 읽고 있었다는 사실에 묘한 전율이 느껴졌다. 하지만 그것이 그녀를 설득하는 데 도움이 되진 않았다.

"신문 기사를 액면 그대로 믿지 마, 레이철. 나도 이제야 진실을 알았으니까. 그리고 한걸음 더 나아가기 위해선 기관에 몸담고 있는 누군가의 도움이 필요해."

"난 이제 행동과학실 소속이 아닌 줄 알잖아. 왜 나한테 전화해?"

"당신은 믿을 수 있으니까."

그 말에 레이철은 긴 침묵 속으로 빠져들었다. 나는 먼저 침묵을 깨뜨리고 싶지 않았다.

"어떻게 그런 말을 할 수가 있지?"

마침내 그녀가 먼저 입을 열었다.

"우린 오랜 세월 동안 서로 만나지도 않았는데."

"그건 중요하지 않아, 레이철. 그 오랜 세월 동안에도 당신에 대한 신뢰를 거둔 적은 한 번도 없었으니까. 그리고 지금도 날 도와줄 수 있다는 걸 알아. 또 잃어버린 당신의 명예를 되찾을 수 있을지도 모르지."

그 말에 레이철은 코웃음을 쳤다.

"무슨 말을 하는 거야? 아니, 잠깐만, 대답하지 마. 상관없으니까. 다시는 전화하지 마, 잭. 결론적으로 말해 난 당신을 도와줄 수 없어. 그럼 행운을 빌어. 몸조심하고."

그녀는 전화를 끊었다.

나는 전화가 끊긴 후에도 1분 이상은 귀에 대고 있었다. 아마도 그녀가 마음을 바꾸고 다시 전화를 걸어오기를 기대했던 것 같다. 하지만 그런 일은 일어나지 않았고, 나는 전화기를 좌석 중간의 컵홀더에 내려놓고 말았다. 더 이상 전화할 데도 없었다.

내 앞으로 질주해 간 자동차는 곧 그다음 융기선 너머로 사라졌다. 나는 마치 달 표면에 혼자 버려진 것 같은 기분이었다. 고립무원.

일리 주립교도소 정문을 통과하는 대부분의 사람들과 마찬가지로 목적지에 도착했을 때의 나의 행운도 전혀 나아지지 않았다. 나는 변호사와 수사관들이 드나드는 문으로 입장이 허용되었다. 간수장에게 윌리엄 시피노가 써준 추천장을 제시하자 곧바로 면회실로 안내되었고, 거기서 브라이언 오글비가 나오길 기다리며 20분쯤 기다렸다. 그러나 면회실 문이 열리며 나타난 사람은 오글비가 아니라 간수장이었다. 그는 내 이름을 틀리게 발음하며 말했다.

"매케보이 씨, 오늘은 면회가 어렵겠는데요."

갑자기 내 가짜 신분이 드러났다는 생각이 들었다. 내가 변호인이 고용한 조사원이 아니라 기자란 사실을 그들이 눈치챈 것일까?

"무슨 뜻입니까? 그럴 이유가 없을 텐데요. 내가 가져온 변호인 편지를 보셨잖아요. 내가 온다는 팩스도 보냈을 테고요."

"네, 팩스도 받았고 면회 준비도 마쳤는데 당신이 찾는 사람을 지금은 만날 수가 없어요. 내일 다시 오면 만날 수 있을 겁니다."

나는 화가 나서 머리를 내저었다. 하루 종일 당했던 일들이 속에서 부글부글 끓어올랐고 거기에다 간수장이 불을 붙이려 하고 있었다.

"이봐요, 난 이 면회를 하려고 라스베이거스에서 네 시간이나 차를 몰고 왔어요. 그런데 이대로 돌아가서 내일 똑같은 일을 다시 반복하란 말입니까? 나는 그럴 수가…."

"베이거스로 돌아가란 말은 한 적 없소. 내가 당신이라면 시내로 들어가서 호텔 네바다에서 묵겠구먼. 그다지 나쁘지 않아요. 게임 룸도 있고 심야 술집도 있고. 거기서 자고 내일 아침에 다시 오면 면회 준비를 해놓고 기다리겠소. 약속할 수 있지."

나는 무력감에 머리를 흔들었지만 선택의 여지가 없다는 걸 알았다.

"9시에 오겠소. 그때 여기 계실 겁니까?"

내 말에 간수장은 선선히 대답했다.

"틀림없이 여기 있겠소."

"오늘은 왜 그를 만날 수 없는지 설명해줄 수 있나요?"

"보안 사항이라 설명할 수 없어요."

나는 정말 답답하다는 표정으로 머리를 다시 흔들었다.

"감사합니다, 간수장. 내일 다시 와야겠군요."

"기다리겠소."

렌터카로 돌아온 나는 GPS에 일리의 호텔 네바다를 찍어 넣고 그것이 지시하는 대로 30분쯤 차를 달려 호텔에 도착했다. 주차장에 차를 세우고 호텔로 들어가기 전에 주머니를 톡톡 털어보았다. 가진 돈은 모두 248달러였다. 라스베이거스 공항으로 돌아가려면 가스비로 최소한 75달러는 남겨둬야 한다. 먹는 것은 싸구려로 때운다고 치고 공항에서 집까지 돌아갈 택시비로 40달러가 또 필요하다. 그런 것들을 제하고 나면 호텔비로 쓸 수 있는 돈은 100달러 정도였다. 낡은 6층짜리 건물을 쳐다보니 별 문제는 없을 듯했다. 나는 가방을 들고 차에서 내려 호텔 안으로 들어갔다.

하룻밤에 45달러인 4층 방에 투숙했다. 아담하고 깨끗한 방에 침대도 편안한 편이었다. 오후 4시밖에 안 되어서 나의 남은 일진을 알코올로 적셔버리긴 너무 이르다 싶었다. 그래서 일회용 휴대전화를 꺼내어 주어진 시간을 까먹기 시작했다.

맨 먼저 안젤라 쿡의 휴대전화와 데스크 전화로 걸었지만 양쪽 모두 받지 않았다. 같은 내용의 메시지를 두 차례나 남긴 뒤 나는 자존심을 접고 앨런 프렌더게스트에게 다시 전화를 걸었다. 그에게 화를 내며 욕설을 퍼부은 것에 대해 사과하고 지금 벌어지고 있는 사건과 내가 느끼고 있는 압박감에 대해 차분하게 설명했다. 그는 짧막짧막하게 대답한 뒤 곧 회의에 들어가야 한다고 말했다. 내가 컴퓨터와 접촉하는 대로 수정된 기사에 대한 버짓 라인을 보내겠다고 하자 서두를 것 없다는 대답이 돌아왔다.

"프렌도, 우린 이 기사를 금요일 신문에 실어야 해. 그러지 않으면 다른 신문들한테 선수를 빼앗길 거야."

"이 문제에 관해서는 뉴스회의에서 이미 다 얘기했다니까요. 다들 조심스럽게 진행하자는 의견이었어요. 선배는 그렇게 사막을 헤매고 있죠, 안젤라한테서는 아직 전화 한 통 없다구요. 솔직히 우린 걱정이에요. 안젤라가 출근을 해야죠. 그래서 내가 선배한테 하고 싶은 말은 지금 당장 회사로 돌아와 도대체 무슨 문젠지 함께 의논해 보자는 거예요."

나는 새까만 후배 놈한테 이런 엿 같은 대접을 받고 있는 것에 울화통이 터져 미치고 환장할 지경이었지만, 그의 말에서 더 큰 어떤 압박감이 밀려오는 것을 느꼈다. 정말 안젤라가 어떻게 된 거 아냐?

"안젤라한테서 하루 종일 아무 연락 없었어?"

"네. 혹시 아파트에 있을까 해서 기자를 보내봤는데 아무 대답도 없더래요. 도대체 어디 있는지 모르겠어요."

"전에도 그런 적이 있었나?"

"몇 차례 아주 늦은 시각에 전화해서 몸이 아프다고 한 적은 있었대요. 숙취나 뭐 그런 거였겠죠. 하지만 적어도 연락은 했어요. 그런데 오늘은 아예 꿩 궈먹은 소식이에요."

"잘 들어. 만약 그녀 소식이 들어오면 즉시 나한테 알려줘. 알겠지?"

"알았어요, 잭."

"좋아, 프렌도. 돌아가면 얘기해 줄게."

"계속 연락할 거죠?"

프렌더게스트는 화해의 표시로 그렇게 물었다.

"어려울 거야. 다시 보게 되면 보자고."

휴대전화를 닫은 나는 근무 도중 사라진 안젤라에 대해 생각하기 시작했다. 이 모든 것들이 서로 이어져 있을까? 내 신용 카드들, 안젤라의 실종. 연결된 점이 보이지 않으니 모두가 하나처럼 보였다.

나는 45달러짜리 방을 둘러보았다. 보조탁자 위에 놓인 작은 책자에는 이 호텔이 지은 지 75년도 더 되었으며 한때는 네바다 전체에서 가장 높은 건물이었다고 설명되어 있었다. 그 당시엔 구리 광산으로 일리 타운이 마냥 흥청거렸고 라스베이거스에 대해서는 아무도 들어보지 못했다. 까마득한 옛날 이야기였다.

나는 컴퓨터를 켜고 호텔의 무료 와이파이를 이용하여 내 이메일 계정으로 들어가려고 했다. 그러나 패스워드를 세 차례나 입력해도 받아들여지지 않더니 로그아웃이 되고 말았다. 하긴 내 신용 카드들과 휴대전화 서비스를 취소시킬 수 있는 놈이라면 패스워드 바꾸는 것쯤이야 일도 아니겠지.

"진짜 미치겠군!"

나는 버럭 소리를 질렀다.

바깥과의 접촉이 불가능하니 내부로 정신을 집중할 수밖에 없었다. 나는 랩탑의 파일을 열고 하드카피 노트를 꺼냈다. 그리곤 하루의 행동을 간략하게 기록하기 시작했다. 그 일을 끝내기까지는 족히 한 시간이나 걸렸고, 그것은 장장 30인치짜리 기사가 되었다. 그리고 아주 멋진 기사였다. 여러 해 만에 나온 나의 최고 걸작 같았다.

기사를 처음부터 끝까지 다시 읽은 뒤 약간의 교정을 가하고 나자 갑자기 배가 고파졌다. 주머니 사정을 다시 가늠하며 호텔방을 나섰다. 문은 저절로 잠길 것이라고 믿고 확인하지도 않았다. 게임 룸을 지나 슬롯머신 옆에 있는 바로 다가갔다. 맥주와 스테이크 샌드위치를 주문한 뒤 돈 삼키는 기계들이 한눈에 보이는 구석 테이블로 가서 앉았다.

주위를 돌아보니 그곳 분위기는 너절한 패배감으로 가득 찬 것처럼 보였다. 내일 아침까지는 열두 시간이나 더 기다려야 한다는 사실이 나를 압박했다. 그런데도 선택의 여지는 별로 없어 보였다. 나는 덫에 걸린 꼴이었고, 그런 상태로 아침까지 기다릴 수밖에 다른 묘책이 없었다.

주머니를 다시 점검해 보니 맥주를 하나 더 주문하고도 싸구려 슬롯머신을 할 동전 몇 개가 남는다는 것을 알았다.

로비 입구 근처로 가서 전자 포커 머신에 동전들을 밀어 넣기 시작했다. 첫 번째 세븐카드에서는 풀 하우스•를 잡기 직전에 잃었다. 그다음엔 플러시••와 스트레이트•••를 잡았다. 잠시 후 나는 세 번째 맥주를 주문해도 되겠다는 생각을 하고 있었다.

내 자리에서 두 칸 떨어진 기계에 다른 노름꾼 하나가 와서 앉았다. 나는 별로 신경 쓰지 않았는데, 사내는 돈은 잃더라도 대화를 나누면 마음이 편안한 모양이었다. 그는 쾌활한 목소리로 내게 물었다.

"여자 생각이 나서 왔어요?"

나는 사내를 돌아보았다. 구레나룻을 길게 기른 서른 살쯤 되어 보이는 녀석이었다. 금발 위에 회색 카우보이모자를 쓰고 손에 가죽장갑을 꼈다. 그리고 실내인데도 반사렌즈 선글라스를 끼고 있었다.

"뭐라고?"

"도시 외곽에 매춘굴이 두어 군데 있다고 하던데, 괜찮은 여자들이 어느 쪽에 있는지 몰라서요. 난 방금 솔트레이크에서 날아온 참이라."

"나도 잘 몰라, 젊은 친구."

나는 다시 기계로 시선을 돌리고 어느 카드를 버리고 잡을 것인지에 정신을 집중했다. 손에 든 카드는 하트 에이스와 스페이드 에이스, 그리고 스페이드 3, 4, 9였다. 카드를 그만 받을 것인가, 플러시를 노려볼 것인

• 같은 숫자 석 장과 다른 같은 숫자 두 장
•• 같은 무늬 다섯 장
••• 연속되는 숫자 다섯 장

가? 에이스 트리플이나 투 페어도 가능했다.

"손아귀에 든 새로군요."

구레나룻 사내의 목소리에 나는 돌아보았다. 사내는 성인의 조언에 복채는 필요 없다는 표정으로 고개를 끄덕여 보였다. 선글라스 반사렌즈에 내 기계의 스크린이 반사되었다. 지금 내게 필요한 것은 동전치기 포커에서 훈수를 해줄 사람뿐이었다. 나는 스페이드를 들고 하트 에이스를 버린 다음 버튼을 눌렀다. 기계가 작동하고 잭 스페이드가 올라오면서 플러시가 되었다. 7대 1의 배당률. 걸 돈이 동전밖에 없었다는 것이 한이었다.

현금인출 버튼을 누르자 좌르르 하고 14달러에 해당하는 동전들이 깡통 속으로 떨어지는 소리가 들렸다. 그것들을 플라스틱 컵에 담아 들고 일어선 나는 구레나룻 사내를 뒤로 하고 미련 없이 그 자리를 떠났다.

동전들을 창구로 가져가서 지폐로 바꾸었다. 동전 나부랭이로 도박할 기분이 싹 사라진 나는 딴 돈으로 맥주나 두어 병 더 사들고 방으로 돌아가기로 했다. 다음날 아침에 있을 면회도 준비해야 하고 써야 할 기사도 남아 있었다. 한 사내가 자신이 저지르지 않은 살인죄로 1년도 넘게 감옥에 갇혀 있는데, 나는 그와의 면담을 앞두고 있었다. 내일은 멋진 날이 될 것이다. 무고한 사람을 부당한 구속으로부터 해방시키는 일은 모든 언론인들이 꿈꾸는 멋진 출발이었다.

로비에서 엘리베이터를 기다리는 동안 나는 혹시 호텔 규정에 어긋나진 않을까 하여 맥주병을 아래로 감추고 있었다. 엘리베이터에 올라 버튼을 누른 뒤 모퉁이로 물러서자 문이 닫히기 시작했다. 그 순간 장갑 낀 손이 불쑥 들어오더니 적외선감지 방식의 문틀을 탁 치자 문이 다시 열렸다.

아까 그 구레나룻 사내가 들어왔다. 그는 버튼을 누르려고 손을 들었다가 내려놓으며 내게 소리쳤다.

"이야, 우린 같은 층에 투숙했군요."

"멋지군."

나도 맞장구를 쳐주었다.

사내는 반대쪽 모퉁이로 물러섰다. 또 뭐라고 지껄여댈 것이 빤하지만 피할 재간이 없었다. 그냥 기다릴 수밖에 없었고 그런 나를 사내는 실망시키지 않았다.

"이봐요, 저 밑에서는 내가 형씨 재수 없으라고 한 소린 아니었어요. 내 전처는 항상 내가 너무 말이 많다고 지랄했죠. 그래서 내 전처가 되었겠지만."

"신경 쓸 것 없네. 암튼 난 할 일이 좀 있어서."

"아하, 그러니까 형씨는 일하려고 여기 왔군요. 도대체 어떤 일이기에 이런 황폐한 곳까지 왕림하셨을까?"

또 시작이군, 하고 나는 생각했다. 엘리베이터가 하도 느릿느릿 움직여서 차라리 계단으로 걸어 올라가는 편이 더 빠를 것 같았다.

"내일 교도소에 볼일이 좀 있어서."

"아하, 거기 갇힌 친구의 변호사쯤 되시는 모양이군?"

"아니, 난 저널리스트라네."

"흠, 기자란 말씀이군, 그렇죠? 암튼 잘해보쇼. 적어도 당신은 거기 있는 다른 친구들과는 달리 집으로 돌아갈 테니까."

"그럼. 행운을 빌어주게."

엘리베이터가 4층에 이르자 나는 문 쪽으로 이동했다. 이제 더 얘기할 것 없으니 내 방으로 가겠다는 명백한 의사표시였다. 엘리베이터는 4층에 정지한 뒤에도 문이 열리기까지 지겹도록 시간을 끌었다.

"잘 자게."

나는 사내에게 그렇게 말한 뒤 서둘러 엘리베이터에서 내려 왼쪽으로 꺾었다. 내 방은 세 번째에 있었다.

"당신도요, 파트너."

구레나룻 사내가 등 뒤에서 소리쳤다.

나는 방 열쇠를 꺼내기 위해 들고 있던 맥주병을 다른 손으로 옮겼다. 방문 앞에 서서 주머니 속의 열쇠를 꺼내고 있을 때 구레나룻 사내가 복도를 따라 내 쪽으로 걸어왔다. 오른쪽을 돌아보니 방이 세 개 더 있고 복도 끝에 계단으로 내려가는 출입구가 보였다.

예감이 별로 좋지 않았다. 아무래도 이 사내가 오밤중에 내 방문을 두드리고 맥주를 마시러 나가자고 하거나 여자들을 사러 가자고 졸라댈 것만 같았다. 그렇다면 내가 당장 해야 할 일은 보따리를 싸고 프런트에 방을 바꿔달라고 전화하는 것이었다.

마침내 열쇠를 돌려서 문을 열었다. 그리고 구레나룻 사내를 돌아보며 마지막으로 고개를 한 번 끄덕여 주었다. 가까이 다가오는 그의 얼굴이 이상한 미소로 찌그러졌다.

"안녕, 잭."

내 방 안에서 여자 목소리가 들려왔다. 깜짝 놀라 돌아보니 창문 옆에 놓인 의자에서 한 여자가 일어났다. 레이철 월링임을 한눈에 알아볼 수 있었다. 그녀는 딱딱한 표정을 짓고 있었다. 나는 구레나룻 사내가 내 방 앞을 지나 자기 방으로 가는 것을 등 뒤로 느낄 수 있었다.

"레이철, 여기서 뭐하고 있는 거야?"

멋대가리 없는 내 물음에 그녀가 대꾸했다.

"어서 들어오고 그 문부터 좀 닫아."

나는 얼떨떨한 기분으로 그녀가 시키는 대로 했다. 내가 문을 닫자 복도 쪽에서 다른 문이 닫히는 소리가 요란하게 들려왔다. 구레나룻 사내가 자기 방으로 들어간 것이다.

나는 조심스럽게 방 안으로 들어갔다.

"여긴 어떻게 들어왔어?"

"우선 앉아. 다 얘기해 줄 테니."

어떤 사람은 그것을 부적절한 관계라고 말하겠지만 12년 전 나는 레이철 월링과 짧지만 아주 강렬한 열정에 사로잡혔던 적이 있었다. 레이철과 함께 청문회에 출석한 이후 10년 가까운 세월 동안 나는 그녀 앞에 얼씬도 하지 않다가, 두어 해 전 그녀의 도움으로 LA 경찰이 에코 파크에서 한 지명 수배자를 습격하여 사살했을 때 각 신문에 실린 그녀의 사진을 본 것이 전부였다. 그렇다고 해서 그 10여 년 동안 내가 그녀를 별로 생각하지도 않았다면 그건 거짓말이었다. 그녀는 내 인생의 정점이었던 그 시절이 있게 한 한 가지 이유, 아마도 가장 큰 이유라고 나는 항상 생각해 왔으니까.

지난 세월이 몹시 힘들었을 것임에도 불구하고 레이철의 모습에서 그런 흔적을 찾아보긴 쉽지 않았다. 나와 관계를 맺은 대가로 그녀는 사우스다코타에 있는 정원 한 명인 지국에서 혼자 5년 동안이나 근무해야만 했다. 연쇄살인범의 추적과 프로파일링은 물론이고 인디언 보호구역의 술집에서 벌어진 칼부림 사건까지 수사해야 하는 자리였다.

그러나 레이철은 그 구덩이에서 빠져나왔다. 그리고 LA 지국으로 전출되어 최근 5년간 비밀정보팀에서 근무했다. 나는 그 소식을 들었을 때 그녀에게 전화를 걸어 대화를 시도했지만 퇴짜를 맞았다. 그 후로도 그녀 쪽으로 계속 안테나를 세우고는 있었지만, 느닷없이 지금 객지의 한 호텔 방에서 마주 서게 된 것이다. 우리 인생이란 것이 가끔 이렇게 엉뚱하기도 한 모양이다.

그 돌연한 출현에 내심 놀랐음에도 불구하고, 나는 그녀를 빤히 바라보며 미소 짓지 않을 수 없었다. 비록 사무적인 표정을 얼굴 가득히 짓고 있었지만 그녀의 눈은 줄곧 내 눈빛을 더듬고 있었다. 그토록 오래전의 연인에게 갑자기 이만큼 가까이 다가가기도 쉬운 일은 아닐 것이었다.

"문 앞까지 같이 온 사람이 누구지?"

그녀가 물었다.

"이 기사를 취재하기 위해 사진사도 동행했어?"

나는 현관 쪽을 흘끗 돌아본 뒤 대답했다.

"아니, 혼자야. 저 친군 누군지도 몰라. 아래층 게임 룸에서 말을 걸어왔는데, 옆방에 투숙한 모양이야."

레이철은 갑자기 내 앞을 지나 방문을 열더니 복도 양쪽을 살펴보았다. 그리곤 문을 닫고 방 안으로 들어오며 내게 다시 물었다.

"이름이 뭐래?"

"모르지. 별로 상대해 주지도 않았는데, 뭘."

"어느 방에 묵는데?"

"그것도 몰라. 왜 그래? 내 방엔 어떻게 들어온 거야?"

내 침대 위에는 랩탑 컴퓨터가 열려 있었고, 내 복사물과 윌리엄 시피노와 제이콥 마이어에게 받은 사건 파일 복사본, 안젤라 쿡이 온라인에서 찾아낸 자료들이 마구 펼쳐져 있었다. 거기에 없는 것은 너무 두껍고 무거워서 내가 가져오지 않았던 알론조 윈슬로의 자백서뿐이었다.

그런데 난 저것들을 침대 위에 저렇게 펼쳐둔 적이 없는데.

"내 서류들을 뒤지고 있었어, 레이철? 난 당신한테 도움을 요청했지, 내 방에 무단 침입하고 내 서류들을⋯."

"앉아, 잭."

방에는 레이철이 앉아 있던 의자 하나밖에 없었다. 나는 침대에 걸터앉아 부루퉁한 표정으로 랩탑을 닫고 서류들을 그러모았다. 그녀는 선 채로 말했다.

"호텔 지배인에게 신분증을 제시하고 방문을 열어달라고 했어. 당신의 생명이 위험에 처해 있다고 말했지."

나는 어처구니없다는 표정으로 고개를 저었다.

"그게 무슨 소리야? 내가 여기 있는 줄은 아무도 몰라."

"그렇게 맹신할 일은 아니지. 당신이 나한테 이곳 교도소로 간다고 말했잖아. 다른 누구한테 그 말을 했어? 누가 또 알지?"

"몰라. 내 편집자와 라스베이거스에 있는 변호사 정도겠지."

레이철은 고개를 끄덕였다.

"윌리엄 시피노 말이야? 그와는 통화했어."

"그와 통화했다고? 왜? 무슨 일이 있는 거야, 레이철?"

그녀는 다시 고개를 끄덕였지만 이번엔 동의의 뜻이 아니었다. FBI 규정을 어기는 한이 있더라도 나한테 사실대로 얘기할 수밖에 없다는 걸 깨달았기 때문이었다. 그녀는 의자를 끌어당겨 놓고 내 앞에 앉았다.

"오늘 나한테 전화했을 때 당신 자신은 잘 모르고 있었어. 잭 매커보이는 유능한 기자일 뿐 이야기꾼은 아닌 것 같아. 암튼 당신이 얘기한 것들 중 내 신경에 거슬리는 부분은 신용 카드와 은행계좌, 휴대전화, 이메일 등이었지. 그래서 도와줄 수 없다고 딱 자르긴 했지만, 전화를 끊고 생각하니 슬슬 걱정이 되는 거야."

"왜?"

"당신은 그 모든 것을 그저 약간의 불편쯤으로만 여기는 것 같았거든. 살인자로 추정한 자를 추적하는 과정에서 발생한 우연의 연속으로 치부하는 것 같더란 말이지."

"그자에 대해서는 추정한 것이 없어. 하지만 관련이 있을 수도 있다는 거야? 그 점에 대해 나도 생각해 봤지만 가능성이 없었어. 내가 추적하려는 자는 내가 여기까지 와서 자기를 찾고 있는 줄도 모르고 있다고."

"너무 단정하지 마, 잭. 이건 고전적인 사냥술이야. 사냥감을 분리한 후 고립시킨 다음 죽이러 가는 것 말야. 요즘 사회에서 누군가를 분리하고 고립시키는 일은 그가 잘 아는 안락한 환경에서 몰아낸 다음 접촉 능력을 차단하는 거야. 휴대전화, 인터넷, 신용 카드, 돈 등을 말이지."

그녀는 손가락으로 하나하나 꼽아 보였다.

"그렇지만 그자가 어떻게 나를 알 수 있겠어? 나도 어젯밤까지는 그자에 대해 전혀 몰랐는데. 암튼 레이철, 다시 만나 반가워. 오늘 밤 여기 같이 있어주면 좋겠는데, 이런 식으론 말고. 내 말은… 오해하지 말란 뜻이야. 걱정해주는 건 고맙지만. 그런데 어떻게 이렇게 빨리 올 수 있었지?"

"FBI 제트기로 넬리스 공군기지로 날아간 뒤 헬리콥터로 여기 떨어뜨려 달라고 했어."

"세상에! 왜 나한테 전화 안 했어?"

"할 수가 없었어. 당신이 전화했을 때 나는 외부에서 받았거든. 거기 전화기는 발신자 확인 기능이 없어 당신 전화번호를 알 수 없었고, 또 당신이 일회용 휴대전화를 사용할 거라는 생각이 들었지."

"당신이 만사를 팽개치고 날 구하기 위해 비행기에 뛰어오른 걸 연방수사국 어르신들이 알면 뭐라고 하겠어? 사우스다코타에서 그만큼 당하고도 아직 정신 못 차렸어?"

레이철은 걱정도 팔자라는 듯 손을 내저었다. 그 몸짓에서 나는 그녀와 처음 만났던 때의 일을 떠올렸다. 그때도 우연히 호텔방 안이었다. 그녀는 내 얼굴을 침대 위에 힘껏 처박은 뒤 두 손을 등 뒤로 비틀어 재빨리 수갑을 채웠다. 누가 봐도 그건 사랑이 아니었다.

"일리 교도소에는 지난 넉 달 동안 내 인터뷰 명단에 올라 있는 재소자가 하나 있어. 난 공식적으로 그를 만나러 온 거야."

그녀는 용의주도한 척했다.

"말하자면 테러분자 같은 부류? 당신 팀이 하는 일이 그런 거야?"

"잭, 우리 팀이 하는 일에 대해선 얘기할 수 없지만 당신을 찾아내는 일이 얼마나 쉬운지는 설명할 수 있어. 당신을 추적한 사람이 나 혼자만은 아니었다는 사실도."

추적이라는 말에 나는 얼어붙었다. 아주 고약한 상상을 하게 만드는 말이었다.

"좋아, 설명해봐."

"당신이 일리 교도소로 가고 있다고 말했을 때 나는 재소자를 면회하러 간다는 걸 알았어. 아무래도 걱정이 되어 무슨 조처를 취해야겠다고 생각하고 일리로 전화를 했지. 헨리 간수장에게 당신이 거기 있느냐고 물었더니 방금 다녀갔다고 하더군. 당신 면회가 내일 아침으로 미뤄졌기 때문에 시내에 있는 호텔 네바다에서 하룻밤 묵도록 추천했다는 말도 했고."

"맞아, 헨리 간수장. 그 친구를 만났어."

"그에게 왜 면회가 미뤄졌느냐고 물었지. 그랬더니 브라이언 오글비에 대한 협박 때문에 그를 보호동에 감금했다고 하더라고."

"무슨 협박?"

"다그치지 마. 지금 얘기하는 중이니까. 교도소장이 오늘 AB(아리안 형제회)•가 오글비를 습격할 계획을 세우고 있다는 내용의 메시지를 받았대. 그래서 조심하기 위해 그를 보호동에 감금했다는 거지."

"저런, 머저리들. 그 말을 곧이들었대? AB가 한 말을? 그들은 비회원 모두에게 협박을 일삼는 놈들이잖아. 게다가 오글비는 유대인 이름까지 가졌고."

"그렇지만 곧이들을 수밖에 없었대. 이메일이 교도소장 개인 비서한테

• AB: 스킨헤드에서 파생된 인종차별주의 집단

서 날아왔거든. 그 여자가 쓰지만 않았을 뿐이지. 그건 그녀의 주립 교도소 시스템 계정에 접속한 누군가가 익명으로 보낸 거였어. 해커였지. 내부자 소행일 수도 있고 외부자일 수도 있어. 그건 중요하지 않아. 메시지의 전달 방법 때문에 그들은 그것을 합법적 경고로 받아들였고, 그래서 오글비를 보호동에 감금했던 거야. 덕분에 당신은 그를 면회하지 못하고 이곳에서 밤을 보내게 된 거고. 낯선 환경에서 혼자 몸으로 말이야."

"좋아, 그래서? 아직 본론은 멀었나?"

레이철은 나를 설득하려고 했지만 나는 더 많은 얘길 끌어내기 위해 여전히 미심쩍다는 태도를 취했다.

"헨리 간수장에게 다른 사람한테서 온 전화는 없었는지, 그리고 당신에 대해서도 이것저것 물었지. 그는 당신을 고용한 윌리엄 시피노라는 변호사가 전화해서 당신에 대해 물었고, 면회가 내일로 미뤄져서 당신이 호텔 네바다에서 밤을 보내고 있을 거라는 같은 내용의 대답을 들려주었다고 하더군."

"계속해."

"그래서 윌리엄 시피노에게 전화를 걸었지. 그는 그런 전화를 건 적이 없다고 했어."

나는 차가운 손가락이 내 등뼈를 훑고 내려가는 것 같은 느낌에 사로잡혀 레이철을 한동안 응시하고만 있었다. 그녀가 계속 말했다.

"시피노에게 혹시 나를 제외한 다른 사람이 전화해서 당신에 관해 물어본 적은 없었느냐고 했더니 그런 일이 한 번 있었다는 거야. 편집자라는 프렌더게스트라는 이름의 남자가 전화해서 당신에 대해 걱정하며 혹시 찾아온 적이 없느냐고 묻더래. 시피노는 당신이 찾아왔지만 곧장 일리 교도소로 떠났다고 대답했대."

나는 프렌더게스트가 그런 전화를 했을 리 없다고 생각했다. 왜냐하면 내가 전화했을 때 그는 내 이메일을 받지 못했고 내가 라스베이거스로 간 것도 모르고 있었기 때문이다. 레이철의 말이 옳았다. 누군가가 내 뒤를 추적하고 있었고 그것도 아주 멋지게 해냈다.

게임 룸에서 만났던 구레나룻 사내가 갑자기 떠올랐다. 나와 함께 엘리베이터를 타고, 복도를 따라 내 방문 앞까지 걸어왔던 그 사내. 그때 만약 방 안에서 레이철의 목소리가 들려오지 않았다면 그자는 어떻게 나왔을까? 그냥 지나갔을까, 아니면 나를 밀고 방 안으로 들어왔을까?

레이철이 의자에서 일어나더니 전화기가 있는 쪽으로 걸어갔다. 다이얼을 눌러 교환수가 나오자 지배인을 바꿔달라고 요구했다. 조금 기다리자 지배인이 받았다.

"네, 월링 요원입니다. 아직 4층 10호실에 있는데 매커보이 씨는 안전합니다. 그런데 복도 아래쪽으로 있는 세 개의 방에 어떤 고객들이 있는지 궁금하군요. 제 생각엔 11호, 12호, 13호실 같습니다만."

레이철은 지배인의 설명을 들은 뒤 감사하다고 말했다.

"한 가지만 더요. 복도 끝에 계단으로 내려가는 '출입구'라고 적힌 문이 있던데, 어디로 통하는 계단이죠?"

그녀는 다 듣고 나서 다시 감사하다고 말한 다음 천천히 전화기를 내려놓았다.

"옆방에는 아무도 투숙하지 않았대. 계단은 주차장으로 통해 있고."

"구레나룻 사내가 그자라고 생각하는 거야?"

레이철은 의자에 등을 기대었다.

"그럴 수도 있지."

나는 얼굴 절반을 가리고 있던 그의 선글라스와 운전용 장갑, 카우보이 모자를 떠올렸다. 무성한 구레나룻은 나머지 얼굴 대부분을 가렸고 다른 특징들을 눈에 띄지 않게 했다. 지금 나에게 그 미행자의 용모를 설명하라고 하면 언제든지 벗어던지거나 바꿔치울 수 있는 그의 모자와 장갑, 선글라스, 구레나룻 따위밖에 없다는 걸 알았다.

"젠장, 이런 멍청이를 봤나! 어떻게? 그자가 어떻게 나를 알고 여기까지 찾아왔을까? 우리가 이 이야기를 시작한 지 24시간도 안 됐는데 그자는 내 옆의 슬롯머신에 앉아 있었단 말이야."

"내려가서 그자가 앉았던 슬롯머신을 보여줘. 지문을 발견할 수 있을지도 모르니까."

나는 머리를 흔들었다.

"잊어버려. 운전용 장갑을 끼고 있었어. 거기 설치되어 있는 감시카메라도 별 도움이 안 될 거야. 놈은 카우보이모자와 선글라스를 쓰고 온통 변장을 하고 있었어."

"그래도 비디오를 회수할 거야. 도움될 만한 것이 담겨 있을지 모르니까."

"글쎄."

나는 레이철이 아니라 나 자신에게 다시 고개를 저었다.

"놈은 내 바로 옆에 앉아 있었어."

"교도소 비서의 이메일까지 해킹해서 당신을 속인 걸 보면 그자의 실력이 상당한 수준인 것 같아. 내 생각엔 당신 이메일 계정도 이미 해킹 당했다고 봐야 할 것 같네."

"그건 나에 대한 정보를 먼저 알아야 가능하잖아. 나를 모르면 이메일을 해킹할 수 없었을 테니까."

나는 침대를 손바닥으로 찰싹 치곤 고개를 끄덕였다.

"맞아, 그자가 나에 대해 어떻게 알았는지는 모르지만, 어젯밤에 난 편집자와 내 파트너에게 분명 이메일을 보냈거든. 사건 내막이 달라져서 단서를 찾아 라스베이거스로 간다는 내용이었는데, 오늘 편집자한테 전화했더니 그런 이메일을 못 받았다는 거야."

레이철은 그럴 줄 알았다는 듯이 머리를 끄덕였다.

"외부로 향한 통신로를 차단한 거야. 목표물을 고립시키기 위해서. 당신 파트너는 그 이메일 받았대?"

"모르겠어. 그녀는 내 이메일에 답장도 안 했고 전화를 걸어도 안 받아. 게다가…."

나는 하던 말을 멈추고 레이철을 빤히 처다보았다.

"왜 그래?"

"오늘 아침 출근도 안 했대. 회사로 전화하지도 않았고 아무 전화도 안 받았대. 회사에서 그녀 아파트로 사람을 보냈는데, 안에서 아무 응답도 없었고."

레이철이 벌떡 일어서며 소리쳤다.

"LA로 돌아가야겠어, 잭. 헬기가 기다려."

"내일 면회는 어쩌고. 아래층 비디오도 회수한다고 했잖아."

"당신 파트너는 어떡해? 면회와 비디오는 나중에 해도 돼."

나는 무안해서 고개를 끄덕이며 침대에서 일어났다. 이럴 때는 따라가는 것이 옳다.

나는 안젤라 쿡이 사는 곳이 어딘지 알지 못했다. 그녀가 묘하게 시인 사건에 집착하고 있었다는 것, 그리고 블로그를 가지고 있다는 말은 들었지만 읽어본 적은 없다는 따위의 얘기를 레이철에게 들려줬을 뿐이었다. 레이철은 그런 정보들을 LA 지국에 있는 요원에게 모두 송신한 뒤에야 나와 함께 군용 헬기에 올랐다. 우리를 태운 헬기는 넬리스 공군기지를 향해 남쪽으로 날았다.

헬기 안에서는 엔진 소음을 차단하기 위해 헤드세트를 착용했다. 그렇지만 몸짓언어를 주고받을 수 있을 뿐 대화는 불가능했다. 레이철은 내 파일들을 들여다보고 있었다.

나는 그녀가 데니스 배빗과 샤론 오글비의 검시보고서와 범죄현장 보고서를 비교하는 것을 지켜보았다. 자신의 핸드백에서 꺼낸 법률용지에 메모를 해가며 일에 완전히 몰두한 표정이었다. 죽은 두 여자의 사진들을 살펴보는 데도 오랜 시간을 소비했다. 범죄현장에서 찍은 사진들과 검시대에서 찍은 것들이었다.

나는 좌석 등받이에 머리를 기대고 이런 모든 일들이 어떻게 이처럼 빠른 시간 안에 일어났는지 이해하려고 끙끙거렸다. 무엇보다 궁금한 점은 내가 이 살인자를 추적하자마자 어떻게 그자가 나를 사냥하러 나섰을까 하는 점이었다. 헬리콥터가 넬리스 공군 기지에 착륙했을 때, 나는 나름대로 결론을 내리고 레이철에게 얘기해줄 기회를 기다리고 있었다.

넬리스에서 우린 즉시 제트기로 갈아탔다. 탑승객은 우리 둘뿐이었다. 서로 마주 보고 앉자 비행사가 레이철에게 전화가 와 있다고 전했다. 안전벨트를 매고 그녀가 전화기를 집어 들자 제트기는 활주로를 달리기 시작했다.

파일럿이 머리 위 스피커를 통해 한 시간 후면 LA에 도착할 거라고 우리한테 말했다. 연방수사국의 파워와 능력을 감히 누가 당할까, 하고 나는 생각했다. 여행을 하려면 이런 식으로 해야 하는데 말이야. 딱 한 가지 문제를 꼽으라면 비행기가 너무 작다는 거지. 난 작은 비행기는 타본 적이 없어.

레이철은 상대방 말을 끝까지 듣고 있다가 몇 가지 질문을 던진 뒤 전화를 끊었다.

"안젤라 쿡은 자기 아파트에 없대. 아직도 못 찾고 있어."

그녀의 말에 나는 아무 반응도 보일 수 없었다. 안젤라에 대한 걱정과 두

려움이 내 폐부를 깊숙이 찌르고 지나가는 것 같았다. 그런 느낌은 제트기가 이륙한 뒤 내가 길들여져 있는 민항기들보다 훨씬 더 가파른 각도로 상승할 때까지 전혀 완화되지 않았다. 나는 팔걸이를 손톱으로 쥐어뜯듯이 꽉 잡았다. 기체가 안전하게 궤도를 잡자 그제야 간신히 입이 떨어졌다.

"레이철, 그자가 어떻게 우리를 찾아냈는지 알 것 같아. 적어도 안젤라를 찾아낸 방법만큼은 말이야."

"말해."

"아니지, 당신이 먼저야. 내 파일에서 발견한 게 뭔지 말해봐."

"잭, 자질구레하게 굴지 마. 이건 신문 기사보다는 약간 큰 일이 되어버렸다고."

"그게 당신이 먼저 말해선 안 될 이유가 되진 않지. 거기다 정보를 받을 줄만 알고 제공할 줄은 모르는 FBI에게 그냥 넘겨주기엔 너무 큰 사건이기도 하고."

레이철은 까칠한 태도를 포기했다.

"좋아. 먼저 시작할게. 우선 이렇게 말하고 싶어. 이 사건 파일들을 보니 두 여자는 한 명에게 살해당한 것이 확실해. 동일범의 소행이란 뜻이지. 그런데도 눈에 띄지 않았던 이유는 살인범을 대신할 피의자가 즉시 나타났고, 경찰당국이 맹목적으로 수사를 진행했기 때문이야. 경찰은 사건 초부터 피의자를 확보했기 때문에 다른 가능성에 대해서는 신경을 쓰지도 않았던 거지. 특히 배빗 사건의 경우는 피의자가 소년이었는데도 말이야."

나는 그녀의 칭찬에 자신감이 생겨 상체를 앞으로 숙이며 말했다.

"게다가 그 소년은 경찰이 언론에 발표한 것처럼 살인을 자백하지도 않았어. 그 복사본이 내 사무실에 있거든. 아홉 시간 심문하는 동안 소년은 그 여자의 자동차와 돈만 훔쳤고 시체는 이미 트렁크 안에 있었다고 주장했어. 자기가 여자를 죽였다는 말은 한 마디도 안 했다고."

레이철은 고개를 끄덕였다.

"짐작은 했어. 그래서 당신이 준 이 자료로 두 살인사건에 대한 프로파일링을 하고 있었지. 살인범의 서명을 찾는 일 말이야."

"서명은 분명해. 놈은 여자들을 비닐봉투로 교살하길 좋아해."

"정확히 말하면 교살은 아니야. 질식사지. 숨이 막혀 죽었어. 두 가지는 달라."

"알았어."

"비닐봉투를 사용하고 끈으로 목을 조인 것은 상당히 유사해. 하지만 난 피상적인 서명보다 약간 덜 분명한 것을 찾고 있었어. 두 여자 사이의 유사점이나 연결점 같은 것 말이야. 그 연결점을 찾을 수만 있다면 살인자를 발견하게 되겠지."

"두 여자 모두 스트리퍼야."

"부분적으론 맞지만 약간 틀려. 정확히 말해 한 여잔 스트리퍼지만 다른 여잔 벨리 댄서야. 약간 차이가 있어."

"그게 당신이 찾아낸 유일한 연결점인가?"

"당신도 눈치챘겠지만 그들은 신체 조건이 아주 비슷해. 실제로 몸무게는 1킬로그램 정도, 키는 1센티 정도밖에 차이가 안 나. 얼굴 모습이나 머리카락까지 닮았고. 피살자의 육체적 타입이 그들을 선택한 주요인이야. 기회주의적 살인자는 걸려드는 사냥감만 잡지. 그렇지만 이처럼 똑같은 육체적 타입을 지닌 사냥감을 노렸다면, 이자는 사냥감을 끈기 있게 골라서 잡아먹는 포식자란 얘기야."

레이철은 얘기할 것이 남았는데도 중단한 것 같았다. 나는 기다렸지만 그녀는 계속하지 않았다.

"뭐야? 아는 걸 다 털어놓지 않은 것 같은데."

그러자 그녀는 말을 이었다.

"내가 행동과학실로 가서 얼마 되지 않았을 때였어. 프로파일러들이 가끔 둘러앉아 우리가 사냥한 포식자와 바깥에 돌아다니는 포식자들과의 차이점에 대해 얘기하곤 했지. 연쇄살인범이 표범이나 자칼과 얼마나 비슷한지 알면 당신도 아마 놀랄 거야. 그런데 희생자들도 마찬가지야. 실제로 피살자의 육체적 타입을 지칭할 때 우린 동물 이름을 이용해. 이 두 여자는 기린으로 불러야겠군. 키가 크고 다리가 기니까."

나는 나중에 써먹기 위해 레이철이 하는 말을 기록해두고 싶었지만, 그랬다간 그녀가 당장 입을 다물 것만 같아 꾹 참고 듣기만 했다. 혹시나 싶어서 아예 움직이지도 않으려고 애썼다. 역시 효과가 있었던지 그녀가 말을 이었다.

"또 있어. 이 시점에선 순전히 내 추측에 불과하지만, 피살자들의 다리에 남은 자국이 밧줄로 묶어서 생긴 거라는 검시보고서의 기록은 오류일 거라는 생각이 들어."

"어째서?"

"이걸 좀 봐."

우리는 서로 마주 보며 앉아 있었다. 그래서 내가 좌석 벨트를 풀고 레이철의 옆자리로 옮겨 앉았다. 그녀가 파일을 열고 사건현장과 검시대에서 찍은 사진들을 여러 장 뽑아들었다.

"자, 양쪽 무릎 아래위에 남은 이 자국들 보여? 여기, 여기, 그리고 이쪽도."

"아, 무엇에 묶였던 자국 같군."

"꼭 그렇진 않아."

레이철은 말간 매니큐어를 칠한 손톱 끝으로 피살자들의 다리에 난 자국들을 가리키며 설명했다.

"자국들이 통상적인 것보다 너무 대칭을 이루고 있어. 이게 만약 끈으로 묶어 생긴 자국이라면 발목 주위에 있어야지. 상대방을 제압하거나 도 망치지 못하게 하려면 발목을 묶어야 하잖아. 그런데 발목엔 그런 자국이 없어. 손목엔 있는데 말이야."

레이철의 말이 옳았다. 그녀가 설명하기 전까지는 깨닫지 못했던 사실 이었다.

"그러면 무릎 아래위로 생긴 저 자국들은 뭐지?"

"단언할 순 없어. 하지만 행동과학실에서 근무할 때 우린 대부분의 사 건에서 새로운 성도착 증세들을 발견하곤 했어. 그래서 분류하기 시작 했지."

"성적 타락을 말하는 거야?"

"글쎄, 우린 그렇게 부르진 않았는데."

"나 원, 연쇄살인범들한테까지 정치적 공정성을 따져야 해?"

"뉘앙스는 흡사하지만 타락과 비정상 간에는 차이가 있어. 우린 그 행 위를 성도착이라 불렀어."

"좋아. 그러니까 이 자국들은 성도착의 한 부분이다?"

"그럴 수 있어. 이 자국들은 가죽 끈에서 생긴 것 같은데."

"무슨 가죽 끈?"

"다리보조기에 달린 거겠지."

나는 웃음을 터뜨릴 뻔했다.

"농담이시겠지. 다리보조기를 차고 그걸 한단 말이야?"

레이철은 머리를 끄덕였다.

"명칭까지 있어. 어베이셔필리아*라고 부르지. 그들을 위한 웹사이트와 채팅룸도 있는걸. 그들은 다리보조기를 철과 집게라고 부르더군. 그걸 다

* abasiophilia : 보행장애인성애자

리에 찬 여자들을 아이언 메이든*이라 부르기도 하지."

나는 레이철과 함께 시인을 추적하던 때의 일을 떠올렸다. 프로파일러로서의 그녀의 기술이 얼마나 숨 막히게 황홀했던가? 그 사건에 대해 여러 모로 정통했고 선견지명이 있는 것 같았다. 나는 아주 작은 정보의 조각이나 모호한 사실 속에서도 놀라운 결론을 이끌어내는 그녀의 능력에 매료되고 말았다. 그녀가 다시 실력을 발휘하자 나는 그저 묻어가는 기분이었다.

"실제로 그런 사건이 있었나?"

"그럼. 루이지애나에서 있었어. 한 사내가 버스정류장에서 한 여자를 납치해서 작은 만에 있는 어선에 일주일이나 감금했어. 그런데 여자가 용케도 늪을 가로질러 탈출했지. 그 여잔 운이 좋았어. 그 이전에 납치되었던 네 명의 여자들은 도망치지 못했으니까. 우린 그 여자들의 유골만 늪에서 발견했고."

"그게 베이소필리아 사건이었어?"

"베이소필리아가 아니라 어베이셔필리아야."

레이철이 수정해 주었다.

"어선에서 도망쳐 나온 여자가 말해줘서 알게 된 거야. 범인은 그녀에게 다리를 휘감는 보조기를 차게 했는데, 옆에는 강철을 대고 골반에서 발목까지 여러 가닥의 가죽 끈으로 묶게 되어 있었대."

"소름끼치네. 다리보조기만 제외하면 여느 연쇄살인범과 다를 게 없잖아? 그런 집착은 어디서 오는 거지?"

"알려지지 않았어. 대부분의 성적 도착은 어린 시절에 심어진다고 해. 다리보조기는 개인의 성적 충족감을 위한 양념 같은 거지. 흥분하기 위해

• 철의 여인

선 그게 필요하단 뜻이야. 그들이 왜 그걸 차야 하는지 혹은 자기 짝에게 왜 그걸 채워야 하는지에 대해선 의견이 분분해. 한 가지 분명한 점은 그런 성향이 어릴 때부터 비롯되고 후천성이란 얘기야."

"그렇다면 루이지애나에서 연쇄살인을 저질렀던 그 사내가 혹시…."

"아니야. 그는 죽었어. 내가 목격자고. 그리고 최후의 순간까지 그것에 대해서는 한마디도 자백하지 않았어."

"그렇다면 이 사건에 대한 알리바이는 확실하군."

그냥 웃자고 한 말이었지만 레이철은 따라 웃지 않았다. 나는 다시 물었다.

"다리보조기 말이야. 발견하기 어려워?"

"인터넷을 통해 날마다 거래되고 있어. 온갖 도구들과 가죽 끈이 부착된 것들은 엄청 비싸기도 해. 다음에 구글에 들어가면 어베이셔필리아를 검색해봐. 우린 지금 인터넷의 암흑세계에 대해 얘기하고 있어, 잭. 같은 취향을 가진 사람들이 모이는 거대한 집회소 말야. 누구든 자신의 은밀한 욕망 때문에 성도착자가 되었다는 생각이 들면 인터넷에 들어가 커뮤니티에 가입할 수도 있어."

그런 얘기를 듣자 나는 그것도 소설의 소재가 되겠다는 생각이 들었다. 트렁크 살인사건과는 전혀 다른 이야기였다. 그 문제는 나중에 다시 생각해 보기로 하고 나는 눈앞의 사건으로 돌아왔다.

"그래서 그 살인자가 어떻게 한다는 거지? 질식사는 어떤 의미가 있지?"

"아무리 사소한 거라도 다 의미가 있어, 잭. 단지 그것을 읽을 줄 알아야만 해. 성도착자가 만든 사건현장에는 그의 흔적이 남아 있어. 여자들을 죽이는 것만으론 만족하지 않는다는 거야. 자기 환상을 충족시킬 심리적 장면을 창조해야 하니까. 그런 다음에는 여자들을 모두 죽여. 왜냐하면 그 여자들과는 볼일이 끝났고, 그대로 살려두면 자신에 대해 발설할 위험이 있기 때문이지. 어쩌면 범인은 여자들 머리에 비닐봉투를 씌우면서 미안하다고 사과까지 했을지 몰라."

"두 여자 다 댄서였어. 그자가 여자들에게 춤을 추게 했을까?"

"지금으로서는 추측할 수밖에 없다고 했잖아. 물론 춤 때문일 수도 있지만 내 생각엔 여자들의 체형 때문인 것 같아. 직업 댄서들은 기다란 근육질 다리를 가졌어. 범인이 원하는 게 그거라면 댄서들을 노렸겠지."

나는 두 여자가 살인자와 함께 보냈을 시간들을 생각했다. 납치당해서 죽을 때까지의 긴장된 시간들. 그동안에 과연 어떤 일들이 벌어졌을까? 그 대답이 어떤 것이든 결말은 무섭고 끔찍한 것이었다.

"지난번에 비닐봉투에 대한 유사점 얘기했던 거, 이제 기억나?"

"아니. 하지만 뭔가 있어. 비슷한 어떤 거. 다른 사건에서 본 것 같은데 아직 기억나질 않아."

"이걸 전부 바이캡(VICAP)에 조회할 거지?"

"가급적 빨리 그래야지."

FBI의 강력범 체포 프로그램 바이캡은 수천 건의 범죄 자료가 저장되어 있는 컴퓨터 데이터 뱅크였다. 새로운 범죄에 대한 세부 자료들을 입력하여 유사한 특성을 지닌 범죄들을 밝혀내는 데 이용되고 있었다.

"이 살인자의 프로그램에서는 특히 유의해야 할 점이 있어."

레이철이 내게 강조했다.

"두 사건에서 범인은 비닐봉투와 목을 묶은 끈은 그대로 두고 팔다리를 묶었던 다리보조기나 가죽끈 같은 것들은 모두 제거했다는 점이야."

"맞았어. 그건 무슨 의미지?"

"나도 모르지만 많은 의미를 지닐 수 있지. 두 여자는 잡혀 있는 동안 분명히 묶여 있었어. 다리보조기인지 뭔지는 모르지만 그것들은 제거하고 비닐봉투와 끈만 남겼어. 이것이 범인의 서명이나 어떤 선언일 수도 있다는 거지. 우리가 아직 모르는 어떤 중요한 의미를 지니고 있을지도 몰라."

나는 고개를 끄덕였다. 그녀의 해석에 감동하고 말았다.

"행동과학실엔 얼마나 근무했어?"

레이철은 미소를 지었지만, 나는 칭찬으로 했던 그 말이 그녀로 하여금 그 시절을 그리워하게 만들었다는 것을 알았다.

"꽤 오래 있었지."

"연방수사국의 전형적인 정책과 개똥같은 인간들이 한 분야의 최고 전문가를 엉뚱한 곳에 처박아버리곤 하지."

위로랍시고 내가 한 말이었다. 나와의 관계 때문에 자기 적성에 가장 잘 맞는 자리를 잃어버렸던 아픈 기억으로부터 그녀의 주의를 돌려놓을 필요가 있었다.

"레이철, 이 친구를 체포하면 그를 이해할 수 있을까?"

"절대 이해할 수 없어, 잭. 힌트나 얻으면 다행이지. 루이지애나의 그 남자는 고아원에서만 50년 동안 살았어. 거긴 소아마비에 걸린 애들이 수두룩했고 다리보조기를 찬 아이들도 많았어. 그것이 왜 그를 성적으로 흥분시키고 연쇄살인범으로 만들어 거리로 내몰았는지는 아무도 알 수 없어. 순전히 추측만 할 뿐이지."

나는 창밖을 돌아보았다. 우리는 LA와 라스베이거스 사이의 사막 위를 날고 있었다. 거긴 어둠뿐이었다.

"저 아래 세상은 역겨울 것 같군."

내 말에 레이철이 맞장구를 쳤다.

"그럴 수도 있지."

우리는 침묵 속에 몇 분쯤 더 날아갔다.

"그들 사이에 또 다른 연결이 있을까?"

내가 레이철에게 다시 물었다.

"사건들의 유사성과 차이에 대해 목록을 작성하고 있어. 모든 것을 더 깊이 연구해 보고 싶지만 지금 내가 가장 주목하는 건 다리보조기야. 그 다음 중요한 것은 여자들의 신체 구조와 살인 방법이겠지. 하지만 이런 것들은 어딘가에서 분명 연결되어 있을 거야. 이 두 여자 사이에 말이야."

"그걸 발견하면 그를 찾아낼 수 있겠군."

"그렇지. 자, 이젠 당신 차례야, 잭. 어떤 걸 알아냈어?"

나는 고개를 끄덕이며 재빨리 생각을 정리했다.

"그러니까, 안젤라가 인터넷에서 발견한 것들 중에 아무것도 담겨 있지 않은 것이 있었어. 복사할 것이 없으니까 안젤라는 내게 말로만 설명했지. 온라인 검색 엔진에 트렁크 살인을 쳐 넣었더니 라스베이거스 기사들과 옛날 LA 기사들이 뜨더라는 거지."

"그래서?"

"안젤라는 트렁크머더닷컴이라는 웹사이트에도 들어갔다고 했어. 그런데 들어가 보니 아무것도 없더란 거야. 엔터 키를 누르자 '개설 중'이란 표지만 있더래. 그래서 아까 당신이 그 남자가 인터넷에 능숙하다는 말을 했을 때 얼핏 떠오른 생각은 어쩌면…."

"맞아, 그건 IP 트랩이었을 거야! 누군가가 트렁크 살인에 대한 정보를 구하려고 인터넷을 배회하면 그 작자에게 경고를 해주는 장치지. 그러면 그 작자는 그 IP를 추적하여 누가 정보를 찾고 있었는지 알아낼 수 있어. 그자는 그 방법을 통해 안젤라를 찾아내고 당신까지 알게 되었을 거야."

제트기가 하강하기 시작했다. 민간 항공기에서는 한 번도 경험해 보지 않은 가파른 각도였다. 나는 자신도 모르는 사이에 손톱들이 팔걸이를 파고드는 것을 느꼈다.

"아마 그 작자는 당신 이름을 발견했을 때 엄청 짜릿했을 거야."

그 말에 나는 레이철을 쳐다보았다.

"그건 또 무슨 소리야?"

"당신의 명성에 관한 얘기야, 잭. 시인을 추적한 기자였고, 그 얘길 책으로 쓴 베스트셀러 작가잖아. 래리 킹 토크 쇼에도 출연했고. 이런 연쇄살인범들은 그런 모든 것에 주의를 기울여. 그런 책들도 물론 읽고. 아니, 읽는 정도가 아니라 깊이 연구하지."

"알게 되어 다행이군. 내 책도 구입해서 사인을 받아가지 않았는지 모르겠어."

"내기해도 좋아. 그 작자를 체포해서 소지품을 조사해보면 당신이 쓴 소설도 어딘가에서 나올 거야."

"사양하고 싶어."

"내기할 게 또 있어. 우리가 체포하기 전에 이자는 당신에게 직접 접촉해올 거야. 전화든 이메일이든 다른 어떤 방법으로든 말이야."

"왜? 그자가 왜 그런 위험한 짓을?"

"일단 자기 신분이 노출되었다고 생각되면 주의를 끌고 싶어지기 때문이야. 그들은 항상 그래. 항상 그런 실수를 범하고 말지."

"그럴 리 없어, 레이철."

내가 그런 작자의 뒤틀린 심리에 어떤 식으로든 영양을 공급할 거라는 생각은 하고 싶지도 않았다.

"당신 기분 이해해."

내 불편한 심기를 눈치채고 그녀가 말했다.

"그렇지만 나는 당신이 '그 작자를 체포한다면'이라고 하지 않고 '그 작자를 체포해서'라고 말한 건 마음에 들어."

레이철은 고개를 끄덕였다.

"그럼, 잭. 걱정 마, 놈을 꼭 체포할 테니까."

나는 창밖을 돌아보았다. 사막에서 문명의 세계로 다시 돌아오자 카펫처럼 깔려 있는 불빛을 볼 수 있었다. 우리가 알고 있는 문명 세계였다. 저 지평선 위엔 수십억 개의 불빛이 빛나고 있으련만, 그 모든 빛을 다 모아도 어떤 인간들의 마음 속 암흑을 밝히기엔 부족하다는 걸 나는 깨달았다.

밴 나이스 공항에 내린 우리는 레이철이 세워둔 자동차에 즉시 올랐다. 그녀는 전화로 안젤라 쿡에게서 무슨 연락이 없었는지 확인했지만 없다는 대답을 들었다. 그러자 전화를 끊고 나를 돌아보았다.

"당신 차는 어디 있어? LAX 공항에?"

"아니, 난 택시를 탔어. 차는 차고에 두고."

'차고에 두고'라는 아주 단순한 말이 이처럼 불길하게 들린 적은 없었다. 레이철에게 내 주소를 불러주자 그녀는 곧 차를 출발시켰다.

자정이 가까운 시각이라 고속도로에 차량은 많지 않았다. 우리는 101번 도로를 타고 샌퍼낸도 계곡 기슭을 가로지른 다음 커웽거 고개를 넘었다. 레이철은 곧이어 할리우드의 선셋 대로로 빠져나가 서쪽으로 달렸다.

내 집은 선셋 남쪽 블록에 있는 커선에 있었다. 대부분 중산층 가정을 위해 지어진 작은 집들로 빼곡히 들어선 멋진 동네였다. 내가 살고 있는 집은 침실이 두 개이고 뒤쪽에 별도의 차고가 하나 있었다. 뒤뜰은 너무 작아 치와와 한 마리가 살기에도 비좁을 정도였다.

나는 이 집을 12년 전에 쓴 첫 소설《시인》의 인세로 구입했다. 그렇지만 인세 수표를 받을 때마다 조카의 부양과 교육을 돕기 위해 금액의 절반을 쪼개어 과부가 된 형수에게 보냈다. 이제 인세 수표가 그친 지도 오래되었고 조카를 본 지는 더 오래되었다. 하지만 그때 내 인생에서 일어낳던 일 덕분에 이 집이 남았고 조카의 교육에도 도움을 주었다.

내가 이혼을 했을 때 아내는 이 집에 대한 권리를 요구하진 않았다. 결혼하기 전부터 내가 소유하고 있었기 때문이다. 주택담보 대출금도 3년만 더 갚으면 집은 완전한 내 소유가 된다.

레이철은 주택의 진입로로 차를 몰고 들어가 뒤쪽으로 돌아갔다. 그리곤 차를 세운 뒤 전조등을 켜두었다. 전조등 불빛이 차고 문을 환하게 비추었다.

차에서 내린 우리는 마치 폭발물 전문가가 다이너마이트 조끼를 입은 사내에게 접근하듯 조심스럽게 차고 문으로 다가갔다.

"한 번도 문을 잠근 적 없어. 자동차 외엔 훔쳐갈 물건이 없거든."

그러자 레이철이 물었다.

"자동차를 잠그긴 해?"

"아니, 보통 잊어버려."

"이번엔 어때?"

"잊어버린 것 같은데."

차고 문은 위로 밀어 올리는 방식이었다. 나는 상체를 숙이고 문 아래쪽을 잡아 위로 걷어 올렸다. 안으로 들어가자 천장의 불이 자동으로 켜졌다. 우리는 잠시 내 BMW의 트렁크를 응시했다. 키를 꺼내 들고 있던 내가 버튼을 누르자 척, 하고 트렁크 자물쇠 열리는 소리가 들렸다.

레이철은 주저 없이 앞으로 걸어가 트렁크 뚜껑을 쳐들었다.

트렁크 속엔 내가 구세군에게 기증하려고 넣어둔 옷 보따리 외엔 아무것도 들어 있지 않았다. 레이철이 길게 한숨을 토해 내는 소리가 내 귀에 들렸다.

"그래, 그럴 줄…"

레이철이 화난 표정으로 트렁크를 세게 닫았다.

"왜? 그 여자가 여기 없어서 화난 거야?"

내가 어리둥절한 표정으로 물었다.

"아니야, 잭. 내가 조종당하고 있어서 화난 거야. 범인은 내게 어떤 식으로 생각하게 만들고 있는데, 그게 내 잘못인 거지. 다시는 그럴 일 없을 거야. 자, 집 안으로 들어가서 확인해봐."

레이철은 자동차로 돌아가서 전조등을 껐다. 우리는 뒷문을 통해 부엌으로 들어갔다. 집 안에는 퀴퀴한 냄새가 났지만, 며칠 간 비웠다가 돌아왔을 땐 언제나 그랬다. 푹 익은 바나나를 담은 과일바구니를 식탁 위에 올려놓아도 별 효과가 없었다. 나는 앞장서서 안으로 들어가며 전등 스위치들을 올렸다. 내가 떠날 때보다 별로 달라진 것이 없어 보였다. 탁자 위와 거실 소파 옆 바닥에 신문이 수북이 쌓여 있는 걸 제외하면 깨끗한 편이었다.

"멋진 집이네."

레이철이 칭찬했다.

서재로 사용하고 있는 작은방을 살펴봐도 이상한 점은 발견할 수 없었다. 레이철이 큰방 침실로 건너가 살펴보는 동안 나는 책상 뒤로 돌아가 데스크톱 컴퓨터를 켰다. 인터넷에 접속했지만 내 〈LA 타임스〉 이메일 계정으로 들어갈 수가 없었다. 내 패스워드는 거부되었다.

화가 나서 컴퓨터를 끄고 서재를 나와 레이철이 있는 내 침실로 들어갔다. 집에 손님이 찾아올 일은 없기 때문에 침대를 정돈하지 않았다. 방안 공기도 텁텁해서 나는 레이철이 옷장을 살펴볼 동안 창문을 열었다.

"이건 벽에 붙여두지 그래, 잭?"

뒤를 돌아보니 그녀는 〈뉴욕 타임스〉에 실렸던 내 책의 전단 광고를 가리키고 있었다. 액자에 들어간 채 옷장에서 2년 동안 얌전히 잠자는 중이었다.

"회사 사무실에 걸려 있던 거야. 하지만 그 후로 신작이 안 나오니까 이게 날 비웃는 것 같더라고. 그래서 떼다 여기 처박았지."

레이철은 고개를 끄덕이곤 욕실 안으로 들어갔다. 나는 그곳 청결상태를 확신할 수 없어 숨을 죽였다. 샤워 커튼 열리는 소리가 나더니 그녀가 걸어나오며 말했다.

"욕조 좀 씻어, 잭. 저 여자들은 다 누구야?"

"뭐라고?"

레이철은 침실 장식장 위에 놓인 사진 액자들을 가리켰다. 나는 사진들을 차례로 가리키며 말했다.

"내 형수와 조카, 어머니, 이쪽은 내 전처."

레이철이 눈썹을 치켜들었다.

"전처라고? 그러니까 당신이 나를 극복할 수 있었던 거로군."

그녀가 미소를 지었고 나도 미소로 답했다.

"여기자였는데 그리 오래 가진 못했어. 내가 〈LA 타임스〉로 처음 왔을 때 경찰사건을 함께 담당했었지. 이리저리 엮이다가 결혼까지 하게 됐는데 결국 어긋나고 말았어. 실수였지. 지금은 워싱턴 지국에서 근무하고 있는데, 우린 여전히 친구야."

나는 좀 더 얘기하고 싶었지만 어쩐지 그래선 안 될 것 같은 생각이 들었다. 레이철이 돌아서서 거실로 나갔고 나도 뒤따라 나갔다. 서로 마주보고 섰을 때 내가 물었다.

"이젠 어떡할 거야?"

"잘 모르겠어. 생각을 좀 해봐야 할 것 같아. 당신도 잠을 좀 자야 할 것 같고. 여기가 안전할까?"

"물론이지. 왜? 난 총까지 가지고 있는데."

"총? 잭, 총은 왜 가지고 있어?"

"총 가진 사람들은 왜 항상 시민들에게 왜 총을 가지고 있느냐고 묻는 거지? 난 시인 사건 이후로 총을 소지하고 있어. 됐지?"

레이철은 고개를 끄덕였다. 이해할 수 있다는 표정이었다.

"좋아. 총도 있다고 하니 당신을 여기 두고 돌아가도 되겠군. 내일 아침까진 당신이든 나든 안젤라에 대한 새로운 대책이 생각나겠지."

나는 고개를 끄덕였지만 지금 이 순간이 바로 그런 순간이란 걸 알았다. 손을 내밀어 내가 원하는 것을 붙잡지 못하면 옛날에 그랬던 것처럼 또다시 놓쳐버리게 될 것이다. 나는 그녀에게 묻지 않을 수 없었다.

"당신을 보내고 싶지 않다면 어쩔 거야?"

레이철은 아무 말 없이 나를 바라보았다.

"당신을 결코 극복하지 못했다고 한다면?"

그녀가 시선을 바닥으로 떨어뜨리며 대답했다.

"잭, 10년이면 강산도 변한다고 했어. 우린 그때와는 다른 사람들이야."

"정말 그럴까?"

레이철은 나를 다시 바라보았고, 우리 두 사람은 한동안 서로를 응시했다. 나는 앞으로 다가가 그녀의 머리를 잡아당기며 길고 강렬한 키스를 했다. 그녀는 저항하지도 뿌리치지도 않았다.

그녀의 휴대전화가 손에서 떨어져 바닥에 뒹굴었다. 우리는 격렬한 감정에 휘말려 미친 듯이 서로를 껴안았다. 부드러움 같은 것은 없었다. 강렬한 욕망과 갈증만 있었다. 부드러운 애무가 아니라, 상대와의 친밀감을 가로막는 모든 장애물을 단번에 돌파하려는 무모한 의지와 과격한 몸짓뿐이었다.

"우리, 침대로 가."

나는 레이철의 볼에 대고 속삭였다.

그녀가 미소를 지으며 내 다음 키스를 받아들였고, 우리는 서로 손을 맞잡은 채 침실로 들어갔다. 그리곤 다급하게 옷을 벗은 뒤 침대 위로 올라가 격렬한 사랑을 나누었다.

섹스는 우리가 무얼 하는지도 모르는 사이에, 그것이 무얼 의미하는지 헤아려 볼 겨를도 없이 끝나고 말았다. 천장을 향해 나란히 누워 가쁜 숨을 고르는 동안 나는 왼손으로 그녀를 부드럽게 쓰다듬었다. 우리의 숨결이 차츰 길고 깊어졌다.

"세상에."

그녀가 마침내 감탄사를 토해내자 나는 미소를 지으며 말했다.

"당신 정말 활화산 같았어."

그녀도 미소를 지었다.

"그쪽은 어때? 〈LA 타임스〉에도 분명 적과의 동침에 대한 룰 같은 것이 있을 텐데, 아니었어?"

"무슨 소리야, 적이라니? 게다가 그들은 지난주에 나를 해고했다고. 앞으로 일주일 후면 난 모가지야."

레이철은 즉시 몸을 옆으로 일으키더니 걱정스런 눈으로 나를 내려다보았다.

"뭐라고?"

"맞아. 난 인터넷의 희생자야. 그들은 나를 정리해고한 뒤 안젤라를 교육시키는 조건으로 이 주일을 연장해 줬어."

"세상에! 정말 지독하네. 왜 진작 얘기 안 했어?"

"그냥 생각이 나지 않았어."

"왜 하필 당신이야?"

"내 월급은 많고 안젤라 것은 적기 때문이지."

"그건 멍청한 짓이야."

"나도 알아. 하지만 요즘 신문사들 사정이 다 그래. 어디나 다 똑같아."

"그래서 어떻게 할 건데?"

"모르겠어. 서재에 앉아 지난 15년 동안 지껄여온 소설이나 써야겠지. 그보다 더 중요한 문제는 앞으로 우린 어찌해야 할 것인가가 아닐까, 레이철?"

그녀는 눈길을 피하고 내 가슴을 쓰다듬기 시작했다. 나는 진지하게 말했다.

"난 이게 일시적 감정이 아니길 바라는데. 정말 그렇게 생각하고 싶지 않아."

그녀는 한참 동안 아무 대꾸도 하지 않더니 마침내 말했다.

"나도 그래."

하지만 그것으로 끝이었다.

"무슨 생각하고 있는 거야? 당신은 언제나 무슨 생각에 잠겨 있는 것 같아."

그녀는 살짝 웃으며 내게 반문했다.

"뭐야, 이젠 프로파일러까지 할 생각이야?"

"그게 아니라 당신이 무슨 생각을 하고 있는지 알고 싶어서."

"몇 년 전 어떤 남자가 했던 말을 생각하고 있었어. 우린 서로 사귀었지만 잘 안 됐지. 나는 나대로 고민을 안고 있었고, 그 남자도 전처에 대한 감정을 정리하지 못하고 있었거든. 그 여잔 수천 킬로미터 떨어진 곳에서 살고 있었는데도 말이야. 서로 각자의 고민을 얘기하던 중 그 남자가 '단발이론'이란 것에 대해 설명하더라고. 혹시 들어본 적 있어?"

"단발이라면?"

"총알 한 개 말이야."

"케네디를 단번에 보내버린 총알 같은 거?"

레이철은 주먹으로 내 가슴을 톡 쳤다.

"그게 아니라 평생의 사랑을 의미하는 거야. 누구에게나 진정한 사랑은 한 발의 총알처럼 단 한 사람뿐이란 거지. 운 좋은 사람은 그 사람을 만나 그 총알에 일단 가슴이 뚫리면 다른 사람은 아무도 받아들일 수 없게 된 대. 불륜, 이혼, 죽음 등 어떤 일이 일어나더라도 말이야. 그게 바로 단발 이론이야."

그녀는 고개를 끄덕였다. 그 이론을 믿고 있는 것 같았다.

"그러니까 그 남자가 당신의 총알이었다는 얘기야?"

그녀는 고개를 저었다.

"아니, 그 남자는 자기가 너무 늦은 것 같다고 말하더군. 난 이미 다른 남자한테 한 방 먹은 다음이었거든. 그 남자 앞에 왔던 남자한테 말이야."

나는 그녀를 한참 동안 쳐다보았다. 그리곤 그녀의 얼굴을 끌어당겨 깊숙이 키스했다. 잠시 후 그녀가 일어나 앉으며 말했다.

"가야 해. 이 문제는 나중에 다시 생각해."

"그냥 여기 있어. 나랑 같이 자고 내일 아침 일찍 일어나 함께 출근하면 되잖아."

"안 돼. 집에 안 들어가면 남편이 걱정할 거야."

"뭐라고!"

내가 벌떡 일어나 앉자 그녀는 까르르 웃으며 침대에서 내려가 옷을 주워 입었다.

"하나도 재미없어."

내가 화난 척 항의하자 그녀가 놀렸다.

"난 재밌는데."

나도 침대에서 내려와 옷을 입기 시작했다. 레이철은 갑자기 허파에 바람이 든 것처럼 계속 깔깔댔다. 결국 나도 웃음을 터뜨리고 말았다. 먼저 바지와 셔츠를 입은 뒤 양말과 구두를 찾아 침대 주위를 돌았다. 그런데 양말 한 짝이 어디로 갔는지 보이질 않았다. 할 수 없이 바닥에 무릎을 꿇고 침대 아래를 살펴보았다.

내 입에서 웃음이 그친 건 그때였다.

죽은 안젤라 쿡의 두 눈이 침대 밑에서 나를 노려보고 있었다. 나는 카펫 위에 벌렁 나자빠지며 장식장에 등을 세게 부딪쳤다. 그 위에 있던 전등이 방바닥에 떨어지며 요란한 소리를 냈다.

"왜 그래, 잭?"

레이철이 소리쳤다.

나는 손가락으로 침대 밑을 가리켰다.

"안젤라가 침대 밑에 있어!"

레이철이 재빨리 내 곁으로 돌아왔다. 아직 검정 팬티와 하얀 블라우스만 입은 상태였다. 엎드린 자세로 침대 밑을 들여다본 그녀의 입에서 탄식이 터져 나왔다.

"오, 맙소사!"

"난 당신이 침대 밑도 체크한 줄 알았어!"

내가 흥분해서 소리치자 그녀도 맞받았다.

"난 옷장을 체크하는 동안 당신이 살펴본 줄 알았지."

엎드린 채 침대 아래위를 살펴보던 레이철이 나를 돌아보며 말했다.

"죽은 지 하루는 된 것 같아. 비닐봉투로 질식시켰군. 발가벗긴 뒤 비닐로 완전히 감쌌어. 어딘가로 보낼 것처럼 말이야. 아니면 부패하는 냄새를 막으려고 그랬겠지. 사건현장은 전혀 다른 곳이었던 것 같은데…."

"레이철, 제발. 난 이 여자를 알아. 꼭 지금 당장 사건을 분석해야 되겠어?"

나는 장식장에 머리를 기대고 천장을 바라보았다.

"미안해, 잭. 안젤라도 유감이야."

"범인이 그녀를 고문하거나 하진 않았겠지?"

"모르겠어. LA 경찰에 연락해야겠어."

"알아."

"그래서 얘길 해야만 해. 경찰에겐 내가 당신을 여기까지 데려다주었고, 집 안을 수색하다가 그녀를 발견했다고 말해야겠지. 나머진 모두 생략하는 거야. 알겠지?"

"알았어. 그렇게 하지."

"빨리 옷을 입어야겠군."

그녀는 일어섰다. 방금 나와 사랑을 나누었던 여자는 어디론가 감쪽같이 사라지고 그녀는 어느새 완벽한 FBI 요원으로 돌아와 있었다. 옷을 다 입은 그녀는 침대 가장자리에 앉아 시트를 살펴보더니, 베개 위에 떨어진 머리카락들을 주워 올리기 시작했다. 이제 곧 내 집으로 들이닥칠 현장감식반이 수거할 증거물이었다. 그러는 동안에도 나는 꼼짝할 수가 없었다. 그냥 앉은 자리에서 안젤라의 얼굴만 응시하며 주어진 현실에 나 자신을 적응시키려고 애썼다.

나는 안젤라를 거의 알지 못했고 별로 좋아하지도 않았다. 그렇지만 갑자기 이렇게 죽기엔 아직 너무 젊고 앞날이 창창하다는 생각이 들었다. 나는 시체들도 많이 보고 내 형을 포함한 많은 살인사건들을 기사로 썼지만, 비닐봉투 안에 든 안젤라의 얼굴을 보는 것만큼 큰 충격을 받은 적은 없었던 것 같다. 머리가 뒤로 젖혀져 있어서 만약 그녀가 서 있다면 나를 쳐다보고 있는 자세일 것이다. 겁에 질려 크게 치뜬 두 눈은 침대 밑 어둠 속에서 나를 노려보고 있는 것만 같았다. 마치 어둠 속으로 끌려 들어가며 마지막 빛을 찾아 고개를 쳐들고 있는 것 같은 모습이었다.

그리고 바로 그 순간 그녀는 살기 위한 마지막 발버둥을 쳤다. 입을 크게 벌리고 마지막 끔찍한 비명을 내질렀던 것이다.

그녀를 바라보는 것만으로도 나는 무시무시한 어떤 것 속으로 끌려 들어가는 느낌이었다.

"이런 식으론 아무래도 안 되겠어."

레이철이 침대 시트를 벗겨내며 말했다.

"시트와 베개를 없애버려야 되겠어."

그녀는 시트를 베개와 함께 둘둘 말았다.

"그들에게 그냥 사실대로 얘기하면 안 될까? 우리가 안젤라를 발견한 것은…."

"생각해봐, 잭. 그런 짓을 했다고 자백했다간 나는 앞으로 한 10년쯤 요원들 입에 술안줏감으로 오르내릴 거야. 뿐만 아니라 모가지라고. 미안하지만 그렇게는 못해. 이런 식으로 처리하면 그들은 살인자가 시트를 가져갔다고 생각할 거야."

"혹시 시트에 범인의 증거물이 남아 있을지 모르잖아."

"그럴 것 같진 않아. 그자는 워낙 신중해서 어떤 증거물도 남긴 적이 없어. 만약 그럴 가능성이 있었다면 그자가 시트를 가져갔겠지. 나는 안젤라가 이 침대에서 살해되었다고 생각지 않아. 범인은 단지 비닐에 싸서 침대 아래에 감추기만 했을 거야. 당신이 찾아내도록 말이야."

레이철은 담담하게 말했다. 이 세상에서 그녀를 더 이상 겁주거나 놀라게 할 일은 없을 것만 같았다.

"일어나, 잭. 빨리 움직여야 해."

그녀는 베개와 시트를 둘둘 말아 들고 방에서 나갔다. 나는 그제야 천천히 일어나 잃어버린 양말 한 짝을 의자 뒤에서 찾아 구두와 함께 들고 거실로 나갔다. 양말과 구두를 다 신었을 때 뒷문이 닫히는 소리가 들렸다. 레이철이 빈손으로 들어온 것을 본 나는 시트와 베개를 그녀의 자동차 트렁크에 감췄을 거라고 짐작했다.

레이철은 바닥에서 휴대전화를 집어 들었다. 그러나 전화를 하기 전에 방 안을 오락가락하며 무언가 골똘히 생각하는 듯했다. 마침내 답답해진 내가 물었다.

"뭐하는 거야? 전화 안 해?"

"전화는 해야지. 하지만 여기가 시끄러워지기 전에 생각할 것이 있어. 범인이 여기서 무슨 계획을 세우고 있었을까?"

"그거야 빤하지. 놈은 안젤라의 살인죄를 나한테 뒤집어씌울 작정이었어. 하지만 씨도 먹히지 않을 멍청한 짓이야. 난 라스베이거스로 갔고 알리바이를 제시할 수 있어. 피살자의 사망시각을 확인해도 내가 죽이지 않았다는 것이 드러날 거야."

레이철은 머리를 흔들었다.

"질식사는 사망시각을 정확히 짚어내기 어려워. 간격을 두 시간만 좁혀도 당신을 용의자 선상에 올려놓을 수 있다고."

"내가 라스베이거스에 있다가 비행기를 탄 것이 알리바이가 될 수 없다는 거야?"

"그 시간에 사망했다는 것을 정확히 계산해내지 못하면 그럴 수도 있다는 거지. 범인은 그것까지 알 만큼 영리한 자 같아. 그것도 계획의 일부였겠지."

나는 천천히 고개를 끄덕였다. 내 깊숙한 곳에서 끔찍한 공포가 고개를 쳐들기 시작했다. 재수 없으면 나도 알론조 윈슬로나 브라이언 오글비 꼴을 당할 수도 있겠다 싶었다.

"그렇지만 걱정 마, 잭. 당신을 감방에 넣도록 보고 있지만은 않을 테니까."

레이철은 그렇게 말한 뒤 전화를 걸었다. 얘기하는 걸 들으니 상사와 통화하는 것 같았다. 그런데 나와 사건이나 네바다에 대해서는 한마디도 하지 않았다. 단지 어떤 살인사건을 발견하게 되어 LA 경찰국과 잠시 공조해야 할 것 같다는 얘기뿐이었다.

전화를 끊은 그녀는 다시 LAPD에 전화하여 신분을 밝힌 뒤 내 집 주소를 불러주고 살인전담팀을 보내줄 것을 요청했다. 그리고 자기 휴대전화 번호를 불러준 다음 전화를 끊었다.

그녀가 나를 돌아보며 물었다.

"당신은 연락할 데 없어? 지금 하는 게 좋을 거야. 이따 형사들이 들이닥치면 당신 휴대전화를 사용하지 못하게 할지도 모르니까."

"맞아."

나는 일회용 휴대전화를 꺼내어 〈LA 타임스〉 지방기사 편집부를 불렀다. 시계를 보니 새벽 1시가 넘었다. 신문은 인쇄로 넘어간 지 오래되었겠지만, 나는 이 사건에 대해 누구에게든 알릴 필요가 있었다.

야간근무 편집자는 에스테반 새뮤얼이라는 베테랑이었다. 〈LA 타임스〉에서 40년 가까이 근무하면서 온갖 인사이동과 정리해고에서도 용케 살아남은 사내였다. 가장 큰 요령은 머리를 푹 숙이고 시야에 나타나지 않는 것이었다. 크레이머 같은 칼이나 도끼를 든 인간들이 다 퇴근한 오후 6시 이후가 아니면 사무실에 들어오는 법이 없었다. 안 보면 잊는다는 만고의 진리가 그의 좌우명이었다.

"샘, 잭 매커보이예요."

"잭! 어떻게 지내나?"

"별로요. 나쁜 소식이 있어요. 안젤라 쿡이 살해됐습니다. FBI 요원과 내가 방금 발견했어요. 아침 판이 다 마감된 줄은 알고 있지만 이 사실을 알아야 할 모든 사람들에게 연락해서 전해 주시고 업무일지에도 기록해 주세요."

업무일지에는 새로운 아이디어나 불완전한 기사 등을 적어두었다가 교대시간에 정리하여 다음날 아침 편집장에게 보고하게 되어 있었다.

"오, 저런! 어떻게 그런 끔찍한 일이! 가여운 아가씨."

"네, 정말 끔찍한 일이에요."

"무슨 일이 벌어진 건가?"

"우리가 작업하는 기사와 관련되어 있지만 나도 자세히는 모르겠어요. 지금 LA 경찰이 오기를 기다리고 있는 중이고요."

"거기가 어딘데? 사건현장이 어디야?"

말해주지 않으면 그는 여기저기 찔러댈 것이었다.

"내 집이에요, 샘. 어디까지 알고 있는지 모르지만, 난 어젯밤 라스베이거스로 갔고 안젤라는 오늘 실종됐어요. 오늘 밤 FBI 요원이 나를 집까지 에스코트해서 수색했는데, 안젤라의 시체가 내 침대 아래 있었고요."

내가 얘기하고 있지만 내 귀에도 완전히 미친 소리처럼 들렸다.

"자네 지금 체포당한 상태야?"

새뮤얼의 목소리에도 당혹감이 역력했다.

"아니, 아니에요. 살인자가 내게 덫을 놓았지만 FBI가 다 알고 있어요. 안젤라와 나는 놈을 추적하고 있었는데 어쩐 영문인지 눈치를 챘어요. 놈은 안젤라를 죽이고 네바다에서 나를 만나려고 했지만 FBI가 기다리고 있었죠. 암튼 모든 이야기는 내일 쓸 내 기사에 다 나올 거예요. 여기 일이 정리되는 대로 즉시 들어가 화요일 신문 기사로 작성할 겁니다. 그렇게들 전해 주세요, 아시겠죠?"

"알았네, 잭. 필요한 연락은 다 취해둘 테니 자네도 계속 연락하게."

그럴 수만 있다면 그러지, 하고 나는 생각했다. 나는 새뮤얼에게 내 일회용 휴대전화 번호를 불러준 뒤 전화를 끊었다. 여전히 방 안을 오락가락하고 있던 레이철이 말했다.

"자신이 별로 없는 것처럼 들리네."

나는 머리를 저었다.

"알아. 말을 하면서도 멍청한 짓을 하고 있다는 생각이 드니까. 어쩐지 예감이 나빠, 레이철. 아무도 내 말을 안 믿으려 할 거야."

"믿을 거야, 잭. 난 범인이 무슨 짓을 하려고 했는지 알 것 같아. 이제 모든 윤곽이 드러나기 시작했어."

"그럼 말해봐. 경찰이 언제 들이닥칠지 모르니까."

레이철은 그제야 커피 탁자 너머 의자에 마주 보고 앉더니 상체를 앞으로 숙이며 얘기를 시작했다.

"우리는 범인의 관점으로 보고 그의 기술과 위치에 대해 몇 가지 가정을 해야 해."

"알았어."

"첫째, 그는 가까이 있어. 안젤라 앞에 살해된 두 여자는 LA와 라스베이거스에 있었어. 안젤라를 죽이고 당신과 접촉하려 했던 장소도 LA와 네바다 오지였거든. 내 생각엔 범인이 이들 지역 안이나 근처에 살고 있는 것 같아. 그래서 재빨리 반응할 수 있었고 몇 시간 안에 당신과 안젤라에게 접촉할 수 있었지."

저절로 고개가 끄덕여졌다. 그럴 듯한 소리였다.

"둘째는 그의 기술 수준이 상당히 높다는 거야. 교도소장에게 보낸 이메일과 당신한테 가한 다양한 공격을 보면 알 수 있어. 따라서 그가 당신 이메일 계정에 침투할 수 있었다면 〈LA 타임스〉 데이터 시스템 전체에도 침투했을 거라고 가정할 수 있어. 그가 시스템 내부를 마음대로 돌아다닐 수 있다면 당신이나 안젤라의 주소를 찾아내는 것쯤은 일도 아니겠지, 안 그래?"

"그럼. 그 안에 다 있을 테니까."

"당신의 정리해고 내용은 어때? 그것에 관한 이메일이나 데이터도 있을까?"

나는 고개를 끄덕였다.

"친구나 다른 신문사 사람들로부터 받은 이메일만 수십 통은 될 거야. 내가 보낸 이메일들도 있고. 하지만 그런 것이 이 일과 무슨 상관이 있다는 거지?"

레이철은 나보다 훨씬 앞질러서 내 질문에 대한 대답을 이미 완벽하게 알고 있다는 듯이 고개를 끄덕였다.

"그러니까 우리가 알고 있는 것이 뭐지? 당신이 추적하고 있다는 것을 살인자도 알고 있다는 사실이야. 안젤라나 어쩌면 당신이 살인자의 덫을 건드려서 그에게 경계심을 심어줬던 거지."

"트렁크머더닷컴 말이로군."

"가급적 빨리 그것부터 체크할게. 그것일 수도 있고 아닐 수도 있겠지. 어쨌거나 범인은 경계심을 품게 됐어. 그래서 재빨리 〈로스앤젤레스 타임스〉로 침투하여 당신들 두 사람이 무얼 하고 있는지 알아내려고 했겠지. 안젤라가 자기 이메일에 무슨 내용을 썼는지는 우리로선 알 수 없지만, 당신이 어젯밤 라스베이거스로 갈 거라는 내용을 이메일에 썼다는 건 기억하고 있잖아. 나는 범인이 그 이메일들을 읽고 거기에 맞춰 자기 계획을 짰을 거라고 확신해."

"막연히 범인이나 살인자라고 부를 것이 아니라 이름을 붙여줄 필요가 있겠군."

"연방수사국에선 아직 신원이 밝혀지지 않은 범인을 미확인범이라 부르지."

나는 앞쪽 창문으로 다가가서 커튼 사이로 내다보았다. 거리는 캄캄했고 경찰이 나타날 기미는 아직 보이지 않았다. 벽에 붙은 스위치를 모조리 올려 바깥에 불이 환하게 들어오도록 했다.

"좋아, 미확인범. 그런데 그자가 내 이메일에 자기 계획을 맞췄다는 게 무슨 뜻이야?"

"그는 위험을 미리 제거할 필요가 있었어. 그리고 당신이 아직 의심을 확인하거나 당국에 신고하지 않았을 가능성이 크다고 생각했지. 당신은 기자니까 기삿거리를 지키고 싶었겠지. 그런 점이 그에겐 유리했어. 하지만 빨리 움직여야만 했어. 안젤라는 LA에 있지만 당신은 라스베이거스로 간다는 걸 알았으니까. 내 생각엔 그자가 LA에서 시작해서 안젤라를 납치하여 살해한 뒤 그걸 당신한테 뒤집어씌우려 했던 것 같아."

나는 뒤로 털썩 앉았다.

"맞아, 그게 분명해."

"그래서 당신한테 주의를 집중하고 라스베이거스로 쫓아간 거지. 밤새 자동차로 달려갔거나 아침에 비행기로 날아갔을 거야. 일리에서 당신을 추적하는 일은 어렵지 않았을 거야. 호텔에서 복도까지 쫓아온 사내가 바로 그자였을 거라는 생각이 들어. 당신 방까지 따라 들어올 생각이었을 거야. 그렇다면 내 목소리를 듣고 멈췄다는 얘긴데, 난 그 점이 아직도 미심쩍어."

"왜?"

"왜 계획을 포기했을까 하는 거. 당신한테 친구가 있다는 이유만으로 말야. 그는 살인을 망설이지 않는 자야. 당신을 죽여야 한다면 방 안에 기다리고 있던 여자 하나쯤 더 죽이는 게 무슨 문제겠어?"

"그렇다면 왜 포기했다는 거야?"

"당신과 나를 죽이는 것은 그의 계획이 아니었다는 얘기지. 당신을 자살하게 만드는 것이 계획이었어."

"이거야 원, 무슨 소린지."

"생각해봐. 그로선 수사를 피하는 것이 최선이었을 거야. 당신이 일리에 있는 호텔방에서 살해되었다면 모든 혐의가 풀릴 때까지 수사가 계속되겠지. 그렇지만 자살했을 경우엔 수사 방향이 완전히 달라지지 않겠어?"

나는 그 말을 잠시 생각한 끝에 레이철이 무슨 소리를 하려는 건지 알았다.

"정리해고를 당한 기자, 자신을 대체할 후배를 훈련시켜야 하는 수모까지 당하고, 다른 직장을 구할 가망성도 거의 없고."

나는 내게 주어진 참담한 현실을 읊어댔다.

"고민하고 번민하다 결국 자살을 택했다? 2개 주를 넘나드는 연쇄살인 사건을 날조하고, 자신을 대체할 젊은 여기자를 납치하여 살해했다. 남은 돈은 몽땅 자선단체에 기부하고, 신용 카드들도 모조리 취소한 뒤 어디론가 도주해서, 그곳 호텔방에서 자살했다. 대충 그런 얘기가 되는 건가?"

내가 읊어대는 동안 레이철은 줄곧 고개를 끄덕였다.

"뭐가 빠졌지? 그자가 나를 죽인 뒤 어떻게 자살처럼 보이게 할 수 있다는 거야?"

"술을 마시고 있었잖아. 맥주를 두 병 들고 방으로 돌아왔고, 안 그래?"

"맞아. 그 이전에도 두 병밖에 안 마셨어."

"그렇지만 현장 증언에 도움이 되지. 빈 술병들이 방 안에 나뒹굴고 있고. 어질러진 방과 헝클어진 마음. 대충 장면이 그려지는데."

"그렇지만 맥주가 날 죽일 순 없잖아. 그자는 어떻게 죽일 생각이었을까?"

"당신은 이미 대답을 했어, 잭. 총을 가졌다고 했잖아."

그랬지. 모든 것이 딱 맞아 떨어지는군. 나는 일어서서 침실로 걸어갔다.

12년 전에 시인과 조우한 후 나는 45구경 콜트 거번먼트 시리즈 70 한 정을 구입했다. 그때는 시인이 거리를 활보하고 있었고, 그가 나를 방문할 경우를 대비해 호신용 무기가 필요하다는 생각이 들었던 것이다. 나는 그 권총을 침대 옆 서랍 안에 넣어두고 1년에 한 번쯤 사격장에 들고나가 곤 했다.

레이철이 뒤따라와서 내가 서랍을 여는 것을 지켜보았다. 권총은 없었다.

그녀를 돌아보며 내가 말했다.

"당신이 내 생명을 구했어. 의심할 여지가 없군."

"기분 좋은데."

"그자는 내게 총이 있는 줄 어떻게 알았을까?"

"등록하지 않았어?"

"했지. 그렇다면 그자가 ATF* 컴퓨터까지 해킹할 수 있다는 말이야? 그건 너무 지나친 가정 아냐?"

"그렇지도 않아. 교도소 컴퓨터를 해킹한 실력이라면 총기등록 자료를 해킹 못 할 이유가 없지. 거기 아니면 그걸 알아낼 곳도 없을 거고. 당신이 그 권총을 구입할 당시에는 래리 킹부터 〈내셔널 인콰이어러〉 지에서 나온 기자들까지 인터뷰를 하자고 졸라댈 때였어. 혹시 그 과정에서 권총을 구입했다는 말을 한 적은 없었어?"

나는 믿을 수 없다는 듯 고개를 절레절레 흔들었다.

"있었어. 인터뷰 과정에서 한두 차례 얘기한 적 있어. 나는 그 말이 시인의 귀에 들어가서 나를 습격할 마음이 영영 사라지도록 해주고 싶었지."

"그럴 줄 알았어."

"하지만 맹세코 〈인콰이어러〉 지와 인터뷰한 적은 없어. 그치들은 내 동의도 없이 나와 시인 이야기를 팔아먹었던 거라고."

"그랬군."

* 미연방 술·담배·무기국

"암튼 그렇다면 그자는 우리가 생각하는 만큼 영리하진 않군. 그의 계획에 커다란 구멍이 있었다는 얘기 아냐?"

"무슨 구멍?"

"난 라스베이거스로 날아갔어. 모든 짐은 검색대를 통과해야 하는데 권총을 어떻게 가져갈 수 있었겠어?"

레이철은 고개를 끄덕였다.

"가져갈 수 없었겠지. 그렇지만 검색 과정이 100퍼센트 완벽하지 않다는 것도 널리 알려진 사실이야. 그 문제가 수사관들의 판단을 번거롭게는 하겠지만 결론을 뒤집지는 못할 거야. 어떤 수사든 늘 뒤끝이 엉성하거든."

"거실로 그만 나갈까?"

레이철의 뒤를 따라 침실을 나가며 나는 침대를 흘끗 돌아보았다. 거실로 나가 소파에 털썩 앉자 피로가 몰려왔다. 지난 36시간 동안 너무 많은 일들이 일어났다. 머릿속이 복잡하고 피곤하지만 당분간은 휴식을 취하기도 어려울 것이다.

"시피노에 대해 생각하고 있었어."

"라스베이거스의 변호사? 무슨 생각인데?"

"그를 먼저 찾아갔기 때문에 그는 모든 걸 알고 있어. 내 자살을 거짓으로 밝혀줄 수 있는 사람이지."

레이철은 잠시 생각해 보더니 고개를 끄덕였다.

"그건 그 자신을 위험에 빠뜨릴 수도 있었어. 범인은 당신을 죽인 뒤 라스베이거스로 돌아와 그 변호사도 없앨 생각이었을 거야. 그런데 당신을 죽일 수 없게 되자 시피노도 죽일 필요가 없게 된 거지. 어쨌거나 라스베이거스 지국에 연락하여 그를 만나보고 보호하라고 해야겠어."

"그들을 일리에 보내서 그 작자와 내가 앉아 있던 카지노에서 감시카메라 테이프도 수거하게 할 거야?"

"당연히 그래야지."

휴대전화가 울리자 그녀는 즉각 받았다.

"저와 집주인뿐이에요. 잭 매커보이라는 분인데 〈LA 타임스〉 기자죠. 여기서 발견된 피살자도 직업이 기잡니다."

그녀는 잠시 듣고 나서 다시 대답했다.

"우리들이 지금 밖으로 나갈게요."

레이철은 전화를 끊고 경찰이 바깥에 와 있다고 말했다.

"우리가 나가서 그들을 맞아주면 더 안심이 될 거야."

우리는 천천히 현관문으로 걸어갔다. 레이철이 문을 열며 내게 주의를 주었다.

"손을 보이는 곳에 둬."

그녀는 배지를 높이 들어 보이며 걸어 나갔다. 정면 도로에 순찰차 두 대와 아무 표시도 없는 경찰차 한 대가 서 있었다. 경관 네 명과 형사 둘 이 진입로에서 기다렸다. 경관이 손전등으로 우리 쪽을 비추었다.

가까이 다가가자 우리는 두 형사가 할리우드 경찰서 소속임을 알아보 았다. 그들은 총을 뽑아들고 여차하면 쏠 자세를 취하고 있었다.

나는 빌미를 주지 않았다.

목요일 정오가 막 지난 시각에 나는 〈LA 타임스〉에 도착했다. 편집실 은 마치 벌집을 건드린 듯 수많은 기자들과 편집자들이 부산하게 움직이 고 있었다. 안젤라에게 일어난 일 때문이었다. 어느 날 출근해 보니 함께 일하던 동료가 잔인하게 살해되었다는 것은 자주 있는 일이 아니다. 게다 가 다른 동료 한 명도 어떤 식으로든 관련되어 있었다.

계단을 통해 들어서자 나를 맨 처음 눈으로 찍은 사람은 도로시 파울러 지방기사 편집장이었다. 그녀는 뗏목 앞쪽 자기 데스크에서 발딱 일어나 내게로 곧장 다가왔다.

"잭, 내 사무실로 좀 와요."

그녀는 방향을 바꾸어 유리벽 사무실로 걸어갔다. 나는 그녀를 따라가면서 편집실 사람들의 모든 시선이 다시 나한테 집중되는 것을 느꼈다. 그들은 내가 칼잡이한테 모가지가 잘린 처지라 바라보는 것이 아니었다. 이번엔 내가 안젤라 쿡을 죽게 한 장본인일지도 모른다는 생각으로 주시하는 것이었다.

편집장의 작은 사무실 안으로 들어가자 그녀는 나한테 문을 닫으라고 했다. 나는 시키는 대로 한 뒤 그녀와 책상을 마주하고 앉았다.

"경찰과 무슨 일이 있었죠?"

어떻게 하고 있느냐, 괜찮으냐, 안젤라 일은 참 안됐다는 따위의 잡소리는 일절 생략한 단도직입적인 그런 방식이 나는 마음에 들었다.

"그러니까 심문만 꼬박 여덟 시간 받았네요. 처음엔 LAPD와 FBI한테, 그다음엔 산타모니카 경찰국 형사들한테. 그들은 나에게 딱 한 시간 쉬도록 해줬어요. 그리고 단지 나와 얘기하기 위해 비행기를 타고 온 라스베이거스 경찰에게 다시 처음부터 끝까지 얘기를 해야만 했죠. 그런 다음 나를 놓아주면서 내 집은 아직 사건 현장이니 들어가면 안 된다고 하더군요. 하는 수 없이 그들에게 교토 그랜드에 방을 잡아달라고 하고 계산은 〈LA 타임스〉 앞으로 달아두었습니다. 신용 카드들이 모두 못 쓰게 되었거든요. 체크인해서 샤워를 하고 곧장 여기로 걸어왔고요."

교토 그랜드 호텔은 한 블록 떨어진 곳에 있었고 〈LA 타임스〉는 시외 기자들이나 새로 고용할 지망자들을 투숙시킬 일이 있을 때 거기 방들을 이용하곤 했다.

"좋아요. 경찰에겐 무슨 말을 했나요?"

파울러가 다시 물었다.

"기본적으로는 내가 어제 프렌도에게 말하려고 했던 내용입니다. 데니스 배빗과 라스베이거스에서 샤론 오글비란 여자를 살해한 살인범을 내가 밝혀냈어요. 그런데 그자가 쳐놓은 덫을 안젤라나 내가 건드리는 바람에 놈이 눈치를 챘던 거죠. 그는 위험을 제거하기 위해 안젤라를 먼저 죽이고 나를 처치하려고 네바다까지 쫓아왔어요. 하지만 난 운이 좋았습니다. 어젯밤 프렌도를 설득하는 데는 실패했지만 FBI 요원을 설득하는 데는 성공했거든요. 그녀는 내가 한 얘기들을 모두 사실로 믿고 나를 만나기 위해 네바다로 날아왔습니다. 그 바람에 살인자는 도망을 쳤죠. 만약 그녀가 내 말을 믿지 않고 나를 만나러 오지 않았다면, 당신들은 지금쯤 내가 안젤라를 죽이고 자살하기 위해 사막으로 갔다는 얘기를 짜 맞추고 있을 겁니다. 미확인범의 계획이 바로 그것이었으니까요."

"미확인범이라고요?"

"신원미상의 범인이란 뜻이죠. 연방수사국에선 그렇게 부른다고 하더군요."

파울러는 믿을 수 없다는 듯이 고개를 절레절레 흔들었다.

"이건 놀라운 얘기예요. 경찰도 동의했나요?"

"경찰이 내 말을 믿었냐는 뜻입니까? 그러니까 나를 보내주지 않았을까요?"

내 말에 무안했던지 그녀의 얼굴이 새빨개졌다.

"내 머리론 이해하기가 힘들어서요, 잭. 이런 일은 여기서 한 번도 일어나지 않았거든요."

"사실 나 혼자 그런 소릴 했다면 경찰도 믿지 않았을 겁니다. 하지만 난 어제 오랜 시간 FBI 요원과 함께 있었어요. 우린 실제로 네바다에서 범인의 얼굴을 봤다고 생각하고 있습니다. 그녀는 나를 집까지 에스코트해줬어요. 그리고 함께 집 안을 수색하다가 안젤라의 시체를 발견한 겁니다.

내가 경찰에 진술할 때도 그녀가 전부 확인해 주었어요. 아마도 그 덕분에 내가 지금 면회실의 구멍이 뿡뿡 뚫린 플렉시 유리를 통하지 않고 당신과 얘기하고 있을 겁니다."

안젤라의 시체 얘기가 나오자 우울한 기분이 들어 대화가 잠시 끊어졌다.

"정말 끔찍해요."

파울러가 말했다.

"그래요, 상냥한 아가씨였는데. 그녀가 겪었을 마지막 시간들은 나도 생각하고 싶지 않습니다."

"어떻게 죽어 있었나요, 잭? 트렁크 속의 여자들처럼?"

"아주 비슷했어요. 내가 보기엔 그랬는데 검시가 끝나봐야 자세히 알게 되겠죠."

파울러는 침울한 표정을 지었다.

"경찰은 수사를 어떻게 진행하고 있죠?"

"LA와 라스베이거스, 산타모니카에서 형사들을 파견해서 특별수사대를 구성하고 있어요. FBI도 참여하고 있습니다. 파크센터 외부에다 수사본부를 차릴 것 같은데요."

"확인할 수 있나요? 기사로 쓸 수 있느냐고요?"

"그럼요. 내가 확인하겠습니다. 그들에게 전화할 수 있는 기자는 아마 나뿐일 거예요. 그 기사 지면으로 나한테 몇 인치나 할애해 주시겠습니까?"

"아, 잭, 바로 그 문제를 당신과 의논하고 싶었어요."

나는 가슴이 철렁 내려앉는 기분이었다.

"메인 스토리는 내가 쓸 겁니다. 아시겠어요?"

"우린 이 사건을 크게 다룰 거예요. 메인과 보충 기사를 1면에 싣고 내면에 더블트럭으로 가려고요. 한 번으로는 스페이스가 너무 많아요."

더블트럭이란 내면 두 페이지 전체를 의미한다. 그것을 차지하려면 신문사의 기자들 중 한 명쯤은 죽어야 가능할 만큼 엄청난 스페이스다.

도로시는 자기 계획을 계속 설명했다.

"제리 스펜서는 이미 라스베이거스 현장에 가 있고 질 메이어슨은 브라이언 오글비를 면회하기 위해 일리 주립 교도소로 가고 있어요. LA에서는 고고 곤즈마트가 안젤라에 대한 보충기사를 쓰고 있고, 남부에서는 테리 스파크스가 배빗 살해범으로 체포된 소년을 취재하고 있죠. 안젤라의 삽화는 더 나은 것을 찾고 있는 중이에요."

"알론조 윈슬로는 오늘 청소년감호소에서 나옵니까?"

"아직은 모르겠어요. 하루쯤 더 걸릴 것 같은데, 그 얘긴 내일 다룰 거예요."

윈슬로 석방 얘기를 빼더라도 엄청난 기사가 될 것이 분명했다. 〈LA 타임스〉에서 대도시 기자들을 서부로 대거 파견하여 각 지역에서 기사를 취재한 일은 지난해에 산불이 주를 휩쓸고 지나간 이래 처음이었다. 여기에 참여한다는 것은 흥분되지만 그 원인을 생각하면 한편으론 우울하기도 했다.

"좋습니다. 나는 이들 대부분의 이야기에 보충할 것이 있어요. 모든 것을 취합하고 메인 스토리는 내가 쓸 겁니다."

도로시는 난감한 표정으로 머뭇거리더니 마침내 폭탄선언을 했다.

"메인 스토리는 래리 버나드가 쓰고 있어요, 잭."

나는 펄쩍 뛰며 고함을 질렀다.

"무슨 개 같은 소릴 하고 있는 겁니까? 이건 내 기사예요, 도로시! 나와 안젤라의 기사란 말입니다!"

도로시는 내 어깨 너머로 편집실을 바라보았다. 내 고함 소리가 유리벽을 뚫고 나갔을 것 같진 않았다. 제기랄, 나간들 뭐 대순가?

"잭, 진정하고 말조심해요. 어제 프렌도에게 했던 식으로 나한테 말하는 건 용납할 수 없어요."

나는 거친 숨결을 가라앉히려고 애썼다.

"좋습니다, 내 말투에 대해서는 사과하죠. 그렇지만 당신이 내 기사를 빼앗아 갈 순 없어요. 이건 내 기사니까. 내가 시작했으니 내가 쓸 겁니다."

"잭, 당신은 이 기사를 쓸 수가 없어요. 잘 알면서 왜 그래요? 당신 자신이 사건이고 기사잖아요. 그래서 래리에게 당신을 인터뷰하게 해서 기사를 쓸 수밖에 없다고요. 전화교환대로 당신과 인터뷰하겠다는 기자들의 메시지가 서른 통도 넘게 들어왔어요. 〈뉴욕 타임스〉, 〈케이티 쿠릭〉, 심지어 〈레잇레잇 쇼〉의 크레이그 퍼거슨한테까지도요."

"퍼거슨은 기자가 아니잖아요."

"그건 중요하지 않아요. 내 말의 요지는 당신 자체가 기사라는 거죠, 잭. 그게 사실이에요. 우리는 사건을 기사화하기 위해 당신이 알고 있는 모든 것에 대한 도움이 필요하지만, 중요한 긴급 뉴스의 주인공에게 그것을 쓰도록 할 수는 없어요. 당신은 오늘 여덟 시간 동안 경찰에 구금되어 있었고, 당신이 경찰에 진술한 내용은 수사의 기초 자료예요. 그걸 어떻게 쓸 작정이에요? 당신이 당신 자신을 인터뷰해서 1인칭으로 쓸 건가요?"

그녀는 내 대답을 기다렸지만 나는 가만히 있었다.

"그래요, 그런 일은 있을 수 없죠. 당신도 이해할 수 있을 거예요."

나는 두 손에 얼굴을 묻었다. 도로시의 말이 옳다는 건 알고 있었다. 편집실에 들어서기 전에 이미 그런 생각을 했던 터였다.

"이걸로 한 방 크게 터뜨리고 나갈 생각이었어요. 그 아이를 감옥에서 꺼내주고 명예스럽게 퇴장하려고요. 30년 기자 생활의 피날레를 멋지게 장식하는 거죠."

"그건 여전히 가능해요. 당신을 빼면 이 사건은 아무것도 안 되니까.

〈케이티 쿠릭〉이나 〈레잇레잇 쇼〉가 나가면 반응이 엄청날 걸요."

"난 그걸 기사로 쓰고 싶지 다른 사람에게 얘기하고 싶지 않아요."

"그러니까 오늘 이 일을 해치우고 1인칭 기사는 사태가 진정되면 따로 의논하자고요. 때가 오면 이 모든 것에 대해 당신이 직접 쓸 수 있을 거예요."

마침내 나는 등받이에 몸을 기대고 그녀를 바라보았다. 뒤쪽 벽에 붙어 있는 사진이 처음으로 눈에 띄었다. 〈오즈의 마법사〉에서 따온 그 스틸 샷에서는 도로시가 틴 맨과 사자와 허수아비를 데리고 노란 벽돌 길을 따라 걸어오고 있었다. 그 아래에 누군가가 매직펜으로 써놓은 글씨는 이랬다.

여긴 이제 캔자스가 아니야, 도로시

그러고 보니 나는 도로시 파울러가 〈위치타 이글〉에서 〈LA 타임스〉로 왔다는 사실을 까맣게 잊고 있었다.

"좋아요, 당신이 그 기사를 약속만 해준다면."

"약속해요, 잭."

"알았어요, 그렇다면 래리에게 모두 말하죠."

그렇게 말은 했지만 좌절감이 가시지 않았다.

"시작하기 전에 마지막으로 확인할 것이 있어요."

도로시는 그렇게 말한 뒤 진지하게 물었다.

"다른 기자와 기록하는 것에 대해 불안감을 느끼진 않나요? 먼저 변호사와 상담하고 싶은 생각은 없냐고요?"

"무슨 얘길 하는 겁니까?"

"잭, 당신이 보호를 받고 있는지 확인하고 싶은 거예요. 이건 수사 중인 사건이잖아요. 신문을 통해 당신이 말한 것을 경찰에서 나중에 악용할 수도 있어요."

나는 감정을 억제하며 조용히 자리에서 일어났다.

"그러니까 내가 한 말을 하나도 안 믿는다는 얘기군. 당신은 그자가 원했던 대로 믿고 있어요. 해고를 당한 내가 정신적 충격으로 안젤라를 죽였다는 거지."

"아니에요, 잭. 난 당신을 믿어요. 단지 당신이 보호받길 원하는 거죠. 그런데 그자란 누굴 말하는 거예요?"

나는 유리벽 바깥을 가리키며 소리쳤다.

"누군 누구겠어요? 그 사내! 안젤라와 다른 여자들을 죽인 살인자죠!"

"좋아요, 좋아, 무슨 소린지 알았어요. 사건의 법적 문제를 건드려 미안해요. 은밀하게 얘기할 수 있도록 래리와 함께 회의실로 보내줄게요, 알겠죠?"

도로시는 나를 사무실에서 끌고 나와 인터뷰를 할 래리 버나드를 찾기 시작했다. 나는 편집실 안을 둘러보았다. 눈길이 결국 비어 있는 안젤라의 칸막이 사무실에서 멎었다. 천천히 걸어가 보니 누군가가 그녀의 책상 위에 셀로판으로 싼 꽃다발을 대각선으로 올려놓은 것이 보였다. 꽃을 싼 투명한 셀로판을 보는 순간 안젤라를 질식시켰던 비닐봉투가 생각났다. 그러자 침대 밑 어둠 속으로 사라지던 그녀의 얼굴이 다시 눈앞에 떠올랐다.

"무슨 생각해요, 잭?"

나는 깜짝 놀라 돌아보았다. 고고라고 불리는 에밀리 고메즈 - 곤즈마트였다. 메트로 스탭의 최고 리포터에 속하는 그녀는 기사 취재로 항상 분주했다.

"안녕, 고고."

"방해해서 죄송하지만 안젤라에 대한 기사를 쓰고 있는데 당신 도움을 조금 받을 수 있을까 해서요. 인용할 수 있는 내용도 좋고요."

그녀는 볼펜과 기자 수첩을 들고 있었다. 나는 인용할 내용에 대해 먼저 말했다.

"음, 안젤라에 대해 난 잘 몰랐어. 조금씩 알아가던 참이었지. 하지만 그녀가 좋은 기자가 될 거라는 건 금방 알 수 있었어. 훌륭한 기자에게 필요한 호기심과 추진력, 결단력을 모두 갖추고 있었거든. 안젤라가 보고 싶어질 거야. 그녀가 어떤 기사들을 썼을지, 그런 이야기로 어떤 사람들을 도울 수 있었을지 누가 알겠어?"

나는 고고에게 잠시 메모할 시간을 준 뒤 물었다.

"그 정도면 어때?"

"좋아요, 잭. 고마워요. 경찰 출입처에서 내가 만나볼 만한 사람 없겠어요?"

"모르겠는데. 안젤라는 시작한 지 얼마 안 돼서 믿을 만한 사람을 아직 못 사귀었을 거야. 안젤라가 블로그를 한다는 소린 들었는데, 혹시 들어가 봤어?"

"네, 들어가 보니 접속한 흔적들이 남아 있었어요. 그래서 플로리다 대학의 폴리 교수와 다른 몇몇 교수들과 상의했죠. 거긴 괜찮을 거예요. 그리고 안젤라의 최근 동향에 대해 얘기해 줄 신문사 외부인과 지역 사람을 찾고 있어요."

"안젤라는 월요일에 미제사건 전담팀이 살인범으로 복역 중인 스무 살짜리 가짜 범인의 진범을 체포한 이야기를 기사로 썼어. 그쪽으로 찾아가면 무슨 얘기가 나올지도 모르지. 릭 잭슨이나 팀 마샤를 찾아봐. 안젤라가 만난 형사들이야. 리처드 벵스턴도 찾아보고."

도로시는 이름들을 받아 적었다.

"고마워요."

"행운을 빌어. 필요하면 언제든 전화해."

"그럴게요."

그녀가 물러가자 나는 다시 안젤라의 책상에 놓인 꽃다발을 돌아보았다. 안젤라 쿡에 대한 미화는 지금이 절정이었고, 방금 고고에게 그녀에 대한 사적인 얘기를 제공하는 것으로 나도 거기에 일조했다.

이렇게 말하면 나를 냉소주의자라고 할지도 모르지만, 그래도 카네이션과 데이지로 엮은 꽃다발이 누군가의 합법적인 조의 표시인 동시에 내일 아침 조간에 실을 사진을 찍기 위한 쇼처럼 생각되는 건 어쩔 수가 없었다.

한 시간 후 나는 평소 뉴스 회의를 위해 사용되는 회의실에 래리 버나드와 마주 앉아 있었다. 내 파일들을 커다란 테이블 위에 펼쳐놓고 우리는 사건 전개에 따라 하나하나 검토해 나갔다.

버나드는 최선을 다했다. 내가 내린 결론을 열심히 이해하려 애썼고 예리한 질문들을 내게 던졌다. 세계적 뉴스는 아니라 하더라도 전국적으로 나갈 기사의 선임기자가 되는 것에 분명 흥분한 것처럼 보였다. 래리와 나의 관계는 좀 오래되었다. 우린 덴버의 〈로키〉 지에서 함께 근무했다. 내 기사를 빼앗기는 것이 불가피하다면 상대가 래리인 것이 그나마 다행이다 싶었다.

래리에겐 내가 자기한테 해주는 얘기들을 경찰이나 FBI에게 확인하는 일이 중요했다. 그래서 테이블에 메모지를 놓아두고 기사를 작성하기 전에 당국에 확인해야 할 질문들을 하나하나 적어 내려갔다. 또한 특별수사대를 방문할 필요가 있기 때문에 나와의 작업을 철저히 마쳐야만 했다. 나는 사소한 것도 남기지 않고 다 설명했고, 그래서 서로 상의할 것도 거의 없었다.

내 일회용 휴대전화가 주머니 속에서 또 울렸다. 15분 사이에 두 번째였다. 처음엔 받지 않고 내버려두었다. 가장 중요한 부분에 대해 래리에게 설명하고 있었기 때문에 방해받고 싶지 않았던 것이다. 음성사서함으로 넘어가는 부저 소리가 나지 않은 걸 보면 전화를 건 사람은 메시지를 남기지 않은 것이 분명했다.

전화기가 다시 울리기 시작했을 때 이번엔 주머니에서 꺼내어 발신자 표시를 확인했다. 화면에 뜬 번호는 내가 금방 알아볼 수 있는 유일한 것이었다. 왜냐하면 안젤라 쿡이 실종되었다는 소식을 듣고 지난 며칠 동안 내가 수차례나 걸었던 그녀의 휴대전화 번호였기 때문이다.

"래리, 잠시 나갔다 돌아올게."

나는 테이블에서 일어나 회의실을 나가며 휴대전화를 받았다. 그리곤 내 칸막이 사무실로 걸어갔다.

"여보세요?"

"잭이오?"

"그렇습니다만, 누구시죠?"

"당신 친구야, 잭. 일리에서 만났잖아."

나는 즉시 상대가 누군지 알았다. 목소리에 공허한 느낌을 주는 비음이 섞여 있었다. 카지노에서 만났던 30대 초반의 구레나룻 사내. 나는 데스크에 앉아 상체를 앞으로 숙이고 목소리가 밖으로 새어나가지 않도록 조심했다.

"원하는 게 뭐지?"

내 물음에 사내는 태연하게 대답했다.

"그냥 어떻게 지내고 계시나 궁금해서."

"아, 나야 잘 지내고 계시지. 그렇게 걱정해주지 않아도 돼. 호텔 네바다 복도에서 말인데, 왜 그만뒀지? 계획대로 밀고 나가지 않고 그냥 가버렸더군."

나지막하게 낄낄거리는 소리가 수화기를 통해 들려왔다.

"당신 친구가 방 안에 있었잖아, 잭. 그건 미처 예상치 못했거든. 그 여잔 누구야? 당신 애인?"

"뭐 비슷하지. 그 여자가 네 계획을 망쳤군, 그렇지? 나를 쏘고 자살처럼 꾸미고 싶었는데 말이야."

다시 낄낄 웃는 소리.

"당신, 생각보다 굉장히 영리하군, 잭. 아니면 그들이 가르쳐준 대로 말하는 건가?"

"그들이라니?"

"능청떨지 마. 다 알고 있으니까. 비밀이 새고 있어. 내일 신문에 실릴 기사들이 엄청나더군. 그런데 당신 이름으로 쓴 기사는 하나도 없던데 그 이유가 뭐지?"

그렇다면 이 자식은 아직도 〈LA 타임스〉의 데이터 시스템 속을 휘젓고 다닌다는 소리였다. 이 사실을 특별수사대에 알리면 놈을 추적해서 때려잡는 데 도움이 되지 않을까?

"듣고 있는 거야, 잭?"

"그래, 듣고 있어."

"게다가 당신들은 아직 내 이름조차도 정하지 않은 것 같아."

"그건 또 무슨 소리지?"

"나한테는 이름 안 지어줄 거야? 당신들 곧잘 그러잖아. 요크셔 토막살인범이니, 힐사이드 교살자니, 시인이니 하고 잘들 붙이더구먼. 시인은 당신도 잘 알지?"

"아, 별명 말이군. 붙여주고 말고. 자네 별명은 아이언 메이든이야. 어때, 마음에 드나?"

이번엔 낄낄거리는 소리 대신 긴 침묵이 뒤따랐다.

"아직 거기 있나, 아이언 메이든?"

"당신 조심해야 할 거야, 잭. 난 언제든 다시 시도할 수 있어."

나는 그를 비웃어 주었다.

"이봐, 난 네놈처럼 숨지 않아. 항상 여기 있을 테니 배짱 있으면 언제든 시도해봐."

그가 다시 침묵에 빠져들었다. 나는 꼭지를 꾹 눌러 주었다.

"네놈은 힘없는 그 여자들을 죽이면서도 벌벌 떨면서 똥오줌을 지렸겠지, 안 그래?"

낄낄거리는 소리가 돌아왔다.

"속이 빤히 보여, 잭. 극본대로 지껄이고 있는 거야?"

"기자는 극본 따위 필요 없어."

"그래, 뭘 하려는 건지 알겠다. 허세를 팍팍 부린 다음 올가미를 놓겠다는 수작이지. 내가 당신을 잡으러 LA로 달려가길 바라는 거야, 그렇지? FBI와 LA 경찰을 대기시켰다가 날 잡아보시겠다? 제발 꿈 깨, 잭."

"네 마음대로 생각해, 아이언 메이든."

"그런 식으론 어림없어. 난 끈기가 대단하거든, 잭. 시간이 좀 걸릴 거야. 몇 년쯤 걸릴지도 모르지. 그때 우리 변장도 하지 말고 맨얼굴로 만나자고. 당신 권총도 그때 돌려주지."

낄낄거리는 나지막한 웃음소리가 다시 들려왔다. 그가 전화하고 있는 곳이 어딘지는 모르지만, 다른 사람들의 주의를 끌지 않으려고 목소리와 웃음소리를 계속 죽이고 있다는 걸 알 수 있었다. 사무실인지 공공장소인지 알 수 없지만 밀폐된 어떤 공간에 있는 것만은 분명했다.

"권총 얘기가 나왔으니 하나 물어나 보자고. 넌 내가 권총을 몸에 지니고 라스베이거스로 날아가 호텔방에서 자살한 걸로 꾸밀 작정이었지? 하지만 그건 좀 엉성한 계획처럼 보이지 않아?"

그는 이번엔 마음 놓고 껄껄 웃어댔다.

"잭, 당신은 아직 모든 걸 파악하진 못했군. 다 알고 나면 내 계획이 얼마나 치밀했는지 이해하게 될 거야. 내가 계산하지 않았던 건 방 안의 그 여자뿐이었어. 그런 것이 기다리고 있을 줄은 예상 못 했지."

예상 못 했던 건 나도 마찬가지지만 그 말은 입에 올리지 않았다.

"그렇다면 아무 문제도 없는 계획이었다는 거야?"

"설명해줄 수도 있어."

"그런데 오늘은 좀 바쁘거든. 왜 전화했는지 그것부터 설명해줄래?"

"이미 말했잖아. 그냥 어떻게 지내고 계신지 궁금해 죽겠더라고요. 당신과 정식으로 인사도 터야겠고. 우리 이제부터 영원히 함께할 거잖아, 안 그래?"

"그래, 기왕 통화한 김에 우리가 만들고 있는 이야기에 대해 몇 가지 물어봐도 될까?"

"그러고 싶진 않은데, 잭. 이 통화는 당신과 나의 문제지 독자들을 위한 건 아니거든."

"네 말이 옳아. 사실 네놈을 위한 스페이스는 없어. 우리 신문에다 네놈의 그 좆 같은 세계에 대해 설명하도록 내가 허락할 줄 알았나?"

무거운 침묵이 한참 이어진 뒤 분노로 팽팽해진 그의 목소리가 뒤따랐다.

"당신 정말… 당신은 날 존경해야만 해."

이번엔 내가 껄껄 웃었다.

"내가 네놈을 존경해야 한다고? 어째서, 이 개새끼야! 네놈은 아무 힘도 없는 어린 여자를 납치해다가…"

놈이 갑작스럽게 입을 막고 토해내는 기침 소리 같은 것으로 내 말을 중단시켰다.

"들었어, 잭? 무슨 소린지 알겠어?"

내가 아무 대꾸도 않자 놈은 다시 그 소리를 냈다. "잭!" 하는 짤막하고 다급한 단음이었다. 놈이 다시 입을 틀어막고 "잭!" 하고 세 번째로 그 소리를 토해냈다.

"좋아, 내가 참지."

내가 화를 누르며 말하자 구레나룻 사내는 껄껄 웃었다.

"그 여자가 그랬어. 비닐봉투 속의 공기가 다 소진되자 마지막으로 당신 이름을 그렇게 불렀다고."

나는 대꾸할 말이 생각나지 않았다.

"내가 그 여자들에게 뭐라고 조언하는지 알아? '심호흡을 해. 그러면 훨씬 빨리 끝나.' 이렇게 속삭여준다고."

놈은 다시 낄낄 웃어댔다. 이번엔 더 크고 길게. 그리고 내가 충분히 들었다고 생각한 순간 갑자기 전화를 탁 끊었다. 나는 휴대전화를 귀에 댄 채 한참이나 넋 놓고 앉아 있었다.

"쯧쯧."

나는 고개를 들었다. 래리 버나드가 내 칸막이 사무실 벽 너머로 들여다보고 있었다. 내가 아직도 통화 중인 줄 알고 나지막한 소리로 물었다.

"얼마나 더 걸려?"

그제서야 나는 휴대전화를 귀에서 떼고 송화구를 손바닥으로 가리며 대답했다.

"이제 곧 끝나. 금방 돌아갈게."

"알았어. 화장실 가려고 나왔어."

그가 화장실로 가자 나는 곧 레이철에게 전화를 걸었다. 신호가 네 번

울리자 받았다.

"잭, 지금은 통화할 수 없어."

인사조로 건네는 말이었다.

"내기했으면 당신이 이길 뻔했어."

"무슨 내기?"

"놈이 방금 전화했어. 안젤라의 휴대전화를 가지고 있더군."

"뭐라고 했어?"

"별 소린 없었어. 당신이 누군지 알고 싶었던 모양이야."

"무슨 뜻이야? 그자가 나를 어떻게 알고?"

"아직은 몰라. 일리에서 내 호텔방에 있었던 여자가 누군지 알고 싶은 거지. 당신이 거기 있는 바람에 계획을 망쳐버렸으니 궁금하기도 하겠지."

"조심해, 잭. 그자가 무슨 말을 했든 신문에 인용해선 안 돼. 그건 불에 기름을 끼얹는 짓이니까. 그자가 신문 헤드라인에 맛을 들이면 살인횟수를 높일 거야. 헤드라인을 장식하기 위해 살인을 시작할 수도 있단 뜻이야."

"걱정하지 마. 여기 사람들은 그자가 나한테 전화한 줄 아무도 모르니까. 나는 그런 얘길 기사로 쓰지 않을 테니 그자도 그런 짓은 하지 않을 거야. 난 이 얘기를 나중에 소설로 쓸 생각이거든."

이 사건으로 소설을 쓸 수도 있다는 말을 나는 처음으로 했다. 하지만 이제 그것은 정말 그럴듯해 보였다. 어떤 형태로든 나는 이 사건에 대해 쓸 생각이었다.

"혹시 녹음했어?"

레이첼이 물었다.

"아니. 전화 올 줄 예상 못 했는걸."

"당신 전화기를 수거해서 발신지를 추적해야겠어. 그자가 어디 있는지 알아내거나, 최소한 어디서 전화했는지는 알 수 있겠지."

"사무실 같은 곳에서 아주 조용히 말하면서 다른 사람들의 주목을 끌지 않으려고 애쓰는 것 같았어. 그리고 한 가지 흘린 게 있어."

"그게 뭐야?"

"놈을 낚으려고 약을 좀 올렸더니…."

"돌았어, 잭? 무슨 짓을 한 거야?"

"그놈한테 겁먹은 꼴을 보이고 싶지 않았어. 그런데 놈은 내가 당신들이 써준 각본대로 읊어댄다고 하더군. 자기가 나를 잡으러 오도록 유도하기 위해 내가 의도적으로 그런다고 생각했어. 그때 한 가지를 흘렸어. 내가 자기를 LA로 오도록 꼬인다고 말했거든. LA로 오도록 말이지. 그렇다면 놈은 LA 바깥에 있다는 소리 아냐?"

"좋았어, 잭. 하지만 그자가 당신을 가지고 놀았을 수도 있어. 실제로는 LA에 있으면서 의도적으로 그렇게 말했을지도 몰라. 녹음을 했더라면 좋았겠지. 테이프를 분석해 보면 알 수 있으니까."

테이프 분석 따위는 생각도 못했던 일이었다.

"그것 참 미안하군. 녹음을 못 해서. 대신 다른 것도 있어."

"뭔데?"

레이철은 요점만 짤막하게 말하고 있었다. 아마도 우리 대화를 다른 사람들이 듣고 있는 것 같았다.

"그자는 이곳 컴퓨터 시스템을 여전히 해킹하고 있거나 모종의 스파이 프로그램을 심어둔 것 같아."

"〈LA 타임스〉 컴퓨터? 왜 그렇게 생각해?"

"내일 나갈 기사들을 다 알고 있더라고. 내 이름으로 나갈 기사가 하나도 없다는 것까지 말이야."

"그건 우리가 추적할 수 있을 것처럼 들리네."

레이철은 반가워했다.

"그래, 〈타임스〉와 협조해서 잘해봐. 그런데 당신이 말한 만큼 영악한 자가 내게 그런 말을 했을 땐 자기가 심어둔 프로그램이 추적 불가능한 것이거나 이미 제거했을 가능성이 크겠군."

"그래도 시도해볼 가치는 있어. 우리 미디어 부서 사람에게 〈타임스〉에 접촉해 보라고 해야겠어. 시도해볼 만해."

나는 고개를 끄덕이며 미소를 지었다.

"알 수 없지. 이것이 언론과 수사기관의 새로운 협력 시대를 여는 계기가 될지. 당신과 나처럼 말이야, 레이철."

나는 그녀도 미소 짓기를 바랐다.

"당신은 타고난 낙천주의자야, 잭. 그렇다면 우선 당신 휴대전화를 수거하러 사람을 보내도 되겠어?"

"그럼. 기왕이면 당신 자신을 보내는 건 어때?"

"여기 일이 있어서 안 돼. 말했잖아."

나는 그 말을 어떻게 해석해야 할지 알 수 없었다.

"무슨 문제라도 있어. 레이철?"

"아직은 모르겠어. 가봐야 해."

"특별수사대에 소속되어 있어? FBI가 당신한테 그 사건을 맡긴 거야?"

"현재까진 그래."

"좋아. 잘됐군."

"그래."

레이철은 내 휴대전화를 가지러 올 사람을 30분 후 신문사 출입구인 글로브 로비 문밖으로 보내겠다고 약속했다. 이제 그녀도 나도 일하러 가야 할 시간이었다.

"꿋꿋하게 버텨, 레이철."

그녀는 잠시 침묵한 뒤 대답했다.

"당신도, 잭."

우린 전화를 끊었다. 그러자 최근 36시간 동안 일어난 일들과 안젤라의 죽음에도 불구하고, 그리고 나 자신은 방금 연쇄살인자에게 위협까지 당했는데도 어쩐지 희망적인 기분이 살짝 들었다.

그렇지만 그것이 오래가진 않을 거라는 기분도 들었다.

07
서버 팜

웨슬리 카버는 보안화면들을 열심히 살펴보았다. 건물 현관 접수대에서 두 사내가 제네바에게 신분증을 제시하고 있었다. 어느 수사기관에서 나왔는지 판단하기 어려웠다. 줌 렌즈를 클로즈업했을 때는 신분증을 이미 거둬들인 후였다.

그는 제네바가 전화기를 들고 세 자리 번호를 입력하는 걸 보았다. 맥기니스 사장실로 연락하는 것이 분명했다. 그녀가 무어라 말한 뒤 전화기를 내려놓고 두 사내에게 소파를 가리켰다. 거기서 기다리라는 얘기 같았다.

카버는 신경을 곤두세우고 자신의 최근 행동들을 체크하기 시작했다. 도대체 어디에서 허점을 보였던 걸까 머릿속으로 열심히 굴리며 튈까 말까를 계산하고 있었다. 그건 안전했어, 하고 그는 자신에게 말했다. 그는 안전했다. 그 계획은 훌륭했으니까. 한 가지 걱정이 있다면 가장 약한 고리 부분이라 할 수 있는 프레디 스톤이었다. 이 잠재적 문제를 제거하려면 카버가 직접 나설 수밖에 없었다.

화면을 통해 그는 맥기니스의 비서인 요란다 차베스가 리셉션 로비로 들어와 두 사내와 악수하는 것을 지켜보았다. 그들은 다시 신분증을 슬쩍 보여준 뒤 그중 한 사내가 상의 주머니에서 서류를 꺼내어 요란다에게 건넸다. 그녀는 서류를 잠시 들여다본 뒤 돌려주곤 두 사내에게 따라오라는 손짓을 했다. 그들은 문을 통해 건물 내부로 들어갔다. 카버는 보안화면을 행정실로 돌려 그들을 따라갈 수 있었다.

그는 일어나서 사무실 문을 닫았다. 그리곤 다시 자기 책상으로 돌아가 전화기를 들고 접수대 구내전화 번호를 눌렀다.

"제네바, 나 카버야. 우연히 카메라를 보다가 방금 들어온 두 사내를 봤어. 신분증을 보여주던데, 어디서 온 사람들이야?"

"FBI 요원들이에요."

그 말에 심장이 얼어붙는 것 같았지만 그는 간신히 평정을 유지했다. 제네바가 이어서 말했다.

"수색영장을 가져왔다고 말했어요. 전 보지 못했지만 요란다에게 제시하던데요."

"무슨 수색영장?"

"잘 모르겠어요, 카버 씨."

"누굴 만나고 싶다고 했어?"

"그냥 담당자라고만 했어요. 그래서 맥기니스 씨에게 연락했더니 요란다가 나와서 그들을 맞았어요."

"알았어. 고마워, 제네바."

그는 전화를 끊고 화면을 주시했다. 다른 세트의 카메라 앵글을 여는 명령어를 입력하자 복수 화면에 고위층의 방 네 개가 떠올랐다. 이 카메라들은 천장에 설치된 화재탐지기 속에 감춰져 있어서 건물 사용자들은 그 존재조차 몰랐고, 촬영 장면이 음성과 함께 화면에 재생되었다.

카버는 두 FBI 요원이 디클랜 맥기니스의 사무실로 들어가는 것을 보왔다. 하나는 흑인이었고 다른 한 명은 백인이었다. 카메라에 맞춰 마우스를 클릭하자 이미지가 화면을 가득 채웠다. 천장에서 볼록렌즈로 잡은 영상이었다. 회사 CEO인 맥기니스가 두 요원과 악수를 교환했다. 두 요원이 카메라를 등지고 앉자 그 오른쪽에 요란다가 앉았다. 카버는 맥기니스를 정면에서 바라볼 수 있었다. 요원들은 각자 자기 이름을 밴텀과 리치먼드라고 밝혔다.

"수색영장을 가져왔다는 말을 들었소만?"

맥기니스가 물었다.

"네, 사장님."

밴텀이 대답하더니 주머니에서 서류를 꺼내어 테이블 위로 건넸다.

"이 회사에서 트렁크머더닷컴이라는 웹사이트를 운영하고 있는 걸로 알고 있는데, 우리는 그것에 대한 모든 정보를 알고 싶습니다."

맥기니스는 아무 반응도 보이지 않았다. 그는 수색영장을 읽고 있었다. 카버는 양손으로 머리카락을 빗어 올렸다. 그는 영장에 어떤 내용이 적혀 있는지, 그들이 얼마나 가까이 다가왔는지 알 필요가 있었다. 진정해. 이런 상황을 예상하고 일찌감치 대비하지 않았어? FBI가 나에 대해 알고 있는 것보다 내가 FBI에 대해 훨씬 더 많이 알고 있다고. 난 여기서 당장 시작할 수 있어.

카버는 오디오를 끄고 화면도 죽였다. 그는 서랍을 열고 직원이 주초에 준비한 월 서버 용량 보고서 뭉치를 꺼냈다. 통상 이 서류들은 맥기니스가 요구하기 전에 다 보완하여 담배를 피우러 나가는 서버 엔지니어를 통해 전달하곤 했다. 그런데 이번엔 그 자신이 직접 전달할 생각이었다. 서류 뭉치를 책상 위에 톡톡 쳐서 모서리들을 가지런하게 만든 다음 그는 사무실을 나섰다.

통제실에서 근무하는 미주와 커트 두 엔지니어에게 행선지를 말한 뒤 그는 맨트랩을 통과했다. 다행히도 프레디 스톤은 웨스턴 데이터로 돌아올 수 없었기 때문에 저녁 이후에나 근무교대에 들어올 것이다. 카버는 FBI가 일하는 방식을 잘 알고 있었다. 전 직원들의 이름을 모두 그들의 컴퓨터에 입력할 것이다. 그러면 프레디 스톤은 프레디 스톤이 아니란 사실이 밝혀지고, 그들은 그를 잡으러 돌아올 것이다.

카버는 그렇게 되도록 내버려둘 수 없었다. 그는 프레디에 대해서 다른 계획을 가지고 있었다.

웨슬리 카버는 머리를 숙이고 보고서 첫 장을 읽으며 엘리베이터를 타고 올라갔다. 행정실로 들어가자 태연한 표정으로 고개를 들고 열린 문을 통해 사장실 안을 슬쩍 살펴보았다. 맥기니스는 손님들과 마주 앉아 있었다. 카버는 사장 비서의 책상으로 우회했다.

"손님들이 가시면 이걸 사장님께 전해드려. 급할 건 없어."

비서에게 그렇게 말한 뒤 행정실 현관으로 향하면서 그는 자신의 우회 동작이 맥기니스의 주의를 끌었기를 기대했다. 그러나 문까지 가는 동안 그를 부르는 소리가 들리지 않았다. 문의 손잡이를 잡았다.

"웨슬리?"

사장실에서 맥기니스가 불렀다. 카버가 돌아보니 사장이 책상 뒤에 앉아 들어오라고 손짓하고 있었다.

사장실로 들어간 카버는 두 요원에게 고개를 끄덕여 보였다. 그러나 쓸데없는 고용 인원으로 치부하는 요란다 차베스는 완전히 무시했다. 방 안에는 카버가 앉을 자리가 없었지만 그는 개의치 않았다. 그 혼자만 서 있으면 지배적인 분위기를 풍길 것이다.

"웨슬리 카버, 이분들은 FBI 피닉스 지국에서 나오신 밴텀 요원과 리치먼드 요원이오. 그러잖아도 벙커로 전화하려던 참이었소."

카버는 두 사내와 악수하며 자기 이름을 상냥하게 반복했다.

"카버 씨는 우리 회사에서 여러 직책을 맡고 있습니다."

맥기니스가 요원들에게 말했다.

"이 센터 대부분을 설계한 최고기술경영자인 동시에 위험관리 책임자죠. 말하자면…."

"무슨 문제가 있습니까?"

카버가 사장의 말을 자르고 들어왔다.

"그런 것 같소."

맥기니스가 대답했다.

"요원들의 관심을 끄는 웹사이트를 우리가 운영하고 있다는군. 그래서 그것의 설치와 운영에 관한 모든 기록과 서류들을 조사하기 위해 수색영장을 가져왔다고 하네."

"테러 문젭니까?"

"내용을 말해줄 순 없다는군."

"대니를 불러야 할까요?"

"아니, 아직은 설치와 운영에 참여한 사람과는 얘기하고 싶지 않다고 하네."

카버는 하얀 가운 주머니에 두 손을 찔러 넣었다. 그런 행동이 자신을 사려 깊은 사람처럼 보이게 한다는 걸 알기 때문이었다. 그는 요원들에게 설명했다.

"대니 오코너는 설계와 운영을 맡은 책임잡니다. 이런 일이라면 그를 불러들여야죠. 혹시 그를 테러분자로 생각하시는 건 아니겠죠?"

그는 자신이 방금 한 말이 어이없다는 듯 웃었다. 두 요원 중 덩치가 큰 쪽인 밴텀이라는 자가 대답했다.

"아니, 우린 그런 생각 전혀 안 합니다. 여기서 정보탐색을 좀 하려고 하니 사람이 적게 올수록 좋아요. 특히 사업 운영자들은 말이죠."

고개를 끄덕이던 카버의 눈길이 일순 차베스 쪽으로 획 날아갔지만 요원들은 눈치채지 못했다. 그녀는 자리에 계속 남아 있었다.

"무슨 웹사이틉니까?"

"트렁크머더닷컴이라나."

맥기니스가 대답했다.

"방금 체크해 보니 커다란 번들•의 한 부분이오. 시애틀에서 설치한 계정이더군."

카버는 고개를 끄덕이며 차분한 태도를 유지했다. 이 문제에 대해서는 이미 계획을 세워두었다. 그가 그들보다 나은 이유는 항상 계획을 갖고 있기 때문이었다.

맥기니스의 책상 위에 있는 모니터를 가리키며 그가 물었다.

"저 컴퓨터로 그걸 한 번 체크해볼 수 있을까요?"

"지금은 그러지 않는 게 좋겠습니다."

밴팀이 가로막았다.

"목표물에게 경고 신호를 보내는 꼴이 되니까요. 진척된 사이트가 아니라 볼 것도 없어요. 우리는 캡처•• 사이트라고 믿고 있습니다."

"그러니까 우린 캡처되고 싶지 않은 거군요."

카버가 알 만하다는 표정을 지었다.

"그렇죠."

"수색영장을 좀 볼 수 있나요?"

"물론이죠."

카버가 벙커에서 올라왔을 때는 수색영장이 밴팀에게 반환되어 있었

• bundle: 하드웨어와 소프트웨어를 묶음

•• Capture: 화면의 내용을 파일로 저장하는 작업

다. 요원은 서류를 다시 꺼내어 카버에게 건넸다. 카버는 얼굴에 어떤 표정도 드러나지 않길 바라며 그것을 살펴보았다. 그리고 자신도 모르게 콧노래를 흥얼거리지 않도록 조심해야만 했다.

그 수색영장은 어떤 정보를 가급적 거기에 언급하지 않으려고 애쓴 것 같은 느낌을 주었다. 연방수사국은 자신들과 아주 협조가 잘 되는 연방판사의 도움을 받은 것이 분명했다. 영장은 아주 일반적인 용어를 사용해서 인터넷을 통해 주경계선을 넘나들며 데이터를 훔치고 기만한 범죄 혐의자에 대한 수사라고 표현하고 있었다. '살인'이란 단어는 눈 씻고 찾아봐도 보이지 않았다. 영장은 해당 웹사이트에 접속하여 그 출처와 운영, 자금에 대한 모든 정보와 기록을 수집하기 위한 것이었다.

카버는 FBI가 전혀 기대 밖의 결과에 대해 놀라고 허망해할 것임을 알고 있었다. 영장을 살펴보며 그는 고개를 끄덕였다.

"뭐, 이런 거라면 얼마든지 제공해드릴 수 있습니다. 시애틀에 있는 계정이 뭐죠?"

"시 제인 런(See Jane Run)이에요."

요란다 차베스가 대신 냉큼 대답했다.

카버는 그제야 처음으로 그녀를 발견한 것처럼 돌아보았다. 그의 태도에 자극 받은 그녀가 내친 김에 설명했다.

"사장님이 체크해 보라고 지시하셨어요. 그게 그 회사 이름이에요."

이것 봐라, 하고 카버는 생각했다. 맥기니스가 없을 때 공장 내부나 빌빌거리며 돌아다니는 줄로만 알았더니 꼴에 한칼 있네. 그는 요원들을 향해 돌아서며 자기 몸으로 차베스를 완전히 차단해 버렸다.

"좋습니다, 이것부터 해치우죠."

그의 말에 밴텀이 물었다.

"얘기하는 데 얼마나 걸릴까요?"

"우리 회사의 멋진 식당으로 가서 따끈따끈한 커피를 한잔씩 하시는 게 어떻습니까? 그 커피가 식기도 전에 다녀올 테니까요."

맥기니스가 껄껄 웃었다.

"우리 회사에 식당이 없다는 뜻입니다. 지나치게 끓는 커피 기계들만 있죠."

밴텀이 사양하고 나섰다.

"호의는 고맙지만 우린 영장을 집행하는 중이라서요."

카버는 고개를 끄덕였다.

"그러면 절 따라오시죠. 당신들이 원하는 정보들을 제공할 테니. 그렇지만 문제가 하나 있군요."

"무슨 문젭니까?"

밴텀이 물었다.

"이 웹사이트에 관한 모든 정보를 원한다면서 상대방에게 캡처되는 건 원치 않는다고 하셨잖아요. 그러긴 어렵습니다. 대니 오코너는 내가 보증합니다. 절대 테러분자가 아니에요. 웹사이트에 들어가서 당신들이 원하는 정보를 모두 빼내려면 그 친구가 필요해요."

밴텀은 고개를 끄덕이며 그의 제의를 고려했다.

"한 번에 한 걸음씩만 나갑시다. 우리가 필요하면 오코너 씨를 불러들이죠."

카버는 그 이상의 무언가를 기대한 듯 잠시 침묵하더니 고개를 끄덕였다.

"좋으실 대로, 밴텀 요원."

"감사합니다."

"그러면 벙커로 내려가실까요?"

"좋습니다."

두 요원이 일어서자 차베스도 따라 일어났다.

"잘해 보시오, 신사분들."

맥기니스가 요원들에게 말했다.

"그 나쁜 놈들을 꼭 잡아내길 바랍니다. 우리도 최대한 협조하겠소."

"감사합니다, 사장님."

리치먼드 요원이 받았다.

행정실을 나올 때 카버는 차베스가 요원들의 뒤를 졸졸 따라나서는 걸 보았다. 그는 문을 붙잡고 있다가 그녀가 나올 차례가 되자 가로막으며 말했다.

"여기서부터는 우리가 맡겠소."

그리고는 복도로 나간 뒤 그녀 코앞에서 문을 닫아버렸다.

08

홈 스위트 홈

토요일 아침 나는 교토 그랜드의 내 방에서 래리 버나드가 쓴 1면 기사를 읽고 있었다. 알론조 윈슬로가 청소년보호감호소에서 석방되었다는 내용이었다. 그때 할리우드 경찰서에서 바이넘이란 여형사가 전화를 걸어왔다. 그녀는 범죄 현장이었던 내 집에 대한 조사가 다 끝났으니 이제 돌아가서 생활해도 좋다고 말했다.

"그냥 돌아가면 됩니까?"

"맞아요. 이젠 귀가하셔도 돼요."

"그러면 수사가 끝났다는 뜻인가요? 물론 범인을 체포할 때까지 말입니다만."

"아뇨, 미진한 부분이 있어서 아직 조사 중이에요."

"미진한 부분이라뇨?"

"사건에 대한 얘긴 말씀드릴 수가 없는데요."

"그러면 안젤라에 대해 좀 물어볼까요?"

"어떤 점 말이죠?"

"나는 그녀가 고문 같은 걸 당하지 않았는지 궁금했습니다."

바이넘 형사는 어느 선까지 얘기해야 좋을지 잠시 계산하는 눈치였다.

"유감스럽게도 그런 일을 당한 것 같아요. 다른 사건들에서 그랬던 것처럼 이물질로 성폭행한 흔적과 서서히 질식사시킨 패턴이 똑같아요. 목에 난 여러 개의 묶은 자국은 범인이 그녀를 질식시켰다 살렸다 하기를 반복했다는 증거죠. 그것이 당신과 그녀가 쓴 기사에 대한 자백을 받아내려고 한 짓인지, 아니면 그런 행동을 통해 범인 자신이 흥분을 느꼈는지는 아직 밝혀지지 않았어요. 그건 우리가 범인을 체포한 뒤 직접 심문해봐야 알 수 있을 것 같네요."

나는 안젤라가 겪었을 끔찍한 공포를 생각하느라 잠시 할 말을 잃었다.

"물어보실 것이 더 있으세요, 잭? 토요일이에요. 남은 반나절은 내 딸을 위해 봉사하고 싶군요."

"아, 미안합니다. 됐습니다."

"네, 이젠 가정으로 돌아가셔도 돼요. 좋은 하루 보내세요."

바이넘 형사가 전화를 끊은 뒤에도 나는 한동안 멍하니 앉아 있었다. 가정이란 맞지 않는 말처럼 들렸다. 내겐 그 집이 더 이상 가정이란 생각이 들지 않아 되찾고 싶지가 않았다. 지난 이틀 밤 동안 나는 침대 밑 어둠 속에서 본 안젤라 쿡의 얼굴과 그녀를 죽인 살인범이 내 뇌리에 절묘하게 심어준 기침 소리 때문에 잠을 이루기 어려웠다. 깜박 잠이 들면 모든 것이 물속에 있는 꿈을 꾸었다. 안젤라의 손목은 묶여 있지 않았고, 그녀는 물밑으로 가라앉으며 내게 손을 뻗었다. 도와달라는 그녀의 마지막 비명은 거품으로 나왔고, 그것이 터졌을 때는 살인범이 내게 들려준 기침 소리로 변해 내 잠을 깨웠다.

이제 그 집에서 살면서 잠을 자려는 것은 내겐 불가능한 일처럼 느껴졌다. 나는 커튼을 걷고 작은 호텔방의 하나뿐인 창문을 내다보았다. 도심 풍경이 눈앞에 펼쳐졌다. 아름답고 영구적인 시청이 불쑥 솟아 있었다.

그 옆에 있는 건물은 형사법원으로, 그곳을 드나드는 대부분의 인간들이 들어가는 교도소처럼 흉측해 보였다. 주위로 난 보도와 잔디밭엔 사람의 그림자도 보이지 않았다. 오늘은 토요일이고, 주말에 시내에 나오는 사람은 없다. 나는 커튼을 닫았다.

나는 그 집을 계약서가 허용하는 한 소유하기로 했다. 그리고 갈아입을 옷이나 필요한 물건이 있을 때만 집에 들어가기로 했다. 오후엔 부동산 회사에 전화하여 집을 처분할 방법을 상담하기로 했다. 가능하면 팔아치울 생각이었다. *매물: 연쇄살인범이 침입한 잘 보존된 할리우드 방갈로. 어떤 제의라도 환영.*

휴대전화 울리는 소리가 내 망상을 흩어버렸다. 나의 진짜 휴대전화다. 전날 모든 기능이 정상적인 휴대전화를 마침내 돌려받았다. 발신자 표시 화면에 '개인 번호'라고 떴는데, 나는 이런 전화는 무조건 받아야 하는 걸로 알고 있었다.

레이철이었다.

"안녕."

"풀이 죽었네. 무슨 일이야?"

누가 프로파일러 출신 아니랄까봐. '안녕'이란 한마디로 그녀는 내 기분을 읽어냈다. 나는 안젤라의 고문치사에 대한 바이넘 형사의 설명을 레이철에게 옮기고 싶지 않았다.

"아무 일도 아냐. 그냥 좀… 아니야. 당신은? 근무 중이야?"

"응."

"커피 한잔하며 잠시 쉬는 건 어때? 나 지금 시내에 있는데."

"오, 안 돼."

안젤라의 시체를 발견하여 경찰에 신고하고 형사들을 따라 헤어진 이후 나는 아직 레이철과 만난 적이 없었다. 그녀와의 격리는 비록 48시간에 지나지 않았지만 다른 모든 일들과 마찬가지로 내겐 힘들었다. 나는 일어나 작은 방 안을 서성이기 시작했다.

"그러면 언제 만날 수 있어?"

"모르겠어, 잭. 인내심이 필요해. 난 여기서 감시당하고 있어."

나는 당혹감에 화제를 돌렸다.

"난 무장 호위를 받아야 할지도 몰라."

"왜?"

"LA 경찰국에서 이젠 집에 돌아가도 좋다는 연락이 왔어. 그런데 거기서 살 수 없을 것 같아서 옷이나 가지러 갈까 하는데 혼자 가긴 좀 으스스해서."

"미안해, 잭. 같이 가줄 수가 없어. 정말 걱정된다면 전화는 해줄게."

그러자 감이 잡혀왔다. 전에도 이런 적이 있었지. 레이철은 야생 고양이 같은 여자라 이럴 때는 물러설 수밖에 없다. 그녀는 호기심을 끄는 것을 발견하면 살금살금 접근하여 건드려 보지만, 결국은 펄쩍 뛰며 물러나곤 했다. 그런 그녀를 밀어붙이면 발톱을 내세웠다.

"됐어, 레이철. 당신을 불러내려고 해본 소리였어."

"정말 미안해, 잭. 나갈 수가 없어."

"전화는 왜 했어?"

그녀는 잠시 침묵한 뒤 말했다.

"체크도 하고 몇 가지 얘기해줄 것도 있어서. 듣고 싶다면 말이야."

"핵심을 말해봐. 듣고 싶으니까."

나는 침대에 걸터앉아 수첩을 열었다.

"어제 우리는 안젤라가 방문했던 트렁크 살인 웹사이트가 덫이었다는 사실을 밝혀냈어. 하지만 거기까지가 막다른 골목이었지."

"막다른 골목이라고? 인터넷에서는 모든 걸 다 추적할 수 있다고 생각했는데."

"그 사이트의 물리적 위치는 애리조나 주 메사에 있는 웨스턴 데이터 컨설턴트라 불리는 웹호스팅 시설이야. 요원들이 수색영장을 들고 거기 찾아가서 사이트 개설과 운영에 대한 세부사항을 조사할 수 있었지. 시애틀에 있는 '시 제인 런'이라는 회사를 통해 등록되어 있더군. 이 회사는 웨스턴 데이터를 통해 수많은 사이트들을 설계하고 유지하고 있어. 일종의 중개회사지. 웹사이트들을 운영하는 서버 상에 물리적 공장은 없고 그 역할을 웨스턴 데이터가 하는 거야. 시 제인 런은 고객들을 위한 웹사이트들을 개설하고 유지하면서 웨스턴 데이터 같은 회사에게 돈을 지불하고 그것들을 운영하게 하는 거지. 중개인처럼 말이야."

"그래서 요원들이 시애틀로 갔어?"

"시애틀 지국 요원들이 처리하고 있어."

"그래서?"

"트렁크 살인 사이트가 설치되어 인터넷 전체에 대해 돈을 지급하고 있어. 시 제인 런 직원들 중에는 그 지급인을 본 사람이 아무도 없고. 2년 전 사이트들을 개설할 때 주어진 물리적 주소는 시택(SeaTac) 공항 근처에 있는 우편함이었는데 지금은 무효화됐어. 추적해 봤더니 거기도 막다른 골목이었고. 이자는 솜씨가 아주 대단해."

"사이트들이라고 했는데, 하나가 아니고 여러 개란 얘기야?"

"응, 두 개야. 첫 번째 사이트는 트렁크머더닷컴이고 두 번째 것은 덴슬로 데이터라고 하지. 이 이름은 그가 사이트들을 개설하며 사용했더군. 빌 덴슬로. 양쪽 사이트 모두 5년 계약으로 선불을 냈어. 우편환으로 지불했기 때문에 구입 지점 외엔 추적할 것이 없어. 역시 막다른 골목이야."

나는 수첩에 몇 가지를 기록한 다음 레이철에게 말했다.

"좋아, 그러니까 덴슬로가 미확인범이군?"

"덴슬로로 가장한 자가 미확인범이겠지. 웹사이트에 본명을 사용했을 거라고 믿을 만큼 우리도 멍청하진 않으니까."

"그렇다면 이게 무슨 뜻일까? 디 - 이 - 엔 - 슬로(D - E - N - slow). 절반은 이니셜 같지 않아?"

"그럴 수도 있지. 그래서 작업 중인데 아직 연결이 안 돼. 가능한 이니셜과 이름 자체도 연구하고 있어. 하지만 이 사건과 이어지는 어떤 범죄 기록에서도 빌 덴슬로라는 이름은 나타나지 않아."

"어쩌면 미확인범이 몹시 증오하는 자의 이름인지도 모르지. 이웃사람이나 선생 같은."

"가능해."

"웹사이트가 두 개인 이유는 뭐지?"

"하나는 캡처 사이트고 다른 것은 OP 사이트야."

"OP?"

"관측지점 말이야."

"도대체 무슨 소린지 모르겠네."

"트렁크머더닷컴은 사이트를 방문한 사람들의 IP, 그러니까 컴퓨터 주소를 수집하기 위한 거야. 안젤라가 거기 걸려든 거지, 알겠어?"

"맞아. 검색하다가 그 사이트로 들어가게 됐지."

"그래. 하지만 그 사이트는 수집한 IP를 자동적으로 다른 닷컴 사이트로 보내게 되어 있어. 덴슬로 데이터라는 사이트지. 이건 통상적인 일이야. 우리가 사이트를 방문하면 우리 ID가 캡처돼 마케팅 용도로 다른 곳에 보내져. 그래서 스팸이 생겨나는 거야."

"음, 그렇게 해서 덴슬로 데이터는 안젤라의 ID를 손에 넣었다. 그러면 어떤 일이 생기는 거지?"

"아무 일도 안 생겨. 그냥 거기 있어."

"그러면 어떻게…."

"거기에 속임수가 있어. 덴슬로 데이터는 트렁크 살인 사이트와는 정반대의 기능을 수행해. 그건 방문자들의 데이터를 캡처하지 않는다고. 무슨 말인지 알겠어?"

"전혀."

"그러면 미확인범의 시각에서 그걸 봐. 그는 자기를 찾고 있는 사람들의 ID를 캡처하기 위해 트렁크머더닷컴을 개설했어. 한 가지 문제는 그것을 체크하러 들어갔을 때 그 자신의 ID도 캡처된다는 사실이지. 물론 다른 사람의 컴퓨터를 빌려 체크할 수도 있지만, 이 경우에도 그 위치를 드러내는 단서를 제공하게 돼. 그 자신의 사이트를 통해 높은 단계로 추적할 수 있어."

나는 마침내 이해했다는 뜻으로 고개를 끄덕였다.

"알겠어. 그러니까 그자는 추적당할 걱정 없이 체크하기 위해 캡처 장치가 없는 다른 사이트로 보내어 IP를 캡처해 왔군."

"그렇지."

"그래서 안젤라가 트렁크 살인 사이트에 접속한 후 그자는 덴슬로 사이트로 들어가 그녀의 IP를 캡처했단 말이군. 그리고 추적하여 〈LA 타임스〉까지 왔고, 이건 트렁크 살인에 대한 병적 호기심 이상의 것일 수도 있다고 판단했어. 마침내 〈LA 타임스〉 컴퓨터 시스템에 침입한 그는 안젤라와 내가 쓴 기사를 본 거야. 그리고 내 이메일을 읽고 우리가 어떤 단서를 잡았다는 걸 알았고, 내가 그 때문에 라스베이거스로 가고 있다는 것도 알았어."

"바로 그거야. 그래서 그자는 당신이 안젤라를 죽이고 자살한 것처럼 보이게 하는 계획을 짜냈던 거야."

나는 처음부터 다시 생각하느라 잠시 침묵했다. 그리고 결론이 마음에 들지 않았지만 말하지 않을 수 없었다.

"내 이메일 때문에 안젤라가 죽었군."

"아니야, 잭. 그렇게는 볼 수 없어. 따지자면 그녀가 트렁크머더닷컴을 방문했을 때 운명이 결정되었다고 봐야겠지. 편집자에게 이메일을 보낸 것에 대해 당신이 자책할 필요 없어."

나는 대꾸하지 않았다. 그 문제에 대한 죄책감은 잠시 뒤로 미뤄두고 미확인범에 대해 정신을 집중하고 싶었다.

"잭, 무슨 생각해?"

"그냥… 그렇다면 이건 추적이 전혀 불가능한 거야?"

"현시점에선 그래. 하지만 그자의 꼬리를 잡아 그의 컴퓨터에 들어갈 수만 있다면 그가 덴슬로를 방문한 흔적도 추적할 수 있겠지. 그건 확실한 증거가 될 거야."

"그자가 자기 컴퓨터를 사용했을 때 말이겠지."

"그래."

"이미 보여준 놈의 기술을 감안하면 그럴 일은 없을 것 같군."

"어쩌면. 그자가 자기 트랩을 얼마나 자주 체크하느냐에 달렸겠지. 안젤라가 트렁크 살인 사이트를 방문한 지 24시간도 되기 전에 그자는 안젤라를 추적해 냈던 것 같아. 그건 그자가 매일 정기적으로 트랩을 체크하고 자신의 컴퓨터나 아주 가까운 곳에 있는 컴퓨터를 이용한다는 사실을 가리키지."

이 모든 것에 대해 잠시 생각하던 나는 베개를 베고 드러누워 눈을 감았다. 내가 알고 있던 세상이 우울하게 느껴졌다. 레이철의 말이 수화기로 흘러나왔다.

"당신한테 말하고 싶은 게 또 있어."

"뭔데?"

나는 눈을 번쩍 떴다.

"그자가 안젤라를 당신 집으로 유인한 방법을 알았어."

"어떻게 했지?"

"당신이 유인했어."

"그게 무슨 말이야? 나는 그때…."

"알아, 알아. 내 말은 그자가 그렇게 보이도록 했단 뜻이야. 안젤라의 아파트에서 그녀의 랩탑을 발견했는데, 당신이 보낸 이메일이 도착해 있었어. 화요일 밤에 보낸 그 이메일에서 당신은 윈슬로 사건에 대한 매우 흥미로운 정보를 입수했다고 말했어. 아주 중요한 정보라 그녀에게도 보여주고 싶으니 당신 집으로 오라는 내용이었지."

"내가 언제 그런…."

"물론 미확인범이 당신 계정으로 보낸 거였어. 안젤라도 곧 가겠다는 답장을 보냈고. 그자는 당신 집에서 안젤라가 오기를 기다렸어. 그때가 바로 당신이 라스베이거스로 출발한 직후였고."

"놈은 내 집을 감시하고 있다가 내가 나가는 걸 봤겠군."

"당신이 나가는 걸 확인하고 집 안으로 들어와 당신 컴퓨터로 이메일을 보냈던 거지. 그리곤 안젤라가 오자 처리한 뒤 곧바로 당신을 쫓아 라스베이거스로 갔던 거야. 당신을 살해해서 자살처럼 보이도록 하는 계획을 완성하기 위해서."

"하지만 내 권총은 어쩔 셈이었을까? 그자가 집 안에 침투해서 권총을 찾아내는 일은 어렵지 않겠지. 그리고 내 뒤를 따라 라스베이거스로 달려올 수도 있어. 하지만 내가 그 권총을 어떻게 거기까지 가져갈 수 있는지는 설명되지 않아. 나는 비행기를 타고 갔고 가방도 가져가지 않았어. 그건 큰 구멍 아냐?"

"그 문제도 간단히 설명될 수 있다고 생각해."

나는 눈을 다시 질끈 감으며 말했다.

"설명해봐."

"안젤라를 유인한 후 그자는 당신 컴퓨터를 이용하여 고(GO!) 화물 운송장 양식을 한 장 출력했더군."

"고 화물? 그런 건 들어본 적도 없는데."

"우편 화물 특송회사인 페덱스의 작은 경쟁업체인데, 개런티드 오버나이트*의 이니셜인 G, O 뒤에 느낌표를 찍은 상표를 사용하고 있어. 공항에서 공항으로 운송하거든. 물동량이 늘어남에 따라 항공사들은 화물을 제한하고 요금을 부과하고 있어. 운송장 양식은 인터넷을 통해 복사할 수 있는데, 누군가가 당신 컴퓨터에서 그 짓을 했더군. 그날 밤 안으로 당신 자신에게 보내는 화물로 맥카렌 국제공항 화물취급소에서 찾게 되어 있었어. 그자는 그 화물을 늦은 밤 11시에도 LA 공항에서 부칠 수 있었을 거야."

나는 레이철의 설명에 고개를 주억일 수밖에 없었다.

"이게 우리가 생각한 그자의 수법이야. 안젤라를 유인한 후 곧장 화물을 부칠 준비를 했겠지. 그녀가 나타나자 그자는 계획했던 짓을 하곤 침대 밑으로 밀어 넣었는데, 이때까지는 안젤라가 죽었는지 살았는지 알 수 없어. 그런 다음 공항으로 가서 권총을 숨긴 화물을 부쳤는데, 고(GO!)에는 엑스레이 검색대가 없어. 그는 라스베이거스에 자동차로 갔거나 어쩌면 당신이 탄 비행기를 같이 타고 갔을 수도 있어. 암튼 그는 도착하자마자 화물을 찾아 당신 권총을 챙겼을 거야. 그리곤 계획을 완성하기 위해 당신을 쫓아 일리로 갔겠지."

"그러기엔 일정이 너무 빡빡한데, 그자가 정말 그랬을까?"

* Guaranteed Overnight: 익일배달보증

"시간이 너무 빠듯해서 확신할 순 없지만 가능성은 있어."

"시피노는 어때?"

"그에게도 대강 설명은 했지만 지금 당장 위험한 것 같진 않아. 본인은 보호받기를 거부했지만, 그래도 우리는 그를 지켜보고 있어."

나는 그 라스베이거스 변호사가 자신이 얼마나 끔찍한 희생자가 될 뻔했는지 상상이나마 했을까 싶었다. 레이철이 얘기를 계속했다.

"그래서 나는 만약 미확인범이 다시 연락해 왔다면 지금쯤 당신이 나한테 전화했을 거라고 생각하고 있어."

"전화는 없었어. 게다가 그 휴대전화는 당신이 가지고 있잖아. 그자가 다시 걸어오진 않았어?"

"응."

"추적한 건 어떻게 됐어?"

"그자가 당신한테 한 전화를 추적해서 맥카렌 공항 터미널에 있는 기지국을 찾아냈어. 당신과 통화하고 난 두 시간 사이에 그 공항을 떠난 비행기들은 미국의 24개 도시로 날아갔고. 그자는 그 24개 도시에서 연결되는 어디로든 갈 수 있었겠지."

"시애틀은 어때?"

"거긴 직항노선이 아니지만 중간 기착지를 거쳐 갈 순 있어. 우린 오늘 수색영장을 발부받아 모든 비행기들의 탑승객 명단을 조사할 거야. 그 이름들을 컴퓨터에 모두 입력해서 뭐가 나오는지 보려고. 이게 그자가 저지른 첫 번째 실수이길 바라는데, 그 대가를 치르게 해야지."

"실수라고? 어째서?"

"그는 당신한테 전화 걸지 말았어야 해. 연락하는 바람에 우리한테 정보와 위치를 알려준 셈이지. 그건 이전의 그답지 않은 행동이었어."

"그렇지만 당신은 그가 나한테 다시 연락할 것이라고 단언했었잖아. 그게 왜 놀랍지? 당신 판단이 옳았어."

"맞아. 하지만 그건 내가 아무것도 모를 때 한 소리야. 그렇지만 그자의 프로파일을 알고 있는 지금 생각으로는 당신한테 전화를 건 것이 전혀 그 답지 않다는 거지."

나는 그 모든 것에 대해 잠시 생각해본 뒤 그녀에게 다시 물었다.

"수사국에서 하고 있는 다른 일들은 뭐야?"

"배빗과 오글비를 프로파일링하고 있어. 이들은 그자의 프로그램에 딱 들어맞고, 그래서 우리는 그들이 어디서 만났는지 확인하고 있는 중이지. 그리고 그자의 서명도 열심히 찾고 있어."

나는 일어나 앉아 수첩에 '서명'이라고 적은 뒤 밑줄을 그었다.

"서명은 그의 프로그램과 다른 건가?"

"그럼, 잭. 프로그램은 범인이 희생자에게 하는 행위야. 서명은 자기 영역 표시를 남기는 거지. 그림을 그리는 행위와 화가가 자기 작품임을 표시하기 위해 거기에 서명하는 것과의 차이야. 그것을 보고 반 고흐의 작품임을 알 수 있는 것처럼. 그자도 자기 작품에 서명을 남겼을 거야. 다만 이런 연쇄살인자들의 서명은 분명하지가 않아서 대개의 경우 나중에야 밝혀지지. 지금 발견할 수 있다면 그자를 찾는 데 도움이 될 텐데 말이야."

"지금 그 일을 맡고 있는 거야? 이 사건에서?"

"그래."

그녀는 잠시 망설이다 대답했다.

"내 파일에서 메모한 것을 이용해서?"

"맞아."

이번엔 내가 망설였지만 길진 않았다.

"거짓말 마, 레이철. 무슨 일이 일어나고 있지?"

"무슨 얘길 하는 거야?"

"왜냐하면 당신 메모철은 지금 내 손에 있으니까. 목요일에 경찰이 나를 귀가시켰을 때 내 파일과 메모들을 돌려달라고 요구했거든. 그들은 당신 메모도 내 것인 줄 알고 함께 돌려줬어. 법률용지철 말이야. 그걸 내가 가지고 있는데 왜 거짓말하는 거야, 레이철?"

"잭, 거짓말 아니야. 당신이 내 메모철을 가졌다고 해서 내가 왜…."

"거기가 어디야? 지금 있는 곳 말야. 사실대로 말해봐."

레이철은 망설이다 대답했다.

"워싱턴이야."

"하, 그러니까 시 제인 런이 목표군, 그렇지? 나도 그리로 갈게."

"그 워싱턴이 아니야, 잭."

나는 그 말에 멍해지는 기분이었다. 그러자 내 속에 내장된 컴퓨터가 즉시 새로운 시나리오를 뱉어냈다. 레이철은 자신이 원하고 가장 적성에 맞는 직책으로 돌아가기 위해 미확인범을 밝혀내는 일에 전력투구하고 있는 것이다.

"행동과학실에서 일하고 있어?"

"그럼 좋게. 월요일 아침에 있을 OPR 청문회에 참석하기 위해 워싱턴 본부에 와 있어."

OPR이 연방수사국의 내부감찰 기능을 담당하고 있는 윤리감사실이란 것쯤은 나도 알고 있었다.

"우리들 관계를 얘기했어? 그 일로 당신을 추궁하고 있는 거야?"

"아니야, 잭. 우리 얘긴 한마디도 안 했어. 문제는 수요일에 당신이 나한테 전화한 뒤 내가 넬리스까지 타고 갔던 제트기 때문이야."

나는 침대에서 벌떡 일어나 방 안을 다시 서성이기 시작했다.

"지금 농담하는 거야? 그 사람들이 뭘 하려는 거지?"

"모르겠어."

"당신이 적어도 한 사람의 목숨을 구했고 그 과정에서 이 살인자의 존재를 수사기관에 알린 것은 중요하지 않다는 얘긴가? 그리고 살인죄를 뒤집어쓰고 감옥에 갇혀 있던 16세 소년을 당신 덕분에 어제 석방한 사실을 그들이 알고 있잖아. 아무 죄 없이 네바다 감옥에서 1년이나 썩은 한 사내도 곧 석방될 거라는 걸 몰라? 그들은 청문회 대신 당신에게 훈장을 줘야 해."

잠시 침묵이 흐른 뒤 레이철이 말했다.

"그렇다면 〈LA 타임스〉도 당신을 해고할 것이 아니라 승진시켜야 마땅하지, 잭. 그렇게 말해줘서 고맙지만 내가 몇 가지 잘못된 판단을 내린 건 사실이야. 그들이 가장 문제 삼는 건 그런 오판과 거기에 지불된 비용이야."

"세상에! 그들이 당신 털끝 하나라도 건드리면 난 이 문제를 신문 1면에다 써버리겠어."

"잭, 내 문제는 내가 해결할 테니 당신은 당신 일이나 걱정해, 알겠어?"

"말도 안 돼! 청문회가 월요일 몇 시에 열리지?"

"9시."

나는 전처 케이샤 러셀에게 연락할 생각이었다. 물론 그들이 개별 청문회에 기자를 들여보내 주진 않겠지만, 문밖에서 〈타임스〉 기자가 결과를 기다리며 어슬렁거리고 있다는 사실만으로도 그 자신들의 행동을 재고하게 만들 것임을 나는 알고 있었다.

"잭, 무슨 생각하고 있는지 알아. 그렇지만 진정하고 이 일은 나한테 맡겨. 여긴 내 직장이고 내 청문회야, 알겠어?"

"모르겠어. 내가… 아끼는 어떤 사람을 그들이 괴롭히고 있는데 가만히 앉아 있을 수만은 없잖아."

"고마워, 잭. 하지만 정말 나를 그렇게 생각해 준다면 거기 얌전히 있어

쥐. 결과가 나오는 대로 즉시 연락할게."

"약속해?"

"약속해."

커튼을 다시 열어젖히자 햇빛이 방 안으로 쏟아져 들어왔다.

"좋아."

"고마워, 잭. 그런데 집으론 갈 거야? 정말 경호를 원한다면 사람을 보낼게."

"아니, 괜찮아. 그냥 한번 해본 소리야. 당신이 보고 싶어서. 암튼 거긴 언제 간 거야?"

"오늘 아침 눈뜨고 바로. 사건을 좀 더 붙잡고 싶어 청문회를 지연시키려 했지만, 연방수사국이란 데가 원래 이래."

"맞아."

"그래서 지금 내 변호인과 그 모든 것에 대해 상의하고 있어. 곧 도착할 때가 되었는데, 나도 준비할 것이 좀 있어."

"알았어. 그만할게. 어디 묵을 거야?"

"F 스트리트에 있는 호텔 모나코에."

우리는 전화를 끊었다. 나는 창가에 서서 바깥을 내다보고 있었지만 눈에 들어오는 것은 아무것도 없었다. 그녀를 세상과 묶고 있는 유일한 것처럼 보이는 직업을 지키려고 레이철이 처절하게 싸우고 있다는 생각이 들었다.

나는 그녀의 처지가 나와 별로 다르지 않다는 것을 알았다.

09
어두운 꿈들

웨슬리 카버는 캄캄한 자동차 안에서 스코츠데일의 집을 바라보았다. 아직 움직이긴 너무 이른 시각이었다. 안전하다는 확신이 들 때까지는 지켜보며 기다릴 것이다. 성가실 건 없었다. 어둠 속에서 혼자 기다리는 걸 즐기는 편이니까. 어둠은 그의 자리였다. 좋아하는 음악은 아이팟에 담아 가지고 다녔고, 리저드 킹*은 평생 친구였다.

나는 체인질링**이야, 바뀐 나를 봐. 나는 체인질링이야, 바뀐 나를 봐.

이 노래는 언제나 그의 인생을 소중히 여기게 하는 찬가였다. 그는 볼륨을 올리고 눈을 지그시 감았다. 그리곤 손을 좌석 옆으로 내려 등받이를 뒤로 기울어지게 하는 버튼을 눌렀다.

음악이 뒤쪽으로 흘러왔다. 온갖 기억과 악몽들이 눈앞으로 지나갔다.

* Lizard King: 스웨덴의 뮤지션
** Changeling: 요정이 예쁘고 착한 아이를 데려가고 그 대신 못생기고 멍청한 아이를 두고 간다는 서양 민담

분장실의 앨마. 그녀는 그를 돌보게 되어 있었지만 바느질할 것이 항상 너무 많았다. 그래서 꼬마 웨슬리를 하루 종일 돌볼 수는 없었고, 그러길 바라는 자체가 무리였다. 그곳에도 어머니와 아이들이 지켜야 할 규칙은 있었다. 특히 어머니는 무대 위에 있을 때도 아이들에 대한 전적인 책임이 있었다.

어린 웨슬리는 생쥐처럼 살금살금 주름 사이로 빠져나갔다. 하도 조그마한 녀석이라 대여섯 가닥의 주름만 건드리면 통과되었다. 복도로 나간 꼬마는 악취 풍기는 화장실을 지나 현란한 불빛이 새어나오는 곳으로 갔다. 모퉁이를 돌아간 곳에 턱시도 차림의 그레이블 씨가 손에 마이크를 들고 의자에 앉아 음악이 끝나기만 기다리고 있었다.

음악 소리가 복도 끝까지 요란하게 들려왔지만 사람들의 환호와 조롱 소리가 웨슬리의 귀에 안 들릴 정도는 아니었다. 꼬마는 그레이블 씨의 뒤로 기어가서 의자 다리 사이로 훔쳐보았다. 무대 위에는 눈부신 불빛이 출렁거렸고, 그 속에서 아이는 그녀를 보았다. 여러 남자들 앞에서 발가벗은 채 꿈틀거리고 있는 여자. 음악이 흘러넘쳤다.

아가씨, 연인과 사랑을 나누세요….

여자는 음악에 맞춰 완벽하게 춤을 추었다. 마치 그녀 자신을 위해 작곡되고 녹음된 음악 같았다. 아이는 넋을 잃고 바라보았다. 음악이 영영 끝나지 않았으면 좋겠다는 생각이 들었다. 음악은 완벽했다. 여자도 완벽했고 그 자신도….

아이의 등 뒤에서 갑자기 티셔츠 칼라를 잡고 복도 쪽으로 왈칵 잡아당기는 사람이 있었다. 간신히 고개를 돌리고 쳐다보니 앨마였다. 그녀가 냅다 고함을 질렀다.

"요 못된 개구쟁이 녀석!"

"아니에요."

아이는 소리쳤다.

"난 우리 엄마를…."

"지금은 안 돼, 욘석아!"

앨마는 아이를 질질 끌고 주렴을 통과해서 분장실로 들어갔다. 그리곤 깃털 목도리와 실크 스카프들이 잔뜩 쌓인 곳에 아이를 밀어 넣었다.

"네놈은 혼이 좀 나봐야…. 아니, 이게 뭐야?"

앨마는 손가락으로 아이의 사타구니를 가리키며 물었다. 아이는 그곳이 이상하게 느껴지기 시작하던 참이었다.

"난 착한 아이예요."

웨슬리가 주장하자 앨마는 소리쳤다.

"그런 꼴을 하고선 무슨! 거기 뭐가 달렸는지 보자."

그녀는 아이의 바지 허리춤으로 손을 집어넣었다. 그러더니 바지를 내리기 시작했다.

"이 변태 녀석! 너 같은 변태 새끼는 어떻게 혼내는지 보여주지!"

어린 웨슬리는 겁에 질렸다. 앨마가 그를 부르는 말. 변태 새끼가 무슨 뜻인지 아이는 몰랐다. 아이는 어찌할 바를 몰랐다.

금속이 유리를 때리는 날카로운 소리가 음악과 꿈을 깨뜨리고 들려왔다. 웨슬리 카버는 좌석에서 상체를 벌떡 일으켰다. 순간 멍한 기분으로 주위를 둘러본 뒤 이어폰을 뺐다. 창밖을 내다보니 맥기니스가 개 줄을 들고 서 있었다. 줄 끝에는 돼지처럼 생긴 작은 개가 한 마리 매달려 있었다. 카버는 그의 손가락에 끼워져 있는 굵은 노트르담 반지를 보았다. 그걸로 창문을 두드린 게 분명했다.

카버는 창문을 내리며 동시에 바닥에 놓아둔 권총을 발로 밀어 보이지 않게 감추었다.

"웨슬리, 여기서 뭐 하고 있소?"

그가 대답도 하기 전에 개가 짖어대자 사장은 개를 꾸짖었다.

"드릴 말씀이 있습니다."

카버가 말했다.

"그러면 집 안으로 들어오지 그랬소?"

"보여드릴 것도 있어서요."

"무슨 얘긴데?"

"타세요. 제가 모시겠습니다."

"날 어디로 데려가려고? 자정이 다 됐소. 도무지 무슨 소린지…."

"전날 FBI가 찾아왔던 일과 관계있어요. 그들이 찾는 사람을 알 것 같습니다."

맥기니스는 카버를 자세히 보려고 한 걸음 다가왔다.

"웨슬리, 무슨 일이오? 그들이 찾는 사람이라니?"

"일단 타세요. 제가 가면서 설명드릴 테니까."

"내 강아지는 어쩌고?"

"그놈도 함께 태우세요. 멀리 가지 않아요."

맥기니스는 짜증난다는 듯이 머리를 흔들며 자동차 뒤쪽으로 돌아갔다. 그 사이에 카버는 앞으로 몸을 숙여 바닥에 숨겨둔 권총을 집어 허리 뒤춤에 찔러 넣었다. 허리 부분이 거북했지만 지금까지 그는 늘 불편하게 살아야만 했다.

맥기니스는 개를 뒷자리에 밀어 넣고 앞으로 돌아와 타며 말했다.

"그놈이 아니고 그년이야."

"뭐라고요?"

카버가 어리둥절한 표정으로 물었다.

"강아지 말이야. 암컷이라고. 수컷이 아니라."

"아아. 차 안에 오줌을 싸진 않겠죠?"

"걱정 마. 방금 쌌으니까."

"잘됐군요."

카버는 차를 몰고 이웃을 벗어나기 시작했다.

"대문은 잘 잠갔겠죠?"

"그럼. 산책 나올 때 잠갔소. 이웃 아이들이 무슨 짓을 할지 모르거든. 내가 혼자 산다는 걸 다 알아."

"영악하군요."

"그런데 어딜 가는 거요?"

"프레디 스톤이 사는 집이오."

"좋아, 이제 무슨 일인지 얘기해 보시오. FBI하곤 무슨 상관이지?"

"말했잖아요. 보여줄 것이 있다고."

"그럼 뭘 보여줄 건지 얘기해봐. 스톤과는 통화했소? 어디 있었는지 얘기하든가?"

카버는 고개를 저었다.

"아뇨, 통화 못 했어요. 그래서 오늘 밤 그를 잡으러 그의 집에 갔는데 없었어요. 대신 거기서 FBI가 찾던 웹사이트를 발견했죠. 스톤이 배후에 있었어요."

"그래서 FBI가 수색영장을 들고 온다는 말을 듣자마자 줄행랑을 놓았군."

"그런 것 같습니다."

"FBI에 신고할 필요가 있소, 웨슬리. 스톤이 무슨 짓에 연루되었든, 우리가 그를 보호하고 있는 것처럼 보여선 안 돼."

"그렇지만 언론에서 떠들어대면 우리 사업에 피해를 줄 수 있습니다.

망할 수도 있어요."

맥기니스는 머리를 내저으며 단호하게 말했다.

"약간 혼나기만 하면 돼. 이런 일은 가린다고 해결되지 않아."

"알았습니다. 그러면 우선 스톤의 집에 가본 뒤 FBI를 부르죠. 그 요원들 이름은 기억해요?"

"내 사무실에 명함이 있소. 하나는 밴텀이었어. 덩치는 헤비급인데 이름은 밴텀이라니 기억날 밖에. 권투에서 밴텀급은 자잘한 친구들이잖소."

"맞아요. 나도 기억나는군요."

피닉스 시내의 고층 빌딩들이 뿌리는 불빛이 그들 앞 고속도로 양쪽을 환하게 밝혔다. 카버가 입을 다물자 맥기니스도 조용해졌다. 뒷좌석의 강아지는 잠들어 있었다. 카버의 마음은 조금 전에 음악이 불러냈던 아련한 기억 속으로 돌아갔다. 그때 나는 무엇을 보려고 그 복도를 걸어 내려갔던 걸까? 그 대답은 자신의 가장 어두운 근원에 엉켜 있다는 사실을 그는 알고 있었다. 아무도 닿을 수 없는 그곳에.

10
새벽 5시 생방송

토요일에 주말 업무를 교대한 기자들이 퇴근 후 '레드 윈드'에서 전화하여 칵테일이나 한잔하자고 꼬였지만 나는 호텔방에서 한 걸음도 나가지 않았다. 동료들은 그 이야기로 1면을 가득 채우며 또 하루를 축하하고 있었다. 최근 기사는 자유의 첫날을 맞은 알론조 윈슬로의 소식과 트렁크 살인 혐의자에 대한 수사 진척상황이었다. 이미 내 것이 아닌 기사에 대해 축하하고 싶은 기분은 들지 않았다. 게다가 나는 '레드 윈드'에 더 이상 가지 않는다. 그들은 A섹션의 1면인 메트로와 스포츠 면을 남자 화장실 소변기 위에 올려놓곤 했다. 이젠 평면 스크린 플라스마 TV를 폭스와 CNN, 블룸버그로 돌려놓았다. 각 화면이 모욕과 명예훼손을 떠들어대며 신문 사업이 죽어가고 있음을 상기시켰다.

토요일 밤 나는 외출하는 대신 레이철의 메모를 청사진으로 이용하여 파일들을 통해 내 나름의 작업을 시작했다. 그녀가 사건을 떠나 워싱턴에 있는 상황에서, 프로파일링 작업을 이름도 얼굴도 모르는 특별수사대 요원들이나 멀리 떨어진 콴티코에 맡겨두기가 어쩐지 불안했다. 이건 내 기사이기 때문에 내가 계속 앞서가고 싶었다.

피살된 두 여자의 삶에서 세부적인 것들을 비교하며 레이철이 있을 것으로 확신하던 공통점을 찾느라 밤이 깊어진 줄도 몰랐다. 두 여자는 태어난 곳도 다르고 이주해온 주와 도시도 달랐다. 데니스 배빗이 라스베이거스로 가서 우연히 '클레오파트라'에서 그 팜므파탈 쇼를 봤을 경우를 제외하면 그들 둘이 서로 만났을 가능성은 없어 보였다.

그것이 그들의 피살 사건을 잇는 단서가 될 수 있을까? 너무 막연한 생각이었다.

그런 식의 추적에 지친 나는 완전히 다른 시각으로 접근해 보기로 했다. 살인자의 시각이었다. 나는 레이철의 빈 메모지에 미확인범이 살인을 하기 위해 알아야 할 사항들을 방법, 시간, 장소 별로 정리하기 시작했다. 막상 해보니 진 빠지는 일이었고, 자정 무렵이 되자 녹초가 되었다. 결국 파일과 메모들을 사방에 늘어놓은 채 옷을 입은 그대로 침대에 쓰러져 잠들고 말았다.

새벽 4시에 프런트 데스크에서 걸려온 전화 소리가 귀에 거슬리긴 했지만 그 대신 안젤라에 대한 악몽을 쫓아주었다. 나는 잠긴 목소리로 대답했다.

"여보세요."

"매커보이 씨, 당신 리무진이 도착했습니다."

"내 리무진이라니?"

"CNN에서 보냈다고 하던데요."

아차! 깜박 잊고 있었다. 금요일 〈LA 타임스〉 언론관계실에서 결정한 사항으로, 일요일 아침 8시에서 10시까지 방송되는 주말 전국 생방송에 내가 출연하게 되어 있었다. 문제는 동부해안시각으로 오전 8시에서 10시까지라면 서부해안시각으로는 5시에서 7시까지라는 사실이었다. 금요일에 쇼 프로듀서는 내가 어느 지역 쇼에 출연하는지 분명하게 말해주지 않았다. 덕분에 나는 지금 새벽 5시 생방송에 나가야 할 판이었다.

"10분 내로 내려간다고 말해 주시오."

하지만 샤워를 하고 면도를 하고 한 장 남은 깨끗한 셔츠를 입고 내려가기까지 실제로는 15분이 걸렸다. 운전사는 아랑곳없다는 듯 느긋하게 할리우드로 차를 몰았다. 거리에 차량들이 없어 우리는 여유 있게 도착할 수 있었다.

그 차는 사실 리무진이 아니라 링컨 타운카 세단이었다. 1년 전 나는 링컨 타운카 뒷좌석에 앉아 일하는 한 변호사와 그에게 지불해야 할 수임료 대신 운전사가 되어 그를 모시고 다니던 한 고객에 대한 연재 기사를 쓴 적이 있었다. 지금 내가 링컨 뒷좌석에 앉아 CNN으로 가보니 그 기분도 괜찮았다. LA 거리 풍경도 좋아 보였다.

CNN 건물은 할리우드 경찰서에서 그다지 멀지 않은 선셋 대로에 있었다. 나는 로비에서 보안 검열을 받은 뒤 스튜디오로 올라가서 'CNN 뉴스룸'이라 불리는 주말 쇼에 출연하여 애틀랜타로부터의 원격 인터뷰에 응하게 되어 있었다. 젊은 관계자를 따라 휴게실로 들어가니 알론조 윈슬로와 완다 세섬즈가 이미 와 있었다. 그들이 프로 언론인인 나보다도 먼저 일어나 스튜디오에 나와 있다는 사실이 어쩐지 놀라웠다.

완다는 낯선 사람처럼 나를 바라보았다. 알론조는 감기는 눈을 억지로 뜨고 있는 듯했다.

"완다, 날 기억해요? 잭 매커보이 기자예요. 지난 월요일에 만나러 갔었죠?"

노파는 고개를 끄덕인 뒤 잘 맞지 않는 틀니를 떨그럭거렸다. 내가 그녀의 집으로 찾아갔을 땐 끼우지 않았던 틀니였다.

"맞아. 당신이 우리 조에 대해 온갖 거짓말을 신문에 썼던 그 기자지."

그 말에 알론조가 눈을 반짝 떴다.

"그렇지만 이제 석방됐잖아요, 안 그래요?"

내가 재빨리 말했다. 그리곤 그녀의 손자에게 걸어가 손을 내밀었다. 알론조는 망설이며 손을 잡고 흔들었지만 나의 정체에 대해 혼란스러운 모양이었다.

"만나게 돼서 반갑다, 알론조. 석방을 축하해. 난 잭이야. 내가 네 할머니를 만나 수사를 시작하게 했고 그래서 이렇게 풀려나게 된 거야."

"할머니라고? 젠장, 무슨 소릴 하고 있는 거예요?"

"이 양반이 무슨 소릴 하는지 자기도 모르는 것 같구나."

완다도 재빨리 손자 편을 들었다.

그제야 나는 접근 방법이 틀렸다는 것을 알았다. 완다는 알론조의 할머니지만 줄곧 어머니 역할을 해왔다. 왜냐하면 그를 낳은 생모는 창녀였으니까. 설사 알론조가 자기 생모를 안다 하더라도 아마 누나로 알고 있을 터였다.

"미안, 내가 착각했어. 암튼 우린 함께 인터뷰를 하게 될 거야."

"당신이 왜 인터뷰를 하는데?"

알론조가 따지듯 물었다.

"빵에서 졸라 썩다 나온 놈은 난데 당신이 왜?"

"널 감옥에서 나오게 한 사람이 나니까 그렇지."

"씨발, 그게 웃긴다고. 마이어는 자기가 날 꺼내줬다고 했거든."

"우리 변호사가 꺼내준 거야."

완다도 거들었다.

"그러면 변호사는 왜 CNN에 안 나가죠?"

"오고 있어요."

이건 처음 듣는 소리였다. 금요일 내가 퇴근할 때까지는 알론조와 나만 쇼에 출연하기로 되어 있었던 것이다. 그런데 지금은 완다와 마이어까지 끼어들었다. 이런 식으론 생방송이 잘 될 리가 없었다. 출연자가 너무 많고 그중 적어도 한 명은 방송 검열관과 문제를 일으킬 소지가 있었다.

나는 커피포트가 놓인 테이블로 가서 커피를 한 잔 따른 다음 블랙으로 마셨다. 그리고 크리스피크림 도넛 상자에서 오리지널 글레이즈드를 하나 집어 들었다. 마음속을 드러내지 않으려고 애쓰며 채널을 CNN에 맞춘 텔레비전을 쳐다보았다. 이제 곧 우리가 출연할 뉴스매거진 쇼를 방송하게 될 것이었다. 잠시 후 엔지니어 하나가 들어와서 우리 옷의 칼라에 마이크를 달고 귀에 이어폰을 꽂은 뒤 전선이 보이지 않도록 셔츠 속에 감춰주었다. 나는 그를 한쪽으로 데려가서 살짝 말했다.

"프로듀서와 단둘이 얘기하고 싶은데요."

"알았어요. 그에게 전하죠."

돌아가서 5분쯤 기다리자 한 남자가 내 이름을 불렀다.

"매커보이 씨?"

나는 주위를 한 번 돌아본 후에야 그 소리가 이어폰에서 나온 것임을 알았다.

"네, 접니다."

"전 애틀랜타의 크리스티앙 두샤토라는 프로듀서입니다. 이렇게 일찍 나와 주셔서 감사합니다. 잠시 후 스튜디오로 들어가시면 모든 계획대로 진행될 겁니다. 하지만 그 이전에 제게 하실 말씀이 있습니까?"

"네, 잠시만 기다려 주세요."

나는 휴게실에서 복도로 걸어 나간 다음 문을 닫았다.

"출연자 중에 습관적으로 욕을 내뱉는 사람이 있다는 걸 알려드리고 싶어서요."

나지막한 소리로 알려주자 두샤토가 다시 물었다.

"무슨 말씀이신지, 습관적으로 욕을 하다뇨?"

"그런 증상을 뭐라 부르는지는 나도 모르겠소. 알론조 윈슬로는 열여섯 살인데, 아무 생각 없이 '씨발'이나 '졸라'를 입에 달아놓고 사는 아입니다."

잠시 침묵이 이어진 뒤 두샤토가 말했다.

"알겠습니다. 경고해 주셔서 감사합니다. 대개는 출연자와 사전 인터뷰를 거치는데, 가끔 그럴 시간이 없을 때가 있죠. 변호사는 아직 안 왔습니까?"

"네."

"우리도 찾아봤지만 어디 있는지 휴대전화도 안 받아요. 변호사가 알론조를 컨트롤해 주길 바랐던 건데."

"암튼 그는 지금 여기 없습니다. 그리고 이걸 아셔야 해요. 알론조가 살인을 하진 않았지만, 그렇다고 순진하고 착한 아이는 아니란 거죠. 녀석은 크립스 갱단원이에요. 지금도 휴게실을 시퍼렇게 물들이고 있습니다. 청바지에다 푸른 격자무늬 셔츠, 게다가 푸른 두렉*까지 쓰고 있어요."

프로듀서는 이번엔 망설이지 않고 대답했다.

"좋습니다, 제가 알아서 처리할게요. 여차하면 혼자라도 나가시겠어요? 중간에 사건에 대한 비디오 기사까지 합쳐 8분입니다. 비디오와 당신에 대한 소개 시간을 빼고 남은 4분 30초 내지 5분쯤을 이곳 애틀랜타에 있는 쇼 담당자와 진행하는 겁니다. 사건에 대해 당신이 이미 받았던 질문들 외의 다른 질문은 나오진 않을 거예요."

"어떻게 가든 난 좋습니다."

"좋아요, 다시 연락할게요."

두샤토는 전화를 끊었고 나는 휴게실로 돌아왔다. 알론조와 그의 어머니 혹은 할머니의 맞은편에 놓인 소파에 앉아 가급적 말을 섞지 않으려고

• do‒rag: 흑인남자들이 머리에 쓰는 천

애쓰고 있는데 그가 먼저 말을 걸어왔다.

"이 모든 일을 당신이 맨 처음 시작했다고요?"

나는 고개를 끄덕였다.

"그래, 네 엄마 아니, 완다가 나한테 전화해서 네가 한 짓이 아니라고 했거든."

"그런데 어째서죠? 이전에는 백인들이 나한테 좆만큼도 잘해준 적이 없었거든."

나는 어깨를 으쓱한 뒤 대답했다.

"그건 내 일의 일부였어. 완다가 경찰이 실수했다고 말해서 내가 조사해본 거야. 그런데 너와 똑같은 사건이 또 있어서 서로 비교를 해봤지."

알론조가 진지하게 머리를 주억이며 물었다.

"이제 100만 달러쯤 벌 건가요?"

"뭐라고?"

"당신에게 상금을 주려고 부른 것 아니에요? 나한테는 안 줄 거예요, 씨발! 내가 내준 시간 값으로 몇 달러만 달라고 했지만 그들은 단 1센트도 안 줬어."

"글쎄, 이건 뉴스야. 항상 돈을 주진 않지."

그러자 완다가 끼어들었다.

"그들은 쟤를 팔아 돈을 벌잖수? 그러면 쟤한테도 나눠줘야지."

나는 어깨를 으쓱한 뒤 조언했다.

"달라고 다시 요구해 보세요."

"좋아, 라이브 TV에서 인터뷰를 할 때 돈을 달라고 해야지. 그런데 씨발, 뭐라고 지껄여야 하는 거지?"

나는 머리를 살살 흔들었다. 알론조는 자기 마이크가 켜져 있고, 복도나 애틀랜타에 있는 누군가가 그의 말을 듣고 있는 줄 모르고 있는 듯했다. 잠시 후 휴게실 문이 열리며 엔지니어가 들어와서 나를 데리고 나갔다. 알론조가 등 뒤에서 물었다.

"이봐요, 어디 가는 거예요? 나는 언제 TV에 나가?"

엔지니어는 대꾸도 하지 않았다. 복도를 걸어 내려가며 그의 얼굴을 돌아보니 걱정이 가득한 표정이었다.

"당신이 저 아이에게 말해야 합니까? 인터뷰는 없다고?"

그는 고개를 끄덕였다.

"로비에 있는 금속탐지기에 저 아이를 통과시키라고 지시하는 방법밖에 없어요. 걱정 마세요, 미리 확인해 뒀으니까."

나는 웃으며 행운을 빌어주었다.

11
차갑고 단단한 땅

곧 해가 뜰 것 같았다. 웨슬리 카버는 산봉우리들을 선명하게 드러내며 하늘로 뻗쳐오르는 햇빛을 볼 수 있었다. 아름다운 광경이었다. 프레디 스톤이 앞에서 땅을 파고 있는 동안, 그는 커다란 바위에 앉아 빛의 쇼를 감상하고 있었다. 그의 젊은 조수는 삽으로 부드러운 흙과 모래가 덮인 지표 아래의 차갑고 단단한 땅을 파 들어갔다.

"프레디, 다시 말해 보라니까."

카버는 조용하게 말했다.

"벌써 다 말했잖아요!"

"그러니까 다시 말해봐. 타격이 얼마나 큰지 파악하려면 네가 무슨 얘길 했는지 정확히 알아야만 해."

"타격은 없어요! 하나도!"

"다시 말해 보라니까."

"맙소사!"

프레디 스톤은 화를 내며 삽을 구덩이에 박아 넣었다. 삽날이 자갈과 모래에 부딪치는 날카로운 소리가 광활한 자연 속으로 울려 퍼졌다. 카버는 주위에 다른 사람들이 없는지 다시 둘러보았다. 서쪽으로 멀리 메사와 스코츠데일의 불빛이 주체할 수 없는 들불처럼 타올랐다. 그는 뒤춤으로 손을 돌려 권총을 잡았다. 함께 해치워버릴까 하는 생각이 들었지만 좀 더 기다리기로 했다. 스톤은 아직 쓸모가 있을 것 같았다. 이번엔 단단히 혼을 내는 것으로 그쳐야지. 카버는 다시 말했다.

"빨리 얘기해 보라니까."

"난 그 자식한테 운이 참 좋다고 말했을 뿐이에요, 알겠어요?"

스톤이 말했다.

"그리고 그 자식 방에서 기다리고 있던 여자가 누군지 알아내려고 했죠. 우리 계획을 완전히 망쳐 놓은 여자 말예요."

"그 외엔?"

"아까 말했잖아요. 언젠가는 그 자식의 총을 돌려주겠다고 했죠. 내가 직접."

카버는 고개를 끄덕였다. 지금까지 여러 차례 말하도록 해본 결과 스톤은 매커보이와의 대화에서 무얼 감추고 있는 것 같진 않았다.

"좋아, 그랬더니 그가 뭐라고 했지?"

"별로 지껄이지 않았다고 했잖아요. 겁을 왕창 먹은 것 같더군요."

"네 말을 못 믿겠어, 프레디."

"글쎄, 그건… 아, 그 자식이 이런 말도 했어요."

카버는 침착하려 애썼다.

"무슨 말?"

"그자는 우리가 하는 일을 알고 있어요."

"무슨 짓?"

"아이언으로 하는 짓 말예요."

"어떻게 알아? 네가 말했어?"

"입도 뻥끗 안 했어요. 암튼 알고 있더라니까."

"뭘 알고 있어?"

"그자는 우리한테 붙여줄 별명을…."

"우리라고? 우리가 둘인 줄 알고 있단 얘기야?"

"아니, 그런 뜻이 아니에요. 우리란 말은 한 적 없어요. 그자는 나 혼자 한 짓인 줄 알고 있으니까, 서류상으론 '아이언 메이든'이란 별명을 붙일 거라고 했어요. 경찰이 그렇게 부르기로 했다면서요. 일부러 나를 화나게 만들려고 그랬던 것 같아요."

카버는 잠시 생각에 잠겼다. 매커보이는 너무 많은 것을 알고 있었다. 누군가의 도움을 받았다는 얘기였다. 그의 지식과 통찰력은 기자가 접촉할 수 있는 정보의 한계를 넘었다. 그래서 카버는 호텔방 안에서 그를 기다리고 있었다는 여자에 대해 생각했다. 매커보이의 목숨을 구해준 여자. 이제 그 여자가 누군지 알 듯도 했다.

"이 정도 깊이면 되지 않아요? 더 파야 하나."

스톤이 구덩이 속에서 물었다.

카버는 생각을 접고 바위에서 일어났다. 구덩이 가장자리로 다가가서 손전등으로 비쳐본 뒤 조수에게 말했다.

"됐어, 프레디. 강아지를 먼저 넣어."

스톤이 조그마한 강아지 시체를 들어 올릴 때 카버는 뒤로 돌아서서 말했다.

"살살 해, 프레디."

그는 강아지를 죽여야 했던 것이 싫었다. 강아진 아무 잘못이 없었다. 모진 놈 옆에 있다가 벼락을 맞은 꼴이었다.

"알았어요."

카버가 돌아보니 강아지는 구덩이 안에 누워 있었다.

"이제 저 친구야."

맥기니스의 시체는 구덩이 끝 부분에 있었다. 스톤이 그의 두 발목을 잡고 구덩이 속으로 끌어당겼다. 흙무더기 한쪽에 삽이 비스듬히 꽂혀 있었다. 스톤이 뒷걸음질 치는 사이에 카버가 삽을 잡고 흙에서 빼냈다.

스톤이 시체를 구덩이 속으로 당기자 맥기니스의 머리와 어깨가 1미터 깊이의 바닥에 떨어지며 둔탁한 소리를 냈다. 그 순간 카버는 시체의 발목을 잡고 구부정한 자세로 서 있는 스톤의 어깻죽지를 삽 등으로 힘껏 후려쳤다. 스톤이 헉 하고 허파에서 바람 빠지는 소리를 내며 앞으로 픽 쓰러지더니 맥기니스와 얼굴을 맞대고 엎어졌다. 카버는 재빨리 구덩이 가장자리로 다가와 삽날로 스톤의 뒷덜미를 꽉 누르고 말했다.

"잘 봐, 프레디. 네놈도 함께 묻으려고 구덩이를 깊게 파게 한 거야."

"제발…."

"넌 규칙을 어겼어. 매커보이에게 누가 전화하라고 했나? 난 그놈과 통화하라고 말한 적 없어. 내 지시대로만 하라고 했지."

"알아요, 알아. 죄송해요. 다시는 안 그럴게요, 제발."

"다시는 그런 짓을 못 하도록 지금 확실히 끝내줄 수도 있어."

"안 돼요, 제발. 실수한 건 만회할게요. 다시는…."

"닥쳐."

"알았어요, 하지만…."

"닥치고 들으랬지!"

"알았어요."

스톤은 머리를 끄덕였다. 그의 얼굴은 죽은 디클랜 맥기니스의 눈앞에 있었다.

"내가 널 맨 처음 발견했던 곳이 어딘지 기억하고 있나?"

스톤은 다소곳이 고개를 끄덕였다.

"끝없는 고통의 나날이 기다리고 있는 암흑의 장소였다. 거기서 내가 널 구했어. 너에게 새 이름과 새 삶을 줬다고. 그곳에서 널 탈출시켜 나와 함께 욕망을 나눌 수 있는 기회를 제공했어. 그 방법을 알려주는 대가로 너에게 한 가지만 요구했어. 그게 뭔지 기억하고 있나?"

"동등하지 않은 파트너십입니다. 당신은 스승이고 저는 제자라고 하셨죠. 명령에 무조건 복종해야 한다고."

카버는 삽날로 스톤의 목을 더 세게 누르며 말했다.

"그런데 지금 이게 뭐냐. 넌 나를 곤경에 빠뜨렸어."

"다시는 이런 일이 없도록 하겠습니다. 제발."

카버는 구덩이 가장자리에서 시선을 들었다. 하늘이 오렌지 빛깔로 변하면서 산봉우리들이 더 선명하게 드러나고 있었다. 일을 빨리 마무리 지어야만 했다.

"프레디, 넌 실수를 범했어. 다시는 용납할 수 없는 실수를."

"한 번만 살려주세요. 만회할 기회를 주십시오."

"기회를 주지."

카버는 삽을 들어내고 구덩이에서 한 걸음 물러섰다.

"이제 저것들을 묻어라."

스톤은 두려움이 가시지 않은 눈으로 조심스럽게 스승을 쳐다보았다. 카버가 삽을 내밀자 그는 일어나서 받았다.

카버는 손을 뒤춤으로 가져가 권총을 뽑았다. 스톤의 눈동자가 커다랗게 변하는 것을 그는 즐거운 표정으로 바라보았다. 그리곤 앞주머니에서 손수건을 빼내어 권총에 묻은 지문들을 깨끗이 닦아낸 뒤 구덩이 속에 던졌다. 총은 맥기니스의 발치에 툭 떨어졌다. 그는 스톤이 그 권총을 집어 들지 않을까 걱정하진 않았다. 그만큼 완전히 자기 손아귀 안에 있다고 믿었다.

"매커보이를 어떻게 요리하든 그의 권총은 돌려줄 수 없어, 프레디. 이런 걸 지니고 있으면 너무 위험하거든."

"마음대로 하세요."

그래야지, 하고 카버는 생각했다.

"서둘러. 날이 밝아오고 있어."

스톤은 삽으로 힘차게 흙과 모래를 구덩이에 퍼 넣기 시작했다.

12
전국 생방송

예상을 했어야만 했는데, 내가 출연하게 되어 있는 모닝 쇼의 부분은 그다음 시간까지도 돌아오지 않았다. 나는 어둡고 작은 스튜디오 안에 앉아 카메라 모니터를 통해 쇼의 전반부를 지켜보며 45분 동안이나 기다렸다. 거기엔 에릭 클랩튼과 연주곡 크로스로즈(Crossroads), 그가 카리브 연안에 세운 중독자 재활센터에 대한 특집기사도 포함되어 있었다. 그리고 끝 부분은 클랩튼이 블루스조로 연주한 '무지개 너머 어딘가에 (Somewhere over the rainbow)'로 멋지게 마무리되는 듯하더니, 광고가 꼬리를 싹둑 잘라 먹었다.

휴식 시간에 나는 1분쯤 사전교육을 받은 후 곧바로 국내외 생방송 쇼에 출연했다. 애틀랜타의 쇼 진행자는 내게 가벼운 질문들을 던졌고, 나는 그런 얘기가 이미 사흘 동안이나 〈LA 타임스〉에 게재되었던 것이 아니라 생전 처음 들어본 소리란 듯이 가장하며 열심히 대답했다. 내 차례가 끝나고 프로그램이 다음 이야기로 넘어가자 크리스티앙 두샤토는 이어폰을 통해 이젠 귀가해도 좋다고 말했다. 그리고 알론조 윈슬로로 인해 개판이 될 뻔한 쇼를 구해줘서 내게 빚을 졌다면서 리무진이 원하는 곳으로 모셔다 드릴 거라고 했다.

"크리스티앙, 귀가하는 길에 어디 한 군데 들려도 괜찮을까요? 오래 걸리진 않을 겁니다."

"물론입니다. 알론조는 다른 차로 귀가시킬 테니 리무진은 오전 내내 사용하셔도 됩니다. 말씀드린 대로 전 당신에게 빚을 졌습니다."

나로선 다행스러운 일이었다. 커피를 한 잔 더 마시려고 잠시 휴게실에 들어간 나는 알론조와 완다가 아직 거기 있는 것을 보았다. 그들은 아직도 누군가가 자신들을 스튜디오로 데려가 인터뷰해 주기를 기다리고 있는 듯했다. 아무도 취소된 것을 알려주지 않았고 그들 스스로 눈치채기엔 너무 순진해 보였다.

그들에게 나쁜 소식을 전해주는 악역은 나도 맡고 싶지 않았다. 내 휴대전화 번호가 찍힌 명함을 한 장씩 나눠주며 작별이나 고할 밖에.

"이봐요, 아까 텔레비전에 나오던데."

알론조가 벽에 걸린 평면 스크린을 턱짓하며 말했다.

"당신 졸라 멋졌어요. 이젠 내 차례야."

"그래, 알론조. 잘해 봐."

"누가 나한테 100만 달러 주면 졸라 잘해볼 게요."

나는 고개를 끄덕이곤 커피와 함께 먹을 도넛 한 개도 챙겨 들었다. 그리곤 나올 리 없는 100만 달러를 기다리도록 알론조를 내버려둔 채 휴게실을 나섰다.

리무진에 올라 운전사에게 행선지를 얘기하자 그는 이미 연락을 받았다고 말했다. 우리는 7시 20분에 내 집 진입로에 도착했다. 나는 차 안에 앉아 1분쯤 내 집을 살펴본 후에야 안으로 들어갈 용기를 냈다.

현관문을 열고 집 안으로 들어서자 지난 사흘 동안 구멍 속으로 밀어 넣은 우편물들이 발에 밟혔다. 비나 눈은 물론이고 범죄현장을 나타내는 노란 테이프도 우편배달부의 발걸음을 막지는 못했다는 소리였다. 봉투들을 재빨리 살펴본 나는 새로 발급된 신용 카드 두 장을 발견했다. 그것들만 뒷주머니에 찔러 넣고 나머지는 그대로 버려두었다.

범죄현장을 드러내는 잔해들이 집 안 도처에 흩어져 있었다. 손이 닿았을 법한 곳엔 지문채취용 검은 가루가 뿌려져 있었고, 빈 테이프 감개나 고무장갑 등도 바닥에 버려진 채였다. 수사관이나 현장감식가들은 자신들이 돌아간 뒤에는 누가 여기 들어오든 아랑곳하지 않은 듯했다.

나는 잠시 망설이다가 현관을 지나 곧바로 침실로 들어갔다. 안젤라의 시체를 발견했던 날보다 방 안의 공기가 더 퀴퀴한 것이 이상했다. 침대의 박스 스프링과 프레임, 매트리스가 보이지 않아 아마도 증거물로 가져갔나 보다고 생각했다. 침대가 놓여 있었던 자리를 잠시 살펴보았다. 그 순간 안젤라의 죽음으로 인한 슬픔이 내 가슴속에 가득 차오르길 바랐는데, 아마도 그런 시점은 지난 것 같았다. 아니면 내 마음이 스스로를 방어하고 있거나 그런 느낌을 허용하지 않는 듯했다. 내가 지금 생각하는 것이 있다면, 이 집을 팔기가 얼마나 어려울까 하는 것뿐이었다. 그리고 느끼는 것이 있다면, 최대한 빨리 이곳에서 나가고 싶다는 것뿐이었다.

서둘러 옷장으로 걸어가면서 언젠가 〈LA 타임스〉에 실었던 내 기사를 떠올렸다. 살인이나 자살이 일어났던 집을 깨끗이 청소해 주는 어느 개인 회사에 대한 이야기였다. 사업이 잘 된다고 했다. 아카이브에서 그 기사를 찾아내어 청소를 의뢰해야겠다는 생각이 들었다. 그런 기사를 써 주었으니 나한테는 할인을 해줄지도 모른다.

옷장 선반에서 커다란 가방을 내렸다. 바닥에 놓고 뚜껑을 열자 매캐한 먼지가 일었다. 이 집으로 이사 온 지 10년 넘도록 한 번도 사용한 적이 없었던 가방이었다. 나는 평소 번갈아가며 입던 옷들을 가방 속에 재빨리 챙겨 넣었다. 가방이 가득 차자 이번엔 가끔 사용하던 더플 백을 내려 구두와 벨트, 넥타이 등을 쑤셔 넣었다. 넥타이는 앞으로 사용할 일이 없겠지만. 마지막으로 화장실에 들어간 나는 세면대 위에 있는 것들과 약장 속에 든 것들을 모조리 비닐봉투 속으로 쓸어 넣었다.

"도와드릴 일이 있습니까?"

나는 화들짝 놀라 돌아보았다. 샤워 커튼 사이로 리무진 운전사의 모습이 어른거렸다. 5분만 기다려 달라고 말한 사람이 10분이 넘도록 안 나오자 궁금해서 들어온 모양이었다.

"깜짝 놀랐습니다."

"아, 난 그냥 도와드릴… 여기서 무슨 일이 있었습니까?"

운전사는 바닥에 버려진 고무장갑과 침대가 놓여 있었던 커다란 자국을 놀란 눈으로 바라보았다.

"설명하자면 길어요. 저 커다란 가방을 좀 옮겨주면 나머진 내가 들고 나갈 수 있겠네요. 떠나기 전에 내 컴퓨터를 좀 뒤져봐야겠습니다."

화장실 문에 걸린 라켓볼 채를 벗겨 든 나는 양손에 더플 백과 비닐봉투를 들고 운전사 뒤를 따라 나갔다. 운전사가 트렁크를 열고 커다란 가방부터 실었고, 나는 그 옆에 더플 백과 비닐봉투, 라켓을 던져 넣었다. 돌아서서 문 쪽으로 걸어오다가 이웃집 여자가 진입로에서 나를 건너다보고 있다는 걸 알았다. 한 손에 〈LA 타임스〉를 들고 있었다. 내가 손을 흔들었지만 그녀는 아무 반응을 보이지 않았다. 나를 더 이상 이웃으로 친절히 대하지 않겠다고 결심한 듯했다. 나는 좋은 이웃에게 암흑과 죽음의 그림자를 몰고 왔던 것이다.

집 안으로 돌아온 나는 사무실로 쓰던 방으로 들어가자마자 책상 위에 있던 데스크톱 컴퓨터가 사라진 것을 알았다. LA 경찰이 아니면 FBI가 가져갔을 것이다. 이상한 무리의 사내들이 내가 실패한 소설들을 포함한 사적인 파일들을 모조리 들여다볼 거라는 생각이 들자 갑자기 발가벗겨진 기분이었다. 내가 저 바깥에서 활보하고 다니는 살인자도 아닌데 당국은 내 컴퓨터를 압수한 것이다. 레이철이 워싱턴에서 돌아오면 내 컴퓨터부터 당장 돌려달라고 요구할 생각이었다.

어깨가 약간 처지면서 나를 집 안으로 다시 들어오게 만들었던 딱딱한 껍질이 스르르 허물어지는 느낌이었다. 빨리 여기서 나가야지, 그러지 않으면 안젤라에게 일어났던 그 끔찍한 공포가 내 생각 속으로 기어들어 나를 마비시킬 것만 같았다. 계속 움직여야 해.

마지막으로 들어간 곳은 부엌이었다. 냉장고를 열고 유통기한이 지났거나 다 되어가는 음식물들을 모조리 쓰레기통에 던져 넣었다. 과일바구니에 담겨 있던 바나나도, 찬장 안에 있던 빵 반 토막도 버렸다. 나는 뒷문으로 나와 쓰레기봉투를 차고 옆에 있는 더 큰 쓰레기통에 던졌다. 다시 집 안으로 들어와 뒷문을 잠근 뒤 현관문으로 나와 현관문도 잠갔다. 그리곤 리무진이 기다리는 곳으로 가서 운전사에게 말했다.

"이제 교토 그랜드로 갑시다."

아직 하루가 고스란히 남아 있었고, 이젠 일을 시작해야 할 때였다. 리무진이 내 집 진입로를 빠져나올 때, 이웃집 여자는 이미 자신의 안전한 집 안으로 사라지고 보이지 않았다. 나는 고개를 돌려 내 집의 뒷 창문을 바라보았다. 그것은 내가 소유했던 유일한 집이었고, 그곳에서 내가 살지 못하게 되리라곤 생각해본 적도 없었다. 결국 한 살인자가 그 집을 내게 줬지만 다른 살인자가 그것을 빼앗아 갔다는 사실을 깨달았다.

리무진이 선셋 대로로 돌아가자 내 집은 시야에서 사라졌다.

13
재회

웨슬리 카버는 스톤이 짐을 챙기는 동안 컴퓨터를 두들기고 있었다. 그는 검색을 하면서 스톤의 재활용함 속에 든 서류들을 분쇄하는 작업도 병행했다. FBI 요원들을 바쁘게 만들 실속 없는 자료들을 많이 남겨두고 싶어서였다.

화면에 그 사진과 기사가 떠오르자 카버는 동작을 중지했다. 그것을 재빨리 스캔한 뒤 건너편 창고에 있는 스톤을 돌아보았다. 그는 검은 쓰레기봉투에 옷가지들을 담고 있었다. 스톤에겐 가방이 없었다. 어깨 통증 때문에 그는 아직 조심스럽게 움직이고 있었다.

"내 생각이 옳았어. 그 여잔 LA에 있다고."

카버가 그에게 소리쳤다.

스톤이 쓰레기봉투를 놓고 콘크리트 바닥을 가로질러 다가왔다. 그는 카버의 어깨 너머로 가운데 화면을 살펴보았다. 카버가 더블클릭으로 화면의 사진을 확대하며 물었다.

"이 여자 맞지?"

"말했잖아요. 호텔방 앞을 지나가며 흘끗 봤을 뿐이라고. 얼굴은 보지도 못했어요. 여자는 의자에 앉아 있었는데 얼굴은 보이지 않았어요. 이 여자일 수도 있지만 아닐 수도 있어요."

"내 생각엔 이 여자야. 잭과 함께 있었던 여자. 레이철이 잭과 다시 만난 거야."

"잠깐, 레이철이라고 했어요?"

"그래, 레이철 월링. FBI 요원이지."

"그놈이 그 이름을 불렀던 것 같은데…."

"누구?"

"매커보이요. 호텔 방문을 열고 안으로 들어갔을 때 바짝 따라갔거든요. '안녕, 잭' 하고 여자 목소리가 들려왔죠. 그러자 그가 여자 이름을 불렀던 것 같아요. '레이철, 여기서 뭐 하고 있는 거야?'라고 했던가."

"확실해? 지금까지 이름에 대한 얘긴 한마디도 안 했잖아?"

"못했죠. 방금 당신이 그 얘길 하니까 생각난 거예요. 틀림없이 그 이름을 불렀어요."

카버는 매커보이와 월링이 자신을 추적해오고 있다는 생각이 들자 흥분되었다. 그런 적을 둘이나 갖는다는 건 엄청나게 위험을 증가시키는 일이었다.

"그게 무슨 얘기였어요?"

스톤이 물었다.

"그 여자와 LA 경찰이 백맨(Bagman)이라 불리던 살인자를 잡았던 얘기야. 이자는 여자들을 토막 내어 쓰레기봉투에 담아 버렸지. 이 사진은 2년 반 전 LA에서 그들이 열었던 기자회견에서 찍은 거야. 그들은 백맨을 죽였어."

카버는 스톤이 입으로 토해 내는 숨소리를 들었다.

"보따리 싸는 거나 이제 끝내, 프레디."

"이제 어떻게 할 건데요? 그 여잘 추적할 건가요?"

"아니, 그럴 생각 없어. 그냥 앉아서 기다릴 거야."

"뭘 기다려요?"

"그 여자. 우릴 찾아올 거야. 찾아오면 날름 삼키기만 하면 돼."

카버는 스톤이 반대하거나 자기 의견을 주장하는지 보려고 잠시 기다렸다. 하지만 찍 소리도 없자, 새벽에 있었던 일로 교훈을 좀 얻었나 보다고 생각했다. 그는 스톤에게 물었다.

"어깨는 좀 어때?"

"약간 아프지만 괜찮아요."

"정말 괜찮아?"

"그렇다니까요."

"좋아."

카버는 인터넷 링크를 차단하고 일어섰다. 그리곤 컴퓨터 타워 뒤로 손을 넣어 키보드 케이블을 뽑았다. 연방수사국 요원들이 키보드 자판 사이에 떨어진 미세한 피부 조직을 수거하여 DNA를 추출할 수 있다는 걸 알고 있기 때문이었다. 그래서 키보드를 남겨두고 갈 생각이 없었다.

"이제 서둘러 끝내자. 그런 다음 그 어깨를 치료하고 마사지를 받게 해주지."

"마사지는 필요 없어요. 괜찮다니까요."

"난 네가 아픈 꼴은 못 봐. 월링 요원이 우리 앞에 나타났을 때 힘을 제대로 쓸 수 있어야 되지 않겠나."

"걱정 말아요. 그 정도는 준비하고 있을 테니."

14
빗나간 동작

월요일 아침부터 나는 동부여름시각을 적용했다. 레이철이 워싱턴에서 전화하면 즉시 행동에 들어가기 위해 일찌감치 일어나 준비하고 싶어서였다. 그래서 파일 작업을 계속하려고 오전 6시에 편집실로 출근했다.

기자와 편집자가 한 명도 보이지 않는 편집실은 황량해 보였고, 암울한 전망에 대한 예감이 강하게 나를 사로잡았다. 한때 이 편집실은 세계 최고의 일자리였다. 동료애, 경쟁, 가십, 냉소적인 유머와 위트가 넘쳐났고, 아이디어와 토론의 교차로였다. 여기서 만들어진 놀랍고 지적인 기사들로 신문 면들이 채워졌고, 여기서 제시한 안건들은 로스앤젤레스처럼 다양하고 흥미진진한 도시에서 중요하게 인식하고 토의하게 만들었다. 지금은 매년 수천 페이지에 달하는 기사 내용이 잘려나가고 있어서 이제 곧 신문사 전체도 이 편집실처럼 지적인 유령 마을로 변할 것이었다. 여러 면으로 보아 나는 그런 꼴을 지켜보지 않아도 되니 오히려 다행이었다.

칸막이 사무실에 들어간 나는 맨 먼저 이메일부터 체크했다. 지난 금요일 편집실 기술자가 새로운 패스워드로 내 계정을 다시 열어 주었다. 주말 동안 들어온 이메일이 마흔 통에 가까웠는데, 대부분 트렁크 살인에 대한 기사를 읽고 보내온 독자들의 반응이었다. 나는 하나씩 읽고 지워나갔다. 답장을 보낼 시간은 없었다. 그중 두 녀석은 자기들도 연쇄살인자라고 주장하면서 나를 처단자 명단에 올려놓았다고 했다. 이 두 녀석이 보낸 이메일은 레이철에게 보여주기 위해 남겨두었지만 별로 걱정되진 않았다. 그중 한 놈은 연쇄라는 뜻의 시리얼(serial)을 아침식사용 시리얼(cereal)로 표기해 놓아, 아무래도 개구쟁이거나 머리가 좀 모자라는 놈이라는 느낌이 들었다.

사진기자 소니 레스터가 보낸 성난 이메일도 있었다. 내 기사에 자기를 넣어주기로 동의해 놓고 배신을 때렸다는 내용이었다. 나는 그 사건에 대한 기사들이 내 이름으로 나간 것이 하나도 없는데 도대체 무슨 소리냐고 똑같이 화난 이메일을 보냈다. 내가 오히려 그보다 더 심하게 소외당했으니, 불만이 있으면 지방기사 편집장인 도로시 파울러에게 제기하라고 말해 주었다.

이메일을 보낸 뒤 나는 배낭에서 파일과 랩탑 컴퓨터를 꺼내놓고 작업에 들어갔다. 전날 밤 이미 많은 진척을 본 일이었다. 데니스 배빗 살해와 관련된 기록들을 모두 살펴보았고, 살인자가 그런 식으로 범행을 저지르기 위해서는 꼭 알아야 할 피살자에 대한 모든 사항을 리스트로 작성하면서 살인의 윤곽을 잡았다. 샤론 오글비 살인사건에 대해서도 반쯤은 검토가 끝났고 계속 정보들을 수집하고 있었다.

편집자들과 기자들이 커피를 손에 들고 새로운 한 주를 시작하기 위해 출근하면서 편집실은 슬슬 활기를 띠어갔다. 8시가 되자 나는 커피와 도넛으로 아침을 때우며 잠시 휴식을 취했다. 그리고 당장 하던 일을 엎고 달려가야 할 만큼 재미있는 일이 없었는지 확인하기 위해 경찰 출입처에 전화를 했다.

그동안엔 조용했다는 말에 만족하며 나는 다시 살인 파일로 돌아갔다.

그리고 오글비 사건에 대한 프로파일 작업을 막 끝냈을 때 오늘 첫 번째 이메일이 내 컴퓨터로 들어왔다. 고개를 들고 발신인을 살펴보니 도끼 담당 리차드 크레이머였다. 짧막하지만 꽤 호기심을 끄는 내용이었다.

보낸사람: 리차드 크레이머〈RichardKramer@LATimes.com〉

제목: Re : 오늘

보낸시간: 2009 - 5 - 18, 09 : 11 PDT

받는사람: 잭 매커보이〈JackMcEvoy@LATimes.com〉

잭, 시간 나면 잠시 들러주게.

RK

나는 내 칸막이 사무실 벽 위로 유리 사무실들을 건너다보았다. 크레이머가 사무실 안에 있는지는 모르겠지만 내 위치에서는 그의 데스크가 보이지 않았다. 아마도 그는 안젤라 대신 경찰 출입기자로 누가 좋겠는지 묻고 싶어 기다리고 있을 것이다.

나는 벌떡 일어나 유리 사무실로 향했다. 크레이머는 사무실 안에서 또 한 사람의 불운한 직원에게 보낼 이메일을 작성하고 있는 중이었다. 문이 열려 있었지만 나는 들어가기 전에 노크를 했다. 크레이머가 화면에서 얼굴을 돌리고 내게 들어오라는 손짓을 했다.

"좀 앉게, 잭. 오늘 아침 분위기는 어떤가?"

나는 그의 책상 앞에 놓인 두 개의 의자 중 하나에 앉았다.

"부국장님은 어떤지 몰라도 난 괜찮은 것 같은데요."

크레이머는 진지하게 고개를 끄덕였다.

"그래, 자네가 그 의자에 앉았다 돌아간 후 열흘 동안 정말 놀라운 일이 벌어졌어."

열흘 전 그가 내게 해고통보를 했을 땐 다른 의자에 앉아 있었지만, 그건 수정할 만한 가치가 없는 것이므로 나는 입 다물고 가만히 있었다. 내게든 네 자신에게든 할 얘기 있으면 계속 지껄여 보라고.

"자네한테 좋은 소식이 있어 불렀네."

부국장이 미소를 지으며 책상 가장자리에 있던 두꺼운 서류 뭉치를 자기 앞으로 당겨 놓았다. 그리곤 그것을 들여다보며 말했다.

"이보게, 잭. 이 트렁크 살인 사건은 좀 오래갈 것 같아. 당국에서 살인범을 곧 체포하든 못하든, 당분간은 우려먹을 수 있을 것 같단 얘기야. 그러자면 자네의 도움이 계속 필요해, 잭. 단도직입적으로 말해서 남아주면 좋겠네."

나는 그를 멍하니 바라보았다.

"나를 해고하지 않겠다는 뜻입니까?"

크레이머는 내 질문을 전혀 못 들은 척 자기 말만 계속했다.

"여기 6개월 계약 연장 서류에 서명만 하면 돼."

"그러면 6개월 동안만 해고를 보류한단 뜻이군요?"

크레이머는 서류를 돌려 내가 읽을 수 있도록 앞으로 밀어주었다.

"이건 이 바닥에서 흔히 행해지는 표준 계약 연장이라네."

"난 원래 계약서가 없어요. 애초에 계약서가 없는데 연장이 어떻게 됩니까?"

"여기선 다들 그렇게 해. 자넨 현재 피고용인이기 때문에 계약된 상태로 간주하는 거지. 따라서 계약상 동의한 대우 변화는 계약 연장으로 볼 수 있어. 법률적으로 해석하자면 그렇다는 소리야, 잭."

나는 그게 무슨 개소리냐고 반문하진 않았다. 그 대신 서류의 앞 페이지를 초스피드로 읽어 내려가다가 두껍고 높은 과속방지턱을 만나 급제동을 걸었다.

"6개월 연장근무에 3만 달러를 지급하겠다고 되어 있군요."

"그렇다네. 그게 연장근무의 표준 임금이야."

나는 재빨리 암산해 보았다.

"어디 보자, 그렇다면 6개월 동안 내가 받던 돈보다 1만 8천 달러가 적은 금액이군. 나더러 이 사건 기사를 계속 써달라고 하면서 돈은 더 적게 지불하겠다는 겁니까?"

나는 서류를 획획 넘기며 살펴보았다. 의료보험이나 연금혜택에 관한 조항은 한 줄도 보이지 않았다. 아예 삭제해 버렸기 때문이었다.

"이런, 이런, 이 계약서에 의하면 나는 더 이상 의료보험이나 연금혜택도 못 받게 되겠군요. 맞습니까?"

"잭."

크레이머는 조용한 목소리로 말했다.

"돈으로 보조하는 방법을 의논해 볼 수는 있겠지만 의료보험이나 연금 문제는 자네 스스로 감당해야 해. 이게 지금 우리 현실이라네. 앞으로의 추세이기도 하고."

나는 계약서를 책상 위로 밀어주고 그를 쳐다보았다.

"당신 차례도 그리 멀진 않을 겁니다."

"뭐라고?"

"이게 우리 선에서 끝날 줄 아세요? 기자들과 편집자들 선에서? 위에서 시키는 대로만 하면 당신 자신은 끝까지 무사할 거라는 생각이 듭니까?"

"잭, 우린 지금 내 처지에 대해 상의하고 있는 것이 아니잖아?"

"아무래도 상관없어요. 난 이딴 계약서엔 서명하지 않을 테니까. 차라리 실직하는 편이 낫겠네. 실직하지, 뭐. 하지만 언젠가는 그들이 이 계약서를 당신 코앞에 들이밀며 서명하라고 할 날이 올 겁니다. 그땐 당신도 당신 아이들의 병원비와 학원비, 기타 비용들을 어떻게 감당할 수 있을까 고민 좀 하게 될 거요. 그렇지만 뭐, 그게 미래의 추세라니까, 당신한텐 별 문제가 없겠지."

"잭, 자네한텐 아이들도 없잖아. 내가 이런 일을 맡았다고 해서 날 위협하는 건…."

"위협이 아닙니다. 그리고 그건 핵심이 아니잖소, 크래머. 내 말의 요지는…."

나는 그를 한참 노려본 뒤 말했다.

"그만둡시다."

그리곤 벌떡 일어나 그의 사무실을 박차고 나왔다. 내 칸막이 사무실로 돌아오면서 휴대전화를 꺼내어 혹시 놓친 전화가 있는지 확인해 보았다. 없었다. 워싱턴 D.C. 시각으로는 오후 1시가 가까울 텐데 레이철은 여전히 아무 연락도 없었다. 칸막이 안의 전화기와 컴퓨터를 체크해 봐도 메시지나 이메일은 들어와 있지 않았다.

지금까지 나는 레이철에게 간섭하지 않으려고 조용히 있었지만, 이젠 그녀에게 어떤 일이 일어나고 있는지 알아야만 했다. 그녀의 휴대전화 번호를 누르자 신호음도 없이 곧바로 음성 메일로 이어졌다. 나는 레이철에게 가급적 빨리 전화해 달라고 부탁한 뒤 끊었다. 만에 하나 그녀의 전화기가 먹통이 되었거나 청문회 후에 다시 켜는 것을 잊어버렸을 경우를 생각해서 호텔 모나코로 전화해 보았다. 하지만 그녀는 오늘 아침 체크아웃 했다는 대답만 돌아왔다.

책상 위에 전화기를 내려놓자마자 신호가 울렸다. 다시 받아보니 두 칸 너머 칸막이에 있는 래리 버나드였다.

"크레이머가 뭐래? 자네를 다시 고용하고 싶대?"

"그래."

"뭐? 정말이야?"

"그런데 급료를 깎겠다더군. 엿이나 먹으라고 했지."

"농담하는 거야, 잭? 주도권은 그들이 쥐고 있어. 다른 갈 만한 곳이라도 있어?"

"어쨌든 급료도 깎고 다른 혜택들도 모조리 없애버린 계약 조건으로는 여기서 일하지 않을 거야. 그 친구한테도 그렇게 말했어. 나 지금 가야 해. 오늘 기사들을 체크하고 있는 거야?"

"응, 지금 하고 있어."

"새로운 건 없나?"

"아직은 아무 소식 없어. 너무 이르잖아. 참, 잭, 어제 CNN에 나온 거 녹화로 봤어. 멋지던데. 그런데 알론조도 함께 나온다고 했잖아. 그래서 켜봤더니 처음 계획과는 달리 알론조는 안 나왔어."

"그 녀석도 오긴 했는데 방송에 내보낼 수가 없었어."

"왜?"

"말끝마다 씨발 졸라가 달렸거든."

"아하, 금요일에 그 친구와 통화할 때도 그 점이 마음에 걸렸어."

"당연히 그랬을 거야. 나중에 얘기해 주지."

"잠깐만, 어디로 갈건데?"

"사냥하러."

"무슨 사냥?"

나는 전화기를 내려놓고 랩탑 컴퓨터와 파일들을 배낭에 쑤셔 넣은 뒤 계단 쪽으로 향했다. 〈LA 타임스〉 편집실은 한때 세상에서 가장 일하기 좋은 곳이었지만 지금은 아니었다. 도끼 담당이나 그 배후 세력들이 이곳을 끔찍하고 밀실공포증을 자아내는 장소로 만들었다. 나는 탈출해야만 했다. 하지만 마땅히 갈 집도 사무실도 없었다. 그렇지만 내겐 아직 자동차가 있지 않은가. 그리고 LA에서는 자동차가 왕이었다.

나는 서쪽으로 달리다가 10번 고속도로를 타고 해변으로 향했다. 맑은 해안 공기를 뚫고 매끄럽게 달려 나가는데 마주 오는 차량은 드물었다. 나는 정확히 어디로 가는지도 모르고 있었지만, 운전대를 잡은 내 손과 가속페달을 밟은 내 발은 목적지를 알고 있는 듯했다.

산타모니카에서 4번가로 빠져나간 나는 피코 거리로 내려가서 해변으로 나갔다. 그리곤 알론조 윈슬로가 버렸던 데니스 배빗의 자동차가 주차되어 있던 곳으로 들어갔다. 주차장은 텅 비어 있어서 어쩌면 나는 그녀의 차가 버려졌던 줄이나 같은 자리에 차를 세웠을지도 모를 일이었다.

햇볕은 아직 해무를 증발시키지 않았고 하늘은 음침하게 흐려 있었다. 선착장에 있는 대관람차 '페리스 휠'은 안개에 싸여 흐릿했다.

이제 어쩌자는 거지? 나는 생각했다. 휴대전화를 다시 체크했지만 메시지는 없었다. 아침 일과를 마치고 돌아오는 한 무리의 서퍼들을 보았다. 자신들의 승용차와 트럭으로 돌아간 그들은 젖은 셔츠를 벗고 물통에 든 물로 샤워를 한 뒤 타월을 몸에 감았다. 그리곤 보드용 반바지를 벗고 마른 내의로 갈아입었다. 프리 워크 서퍼들을 위한 전통적 방식이다. 그들 중 하나가 자신의 스바루 차량에 붙여 놓은 범퍼 스티커를 보자 나는 웃음이 나왔다.

우리 모두 롱보드를 타면 안 돼요?

나는 배낭을 열고 레이철의 메모철을 꺼냈다. 파일에서 조사한 내용들로 각 페이지들이 빼곡했다. 나는 마지막 페이지를 열고 이전에 적어둔 것을 살펴보았다.

범인이 알아야 할 것

데니스 배빗

1. 전과에 대한 세부사항

2. 차 – 트렁크 공간

3. 작업 장소

4. 작업 계획 – 퇴근 후 납치

5. 외모·신체 타입 – 기린, 긴 다리

샤론 오글비

1. 남편의 위협

2. 남편 차 – 트렁크 공간

3. 작업 장소

4. 작업 계획 – 퇴근 후 납치

5. 외모·신체 타입 – 기린, 긴 다리

6. 남편 집의 위치

　내가 작성한 이 두 리스트는 짤막하고 서로 비슷해서 두 여자와 그들을 죽인 살인범 사이에 어떤 연관성이 있다는 확신이 들게 했다. 살인범의 입장에서는 범행을 하기 전에 이 모든 사항들을 알아야 할 필요가 있을 것 같았다.

　나는 축축한 바다 공기가 차 안으로 들어오도록 창문을 내렸다. 그 미확인범은 어떻게 다른 두 장소에서 이 두 여자를 선택하게 되었을까?

　살인범이 그 여자들을 봤다는 것이 가장 간단한 대답일 것이었다. 범인이 어떤 신체적 특성을 찾고 있었다면 데니스 배빗과 샤론 오글비를 무대 위에서 발견할 수 있었을 것이다.

　그게 아니면 컴퓨터에서 봤을 수도 있다. 전날 밤 나는 리스트를 작성하며 두 여자의 스트립쇼 가게와 클럽 스네이크 핏이 모두 무희들의 사진을 게재한 웹사이트를 운영하고 있는 것을 발견했다. 댄서들마다 자신들의 다리와 발을 드러낸 전신사진을 여러 장 싣고 있었다. 팜므파탈스앳더클레오닷컴(www.femmesfatalesatthecleo.com)에는 댄서들이 카메라를 향해 다리를 높이 쳐든 코러스 라인* 사진들이 실려 있었다. 미확인범에게 그 웹사이트가 사냥감을 찾는 데 도움을 줬을 것이었다.

일단 사냥감을 선정하면 살인자는 그 여자에 대한 모든 세부사항을 알아보고 리스트로 만들 필요가 있었을 것이다. 그런 식으로 진행될 수도 있겠지만 나는 그러지 않았을 거라는 예감이 들었다. 어쩐지 피살자들이 어떤 식으로든 연결되어 있을 것만 같았다.

나는 리스트의 첫 번째 항목에 정신을 집중했다. 살인자는 어떤 시점에서 희생자들의 전과에 대해 자세히 알아낸 것이 분명해 보였다.

데니스 배빗의 경우, 그는 그녀가 작년에 마약 구입 혐의로 체포되었고 그 장소는 로디아 가든스 연립주택 바깥이었던 것까지 분명 알고 있었다. 이 정보는 그녀의 시체를 그녀의 자동차 트렁크 속에 감춰두면 누군가가 차를 훔쳐갈 것이고, 나중에 경찰이 추적해도 결국 그 자리로 돌아오게 될 거라는 아이디어를 제공했다. 배빗이 마약을 구입하러 그곳에 다시 갔다는 사실이 그것을 분명하게 설명하고 있었다. 사실을 부드럽게 비틀었던 것이다.

샤론 오글비의 경우는 살인자가 그녀의 이혼에 대해 세부적으로 알고 있었음이 틀림없었다. 특히 그녀의 남편이 그녀를 죽여 사막에 묻어버리겠다고 협박한 사실이 있다는 걸 알고 있었다. 바로 거기서 그녀의 시체를 남편 차의 트렁크 속에 넣어두면 되겠다는 아이디어가 떠올랐을 것이다.

* chorus line: 주역급만 넘을 수 있는 무대 전면의 백선

두 사건에서 살인자는 공개된 법정 서류를 통해 피살자들의 전과를 입수할 수 있었을 것이다. 내가 조사한 어떤 기록에서도 오글비의 이혼 기록을 비밀에 부친 흔적은 없었다. 데니스 배빗의 경우는 형사고발 내용이 공식기록의 한 부분이었다.

생각이 거기에 이르자 떠오르는 것이 있었다. 지금까지 놓치고 있었던 것이다. 데니스 배빗은 피살되기 1년 전에 체포되었고, 살인이 일어난 시점까지도 기소유지 상태에 있었다. 변호인들 말로는 '오줌 누고 보자'는 상태에 있었던 것이다. 담당 변호인은 그녀를 심리 전 감독 프로그램에 집어넣었다. 그래서 배빗은 한 달에 한 번씩 약물남용 치료 외래환자로 소변검사를 받아야 했고, 법원은 외견상 그녀가 개과천선하기를 기다리고 있었다. 실제로 개과천선이 이루어지면 그녀에게 내릴 벌은 감해질 것이었다. 그리고 담당 변호인이 유능했다면 그녀가 체포되었던 사실까지도 기록에서 삭제했을 것이다.

이런 모든 법적 세부사항 속에서 나는 그동안 간과하고 있었던 어떤 것을 발견했다. 그녀의 사건이 기소유지 상태에 있었다면 아직 공식 자료 속에 포함되지 않았을 때다. 컴퓨터나 법원 방문을 통해 아무나 입수할 수 있는 공식 자료도 아닌데, 미확인범은 그녀를 살해하기 위해 필요한 이 세부사항들을 어떻게 입수했을까? 이 질문에 대한 대답을 찾느라 한참 생각한 끝에, 데니스 배빗 자신이나 그 사건과 직접 관련이 있는 다른 사람―검사나 변호인―을 통해 정보를 입수하는 방법밖에 없다는 결론에 도달했다. 배빗의 파일을 뒤적여 그녀의 변호인 이름을 찾아낸 나는 즉시 전화를 걸었다.

"데일리 앤드 밀즈의 뉴애너입니다. 뭘 도와드릴까요?"

"탐 팍스 씨 좀 바꿔주시겠어요?"

"팍스 씨는 오전에 법원으로 들어갔습니다. 메시지를 남기시겠어요?"

"점심시간엔 돌아오실까요?"

시계를 보니 11시가 가까워오고 있었다. 그러자 레이철한테서 아직도 아무 연락이 없다는 것이 마음에 걸렸다.

"늘 돌아오는 편이지만 보증할 순 없죠."

나는 이름과 전화번호를 불러준 뒤 〈LA 타임스〉 기자라고 말하고 팍스에게 아주 중요한 일로 전화했다고 전해 달라고 했다.

전화를 끝낸 나는 랩탑을 부팅하여 인터넷 슬롯 카드를 밀어 넣었다. 내가 세운 가설대로 데니스 배빗의 법원 기록을 온라인으로 접속할 수 있는지 시험해 보기로 했다.

주에서 공식적으로 제공하는 법률 데이터 서비스와 〈LA 타임스〉가 사적으로 제공하는 법률 검색 엔진을 통해 배빗의 체포와 기소에 대해 20분이나 뒤졌지만 건질 만한 정보는 별로 없었다. 그렇지만 변호인의 이메일 주소를 이용하여 짤막한 메시지를 보내기로 했다. 어쩌면 그가 휴대전화로 내 이메일을 받아보고 좀 더 빨리 내게 전화해 주지 않을까 하는 생각에서였다.

보낸사람: 잭 매커보이〈JackMcEvoy@LATimes.com〉

제목: 데니스 배빗

보낸시간: 2009 - 5 - 18, 10:57 PDT

받는사람: 탐 팍스〈TFox@dalyandmills.com〉

팍스 씨, 저는 데니스 배빗 살인 사건을 취재하고 있는 〈로스앤젤레스 타임스〉 기자입니다. 제 동료 한 사람에게 당신이 데니스를 대표한다고 이미 말씀하셨겠지만, 가급적 빨리 당신을 만나 뵙고 제가 추적 중인 새로운 수사 각도에 대해 얘기하고 싶습니다. 최대한 빨리 전화나 이메일을 주시면 감사하겠습니다.

잭 매커보이

메시지를 보내고 나니 이제 기다릴 일밖에 없다는 생각이 들었다. 컴퓨터 화면 모서리에 있는 시계를 보니 워싱턴 D.C.는 오후 2시가 지났을 것 같았다. 레이철의 청문회가 이렇게까지 길어질 리는 없었다.

내 컴퓨터가 울려서 살펴보니 팍스가 벌써 답신을 보낸 것이었다.

보낸사람: 탐 팍스〈TFox@dalyandmills.com〉

제목: RE : 데니스 배빗

보낸시간: 2009 - 5 - 18, 1 : 01 PDT

받는사람: 잭 매커보이〈JackMcEvoy@LATimes.com〉

안녕하세요. 이번 주엔 심리가 있어 이메일 답장을 제때 못 해드립니다. 하지만 제 조수 메디슨이나 제가 메일을 확인하는 대로 최대한 빨리 연락드리도록 하겠습니다. 감사합니다.

탐 팍스

시니어 파트너, 데일리 & 밀즈, 법률상담가

www.dalyandmills.com

자동으로 발송되는 답장이었다. 팍스가 아직 내 메시지를 못 봤다는 얘기였다. 점심시간 이전에는 연락을 받기 어렵겠다는 느낌이 들었다.

메시지 아래쪽에 법률회사의 웹사이트 주소가 찍혀 있어서 들어가 보왔다. 회사가 제공하는 서비스들을 가망고객들에게 요란하게 선전하고 있는 사이트가 나왔다. 형사 민사 사건 전문 변호사들 명단과 '문제가 있습니까?'라고 새긴 윈도우도 있었는데, 사이트 방문자가 자신이 처한 특수상황을 거기에 제시하면 회사의 법률 전문가로부터 무료 조언을 들을 수 있었다.

페이지 아래쪽에는 회사의 파트너들 이름이 죽 나열되어 있었다. 탐 팍스의 경력을 보려고 그의 이름을 클릭하려던 순간 페이지 맨 아래쪽으로 흘러가는 문장이 눈에 들어왔다.

사이트의 설계와 최적화는 '웨스턴 데이터 컨설턴트'

마치 원자들이 서로 충돌하여 새롭고 고귀한 물질을 만들어내고 있는 기분이었다. 나는 순간 커넥션을 찾았음을 깨달았다. 그 법률회사의 웹사이트는 미확인범의 덫 사이트와 같은 지점에서 운영되고 있었다. 우연치곤 너무 지나친 우연이었다. 내부의 문맥들이 활짝 열리고 아드레날린이 혈관 속으로 콸콸 쏟아지는 느낌이었다. 재빨리 클릭하자 웨스턴 데이터 컨설턴트의 홈페이지가 펼쳐졌다.

웹사이트는 애리조나 주 메사에 있는 시설을 친절하게 안내했다. 데이터 저장, 관리 운영, 무슨 소린지는 모르겠지만 웹베이스 그리드 솔루션 분야에서 최첨단 경비와 서비스를 제공하는 시설이라고 주장했다.

'벙커를 보시오'라고 적힌 아이콘을 클릭하자 지하에 있는 서버 팜의 사진과 설명이 있는 페이지로 들어갔다. 고객 회사들의 사업 데이터가 저장되고 고속 광통신망과 인터넷 공급자들을 통해 고객들이 하루 24시간 접속할 수 있는 콜로케이션 센터였다. 마흔 개의 서버 타워가 완벽하게 나열되어 있었다. 지하 6미터 깊이에 설치된 벙커 내부는 콘크리트로 마감하여 적외선 모니터 장치를 했고 철저히 밀폐되어 있었다.

이 웹사이트는 웨스턴 데이터의 보안성을 주로 팔았다. '일단 들어온 것은 고객님의 요청 없이는 나가지 않습니다.' 회사는 사업자들에게 즉각적이고 주기적인 백업을 통해 데이터 저장과 보안을 위한 크고 작은 경제적 수단들을 제공하고 있었다. 로스앤젤레스에 있는 법률회사의 컴퓨터 키를 두드리는 즉시 그 한 자 한 자가 모두 메사에 기록되고 저장될 수 있었다.

나는 라스베이거스에서 윌리엄 시피노가 건네준 서류들을 파일 속에서 빼냈다. 그 속에는 오글비의 이혼서류도 들어 있었다. 브라이언 오글비의 이혼을 담당했던 변호사 이름을 검색창에 입력하자 주소와 전화번호는 나왔지만 웹사이트는 뜨지 않았다. 다시 샤론 오글비의 변호인 이름을 입력했더니 이번엔 주소와 전화번호, 웹사이트까지 모두 나왔다.

나는 '올맨드, 브래드쇼 앤드 워드'의 웹사이트로 들어가서 홈페이지 맨 아래로 내려갔다. 거기에도 그 문장이 나와 있었다.

사이트의 설계와 최적화는 '웨스턴 데이터 컨설턴트'

이제 커넥션은 확인했지만 명확하지가 않았다. 그 두 법률회사는 웨스턴 데이터를 이용해서 그들의 웹사이트를 설계하고 운영하고 있었다. 나는 그 회사들이 각자의 사건 파일들까지 웨스턴 데이터 서버에 저장하고 있는지 확인할 필요가 있었다. 그래서 잠시 궁리한 뒤 회사에 전화를 걸었다.

"올맨드, 브래드쇼 앤드 워드입니다. 무얼 도와드릴까요?"

"대표 변호사님 좀 부탁합니다."

"사무실로 연결해 드리겠습니다."

나는 할 말을 속으로 연습하며 씨가 먹혀들길 바랐다.

"케니 씨 사무실입니다. 도와드릴까요?"

"저는 잭 매커보이라고 합니다. '윌리엄 시피노 앤드 어소시에츠'에서 일하는데 회사의 웹사이트와 데이터 저장 시스템을 구축하고 있죠. 애리조나에 있는 '웨스턴 데이터'에 문의했더니 '올맨드, 브래드쇼 앤드 워드'가 이곳 라스베이거스의 고객 중 한 곳이라 하더군요. 그래서 케니 씨에게 웨스턴 데이터와의 업무가 어땠는지 여쭤보고 싶어 전화 드렸습니다."

"케니 씨는 오늘 안 계십니다."

"아하, 혹시 다른 적당한 분은 안 계십니까? 우리는 오늘 일을 시작할 생각이거든요."

"회사의 웹 정보와 데이터 관리는 케니 씨 소관이니 그분과 말씀하셔야 해요."

"그렇다면 데이터 관리도 웨스턴 데이터에 맡기고 있습니까? 웹사이트만 맡기는 것이 아니고요?"

"네, 그럼요. 그런 얘기도 케니 씨와 하셔야 해요."

"감사합니다. 아침에 다시 전화 드리도록 하겠습니다."

나는 전화를 끊었다. '올맨드, 브래드쇼 앤드 워드'에서 내가 필요로 하는 것은 이미 얻어냈다. 다음엔 '데일리 앤드 밀즈'에 전화하여 대표 변호사 조수를 통해 똑같은 방법으로 똑같은 확인을 받아냈다.

나는 커넥션을 찾아냈다는 느낌이 들었다. 미확인범의 희생자 두 명을 대표했던 두 법률회사가 모두 메사에 있는 '웨스턴 데이터 컨설턴트'에 사건 파일들을 저장하고 있었다. 데니스 배빗과 샤론 오글비가 연결된 곳이 바로 웨스턴 데이터임이 분명했다. 바로 그곳에서 미확인범은 두 여자를 발견하고 선택했던 것이다.

파일들을 모두 배낭에 쑤셔 넣고 자동차 시동을 걸었다.

공항으로 오는 길에 사우스웨스트 에어라인에 전화하여 1시에 LAX를 출발하여 한 시간 후 피닉스에 내려줄 왕복 티켓을 구입했다. 그리고 렌터카를 예약한 뒤 프렌더게스트에게 전화를 해줘야 할지를 놓고 고민하고 있을 때 내 휴대전화가 울리기 시작했다. 발신자 표시 화면에 '개인 번호'라고 뜬 것을 보고 나는 레이철이 마침내 전화한 것임을 알았다.

"여보세요?"

"잭, 나야."

"레이철, 늦었네. 거기 어디야?"

"공항이야. 돌아가는 길이고."

"비행기를 바꿔. 피닉스에서 만나."

"뭐라고?"

"커넥션을 찾아냈어. 웨스턴 데이터였는데, 지금 그곳으로 가는 길이야."

"잭, 무슨 얘길 하는 거야?"

"만나서 얘기해 줄게. 올 거지?"

망설임이 길었다.

"레이철, 올 거지?"

"그래, 잭, 갈게."

"좋아. 렌터카를 예약해놨어. 비행기를 바꾼 뒤 도착시간을 알려줘. 피닉스 스카이 하버 국제공항으로 태우러 갈게."

"그래."

"윤리감사실 청문회는 어땠어? 너무 오래 걸린 것 같은데."

그녀는 다시 망설였다. 공항의 안내방송 소리가 어렴풋이 들렸다.

"레이철?"

"그만뒀어, 잭. 난 이제 FBI 요원이 아니야."

스카이 하버 국제공항 터미널 출구를 걸어 나오는 레이철은 한 손에 랩탑 가방을 들고 다른 손으론 롤러 백을 끌고 있었다. 리무진 운전사들이 자기 손님 이름이 적힌 표지판을 들고 서 있는 곳에 끼어 있던 내가 레이철을 먼저 발견했다. 그녀는 나를 찾아 주위를 두리번거렸지만 바로 앞에 선 사람은 쳐다보지도 않았다.

내가 길을 막아서자 그녀는 하마터면 나와 충돌할 뻔했다. 가방들을 놓진 않았지만 그녀의 두 팔이 축 늘어졌다. 그건 명백한 초대였다. 나는 한 걸음 다가가 그녀를 힘껏 포옹했다. 그냥 꽉 부둥켜안고 키스는 하지 않았다. 레이철도 내 어깨 위에 머리를 기대고 아무 말도 하지 않았다. 한참 후에야 나는 그녀에게 속삭였다.

"괜찮아?"

레이철은 고개를 끄덕였다.

"긴 하루였겠군."

"가장 긴 하루였지."

"견딜 만해?"

"그래야지."

나는 롤러 백 손잡이를 건네받은 뒤 주차장 입구로 그녀를 안내했다.

"이쪽이야. 호텔도 이미 잡아놨어."

"멋지군."

나는 한쪽 팔로 그녀를 감싸 안은 채 조용히 걸었다. 레이철은 전화로 나한테 얘기할 때 자세한 내용은 피했다. 단지 정부 예산을 남용한 것에 대해 기소 당하지 않으려면 사표를 제출하라는 압력을 받고 있다는 얘기만 했다. 나를 구하기 위해 FBI 제트기를 타고 넬리스 공군기지로 날아갔던 것이 문제였다. 그녀를 다그칠 생각은 없었지만 청문회에 대한 자세한 내용을 알고 싶었다. 결국 그녀는 내 목숨을 구하려다 직장을 잃은 것이다. 어떻게든 그것을 바로잡지 못하면 나는 살아도 산 것이 아니었다. 그리고 내가 알고 있는 유일한 방법은 기사로 쓰는 것뿐이었다.

"호텔은 꽤 괜찮은데 방이 하나뿐이야. 당신이 올 것이라곤…."

"하나면 충분해. 이제 그런 것 때문에 고민할 일은 없거든."

나는 고개를 끄덕였다. 이제 그녀는 FBI 요원이 아니기 때문에 수사와 관련된 어떤 사람과 함께 자는 문제에 대해선 걱정할 필요가 없다는 뜻이었다. 또한 내가 무슨 말을 하거나 어떤 질문을 하든, 그녀가 방금 잃어버린 경력과 직업을 떠올리게 만들 것처럼 보였다. 나는 화제를 바꾸려고 했다.

"배고파? 뭘 좀 먹을까, 아니면 바로 호텔로 가서 쉬고 싶어?"

"웨스턴 데이터로 가는 건 어때?"

"전화로 약속 시간을 잡았어. 오늘은 CEO가 출타 중이라 내일이라야 된대."

시계를 보니 6시가 가까웠다.

"지금쯤은 문도 닫았을 텐데, 뭐. 그러니 내일 오전 10시에 들어가자. 맥기니스란 사내가 그곳을 운영하고 있는 게 분명해. 그자를 만나야 해."

"당신이 말한 대로 그들이 잘 속아 줄까?"

"속임수가 아냐. 시피노 변호사가 내게 써준 편지가 나를 합법적으로 만들어 줄 거야."

"당신은 무엇이든 자기합리화를 시킬 수 있는 모양이지? 〈LA 타임스〉에는 자기 직원들이 아무나 대표할 수 없도록 막는 윤리강령 같은 것도 없어?"

"물론 있어. 그렇지만 어디나 회색지대가 있는 법이지. 나는 다른 방법으로는 도저히 얻을 수 없는 정보를 얻기 위해 이러는 거야."

나는 별거 아니라는 듯이 어깨를 으쓱해 보였다. 렌터카에 도착하자 나는 그녀의 가방을 트렁크에 실었다.

"잭, 지금 그곳에 가보고 싶어."

차에 오르자 레이철이 말했다.

"어디 말이야?"

"웨스턴 데이터."

"예약 없인 들어갈 수 없어. 우리 약속은 내일이고."

"좋아. 안 들어가면 되지. 하지만 둘러볼 수는 있잖아. 보고 싶어서 그래."

"왜?"

"오늘 워싱턴에서 있었던 일을 지워 버리고 싶어서. 됐어?"

"알았어. 그러자고."

나는 수첩에서 웨스턴 데이터의 주소를 찾아내어 렌터카의 GPS에 입력했다. 우리는 곧 공항에서 동쪽으로 달리는 고속도로 위로 올라갔다. 교통은 원활했고 우리는 고속도로를 두 개 바꿔 타며 20분 달리고 나서 메사에 도달할 수 있었다.

웨스턴 데이터 컨설턴트는 메사의 동쪽으로 달리는 매켈립스 도로 지평선 위에 조그맣게 웅크리고 있었다. 잡목과 소노라 선인장으로 둘러싸인 지역에 창고와 작은 업체들이 드문드문 자리 잡고 있는 미개발지였다. 모래 빛깔 벽돌로 지은 단층 건물은 정문 양쪽으로 창문이 두 개밖에 나 있지 않았다. 건물 오른쪽 꼭대기에 페인트로 주소를 적어 놓긴 했지만 정면이나 담장 어디에도 다른 표지판은 보이지 않았다.

"저 건물이 분명해?"

내가 첫 번째로 지나갔을 때 레이철이 던진 질문이었다.

"그럼. 나한테 약속 시간을 잡아준 여자가 건물에 아무 표지판도 붙어 있지 않다고 말했어. 여기서 뭘 하는지 광고하지 않는 것도 보안의 일부라고 하더군."

"생각했던 것보다 작네."

"대부분의 시설은 지하에 있다는 걸 기억하셔야지."

"맞아, 그렇지."

그 지점에서 몇 블록 떨어진 곳에 '하이타워 그라운즈'라는 간판이 붙은 커피점이 있었다. 우리는 거기서 유턴하여 웨스턴 데이터 앞을 다시 한 번 지나갔다. 이번엔 레이철이 앉은 쪽으로 건물이 있었기 때문에 그녀는 몸을 돌리고 자세히 살펴보며 말했다.

"건물 주위가 온통 감시카메라들이야. 하나, 둘, 셋, 넷… 바깥쪽에만 여섯 개군."

"웹사이트에 의하면 안쪽에도 카메라들이 설치되어 있대. 그들이 팔아먹고 있는 상품이 안보니까."

내가 대꾸했다.

"실제로 그렇든 겉보기만 그렇든 말이지."

나는 그녀를 돌아보며 물었다.

"그건 무슨 뜻이야?"

레이철은 어깨를 으쓱했다.

"별것 아냐. 단지 저 카메라들은 상당히 인상적이네. 하지만 반대쪽에서 저것들을 들여다보고 있는 사람이 없다면 무슨 소용이 있겠어?"

나는 고개를 끄덕인 뒤 그녀에게 물었다.

"한 바퀴 더 돌아보고 싶어?"

"아니, 충분히 봤어. 배고파, 잭."

"그래, 어디로 가고 싶어? 고속도로를 벗어날 때 바비큐 집을 하나 지나쳤는데. 아니면 아까 그 커피숍으로 돌아가면 다른 것이…."

"호텔로 가고 싶어. 룸서비스와 미니바 신세를 좀 지지, 뭐."

그녀의 얼굴에서 희미한 미소가 스치는 걸 본 듯했다.

"그것도 썩 괜찮은 생각이야."

나는 이미 렌터카의 GPS에 메사베르데 인을 입력해 놓은 상태였다. 우리는 10분쯤 후 호텔에 도착했고, 나는 렌터카를 호텔 뒤쪽 차고 안에 주차했다.

호텔방 안에 들어가자 우리는 구두를 벗어던진 뒤 침대 베개에 나란히 기대고 앉아 파이랫 럼주를 물 잔에 따라 마셨다. 마침내 레이철이 그날 맛본 많은 좌절감을 한꺼번에 토해내듯 길고 요란한 한숨을 토해냈다. 그리곤 거의 빈 유리잔을 쳐들며 말했다.

"이거 정말 좋은데."

그렇다는 듯 나는 고개를 주억거렸다.

"전에 마셔본 적 있어. 생산지가 영국령 서인도제도의 앙귈라 섬이지. 신혼여행을 거기로 갔거든. 캡 줄루카 호텔방 안에 이게 한 병 있었어. 이런 미니바용 작은 병이 아니라 커다란 걸로 말이야. 그걸 밤새 끝장냈어. 지금처럼 스트레이트로 마셔댔지."

"누가 당신 신혼여행 얘기 듣고 싶다고 했어?"

"미안. 하지만 그건 휴가나 마찬가지였어. 결혼한 지 1년도 더 지난 때였으니까."

그런 얘기를 하고나자 대화가 뚝 끊겼다. 나는 침대 맞은편 벽에 있는 거울 속의 레이철을 바라보았다. 잠시 후 그녀는 나쁜 생각이 몰려오는 것처럼 머리를 살래살래 흔들었다.

"그 자식들은 엿이나 먹으라고 해, 레이철. 관료주의 속성이 바로 그런 거야. 실제로는 가장 필요한 자유사상가나 실천가들은 모조리 제거하는 것."

"관료주의 속성 따위는 걱정 안 해. 난 막돼먹은 FBI 요원이었으니까. 이제 난 뭐 하지? 우린 이제 뭘 해야 하는 거야?"

나는 그녀가 마침내 '우리'라는 말을 사용한 것이 마음에 들었다.

"산 입에 거미줄이야 치겠어? 두 사람 재능을 합쳐 사설탐정사무소라도 하나 차려볼까? 아, 생각났다. 월링 앤드 매커보이 수사연구소."

레이철은 다시 머리를 흔들었지만 이번엔 결국 웃고 말았다.

"간판에 내 이름을 먼저 넣어줘서 고마워."

"당연하지, 당신이 CEO니까. 빌보드에 당신 사진도 넣을 건데, 그러면 사업이 겁나게 번창해버릴 거야."

그러자 레이철은 깔깔 웃었다. 럼주 때문인지 내 말 때문인지는 몰라도 기분이 한결 좋아진 것 같았다. 나는 술잔을 탁자 위에 내려놓고 그녀를 돌아보았다. 우리 두 사람의 눈이 맞닿을 정도로 가까웠다.

"난 항상 당신을 먼저 생각할 거야, 레이철. 언제나."

이번엔 그녀가 내 목덜미를 두 손으로 잡고 끌어당기며 키스해 왔다.

사랑을 나누고 나자 난 녹초가 되었지만 레이철은 오히려 팔팔하게 되살아난 것 같았다. 그녀는 알몸으로 침대에서 팔짝 뛰어내리더니 자신의 롤러 백으로 걸어갔다. 그리곤 가방을 열고 내용물을 뒤적이기 시작했다.

"옷 입지 마."

나는 그녀에게 부탁했다.

"이대로 침대에서 좀 쉬면 안 될까?"

"옷 입으려는 게 아니야. 당신한테 선물을 주려고. 여기 어디 뒀는데… 찾았다!"

그녀는 침대로 돌아와서 까만 펠트로 만든 작은 주머니를 내게 건네주었다. 보석상점에서 가져온 것처럼 보였다. 주머니를 열어보니 펜던트가 매달린 은제 체인이 나왔다. 펜던트는 은으로 도금한 총알이었다.

"은 총알? 뭐야, 늑대인간 사냥이라도 나가자는 거야?"

"아냐. 내가 설명한 단발이론 잊었어? 한 발의 총알이 갖는 의미."

"아, 그렇지."

나는 늑대인간 따위의 시시한 농담으로 그녀가 소중하게 여기는 선물을 모독한 것만 같아 미안한 생각이 들었다.

"이걸 어디서 구했어?"

"어제 시간이 남아돌아 주변을 돌아다니다가 FBI 본부 옆에 있는 이 보석상점에 들어갔어. 총알을 장신구로 팔고 있어서 이웃 고객들의 취향을 알고 있을 것 같더라고."

나는 고개를 끄덕이며 총알을 손가락 끝으로 돌려보았다.

"이름이 새겨져 있진 않은데. 당신의 단발이론에 의하면 모든 사람에겐 누군가의 이름이 새겨진 총알이 있다면서?"

레이철은 어깨를 으쓱해 보였다.

"일요일이라 기술자가 없었어. 새기고 싶으면 오늘 가져오라고 했는데 그럴 겨를이 없었지."

내가 고리를 열고 목에 걸어주려고 하자 레이철은 손으로 막으며 말했다.

"아니, 당신 거야. 선물이라고 했잖아."

"알아. 하지만 거기에 당신 이름을 새겨서 달라고."

그녀는 잠시 생각하더니 손을 내렸다. 나는 체인을 목에 걸고 고리를 채워주었다. 그녀가 미소를 지으며 나를 바라보았다.

"내가 무슨 생각하고 있는지 알아?"

"무슨 생각?"

"아, 정말 배고프다."

전혀 예상 밖의 말에 나는 폭소를 터뜨릴 뻔했다.

"알았어, 알았어. 빨리 룸서비스를 주문하자고."

"난 스테이크와 럼주를 한잔 더 하고 싶어."

우리는 주문한 음식이 도착하기 전에 샤워를 마칠 수 있었다. 그리고 룸서비스 웨이터가 방 안으로 밀고 들어온 바퀴 달린 테이블에 마주 앉아 목욕가운 차림으로 식사를 했다. 레이철의 목에 걸린 은제 체인은 보였지만 총알은 두껍고 흰 가운 속으로 숨어 보이지 않았다. 빗질 하지 않은 촉촉한 머리카락이 제멋대로 흘러내린 그녀의 모습은 더할 나위 없을 만큼 멋져 보였다.

"당신에게 그 단발이론을 설명해준 남자, 경찰 아니면 FBI 요원이었겠지?"

"경찰이었어."

"나도 아는 사람인가?"

"당신이? 나를 포함한 누구도 그를 잘 몰라. 하지만 지난 몇 년 동안 당신들의 기사에서 가끔 그의 이름을 봤어. 왜 그러는데?"

나는 그녀의 질문을 무시하고 계속 물었다.

"그래서 그에게 문을 가르쳐줬어, 아님 다른 데로 돌렸어?"

"그가 아니라 나였던 것 같아. 내가 틀렸다는 걸 알았지."

"멋지군. 그러니까 당신이 차버린 그 사내는 저 밖에서 총을 차고 돌아다니고 있고 당신은 지금 나와 함께 있군."

레이철은 미소를 지었다.

"그러니까 이건 얘깃거리가 못 돼. 화제를 바꾸는 게 어때?"

"좋아. 그러면 무슨 얘길 할까? 드디어 오늘 D.C.에서 있었던 일을 얘기하고 싶은 거야?"

그녀는 스테이크를 한 입 찍어 먹은 뒤에 대답했다.

"얘기할 게 별로 없어. 그들 처분만 바랐지. 나는 일리에 면회하러 간다고 상사를 속여 비행 허락을 받아냈어. 그들은 간단히 계산한 뒤 내가 1만 4천 달러어치의 제트기 연료를 사용했고, 정부예산 남용은 중죄에

302

해당된다면서 내가 계속 버티면 기소하려고 현관에 검사까지 대기시켜 놨다고 하더군. 그 자리서 바로 넘기겠다는 얘기였지."

"원, 세상에!"

"실은 일리에서 면회를 할 작정이었고, 그랬다면 아무 문제도 없었겠지. 하지만 당신이 안젤라의 실종에 대해 말한 순간 상황이 바뀌었어. 일리에 갈 겨를이 없었지."

"이건 최악의 관료주의야. 기사로 써야겠어."

"안 돼, 잭. 그것도 거래의 일부야. 대외비 동의서에 서명했거든. 당신한테 이런 얘기한 것도 벌써 법을 어긴 거야. 만약 인쇄되어 나간다면 그들은 나를 다시 기소하려 하겠지."

"내용을 알고 나면 그들도 그러기엔 너무 낯 뜨거울 거야. 유일한 탈출구는 모든 걸 덮고 당신의 FBI 신분을 회복시키는 거지."

레이철은 술병과 함께 들어온 브랜디 술잔에다 럼주를 다시 따랐다. 그리고 손가락으로 물컵에 든 얼음을 건져내어 술잔으로 옮기더니 서너 차례 돌린 후 마시기 시작했다.

"당신은 당사자가 아니니까 그들도 나를 감옥에 넣는 것보다는 희망적인 선택을 할 거라고 쉽게 얘기하는 거야."

나는 머리를 설레설레 흔들었다.

"레이철, 당신이 한 행동은 설사 불법적인 것이라 해도 내 목숨을 구했어. 어쩌면 다른 사람들의 목숨도 구했을지 몰라. 이젠 당국에 알려져서 미확인범은 윌리엄 시피노와 다른 목표물들도 함부로 손을 댈 수 없게 됐잖아. 이런 건 하나도 중요하지 않아?"

"아직도 모르겠어, 잭? 연방수사국의 그 자식들은 날 싫어했어. 오래전부터. 그들은 나를 눈에 띄지 않는 먼 곳으로 보내버렸다고 생각했지만, 나는 그들에게 나를 다시 사우스다코타에서 끌어내지 않으면 안 되도록 만들었지. 나한테 지렛대가 하나 있어서 사용했던 건데, 그게 마음에 안 들었든지 그들은 잔뜩 벼르고 있었어. 세상살이가 다 그렇지, 뭐. 한 번 삐 끗하면 그게 치명적인 약점이 되잖아. 그들은 약점을 잡기 위해 내가 실 수하기만을 기다렸던 거야. 내가 몇 사람의 생명을 구했는지는 중요하지 않아. 뚜렷한 증거도 없잖아. 하지만 제트기의 연료 계산서는 어때? 그건 확실한 증거가 되지."

나는 단념했다. 그녀를 위로할 방법이 없었다. 나는 레이철이 남은 럼 주를 입안에 쏟아 붓고는 얼음 알갱이를 빈 잔에 내뱉는 것을 바라보았다. 그녀는 빈 잔을 다시 채우며 내게 말했다.

"내가 다 마셔 버리기 전에 한잔 더 하는 게 좋을 거야."

테이블 위로 잔을 내밀자 그녀는 찰랑찰랑 넘칠 정도로 따랐다. 나는 그녀와 잔을 부딪친 뒤 길게 한 모금 들이켰다. 럼주가 꿀물처럼 미끄럽게 목구멍을 타고 내려갔다.

"조심해. 이 술 마시고 취하면 정신없으니까."

"정신없이 취하고 싶어."

"그래, 좋아. 하지만 내일 아침 약속에 늦지 않으려면 여기서 9시 반엔 나서야 해."

레이철은 취한 듯이 무겁게 술잔을 탁자 위에 내려놓았다.

"참, 어떻게 할 거야? 내일 말이야, 잭. 난 이제 FBI도 아닌데, 배지도 총도 없이 그 안으로 왈츠를 추며 들어갈 거야?"

"난 내부를 보고 싶은 거야. 그자가 거기 있는지 확인하고 싶어. 그런 다음 FBI든 경찰이든 당신이 원하는 곳에 연락해. 하지만 리드는 내가 했고 나는 먼저 저 안에 들어가 보고 싶어."

"그런 다음엔 신문에 싣고 싶겠지."

"당국이 허락한다면 그러겠지. 하지만 어떤 형식으로든 나는 이 사건 전체를 글로 남길 거야. 그래서 다른 사람보다도 저 안에 먼저 들어가 보고 싶은 거야."

"날 전과자로 만들지 않으려면 당신 소설에서 내 이름은 제발 가명으로 해줘."

"당연하지. 어떤 이름으로 해드릴까?"

레이철은 적당한 이름을 생각하는 듯 입술에 지퍼를 채우며 고개를 갸웃했다. 그리곤 술잔을 들어 한 모금 마신 뒤 대답했다.

"미스티 몬로 요원 어때?"

"포르노 배우 이름 같이 들리는데."

"좋잖아."

술잔을 내려놓는 그녀의 표정이 자못 진지했다.

"그러니까 장난은 그쯤 하고. 저 안에 들어가서 뭘 어쩔 거야? 무턱대고 들어가서 연쇄살인자가 누구냐고 물어볼 거야?"

"아니. 우린 유망고객처럼 행동할 거야. 시설도 돌아보고 가급적 많은 사람들을 만나봐야지. 보안 상태와 우리 회사가 저장할 민감한 법률 파일들에 접속할 사람들이 누군지도 물어 보고. 그런 식으로 할거야."

"그런 다음엔?"

"그들 중 누군가가 속을 드러내 보이길 바라야지. 일리에서 만났던 그 구레나룻 사내를 발견하게 되든가."

"변장한 것을 다 벗어버리면 알아보기나 하겠어?"

"힘들겠지만 그 사실을 그자는 모를 것 아니야. 나를 보면 깜짝 놀라 도망치겠지. 그때 탁! 잡으면 끝나는 거야."

나는 어려운 트릭을 완벽하게 끝낸 마술사처럼 두 손을 활짝 펴 보였다.

"그건 계획이 없다는 소리처럼 들리는데, 잭. 그냥 임기응변으로 해나가겠다는 얘기 같아."

"그럴지도 모르지. 그래서 당신과 함께 들어가고 싶은 거야."

"무슨 뜻인지 모르겠는데."

나는 일어나 레이철 옆으로 돌아가서 한쪽 무릎을 꿇고 앉았다. 그리고 술잔을 다시 들어 올리려는 그녀의 팔을 살며시 잡았다.

"난 당신의 FBI 신분증이나 총이 필요한 게 아니야, 레이철. 저 안의 누군가가 조금이라도 수상한 행동을 하면 당신은 즉각 알아볼 것이기 때문에 같이 들어가자는 거지."

레이철은 내 손을 밀어내며 말했다.

"당신은 날 너무 과대평가하는 것 같아. 내가 무슨 심령술사라도 되는 줄 아나 봐."

"심령술사는 아니지만 당신에겐 육감이 있어. 이번 일도 매직 존슨이 농구할 때처럼 하지 않았어? 코트 전체를 감각적으로 알고 움직이는 플레이어 말이야. 당신은 나와 단 5분 통화하고는 사태를 파악하고 FBI 제트기를 훔쳐 타고 총알같이 네바다로 날아왔어. 무슨 일이 벌어지고 있는지 알았기 때문이지, 레이철. 그게 내 생명을 구했어. 그게 육감이고, 당신은 그걸 지녔기 때문에 내일 같이 가자는 거야."

레이철은 나를 한참 동안 바라보더니 보일 듯 말 듯 살짝 고개를 끄덕였다.

"좋아, 잭. 같이 갈게."

지나치게 마신 럼주는 뒤끝이 별로 좋지 않았다. 레이철과 나는 아침에 힘겹게 일어나 약속 시간에 늦지 않을 정도로 호텔을 나섰다. 우리는 카페인을 혈관 속에 공급하기 위해 '하이타워 그라운즈'에 먼저 들렀다가 다시 차를 돌려 웨스턴 데이터로 갔다.

건물의 정문은 열려 있었다. 나는 주차 공간으로 차를 몰고 들어가 정문에서 가장 가까운 위치에다 세웠다. 시동을 끄기 전에 남은 커피를 마저 마시고 레이철에게 물었다.

"지난주 FBI 피닉스 지국 요원들이 여기 왔을 때 무슨 용무로 왔는지 설명했어?"

"아니, 수사 내용에 대한 최소한의 것만 얘기했어."

"표준절차군. 무엇에 대한 수색영장이었지? 모든 내용이 기록되어 있었어?"

레이철은 고개를 저었다.

"인터넷 사기 수사에 대한 전권을 지닌 대배심이 발부한 영장이었어. 트렁크 살인 사이트 운영이 그것에 해당되지. 위장하려는 거였어."

"좋아."

"우린 우리 몫을 했어, 잭. 당신들이 하지 않았지."

"무슨 얘기야?"

나는 그녀가 사용한 '우리'라는 말에 주목했다.

"당신은 지금 웨스턴 데이터가 집중조명을 받게 될지 모른다는 사실을 미확인범이 알고 있느냐고 묻고 있잖아. 그에 대한 대답은 예스지만 연방수사국이 한 일 때문은 아니야. 당신 회사 신문이 안젤라 쿡 사건을 보도하면서 그런 언급을 했지. 수사관들이 커넥션을 밝히기 위해 안젤라가 방문한 웹사이트를 조사할 거라고 말이야. 사이트 이름을 밝히진 않았지만 그건 경쟁사와 독자들만 배제시켰을 뿐이지 미확인범은 그 사이트를 알고 있어. 그리고 우리가 조사하면 즉시 사태를 파악하고 이곳으로 들이닥칠 거라고 판단하겠지."

"우리?"

"그들 말이야, 연방수사국."

나는 고개를 끄덕였다. 레이철의 말이 옳았다. 그걸 터뜨린 건 〈LA 타임스〉 기사였다.

"그렇다면 그들이 들이닥치기 전에 들어가는 편이 낫겠군."

우리는 차에서 내렸다. 나는 배낭에서 스포츠 코트를 꺼낸 뒤 건물 쪽으로 걸어가며 입었다. 입고 있는 새 셔츠는 전날 공항에서 레이철이 도착하길 기다리며 매점에서 구입한 것이었다. 넥타이는 전날 매었던 것을 다시 사용했다. 레이철의 차림은 전형적인 FBI 요원 복장인 검정 블라우스에 짙은 남색 정장이었다. 이제 더 이상 연방 요원이 아니지만 그녀는 여전히 강렬한 인상을 풍겼다.

문에 달린 버튼을 누르고 스피커를 통해 신분을 밝히자 부저 소리와 함께 문이 열렸다. 작은 현관을 들어서자 접수대 뒤에 한 여자가 앉아 있었다. 스피커를 통해 우리에게 신분을 밝힐 것을 요구했던 바로 그 여자인 것 같았다.

"우리가 조금 일찍 온 것 같군요. 10시에 맥기니스 씨와 만나기로 했습니다."

내 말에 접수원은 쾌활하게 대답했다.

"네, 미스 차베스가 공장을 보여드릴 거예요. 약속보다 몇 분 일찍 준비할 수 있겠는지 알아보겠습니다."

나는 고개를 저으며 말했다.

"아니에요, 우린 맥기니스 사장님과 만나기로 약속했어요. 그분을 뵈려고 라스베이거스에서 왔습니다."

"죄송하지만 그건 어려울 것 같네요. 사장님께서 의외로 지각을 하시는지 지금 사무실에 안 계십니다."

"그러면 어디 계시는 거죠? 귀사에서 우리 회사 일을 하고 싶어 하는 줄 알았는데요. 그래서 사장님과 우리들의 특별한 요구에 대해 의논하러 온 겁니다."

"차베스 양과 의논해 보죠. 그녀는 손님의 요구에 대해 대답할 수 있을 겁니다."

접수원은 전화기를 들고 세 자리 숫자를 찍어 넣었다. 나는 레이철을 돌아보았다. 그녀도 나와 똑같은 예감이 들었는지 한쪽 눈썹을 살짝 치켜 올렸다. 분위기가 심상찮게 돌아가고 있었다. 접수원은 조용히 빠른 속도로 얘기하더니 전화기를 내려놓고 우리를 쳐다보며 미소 지었다.

"차베스 양이 금방 나올 거예요."

금방 나온다던 차베스 양은 10분이 지나서야 나타났다. 접수대 뒤쪽 문이 열리고 검은 머리에 검은 피부의 젊은 여인이 걸어 나오더니 내게 손을 내밀었다.

"매커보이 씨, 저는 대표이사 비서인 요란다 차베스라고 합니다. 오늘은 제가 여러분을 모셨으면 하는데요."

나는 그녀와 악수한 뒤 레이철을 소개했다.

"우린 디클랜 맥기니스 씨와 약속했는데요."

레이철이 차베스에게 말했다.

"우리 회사의 규모와 사업성 정도라면 맥기니스 사장의 주의를 충분히 끌 수 있다고 믿었습니다."

"그럼요. 우린 귀사의 사업에 많은 관심을 가지고 있습니다. 맥기니스 사장님은 오늘 몸이 불편해서 댁에 계시니 이해해 주시기 바랍니다."

나는 레이철을 돌아보며 어깨를 으쓱했다.

"그렇다면 오늘은 시설이나 돌아보고 맥기니스 사장님은 건강이 좋아지면 뵙죠, 뭐."

차베스는 내 말을 반겼다.

"그러시죠. 공장 견학은 제가 여러 차례 안내한 적 있으니 안심하셔도 됩니다. 10분만 기다려주시면 제가 안내해 드리겠습니다."

"좋습니다."

차베스는 접수대 위로 상체를 숙이더니 클립보드 두 개를 집어 우리에게 건넸다.

"먼저 비밀정보 사용허가를 받아야 해요. 이 각서에 서명하시면 제가 두 분의 운전면허증과 지참하신 추천장을 복사하여 첨부하겠습니다."

"면허증까지 봐야겠습니까?"

나는 가볍게 항의했다. 라스베이거스에서 왔다고 얘기했는데 우리 면허증은 캘리포니아에서 발급한 것이라 의심을 사지 않을까 걱정되었던 것이다.

"우리 회사 보안 규정상 어쩔 수 없습니다. 시설을 돌아보실 분들에겐 예외 없이 적용됩니다."

"좋은 규정 같군요. 그냥 확인해본 것뿐입니다."

나는 미소를 지어 보였다. 차베스는 웃지 않았다. 레이철과 내가 면허증을 건네주자 그녀는 위조 여부를 확인하는 것 같았다.

"캘리포니아에서 오신 분들인가요? 저는…."

"우린 새로 고용되었습니다. 나는 주로 조사업무를 하고 있고 레이철은 회사가 IT를 교환하면 그 일을 맡을 겁니다."

내가 다시 미소를 짓자 차베스는 뿔테 안경을 고쳐 쓰며 고용자가 써준 추천장을 보여 달라고 요구했다. 윗도리 안주머니에서 서류를 꺼내어 건네자 그녀는 10분 후에 돌아와 공장을 안내하겠다고 말한 뒤 사라졌다.

레이철과 나는 창문 아래 놓인 소파에 앉아 클립보드에 철해진 각서를 읽어 보았다. 체크 박스와 함께 상당히 단도직입적인 내용들이 나열되어 있었는데, 서명자는 경쟁업체 직원이 아니어야 하며, 시설 견학 도중 사진 촬영을 할 수 없고, 거래 관행이나 과정 혹은 비밀을 누설해선 안 된다는 등이었다.

"이 친구들 꽤나 진지하네."

내 말에 레이철이 고개를 끄덕였다.

"경쟁 사업이니까."

나는 서명란에 사인하고 날짜를 적었다. 레이철도 따라했다.

"어떻게 생각해?"

시선을 접수원에게 고정한 채 나는 레이철에게 속삭였다.

"뭘 말이야?"

"맥기니스가 여기 없는 것에 대한 설명이 명확하지 않아. 처음엔 예상 외의 지각이라고 말했다가, 그다음엔 몸이 불편하다고 했어. 어느 쪽이 사실일까?"

접수원이 컴퓨터 화면에서 고개를 들고 나를 바라보았다. 혹시 내 말을 들었나 생각하면서 미소를 지어 보이자 그녀는 얼른 고개를 숙이고 화면을 보았다.

"그 얘긴 나중에 해야겠어."

레이철이 속삭였다.

"그래."

둘이 입을 다물고 앉아 있는데 차베스가 마침내 돌아왔다. 그녀는 우리에게 운전면허증을 돌려주었고, 우리는 그녀에게 클립보드를 건네주었다. 차베스는 우리가 서명한 것을 살펴본 뒤 사무적으로 말했다.

"시피노 씨와 통화했어요."

"그랬어요?"

나는 너무 비사무적으로 말했다.

"네, 모든 걸 확인했죠. 시피노 씨는 가급적 빨리 사장님을 뵙게 해드리라고 하시더군요."

나는 힘차게 고개를 끄덕였다. 시피노와는 통화가 차단되어 있었는데,

이제 뚫린 모양이었다.

"우리도 시설을 둘러본 즉시 전화할 거예요."

레이철이 한마디 거들었다.

"자, 그러면 절 따라오세요. 우리의 멋진 시설을 보고 나면 금방 결정하시게 될 거예요."

차베스는 그렇게 말한 뒤 키 카드로 접수실과 시설 사이에 있는 문을 열었다. 나는 시설 위에 그녀의 사진이 붙어 있는 것을 보았다. 복도로 들어서자 차베스는 돌아서서 말했다.

"그래픽디자인과 웹호스팅 연구실로 들어가기 전에 우리 회사의 발자취와 하는 일에 대해 약간 말씀드리죠."

나는 뒷주머니에서 수첩을 꺼내어 받아 적을 준비를 했다. 실수였다. 차베스는 즉시 수첩을 가리키며 말했다.

"매커보이 씨, 방금 서명하신 각서 잊지 마세요. 일반적인 기록은 괜찮지만 우리 시설에 대한 구체적이고 세부적인 사항은 반드시 등록하셔야만 합니다."

"미안합니다. 깜박했군요."

나는 수첩을 집어넣고 그녀에게 계속하라는 신호를 보냈다.

"우리 회사는 4년 전에 개업했습니다. 대용량의 데이터 관리와 저장에 대한 수요 증가에 초점을 맞추어 디클랜 맥기니스 사장과 창사 파트너가 웨스턴 데이터를 설립했죠. 그는 이 최첨단 시설을 설계하기 위해 업계 최고의 천재들을 불러왔어요. 우리 회사는 작은 법률회사부터 대기업에 이르기까지 무려 1천 군데에 이르는 고객들을 확보하고 있습니다. 그리고 세계 어디에 있는 어떤 규모의 회사라도 서비스할 수 있는 시설을 갖추고 있죠."

차베스는 한숨 돌린 후 설명을 계속했다.

"미국의 법률회사들이 우리 회사의 가장 보편적인 고객이 되었다는 사실은 조금 흥미로우실 겁니다. 특히 모든 지역에 있는 어떤 규모의 법률회사 요구도 만족시킬 수 있는 전반적 서비스 공급이 가능하도록 전략적으로 설계되어 있습니다. 웹호스팅에서 콜로케이션에 이르기까지 귀사를 위한 원 스톱 쇼핑 체제*를 갖추고 있죠."

우리를 여전히 복도에 세워둔 채 그녀는 두 팔을 앞으로 펼치고 모든 것을 건물 안으로 다 들여놓는 몸짓을 해보였다.

"수많은 투자처에서 자금을 받아들인 뒤 맥기니스 씨는 1년 동안이나 조사하고 연구한 결과 웨스턴 데이터 건설의 최적지로 메사를 주목하게 되었어요. 자연재해나 테러분자들의 습격으로부터 안전하고 하루 24시간 연중무휴로 상시 전력공급이 가능한 지역을 찾고 있었던 거죠. 더 중요한 것은 믿음직한 대역폭의 거대한 볼륨과 다크 파이버가 있는 메이저 네트워크와 직접 접속할 수 있는 장소를 찾았다는 겁니다."

"다크 파이버라고요?"

나는 묻자마자 다시 후회했다. 내 직책을 감안하면 당연히 알아야 할 것도 모르고 있다는 사실을 드러낸 것이다. 하지만 레이철이 나를 구해주었다.

"설치는 되어 있지만 현재 사용되지 않는 광섬유 인프라를 말해요."

"맞습니다."

차베스가 맞장구를 친 뒤 더블도어를 밀고 들어갔다.

"이러한 부지의 특수성 외에도 맥기니스 씨는 HIPPA**, SOX***, SAS –

• 한 곳에서 각 상품을 다 살 수 있는 체제

•• 의료정보보호법

••• 회계와 감사 보고를 규정한 법안

70° 등의 호스팅 요구에 부응하기 위해 시설의 보안을 최고 수준으로 설계하여 건축했습니다."

나도 이제 요령을 터득했다. 이번엔 그녀가 한 말을 정확히 다 알아들은 것처럼 고개를 끄덕였다.

"공장의 보안과 안전성에 대해 몇 가지 더 말씀드리죠."

요란다 차베스는 계속 떠들어댔다.

"우리는 진도 7.0의 지진에도 견딜 수 있는 강화된 구조를 사용했어요. 데이터 저장과 관련해서 건물 외양상의 특징은 없어요. 방문객들은 모두 보안검색을 받아야 하고 현장에 있는 동안은 하루 24시간 감시 카메라에 의해 최장 45일까지 녹화가 됩니다."

그녀는 천장에 달린 카지노 스타일의 카메라 볼을 가리켰다. 나는 쳐다보고 웃으며 손을 흔들었다. 레이철이 어린애처럼 굴지 말라는 눈빛으로 나를 바라보았다. 차베스는 눈치채지 못했다. 진도 나가느라고 너무 바빴던 것이다.

"시설 내의 모든 보안 구역은 키 카드와 생체학적 장문(掌紋) 판독기로 보호되고 있어요. 감시와 모니터링은 지하 벙커 속에 있는 네트워크 운영 센터(NOC)에서 이루어지고 있는데, 콜로케이션 센터와 인접한 그곳을 우리는 서버 팜이라고 부른답니다."

여자는 계속해서 공장의 냉각 시스템과 전기 공급, 네트워크 시스템, 백업과 예비 시스템 등에 대해 조잘거렸으나 나는 흥미를 잃어가기 시작했다. 우리는 열 명도 넘는 엔지니어들이 웨스턴 데이터의 거대한 고객층을 위해 웹사이트를 구축하고 운영하고 있는 커다란 연구실로 이동했다. 안으로 들어가자 여러 책상들 위에 컴퓨터 화면들이 반짝이고 있었고,

---

• 회계 표준 평가서

'정의의 잣대, 판사의 법봉'이라는 반복적인 법의 주제가 그들이 법률회사 고객임을 알려 주었다.

차베스는 대니 오코너라는 이름의 그래픽 디자이너를 우리에게 소개했다. 그는 우리 회사가 웨스턴 데이터와 계약을 맺으면 매일 24시간 연중무휴로 받게 될 개인화된 서비스에 대해 5분쯤 수다를 떨어댔다. 그는 빠른 말투로 최근 조사에 의하면 자신들의 욕구를 인터넷을 통해 해결하려는 소비자들이 점점 늘어나고 있으며, 법률회사들도 법적 대리 문제로 연락하거나 의뢰해 오고 있다고 했다. 나는 그가 가망고객보다는 다른 어떤 것에 사로잡혀 있거나 스트레스를 받고 있는 기색이 없는지 유심히 살펴보았다. 하지만 그는 정상처럼 보였고 세일즈 토크에만 아주 열심이었다. 그의 체구도 구레나룻 사내에 비해 너무 땅딸막한 편이었다. 제아무리 변장의 대가라 해도 몸뚱이를 줄일 재간은 없는 법이다.

나는 칸막이 사무실 안에서 일하고 있는 다른 엔지니어들을 슬쩍 돌아보았다. 혹시 우리를 수상쩍은 눈빛으로 바라보고 있거나 화면 뒤로 얼굴을 감추고 있는 자가 없나 해서였다. 그들 중 절반은 여자라서 볼 것도 없었다. 나머지 남자들 중에서도 나를 살해하기 위해 일리까지 추적해 왔던 놈으로 보이는 자는 없었다.

"고객들은 업종별 전화번호부 뒷면에 광고를 신고 싶어 했었죠."

대니 오코너가 계속했다.

"요즘은 잠재고객들이 즉시 접속하고 연결할 수 있는 일류 웹사이트를 통해 더 많은 비즈니스가 이뤄지고 있습니다."

나는 머리를 주억이며 나도 인터넷이 변화시킨 세상에 관한 한 조예가 깊은 편이라고 말할 수 있으면 얼마나 좋을까 하는 생각이 들었다. 대신에 나는 이렇게 대꾸했다.

"그래서 여기 찾아온 겁니다."

요란다 차베스가 자기 휴대전화로 10분쯤 통화하는 동안 우리는 오코너와 함께 법률회사들을 위한 다양한 웹사이트들을 구경했다. 그것들은 연락처를 담은 기본 홈페이지 모델을 비롯하여 법률회사의 모든 변호사들 사진과 약력이 붙은 다양한 수준의 사이트 정보, 세인의 주목을 끈 사건들에 대한 보도자료, 자신들이 최고라고 변호사들이 시청자들에게 설명하는 쌍방 미디어와 비디오그래픽까지 포함하고 있었다.

설계 연구실의 견학이 끝나자 차베스는 키 카드로 문을 열고 우리를 다른 복도로 데리고 나갔다. 엘리베이터가 나타났다. 엘리베이터를 부르는 데도 그녀의 키 카드가 필요했다.

"이제 우리가 '벙커'라고 부르는 곳으로 내려가겠습니다. 주요 공장 시설과 콜로케이션 서비스를 위한 서버 팜과 함께 나크 룸이 있죠."

나는 다시 참지 못하고 물었다.

"나크 룸이라고요?"

"네트워크 운영 센터를 말합니다. 우리 회사의 심장이죠."

차베스가 설명했다. 엘리베이터에 오르자 그녀는 벙커가 단지 한 층 아래에 있지만 깊이는 지하 6미터에 달한다고 했다. 인간과 자연의 공격에 견뎌낼 수 있는 벙커를 짓기 위해 사막을 깊숙이 파야만 했다. 다 내려가는 데 30초가량이나 걸렸다. 엘리베이터를 그처럼 느리게 움직이도록 한 것은 고객들에게 지구 중심까지 여행하는 것 같은 기분이 들게 하려는 의도가 아닐까 싶었다.

"계단도 있어요?"

내가 불쑥 묻자 차베스는 당연하다는 듯이 대답했다.

"그럼요."

바닥에 도착한 엘리베이터는 차베스가 옥타곤*이라 부르는 공간에서 문이 열렸다. 여덟 개의 벽에 엘리베이터 문까지 합쳐 네 개의 문이 나 있었다. 차베스가 각 문을 가리키며 말했다.

"이쪽이 나크 룸, 이건 핵심 네트워크 설비실, 이게 공장 시설과 콜로케이션 통제실로 들어가는 문인데 서버 팜으로 이어지죠. 그러면 네트워크 운영 센터와 콜로케이션 센터를 잠시 들여다보죠. 하지만 '핵심'이라 불리는 곳으로, 들어갈 수 있는 사람은 출입허가를 받은 직원들로만 제한되어 있어요."

"이유가 뭡니까?"

"설비들이 너무 중요하고 대부분의 설계가 독점이에요. 아무리 오래된 고객한테도 절대 보여주지 않습니다."

차베스는 나크 룸의 잠금장치에 키 카드를 밀어 넣고 문을 열었다. 우리는 세 사람이 겨우 들어갈 만한 비좁은 방으로 들어갔다.

"벙커 안의 어떤 구역으로 들어가려면 일종의 덫인 맨트랩을 통과해야 합니다. 바깥문에 카드를 밀어 넣으면 내부에서 신호음이 울리죠. 그러면 기술자들이 우리를 볼 수 있게 되고, 침입자로 판단되면 급제동 스위치를 누릅니다."

그녀는 머리 위쪽의 카메라에 손을 흔들어 보인 뒤 그다음 문의 잠금장치에 카드를 밀어 넣었다. 네트워크 운영 센터에 들어간 우리는 약간 실망했다. 나는 NASA의 발사 관제센터를 연상했으나 겨우 두 줄의 컴퓨터 스테이션에 세 명의 기술자가 디지털과 비디오 자료를 보여주는 멀티 컴퓨터 화면들을 모니터링하고 있을 뿐이었다. 차베스는 그들이 전력과 온도, 대역폭, 기타 웨스턴 데이터가 운영하는 측정 가능한 모든 것들뿐만 아니라 시설 안팎에 설치된 200대의 카메라까지 모니터링하고 있다고 말했다.

- 팔각당

불길하게 느껴지거나 미확인범과 관계된 것으로 보이는 건 없었다. 구레나룻 사내처럼 보이는 남자도 눈에 띄지 않았다. 나와 한 번 눈을 마주친 뒤 다시 나를 돌아본 사내도 없었다. 그들은 오히려 시설 견학을 오는 가망고객들을 귀찮아하는 것처럼 보였다.

나는 질문도 하지 않고 끈질기게 기다렸다. 차베스는 법률회사의 IT 책임자인 레이철과 주로 눈을 맞추고 세일즈 토크를 열심히 조잘거렸다. 나는 우리의 존재를 의식하지 않도록 조심하면서 기술자들을 예의주시했다. 차베스의 카드가 침입자 경보를 해제하자 엔지니어들은 일제히 화면에서 게임이나 만화 프로그램을 지우고 우리가 두 번째 문으로 들어가기 전에 경계 근무에 들어갔다. 일상적이면서도 일사불란한 행동처럼 느껴졌다. 건물 내에 방문객이 없을 때는 맨트랩 문들이 활짝 열려 있을 것이다.

"이제 서버 팜으로 가보실까요?"

차베스의 물음에 내가 대답했다.

"그러시죠."

"이제 데이터 센터를 운영하는 CTO에게 손님들을 인계하려고요. 저는 잠시 나가 전화 한 통화만 하고 돌아오겠습니다. 카버 씨가 두 분께 잘 설명해드릴 거예요. 그분은 우리 회사 CTE이기도 합니다."

어리둥절해져서 곧 질문을 뱉어낼 것 같은 표정을 내 얼굴에서 본 레이철이 재빨리 끼어들었다.

"위험관리 책임자시군요."

"맞아요."

차베스가 대답했다.

"우리 회사의 허수아비*죠."

---

* 여기서 허수아비는 '지킴이'라는 뜻

우리는 또 하나의 맨트랩을 지나 데이터 센터로 들어갔다. 나크 룸과 비슷한 구조였고 희미한 조명 아래 놓인 세 대의 워크스테이션 위에 멀티 컴퓨터 화면들이 빛나고 있었다. 두 젊은 직원이 나란히 워크스테이션에 앉았고 나머지 한 곳은 비어 있었다. 스테이션들의 왼쪽에 있는 열린 문으로 작고 은밀한 사무실 내부가 보였다. 워크스테이션들이 마주 보고 있는 두 개의 커다란 창문과 유리문 너머로 넓은 공간이 보였고, 천장의 환한 조명 아래 여러 줄의 서버 타워들이 드러났다. 내가 웹사이트에서 보았던 바로 그 방이었다. 서버 팜이라 불리는 곳.

우리가 들어서자 두 직원은 의자를 빙그르르 돌려 한 번 쳐다본 뒤 곧 제자리로 돌아가 하던 일을 계속했다. 그들에겐 또 한 차례의 시시껄렁한 쇼에 불과한 듯했다. 와이셔츠에 넥타이를 매고 있었지만 헝클어진 머리와 텁수룩한 수염을 보니 티셔츠에 청바지 차림으로 지냈던 것처럼 보였다.

"커트, 카버 씨가 센터에 계실 줄 알았는데."

차베스의 말에 한 사내가 우릴 돌아봤다. 스물다섯 살이 넘지 않은 것 같은 여드름쟁이였다. 턱수염을 가지고 장난친 서툰 흔적이 보였고 풋내기 티가 줄줄 흘렀다.

"카버 씨는 서버77을 점검하기 위해 팜에 가셨습니다. 용량표시등이 고장 났거든요."

차베스는 빈 워크스테이션으로 걸어가 데스크에 설치된 마이크를 들고 버튼을 누른 다음 말했다.

"카버 씨, 몇 분만 짬을 내어 손님들에게 데이터 센터에 대해 설명해 주시겠어요?"

몇 초 동안 기다려도 응답이 없자 차베스는 다시 말했다.

"카버 씨, 거기 계세요?"

얼마간 시간이 더 흐르자 마침내 천장 스피커에서 꺼칠한 목소리가 흘러나왔다.

"지금 가고 있소."

차베스는 레이철과 나를 돌아본 뒤 손목시계를 들여다보았다.

"됐어요. 이제부턴 카버 씨가 손님들을 모실 겁니다. 20분쯤 후 제가 돌아왔을 때 시설과 운영에 대해 더 이상 질문이 없으면 견학은 끝나는 거고요."

그녀는 나가려고 문 쪽으로 돌아서다가 빈 데스크 앞의 의자 위에 놓인 마분지 상자를 잠시 살펴보았다. 그리곤 엔지니어들을 돌아보지도 않고 물었다.

"이것들은 프레드의 물건인가요?"

"네."

커트가 대답했다.

"가져갈 겨를이 없었나 봐요. 우리가 꾸려서 가져다주려 했는데 어젠 깜박했어요."

요란다 차베스는 이마를 살짝 찌푸리더니 아무 말 없이 나가버렸다. 레이철과 나는 뒤에 남아 기다렸다. 마침내 유리창을 통해 하얀 가운을 입은 한 사내가 서버 타워들 사이로 난 복도를 걸어오는 것이 보였다. 큰 키에 비쩍 마른 체격이었고 구레나룻 사내보다 적어도 열다섯 살은 더 먹은 것 같았다. 변장으로 나이가 더 젊어보이게 할 수는 있다. 그렇지만 길고 비쩍 마른 체구를 땅딸막하게 만들긴 어렵다. 레이철이 나를 돌아보며 '어때?' 하는 표정을 지었다. 나는 은밀하게 고개를 저었다. 저자는 아니야.

"마침내 허수아비께서 등장하시네요."

커트가 말했다.

"왜 그를 허수아비라고 부르죠? 비쩍 말라서?"

내가 그에게 물었다.

"아니죠. 더럽고 비열한 온갖 새들로부터 우리 곡식을 지켜주기 때문입니다."

그게 무슨 뜻이냐고 물어보려는데 레이철이 또 보충 설명에 나섰다.

"해커, 특허괴물, 바이러스 매개자 등을 말해요. 카버 씨는 데이터 팜의 보안 책임자예요."

나는 고개를 주억였다. 가운 차림의 사내는 유리문으로 다가와 오른쪽 보이지 않는 곳에 있는 잠금장치로 손을 뻗었다. '찰칵' 하는 금속성 소리가 나자 사내는 문을 옆으로 밀어 열었다. 안으로 들어온 다음에는 등 뒤로 문을 닫고 제대로 잠갔는지 확인까지 했다. 서버 룸의 써늘한 공기가 달려드는 것이 느껴졌다. 나는 문 오른쪽에 설치되어 있는 전자식 장문 판독기를 보았다. 서버 팜에 접근하려면 키 카드만으로는 안 된다는 소리였다. 판독기 위에 있는 유리문 달린 상자 안에는 가스마스크처럼 보이는 것이 들어 있었다.

"안녕들 하십니까. 나는 이곳 웨스턴 데이터의 최고기술경영자인 웨슬리 카버라고 합니다. 환영합니다."

그가 레이철에게 먼저 손을 내밀자 그녀는 악수하며 자기 이름을 말했다. 그다음은 내 차례였다. 내가 악수하며 이름을 대자 그가 물었다.

"요란다가 당신들을 저한테 미루고 갔군요?"

"20분 후에 데리러온다고 했습니다."

내가 말했다.

"암튼 최선을 다해 손님들을 즐겁게 해드리겠습니다. 저희 직원들은 만나보셨습니까? 이 친구들은 오늘 근무 교대한 서버 지원 엔지니어 커트와 미주라고 하죠. 제가 서버 팜을 쏘다니거나 궁전 벽을 돌파할 수 있다고 생각하는 인간들을 추적하는 동안 이곳을 지키고 있습니다."

"해커들 말인가요?"

레이철이 물었다.

"네, 맞아요. 그들에게 이런 곳은 꽤 도전해볼 만한 대상이거든요. 그보다 더 나은 일거리가 없는 자들에겐 말입니다. 저흰 끊임없이 경계하고 조심해야 합니다. 지금까지는 그런대로 좋았어요. 그들보다 저희 솜씨가 나은 한 잘 해나갈 수 있겠죠."

"정말 다행이군요."

나는 맞장구를 쳐주었다.

"하지만 이런 얘길 듣자고 오신 건 아닐 테죠. 요란다가 제게 바통을 넘겼으니 저희가 가진 장점에 대해 약간 설명드려야겠죠?"

레이철은 고개를 끄덕이며 말했다.

"계속하시죠."

카버는 창문 쪽으로 돌아서서 서버 룸 속을 들여다보며 말했다.

"이거야말로 이 지하에 있는 괴물의 심장이자 두뇌라 할 수 있습니다. 요란다가 이미 말씀드렸겠지만 데이터 저장이나 콜로케이션, 혹은 드라이도킹이라 부르는 것이 저희가 제공하는 주요 서비스 업무죠. 설계와 운영을 맡은 오코너와 그의 직원들이 위층에서 잘 설명해 드렸겠지만, 이곳 지하 벙커에는 다른 회사에는 없는 어떤 것이 있답니다."

나는 커트와 미주가 서로 고개를 끄덕인 뒤 머리를 부딪치는 것을 보았다.

"디지털 사업 분야에서 여기만큼 급속도로 성장한 회사는 없습니다."

카버는 계속했다.

"저희는 데이터의 안전하고 깨끗한 저장, 회사의 중요한 기록과 아카이브에 대한 접근성, 첨단의 믿음직한 접속을 제공합니다. 개인적으로 이런 인터넷 인프라를 구축할 필요가 전혀 없도록 하죠. 저희가 가진 직접적이고 고속인 잉여 인터넷의 장점을 최대한 제공하니까요. 그것들을 이용할 수 있는데 왜 과도한 비용을 들여 관리 유지가 어려운 시설들을 당신들의 법률회사 안에 설치해야 합니까?"

"그런 얘긴 이미 다 들었습니다, 카버 씨."

레이철이 말했다.

"우리가 여기 와서 다른 시설들을 찾는 이유가 바로 그 때문이에요. 그러니까 이젠 당신들의 공장과 직원들에 대해 조금 설명해 주실래요? 우린 그걸 보고 결정해야 하거든요. 우린 시설이 아니라 우리 회사 데이터를 믿고 맡길 수 있는 사람들에 대한 확신이 필요해요."

나는 화제를 기술에서 사람으로 옮긴 레이철의 의도가 마음에 들었다. 카버는 손가락을 하나 쳐들며 강조했다.

"바로 그겁니다. 만사는 인사라고 했잖아요."

"항상 그렇죠."

레이철이 받았다.

"그러면 여기 있는 걸 재빨리 보여드린 다음 제 사무실로 가서 담당 직원들에 대해 의논하기로 하죠."

그는 워크스테이션 라인을 돌아 커다란 창문 앞으로 걸어가더니 서버 룸을 들여다보았다. 우리가 따라가서 옆에 서자 그는 설명을 계속 이어갔다.

"저는 데이터 센터를 기술과 보안면에서 최첨단으로 설계했습니다. 손님들이 지금 보시는 이것은 서버 룸, 혹은 팜이라 불리고 있죠. 이 길고 커다란 타워들은 저희 고객들과 직선으로 연결되어 관리되고 봉사하고 있는 약 1천 개의 서버들입니다. 만약 손님들이 저희 웨스턴 데이터와 계약을 체결하면 당신들의 회사가 이 방에 있는 서버들을 가지게 된다는 뜻입니다. 당신들의 데이터가 다른 회사들의 데이터와 섞이는 일은 절대 없습니다. 당신들 회사 전용으로 100메가비트* 용량의 서버를 가지게 되니까요. 그 정도면 어느 위치에서든 여기 저장한 정보와 즉시 접속이 이루어지죠. 인터벌 백업이나 직접 백업도 가능합니다. 원하신다면 귀사의 컴퓨터에서 치는 글자 하나하나를… 회사가 어디에 있죠?"

그의 갑작스런 질문에 내가 대답했다.

"라스베이거스요."

"라스베이거스라, 무슨 사업을 하시는데요?"

"법률회사예요."

"법률회사 좋죠. 그러니까 귀사에서 컴퓨터로 글자를 치는 즉시 여기에 백업하고 저장할 수도 있다는 얘깁니다. 어떤 자료도 잃어버릴 일이 없다는 뜻이죠. 한 글자도요. 라스베이거스에 있는 컴퓨터가 벼락을 맞아 새까맣게 타버려도 그 자료들은 한 자도 빠짐없이 이곳에 저장되어 있다는 겁니다."

"그런 일은 없길 바라야죠."

레이철이 웃으며 말했다.

"물론 없어야죠."

카버는 정색하고 재빨리 받았다.

"저는 단지 우리가 제공하는 서비스의 한도를 설명하고 있는 겁니다. 이젠 보안에 대해 말씀드릴까요? 안전하지가 않다면 여기서 지원하는 모든 것들이 다 무슨 소용이겠습니까?"

"옳은 말씀이에요."

레이철이 맞장구를 쳤다. 그녀는 창문으로 한 걸음 다가서면서 내 앞으로 들어왔다. 카버와의 대화를 그녀 자신이 리드하겠다는 의지가 분명했

---

* 1Mb는 약 100만 비트

고, 나한테는 좋은 일이었다. 나는 뒤로 한 걸음 물러서서 두 사람이 창문 앞에 나란히 서도록 했다. 카버가 설명을 계속했다.

"그렇죠. 여기선 보안을 두 가지로 얘기할 수 있습니다. 공장 보안과 데이터 보안. 시설에 대해서 먼저 얘기하죠."

그는 차베스가 이미 얘기한 내용들을 중언부언했지만 레이철은 말리지 않았다. 그러다가 마침내 데이터 센터로 옮겨가서야 새로운 정보들을 제공하기 시작했다.

"이 방은 그야말로 난공불락입니다. 첫째, 모든 벽들과 바닥 및 천장은 이중 보강 철봉을 쓴 60센티 두께의 콘크리트로 지었고, 습기로부터 보호하기 위해 고무 막을 입혔어요. 이 유리창들은 방충과 방탄이 되는 8단 적층유리로 되어 있습니다. 산탄총 두 총열로 갈겨도 끄떡없고 오히려 튀어나온 파편에 사람이 다치기 십상이죠. 그리고 이 문의 출입은 생체학적 장문 판독기에 의해 통제됩니다."

그가 유리문 옆에 있는 기계를 손으로 가리켰다.

"서버 룸 출입은 서버 엔지니어들과 핵심 인사들만으로 제한되어 있어요. 생체학적 장문판독기는 손의 세 가지 특징인 손금, 손의 혈관 무늬, 손의 형상을 판독한 후에 열리게 되어 있죠. 맥박까지 체크하게 되어 있어누가 제 손목을 잘라 와서 서버 팜으로 들어오려고 해도 헛일이에요."

카버는 미소를 지었지만 나와 레이철은 따라 웃지 않았다.

"긴급사태가 벌어지면 어떻게 하죠? 사람들이 저기 갇히는 것 아닙니까?"

내가 그에게 물었다.

"물론 아니죠. 안에서는 해제 버튼만 누르면 문을 열 수 있게 되어 있어요. 외부침입자를 막기 위한 시스템이지, 내부 사람을 가두기 위한 게 아니거든요."

카버는 내가 이해했는지 확인하려고 빤히 바라보았다. 나는 고개를 끄덕였다. 그러자 그는 뒤로 몸을 젖히고 서버 룸 창문 위쪽에 설치된 세 개의 디지털 온도계측기를 가리키며 말했다.

"서버 팜의 온도는 항상 섭씨 16도에서 17도 정도로 유지하고 백업 냉각 시스템을 위한 여유 전력까지 충분히 갖춰두고 있습니다. 화재 예방을 위해서는 3단계 방화 계획을 수립하고 있죠. 표준형 베스다 시스템이라는 건데…."

"베스다라고요?"

내가 물었다.

"레이저로 연기를 조기에 감지하는 경보기 이름이에요. 불이 났을 경우 베스다는 경보음을 울린 다음 물을 사용하지 않는 화재진압 시스템을 가동시킵니다."

카버는 뒤쪽 벽에 나란히 줄지어 있는 빨간 압력 탱크들을 가리켰다.

"시스템의 일부인 이산화탄소 탱크들이에요. 불이 나면 이산화탄소가 방 안으로 흘러들어 전자기기나 고객들의 데이터를 전혀 손상시키지 않고 불을 끕니다."

"사람들은 어떻게 됩니까?"

내가 또 물었다.

카버는 몸을 다시 젖히더니 나를 돌아보았다.

"좋은 질문입니다, 매커보이 씨. 3단계 경보가 울리는 60초 동안 서버 룸의 사람들은 모두 대피할 수 있어요. 게다가 서버 룸에 들어가는 모든 사람들은 WCS에 대비해서 가스마스크를 지참하라는 규정이 있습니다."

그는 가운 주머니에서 문 옆의 상자 속에 들어 있던 것과 비슷하게 생긴 마스크를 꺼내 보였다.

"WCS라뇨?"

내 질문에 이번엔 레이철이 대답했다.

"최악의 사태를 말해요."

카버는 마스크를 주머니에 다시 넣으며 말했다.

"그리고 또 뭐가 있더라? 아, 이 벙커 장비실 부속 룸에 주문제작한 서버 랙이 있습니다. 뿐만 아니라 다중 서버도 비축되어 있고, 전자안내원도 고객의 모든 욕구를 충족시키기 위해 언제든 달려 나갈 준비가 되어 있죠. 만약 장비 중 일부가 고장 나면 한 시간 내에 교체가 가능하고, 지금 이곳에서 보시는 전국 인터넷 인프라는 안전하고 신뢰할 만합니다. 저희 시설 전반에 걸쳐 혹 질문하실 것이 있습니까?"

나한테 그런 게 있을 턱이 없었다. 기술적인 것에 관한 한 내겐 망망대해나 다름없으니까. 그렇지만 레이철은 그가 한 말을 다 알아들었다는 듯 고개를 끄덕이며 말했다.

"있다면 직원에 관한 거겠죠. 건물과 시설이 아무리 훌륭해도 그걸 운영하는 건 결국 사람이잖아요."

카버는 손으로 자기 턱을 잡고 천천히 고개를 끄덕였다. 서버 룸 안을 들여다보고 있었지만 나는 두꺼운 유리에 반사된 그의 얼굴을 볼 수 있었다.

"그러면 제 사무실로 가서 운영 기술자들에 대해 의논해 볼까요?"

우리는 워크스테이션들을 돌아 그의 사무실로 따라갔다. 도중에 나는 빈 스테이션의 의자 위에 놓인 마분지 상자 속을 들여다보았다. 개인 사유물처럼 보이는 것들이 가득 들어 있었다. 잡지, 윌리엄 깁슨• 소설, '아메리칸 스피릿' 담배 한 박스, 볼펜과 연필, 일회용 라이터 등이 잔뜩 꽂힌 '스타 트렉' 머그잔, 여러 종류의 플래시 드라이브, 한 세트의 열쇠, 아이팟 등이었다.

카버는 자기 사무실 문을 붙잡고 있다가 우리가 들어가자 따라 들어오

• 미국 사이버펑크 문학 작가

며 닫았다. 우리는 그가 책상으로 이용하는 유리 테이블 앞의 의자에 앉았다. 그는 피보팅 암 위의 20인치짜리 컴퓨터 화면을 옆으로 밀치고 우리를 바라보았다. 그러자 책상 유리 아래 또 하나의 작은 화면이 서버 룸의 비디오 영상을 담고 있었다. 카버가 미주라고 소개했던 엔지니어가 막 서버 팜 안으로 들어와서 서버 타워들로 형성된 복도를 걸어 내려가는 모습이 보였다.

"어디에 묵고 있습니까?"

카버가 워크스테이션 뒤로 이동하며 물었다.

"메사베르데 인이요."

"멋진 곳이죠. 일요일에 나오는 아침 겸 점심이 끝내줘요."

그가 자리에 앉더니 레이철을 똑바로 바라보며 물었다.

"저희 엔지니어들에 대해 듣고 싶다고 하셨죠?"

"네. 시설을 보여주셔서 감사합니다. 하지만 솔직히 그걸 보려고 여기까지 온 건 아니에요. 당신과 차베스 양이 보여주신 건 웹사이트뿐이잖아요. 우린 회사의 데이터를 맡기고 함께 일할 믿을 만한 사람들을 만나보고 싶습니다. 디클랜 맥기니스 사장님을 뵙지 못해 유감입니다. 솔직히 그 때문에 약간 의기소침한 상태예요. 우릴 바람맞힌 데 대해 아직 변변한 설명을 못 듣고 있어요."

카버는 면목 없다는 듯 두 손을 쳐들었다.

"요란다는 인사 문제를 설명드릴 권한이 없어요."

"하지만 우리 입장을 이해해 주시기 바랍니다. 우린 인간관계를 맺기 위해 왔는데 약속한 사람이 여기 없잖아요."

"충분히 이해합니다. 하지만 회사 중역으로 분명히 말씀드리는데, 맥기니스 사장의 상황이 이곳 운영에 영향을 미치진 않습니다. 그분은 며칠 휴가를 떠났을 뿐이에요."

"그게 문제죠. 벌써 세 번째 다른 이유를 대고 있거든요. 별로 좋은 인상을 받지 못하고 있습니다."

카버는 고개를 끄덕인 뒤 한숨을 훅 토해냈다.

"자세히 말씀드릴 수 있다면 드렸겠죠. 하지만 여긴 비밀과 안보를 팔아먹고 사는 곳입니다. 그 시작은 사람들이죠. 그런 설명을 납득하실 수 없다면 저희 회사는 손님들이 찾고 있는 회사가 아닐 것 같군요."

그가 선을 긋고 나오자 레이철은 항복했다.

"좋습니다, 카버 씨. 그러면 고용하고 계신 엔지니어들에 대해 말씀해 주세요. 우리가 이곳 시설에 저장할 정보들은 매우 민감한 것들입니다. 시설의 신뢰성을 어떻게 보장하실 건가요? 서버 엔지니어 두 분을 만나 봤는데, 그들은 오히려 이 시설에 접근하지 못하도록 막아야 할 사람들처럼 보였어요."

카버가 빙그레 웃으며 고개를 끄덕였다.

"솔직히 말씀드리면 레이철, 레이철이라 불러도 됩니까?"

"그게 제 이름이에요."

"솔직히 말씀드려 사장님이 계시고 유망한 고객들이 오신다는 걸 알았다면 그들을 밖으로 내보내서 담배라도 피우게 했을 겁니다. 하지만 이 일에 관한 한 그 젊은이들이 최고예요. 그게 이 시설과 이 세계의 현실입니다. 단도직입적으로 말씀드리죠. 저희 직원들 중 여기 오기 전에 해킹이나 다른 범죄를 저지른 자들이 있는 건 사실이에요. 간교한 여우를 잡기 위해선 가끔 더 간교한 여우가 필요할 때가 있기 때문이죠. 하지만 모든 직원들의 성격과 심리 형성 과정은 물론이고 전과 기록과 성향을 철저히 점검했습니다."

카버는 계속 강변했다.

"저희 직원들 중에 회사 규정을 어기거나 고객들의 데이터에 허락 없이 침입한 자는 한 명도 없었어요. 혹시 그걸 걱정하실까 봐 드리는 말씀입니다. 고용할 때도 자격요건을 엄격히 적용하지만, 이후에도 철저히 감시하고 있죠. 저희 자신들이 최고 고객이라고 말씀드릴 수 있습니다. 이 건물 안에서 키보드를 두드린 내용은 한 자도 빠짐없이 백업되고 있어요. 직원들이 하고 있는 일을 실시간으로 볼 수 있을 뿐만 아니라 이전에 한 일들도 언제든 찾아볼 수 있습니다. 이 두 가지 점검을 수시로 하고 있어요."

레이철과 나는 동시에 고개를 끄덕였다. 하지만 우리는 카버도 모르고 있거나 교묘하게 숨기고 있는 것을 알고 있었다. 이곳에 있는 어떤 자가 고객의 데이터 속으로 들어갔다는 사실을. 살인자가 서버 팜의 디지털 들판에서 자신의 사냥감을 추적했다는 사실을.

"저 밖에서 일하던 남자는 어떻게 된 겁니까?"

내가 엄지손가락으로 사무실 밖을 가리키며 물었다.

"프레드라고 부르던데. 어딘가로 가고 그의 사물들만 상자에 담겨 있더군요. 왜 그것들을 챙기지도 않고 그냥 갔습니까?"

카버는 잠시 망설이다가 대답했다. 긴장하고 있다는 느낌이 들었다.

"아, 그 친구 말이군요, 매커보이 씨. 바빠서 그냥 갔지만 곧 가지러 올 겁니다. 그래서 동료들이 상자에 담아준 거예요."

레이철에겐 친한 척 이름을 부르면서 내겐 아직도 매커보이 씨라고 부르고 있었다.

"해고당했나요? 그 친구가 무슨 짓을 했습니까?"

"해고가 아니라 사직했어요. 이유는 몰라요. 금요일 야간근무에 나오지 않고 이메일로 사직서를 보내왔더군요. 다른 일을 해보려 한다나요. 딱 그 말뿐이었어요. 이런 친구들은 오라는 데가 너무 많아요. 프레디도 아마 우리 경쟁업체에서 꾀어갔을 겁니다. 우리 회사도 높은 급료를 지불하지만, 여기보다 더 많은 돈을 제시하는 곳은 항상 있으니까요."

나는 전적으로 동의한다는 듯 고개를 끄덕였지만 마음속으로는 마분지 상자에 담겨 있던 사물들을 생각하고 있었다. 그러자 FBI가 이곳을 방문하여 트렁크 살인 웹사이트에 대해 질문했다는 금요일에 프레디는 자기 아이팟을 챙기러 올 겨를도 없이 갑자기 사라졌다는 것을 알 수 있었다.

그러면 맥기니스는 어떻게 된 걸까? 그가 없어진 것이 프레디의 갑작스런 사직과 무슨 연관이 있는 거냐고 물어보려는 순간 맨트랩 부저 소리가 울렸다. 카버의 책상 유리 밑에 설치된 화면이 자동으로 맨트랩 속의 카메라 영상으로 바뀌며 요란다 차베스가 우릴 데려가려고 오는 것이 보였다. 레이철이 무의식 중에 몸을 앞으로 기울이며 다급하게 물었다.

"프레디의 성은 뭐죠?"

두 사람 사이에 미리 정해진 거리라도 있는 것처럼 레이철이 다가온 만큼 카버도 뒤로 몸을 젖혔다. 그녀는 아직도 자기가 FBI 요원인 것처럼 직선적인 질문을 던지고 대답을 기다렸다. 몸에 밴 습관 때문이었다.

"그 친구의 성은 대체 왜 알고 싶은 거죠? 이제 여기서 근무하지도 않는데."

"글쎄요, 나는 단지…."

레이철은 궁지에 몰렸다. 적어도 카버의 관점에서는 그 질문에 대한 적절한 대답이 없었다. 그 질문 자체만으로도 우리의 동기가 의심 받을 만했다. 그렇지만 운 좋게도 마침 그때 차베스가 문 사이로 머리를 디밀며 물었다.

"여긴 어떻게 되어가고 있죠?"

카버는 시선을 레이철에게 고정한 채 대답했다.

"잘 되어가고 있어요. 다른 질문이 남았습니까?"

레이철이 여전히 머뭇거리며 나를 돌아보았다. 나는 고개를 저은 뒤 카버에게 대답했다.

"필요한 건 거의 다 본 것 같군요. 좋은 정보에 감사하고 구경도 잘했습니다."

그러자 레이철이 얼른 맞장구를 쳤다.

"네, 감사합니다. 시설이 아주 인상적이에요."

"그러면 이제 위층으로 모셔가 고객관리 담당자를 소개해 드리도록하죠."

레이철은 일어나 문 쪽으로 향했다. 나도 의자를 뒤로 밀고 일어났다. 카버에게 감사하다고 다시 말하며 테이블 너머로 악수를 청하자 그가 말했다.

"만나서 반가웠소, 잭. 다시 만나고 싶습니다."

나는 고개를 끄덕였다. 카버가 마침내 내 이름을 불렀던 것이다.

"그래야죠."

자동차로 돌아왔을 땐 차 안이 오븐처럼 뜨겁게 달아올라 있었다. 나는 재빨리 시동을 걸고 에어컨 온도를 최대한 낮춘 뒤 창문을 일단 내렸다.

"무슨 생각해?"

나는 레이철에게 물었다.

"우선 여기서 빠져나가자."

"그래."

운전대를 잡자 손이 익을 것만 같았다. 왼쪽 손바닥 뒷부분만 사용하며 차를 뒤로 뺐다. 그렇지만 곧바로 출구로 나가는 대신 주차장 안쪽으로 깊숙이 들어가서 웨스턴 데이터 건물 뒤에서 유턴을 했다.

"뭘 하는 거야?"

"뒤쪽에 뭐가 있는지 보고 싶어서. 우린 허락 받고 들어온 유망고객이잖아."

차를 돌려 출구 쪽으로 나올 때 나는 건물 뒤쪽을 흘끗 살펴보았다. 거기도 감시 카메라들이 설치되어 있었다. 그리고 출입문과 작은 차양 아래 벤치가 하나 놓여 있었다. 양쪽에 모래 항아리 재떨이가 놓인 그 벤치에 담배를 물고 앉아 있는 사내는 미주라고 불리던 서버 엔지니어였다.

"담배 피우는 장소군. 이제 됐어?"

레이철이 물었다.

열린 창문으로 내가 손을 흔들자 미주가 고개를 끄덕여 보였다. 우리는 정문으로 향했다.

"저 친구는 서버 룸에서 일하고 있는 줄 알았는데. 카버의 책상 유리 아래에 있던 화면을 통해 서버 룸으로 들어가는 걸 봤거든."

"니코틴이 간절했던 모양이지."

"하지만 이런 뜨거운 여름 날씨에 담배를 피우러 나와? 저 차양 아래 앉아 있어도 아마 튀겨질 거라고."

"SPF 90°은 그런 때 쓰라고 있는 거야."

도로로 나온 후에야 나는 창문을 올렸다. 웨스턴 데이터 건물이 시야에서 사라지자 이젠 질문을 해도 안전하겠다는 생각이 들었다.

"그래, 무슨 생각을 하고 있었어?"

"하마터면 실수할 뻔했다는 생각. 어쩌면 했는지도 몰라."

"마지막 순간에 말이야? 별일 없을 것 같은데. 차베스가 우릴 구해줬잖아. 이제 당신에겐 모든 문을 열고 사람들이 떨며 당신 질문에 대답하게 만드는 FBI 신분증이 없다는 걸 기억해야 해."

"고마워, 잭. 꼭 기억할게."

나는 너무 입바른 소리를 했다는 것을 알았다.

• 자외선 차단제

"미안해, 레이철. 그런 뜻은 아니었어."

"괜찮아. 무슨 뜻인지 아니까. 당신 말이 맞고 그렇다는 걸 나도 아니까 약간 까칠해진 것뿐이야. 난 24시간 전의 내가 아니지. 처세술을 다시 배워야겠어. 힘과 권위로 사람들을 몰아붙이던 내 시절은 끝났으니까."

레이철이 창밖으로 고개를 돌리는 바람에 나는 그녀의 얼굴을 볼 수 없었다.

"지금 나는 당신의 처세술에 대해 얘기하고 싶은 게 아니야. 그곳 분위기가 어땠지? 카버와 그 직원들에 대해 어떻게 생각해? 이제 우린 뭘 하지?"

레이철은 나를 돌아보며 대답했다.

"나는 거기서 본 사람들보다 보지 못한 사람들이 더 궁금해."

"프레디 말이야?"

"맥기니스도. 우린 이 프레디란 자를 찾아내어 왜 사직했는지, 맥기니스에겐 무슨 일이 일어났는지 알아야 해."

나는 고개를 끄덕였다. 우린 같은 생각을 하고 있었다.

"프레디가 사직하고 맥기니스가 나타나지 않은 걸 같은 맥락으로 보고 있군?"

"두 사람을 만나 얘기해보기 전엔 모르지."

"그들을 어떻게 찾지? 우린 프레디의 성도 모르잖아."

레이철은 잠시 망설인 뒤 대답했다.

"몇 군데 전화해볼 순 있어. 아직 나한테 얘기해줄 사람이 있을지 모르겠지만. 지난주 요원들이 영장을 들고 갔을 때 모든 직원들의 명단을 손에 넣었을 거야. 그게 표준 절차니까."

그건 레이철의 희망사항일 뿐이란 생각이 들었다. 법집행 관료집단에서 일단 나간 사람은 어디까지나 외부인일 뿐이다. 특히 FBI는 다른 어떤 곳보다 더할 것이었다. 수사국 내의 계급은 워낙 엄격하고 합리적이기까지 해서 배지를 가진 경찰들도 통과할 수 없었다. 나는 레이철이 자기가 오랜 동료라고 생각했던 동료들이 과연 그녀의 전화를 받고 그 명단을 검토해서 정보를 나눠줄까 하는 생각을 하고 있다는 걸 알았다. 그녀는 이제 곧 15센티 두께 유리벽 바깥에서 안을 들여다보고 있는 자신을 발견하게 될 것이다.

"그게 소용없을 땐 어쩌지?"

"그땐 나도 몰라."

레이철은 퉁명스럽게 대답했다.

"옛날에 하던 식으로 해야겠지. 다시 그 자리로 돌아가 프레디의 게으른 동료들이 퇴근해서 귀가할 때까지 기다리는 거야. 그들이 우릴 프레디한테 데려다주거나, 우리가 그들로부터 방법을 찾아낼 수 있겠지."

그녀는 냉소적으로 말했지만 나는 그 방법이 마음에 들었다. 정말 그렇게 하면 프레디가 누군지, 어디서 살고 있는지 알아낼 수 있을 것이다. 나는 프레디를 찾아낼 수나 있을지 그 자체가 의심스러웠다. 어쩐지 프레디는 이미 이 세상 사람이 아닐 것 같은 느낌이 들었다.

"그건 좋은 방법 같은데. 하지만 내 예감으로 프레디는 멀리 간 것 같아. 그냥 사직한 게 아니야. 잘려나갔어."

"왜?"

"그 마분지 상자 봤어?"

"아니. 난 커버를 바쁘게 만드느라 바빴어. 상자는 당신이 살펴보게 되어 있었지."

그건 금시초문이었지만 나는 웃었다. 이 사건에서 그녀가 나를 파트너로 생각하고 있다는 첫 번째 신호였던 것이다.

"그래? 정말 그러고 있었어?"

"그럼. 상자 안에 뭐가 있었지?"

"직장을 그만둘 때 가져갈 물건들이었어. 담배, 플래시 드라이브와 아이팟. 그 나이의 청년들에게 아이팟은 필수품이지. 어느 날 FBI가 나타났는데, 같은 날 밤에 프레디는 사라졌어. 그 친구를 이곳 애리조나 메사에서 찾긴 틀린 것 같아."

레이철이 아무 대꾸도 하지 않아 돌아보았더니 이맛살을 찌푸리고 있었다.

"무슨 생각을 하는 거야?"

"당신 말이 맞을 것 같다는 생각이 들어. 그러니까 또 프로에게 전화해야겠다는 생각이 드네. FBI는 이미 그의 이름을 알고 있고 재빨리 추적할 수도 있을 거야. 우린 여기서 차바퀴를 굴리며 모래나 공중에 날리고 있는데 말이야."

"아직은 아니야, 레이철. 적어도 오늘 우리가 찾아낼 수 있는 게 뭔지 보자고."

"그러기 싫은데. 요원들에게 전화해야 해."

"아직은 아니라니까."

"당신이 실마리를 찾았어. 암튼 출구를 찾았으니 당신은 점수를 따게 될 거야."

"점수 따윈 관심 없어."

"그럼 이 일을 왜 하고 있어? 소설 때문이라고 계속 돌려대진 마. 그게 아직도 끝나지 않았어?"

"당신은 FBI 요원 아직 안 끝나서 그래?"

레이철은 대답하지 않고 다시 창밖으로 고개를 돌렸다.

"나도 마찬가지야. 이건 내 마지막 기사이고 중요한 얘기야. 게다가 당신을 복직시킬 열쇠가 될 수도 있어. 미확인범의 신원을 당신이 밝혀내면 그들은 FBI 배지를 돌려줄 거야."

레이철은 머리를 흔들었다.

"잭, 당신은 연방수사국을 전혀 몰라. 그들은 번복하는 법이 없어. 나는 검찰 협박 하에 사직했다고. 무슨 말인지 몰라? 내가 그리피스 공원에 숨어든 오사마 빈 라덴을 찾아내더라도 배지를 돌려주는 일은 절대 없을 거야."

"알았어, 알았어. 미안해."

우리는 잠시 침묵에 빠졌다. 그러나 곧 오른쪽으로 '로지스'라는 간판의 레스토랑이 나타났다. 아직 점심시간이 되진 않았지만 지난 몇 시간 동안 나 자신이 아닌 다른 사람인 척하느라 너무 용을 써서 그런지 배가 고팠다. 나는 차를 세우며 말했다.

"먹을 걸 좀 사고 전화 몇 통 건 뒤 돌아가서 커트와 미주가 퇴근하길 기다리자고."

"좋아, 파트너."

레이철이 대답했다.

15
서버 팜

카버는 사무실에 앉아 회사 건물과 주위의 100여 개 지점을 감시 카메라로 체크하고 있었다. 모든 것이 지시했던 대로였다. 이제 그는 건물 전면 꼭대기 코너에 설치한 외부 카메라를 조정하고 있었다. 렌즈를 돌리거나 올려서 초점을 맞추면 매켈립스 도로 아래 위를 살펴볼 수 있었다.

그들을 찾아내는 데는 오랜 시간이 걸리지 않았다. 그는 FBI가 다시 찾아올 줄 알았다. 그들의 사고 과정에 대해 알고 있었으니까. 매커보이와 월링은 퍼블릭 스토리지 센터● 담장 바깥에 차를 세워놓고 감시하고 있었다. 웨스턴 데이터 건물 안에서는 카버 자신이 그들을 감시하기 시작했다. 단지 그는 이유를 분명히 알지 못했다.

그들을 뜨거운 햇볕 아래 자글자글 볶고 있다고 생각하니 즐거웠다. 그들이 원하는 걸 얻기 위해 더 오래 기다리도록 해주는 것. 그렇지만 카버는 동작개시에 들어가기로 했다. 그는 전화기를 들고 세 자리 숫자를 찍어 넣은 뒤 말했다.

● 저장고 및 트럭 서비스 제공업체

"미주, 이리 좀 들어와. 열렸어."

그는 전화기를 내려놓고 기다렸다. 미주가 노크도 없이 문을 열고 안으로 들어왔다.

"문 닫아."

카버가 명령하자 젊은 컴퓨터 천재는 문을 닫고 그의 워크스테이션으로 다가갔다.

"무슨 일입니까, 보스?"

"프레디의 사물을 담은 저 상자를 빨리 그에게 갖다 주게."

"그 친군 시내를 급히 떠났다면서요."

카버는 젊은 녀석을 꼬나보았다. 제기랄, 말끝마다 토를 달지 않는 놈들을 좀 고용할 수는 없나.

"떠났을지 모른다고 했지. 암튼 그건 중요치 않아. 아까 여기 왔던 사람들이 의자 위에 놓인 그 상자를 보고 우리가 직원을 해고했거나 이직문제를 지니고 있다는 생각을 했단 말이다. 그건 유망고객에게 불신감을 심어주는 일이야."

"알겠습니다."

"좋아. 그러면 그 상자를 자네 모터사이클 꽁무니에 싣고 그 친구 창고로 달려가. 그게 어디 있는지는 알지?"

"네, 가봤습니다."

"좋아, 그럼 출발해."

"하지만 버트와 전 고온 현상의 원인을 밝히려고 37번 타워를 분해하고 있었습니다. 거기서 불이 들어왔거든요."

"좋아. 커트 혼자서도 처리할 수 있을 거야. 넌 그거나 전달하고 와."

"갖다 주고 회사로 다시 돌아오란 말입니까?"

카버는 자기 시계를 보았다. 그는 미주가 오늘 남은 시간을 땡땡이치고 돌아오지 않을 것임을 알았다. 하지만 미주는 카버가 이미 그런 사실을 알고 있다는 걸 전혀 눈치채지 못했다.

"좋아."

카버는 너무 심한 요구를 한 것 같아 미안하다는 듯이 말했다.

"오늘 일과는 그걸로 끝내. 빨리 가. 내 마음 변하기 전에."

미주가 사무실에서 나가자 카버는 카메라를 조심스럽게 살펴보았다. 그가 주차장으로 나가 애지중지하는 모터사이클에 오를 때까지 기다리려는 것이었다. 그 시간이 어지간히 길게 느껴졌다. 카버는 노래를 흥얼거리기 시작했다. 오랜 세월 동안 불러온, 그 자신의 인생살이 구석구석마다 배어 있는 애창곡이었다. 그는 곧 자신이 가장 좋아하는 두 소절을 조용히 불렀다. 그리곤 나머지 가사를 계속 부르는 대신 그 두 소절만 반복해서 빠르게 불러댔다.

> 길 위에 있는 살인자, 그의 뇌가 두꺼비처럼 꿈틀거리네
> 길 위에 있는 살인자, 그의 뇌가 두꺼비처럼 꿈틀거리네
> 길 위에 있는 살인자, 그의 뇌가 두꺼비처럼 꿈틀거리네
> 길 위에 있는 살인자, 그의 뇌가 두꺼비처럼 꿈틀거리네
> 만약 이 남자를 차에 태웠다간…•

마침내 미주가 카메라 프레임 안에 들어왔다. 그는 모터사이클 좌석 뒤쪽에 있는 조그마한 짐칸에 마분지 상자를 묶기 시작했다. 카버는 그의 입술에 물린 담배가 필터까지 타들어간 것을 보았다. 그것으로 시간이 오래 걸린 이유가 밝혀졌다. 미주는 공장 뒤쪽에 있는 벤치로 가서 골초인

• 더 도어즈의 1971년 앨범 'LA Woman'에 실린 '폭풍 위를 달리는 자들(Riders on the Storm)'

친구를 만나 담배를 피우고 나왔던 것이다.

마분지 상자가 모터사이클 짐칸에 단단히 고정되었다. 미주는 담배꽁초를 휙 집어던지고 헬멧을 썼다. 그리곤 모터사이클에 올라 시동을 걸더니 열린 정문으로 달려 나갔다.

카버는 모터사이클을 계속 추적하다가 카메라를 퍼블릭 스토리지 센터 아래쪽 도로로 돌렸다. 그는 매커보이와 월링이 마분지 상자 미끼를 발견하고 덥석 무는 것을 보았다. 그들의 차가 모터사이클을 추적하기 시작했다.

16
다크 파이버

우리는 퍼블릭 스토리지 센터의 담장 옆 그늘진 곳으로 들어가서 차를 세웠다. 무더운 날씨에 부질없이 오랫동안 기다려야 할지도 모른다고 생각하고 있는데 운이 좋았다. 모터사이클을 탄 사내가 웨스턴 데이터 정문을 빠져나와 매켈립스 도로 서쪽을 향해 질주하기 시작했다. 풀 마스크 헬멧을 쓰고 있어서 누군지 알아볼 순 없었지만, 짐칸에 번지 코드로 단단히 잡아맨 마분지 상자는 단번에 알아볼 수 있었다.

"저 상자만 따라가."

레이철의 말에 나는 재빨리 시동을 다시 걸고 매켈립스 도로로 달려 나갔다. 깡통 같은 렌터카로 모터사이클을 추격하는 일은 별로 좋은 생각 같진 않았지만 선택의 여지가 없었다. 가속 페달을 밟아 100미터 거리까지 다가가자 레이철이 옆에서 소리쳤다.

"너무 가까이 가지 마!"

"알아. 그냥 놓치지 않으려는 것뿐이야."

레이철은 상체를 앞으로 잔뜩 숙이고 대시보드에 두 손을 짚었다.

"이런 식으론 어렵겠어. 우리 앞에 차량 네 대를 두고 모터사이클을 추격한다는 건 악몽이나 다름없지."

그녀의 말이 옳았다. 모터사이클은 다른 자동차들 사이로 쉽게 빠져나 갔다. 대부분의 모터사이클 운전자들은 도로에 줄을 그어놓은 것 자체를 경멸하는 것처럼 보인다.

"차를 세울 테니 당신이 운전할래?"

"아니, 그냥 최선을 다해 봐."

가다 서다 하는 차량들 속에서 마분지 상자를 놓치지 않고 10분쯤 더 쫓아가자 운이 틔었다. 모터사이클이 고속도로 입구로 꺾어 들더니 피닉 스로 가는 202번 도로로 접어들었다. 여기라면 놓칠 걱정이 없었다. 모터 사이클은 제한속도보다 15킬로미터쯤 과속한 상태로 달렸고, 나는 100미 터쯤 뒤에서 다른 차선으로 따라갔다. 아무 방해도 받지 않고 15분쯤 추 격하자 사내는 I – 10번 도로로 진로를 바꾼 뒤 다시 북쪽 I – 17번 도로를 통해 피닉스 중심부를 관통했다.

레이첼이 안도의 숨을 내쉬며 상체를 뒤로 기댔다. 우리가 미행을 잘했 다고 생각했는지 사내를 더 잘 살펴볼 수 있게 차를 모터사이클 가까이 붙여 달라고 했다.

"미주야. 옷을 보면 알 수 있어."

그녀의 말을 듣고 나도 슬쩍 돌아봤지만 확신하기 어려웠다. 벙커 속에 서 본 것들을 세부적으로 기억할 수가 없었다. 레이첼은 그런 것들을 잘 하기 때문에 유능한 수사관이 될 수 있었을 것이다.

"그렇다면 저 친구가 지금 뭐하고 있는 거지?"

나는 미주의 눈에 띄지 않으려고 간격을 다시 벌리며 물었다.

"프레디의 상자를 나르고 있어."

"그건 나도 알아. 왜 지금이냐 그 말이지."

"점심시간이거나 그의 일과가 끝난 건지도 모르지. 이유야 얼마든지 있을 거야."

　그 설명 속에는 내 신경을 건드리는 것이 있었지만 더 깊이 생각할 겨를이 없었다. 모터사이클을 탄 사내는 우리 앞에서 주간 4차선을 가로지르며 다음 출구를 향해 달려갔다. 나도 거의 동시에 핸들을 꺾어 출구로 향했고, 내 앞에 다른 차 한 대를 두고 그와 바짝 다가갔다. 파란 신호등이 켜지자 우리는 서쪽 토머스 도로로 들어섰다. 잠시 후 제조업체들이 오래전에 버리고 떠난 것처럼 보이는 창고 지역에서 작은 업체들과 아트 갤러리들이 영역 다툼을 하고 있는 곳에 도착했다.

　미주는 단층짜리 벽돌 건물 앞에 모터사이클을 세우더니 내렸다. 나는 반 블록쯤 떨어진 도로가에 차를 세웠다. 오가는 차량도 드물었고 주차된 차들도 거의 없었다. 우리는 마치 경찰 감시차량처럼 서 있었지만, 미주는 자신이 미행당했을지 모른다는 생각조차 없는 듯 주위를 한 번 둘러보지도 않았다. 그는 헬멧을 벗어 전조등 위에 걸쳐 놓더니 모터사이클 짐칸에 묶은 밧줄을 풀었다. 그리곤 마분지 상자를 들고 건물 한쪽에 있는 커다란 미닫이문으로 향했다.

　바벨로 사용했던 것처럼 보이는 동그란 쇠뭉치가 쇠사슬에 매달려 있었다. 미주가 그것을 잡더니 문을 쾅쾅 찍어대기 시작했다. 반 블록 뒤 자동차 안에 있는 내 귀에도 들릴 정도로 요란한 소리였다. 안에서 아무 반응이 없자 미주는 다시 쾅쾅 찍어댔다. 그래도 조용하자 그는 커다란 창문 쪽으로 걸어갔다. 더러운 먼지가 잔뜩 끼어 커튼을 칠 필요가 없을 정도였다. 그는 손으로 문질러 먼지를 대강 닦아내고 안을 들여다보았다. 하지만 안에서 누굴 봤는지 나로선 알 수 없었다. 문으로 돌아가더니 쇠뭉치로 다시 쾅쾅 찍어댔다. 그래도 안 되던지 이번엔 문손잡이를 잡고 당기기 시작했다. 그도 놀랐지만 우리도 놀랐다. 문이 쉽게 주루루 미끄러지며 열렸다. 잠겨 있지 않았던 것이다.

미주는 망설이며 처음으로 주위를 돌아보았다. 하지만 우리가 탄 자동차를 눈여겨보진 않았다. 그의 눈길이 열린 문 쪽으로 휙 돌아가는 걸로 보아 안에서 누가 부른 듯했다. 그는 곧 안으로 들어간 뒤 문을 닫았다.

"어떻게 생각해?"

내가 레이철에게 물었다.

"우리도 저 안으로 들어가야 할 것 같은데. 프레디는 분명 저기 없어. 미주가 저곳을 걸어 잠그거나 수사에 중요한 단서를 가져가려는지 모르잖아. 통제불능 상태니까 우리가 들어가야 한다는 거지."

나는 자동차 시동을 다시 걸고 건물 쪽으로 반 블록 더 몰고 갔다. 내가 주차하자마자 레이철은 내려서 미닫이문 쪽으로 걸어갔다. 나도 얼른 내려서 따라갔다.

레이철이 문을 당겨 우리가 겨우 들어갈 만큼만 열었다. 실내가 캄캄해서 눈이 적응하는 데 시간이 좀 걸렸다. 레이철은 5미터쯤 되는 내 앞에서 창고 가운데로 걸어가고 있었다. 창고 안은 매우 넓었고 5~6미터 간격으로 천장을 떠받치는 철제 기둥들이 솟아 있었다. 건식 벽체 칸막이들이 주거 공간, 작업 공간, 연습 공간으로 나뉘어 놓여져 있었다. 문에 매달려 있던 쇠뭉치를 빼낸 바벨 랙과 벤치가 눈에 띄었다. 농구 코트 절반 크기의 농구장과 농구대도 있었다. 그 아래쪽으로는 화장대와 어질러진 침대가 보였다. 한쪽 칸막이에 붙인 냉장고, 전자레인지를 올려놓은 탁자. 그런데 부엌처럼 보이는 곳은 없었고 스토브와 싱크대도 보이지 않았다. 미주가 가져온 마분지 상자는 전자레인지 옆에 놓여 있었는데 그의 모습은 어디에도 볼 수 없었다.

레이철의 뒤를 따라 어느 칸막이 옆을 지나다가 워크스테이션 위 선반에 놓인 세 개의 화면과 그 아래 있는 퍼스널 컴퓨터를 발견했다. 그런데 키보드가 보이지 않았다. 선반들은 코드 북과 소프트웨어 상자들, 다른 전자 장비들로 가득했다. 거기에도 미주는 없었다.

"어디로 갔을까?"

내가 속삭이는 소리로 물었다. 레이철이 조용하라는 뜻으로 손을 들며 워크스테이션으로 다가갔다. 그녀는 키보드가 놓여 있었을 자리를 세심히 살펴보았다.

"키보드를 가져갔어. 그는 우리가…."

화장실 물을 내리는 소리에 그녀는 말을 중단했다. 창고 저쪽 끝에서 들려온 소리였다. 뒤이어 다른 미닫이문을 여는 소리가 들려왔다. 레이철이 선반으로 손을 뻗어 컴퓨터 선들을 묶는 데 사용되는 케이블 타이를 집어 들었다. 그리곤 내 소매를 잡아당겨 벽 뒤쪽에 있는 취침 장소로 끌고 들어갔다. 우리는 벽에 등을 기대고 미주가 지나가기를 기다렸다. 나는 콘크리트 바닥을 울리며 다가오는 그의 발자국 소리를 들을 수 있었다. 레이철이 내 앞을 지나 칸막이 가장자리로 이동했다. 미주가 앞으로 통과하려는 순간 그녀는 번개같이 튀어나가 그의 목덜미와 팔목을 잡고 침대에 거꾸로 처박았다. 그리곤 그가 자신에게 무슨 일이 일어났는지 깨닫기도 전에 매끄러운 동작으로 등 위에 올라타며 소리쳤다.

"꼼짝 마!"

"아니, 왜 이러는 거야?"

"반항하지 마! 꼼짝 말랬지!"

레이철은 재빨리 그의 두 손을 등 뒤로 젖힌 뒤 케이블 타이로 묶어버렸다.

"이게 뭐야? 내가 무슨 짓을 했는데?"

"여기서 뭐하고 있었지?"

미주가 머리를 돌리고 보려고 하자 레이철은 그의 머리를 매트리스 속으로 다시 처박았다.

"여기서 뭐하고 있었냐고 물었어."

"프레디의 물건을 갖다 주러 왔다가 화장실을 좀 사용했을 뿐이야."

"무단침입은 중죄야."

"무단침입 아니야. 아무것도 훔치지 않았다고, 제길! 프레디한테 물어봐, 괜찮다고 할 거야!"

"프레디는 어디 있지?"

"몰라. 그런데 당신은 누구야?"

"내가 누군지는 알 거 없어. 프레디가 누구지?"

"뭐라고? 여기 사는 놈이지."

"그놈이 누구냐고?"

"누군 누구야, 프레디 스톤이지. 같이 일하는 동료야. 이봐요! 당신 오늘 우리 회사에 왔던 여자잖아. 이게 무슨 짓입니까?"

이제 신분을 드러내도 괜찮다고 생각한 레이철은 그의 등에서 내려왔다. 미주는 침대 위에서 돌아눕더니 벌떡 일어나 앉았다. 그리곤 실눈을 뜨고 나와 레이철을 돌아보았다.

"프레디는 어디 있지?"

레이철이 다그쳤다.

"몰라요. 아무도 그를 본 사람이 없다고요."

"언제부터?"

"그만둔 뒤부터지 언제겠어요? 그런데 무슨 일입니까? 처음엔 FBI가 들이닥치더니 이번엔 당신들 두 사람이군요. 도대체 당신들 정체가 뭡니까?"

"그건 신경 쓰지 않아도 돼. 프레디가 어디 갔을 것 같아?"

"내가 어떻게 알아요?"

미주는 갑자기 일어나더니 아무 일 없었다는 듯 손이 뒤로 묶인 채 밖으로 걸어 나가 모터사이클을 타고 사라질 것처럼 행동했다. 레이철이 확 잡아당겨 침대에 주저앉히자 그는 거칠게 항의했다.

"이럴 권리 없어요! 당신들은 경찰도 아니야. 자꾸 이러면 변호사를 부를 거야."

레이철은 위협적인 걸음으로 다가가며 차분하고 나지막한 목소리로 말했다.

"우리가 경찰이 아니라면서 왜 변호사를 불러줄 거라고 생각하지?"

빠져나가기 힘든 덫에 걸렸다는 걸 깨달은 미주의 눈에 두려움이 스쳤다.

"이봐요, 아는 건 다 말할 테니 여기서 내보내만 줘요."

나는 여전히 칸막이벽에 등을 기대고 사무실에서 매일 해오던 일이라는 듯, 혹은 모진 놈 옆에 살다 보면 함께 벼락 맞을 일도 있다는 듯이 행동하려 애쓰고 있었다.

"어디 가면 프레디를 만날 수 있지?"

레이철이 다시 물었다.

"말했잖아요!"

미주는 고함을 질렀다.

"모른다고. 어디 있는지 알면 말하겠는데 정말 몰라요!"

"프레디는 해커야?"

레이철은 다른 쪽 벽 아래에 있는 워크스테이션을 턱으로 가리켰다.

"트롤러 같던데. 다른 사람한테 간섭하기 좋아하는 친구예요."

"넌 어때? 너도 그 친구와 그랬어? 거짓말할 생각은 마."

"딱 한 번 했지만 좋지 않았어요. 이유 없이 사람을 혼란스럽게 하는 거요."

"네 이름은 뭐야?"

"매튜 마드슨."

"좋아, 매튜 마드슨. 디클랜 맥기니스는 어떻게 된 거야?"

"어떻게 되다뇨?"

"어디 있느냐고?"

"몰라요. 향수병에 걸렸다는 이메일을 보내왔다고 들었어요."

"그 말을 믿어?"

미주는 어깨를 으쓱했다.

"잘 모르겠어요."

"프레디와 통화한 사람 있어?"

"몰라요. 그런 일은 나보다 급료를 많이 받는 사람들이나 알죠."

"그게 다야?"

"그게 내가 아는 전부예요!"

"그러면 일어서."

"뭐라고요?"

"일어나서 돌아서."

"뭘 하려는 겁니까?"

"일어서서 돌아서란 말이야. 내가 뭘 하든."

미주는 마지못해 시키는 대로 했다. 레이철의 얼굴을 보기 위해서라면 머리를 180도라도 돌리고 싶어 하는 것 같았다. 하지만 120도 가까이 돌리고 필사적으로 호소했다.

"난 아는 대로 모두 불었어요."

레이철은 그의 뒤로 다가가서 귀에 대고 또렷하게 말했다.

"네 말이 거짓으로 밝혀지면 반드시 널 다시 찾아올 거야."

그녀는 미주의 손목을 묶은 케이블 타이를 잡고 워크스테이션으로 끌고 갔다. 그리곤 선반에서 가위를 집어 들더니 손목의 케이블 타이를 잘

라주며 말했다.

"꺼져. 여기서 있었던 일은 아무한테도 말하지 마. 말하면 곧 알게 될 테니까."

"안 할게요. 약속해요."

"가!"

미주는 문 쪽으로 급히 나가다 하마터면 매끈한 시멘트 바닥에 미끄러져 뒹굴 뻔했다. 다시 자유를 얻기까지 고작 3미터밖에 안 되는 거리가 그에겐 멀게만 느껴졌고 자존심은 이미 구겨질 대로 구겨진 상태였다. 마지막 몇 걸음을 달려간 그는 미닫이문을 열고 나간 뒤 힘껏 닫았다. 채 5초도 안 되어 모터사이클 엔진 소리가 들려왔다.

"저자를 침대에 메다꽂는 그 동작 정말 환상적이었어. 언젠가 본 적 있는 솜씨지."

레이철은 슬며시 웃어보이곤 본론으로 들어갔다.

"그 친구가 경찰에 달려갈지 말지 모르겠지만 여기서 너무 꾸물거리진 마."

"당장 나가자."

"아니, 잠시만. 그자에 대한 자료가 있는지 찾아보고. 10분이면 돼. 지문을 남기지 않도록 조심해."

"좋아. 그런데 어떻게 하면 돼?"

"당신은 기자야. 펜은 가지고 있지?"

"그럼."

"그걸 사용해. 10분이야."

하지만 그 10분도 필요 없었다. 그곳에는 프레디 스톤에 관한 어떤 인적 사항도 남아 있지 않다는 것이 금방 확인되었기 때문이었다. 내 펜을 이용해서 열어본 캐비닛과 서랍들 속은 텅 비어 있거나 평범한 부엌 도구들과 음식 포장들이 들어 있었을 뿐이었다. 냉장고도 거의 비어 있었다. 냉동실에 냉동 피자 몇 개와 아이스 트레이가 들어 있었을 뿐이었다. 화장대 속과 아래도 살펴보았지만 비어 있었다. 침대 아래, 매트리스와 박스 스프링 사이에도 눈길을 끄는 건 없었다. 쓰레기통까지 텅 비어 있었다.

"가."

레이철이 말했다. 침대 밑을 살펴보던 내가 고개를 드니 그녀는 벌써 문 쪽으로 걸어가고 있었다. 미주가 조금 전에 부려놓은 마분지 상자를 겨드랑이에 낀 채. 그러자 나는 그 상자 속에 들어 있던 플래시 드라이브들이 떠올랐다. 어쩌면 그 드라이브들 속에 우리가 필요로 하는 정보가 담겨 있을지도 모른다. 나는 급히 레이철 뒤를 쫓아갔다. 그러나 문 밖으로 나와 보니 그녀는 자동차에 없었다. 고개를 돌리자 건물 모퉁이를 돌아 골목으로 들어가는 그녀의 모습이 얼핏 눈에 잡혔다.

"이봐!"

나는 골목까지 달려가 모퉁이를 돌았다. 레이철은 무언가 작심한 듯이 골목 중간쯤을 걸어가고 있었다.

"레이철, 어디 가는 거야?"

"저쪽에 쓰레기통이 세 개 있었어."

그녀가 돌아보며 대답했다. 그제야 나는 레이철이 골목 맞은편 벽감 속에 있는 대형 쓰레기 수집용기 쪽으로 가고 있다는 걸 알았다. 마침내 그 앞에 도착하자 그녀는 프레디 스톤의 상자를 내게 건네주며 말했다.

"이거 들고 있어."

그녀가 무거운 강철 뚜껑을 열어젖히자 그것은 뒤쪽 벽을 때리며 요란한 소리를 냈다. 나는 프레디의 상자 속을 들여다보고 누군가가, 아마도 미주이겠지만, 그의 담배를 훔쳐갔다는 걸 알았다. 하지만 프레디가 그 담배를 아쉬워할 것 같지는 않았다.

"부엌의 찬장들은 다 점검했지?"

레이철이 물었다.

"했지."

"쓰레기통 안에 씌우는 비닐봉투가 거기 있었어?"

그게 무슨 말인지 이해하는 데 시간이 약간 걸렸다.

"아, 응, 싱크대 아래 한 상자 있었어."

"흰 거야, 검은 거야?"

나는 눈을 감고 싱크대 아래 찬장에서 본 것을 떠올리려고 애썼다.

"음, 검은 것. 빨간 끈이 달린 검은 비닐봉투였어."

"좋았어. 그게 범위를 좁혀줄 거야."

레이철은 절반쯤 찬 쓰레기통 속으로 손을 넣어 쓰레기들을 휘저었다. 악취가 진동했다. 대부분의 쓰레기들을 비닐봉투에 넣지도 않고 그냥 버린 상태였다. 또 수리나 재건축으로 인한 건축물 잔해가 대부분이고 그 나머지는 썩은 채소류였다.

"다른 쓰레기통을 뒤져봐."

우리는 골목을 가로질러 다른 벽감으로 갔다. 나는 들고 있던 상자를 땅에 내려놓고 쓰레기통의 무거운 철제 뚜껑을 열어 젖혔다. 악취가 더욱 지독하여 나는 프레디 스톤의 시체가 그 안에서 썩어가고 있는 게 아닐까 하는 생각이 들었다. 정신없이 뒤로 한 걸음 물러나며 공기를 입으로 내뿜었다. 악취가 코로 들어오지 않도록 고개도 돌렸다.

"걱정 마, 프레디 때문은 아니니까."

레이철이 말했다.

"어떻게 알아?"

"시체 썩는 냄새가 어떤지 아니까. 훨씬 더 지독해."

나는 다시 쓰레기통 앞으로 다가갔다. 이번엔 비닐봉투에 담긴 쓰레기들이 많았다. 검은 봉투들도 많이 눈에 띄었는데, 어떤 것들은 옆구리가 터져 썩은 채소들이 흘러나와 있었다.

"당신 팔이 더 기니까 검은 봉투들을 좀 꺼내 봐."

레이철이 말했다.

"이 셔츠 방금 산 건데."

나는 손을 집어넣으며 저항했다. 그리곤 옆구리가 터져 내용물이 드러난 것을 제외한 검은 봉투들은 죄다 들어내어 바닥에 놓았다. 레이철은 내용물이 흩어지지 않게 비닐봉투를 하나 열어보았다. 마치 채소가 가득한 비닐봉투를 해부하듯이.

"이런 식으로 열어봐. 다른 봉투의 내용물과 섞이지 않게."

"알았어. 그런데 뭘 찾아야 하는 거야? 이 봉투들이 스톤의 창고에서 나왔다는 보장도 없잖아."

"그렇지만 살펴봐야 해. 무언가 나오면 알게 되겠지."

내가 처음 연 비닐봉투 속에서는 종이를 잘게 썬 조각들이 나왔다.

"무슨 서류들 같은데."

레이철이 돌아보고 말했다.

"프레디의 것일 수 있어. 워크스테이션 옆에 서류분쇄기가 있었거든. 한쪽으로 치워둬."

나는 그녀가 시킨 대로 한 뒤 다른 비닐봉투를 또 하나 열었다. 이번엔 가정에서 일반적으로 버리는 쓰레기가 나왔다. 그중에서 낯익은 빈 음식 포장지를 즉시 알아보았다.

"이건 그 친구 거야. 냉장고 안에서 똑같은 상표의 전자레인지 피자를 봤어."

레이철이 다시 돌아보았다.

"좋아. 개인적인 건 뭐든 찾아봐."

그런 얘긴 할 필요도 없었지만 나는 저항하지 않았다. 손을 조심스럽게 가져가 찢어진 비닐봉투 속을 헤집자 대부분 부엌에서 나온 쓰레기임을 알 수 있었다. 음식 포장지와 빈 깡통, 썩은 바나나 껍질과 사과 꼭지. 형편이 그다지 나쁘지 않았다는 걸 알 수 있었다. 창고 안에는 전자레인지 한 대밖에 없지 않았던가? 선택할 수 있는 음식이 제한될 수밖에 없었다. 밀폐된 용기 속에 들어 있는 깨끗한 음식을 꺼내 먹은 뒤 빈 껍데기는 쓰레기통에 던졌던 것이다.

비닐봉투 밑바닥에는 신문이 들어 있었다. 발행일자를 확인할 수 있다면 쓰레기를 버린 때를 짐작할 수 있을 것 같아 나는 조심스레 신문을 꺼내보았다. 행인들이 통상 들고 다닐 때처럼 신문은 네 겹으로 접혀 있었다. 지난 수요일자 〈라스베이거스 리뷰 저널〉이었다. 그날 나는 라스베이거스에 있었다.

신문을 펼치자 1면에 실린 남자 사진을 매직펜으로 낙서해 놓은 것이 눈에 들어왔다. 눈에는 선글라스를 그려 넣고 머리에 한 쌍의 마귀 뿔을 그려 넣은 것으로도 모자랐던지 턱에 뾰족한 수염까지 그려 놓았다. 사진 위에는 커피 잔을 놓았던 동그란 자국도 남아 있었다. 그 자국이 매직펜으로 써놓은 이름의 일부를 지워버린 것 같았다.

"사람 이름이 적힌 베이거스 신문이 나왔어."

레이철이 손에 든 비닐봉투에서 즉시 눈을 떼고 돌아보았다.

"이름이 뭐야?"

"커피 자국으로 뭉개졌는데, 조젯 뭐라는데. B로 시작해서 M-A-N으로 끝나."

나는 신문을 쳐들고 그녀가 볼 수 있는 각도로 기울였다. 신문을 가만히 살펴보던 레이철의 눈에 불이 반짝 들어오는 걸 볼 수 있었다. 그녀는 일어서며 말했다.

"바로 그거야. 당신이 찾아냈어."

"뭘 찾아내?"

"우리가 찾던 자야. 일리 교도소로 수신된 이메일 때문에 오글비가 보호동으로 보내졌다는 얘길 했던가? 여비서가 교도소장에게 보낸 이메일 말이야."

"들었지."

"그 여자 이름이 조젯 브로크먼이야."

쓰레기봉투 옆에 쪼그리고 앉아 레이철을 멍하니 바라보던 나는 차츰 감을 잡아가기 시작했다. 프레디 스톤이 자기 창고 안에서 〈라스베이거스〉 신문에다 그 이름을 적었다면 이유는 딱 한 가지밖에 없었다. 그자는 라스베이거스까지 나를 미행했고 내가 오글비와 면회하기 위해 일리로 갈 것임을 알고 있었다는 소리였다. 나를 아무도 모르는 곳에 고립시키려 했던 자도 바로 그였다. 그가 바로 구레나룻 사내였고, 미확인범이었던 것이다.

레이철이 내 손에서 신문을 건네받았다. 그녀가 내린 결론은 내가 내린 것과 일치했다.

"그자는 당신을 추적하여 네바다로 갔어. 그리고 교도소 시스템의 데이터베이스를 해킹하여 그 여자 이름을 알아냈고 그것을 신문에다 적었던 거지. 이게 바로 연결고리야, 잭. 당신이 해냈어!"

나는 일어나 레이철 곁으로 다가갔다.

"우리가 해낸 거야, 레이철. 그런데 이제 어떡하지?"

레이철은 신문을 든 손을 아래로 내렸다. 그녀의 표정에 슬픈 자각이 어리는 걸 나는 보았다. 그녀가 체념조로 말했다.

"우린 여기서 더 이상 건드리면 안 될 것 같아. 지금 상황으로선 뒤로 물러나 연방수사국에 신고하는 것이 옳아. 여기서부터는 그들이 조사하게 해야 해."

FBI는 기계처럼 언제나 만반의 태세를 갖추고 있는 것 같았다. 레이철이 지국으로 전화한 지 한 시간도 안 되어 우리는 아무 표시도 없는 버스만 한 차량의 별도 조사실에 앉아 있는 신세가 되었다. 프레디 스톤이 살았던 창고 바깥에 주차한 이 차량 속에서 우리가 요원들로부터 조사를 받는 동안 다른 요원들은 창고 내부와 주위 골목을 뒤지며 스톤이 트렁크 살인에 관여한 증거와 그의 행방에 대한 단서를 찾고 있었다.

물론 FBI는 차량 속의 그 방들을 조사실이라 부르지 않았고, 개조한 그 이동주택을 내가 '관타나모 특급'이라 부르는 데에도 반대했다. 그들은 그것을 목격자 인터뷰용 이동차량이라 불렀다. 나는 가로세로 3미터쯤 되는 창문도 없는 방에서 존 밴텀이란 요원에게 조사를 받았다. 밴텀이라니, 터무니없는 오칭이었다. 왜냐하면 그는 방을 가득 채울 정도의 거인이었기 때문이다. 그는 손에 든 법률용지철로 자기 허벅지를 철썩철썩 치며 내 앞을 오락가락했는데, 그 기세가 다음 내려칠 곳은 내 정수리가 될 거라는 생각이 들게 만들었다.

밴텀은 내가 어떻게 웨스턴 데이터와 연관되었으며 그 이후 나와 레이철이 한 행동들에 대해 한 시간쯤 나를 달달 볶았다. 나는 연방 요원들이 나타나기 전에 레이철이 충고해준 대로 충실히 대답했다.

거짓말을 하면 안 돼. 연방 요원에게 거짓말하는 건 범죄야. 한 번만 거짓말해도 그들 손아귀에 들어가고 말아. 어떤 것에 대해서도 거짓말하지 마.

그래서 나는 진실만을 말했다. 물론 다 말하진 않았지만. 나는 요원이 질문하는 것에만 대답했고 특별히 묻지 않는 한 세부적인 내용까지 대답하진 않았다. 밴텀은 시종 곤혹스러워 했으며 적절한 질문을 생각해내지 못해 안달하곤 했다. 그의 검은 피부에서 진땀이 배어났다. 연방수사국 전체가 놓쳐버린 커넥션을 일개 신문기자가 밝혀낸 것에 대한 그들의 당혹감을 대표적으로 보여주는 것만 같았다. 어쨌거나 그는 나와 얘기하는 것이 도무지 행복하지 않은 모양이었다. 처음엔 화기애애한 인터뷰로 시작했지만 차츰 까칠한 심문으로 변해갔고, 점점 더 거칠어지는 것 같았다.

마침내 한계에 도달한 나는 앉아 있던 접의자에서 일어났다. 일어서서 봐도 밴텀의 키는 나보다 15센티는 더 커 보였다.

"내가 아는 건 다 얘기했습니다. 이젠 가서 기사를 써야 해요."

"앉아요. 얘기 아직 안 끝났소."

"이건 자발적인 인터뷰예요. 끝날 시간을 당신이 말해줄 필요 없죠. 난 당신이 묻는 질문에 모두 대답했고, 이제 당신은 내가 어긋나게 말할까봐 계속 되풀이만 하고 있소. 난 진실만 얘기했기 때문에 말이 어긋날 일은 없습니다. 자, 이제 갈 수 있는 거요, 없는 거요?"

"불법침입과 연방 요원을 사칭한 죄로 당신을 지금 당장 체포할 수도 있소."

"그렇게 만들어 붙일 요량이면 무슨 죄로든 체포 못 하겠소. 하지만 난 불법침입한 적 없습니다. 어떤 사내가 창고 안으로 들어가는 걸 보고 범죄를 저지를 것만 같아 따라 들어왔을 뿐이에요. 연방 요원을 사칭한 적도 없어요. 그 친구는 우릴 연방 요원으로 착각했을지 모르지만, 우린 그런 말을 한 적도 그런 행동을 한 적도 없습니다."

"앉아요. 아직 안 끝났다니까."

"난 끝났다고 생각합니다."

밴텀은 법률용지철로 자기 허벅지를 철썩 치고는 등을 돌렸다. 그리곤 문까지 걸어갔다가 돌아와서 말했다.

"우린 당신 기사를 보류시킬 필요가 있소."

나는 고개를 끄덕였다. 마침내 그 얘기가 나온 것이다.

"그 때문에 이 난리를 피운 겁니까? 심문을 하고? 사람 겁을 주고?"

"심문한 게 아니었소. 했다면 당신도 알았겠지."

"암튼 기사를 보류할 순 없습니다. 중요한 사건의 중요한 반전이에요. 게다가 스톤의 얼굴이 신문에 실리면 그를 체포하는 데도 도움이 될 겁니다."

밴텀은 머리를 흔들었다.

"아직은 안 돼요. 이곳에서 얻은 단서와 다른 지점에서 얻은 정보들을 취합하려면 최소한 24시간이 필요합니다. 우리가 범인을 포착하고 있는지 확인하기 전에 그 작업부터 해야 해요. 그의 얼굴을 신문에 처바르는 일은 그 후에 해도 늦지 않아요."

나는 접의자에 다시 앉아 그 가능성에 대해 생각해 보았다. 기사화하지 않는 것에 대한 모든 거래는 편집자와 의논하게 되어 있지만, 이제 나는 그런 구속에서 벗어나 있었다. 이것은 나의 마지막 기사가 될 것이었고, 나는 소신껏 모든 내용을 쓸 생각이었다.

밴텀은 벽에 기댄 접의자 하나를 가져오더니 처음으로 내 앞에 마주 보고 앉았다. 나는 손목시계를 흘끗 보았다. 4시가 다 되어가고 있었다. 로스앤젤레스의 편집자는 다음날 표지 기사를 결정하기 위해 이제 곧 회의실로 들어갈 것이다.

"그러면 이렇게 하기로 하죠."

나는 거인에게 말했다.

"오늘은 화요일입니다. 이 기사를 내일까지 보류하고 있다가 목요일 신문에 게재하겠소. 목요일 아침까지는 통신사들도 퍼 나르지 못하도록 웹사이트에도 올리지 않고 있다가 그 이후에나 TV 전파를 타도록 하겠다는 겁니다."

나는 다시 시계를 들여다보았다.

"그럴 경우 당신들한테 최소한 36시간이 주어집니다."

밴텀은 고개를 끄덕였다.

"좋아요. 그 정도면 될 것 같소."

그가 의자에서 일어서려고 하자 내가 말했다.

"잠깐만, 그게 다가 아닙니다. 그 대신 나는 독점 기사를 원해요. 사건의 단서를 내가 잡았으니 이 기사는 내 것이에요. 따라서 내 기사가 먼저 〈LA 타임스〉 전면에 나가기 이전에는 기자회견이나 뉴스를 흘리는 일을 해선 안 됩니다."

"그건 걱정할 거 없소. 우리는…."

"또 있습니다. 난 접촉을 원해요. 팀에 포함되고 싶단 얘기죠. 수사 상황을 알고 싶으니까 나도 끼워 주시오."

밴텀은 어이없다는 듯 웃으며 고개를 저었다.

"수사팀에 끼고 싶으면 이라크로 가 보시오. 우린 민간인, 특히 기자를 끼워주진 않아요. 그건 너무 위험하고 일을 복잡하게 만들기 때문이지. 그리고 법적으로도 검찰의 명예를 훼손할 수 있소."

"그렇다면 우리 거래는 끝난 겁니다. 난 지금 즉시 편집자에게 전화해야겠소."

나는 휴대전화를 꺼내려고 주머니 속에 손을 넣었다. 문제점을 부각시키기 위한 극적인 동작이었다. 밴텀이 손을 들고 말했다.

"알았어요. 잠시 기다려요. 이건 내가 결정할 수 있는 일이 아닙니다. 잠깐 다녀올 테니 꼼짝 말고 앉아 있어요."

그는 일어나서 방을 나갔다. 나는 일어나 그가 닫은 문을 열어 보았다. 짐작했던 대로 잠겨 있었다. 주머니에서 휴대전화를 꺼내어 열어 보았다. 화면에 노 서비스(NO SERVICE)라고 떠 있었다. 방음장치가 된 방이라 통화가 아예 불가능한 모양이었고, 밴텀도 진작부터 알고 있었을 터였다.

나는 딱딱한 접의자에 앉아 또 한 시간을 보내면서 이따금씩 일어나 문을 요란하게 두들기거나 밴텀이 했던 것처럼 작은 방 안을 오락가락했다. 자포자기 상태의 기분이 들기 시작했다. 시계를 자꾸 들여다보거나, 불통인 줄 알면서도 휴대전화를 자꾸 열어 보았다. 달라질 것이 없다는 걸 뻔히 알면서도. 그러다 갑자기 나의 편집증 이론을 한 번 시험해 보자는 생각이 들었다. 내가 이 방 안에 갇혀 있는 동안 줄곧 누군가로부터 감시와 도청을 당하고 있었다는 식의 이론이었다. 나는 휴대전화를 켜고 방사능 측정기를 읽는 사람처럼 방 모퉁이로 걸어갔다. 첫 번째, 두 번째를 지나 세 번째 모퉁이에 섰을 때, 나는 갑자기 전화가 통하는 것처럼 번호를 눌러댄 뒤 편집자에게 미친 듯이 얘기하기 시작했다. 트렁크 살인범의 신원에 대한 중요한 긴급뉴스를 불러줄 준비가 되었다는 식이었다.

그렇지만 밴텀이 달려 들어오진 않았고, 그것은 두 가지 가능성 중 한 가지를 말해 주었다. 이 방에는 감시나 도청 장치가 되어 있지 않거나, 바깥에 있는 요원들이 내 휴대전화가 불통이라는 것과 내가 쇼를 하고 있다는 걸 알고 있다는 얘기였다.

마침내 5시 15분이 되어서야 문이 열렸다. 그런데 들어온 사람은 밴텀이 아니라 레이철이었다. 나는 벌떡 일어섰다. 눈은 놀라 둥그레졌고 혀는 굳어 말이 나오지 않았다.

"앉아, 잭."

레이철의 말에 나는 엉거주춤 다시 앉았다. 그녀는 내 앞에 놓인 다른 의자에 앉았다. 내가 손가락으로 천장을 가리키며 한 쪽 눈썹을 치켜세우자 그녀는 고개를 끄덕였다.

"그래, 녹화되고 있어. 하지만 맘대로 얘기해도 돼, 잭."

나는 어깨를 으쓱했다.

"어쩐지 두어 시간 전에 봤을 때보다 더 묵직해진 느낌이군. 배지와 권총의 무게가 더해진 건가?"

레이철이 고개를 끄덕였다.

"아직은 돌려받지 못했지만 지금 오고 있는 중이야."

"설마 정말 그리피스 공원에서 오사마 빈 라덴을 찾아냈다는 소린 아니겠지?"

"그건 아니야."

"그런데도 복직했군."

"운이 좋았어. 실은 내 사직서가 아직 수리되지 않았대. 태만한 관료주의 덕분이지. 사직서를 돌려받기로 했어."

나는 상체를 앞으로 숙이고 속삭이듯 물었다.

"제트기 연료 값은?"

"속삭일 거 없어. 그건 이제 아무 문제도 안 되니까."

"서류로 받아둬야 할 것 같은데."

"확실히 받아뒀어."

나는 고개를 끄덕였다. 무슨 얘긴지 알 만했다. 그녀는 거래에 필요한 지렛대를 사용했다는 얘기였다.

"그렇다면 내가 맞춰볼까. 그들은 연방수사국에서 방금 쫓아낸 요원이 아닌 현직 요원이 프레디 스톤을 미확인범으로 밝혀냈다는 기사를 신문에서 읽고 싶은 거겠지?"

레이철은 다시 고개를 끄덕였다.

"그런 거지, 뭐. 이제 내겐 당신과 거래하라는 임무가 주어졌어. 그들은 당신을 범죄현장에 넣어주진 않아, 잭. 비극을 자초하는 짓이니까. 시인 사건에서 겪었던 일 벌써 잊었어?"

"그때는 그때고 지금은 지금이야."

"그래도 허락하지 않을 거야."

"우리 여기서 나갈 수 없어? 카메라나 녹음기가 숨겨져 있지 않은 곳을 산책하며 얘길 나누는 건 어때?"

"좋아, 나가자."

레이철은 의자에서 일어나 문 쪽으로 걸어갔다. 그녀가 문을 두 번 연달아 친 뒤 한 번 치는 동작을 반복하자 즉시 문이 열렸다. 우리는 좁은 복도로 나와 차량의 앞쪽에 있는 출입문을 내려갔다. 밴텀이 문 뒤에서 기다리고 있었다. 나는 출입문을 두 번 치고 다시 한 번 친 뒤 그에게 말했다.

"이걸 진작 알았더라면 한 시간 전에 나올 수 있었는데."

그는 내 유머를 이해하지 못했다. 나는 레이철을 따라 차량에서 내렸다. 밖으로 나와 보니 창고와 골목 일대에는 아직도 FBI 요원들과 기술자들이 증거를 수집하고, 측정하고, 사진을 찍고, 클립보드에 뭔가를 바쁘게 적고 있었다.

"저 사람들 뭘 좀 찾았대?"

레이철은 교활한 미소를 지으며 대답했다.

"아직 별로야."

"밴텀은 요원들이 다른 곳들로도 몰려갔다던데, 어디어디지?"

"잭, 얘기를 나누기 전에 분명히 해둘 것이 있어. FBI는 당신과 함께 행동하지도 않고 당신을 끼워주지도 않아. 난 단지 당신의 연락 상대자 내지 정보원일 뿐이야. 당신이 약속한 대로 기사를 하루 유보해 주는 조건으로 말이야."

"그 약속은 완전한 접속을 조건으로 한 거였어."

"억지 쓰지 마, 잭. 그건 불가능해. 그 대신 당신에겐 내가 있잖아. 날 믿고 LA로 돌아가서 내일 기사를 써. 내가 얘기할 수 있는 건 모두 당신한테 털어놓을게."

나는 그녀로부터 떨어져서 보도로 내려와 골목으로 향했다.

"내가 걱정하는 것이 바로 그 점이야. 당신 자신은 말할 수 있는 모든 것을 나한테 얘기하겠지. 그런데 당신이 나한테 말할 수 있는 것을 결정하는 사람이 누구지?"

"내가 알게 되는 모든 것을 말해줄게."

"그렇지만 당신이 다 알게 할까?"

"말장난 그만해, 잭. 날 신뢰해? 지난주 사막 한복판에서 느닷없이 전화를 걸어 나한테 한 말이 그거 아니었어?"

나는 레이철의 눈을 잠시 바라본 뒤 골목으로 눈길을 돌렸다.

"물론 당신을 믿어."

"그럼 됐어. LA로 돌아가. 내일 당신은 매시간 나한테 전화할 수 있고, 난 수사 결과를 아는 대로 얘기할 수 있어. 당신이 기사를 신문에 실을 때까지 속도도 맞출 수 있을 거고. 이 기사는 당신 외엔 아무도 게재할 수 없어. 내가 약속할게."

나는 아무 대꾸도 하지 않았다. 우리가 발견한 시커먼 쓰레기봉투들을 파헤치는 연방 요원들과 기술자들을 멍하니 바라보고만 있었다. 그들은 이집트 발굴지에서 작업하는 고고학자들처럼 비닐봉투 속에서 나온 쓰레기와 파편들을 일일이 기록하고 있었다.

레이철은 답답해진 표정으로 물었다.

"그럼 거래가 된 거야, 잭?"

나는 그녀를 돌아보며 대답했다.

"좋아, 된 걸로 하지."

"한 가지 못 박아둘 일은 기사를 쓸 때 나를 단지 요원이라고만 밝힐 것. 나의 사직이나 복직에 대해서는 일절 언급해선 안 된다는 거야."

"그건 당신의 요구야, 아니면 수사국의 요구야?"

"그게 중요해? 할 거야, 말 거야?"

나는 고개를 끄덕였다.

"그래, 레이철. 당신의 비밀은 지켜드리지."

"고마워."

나는 골목에서 돌아서며 그녀에게 물었다.

"그래서 지금은 대체 어떻게 돌아가고 있는 거야? 밴텀이 말한 다른 곳들 말이야."

"스코츠데일에 있는 디클랜 맥기니스의 집과 웨스턴 데이터에도 요원들을 보냈어."

"그래, 맥기니스는 뭐라고 변명하던가?"

"아직 그를 발견하지 못했어."

"사라졌어?"

레이철은 어깨를 으쓱했다.

"자의인지 타의인지 모르지만 사라졌대. 그의 강아지와 함께. 지난 금요일 FBI 요원들이 다녀간 뒤로 그 자신이 조사에 나섰을 가능성도 있어. 어쩌면 스톤에게 너무 가까이 접근했다가 역공을 당했을지도 몰라. 물론 다른 가능성도 있겠지."

"두 사람이 같이 있을 가능성?"

레이철은 고개를 끄덕였다.

"그렇지. 맥기니스와 스톤이 한 팀일 수도. 그러면 어디에 있든 같이 있을 거야."

그 점에 대해 잠시 생각해 보니 전례가 없는 것도 아니었다. 힐사이드 교살자는 두 명의 사촌 형제로 드러나지 않았던가. 그 전후에도 연쇄살인자 팀들이 있었다. 당장 머리에 떠오르는 팀은 빗테이커와 노리스 팀. 가장 악독한 킬러인 이 두 놈은 지상을 배회하다가 캘리포니아에서 만나 한 팀이 되었다. 그들은 피살자인 10대들의 고문 과정을 녹음하곤 했는데, 나는 밴 뒷좌석에서 벌어진 일을 녹음한 테이프를 한 경찰로부터 받은 적이 있었다. 공포와 고통에 질린 비명 소리를 듣자마자 녹음기를 곧 꺼버리고 말았지만.

"알겠어, 잭? 그래서 취재진들이 몰려오기 전에 시간이 필요하다는 거야. 두 사람 모두 랩탑 컴퓨터를 가지고 있어. 웨스턴 데이터에도 그들의 컴퓨터가 있었는데 우리가 압수했어. 콴티코에서 EER 팀이 오도록 이미 조처했고."

"이어(Ear) 팀?"

"E‒E‒R. 전자증거검색팀. 지금 날아오고 있는 중이야. 웨스턴 데이터에 투입해 뭐가 나오는지 알아봐야지. 그리고 오늘 알아낸 것도 기억해. 그곳엔 소리와 영상을 훔쳐보는 장치가 되어 있었어. 보존하고 있는 기록들도 도움이 될 수 있고."

나는 고개를 끄덕였다. 하지만 아직도 맥기니스와 스톤이 2인조 살인 팀으로 행동하고 있다는 생각을 지울 수가 없었다. 그래서 레이철에게 물었다.

"어떻게 생각해? 미확인범은 한 놈일까, 두 놈일까?"

"아직 단언할 순 없지만 우린 한 팀이 뛰고 있다고 생각해."

"어째서?"

"전날 밤 추리한 시나리오 있잖아. 미확인범이 LA로 와서, 안젤라를 당신 집으로 유인하고, 그녀를 살해한 다음 당신을 뒤쫓아 비행기를 타고 라스베이거스로 갔다고 했지."

"그랬지."

"연방수사국은 그날 밤 LA 국제공항과 버뱅크에서 라스베이거스로 운

항한 비행기들을 모조리 체크했어. 그날 밤 늦게 항공권을 구입한 사람은 네 명뿐이었대. 나머지 승객들은 모두 예약했던 사람들이었고. 마지막 네 번째는 바로 당신이었어."

"좋아, 하지만 그는 자동차로 갈 수도 있었어."

레이철은 머리를 흔들었다.

"자동차로 라스베이거스로 갈 사람이 고(GO!) 화물로 익일배달을 왜 시키겠어? 그건 화물 주인이 같은 비행기를 타고 가서 짐을 찾거나 다른 누군가에게 부칠 때만 유용해."

"그의 파트너에게."

나는 고개를 끄덕인 뒤 그 자리를 맴돌며 이 새로운 시나리오를 되씹었다. 모든 것이 사리에 맞아 보였다.

"그래서 안젤라는 트랩 사이트에 들어가 그들을 긴장시켜. 그들은 안젤라의 이메일을 훔쳐보지. 내 이메일도 훔쳐보고. 그런 다음 한 놈은 안젤라를 살해하기 위해 LA로 가고, 다른 한 놈은 나를 처리하러 라스베이거스로 간 거야."

"나도 그렇게 봐."

"잠깐만. 안젤라의 전화기는 어떻게 된 거야? 베이거스 공항에서 살인자가 그녀의 휴대전화로 나한테 전화한 것을 연방 요원이 추적해 냈다고 했잖아. 그녀의 전화기가 어떻게…."

"고(GO!) 화물로 보낸 거지. 당신의 권총과 함께 말이야. 그들은 그것이 당신을 그녀의 살인자로 모는 방법이라 생각했어. 당신이 자살한 뒤 경찰은 당신 방에서 그녀의 휴대전화를 발견하게 되겠지. 그런데 일이 계획대로 되지 않자 스톤은 공항에서 당신한테 전화를 했던 거야. 그냥 좀 지껄이고 싶었거나, 아니면 살인자는 LA에서 라스베이거스까지 쫓아간 한 명뿐이라고 생각하게 만들고 싶었겠지."

"스톤이라고? 그렇다면 맥기니스는 안젤라를 죽이러 LA로 가고, 스톤은 나를 처리하려고 라스베이거스로 갔단 얘긴가?"

레이철은 고개를 끄덕였다.

"구레나룻 사내는 서른 살 미만이라고 했잖아. 스톤은 스물여섯, 맥기니스는 마흔여섯 살이야. 얼굴 모습을 변장할 순 있지만 가장 어려운 건 나이를 표 나지 않게 가리는 일이야. 늙게 보이는 것보다 젊어 보이도록 변장하긴 더 어렵지. 구레나룻 사내가 스톤이었을 확률이 훨씬 더 높아."

나도 그렇게 생각되었다.

"그들이 팀을 이루고 있음을 가리키는 증거가 또 하나 있어."

레이철이 말했다.

"바로 눈앞에 두고도 내내 몰랐지."

"그게 뭐지?"

"데니스 배빗 살인의 엉성한 마무리야. 그녀는 자기 자동차의 트렁크 속에 담긴 채 남부 LA에 버려졌어. 거기서 알론조 윈슬로가 우연히 발견했지."

"그랬어. 그런데?"

"살인자가 혼자라면 그 차를 버린 뒤 남부 LA에서 어떻게 빠져나갔을까? 우린 밤늦은 시각에 이웃의 유력한 흑인들에게 물어봤어. 그자는 버스를 탈까, 택시를 불러놓고 도로가에 서서 기다릴까? 로디아 가든스에서 가장 가까운 전철역이 1.5킬로미터가 넘어. 한밤중에 흑인들이 사는 지역을 백인 혼자서 걸어갔을까? 그랬을 것 같진 않거든. 이처럼 치밀하게 계획한 살인을 그런 식으로 도망치며 마무리하진 않지. 그런 시나리오들은 도무지 납득하기 어려워."

"그러니까 그녀의 차를 버린 자는 다른 차를 타고 나갔을 것이다?"

"그렇지."

나는 고개를 끄덕인 뒤 이 새로운 정보에 대해 생각하느라 긴 침묵 속에 빠져들었다. 레이철이 마침내 그 침묵을 깼다.

"난 이제 정말 일하러 가야 해, 잭. 당신은 LA행 비행기를 타러 가야 하고."

"당신이 맡은 일은 뭐야? 나는 빼고 말이야."

"웨스턴 데이터에서 EER 팀과 함께 작업할 거야. 지금 그곳으로 가서 준비 작업을 해야 해."

"FBI가 그곳을 폐쇄했나?"

"어느 정도는. 시스템을 운용하고 EER 팀을 도와줄 핵심인력만 남겨두고 모두 귀가시켰어. 벙커 속의 카버와 1층의 오코너 외에 소수 인원인 거지."

"그러면 사업을 할 수 없을 텐데."

"어쩔 수 없어. 게다가 회사 사장과 그의 젊은 부하가 살인에 대한 자신들의 꿈을 공유하기 위해 피살자들의 저장 데이터를 훔쳐보고 있었다면, 그들의 고객들은 그것을 알 권리가 있다고 생각해. 일파만파 아니겠어?"

나는 고개를 끄덕이며 말했다.

"그럴 것 같네."

"잭, 당신도 가야 해. 밴텀에겐 내가 해결하겠다고 말했어. 당신을 안아주고 싶지만 지금은 그럴 때가 아니야. 당신도 아주 조심해야 해. LA로 돌아가면 안전할 거야. 무슨 일 있으면 전화해. 특히 맥기니스나 스톤이 다시 연락해오면 꼭 전화해."

나는 고개를 끄덕였다.

"호텔로 돌아가서 짐부터 챙겨야지. 혹시 당신이 그 방을 쓰려면 남겨두고."

"아니야. 이제부터는 연방정부가 내 비용을 지불해. 당신이 체크아웃할 때 내 가방을 프런트 데스크에 좀 맡겨줄래? 나중에 시간이 날 때 찾아가게."

"알았어, 레이철. 당신도 조심해."

자동차가 있는 쪽으로 돌아서면서 나는 그녀의 손목을 슬쩍 잡았다. 메시지가 크고 분명하게 전달되기를 나는 바랐다. 우린 이 사건에서 함께하고 있어.

10분 후 메사 베르데 인으로 돌아가는 나의 백미러에 창고 건물의 모습이 비쳤다. 나는 사우스웨스트 항공에 전화를 걸어 LA행 비행기 예약을 기다리고 있는 중에도 두 명의 살인자가 함께 행동하고 있었다는 생각 때문에 마음이 혼란스러웠다.

웨스턴 데이터를 견학할 때 요란다 차베스가 사용했던 말이 떠올랐다. 다크 파이버. 검은 광섬유. 데니스 배빗과 다른 피살자들에게 일어났던 일을 공유하고 싶어 하는 욕망보다 더 깊숙하고 더 검은 것이 광섬유 속에 존재할 수 있을까? 그럴 리가 없었다. 하지만 그런 생각은 내 영혼까지 꽁꽁 얼어붙게 만들었다.

17
서버 팜

전자증거검색팀(EER)을 구성하는 연방수사국의 세 요원은 통제실의 워크스테이션 세 개를 징발했다. 카버는 뒤로 밀려나서 오락가락하다가 가끔 그들 어깨 너머로 화면들을 살펴보곤 했다. 그는 자신이 보여주고 싶은 것들만 요원들이 발견하게 될 것임을 알고 있기 때문에 조금도 걱정하지 않았다. 그렇지만 걱정하는 척은 해야 했다. 결국 여기서 일어나는 일은 웨스턴 데이터의 명성과 그 사업을 전국적으로 위협할 것이다.

"카버 씨, 좀 느긋해질 필요가 있습니다."

토레스 요원이 말했다.

"아무래도 긴 밤이 될 텐데, 그렇게 오락가락하시면 당신이나 우리나 더 지루하게 느껴질 뿐이에요."

"미안합니다. 난 단지 이 일들이 무얼 의미하는지 걱정이 돼서요."

"이해합니다, 카버 씨. 하지만 긴장을 푸시고…."

토레스 요원은 카버의 하얀 가운 주머니 속에서 갑자기 터져 나온 더 도어즈의 '폭풍 위를 달리는 자들' 음악 소리에 말을 중단했다.

"잠깐 실례하겠소."

카버가 휴대전화를 주머니에서 꺼내어 받았다.

"저예요."

프레디 스톤이 말했다.

"아, 자네로군."

카버는 요원들이 들으란 듯 쾌활하게 말했다.

"그들이 아직 찾지 못했나요?"

"아직이야. 난 아직 여기 있고 시간이 좀 걸릴 것 같아."

"그러면 나 혼자 밀어 붙여요?"

"나 없이도 할 수 있어야겠지."

"이건 날 시험하는 거군요? 내 실력을 증명해 보이라고요?"

스톤은 약간 분개한 투로 말했다.

"지난주에 그런 일이 있었으니 이번엔 난 빠지겠네."

잠시 후 스톤은 화제를 바꾸었다.

"요원들이 내 정체를 알아냈나요?"

"모르겠어. 하지만 지금은 빠져나갈 수 없네. 일이 먼저니까. 다음 주엔 할 수 있을 테니 내 돈은 그때 따먹도록 하게."

카버는 자기가 포커 얘기를 하고 있다고 요원들이 알아듣길 바랐다.

"늦게 그 장소에서 만날 수 있어요?"

스톤이 다시 물었다.

"그럼, 우리 집으로 와. 맥주와 칩을 좀 사들고 오게. 이따 봐. 난 이제 가봐야 해."

카버는 전화를 끊고 전화기를 주머니에 넣었다. 스톤의 분노와 경계심이 슬슬 걱정되기 시작했다. 며칠 전까지만 해도 살려 달라고 애원하던 놈이 오늘은 명령조차 받기 싫어하는 태도를 비췄다. 카버는 때늦은 자책을 했다. 그때 사막 구덩이 속에 맥기니스와 그의 강아지와 함께 스톤도 묻어버렸어야 하는 건데. 그랬으면 얘긴 다 끝나고 위협도 더 이상 없을 것 아닌가.

하지만 아직도 그렇게 할 수 있다고 그는 생각했다. 어쩌면 오늘 밤 늦게라도. 또 다른 일석이조의 기회. 그것으로 스톤과 다른 모든 것들은 끝장난다. 웨스턴 데이터는 스캔들을 견뎌내지 못할 것이다. 아마 문을 닫게 되겠지. 카버 자신은 떠날 것이었다. 혼자서만. 이전에도 그랬던 것처럼. 이번 일을 겪고 교훈을 얻었으니 다른 곳에서 다시 시작할 수 있을 것이다. 그는 체인질링이었다. 다시 시작할 수 있다는 걸 그는 알고 있었다.

나는 체인질링이야, 바뀐 나를 봐. 나는 체인질링이야, 바뀐 나를 봐.

토레스 요원이 화면에서 눈을 떼고 카버를 돌아보았다. 카버는 아차 싶었다. 자신도 모르게 노래를 흥얼거리고 있었던가?

"오늘 밤 포커 해요?"

토레스가 물었다.

"네, 그런데 이렇게 쳐들어오는 바람에."

"미안해요, 게임을 못하게 해서."

"괜찮소. 당신들 덕분에 50달러쯤 벌었는지도 모르지."

"연방수사국은 언제나 기쁜 마음으로 도와드립니다."

토레스가 웃으며 말하자 마우리라는 여자 요원도 따라 웃었다.

카버도 미소를 지으려고 해봤지만 위선처럼 느껴져서 그만두었다. 사실 그는 웃을 일이 전혀 없었다.

18
행동요구

나는 호텔방에서 다음날 송고할 기사들을 쓰며 레이철에게 전화를 반복하는 일로 저녁 시간을 다 보냈다. 기사는 짜 맞추기가 쉬웠다. 나는 먼저 담당 편집자인 프렌더게스트에게 전화하여 사건 내용을 설명한 뒤 버짓 라인을 작성해서 발송했다. 스토리 구성에 들어가자 다음 뉴스 사이클까지 게재되지 않을 주요 요소들까지 이미 손에 쥐고 있다는 걸 알았다. 다음날 아침 나는 최근 세부사항들을 모아 기사에 삽입하기만 하면 될 것이다.

그건 새로운 세부사항이 발생하지 않았을 경우였다. 그런데 매시간 전화를 걸거나 문자를 보내도 레이철이 응답하지 않자 나의 가벼운 편집증 증세가 점점 심해지기 시작했다. 그날 밤 계획과 다음날 계획까지도 의심의 바위에 부딪쳤다.

마침내 11시 직전에 내 휴대전화가 울렸다. 발신자는 메사 베르데 인이었지만 목소리는 레이철이었다. 그녀가 불쑥 물었다.

"LA는 어때?"

"별일 없어. 전화를 여러 차례 했는데, 문자도 못 받았어?"

"미안해. 휴대전화 배터리가 일찌감치 나가버렸지 뭐야. 지금에야 호텔에 돌아와 체크인 했어. 내 가방을 데스크에 맡겨줘서 고마워."

"뭘. 몇 호실에 투숙했어?"

"717호실. 당신은? 마침내 집으로 돌아간 거야?"

"아니, 아직 호텔에 있어."

"정말? 방금 교토 그랜드로 전화했더니 곧장 당신 방으로 연결해줬는데 아무 대답도 없었는데."

"아이고, 마침 얼음을 가지러 내려갔을 때였던 모양이군."

나는 룸서비스에서 가져온 까베르네 와인 병을 잠시 노려본 뒤 화제를 돌렸다.

"그래, 이제 취침하러 돌아온 거야?"

"그러면 얼마나 좋겠어. 방금 룸서비스를 주문했어. 웨스턴 데이터에서 뭔가 발견되면 곧바로 불려나갈 거야."

"요원들이 아직도 거기 있다는 거야?"

"전자증거검색팀이 아직 작업 중이야. 그들은 레드 불•을 물처럼 꿀꺽꿀꺽 마시고 철야작업에 들어갔어. 카버도 함께 있었지만 난 더 이상 견딜 수 없었지. 뭘 좀 먹고 자야겠더라고."

"카버는 철야작업을 하도록 내버려두던가?"

"그는 허수아비가 아니라 올빼미더라고. 매주 야간 교대를 여러 차례 한대. 밤에 일이 가장 잘 된다나. 차분하게 자리를 지키고 있어."

"음식은 뭘 주문했어?"

"그냥 늘 먹던 걸로. 치즈버거와 프라이."

나는 미소를 지었다.

• 카페인 강화 음료

"나도 같은 걸 먹었는데, 치즈만 빼고 말이야. 파이랫 럼주나 와인은 안 시켰어?"

"안 돼. 연방수사국에 복직한 지 겨우 하루밖에 안 됐는데 알코올이라니, 그런 말 하지도 마."

나는 웃음이 나왔지만 본론으로 들어갔다.

"맥기니스와 스톤에 대한 소식은 없어?"

레이철은 잠시 망설이다 대답했다.

"잭, 지금은 피곤해. 하루 종일 시달렸고 마지막 네 시간은 그 벙커 속에 있었어. 이제 저녁 먹고 뜨거운 물로 샤워한 뒤 쉬고 싶어. 업무 얘긴 내일 해도 되잖아."

"나도 피곤해, 레이철. 그렇지만 나한테 정보를 계속 주기로 약속하고 거기서 물러나게 하지 않았나? 창고를 떠난 이후 당신한테 한마디도 듣지 못했는데 지금은 너무 피곤해서 얘기할 수 없다는 거야?"

그녀는 다시 망설였다.

"그래, 그래, 당신 말이 옳아. 그러면 이것부터 짚고 넘어가지. 좋은 뉴스와 나쁜 뉴스가 있어. 좋은 건 프레디 스톤이 누군지 알았다는 건데, 본명은 프레디 스톤이 아니었어. 신원이 밝혀졌으니 체포하기 쉬워지겠지."

"프레디 스톤이 가명이었다는 거야? 완벽한 보안망을 자랑하는 웨스턴 데이터에 그런 자가 어떻게 들어갔지? 신원 서류를 체크하지 않았다는 얘기잖아."

"회사 기록에 의하면 그를 고용하는 계약서에 서명한 사람은 디클랜 맥기니스였어. 그래서 무사통과할 수 있었던 거지."

나는 고개를 끄덕였다. 맥기니스는 자신의 살인 파트너를 아무 어려움 없이 입사시킬 수 있었던 것이다.

"좋아, 그러면 본명은 뭐였지?"

나는 침대 위의 배낭 속에서 수첩과 볼펜을 꺼내들었다.

"마크 쿠리어. 알파벳 a와 c가 들어가는 마크(Marc)야. 나이는 똑같이 26세고, 일리노이 주에서 사기죄로 두 번 체포된 적 있어. 3년 전 재판 직전에 도주했는데, 아이디 도용 사건이었대. 신용 카드 발급, 은행 계좌 개설 등 줄줄이 사탕이야. 타고난 해커에다 디지털 침범 경력이 화려하고 악랄한 트롤이 그 벙커 안에 숨어 있었던 거지."

"그자가 웨스턴 데이터에 취업한 게 언제였어?"

"역시 3년 전이야. 시카고를 빠져나온 즉시 프레디 스톤으로 이름을 바꾸고 메사로 들어온 것 같아."

"맥기니스는 이미 그를 알고 있었어?"

"그 사람이 스톤을 채용했다고 생각해. 똑같은 생각을 가진 두 살인자는 서로 기막히게 잘 엮이잖아, 왜. 그러면 둘은 뭘 먹겠다고 엮였을까? 인터넷은 전혀 새로운 게임이 펼쳐지는 세계야. 선과 악이 만나는 거대한 교차로지. 온갖 형태의 변태성욕과 페티시즘을 위한 채팅룸과 웹사이트에서 비슷한 취향을 가진 인간들이 매일 매순간 서로 만나고 있어. 우린 그런 인간들을 점점 더 많이 보게 될 거야, 잭. 그들은 환상이나 사이버스페이스에서 나누던 것을 현실 세계로 가지고 나오지. 같은 신념을 지닌 사람을 만나면 그 신념을 정당화하기 쉬워져. 용기를 북돋워 주고, 가끔 행동을 요구하기도 하지."

"프레디 스톤이란 이름을 가진 다른 사람은 없었어?"

"응, 그냥 지어낸 이름 같아."

"시카고에선 폭력이나 성폭행을 저지르지 않았고?"

"3년 전 시카고에서 체포되었을 때 경찰이 압수한 그의 컴퓨터에서 포르노 필름이 대량 발견됐대. 방콕 고문 필름도 몇 개 포함되어 있었다는데, 그는 아무 처벌도 받지 않아. 그 필름에 담긴 내용들은 진짜 고문이나 고통처럼 보이지만 모두가 연기일 뿐 현실이 아니라는 주장 때문에 사건화하기 어려웠다는 거지."

"다리보조기 같은 것들은 나오지 않았어?"

"기록에는 없지만 모조리 뒤져볼 생각이야. 쿠리어와 맥기니스를 연결하는 고리가 어베이셔필리아라면 우린 찾아낼 거야. 그들이 만난 장소가 아이언 메이든 채팅룸이라면 그것도 밝혀낼 거고."

"쿠리어의 ID는 어떻게 알아냈지?"

"서버 팜 입구에 있는 생체학적 장문판독기에 그의 손바닥 무늬가 저장되어 있었어."

나는 기록을 마치고 수첩을 살펴보며 다음 질문을 생각했다.

"쿠리어의 얼굴 사진을 얻을 수 있을까?"

"이메일을 열어봐. 거길 나오기 전에 한 장 보냈으니까. 그자와 비슷한지 보라고."

나는 침대 위로 랩탑을 끌어당겨 이메일로 들어갔다. 레이철의 메시지가 메일 맨 위에 있었다. 사진을 열고 3년 전 체포 당시에 찍은 마크 쿠리어의 얼굴을 살펴보았다. 검은 장발에 덥수룩한 턱수염과 콧수염이 나 있었다. 웨스턴 데이터의 벙커 속에 있던 커트와 미주와 영락없는 한 패거리였다.

"그게 일리의 호텔에서 본 그 사내의 얼굴 맞아?"

레이철이 물었지만 나는 대답 않고 사진만 뚫어지게 들여다보았다.

"잭?"

"글쎄, 맞는 것 같기도 하고. 그의 눈을 자세히 봐두는 건데."

나는 사진을 몇 초간 더 살펴본 뒤 레이철에게 물었다.

"아까 좋은 뉴스와 나쁜 뉴스가 있다고 했는데, 나쁜 뉴스는 뭐야?"

"쿠리어는 떠나기 전에 웨스턴 데이터 연구실의 자기 컴퓨터와 회사 아카이브에 자기증식 바이러스를 심어뒀어. 오늘 밤 우리가 그것을 발견했을 때는 이미 거의 모든 자료들을 침식한 상태였지. 카메라 아카이브는 날아가 버렸고 회사 데이터 상당 부분도 그래."

"그게 무슨 뜻이야?"

"그의 이동을 우리가 바라던 대로 쉽게 추적할 순 없게 되었단 뜻이지. 그가 사라져서 맥기니스와의 연결이나 만남, 이메일 교환 등에 대해 알 수 없게 됐잖아. 그런 것을 입수하면 좋을 텐데."

"카버와 보안요원들이 모두 자리를 지키고 있었을 텐데 어떻게 몰랐을까?"

"세상에서 훔치기 가장 쉬운 것이 내부 작업이야. 쿠리어는 방어 시스템을 알고 있었지. 그래서 시스템 주위를 순항하는 바이러스를 심었던 거야."

"맥기니스와 그의 컴퓨터는 어땠어?"

"거긴 운이 좀 좋았대. 하지만 오늘 밤 늦게 작업을 시작했으니 내일 아침에나 결과를 알 수 있어. 수색 팀도 그의 집에서 밤을 새고 있고. 맥기니스는 가족도 없이 혼자 살아. 집에서 흥미로운 것이 나왔는데 계속 조사 중이래."

"흥미로운 것이라니?"

"글쎄, 잭. 듣고 싶어 할진 모르겠지만 그의 서가에서 당신의 소설 《시인》을 발견했대. 내가 있을 거라고 말했잖아."

나는 할 말을 잃었다. 갑자기 얼굴과 목 언저리가 화끈거리는 느낌이었다. 내가 쓴 소설이 또 다른 살인자를 위한 입문서가 되었을 수도 있다는 생각에서였다. 물론 그건 소설일 뿐 살인설명서는 아니었다. 하지만 FBI에서 프로파일링과 연쇄살인자 수사를 진행하는 방법에 대해 대강은 설명하고 있었다.

화제를 바꿀 필요가 있었다.

"그 외에 발견된 건 없어?"

"아직 보진 못했지만 여자용으로 만든 다리보조기를 발견했대. 발목에서 허벅지까지 고정시키는 완전한 세트라고 하더군. 그런 여자들을 찍은 포르노도 나왔고."

"세상에, 아주 역겨운 개자식이군."

기록을 마친 나는 수첩 페이지를 넘기며 질문할 것이 없는지 살펴보았다. 내가 보고 알게 된 것과 레이철이 얘기한 것으로 내일은 완성된 기사를 쓸 수 있을 것이다.

"그러면 웨스턴 데이터는 완전히 폐쇄한 건가?"

"대부분. 회사에서 운영하는 웹사이트는 그대로 두고 있어. 하지만 콜로케이션 센터는 동결했어. 전자증거검색팀의 사정이 완료되기 전엔 어떤 데이터도 출입할 수 없어."

"대형 법률회사들이 자신들의 데이터를 FBI가 압류하고 있다는 걸 알면 길길이 날뛰지 않을까?"

"그러겠지. 하지만 우린 어떤 파일도 열어보지 않았어. 아직까진. 당분간은 시스템을 그대로 유지하기만 할 거야. 아무것도 출입시키지 않고. 지금은 카버와 함께 모든 고객들에게 알리는 메시지 작업을 하고 있어. 지금 상황은 일시적인 것이며, 회사를 대표하여 카버가 FBI의 수사를 지켜보며 파일들의 결백성을 확인해주고 있다는 등등의 내용이지. 그게 우리가 할 수 있는 최선의 일이야. 고객들이 길길이 날뛰어도 그대로 둘 수밖에 없을 것 같아."

"카버는 어때? 그 친구에 대해서도 체크했겠지?"

"응, 깨끗했어. MIT 나와서 지금까지. 내부에서 믿을 사람은 그뿐인 것 같아."

나는 마지막 메모를 하며 잠시 침묵에 빠졌다. 이 정도면 내일 기사로
는 넘칠 정도였다. 설사 레이철이 얘기한 내용을 빼더라도 내 기사는 전
국 독자들의 주의를 끌 만큼 압도적일 것이다. 두 명의 연쇄살인범이라
니, 이게 일석이조가 아니면 뭔가.

"잭, 듣고 있어?"

"아, 응, 뭘 좀 적느라고. 다른 건 없지?"

"대충 그 정도야."

"조심은 하고 있지?"

"그럼. 내 권총과 배지는 오늘 밤 안으로 올 거야. 내일 아침이면 완전
무장이지."

"그러면 당신은 준비 끝이군."

"그렇지. 이제 우리 얘길 시작할까?"

갑자기 불안감이 창끝처럼 내 가슴을 찔렀다. 그녀는 나와의 관계를 얘
기하고 싶어 업무 얘기를 빨리 끝내고 싶었던 것이다. 내가 그렇게나 전
화해도 받지 않더니, 좋은 얘길 할 것 같진 않았다.

"아, 그럼. 무슨 얘긴데?"

나는 침대에서 일어나며 마음의 준비를 했다. 와인이 있는 곳으로 걸어
가 병을 집어 들고 물끄러미 보고 있는데 레이철이 말했다.

"그러니까, 난 너무 사무적으로 말하고 싶지 않았어."

마음이 좀 편해졌다. 나는 와인 병을 내려놓고 긴장을 약간 풀었다.

"나도 그래."

"사실 내가 생각해도… 좀 미친 소리처럼 들린다는 건 알아."

"뭐가?"

"오늘 그들이 내 직책을 돌려줬을 때 뭐랄까… 좀 우쭐했던 거 같아. 잃
었던 명예를 회복한 것 같았지. 그런데 오늘 밤 혼자 이곳에 돌아오자 당

신이 농담조로 얘기했던 것에 대해 생각하기 시작했어."

이건 또 무슨 낮도깨비 같은 소린가 싶었지만 나는 알아들은 척했다.

"그래서?"

그녀는 대답하기 전에 쿡 웃었다.

"그래서 우리가 함께 해보면 정말 재미있지 않을까 싶어서."

나는 머릿속을 짜내며 이것이 그 '단발이론'과 무슨 관계가 있었던가 하고 생각했다. 그때 내가 뭐라고 대꾸했지?

"정말 그렇게 생각해?"

"난 사업이나 고객유치에 대해선 잘 몰라. 하지만 당신과 함께 수사하고 싶어. 재미있을 것 같거든. 벌써 재밌잖아."

아, 그 소리였군. 이제 생각났다. 월링 앤드 매커보이 수사연구소. 나는 웃으며 가슴에 박힌 불안감의 창을 뽑아 딱딱한 땅에 내리꽂았다. 달에 최초로 착륙하여 깃발을 내리꽂았던 어느 우주인처럼.

"맞아, 레이철. 정말 멋졌어."

나는 시원스런 허세가 안도하는 마음을 가려주길 바라며 말했다.

"그런데 모르겠군. 배지 없는 삶을 맞이한 당신은 상당히 불안해 보였거든."

"알아. 내가 농담을 하고 있는 거겠지. 우린 결국 이혼사건만 쫓아다니게 될 거고 그건 우리 영혼을 두고두고 죽일 거야."

"그러겠지."

"그건 좀 생각해볼 문제군."

"난 생각해볼 건더기도 없어. 그러니 반대할 리가 없지. 단지 당신이 실수하지 않길 바랄 뿐이야. 연방수사국이 갑자기 용서한 걸로 끝난 거야? 당신 직책만 돌려주면 다 된 거냐고?"

"그건 아니겠지. 그들은 나를 노리고 있을 거야. 항상 그러거든."

그때 문을 두드리는 소리와 "룸 서비습니다"라고 입을 막고 외치는 듯한 소리가 수화기를 통해 들려왔다.

"저녁 식사가 왔나 봐."

레이철이 말했다.

"그래. 나중에 봐, 레이철."

"응, 잭. 잘 자."

나는 미소를 지으며 전화를 끊었다. 레이철이 말한 '나중에'는 그녀가 생각했던 것보다 훨씬 빠를 것이었다.

양치질을 하고 거울을 한 번 들여다본 뒤 나는 까베르네 와인 병을 집어 들고 코르크 마개뽑이를 주머니에 담았다. 그리곤 키 카드를 확실히 챙긴 다음 내 방에서 나왔다.

층계참은 내 방문 바로 밖에 있었고, 레이철의 방은 한 층 위로 올라가 서너 개의 방문을 지난 곳에 있었다. 층계참으로 들어간 나는 위쪽 계단 난간과 1층까지 뚫린 중앙 통풍구를 재빨리 살펴보곤 콘크리트 계단을 한 걸음에 두 칸씩 딛고 올라가기 시작했다. 금방 현기증이 몰려왔지만 계속 올라갔다. 중간 층계참에 이르자 그녀가 문을 열고 나를 발견하면 어떤 말을 먼저 할까 하는 생각이 들었다. 혼자 미소 지으며 다음 층계참으로 오르기 시작했을 때 7층 복도로 나가는 문 앞의 바닥에 드러누운 한 사내의 모습이 눈에 들어왔다. 검은 바지와 하얀 셔츠 차림에 보우타이를 매고 있었다.

나는 그를 보자마자 조금 전에 내 저녁 식사와 지금 내가 들고 있는 와인을 가져다준 룸서비스 웨이터임을 알아보았다. 꼭대기 계단에 도착하자 콘크리트 바닥으로 흘러내리는 피가 보였다. 나는 그의 옆에 쪼그리고 앉아 와인 병을 바닥에 내려놓았다.

"이봐요!"

나는 웨이터의 어깨를 흔들며 반응을 살펴보았다. 아무 반응도 없었다. 이미 죽은 것 같았다. 벨트에 달린 ID 꼬리표가 그의 이름과 직책을 밝혀 주었다. 에드워드 후버, 주방 담당자. 나는 벌떡 일어섰다.

레이철!

문을 발칵 열어젖히고 복도로 달려 나간 나는 휴대전화를 꺼내 들고 911을 눌렀다. 내가 있는 위치는 거대한 U자 패턴으로 설계된 호텔의 오른쪽 꼭대기 부분이었다. 나는 방 번호를 확인하며 복도를 내려가기 시작했다. 722, 721, 720… 마침내 찾아낸 레이철의 방문은 약간 열려 있었다. 나는 노크도 없이 밀고 들어갔다.

"레이철?"

방 안은 비어 있었다. 하지만 치열하게 싸운 흔적이 뚜렷했다. 룸서비스 테이블에서 날아간 접시들과 은제 식기, 프렌치프라이 등이 바닥에 어지럽게 흩어져 있었다. 침대보는 없어졌고 피 묻은 베개 하나가 바닥에 나뒹굴었다.

손에 들고 있던 휴대전화에서 나를 부르는 작은 목소리가 흘러나왔다. 나는 복도로 나가며 전화기를 입으로 가져갔다.

"여보세요?"

"911입니다. 무슨 일로 전화하셨죠?"

나는 패닉 상태에서 복도로 달려 나오며 소리 질렀다.

"도와주세요! 메사 베르데 인 7층입니다! 빨리요!"

중앙 복도를 돌아 나오자 빨간 웨이터 재킷을 입은 금발 사내의 모습이 얼핏 눈에 들어왔다. 그는 고객용 엘리베이터를 지나 복도 끝에 있는 더블도어를 통해 커다란 세탁용 수레를 밀고 들어갔다. 한순간 눈에 비친 장면이었지만 그것은 어울리지 않았다.

"이봐!"

나는 복도를 전속력으로 달려갔다. 더블도어를 밀치고 달려 들어가자 조그마한 정비실 현관이 나왔고, 직원용 엘리베이터 문이 막 닫히고 있었다. 급히 달려가 손을 뻗어 보았지만 너무 늦었다. 엘리베이터는 가버렸다. 뒤로 물러나와 위를 쳐다보았다. 하지만 문 위쪽에 층을 나타내는 숫자나 화살표도 없었다. 그자가 올라가는지 내려가는지 알 수가 없었다. 나는 다시 더블도어를 밀치고 나와 고객용 엘리베이터로 달려갔다. 복도 양쪽 끝에 있는 계단은 너무 멀어 생각할 수도 없었다.

엘리베이터 버튼을 누르며 나는 이 외엔 다른 방법이 없다고 확신했다. 이 엘리베이터는 나를 출구로 안내할 것이고 도망치는 그자에게 데려다줄 것이다. 나는 세탁용 수레와 그것을 밀고 있는 사내의 앞으로 수그린 모습을 떠올렸다. 그 수레 안에는 세탁물보다 더 무거운 것이 실려 있었던 게 분명했고, 그것은 레이철일 것이었다.

고객용 엘리베이터는 모두 네 대였다. 운이 좋아 버튼을 누르자마자 그 중 한 대의 문이 땡 하고 열렸다. 안으로 뛰어 들어가 보니 1층 버튼이 이미 켜져 있었다. 닫힘 버튼을 기계적으로 누르고 문이 천천히, 부드럽게 닫힐 때까지 지루하게 느끼며 기다렸다.

"진정하세요. 금방 도착할 겁니다."

뒤를 돌아보니 엘리베이터 안에는 이미 한 사람이 타고 있었다. 파란 리본이 늘어진 행사참가자 이름표를 달고 있었다. 그에게 긴급상황이라고 말하려던 순간 나는 휴대전화를 손에 들고 있다는 걸 알았다.

"여보세요? 아직 거기 있어요?"

잡음이 들리긴 했지만 전화는 아직 끊어지지 않은 상태였다. 엘리베이터가 빠르게 내려가기 시작했다.

"네. 그곳으로 경찰을 급파했습니다. 무슨 일인지…."

"잘 들어요. 웨이터 복장을 한 사내가 연방 요원을 납치했습니다. FBI를 불러주세요. 여보세요? 제 말 들립니까?"

아무 소리도 들리지 않았다. 전화가 끊어졌다. 로비에 도착한 엘리베이터가 갑자기 멎었다. 행사참가자는 구석자리로 물러나려고 했다. 나는 문 앞으로 다가가서 열리자마자 로비로 걸어 나갔다.

직원용 엘리베이터 위치가 어디쯤 될까? 나는 방향을 가늠하며 로비의 복도 속으로 걸어 들어갔다. 왼쪽으로 방향을 두 번 꺾어 '직원전용'이란 팻말이 붙은 문을 통과하자 뒤쪽 복도가 나타났다. 음식 냄새와 부엌의 소음이 들려왔다. 통조림과 다른 음식물들이 진열된 스테인리스스틸 선반들이 있었다. 직원용 엘리베이터도 발견했지만 세탁용 수레나 빨간 재킷을 입은 사내는 그림자도 보이지 않았다.

내가 직원용 엘리베이터보다 너무 늦게 내려왔나? 아니면 그자가 위층으로 올라갔을까? 나는 버튼을 눌러 엘리베이터를 불렀다.

"이봐요, 당신은 여기 들어오면 안 됩니다."

뒤를 돌아보니 하얀 가운에 더러운 앞치마를 두른 사내가 복도에서 나를 향해 걸어왔다.

"혹시 세탁용 수레를 밀고 가는 남자 못 봤습니까?"

내가 재빨리 물었다.

"주방에서 그런 걸 봤을 리 없죠."

"아래쪽에 지하실이 있나요?"

사내는 불을 붙이지 않은 담배를 입술에서 빼고 대답했다.

"지하실 같은 건 없소."

담배를 쥔 손을 흔들었다. 나는 그가 담배를 피우러 나가는 길이었음을 알았다. 가까운 곳에 출구가 있다는 소리였다.

"여기서 주차장으로 나가는 길이 있습니까?"

사내가 내 뒤쪽을 가리켰다.

"물품 하역장은… 이봐요, 조심해!"

내가 엘리베이터 쪽으로 돌아서려는 순간 세탁용 수레가 나를 향해 돌진해 왔다. 허벅지 부분을 치인 나는 수레 위로 엎어지며 리넨과 침대보로 뭉쳐진 덩어리에 두 손을 짚었다. 물컹하면서도 딱딱한 감촉이 느껴지는 순간 나는 그것이 레이철임을 알 수 있었다. 얼른 상체의 무게를 밀어내고 수레 밖으로 중심을 잡고 섰다.

엘리베이터 쪽을 쳐다보자 문이 닫히고 있었다. 닫힘 버튼을 누르고 있는 빨간 재킷 차림의 사내가 보였다. 사내의 얼굴을 본 순간 그날 밤 상반신 사진에서 본 자임을 알아볼 수 있었다. 수염을 깎고 금발로 물들였지만 마크 쿠리어가 분명했다. 엘리베이터 제어판을 보니 마루 채광이 꼭대기에서 깜박이는 것이 보였다. 쿠리어는 다시 올라가고 있었다.

나는 수레 안으로 손을 넣어 침대보를 벗겼다. 역시 레이철이었다. 그날 아침에 입고 있었던 옷차림 그대로였고, 손발을 등 뒤로 묶인 채 엎드린 자세였다. 호텔방 목욕가운에서 빼낸 테리 천 벨트로 그녀의 입에 재갈을 물려 놓았는데, 코와 입에서 피가 마구 흘러나왔다. 눈동자는 초점을 잃고 흐릿했다.

"레이철!"

나는 고함을 지르며 그녀의 입에 물린 벨트부터 급히 풀었다.

"레이철, 정신 차려! 내 말 들려?"

그녀는 아무 반응도 보이지 않았다. 주방 직원이 다가와 수레 안을 들여다보며 물었다.

"도대체 무슨 일입니까?"

레이철의 손발을 묶은 것은 플라스틱제 케이블 타이였다. 나는 주머니에서 코르크 마개뽑이를 꺼내어 뚜껑을 자르는 작은 칼날로 플라스틱을 잘랐다.

"좀 도와주세요!"

우리는 조심스럽게 레이철을 수레에서 들어내어 바닥에 뉘었다. 나는 그녀의 옆에 꿇어앉아 흐르는 피가 기도를 막지는 않는지 살펴보았다. 콧구멍엔 피가 엉겨 있었지만 입안은 비교적 깨끗했다. 심하게 얻어맞아 얼굴이 부어오르기 시작했다. 나는 주방 직원을 쳐다보며 소리쳤다.

"경비원을 불러요. 911에도 전화하고. 빨리요!"

그는 복도를 달려 내려가기 시작했다. 레이철을 돌아보니 정신이 조금 드는 듯했다.

"잭?"

"이제 괜찮아, 레이철. 당신은 안전해."

그녀는 겁에 질리고 상처받은 눈빛으로 나를 바라보았다. 가슴속에서 분노가 끓어올랐다. 주방 요원이 복도 끝에서 소리쳤다.

"오고 있어요! 구급대원과 경찰이요!"

나는 그를 쳐다보지 않았다. 내 눈길은 레이철에게 고정되어 있었다.

"들었어? 경찰이 오고 있어."

레이철이 고개를 끄덕였다. 눈에도 생기가 차츰 돌아오고 있었다. 그녀는 기침을 두어 차례 하더니 일어나 앉으려고 했다. 나는 그녀를 도와 일으킨 뒤 가슴에 안고 뒷덜미를 부드럽게 문질러 주었다. 그녀가 무어라고 속삭였지만 들리지 않았다. 그래서 얼굴을 바라보며 뭐라고 했는지 물어보았다.

"LA에 있는 줄 알았다고."

나는 미소를 지으며 머리를 저었다.

"나는 기삿거리를 두고 어딜 가지 못해. 당신을 두고 갈 수도 없었어. 좋은 와인으로 당신을 놀라게 해 주려고 왔다가 그자를 발견한 거야. 쿠리어였어."

레이철은 가볍게 끄덕였다.

"당신이 날 구했어, 잭. 난 그자를 문구멍으로 확인하지도 않았어. 문을 열었을 땐 이미 늦었지. 그자가 날 가격했어. 나도 싸우려고 했지만 그는 칼을 가지고 있었어."

나는 그녀를 달랬다. 그런 설명은 불필요했다.

"그가 혼자 왔었어? 맥기니스는 없었고?"

레이철은 고개를 끄덕였다.

"쿠리어밖에 못 봤어. 그를 너무 늦게 알아봤어."

"그건 이제 잊어버려."

주방 직원은 같은 유니폼 차림의 동료들과 함께 복도 끝에 서 있었다. 내가 가까이 다가오라고 손짓해도 그들은 선뜻 움직이지 않았다. 마침내 그들 중 하나가 머뭇거리며 다가오자 다른 직원들도 따라왔다.

"엘리베이터 버튼을 좀 눌러줘요."

내가 부탁하자 직원이 물었다.

"정말 괜찮겠어요?"

"누르기만 해요."

나는 얼굴을 앞으로 숙여 레이철의 목에 코를 묻고 그녀의 향기를 마셨다. 그리고 힘껏 포옹하며 귀에 대고 속삭였다.

"놈이 위로 도망쳤어. 쫓아가서 잡아야겠어."

"안 돼, 잭. 여기서 기다려. 나랑 같이 있어."

고개를 들고 말없이 그녀의 눈을 들여다보고 있을 때 엘리베이터 소리가 들렸다. 나는 맨 처음에 얘기했던 주방 직원을 쳐다보았다. 하얀 셔츠에 '행크'라는 이름이 새겨져 있었다.

"경비원은 어디 있소?"

"지금 오고 있는 중이에요."

"좋아요. 당신들은 이 여자를 잘 지켜요. 절대 혼자 두면 안 됩니다. 경비원들이 오면 7층 층계참에도 희생자가 한 명 있다고 말하고, 나는 범인을 쫓아 위층으로 올라갔다고 전해줘요. 그리고 모든 출입구와 엘리베이터를 경계하라고 해요. 위층으로 올라간 범인이 언제든 내려올 테니까요."

레이철이 일어나기 시작했다.

"나도 같이 갈게."

"안 돼. 당신은 다쳤어. 여기 있으면 금방 돌아올게. 약속해."

나는 레이철을 두고 일어나 엘리베이터로 걸어갔다. 12층 버튼을 누르고 그녀를 돌아보았다. 문이 닫힐 때 주방 직원 행크가 조심스럽게 담배에 불을 붙이고 있었다. 그도 나도 규정을 무시한 순간이었다.

위로 천천히 올라가는 직원용 엘리베이터 속에서 나는 레이철을 구출한 것은 순전히 행운이었다는 사실을 깨달았다. 느릿느릿 움직이는 엘리베이터, 레이철을 놀라게 해주려고 내가 메사에 남아 있었던 일, 와인 병을 들고 계단으로 올라간 것까지도 그랬다. 그렇지만 다른 가능성에 대해 집착하고 싶진 않았고, 지금 이 순간에 정신을 집중하고 싶었다. 마침내 엘리베이터가 꼭대기 층에 도착하여 문이 열렸을 때, 나는 겨우 코르크 마개뽑이 한 개만 달랑 손에 들고 있다는 걸 알았다. 부엌에서 좀 더 나은 무기를 하나 집어 왔어야만 했는데 이미 때가 늦었다.

텅 빈 12층 정비실 바닥에 빨간 웨이터의 재킷 하나가 떨어져 있었다. 나는 스윙도어를 밀고 중앙 복도로 나갔다. 건물 바깥에서 사이렌 소리가 들려왔다. 여러 대의 경찰차가 달려오고 있는 듯했다.

복도 양쪽을 돌아봤지만 아무도 보이지 않았다. 그러자 12층이나 되는 넓은 호텔 건물을 혼자서 뒤진다는 건 시간낭비에 불과하다는 생각이 들었다. 엘리베이터들과 계단들이 너무 많아서 쿠리어의 탈출 루트가 어느 쪽인지 판단하기 어려웠다.

나는 범인 색출은 호텔 경비원과 경찰에게 미루고 레이첼 곁으로 돌아가기로 했다. 그렇지만 돌아가는 길에 수많은 탈출 루트들 중 적어도 하나는 수색해 볼 수 있겠다는 생각이 들었다. 운이 좋으면 적중할 수도 있다. 내가 북쪽 계단을 선택한 것은 그쪽이 호텔 주차장과 가장 가깝기 때문이었다. 게다가 쿠리어가 룸서비스 웨이터의 시체를 숨겼던 계단이기도 했다.

복도를 내려간 나는 모퉁이를 돌아 출입문을 밀고 들어갔다. 계단 난간을 쳐다본 뒤 아래쪽 통풍구를 내려다보았다. 아무도 보이지 않았고 사이렌 소리만 메아리쳤다. 아래쪽으로 내려가려던 나는 호텔 꼭대기 층인데도 계단이 계속 위로 이어져 있다는 걸 알았다. 옥상으로 접근하는 루트가 있다면 체크해볼 필요가 있었다. 나는 올라가기 시작했다.

그 계단은 각 층계참의 벽에 돌출된 촛대 모양의 전등에 의해 희미하게 밝혀져 있었다. 각 플로어는 전후 양방향으로 설계된 두 쌍의 계단과 층계참으로 나뉘어졌다. 계단 중간쯤에 도착하여 13층이 될 다음 계단으로 꺾어 들자 호텔방 가구들을 잔뜩 쌓아 놓은 마지막 층계참이 눈에 들어왔다. 계단이 끝나는 곳까지 올라오니 커다란 저장소가 나왔다. 서로 포개 놓은 침대들과 한쪽 벽에 네 겹씩 기대 놓은 매트리스들, 의자 무더기, 소형 냉장고들, 평면 브라운관 이전에 생산되었던 TV 캐비닛들. 국선 변호사 사무실 복도에서 본 파일 캐비닛들이 떠올랐다. 여기에도 많은 법규 위반들이 있지만 누가 보기나 하나? 누가 여기까지 올라오겠는가? 누가 신경이나 쓰겠는가?

나는 스테인리스스틸 램프들이 서 있는 곳을 돌아 얼굴 높이의 작은 사각 창문이 달린 문 쪽으로 걸어갔다. 문에는 '옥상'이라는 단어가 스텐실로 찍혀 있었다. 그런데 막상 열려고 하니 잠겨 있었다. 빗장을 힘껏 밀어 봤지만 꿈쩍도 하지 않았다. 열리지 않게 쐐기를 박았거나 기계장치를 한 것 같았다. 창문을 통해 원통형 타일을 올린 호텔의 흙벽 너머로 자갈 깔린 옥상이 내다보였다. 40미터쯤 지난 곳에 엘리베이터 시설을 위한 구조물을 볼 수 있었다. 그 너머에 호텔의 다른 쪽으로 이어진 계단으로 내려가는 문이 보였다.

나는 옥상을 더 넓게 보기 위해 위치를 왼쪽으로 이동하여 창문에 눈을 바짝 갖다 댔다. 어쩌면 저 바깥에 쿠리어가 있을 수도 있다.

그때 창문에 희미한 그림자가 비쳤다. 내 뒤에 누가 있었다.

나는 본능적으로 몸을 옆으로 날리며 돌아섰다. 쿠리어가 칼을 휘두르며 나를 향해 돌진해 왔지만 아슬아슬하게 내 몸을 비껴갔다. 그 순간 나도 바닥을 박차고 날아가서 코르크 마개뽑이에 달린 작은 칼날로 그의 옆구리를 힘껏 찔렀다.

그러나 내 무기는 너무 짧고 빈약한 것이었다. 옆구리를 정통으로 찌르긴 했지만 상대방을 주저앉힐 만큼 치명적이지 못했다. 그나마 쿠리어가 비명을 지르며 팔로 내 손목을 치는 바람에 그 알량한 무기마저 놓쳐버리고 말았다. 그러자 놈은 미친 듯이 칼을 휘두르며 덤벼들었다. 나는 간신히 일격을 피했지만 그가 휘두른 칼날을 자세히 보았다. 길이가 최소한 10센티는 되어 보였고, 제대로 찔리면 한 방에 골로 갈 것 같았다.

쿠리어가 다시 찔러왔을 때 나는 오른쪽으로 슬쩍 피하며 그의 손목을 잡았다. 내가 가진 이점은 덩치뿐이었다. 나는 쿠리어보다 동작이 느리고 늙었지만 몸무게는 20킬로그램쯤 더 나갈 것 같았다. 칼을 쥔 그의 손을 멀리 밀어내며 나의 커다란 몸뚱이로 그를 힘껏 밀어붙였다. 우리는 스탠드형 램프들 속으로 쓰러지며 콘크리트 바닥에 나뒹굴었다. 그 바람에 나는 그의 손목을 놓치고 말았다.

쿠리어는 칼을 꼬나들고 일어났다. 그 사이에 나는 램프를 하나 집어 들고 동그란 밑 부분으로 그를 후려칠 준비를 했다. 그런데 후려친 다음 쿠리어의 반격에 대비해야만 했다. 잠시 동안 우리는 서로 노려보기만 했다. 쿠리어는 칼로 찌를 준비를 하고 있었고, 나는 스탠드로 후려칠 기회를 노리고 있었다. 서로 상대방의 계획을 가늠하며 그다음 동작을 취할 계산을 하고 있는 듯했다. 내가 램프 밑둥치로 푹 찌르자 그는 가볍게 옆으로 피했다. 우리는 다시 싸울 자세를 취했다. 쿠리어는 가쁜 숨을 몰아쉬면서도 얼굴에 비장한 미소를 지어 보였다. 기를 좀 죽일 필요가 있었다.

"어디로 도망칠 거야, 쿠리어? 경찰 사이렌 소리는 들었겠지? 곧 여기 들이닥칠 거야. 2분 후면 경찰과 FBI 요원들이 이 건물을 점령할 거라고. 그땐 어디로 튈 거야?"

그는 아무 대꾸도 하지 않았다. 내가 램프로 다시 푹 찌르자 그는 동그란 밑둥치를 탁 잡았다. 우리는 잠시 램프를 맞잡고 밀고 당기기를 하다가 내가 그를 소형 냉장고들 쪽으로 밀어붙이자 그것들이 바닥에 쓰러지며 요란한 소음을 냈다.

나는 칼을 든 놈과 결투를 벌여본 적이 없었다. 그렇지만 나의 본능은 상대방에게 자꾸 말을 시키라고 부추겼다. 쿠리어의 주의를 분산시킬 수만 있다면 칼질을 무디게 할 수 있을 뿐만 아니라 그에게 일격을 가할 기회도 생길 것이다. 그래서 나는 기회를 노리며 그에게 계속 질문을 던지고 있었다.

"네 파트너는 어디 갔지? 맥기니스 말이야. 그자는 뭐하고 더러운 일은 너한테만 시켜? 호텔 네바다에서도 꼭 이랬지. 넌 다시 헛발질을 한 거야."

쿠리어는 내가 던진 미끼를 물지 않고 히죽 웃었다.

"그놈은 너한테 시키기만 하냐? 살인을 교사하는 사부처럼? 그런데 오늘 밤 일에 대해선 행복해하지 않겠는데. 넌 아직 멀었어, 이 피라미야."

이번엔 그도 참지 못했다.

"맥기니스는 뒈졌어, 이 병신아! 내가 사막에다 묻어줬다고. 네놈의 여자도 그렇게 묻어주지."

나는 램프로 다시 한 번 찌르는 시늉을 하며 계속 말을 시켰다.

"거짓말 마, 쿠리어. 맥기니스가 죽었다면 네놈은 도망을 쳤어야지. 왜 위험을 무릅쓰고 그녀를 납치하려 했는데?"

그가 대답하려고 입을 여는 순간 나는 램프 밑둥치로 그의 가슴을 찌르는 척하다가 재빨리 얼굴을 후려쳤다. 턱을 얻어맞은 쿠리어는 비틀거리며 물러났고, 나는 램프를 그에게 던지며 달려들어 칼을 쥔 손의 팔목을 두 손으로 꽉 움켜잡았다. 우리는 한 덩어리가 되어 텔레비전 캐비닛들을 쓰러뜨리며 바닥에 나뒹굴었고, 나는 칼을 쥔 그의 손을 잡고 위에 올라탄 상태가 되었다.

그가 밑에서 몸을 뒤집는 바람에 우리는 세 바퀴를 구른 뒤 그가 내 위에 오게 되었다. 그래도 내가 칼을 쥔 손을 놓지 않자, 그는 자유로운 한 손으로 내 얼굴을 밀어내기 시작했다. 나는 그의 손목을 꺾어버릴 듯이 한쪽으로 젖혔다. 마침내 쿠리어가 비명을 지르며 칼을 놓자 그것은 콘크리트 바닥에 소리를 내며 떨어졌다. 나는 팔꿈치로 칼을 힘껏 밀어냈다. 하지만 그것은 파란 난간 아래쪽 가장자리에 걸려 계단 통풍구 아래로 떨어지지 않았다. 2미터도 안 되는 지점이었다.

그러자 이전엔 느껴보지 못했던 격렬한 분노가 치밀어 올라 나는 미친 듯이 놈을 치고 박고 발로 차기 시작했다. 한쪽 귀가 손에 잡히자 찢어져라 잡아당겼고, 팔꿈치를 휘둘러 놈의 아가리를 후려쳤다. 하지만 놈은 젊은 힘으로 나를 점점 압도해왔고 나는 빨리 지쳐갔다. 놈은 나를 밀어내며 거리를 확보하더니 갑자기 무릎으로 내 사타구니를 사정없이 차 올렸다. 숨이 꽉 막혔다. 끔찍한 통증으로 인해 온몸의 맥이 탁 풀렸다. 쿠리어는 나를 완전히 밀어내고 일어나 칼을 집으러 갔다.

나는 젖 먹던 힘까지 다 짜내어 엉금엉금 기다시피 하며 그를 향해 돌진했다. 통증으로 두 다리가 마비되고 기운이 다 소진된 상태지만 쿠리어의 손에 칼이 들어가는 순간 나는 죽은 목숨이란 걸 알았기 때문이다. 나는 그의 등을 향해 내 몸을 던졌다. 그는 앞으로 쓰러지며 계단 난간 너머로 상체가 걸렸다. 생각하고 자시고 할 겨를도 없었다. 나는 놈의 한쪽 다리를 붙잡고 난간 너머로 힘껏 던져버렸다. 놈은 강철 파이프를 잡으려고 애썼지만 손이 미끄러져 아래로 떨어지고 말았다.

비명 소리는 2초 정도밖에 들리지 않았다. 머리를 계단 난간에 부딪쳤는지 아니면 콘크리트 벽에 부딪쳤는지 그 뒤로는 조용히 떨어졌다. 하지만 몸뚱이는 떨어지면서도 계속 콘크리트 벽에 툭툭 부딪쳤다.

나는 그를 끝까지 지켜보았다. 마침내 바닥에 떨어졌을 때, 요란한 충돌 소리가 내가 서 있는 곳까지 메아리쳐 들려왔다.

나는 병아리 눈물만큼이라도 죄책감이나 자책감을 느꼈다고 말할 수 있으면 좋겠다. 그런데 솔직히 쿠리어가 떨어지는 동안 내내 나는 환호성을 지르고 싶은 심정이었다.

다음날 아침 나는 정말 로스앤젤레스로 돌아갔다. 비행기로 가는 동안 줄곧 창문에 머리를 기대고 잠을 잤다. 이제는 익숙해진 FBI 요원들과 밤을 거의 꼬박 샜던 것이다. 밴텀과 나는 목격자 인터뷰용 이동차량에서 몇 시간 동안이나 입씨름을 벌였고, 그래서 나는 전날 저녁에 했던 일들과 쿠리어가 13층에서 떨어져 죽게 된 경위에 대해 수차례나 반복해서 얘기해야만 했다. 나는 쿠리어가 맥기니스를 사막에 묻었다고 말한 것과 레이철 월링을 해치려는 그의 계획에 대해서도 밴텀에게 여러 차례 얘기했다.

인터뷰를 하는 동안 밴텀은 연방 요원의 그 딱딱한 표정을 한 번도 바꾸지 않았다. 자기 동료의 목숨을 구해줘서 고맙다는 입에 발린 인사조차 한 마디 없었다. 그는 단지 묻기만 했다. 똑같은 질문을 각각 다른 시간에 다섯 번 내지 여섯 번 물었던 적도 있었다. 마침내 그것이 끝나자 그는 나한테 마크 쿠리어의 죽음에 대한 세부사항을 주대배심에 제출하여 범죄행위가 있었는지, 나의 행동이 정당방위에 해당하는지 가리게 될 것이라고 말했다. 그리고 그제서야 비로소 딱딱한 표정을 풀고 인간처럼 내게 말했다.

"당신에 대한 내 감정은 좀 복잡해요, 매커보이 씨. 당신이 윌링 요원의 목숨을 구한 건 분명하지만, 쿠리어의 뒤를 쫓아 거기까지 올라간 건 잘못된 행동입니다. 기다렸어야죠. 그랬다면 그는 아직 살아 있었을 거고, 우린 여러 가지 의문을 풀 수 있었을 겁니다. 맥기니스 씨가 정말 죽었다면, 대부분의 비밀이 쿠리어와 함께 계단 아래로 사라진 거예요. 그 넓은 사막에서 맥기니스를 어떻게 찾아내겠어요?"

"아, 예, 그 점에 대해선 유감으로 생각합니다, 밴텀 요원. 하지만 그때 내가 거기 올라가지 않았다면 그가 도망쳤을 거라고 생각합니다. 그렇게 되었다면 당신들은 아무 해답도 얻지 못했겠죠. 시체만 몇 구 더 얻게 되었을 겁니다."

"그럴지도 모르죠. 하지만 누가 알겠습니까."

"그래서 어떻게 돌아가고 있나요?"

"아까 말했듯이 주대배심에 제출할 겁니다. 당신한테 문제가 생길 거라곤 보지 않아요. 마크 쿠리어가 죽었다고 슬퍼할 사람은 이 세상에 아무도 없을 테니까."

"내 얘기가 아니라 수사 말이오. 어떻게 하고 있습니까?"

밴텀은 나한테 얘기를 해야 할지 잠시 생각하는 듯했다.

"그들의 행적을 쫓고 있습니다. 지금 우리가 할 수 있는 유일한 일이죠. 웨스턴 데이터에서도 조사가 끝나지 않았어요. 그게 끝나면 그들의 행적이 대강 드러나겠죠. 맥기니스도 찾아낼 겁니다. 죽었든 살았든. 쿠리어의 말만 믿고 죽었다 단정할 순 없으니까요. 솔직히 나는 그 말을 믿기 어렵습니다."

나는 어깨를 으쓱했다. 쿠리어가 한 말에 대해서는 그에게 정확히 진술했다. 그것의 진위는 전문가들이 가릴 문제였다. 그들이 전국 우체국에 맥기니스의 사진을 붙이고 싶다면, 그건 내가 상관할 일이 아니었다.

"난 이제 LA로 돌아가도 되는 거요?"

"네. 하지만 새로 생각나는 게 있으면 전화주세요. 우리도 그러겠습니다."

"알겠소."

그는 나와 악수하지 않았다. 그냥 문만 열어 주었다. 이동차량에서 나오자 레이철이 기다리고 있었다. 메사 베르데 인의 주차장 앞이었다. 아침 5시가 가까운 시각이었지만 그녀도 나도 피곤해 보이진 않았다. 구급대원이 그녀를 진찰했다. 얼굴의 부기는 빠지기 시작했지만 입술이 심하게 찢어지고 왼쪽 눈가에 시커멓게 멍이 들었다. 레이철은 지역 병원으로 이송되어 세부적인 진찰을 받기를 거부했다. 이런 상황에서 가장 하고 싶지 않은 것은 수사 현장을 떠나는 일이었다.

"다친 데는 좀 어때?"

내 물음에 그녀는 아무렇지 않은 표정으로 대답했다.

"괜찮아. 당신은 어때?"

"나야 괜찮지. 밴텀이 이제 떠나도 좋다고 했어. 첫 번째 비행기로 LA에 돌아갈 생각이야."

"기자회견은 안 할 거야?"

나는 고개를 저은 뒤 반문했다.

"그들이 할 얘기 중 내가 모르는 게 있겠어?"

"없지."

"당신은 언제까지 여기 있을 거야?"

"모르겠어. 그들이 보따리를 쌀 때까지겠지. 알아야 할 것들이 다 밝혀질 때까진 철수하지 않을 거야."

나는 고개를 끄덕이며 시계를 들여다보았다. LA행 첫 비행기는 두 시간쯤 더 기다려야 할 것 같았다.

"어디 가서 아침 식사나 할래?"

내 제의에 레이철은 입술을 오므리며 싫은 기색을 지으려다 통증 때문에 실패하고 말았다.

"배가 별로 고프지 않아. 그냥 작별 인사하려고 왔어. 지금 당장 웨스턴 데이터로 돌아가야 해. 그들이 광맥을 발견한 것 같아."

"어떤 광맥 말이야?"

"맥기니스와 쿠리어가 접속해온 설명되지 않은 서버야. 아카이브에 수록된 비디오도 있었어, 잭. 자신들의 범죄행위를 찍은 필름들이야."

"거기에 두 놈 다 찍혀 있어?"

"아직 못 봤어. 하지만 신원을 알아보기 어렵다고 하더군. 범인들이 마스크를 쓰고 있고 카메라 앵글을 대부분 희생자들에게 맞췄어. 어떤 비디오에서는 맥기니스가 조디악*처럼 사형집행인의 후드를 쓰고 있대."

"말도 안 돼. 잠깐, 조디악이라면 그의 나이가 예순 살이 넘어야 하는데."

"그런 뜻이 아니라 사형집행인 후드는 샌프란시스코에 있는 컬트 상점 어디서나 살 수 있다는 얘기야. 그건 그들의 정체를 나타내는 사인이야. 침대 옆에 놓아두는 책 같은 거지. 그것의 역사를 알고 있단 뜻이야. 또한

• 60년대 후반 미국의 연쇄살인마

그들의 프로그램에 공포 놀이가 큰 부분을 차지하고 있음을 보여주는 증거기도 하고. 희생자들에게 겁을 주는 행위 말이야."

그 말을 이해하기 위해 FBI 프로파일러가 될 필요까진 없었다. 그렇지만 희생자들은 생의 마지막 순간까지 얼마나 끔찍하고 무서웠을까 하는 생각이 들었다. 그러자 빗테이커와 노리스가 밴 뒷자리에서 고문한 장면을 녹음한 오디오테이프가 다시 떠올랐다. 그때 나는 그 소리를 들을 수가 없었다. 그리고 지금 내가 품고 있는 질문에 대한 대답을 차마 듣고 싶지 않았다.

"안젤라도 그 필름에 있어?"

"아니. 그녀의 경우는 너무 최근이었어. 하지만 다른 여자들은 있어."

"희생자들 말이야?"

레이철은 내 어깨 너머로 FBI 이동차량을 흘끗 바라보았다. 내가 어떤 거래를 했든, 그녀는 얘기해선 안 될 내용을 말하고 있는 듯했다.

"응, 아직 다 살펴보진 않았지만 적어도 여섯 명의 희생자가 있대. 맥기니스와 쿠리어는 이 짓을 오랫동안 해온 거야."

이쯤 되자 나는 과연 LA로 떠나야 할지 판단이 서지 않았다. 시신의 숫자가 늘어날수록 기사도 커지게 될 것이다. 두 명의 살인자에 최소한 여섯 명의 희생자라….

"다리보조기는? 그 생각도 적중했어?"

레이철은 진지하게 고개를 끄덕였다.

"맞아. 그들은 희생자들에게 다리보조기를 채웠어."

나는 그런 생각을 떨쳐버리려고 머리를 흔들어댔다. 주머니를 뒤져보고 펜과 수첩을 방에 두고 나왔다는 걸 알았다.

"볼펜 없어? 방금 그 얘길 적어야겠는데."

레이철이 머리를 흔들며 말했다.

"없어, 잭. 그리고 내가 너무 많이 얘기했어. 지금 시점에선 불완전한 자료들이야. 내가 모든 걸 제대로 처리할 때까진 기다려. 그때 전화할 테니까. 마감시간이 아직 열두 시간이나 남았잖아."

옳은 말이었다. 기사를 완성하기까지 하루 낮이 고스란히 남았고 그 사이에도 정보는 보완될 수 있었다. 게다가 편집실로 돌아가면 지난주와 똑같은 문제가 나를 기다리고 있을 것이다. 나 자신이 또다시 사건의 일부라는 사실. 나는 기사에 등장하는 두 사내 중 하나를 죽인 당사자였다. 이해의 상충으로 나는 그 기사를 쓸 수 없을 것이다. 그러면 또다시 래리 버나드와 마주 앉아 세계를 뒤흔들 만한 특종 기사를 그에게 불러주어야만 한다. 정말 미치고 환장할 일이지만 이제 나는 그런 일에도 익숙해져 있었다.

"좋아, 레이철. 이제 올라가서 짐을 꾸려 공항으로 가야겠군."

"그래, 잭. 전화할게. 약속해."

내가 부탁하기 전에 그녀가 먼저 약속해 주는 것이 나는 좋았다. 그녀에게 다가가서 안아주고 싶은 마음으로 잠시 바라보았다. 그런 내 마음을 레이철도 느낀 것 같았다. 그녀는 한 걸음 앞으로 다가와 나를 힘껏 안았다.

"당신은 오늘 내 목숨을 구했어, 잭. 그냥 악수만 하고 여기서 보낼 줄 알아?"

"그보다는 좀 나은 걸 기대하고 있었어."

나는 그녀의 멍든 입술을 피해 볼에다 키스했다. FBI의 이동식 지휘차량 검은 유리창을 통해 밴텀이나 다른 요원들이 보고 있더라도 우린 더이상 개의치 않았다.

1분쯤 후 레이철과 나는 떨어졌다. 그녀는 내 눈을 들여다보며 고개를 끄덕였다.

"가서 기사를 써야지, 잭."

"그래야지. 그들이 내게 허락한다면."

나는 돌아서서 호텔로 걸어갔다.

편집실로 들어가니 모든 사람들의 눈이 내게로 쏠렸다. 전날 밤 내가 사람을 하나 죽였다는 소문은 산타아나*처럼 삽시간에 편집실을 휩쓸었다. 내가 안젤라의 원수를 갚았다고 생각하는 기자들도 많을 것이다. 하지만 스릴을 즐기려고 위험한 일에 몸을 맡기는 괴짜로 치부하는 사람들도 있을 것 같았다.

나의 칸막이 사무실로 들어가자 전화기가 울리며 메시지 등이 켜져 있었다. 배낭을 바닥에 놓은 나는 전화와 메시지 등은 나중에 확인하기로 했다. 오전 11시가 가까웠고, 그래서 프렌도가 자리에 있는지 확인하기 위해 뗏목 쪽으로 걸어갔다. 한시라도 빨리 짐을 덜고 싶었다. 내 정보를 다른 기자에게 넘겨줘야 한다면 지금 당장 시작하고 싶었다.

프렌도는 없었지만 도로시 파울러가 뗏목 맨 앞 데스크에 앉아 있었다. 그녀는 자기 컴퓨터 화면에서 고개를 들고 나를 흘끗 본 뒤 놀란 표정을 지으며 인사를 건네 왔다.

"잭, 몸은 괜찮아요?"

나는 어깨를 으쓱해 보이곤 대답했다.

"괜찮은 것 같은데요. 프렌도는 언제 들어오죠?"

"1시는 지나야 할 걸요. 오늘 일할 기분이 나요?"

"어젯밤 13층 계단 아래로 떨어진 놈 때문에 그러는 모양인데, 난 아무렇지도 않아요, 도로시. 경찰도 그놈은 인간이 아니라고 하더군요. 여자들

• 남부 캘리포니아 내륙에서 바다로 부는 뜨겁고 건조한 바람

400

을 납치하여 고문하고 강간하고 질식시킨 살인자예요. 그렇게 떨어져 죽어도 싸죠. 솔직히 계단 아래로 떨어지는 내내 그놈 정신이 말짱했으면 싶더라고요."

"좋아요. 무슨 얘긴지 알겠어요."

"지금 내 기분이 별로인 것은 이번 기사도 내가 쓸 수 없을 것 같기 때문입니다."

지방기사 편집장은 찡그린 얼굴로 고개를 끄덕였다.

"그럴 것 같군요, 잭."

"도처에 데자뷰 현상이로군요."

여자는 내가 방금 한 말의 공허함을 알고 있는지 확인하려는 듯 실눈을 치뜨고 나를 바라보았다. 나는 계속 지껄였다.

"명언이죠. 아마 요기베라•가 한 말일 거예요."

그녀는 내 말을 알아듣지 못했다. 나는 편집실의 모든 눈과 귀가 우리 두 사람에게 쏠려 있는 것을 느낄 수 있었다.

"그건 그렇고, 이번엔 내 기사를 누구에게 주고 싶습니까? FBI는 살인범이 두 명이라고 확인해줬고 희생자들이 여럿 담긴 비디오도 발견했다고 했어요. 안젤라 외에 최소한 여섯 명이래요. 그들은 기자회견을 통해 이런 내용을 발표할 예정이지만, 나는 그들이 드러낼 수 없는 많은 것들을 알고 있어요. 우린 그걸로 판을 휘잡을 수 있나요."

"듣던 중 반가운 소리군요. 래리 버나드와 작업을 계속할 수 있게 해드리죠. 수첩 가져왔어요? 시작할 준비가 되어 있나요?"

"래리만 준비되면 난 가능해요."

"좋아요, 지금 곧 전화해서 회의실을 잡아놓죠."

• 양키즈를 열 번이나 월드시리즈 챔피언에 올려놓은 전설적인 포수

그 후 두 시간 동안 나는 수첩에 적힌 내용과 머릿속에 떠오르는 나의 활약상에 대해 래리 버나드에게 모두 얘기해 주었다. 래리는 보충기사를 위해 나와 연쇄살인범의 격투에 대해 자세히 물었다.

"마지막 질문에 대한 대답을 듣지 못한 것이 아쉽네."

"무슨 얘기야?"

"맨 마지막에 자네가 그에게 물었잖아. 왜 도망치지 않고 월링 요원을 납치하려 했느냐고. 그건 중요한 질문이지. 왜 그 친구는 도망치지 않았을까? 월링 요원을 납치하려 한 건 도무지 납득이 안 돼. 그자가 미처 대답하기도 전에 자네는 램프로 그의 턱을 후려쳤다고 했지?"

나는 그 질문이 마음에 들지 않았다. 나의 진실성이나 내가 한 일에 대해 래리가 의심하고 있는 것처럼 느껴졌다.

"이봐, 그건 칼부림이었어. 내겐 칼이 없었고. 내가 그놈과 인터뷰라도 하고 있었던 줄 아나? 그 자식 정신을 헷갈리게 하고 있었다고. 내 질문에 대해 생각하는 동안은 내 목에 칼을 쑤셔 박을 생각을 안 할 거 아냐. 효과가 있었지. 찬스가 왔을 때 난 재빨리 잡았어. 내가 우위를 점했기 때문에 살아남은 거야. 그놈은 죽었고."

래리는 상체를 숙이고 녹음기가 제대로 작동하고 있는지 확인하곤 말했다.

"그건 멋진 인용구야."

20년도 넘게 기자생활을 하고서도 나는 방금 동료인 그에게 낚이고 만 셈이었다.

"이봐, 좀 쉬고 싶어. 더 필요한 것 있나?"

"이 정도면 충분할 것 같은데."

그의 표정에 사과의 빛은 전혀 보이지 않았다. 그래, 업무일 뿐이다, 이거지.

"잠시 쉬는 동안 수첩을 보며 확인하지. 그동안 자네는 월링 요원한테 전화해서 지난 몇 시간 동안 진척된 것이 있는지 알아봐."

"있으면 그녀가 전화했을 거야."

"확신해?"

나는 일어서며 말했다.

"그럼, 확신해. 날 갖고 놀려들지 마, 래리. 그 정도는 나도 알아."

그는 졌다는 듯이 두 손을 들었지만 얼굴은 웃고 있었다.

"알았어, 알았어. 가서 쉬어. 나는 버짓 라인을 좀 작성해야 하니까."

나는 회의실에서 나와 칸막이 사무실로 돌아왔다. 전화기를 집어 들고 살펴보니 메시지는 모두 아홉 통이었다. 대부분 다른 뉴스 방송사에서 온 것들로 자신들의 기사를 좀 봐달라는 부탁이었다. 알론조 윈슬로의 인터뷰를 내가 막아 검열관의 격노를 모면케 해주었던 CNN 프로듀서도 최근의 사건 진척에 대해 보충해 달라는 메시지를 남겼다.

나는 그 모든 요구들에 대해서는 다음날 〈LA 타임스〉에 내 기사가 독점적으로 나간 후에나 검토할 생각이었다. 그래도 마지막 순간까지는 회사에 충성해야 할 것 같았다. 왜 그래야 하는지는 잘 모르겠지만.

맨 마지막 메시지는 오랫동안 잊고 있었던 나의 저작권 에이전트가 보낸 것이었다. 그와 통화한 지는 1년도 넘었고, 그것도 내가 최근 제의한 소설—미결사건 전담형사의 삶에 대한 이야기—을 팔아먹을 수 없었다는 말을 하기 위해서였다. 메시지 내용은 그에게 벌써 트렁크 살인사건에 대한 소설을 사겠다는 제의들이 들어오고 있다는 것이었다. 그리고 매체들이 그 살인자에게 어떤 별명을 붙여주었는지 물었다. 매력적인 이름이라야 포장도 광고도 판매도 더 수월해진다는 얘기였다. 그는 나더러 별명에 대해 생각해 보라면서 자기가 협상을 벌일 동안 꼼짝 말고 기다리라고 했다.

살인범이 하나가 아니라 둘인 줄 모르는 나의 에이전트는 오리무중이나 다름없었다. 하지만 그 메시지는 오늘도 내 기사를 남의 손에 넘겨야 하는 데서 오는 좌절감을 날려버리기엔 충분했다. 나는 즉시 전화하고 싶었지만 그에게서 더 결정적인 제의가 들어올 때까지 참기로 했다. 그리고 나의 첫 번째 소설도 다시 찍어줄 업자와 계약을 체결할 계획을 마음속에 품었다. 논픽션을 몹시 원하는 출판사라면 나의 이런 조건을 받아들일 것이다.

전화를 마친 나는 래리 버나드의 버짓 라인이 지방기사 바구니에 담겨 있는지 보기 위해 화면을 살펴보았다. 예상했던 대로 버짓 라인 맨 꼭대기에 그 사건에 대한 3단계 패키지 기사가 올라 있었다.

연쇄살인 〈LA 타임스〉 기자를 포함한 최소한 7명의 여자들을 살해한 것으로 보이는 연쇄살인 용의자가 화요일 밤 애리조나 주 메사에서 그 신문사의 다른 기자와 격투를 벌이던 중 13층 호텔 계단 통풍구 아래로 떨어져 사망했다. 캘리포니아 출신인 26세 마크 쿠리어는 성적 동기에서 적어도 두 개 주에서 여자들을 납치하고 살해한 두 명의 용의자 중 하나로 밝혀졌다. 다른 한 명의 용의자는 데이터 저장 시설 회사 사장인 46세 디클랜 맥기니스라는 남자로, 피살자들의 선정은 저장된 법률회사의 파일에서 이루어졌다고 FBI는 밝혔다. 쿠리어는 웨스턴 데이터 컨설턴트에서 맥기니스의 부하 직원으로 근무하면서 문제의 파일에 직접 접속했다. 쿠리어는 자신이 맥기니스를 살해했다고 〈LA 타임스〉 기자에게 주장했지만, FBI는 그를 행방불명으로 기록하고 있다. 쿠리어의 45인치 얼굴 사진. 버나드

연쇄살인 보충기사 메사 베르데 인 꼭대기 층에서 타임스 기자 잭 매커보이는 칼을 휘두르는 마크 쿠리어와 목숨을 건 혈투를 벌였다. 그의 장기인 '말'로 연쇄살인범의 주의를 흩뜨리고 우위를 점한 순간 쿠리어를 13층 계단 통풍구 아래로 추

락하게 했다. 당국에서는 범인이 해답보다는 의문을 더 많이 남기고 죽었다고 한다. 18인치 삽화. 버나드

데이터 그들은 그곳을 벙커와 팜이라고 부른다. 목초지와 사막에 자리 잡고 있다. 국내 모든 도시의 산업지역 거리에서 볼 수 있는 무명의 창고들처럼 특징이 없다. 데이터 저장 센터는 경제적이고 믿을 만하고 안전한 걸로 알려져 있다. 중요한 디지털 파일들을 저장하여 고객의 회사가 어디에 위치하든 손톱 하나 거리에서 제공한다. 하지만 이번 주 두 용의자가 그 파일들을 이용하여 여자들을 선택하고 몰래 접근하여 납치한 것에 대한 수사 결과, 근년에 들어 급성장한 이 사업체에 대한 의문들이 증폭되고 있다. 당국에서는 디지털 정보를 어디에 어떻게 저장해야 하는지는 근본적인 문제가 아니라고 말한다. 문제는 누가 그것을 관리하느냐이다. 〈LA 타임스〉는 많은 저장 업체들이 데이터를 안전하게 지키기 위해 최고로 영리한 전문가들을 고용하고 있다는 걸 알았다. 문제는 그 최고 전문가들 중에 전과자들이 섞여 있다는 사실이다. 용의자 마크 쿠리어가 바로 그런 경우이다. 25인치 삽화. 고메즈-곤즈마트

이 3단계 패키지 기사들은 모두 다시 제대로 쓸 것이었다. 그리고 신문에 게재되어 〈LA 타임스〉를 리더로 만들고 이 사건에 대한 가장 권위 있는 기사로 자리매김할 것이다. 다른 매체들은 〈LA 타임스〉에 신세를 지거나 따라잡으려고 발버둥을 쳐야 한다. 타임스 최고의 하루가 되는 것이다. 편집자들은 벌써부터 퓰리처 상 냄새를 맡을 수 있었다.

나는 화면을 닫고 래리가 쓰게 될 보충기사에 대해 생각해 보았다. 그의 말이 옳았다. 이 사건엔 해답보다 의문이 더 많았다.

나는 화면에서 다른 서류를 열고 쿠리어와 주고받았던 말들을 기억할 수 있는 최대한 정확하게 기록했다. 진실이란 꼭 길게 말해야 하는 것은

아니므로 작업은 5분 만에 끝났다.

> 나: 맥기니스는 어디 있나? 더러운 일을 시키려고 널 보냈어? 네바다 호텔에
> 서처럼?
> 그: (무반응)
> 나: 그놈은 너한테 시키기만 하냐? 살인을 교사하는 사부처럼? 그런데 오
> 늘 밤 제자가 한 일에 대해선 행복해하지 않겠는데. 넌 아직 멀었어, 이
> 피라미야.
> 그: 맥기니스는 뒈졌어, 이 병신아! 내가 사막에다 묻어줬다고. 네놈의 여자
> 도 그렇게 묻어주지.
> 나: 넌 왜 도망치지 않았어? 왜 위험을 무릅쓰고 그녀를 납치하려 했는데?
> 그: (대답하지 않음)

다 적은 뒤 나는 다시 두어 차례 읽어보며 몇 군데 고치거나 첨가했다. 래리의 말이 옳았다. 마지막 질문에서 그런 생각이 들었다. 쿠리어는 뭐라고 대꾸하려 했지만, 나는 그 순간을 이용해서 그를 공격했다. 하지만 그걸 후회하고 싶진 않았다. 어쩌면 그 순간이 내 목숨을 구했는지도 모른다. 하지만 그 질문에 대한 대답은 나도 무척 듣고 싶은 것이었다.

다음날 아침 〈LA타임스〉는 전국적인 뉴스 발표로 각광을 받았고 나도 그 분위기에 휩쓸렸다. 전국 언론계를 뒤흔든 기사를 단 한 줄도 쓰지 않았지만 내 이름이 타이틀로 두 군데나 올랐다. 내 전화기들은 끊임없이 울려댔고 이메일 박스는 일찌감치 넘쳐났다.

그렇지만 나는 전화를 받지도 이메일에 답장을 보내지도 않았다. 나는 각광을 받고 있지 않았다. 나는 생각에 잠겨 있었다. 마크 쿠리어에게 질

문을 던졌지만 듣지 못했던 대답에 대해 생각하느라 간밤을 꼬박 샜다. 하지만 어떤 식으로 생각해도 그럴듯한 대답이 나오지 않았다. 쿠리어는 거기서 뭘 하고 있었던 걸까? 그렇게 큰 위험을 감수할 만큼 대단한 보상이란 대체 뭐였을까? 레이철이었을까? 연방 요원을 납치하여 살해하는 것은 분명 맥기니스와 쿠리어를 살인자들의 전당에 모시도록 만들 것이다. 하지만 그것이 그들이 원했던 것이었을까? 그들이 대중의 시선을 끌고 싶어 했다는 조짐은 어디에도 없었다. 자신들의 살인을 치밀하게 계획하고 위장하기에 바빴던 놈들 아닌가? 레이철을 납치하려고 했던 건 지금까지 그들이 해온 짓들과는 맞지 않았다. 따라서 거기엔 다른 이유가 있어야만 했다.

나는 그것을 다른 각도로 보기 시작했다. 만약 내가 예정대로 로스앤젤레스로 떠나고 쿠리어가 레이철을 납치하여 호텔 밖으로 운반하는 데 성공했다면 어떤 일이 일어났을까? 룸서비스 웨이터가 주방으로 돌아가서 즉시 보고하지 않았기 때문에 고객 납치 사실은 금방 밝혀졌을 것이다. 대충 잡아도 한 시간 후면 호텔이 발칵 뒤집혔을 테고, FBI 요원들이 벌 떼처럼 몰려와 방문이란 방문은 모조리 열며 없어진 동료를 찾아다녔을 것이다. 하지만 그때쯤 쿠리어는 사라진 지 이미 오래였을 것이다.

레이철의 피랍이 FBI의 관심을 집중시키며 맥기니스와 쿠리어에 대한 수사에 엄청난 지장을 초래할 것은 분명해 보였다. 하지만 그것도 일시적 조처에 지나지 않을 것이다. 다음날 정오까지는 연방수사국의 막강한 위용을 자랑하며 요원들을 잔뜩 실은 비행기가 도착할 테니까. 그러면 주의를 아무리 딴 데로 돌리려고 해도 소용없을 것이며, 레이철을 찾는 일에 필사적 노력을 계속하면서도 수사에 더욱 박차를 가하게 될 것이다.

생각하면 생각할수록 내 마지막 질문에 쿠리어가 대답할 시간을 줬어야 했다는 생각이 간절했다. 넌 *왜 도망치지 않았지?* 나는 그 대답을 듣지 못했고 이제 쿠리어로부터 직접 듣기엔 너무 늦었다. 나는 머릿속으로 그 생각만 굴리고 굴리다가 마침내 다른 생각은 아무것도 할 수 없게 되어버렸다.

"잭?"

칸막이 사무실 벽 너머로 쳐다보니 편집부국장의 비서인 몰리 로바즈가 나를 내려다보고 있었다.

"아, 네."

"전화도 안 받고 이메일 박스도 넘치는군요."

"너무 많이 밀려와서요. 그게 문젭니까?"

"크레이머 씨가 뵙고 싶대요."

"아, 알았습니다."

내가 움직이지 않자 그녀도 움직이지 않았다. 나를 끌고 오라는 지시를 받은 것이 분명했다. 할 수 없이 의자를 뒤로 밀고 일어섰다.

크레이머는 만면에 거짓 미소를 가득 띠고 나를 기다리고 있었다. 내게 무슨 말을 하려고 그러는지는 모르겠지만, 그건 분명 그 자신의 아이디어가 아닐 거라는 예감이 들었다. 이건 좋은 조짐인데 싶었다. 그의 아이디어는 좋은 것이 몹시 드물었기 때문에.

"잭, 앉게."

나는 앉았다. 그는 얘기를 시작하기 전에 책상 위의 물건들을 가지런히 정돈했다.

"자네한테 좋은 소식이 있네."

그가 다시 미소를 지었다. 나한테 해고통지를 전했을 때와 똑같은 미소였다.

"정말입니까?"

"자네에 대한 해고를 철회하기로 했네."

"무슨 얘깁니까? 안 자르겠다는 겁니까?"

"그렇지."

"제 급료와 보험 혜택은 어떻게 됩니까?"

"그대로야. 달라질 건 없네."

이건 레이철이 배지를 돌려받은 것과 똑같았다. 짜릿한 스릴과 함께 현실이 내 이마를 치는 느낌이었다.

"그렇다면 나 대신 다른 사람을 잘랐다는 얘기 아닙니까?"

크레이머는 잔기침을 했다.

"잭, 자네한테 거짓말하고 싶진 않아. 원래 목표는 6월 1일까지 편집부 직원 백 명을 감원하는 것이었네. 자네가 아흔아홉 번째니 거의 끝났지."

"그런데 내가 자리를 지키면 다른 누군가가 도끼날을 받게 되겠죠."

"안젤라 쿡이 아흔아홉 번째가 될 거야. 그 아이를 보충할 계획이 없으니까."

"편리하게 됐군요. 대망의 백 번째는 누굽니까?"

나는 의자를 돌려 유리벽 너머로 편집실을 돌아보며 물었다.

"버나드? 고고? 콜린즈?"

크레이머가 내 말을 잘랐다.

"잭, 그건 자네와 의논할 일이 아니야."

나는 그를 돌아보았다.

"그렇지만 내가 살아남음으로써 다른 누군가가 잘리겠죠. 이 사건을 다 우려먹은 다음엔 대체 어쩔 겁니까? 나를 다시 여기로 불러 엿 먹일 건가요?"

"또 다른 직원을 강제퇴직시킬 계획은 없네. 새로 들어온 오너는 그 점을…."

"그다음에 들어올 오너는 어떤가요? 그리고 또 그다음에 들어올 오너는요?"

"이봐, 난 자네한테 설교를 듣자고 부른 게 아니야. 언론사들은 지금 심 각한 경영난을 겪고 있어. 생사의 기로에 있다고. 내가 알고 싶은 건 자네 가 더 있고 싶은가 떠나고 싶은가야. 그 대답만 해주면 돼."

나는 의자를 빙그르르 돌려 그를 완전히 등진 채 편집실을 돌아보았다. 이곳을 그리워하진 않을 것이다. 다만 몇몇 사람들을 그리워하게 되겠지. 나는 돌아앉은 채 크레이머에게 대답했다.

"오늘 아침 6시에 뉴욕의 내 저작권 에이전트가 날 깨웠어요. 책 두 권 을 주문하면서 25만 달러를 주겠다고 하더군요. 여기서 그 돈을 벌려면 3년을 뼈 빠지게 일해야 합니다. 게다가 벨벳코핀에서도 일자리를 제의 해 왔습니다. 돈 굿윈이 자기 웹사이트에 수사 페이지를 열었거든요. 〈LA 타임스〉가 떨어뜨리는 찌꺼기들을 주워 먹는 그런 거죠. 급료를 많이 주 진 않지만 그 대신 집에서 일할 수 있다는 장점이 있죠."

나는 일어나서 크레이머를 돌아보았다.

"난 그러겠다고 했어요. 당신 제의는 고맙지만 사양하겠습니다. 그러니 까 나를 백 번째 해고자 명단에 넣어줘요. 내일이면 난 떠날 테니까."

"경쟁업체에 취직하겠다는 건가?"

크레이머가 화를 내며 물었다.

"나한테 뭘 기대했죠? 당신이 날 잘랐잖아요?"

"철회한다고 했잖나. 우린 이미 백 명을 다 채웠네."

"누구로요? 누굴 또 해고했죠?"

크레이머는 자기 책상을 내려다보며 천천히 마지막 희생자의 이름을 내뱉었다.

"마이클 워런."

나는 고개를 끄덕였다.

"그럴 줄 알았어요. 편집실에 단 하루도 앉혀두고 싶지 않았던 친군데 지금 내가 그의 모가지를 붙여주게 됐군요. 난 이 회사에 더 이상 다니고 싶지 않으니 그 친구나 재고용하도록 하시죠."

"그렇다면 책상을 당장 비우게. 경비원을 불러 자넬 에스코트하도록 하지."

나는 전화기를 집어 드는 그를 향해 미소를 지어 보였다.

"좋고말고요."

나는 복사실에서 빈 마분지 상자를 하나 집어 들고 칸막이 사무실로 돌아갔다. 그리고 10분 후엔 책상에서 가져갈 만한 사물들을 담기 시작했다. 맨 처음 담은 것은 어머니가 물려준 빨간색 낡은 사전이었다. 그다음엔 사실 가져갈 만한 것이 별로 없었다. 책상 위에 뒤도 아무도 훔쳐가지 않은 몽블랑 탁상시계, 빨간색 스테이플러, 호출장과 정보원 연락처가 담긴 파일 몇 개가 전부였다.

경비실에서 나온 한 사내가 보따리를 싸고 있는 나를 지켜보았다. 이런 어색한 상황에 처한 것이 처음은 아닌 듯 보였다. 좀 안됐다는 생각은 들지만 자기 임무를 수행하고 있는 그를 나무랄 수는 없었다. 그렇지만 그가 내 책상 옆에 서 있는 것은 깃발을 흔드는 거나 다름없었다. 곧 래리 버나드가 나타나서 내게 물었다.

"뭐 하는 거야? 내일까지는 시간이 있잖아."

"앞당겨졌어. 크레이머가 빨리 꺼지래."

"왜? 무슨 짓을 했는데?"

"내 모가지를 그대로 붙여주겠다는데 그럴 필요가 없다고 말해줬지."

"뭐라고? 그런 제안을…."

"새 일자리를 얻었어, 래리. 그것도 두 군데나."

마분지 상자가 차기 시작했다. 하지만 그 자리서 7년 동안이나 일하고 남은 것으로는 좀 초라해 보였다. 나는 일어나서 배낭을 어깨에 걸친 뒤 상자를 가슴에 안았다. 나가려고 하자 래리가 물었다.

"기사는 어떻게 하지?"

"자네 기사야. 자네가 처리해야지."

"그런데 자네를 통해야지. 내부의 얘기를 누구에게 물어봐야 하는 거야?"

"자넨 기자잖아. 알아낼 수 있을 거야."

"자네한테 전화해도 돼?"

"안 돼. 전화하지 마."

래리는 잔뜩 얼굴을 찡그렸다. 나는 그를 너무 오래 헤매도록 두진 않았다.

"그렇지만 〈LA 타임스〉 접대비로 점심을 사겠다고 하면 만나줄 수는 있지."

"역시 자네는 멋져."

"나중에 보자고, 래리."

나는 경비원을 꽁무니에 달고 엘리베이터로 향했다. 편집실 전체를 바라보며 다른 누구와도 눈을 마주치지 않으려고 애썼다. 나는 어떤 작별도 원치 않았다. 유리벽으로 둘러싸인 사무실들 사이를 걸어가면서도 함께 일했던 어떤 편집자도 들여다보지 않았다. 나는 단지 그곳을 나가고 싶었을 뿐이다.

"잭?"

나를 부르는 소리에 걸음을 멈추고 돌아보았다. 방금 지나온 유리 사무실에서 도로시 파울러가 걸어 나왔다. 그녀가 손짓하며 말했다.

"잠시 들렀다 가면 안 돼요?"

나는 머뭇거리다 어깨를 으쓱하곤 들고 있던 마분지 상자를 경비원에게 맡기며 말했다.

"금방 나오겠소."

지방기사 편집장실에 들어간 나는 배낭을 벗어 들고 그녀의 데스크 앞에 앉았다. 여자가 장난기 어린 웃음을 띠며 나지막한 목소리로 말했다. 마치 옆 사무실에서 엿듣기라도 할까 봐 걱정하는 듯한 태도였다.

"안 그래도 크레이머에게 농담 하냐고 핀잔을 줬죠. 당신은 절대 그런 제안 받아들이지 않을 거라고요. 그들은 우리를 마음대로 조종할 수 있는 꼭두각시로 생각하는 모양이에요."

"꼭 그렇게 확신하면 안 되죠. 그의 제안을 받아들일 뻔했거든요."

"그럴 리가요, 잭."

나는 그 말을 칭찬으로 들었다.

"이제 뭘 할 거예요?"

그녀의 물음에 나는 크레이머에게 말했던 것보다 더 상세하게 설명했다. 쿠리어-맥기니스 사건에 관한 책을 한 권 쓴 후엔 오랫동안 별러왔던 소설을 출판할 계획이라고 했다. 그런 일들을 하면서 벨벳코핀닷컴의 편집인으로 내 마음에 드는 수사 프로젝트에 손을 대볼 생각이었다. 큰돈은 안 되겠지만 그것도 언론이니까. 바야흐로 나는 디지털 세계로 도약하고 있었다.

"멋진 계획처럼 들려요."

지방기사 편집장이 말했다.

"우린 당신이 무척 아쉬울 거예요. 당신은 최고니까."

나는 이런 칭찬은 별로 곧이듣지 않는다. 나는 냉소적이고 꼬투리를 잡으려는 경향이 있다. 내가 그처럼 잘했다면 애초에 왜 30인 명단에 이름을 올렸겠는가? 잘하긴 해도 뛰어나진 못하다는 뜻이고, 도로시 파울러가 허풍을 떨고 있다는 얘기였다. 누군가가 내 면전에서 거짓말을 하면 늘 그랬듯이 나는 그녀로부터 얼굴을 돌렸고, 벽에 붙은 그림들을 다시 살펴보았다.

그때 나는 그것을 발견했다. 전엔 내 눈에 띄지 않았던 것이었다. 하지만 이번엔 보였다. 나는 더 자세히 보기 위해 상체를 숙였고, 마침내 의자에서 일어나 그녀의 책상 너머로 머리를 내밀었다.

"왜 그래요, 잭?"

나는 벽을 손으로 가리켰다.

"저것 좀 볼 수 있어요? 〈오즈의 마법사〉에 나오는 저 사진 말입니다."

파울러가 벽에서 그 사진을 떼어 내게 건네주며 말했다.

"친구가 장난으로 보낸 거예요. 내가 캔자스 출신이잖아요."

"알고 있어요."

나는 사진의 허수아비에 초점을 맞추었다. 사진이 너무 작아 완전히 확신할 순 없었다.

"당신 컴퓨터로 잠시 확인해볼 수 있을까요?"

나는 그렇게 묻고는 대답을 듣기도 전에 그녀의 책상을 돌아갔다.

"아, 그럼요. 무슨 일인데요?"

"나도 아직 확실히는 몰라요."

도로시 파울러는 자리에서 일어나 비켜주었다. 나는 그녀의 의자에 앉아 화면을 보며 구글을 열었다. 컴퓨터는 천천히 작동했다.

"빨리, 빨리, 빨리 나와."

"잭, 무슨 일이에요?"

"잠깐만요."

마침내 검색창이 뜨자 나는 구글의 이미지로 들어갔다. 그리고 검색창에 '허수아비'를 입력했다. 그러자 화면에 열여섯 장의 조그마한 허수아비 그림들이 가득 찼다. 〈오즈의 마법사〉 영화에 나오는 귀여운 캐릭터 사진들과 배트맨 만화책에 나오는 허수아비라 불리는 컬러 스케치들도 있었다. 그 밖에도 책이나 영화 혹은 핼러윈 의상 카탈로그에서 볼 수 있는 허수아비 그림이나 사진들도 여럿 있었다. 허수아비들은 상냥하고 다정한 모습부터 무섭고 사악한 모습까지 다양했다. 어떤 것들은 즐거운 눈동자와 미소를 지녔고, 눈과 입을 실로 기워버린 것들도 있었다.

나는 각 사진들을 클릭하여 확대해 보느라고 2분쯤 시간을 보냈다. 열여섯 장의 사진들을 하나하나 살펴본 결과 모두가 한 가지 공통점을 지니고 있다는 걸 알았다. 각 허수아비들이 얼굴을 만들기 위해 삼베자루를 머리에 뒤집어쓰고 있다는 사실이었다. 그리고 목 부분에서 밧줄로 삼베자루를 졸라맨 형태를 하고 있었다. 가끔 굵은 밧줄도 보였고, 가정에서 흔히 사용하는 빨랫줄도 있었지만 그건 중요하지 않았다. 중요한 것은 내가 모은 파일들에서 본 이미지뿐만 아니라 안젤라 쿡의 마지막 이미지와도 일치한다는 점이었다.

이제야 나는 범인이 살인 과정에서 투명한 비닐봉투를 사용한 것은 허수아비의 얼굴을 만들기 위함이었다는 사실을 깨달았다. 삼베자루가 없고 늘 그리던 대로 얼굴을 그리지 않은 것은 별로 중요하지 않았다. 구조가 똑같았다. 머리에 비닐봉투를 씌우고 목 부분을 줄로 묶는 것만으로도 똑같은 이미지를 창조할 수 있었다.

나는 다음 이미지 화면을 클릭했다. 역시 똑같은 구조였다. 이번엔 한 세기 전으로 거슬러 올라간 더 오래된 이미지들로 《위대한 마법사 오즈》 책에 나오는 오리지널 그림들이었다. 바로 그때 나는 보았다. 그 그림들은 윌리엄 월리스 덴슬로가 그린 것으로 되어 있었다. 윌리엄 덴슬로, 빌 덴슬로, 덴슬로 데이터, 그렇게 이어진 듯했다.

나는 이제야 살인범의 서명을 찾아냈다고 확신했다. 레이철이 말했던 비밀스런 사인이 바로 그것이었다. 나는 화면을 끄고 일어났다.

"가야겠어요."

지방기사 편집장 데스크를 돌아 나와 바닥에 놓아둔 배낭을 집어 들었다.

"잭?"

의아해하는 파울러를 뒤로 하고 문 쪽으로 걸어가며 나는 말했다.

"당신과 일하는 동안 정말 즐거웠어요, 도로시."

비행기가 스카이 하버 활주로에 힘차게 착륙할 때도 나는 거의 느끼지 못했다. 지난 이 주일 동안 비행에 너무 익숙해져서 이젠 안전한 착륙을 바라는 마음으로 창밖을 내다보는 일도 하지 않았다.

나는 아직 레이철한테 전화하지 않았다. 일단 애리조나로 먼저 간 다음 내가 제공한 정보로 인해 일어나는 모든 일에 관여하고 싶었다. 실제로 나는 이제 기자도 아니지만 여전히 내 기사를 보호하고 있었다. 레이철에게 전화하기를 미루고 있는 만큼 내가 알아낸 정보와 앞으로 할 일에 대해 좀 더 생각할 시간을 갖도록 해주었다.

렌터카를 빌려 타고 메사로 들어가는 길에 나는 편의점 주차장에 잠시 차를 세우고 들어가서 일회용 휴대전화를 하나 구입했다. 레이철이 웨스턴 데이터 벙커 안에서 작업 중임을 알기 때문이었다. 내가 전화했을 때 그녀가 발신자 표시 화면에서 내 이름을 보고 카버가 옆에 있는데도 아무 생각 없이 대답하는 것을 막고 싶었다.

렌터카로 돌아온 나는 마침내 레이철에게 전화를 걸었다. 그녀는 신호가 다섯 번 울린 뒤 받았다.

"네, 월링 요원입니다."

"나야. 내 이름 말하지 마."

잠시 사이를 둔 뒤 그녀가 계속했다.

"네, 뭘 도와드릴까요?"

"카버와 같이 있어?"

"네."

"난 거기서 10분 거리인 메사에 있어. 다른 사람들이 아무도 모르게 당신과 만나야 해."

"죄송하지만 그러긴 어렵겠는데, 무슨 일로 그러십니까?"

그녀는 연기를 계속하고 있었다.

"말해줄 순 없고 보여줘야만 해. 점심 식사는 했어?"

"네."

"좋아. 그러면 거기 머신에서는 뽑을 수 없는 라테나 다른 뭐를 마시고 싶다고 둘러대. 10분 후 '하이타워 그라운즈'에서 만나. 필요하다면 그들의 라테 주문도 받아 와. 웨스턴 데이터 근처엔 카메라들이 온통 설치되어 있어서 가고 싶지 않아."

"무슨 일로 그러시는지는 말할 수 없나요?"

"카버 때문이니까 그런 질문은 하지 마. 그냥 핑계를 대고 나를 만나러 나와. 내가 여기 있다거나 당신이 무슨 일을 하러 가는지 아무한테도 말하지 말고."

그녀가 아무 대꾸도 않자 나는 조급증이 일었다.

"레이철, 나올 거야, 안 나올 거야?"

"좋아요. 그때 말씀드리죠."

이윽고 그녀는 그렇게 말한 뒤 전화를 끊었다.

5분 후 나는 하이타워 그라운즈에 도착했다. 이 카페 이름은 그 뒤에 서 있는 낡은 사막 관측탑 이름을 따서 붙인 것이 분명했다. 탑은 이제 폐쇄된 것처럼 보였지만 그 꼭대기는 중계기와 안테나 등으로 장식되어 있었다.

카페 안으로 들어가니 대학생처럼 보이는 손님 두엇이 랩탑을 열어놓고 앉아 있을 뿐 썰렁한 분위기였다. 나는 카운터로 가서 커피 두 잔을 주문한 뒤 다른 손님들과는 멀리 떨어진 구석자리로 가서 탁자 위에 내 컴퓨터를 올려놓았다.

다시 카운터로 가서 주문한 커피 두 잔을 받아든 나는 내 커피에 설탕과 우유를 탄 뒤 테이블로 돌아왔다. 유리창을 통해 주차장을 살펴보았지만 레이철은 아직 나타날 기미가 보이지 않았다. 김이 오르는 커피를 한 모금 마신 뒤 카페의 무료 와이파이를 통해 인터넷에 연결했다.

15분이 지나갔다. 나는 메시지들을 체크하며 레이철이 오면 어떻게 말해야 할지에 대해 생각했다. 허수아비 그림들을 화면에 띄워 놓고 설명할 준비를 마쳤다. 그런데 커피와 함께 가져온 영수증에 찍힌 글씨로 눈길이 갔다.

모든 고객에게 무료 와이파이!
인터넷에서 체크해 보세요
www.hightowergrounds.com

영수증을 돌돌 말아 쓰레기통으로 던졌지만 빗나갔다. 일어나 다시 주워 쓰레기통에 집어넣은 뒤 일회용 휴대전화를 꺼내 들었다. 레이철에게 전화하려고 하는데 주차장으로 들어오는 그녀의 차가 보였다. 잠시 후 카페로 들어선 그녀는 나를 보자 곧바로 테이블로 다가왔다. 그리곤 커피 주문이 적힌 종이쪽지를 흔들며 말했다.

"신참 시절 볼티모어에서 인질 협상할 때 커피 심부름 나온 이래 이게 처음이야. 난 이제 이런 짓 안 한다고, 잭. 그러니까 시시한 소리하면 각오해."

"걱정 마, 장난 아니니까. 우선 좀 앉지 그래."

레이철이 앉자 나는 블랙커피를 앞으로 밀어 주었다. 그녀는 건드리지도 않았다. 얼굴에 선글라스를 쓰고 있었지만 왼쪽 눈 아래 잡힌 시퍼런 멍을 감추진 못했다. 턱의 부기는 완전히 빠졌지만 찢어진 입술은 립글로스로 감추고 있어서 자세히 살펴봐야만 확인할 수 있을 정도였다. 나는 가볍게 포옹을 해야 할지 키스를 해야 할지 고민하다가 그녀의 태도가 워낙 사무적이라 거리를 유지했다.

"자, 이렇게 대령했어, 잭. 대체 무슨 일이야?"

"서명을 발견한 것 같아. 내 판단이 옳다면 맥기니스는 단지 방패막이에 불과해. 희생양이란 얘기지. 또 다른 살인자는 허수아비야. 바로 카버라고."

레이철은 한참 동안이나 나를 응시했다. 하지만 그녀의 눈빛은 어떤 생각도 드러내지 않았다. 마침내 그녀가 입을 열었다.

"그래서 부랴부랴 다시 비행기를 집어타고 여기까지 날아와서 지금 나와 함께 작업하고 있는 사내도 내가 추적하고 있는 살인범이라고 말하고 있는 거야?"

"그래."

"이건 정말 장난 아닌데, 잭."

"벙커에는 누가 카버와 함께 있지?"

"전자증거검색팀에서 나온 토레스와 마우리 요원. 그들 걱정은 말고 무슨 일인지나 얘기해봐."

나는 랩탑으로 레이철에게 보여줄 준비를 하며 말했다.

"우선 한 가지 의문이 마음에 걸렸어. 무슨 계획으로 당신을 납치했을까?"

"벙커 속에서 발견한 비디오를 보고나자 그런 생각은 하고 싶지도 않아졌어."

"미안, 내가 말을 잘 못했어. 당신한테 무슨 일이 일어난다는 뜻으로 한 얘기가 아냐. 왜 하필 당신이냐는 뜻이었어. 왜 그처럼 큰 위험을 무릅쓰고 당신을 쫓았을까? 가장 쉬운 대답은 그것이 수사의 초점을 완전히 흐려 놓을 거라는 얘기지. 하지만 아무리 그래봤자 일시적 혼란 밖에 일으키지 못할 거야. 요원들이 열 배쯤 투입되면 그들의 지시 없이는 아무것도 진행할 수 없을 테니까. 혼란도 끝이고."

레이철은 그 논리에 동의한다는 듯 고개를 끄덕였다. 나는 그녀에게 물었다.

"그런데 다른 이유가 있다면 어떻게 되지? 살인범은 두 명이야. 멘토와 제자지. 그중 제자가 당신을 납치하려고 했어. 왜지?"

"맥기니스가 죽었기 때문이지. 제자밖에 안 남았으니까."

레이철이 대답했다.

"그게 사실이라면 더욱 이상한 일이지. 재빨리 튀어야지, 왜 당신을 쫓아가? 득볼 게 하나도 없잖아. 적어도 우리가 지켜보고 있는 동안엔 말이야. 우린 당신을 납치한 걸 양동작전으로 생각했어. 그런데 사실은 아니었어."

"그럼 뭐였어?"

"만약 맥기니스가 멘토가 아니었다면 어떻게 되지? 그냥 멘토처럼 보이도록 한 것이라면? 만약 그가 희생양이었고 당신을 납치한 것은 진짜 멘토를 지키기 위한 계획의 일부였다면 어떻게 되지? 그가 도망치도록 도와주기 위해서 말야."

"그러면 우리가 찾아낸 증거들은 뭐지?"

"그가 내 책을 자기 책장에 꽂아둔 것과 집 안에서 다리보조기와 포르노 필름을 찾아낸 거 말인가? 그런 정도는 간단한 거 아닌가?"

나의 반문에 레이철은 고개를 저으며 대답했다.

"집 안에 굴러다니던 물건들이 아니었어. 한 시간이나 수색해서 겨우 찾아낸 깊이 숨겨진 것들이었어. 하지만 모두 무시해. 미리 심어둔 것일 수도 있으니까. 내가 더 중요하게 생각하는 건 웨스턴 데이터 서버에서 발견한 비디오 증거물들이야."

"당신은 그 비디오에 나온 인물이 맥기니스인지 확인할 수 없다고 했잖아. 게다가 그와 쿠리어만 그 서버에 접속할 수 있었다고 말한 사람도 없고. 거기서 발견된 증거물들도 집 안에서 찾아낸 것들처럼 미리 심어둔 것일 수 있잖아?"

레이철은 즉시 대꾸하진 않았지만 다른 생각을 하고 있는 듯했다. 어쩌면 그녀는 지금까지 너무 쉽게 맥기니스에게만 매달렸는지 모른다. 그것도 별 도움 안 되었다는 듯이 그녀는 고개를 저었다.

"쿠리어의 멘토가 카버라는 것이 당신 주장이라면 그건 앞뒤가 안 맞아. 그는 도망치지 않았잖아. 쿠리어가 나를 납치할 때 카버는 벙커 속에서 토레스와…."

그녀는 말을 마치지 못했다. 내가 대신했다.

"마우리와 함께 있었지. 그래, 카버는 두 명의 요원과 함께 있었어."

레이철은 그제야 깨달은 듯이 말했다.

"두 요원이 보증할 테니 그의 알리바이는 완벽하겠군. 내가 사라진 시각에 그는 전자증거검색팀과 함께 있었으니 연방수사국은 맥기니스와 쿠리어가 나를 납치했다고 생각할 수밖에 없겠지."

나는 고개를 끄덕였다.

"그 알리바이로 카버는 혐의를 벗을 뿐만 아니라 당신들의 수사 한가운데 머물러 있게 되는 거야."

나는 레이철의 반응을 잠시 기다렸다가 계속 압박했다.

"생각해봐. 쿠리어가 당신 호텔을 어떻게 알았겠어? 카버가 말해준 거야. 공장 견학할 때 카버가 우리한테 물었잖아. 그때 들은 걸 쿠리어한테 전해주며 그를 당신에게 보낸 거야."

레이철은 머리를 절레절레 흔들었다.

"게다가 난 어젯밤 호텔로 돌아가서 룸서비스를 받은 뒤 자야겠다고 말했지."

나는 모든 게 자명하다는 듯 두 손바닥을 펴보였다.

"하지만 이것만으론 충분치가 않아, 잭. 이 정도로 카버가…."

"알아. 하지만 이 정도면 충분하겠지."

나는 그녀가 화면을 볼 수 있도록 컴퓨터를 돌렸다. 구글에서 허수아비들의 이미지를 불러둔 상태였다. 레이철은 허리를 숙이고 그림들을 들여다보더니 곧 자기 앞으로 컴퓨터를 바짝 끌어당겨 놓았다. 그리곤 키보드를 두드려 그림들을 하나하나 확대해 보았다. 나는 아무 말도 할 필요가 없었다.

"덴슬로라고!"

그녀가 갑자기 소리쳤다.

"이거 봤어? 〈오즈의 마법사〉를 그린 오리지널 화가 이름이 윌리엄 덴슬로였어."

"봤지. 그것 때문에 여기 온 거야."

"하지만 이게 카버와 직접 연결되는 건 아니잖아."

"그건 중요치 않아. 냄새가 많이 나거든, 레이철. 카버와 관련이 많아. 그는 맥기니스와 프레디 스톤과 접속할 수 있고 서버와도 접속해. 그리고 우리가 봐서 알고 있듯 그는 기술적인 면에서도 훤하지."

레이철은 내 랩탑을 두들기며 대답했다.

"그렇다고 직접 관련된다고 단정할 순 없어. 누군가가 카버를 이런 함정에 밀어 넣긴 아주 쉽거든. 아, 여기에 뭐가 떴네. 방금 구글에 프레디 스톤이란 이름을 입력했더니, 이걸 좀 봐."

그녀는 내가 화면을 볼 수 있도록 랩탑을 돌려놓았다. 위키피디아 인물란에 프레드 스톤이란 이름을 가진 20세기 초 배우의 경력이 설명되어 있었다. 1902년 브로드웨이 버전 〈오즈의 마법사〉에서 허수아비 캐릭터를 처음 맡았던 것으로 유명했다.

"봐, 카버가 한 짓이지. 자전거 바퀴살처럼 모든 것이 그를 중심으로 뻗어 나와. 카버는 피살자들로 허수아비를 만들고 있었어. 그것이 그의 은밀한 서명이었어."

레이철은 머리를 크게 저었다.

"우린 그의 신원을 확인했어! 깨끗했다고. MIT 출신의 천재 부류에 속했는데."

"어떻게 깨끗했는데? 전과가 없다는 뜻이야? 그런 놈들이 수사망을 피해 완벽하게 범행한 경우가 이게 처음은 아니잖아? 테드 번디는 밖에서 여자들을 살해하지 않을 때는 위기 상담자로 근무했어. 덕분에 그는 경찰과 24시간 접촉할 수 있었어. 그리고 천재들이야말로 당신들이 감시해야 할 대상 아니던가?"

"그렇지만 이런 자들을 구분할 정도의 감은 있다고 생각했는데 전혀 몰랐어. 오늘은 카버와 점심까지 같이 먹었어. 맥기니스가 좋아한다는 바비큐 점에 데려가더군."

나는 그녀의 눈에 어린 자기회의를 볼 수 있었다. 그녀 자신은 그걸 보지 못했을 것이다. 나는 그녀를 다그쳤다.

"그자를 잡으러 가야 해. 잡아서 불게 해야지. 대부분의 연쇄살인자들은 자신들의 범행을 자랑스럽게 생각하고 있어. 그자는 틀림없이 불 거야."

레이철은 화면에서 눈을 들고 나를 쳐다보았다.

"그자를 잡으러 가자고? 잭, 당신은 FBI 요원이나 경찰이 아니야. 기자라고."

"이젠 기자도 아냐. 오늘 보따리 싸들고 경비원한테 떠밀려 나왔었거든."

"뭐라고? 왜?"

"설명하자면 기니 나중에 얘기할게. 카버를 어떻게 할 거야?"

"모르겠어, 잭."

"돌아가서 그가 주문한 라테나 건네줄 순 없잖아."

나는 레이철 뒤쪽 서너 테이블 건너에 앉아 있던 손님 하나가 자신의 랩탑 화면에서 눈을 들고 천장의 대들보를 쳐다보며 웃는 것을 보았다. 대학생처럼 보이는 그 청년은 천장을 향해 주먹을 쳐들더니 가운뎃손가락을 쑥 내밀었다. 나는 그의 시선을 따라 천장의 대들보 하나를 살펴보았다. 거기에 까만 소형 카메라가 커피숍 좌석들을 향해 렌즈를 겨냥하고 설치되어 있었다. 청년은 아무 일 없었다는 듯 다시 랩탑을 두들기기 시작했다.

나는 벌떡 일어나 그 청년에게로 다가갔다.

"어이, 저게 뭐지? 어디로 나가는 건가?"

내가 손가락으로 가리키며 묻자 청년은 별 멍청한 질문도 다 한다는 표정으로 코끝을 찡그리며 어깨를 으쓱했다.

"저건 라이브 카메라예요, 아저씨. 어디로든 다 나가죠. 난 방금 암스테르담에서 나를 본 친구로부터 연락을 받았어요."

그러자 갑자기 그 영수증이 생각났다. *모든 고객에게 무료 와이파이! 인터넷에서 체크해 보세요.* 나는 레이철 쪽을 돌아보았다. 허수아비 이미지들을 가득 담고 있는 내 랩탑 화면이 카메라를 향해 있었다. 나는 다시 카메라 렌즈를 돌아보았다. 육감이라고 해야 할지 확실한 지식이라고 해야 할지 모르겠지만, 나는 그 렌즈를 통해 카버를 보고 있음을 느낄 수 있었다.

"레이철?"

나는 눈길을 돌리지 않고 말했다.

"커피를 사러 어디로 가는지 그에게 말했어?"

"응, 거리를 내려갈 거라고만 말했어."

레이철이 내 뒤에서 대답했다.

그것으로 확인되었다. 나는 테이블로 돌아가 랩탑을 닫으며 말했다.

"그가 우릴 지켜보고 있었어. 빨리 가야 해."

내가 커피숍을 서둘러 나오자 레이철도 곧 뒤따라 나오며 말했다.

"내가 운전할게."

레이철은 자신의 렌터카로 대문을 통과한 뒤 웨스턴 데이터 현관 앞으로 몰아갔다. 그녀는 한 손으로 운전하며 다른 손으론 연신 전화를 걸었다. 차를 주차장에 세운 뒤 우리는 거의 동시에 내렸다.

"뭔가 잘못된 것 같아. 둘 다 대답을 안 해."

레이철이 웨스턴 데이터 키 카드로 현관문을 열며 말했다. 안으로 들어가 보니 접수대는 비어 있었다. 우리는 재빨리 다음 문으로 이동했다. 복도로 들어서자 레이철은 재킷 안 벨트에 차고 있던 총집에서 권총을 빼들며 말했다.

"무슨 일이 벌어지고 있는지 모르겠지만 그는 아직 여기 있어."

"카버?"

내가 물었다.

"그걸 어떻게 알아?"

"그와 함께 점심 먹으러 갔거든. 그의 차가 아직 밖에 있어. 은색 렉서스야."

우리는 계단을 따라 옥타곤 룸으로 내려간 다음 벙커로 이어지는 맨트랩으로 다가갔다. 문을 열기 전에 레이철이 망설였다.

"왜 그래?"

내가 속삭이듯 물었다.

"우리가 오는 걸 알 거야. 내 뒤로 붙어."

레이철이 총을 들고 먼저 들어갔다. 우리는 첫 번째 문을 지나 두 번째 문으로 재빨리 이동했다. 안으로 들어가 보니 통제실이 텅 비어 있었다.

"이건 이상한데."

레이철이 고개를 갸웃했다.

"다들 어디 갔지? 그리고 저 문은 열려 있어야 하는데."

그녀는 서버 룸으로 들어가는 유리문을 가리켰다. 문은 닫혀 있었다. 통제실을 살펴본 나는 카버의 개인 사무실이 반 뼘쯤 열려 있는 것을 발견했다. 나는 그쪽으로 다가가 문을 완전히 열어젖혔다.

사무실은 비어 있었다. 나는 안으로 들어가서 카버의 작업대로 다가갔다. 터치패드를 손가락으로 건드리자 두 개의 화면이 켜졌다. 메인 화면에는 조금 전에 내가 레이철에게 카버가 바로 미확인범임을 밝혔던 커피숍의 내부 전경이 담겨 있었다.

"레이철?"

그녀가 다가오자 나는 화면을 가리키며 말했다.

"그자는 우릴 보고 있었어."

레이철은 급히 통제실로 돌아갔고 나도 뒤따라갔다. 그녀는 센터 워크 스테이션으로 가서 권총을 책상에 내려놓고 키보드와 터치패드를 조작하기 시작했다. 두 개의 모니터가 켜지자 그녀는 곧 서른두 개의 내부 카메라 장면으로 나뉘는 다중화면을 끌어냈다. 그렇지만 화면들이 모두 새카맣게 나타났다. 레이철은 화면들 속으로 이리저리 들어가 보았지만 결과는 마찬가지였다. 카메라들이 모두 죽어 있었다.

"카버가 카메라들을 모두 죽여 버렸어. 도대체···."

"잠깐만, 저기!"

나는 그녀의 말을 자르며 새까만 화면들로 둘러싸인 카메라 앵글 하나를 가리켰다. 레이철이 터치패드를 조작하여 이미지를 전체 화면으로 확대했다. 그러자 카메라는 서버 팜 안에 늘어선 서버 타워들 사이의 통로를 드러냈다. 통로 바닥에 얼굴을 처박고 엎드려 있는 두 사람이 보였다. 둘 다 손목을 등 뒤로 돌려 케이블 타이로 묶은 상태였고 발목도 마찬가지였다.

레이철이 데스크에 연결된 마이크를 집어 들고 버튼을 누른 뒤 거의 비명을 지르듯이 소리쳤다.

"조지! 사라! 내 말 들려요?"

레이철의 목소리를 듣자 화면 속의 두 사람이 꿈틀거렸다. 머리를 처든 남자의 흰 셔츠에 피가 묻어 있는 것 같았다.

"레이철?"

천장의 스피커를 통해 들려온 토레스 조지의 목소리는 허약했다.

"잘 들려요."

"그는 어디 있죠? 카버 말이에요, 조지!"

"모르겠어요. 방금까지 여기 있었는데. 조금 전에 우릴 여기 몰아넣었어요."

"어떻게 된 거예요?"

"당신이 나간 뒤 그자는 자기 사무실로 들어갔어요. 그리고 잠시 후 나오더니 우리에게 선수를 쳤죠. 내 가방에서 권총을 꺼내서 우리를 이곳으로 몰아넣었어요. 내가 계속 대화를 시도했지만 들으려고 하지 않았어요."

"사라, 네 총은 어디 있지?"

"내 총도 그자가 가져갔어요."

사라 마우리가 대답했다.

"미안해요, 레이철. 우린 예상치 못했어요."

"네 잘못이 아냐. 내 잘못이지. 곧 거기서 꺼내줄게."

레이철은 마이크를 놓고 권총을 집어든 뒤 재빨리 워크스테이션을 돌아 나왔다. 그리곤 생체학적 장문 판독기에 손을 올려놓았다. 나는 그녀에게 주의를 주었다.

"카버가 안에서 기다리고 있을지 몰라."

"알아. 하지만 어쩌겠어. 저들을 저대로 둘 순 없잖아."

기계가 판독을 마치자 레이철은 문손잡이를 잡고 밀었다. 문은 꼼짝도 하지 않았다. 판독기가 그녀의 입장을 거부한 것이다. 스캐너를 살펴보며 그녀가 말했다.

"이상하네. 어제 내 프로파일을 입력했는데."

레이철은 스캐너에 손을 얹고 판독을 다시 의뢰했다.

"입력을 누가 했는데?"

내 물음에 그녀는 돌아봤지만 대답은 들을 필요도 없었다. 카버가 했다는 걸 알 수 있었기 때문이다. 나는 다시 물었다.

"다른 사람은 누가 이 문을 열 수 있지?"

"이쪽에선 아무도 열 수 없어. 나와 마우리와 토레스 외엔."

"여기 직원들도 말이야?"

레이철은 판독기에서 한 걸음 물러나 문을 힘껏 밀었지만 여전히 꼼짝도 하지 않았다.

"위층에 기간요원들이 있지만 서버 팜에 출입할 권리는 없어. 우린 막혔어, 잭! 여기선 열 수가…."

"레이철!"

나는 화면을 가리켰다. 카버가 갑자기 서버 룸에서 작동하는 카메라 앵글 속으로 들어왔다. 두 손을 흰 가운 주머니에 꽂고 바닥에 쓰러진 두 FBI 요원 앞으로 걸어간 그는 카메라를 똑바로 바라보며 섰다.

레이철이 화면을 보기 위해 재빨리 다가오며 물었다.

"뭘 하려는 걸까?"

대답할 필요도 없었다. 카버가 담배와 일회용 라이터를 주머니에서 꺼내는 것으로 그의 의도가 분명해졌기 때문이다. 머릿속에 쓸데없는 정보들이 어지럽게 오가는 순간에도 나는 그 담배가 프레디 스톤 또는 마크 쿠리어의 사물함에서 없어진 바로 그 담배일 거라는 생각이 들었다. 레이철과 내가 지켜보는 가운데 카버는 담배 곽에서 한 개비를 뽑아 조용히 입술에 물었다.

레이철이 재빨리 마이크를 집어 들고 물었다.

"웨슬리, 어떻게 된 거죠?"

라이터를 담배 끝으로 가져가던 카버는 그 소리를 듣자 손을 멈췄다. 그는 카메라를 쳐다보며 말했다.

"그렇게 얌전떨지 않아도 돼, 월링 요원. 무도회는 이제 끝났거든."

"지금 뭐하는 거예요?"

레이철은 더 단호하게 물었다.

"잘 알면서 그래."

카버가 대꾸했다.

"무도회를 끝내려는 중이야. 죽는 날까지 한 마리 짐승처럼 쫓기다가 감방에 갇혀 지내긴 싫거든. 남의 구경거리가 되거나, 우주 속의 온갖 어두운 비밀들을 알고 싶어 하는 수사국의 정신과 의사들이나 프로파일러들한테 불려나가 허구한 날 인터뷰에 시달리고 싶지도 않아. 그건 죽는 것보다 더 지독한 운명이라고 생각해, 월링 요원."

그는 라이터를 다시 들었다.

"하지 마, 웨슬리! 정 하고 싶으면 마우리와 토레스는 내보내 줘. 그들은 당신한테 아무 해코지도 안 했잖아."

"그건 핵심이 아니지, 안 그래? 세상이 날 아프게 했어, 레이철. 그걸로 충분해. 당신은 과거에 심리학을 공부했던 걸로 아는데."

레이철은 손으로 누르고 있던 송신 버튼을 놓고 재빨리 나를 돌아보았다.

"컴퓨터로 베스다 시스템을 차단해."

"안 돼, 당신이 해. 난 그런 거 하나도 모르는데…."

"잭도 당신과 함께 있나?"

카버가 눈치채고 물었다. 나는 레이철에게 자리를 바꾸자고 손짓했다. 내가 마이크가 있는 곳으로 이동하는 동안 그녀는 의자에 앉아 컴퓨터를 두들기기 시작했다. 나는 스피커 버튼을 누르고 안젤라 쿡을 죽인 사내에게 말했다.

"나야, 카버. 이런 식으로 끝내선 안 될 것 같은데."

"아니지, 잭. 이렇게 끝낼 수밖에 없어. 당신은 또 한 명의 거인을 거꾸러뜨린 거야. 이 시대의 영웅이라고."

"아직은 아니지. 난 당신 얘기를 쓰고 싶어, 웨슬리. 세상 사람들에게 설명하게 해달라고."

화면에서 카버가 머리를 흔들었다.

"어떤 것들은 설명할 수가 없어, 잭. 말할 수 없을 정도로 암울한 얘기들이거든."

그가 라이터를 켜자 불꽃이 올라왔다. 그 불꽃으로 담배에 불을 붙이기 시작했다.

"카버, 안 돼! 거기 있는 사람들은 아무 죄도 없어!"

카버는 담배연기를 한 모금 깊이 들이마시더니 한참 있다가 고개를 젖히고 천장을 향해 내뿜기 시작했다. 나는 그가 적외선 연기 탐지기 아래 서 있다는 걸 알았다.

"아무 죄도 없는 사람은 없어, 잭. 잘 알면서 그래."

그는 태연하게 말한 뒤 담배연기를 더 많이 빨아들였다. 담배 든 손을 쳐들자 파란 연기가 공기 속으로 올라갔다.

"월링 요원과 당신이 화재경보장치를 차단하려 한다는 걸 알아. 하지만 아무 소용없어, 내가 곧 다시 세팅할 수 있으니까. 나 혼자만 접속할 수 있지. 그리고 이산화탄소를 함유한 배출 가스는 화재방지 살포가 확인된 1분 후면 방으로 흘러나오지. 난 그 부분에 착오가 없도록 하고 싶어. 생존자가 있어서도 안 되고."

카버는 다시 연기를 내뿜어 천장으로 보냈다. 나는 레이철을 돌아보았다. 그녀의 손가락들은 키보드 위를 나는 듯이 움직였지만 머리는 계속 도리질을 치고 있었다.

"안 돼. 카버가 모든 인증 코드들을 바꿔버렸어."

갑자기 요란한 경보음이 터져 나와 통제실을 채워버렸다. 시스템이 작동한 것이다. 5센티 폭의 빨간 밴드가 통제실 안의 모든 화면들을 가로질렀다. 차분한 여자 목소리의 전자음이 밴드에 떠오른 글을 커다랗게 방송했다.

"알립니다! 베스다 화재경보가 발동했습니다. 모든 사람들은 서버 룸에서 나가주십시오. 베스다 화재경보장치가 1분 후 작동됩니다."

레이철은 두 손으로 머리를 쓸어 올리며 눈앞의 컴퓨터를 무력하게 바라보고만 있었다. 카버는 또 한 모금의 담배연기를 천장으로 날려 보냈다. 그의 얼굴에 조용한 체념이 떠올랐다. 그의 등 뒤에서 마우리가 소리쳤다.

"레이철! 우릴 여기서 꺼내줘요!"

카버가 자기 포로들을 돌아보곤 머리를 흔들며 말했다.

"끝났어. 이게 끝이라고."

그때 터져 나온 두 번째 경고방송에 나는 깜짝 놀랐다.

"알립니다! 베스다 화재경보가 발동했습니다. 모든 사람들은 서버 룸에서 나가주십시오. 베스다 화재경보장치가 45초 후 작동됩니다."

레이철이 벌떡 일어나더니 책상 위의 권총을 집어 들었다.

"몸을 숙여, 잭!"

"레이철, 안 돼. 방탄유리라고!"

"그가 한 소리지."

그녀는 두 손으로 권총을 잡고 바로 앞의 유리를 향해 세 발 연거푸 쏘았다. 총성에 귀가 먹먹해졌다. 그렇지만 탄환들은 유리를 때린 뒤 통제실 안에서 사납게 튀었을 뿐이었다.

"레이철, 그만해!"

"엎드려!"

그녀는 유리문을 향해 두 발을 더 쏘았지만 결과는 마찬가지였다. 유탄 하나가 내 앞에 있는 화면을 때리는 바람에 새카맣게 꺼지며 카버의 이미지만 사라지게 만들었다. 레이철은 권총을 천천히 내렸다. 그녀의 패배를 비웃기라도 하듯 경고방송이 다시 터졌다.

"알립니다! 베스다 화재경보가 발동했습니다. 모든 사람들은 서버 룸에서 나가주십시오. 베스다 화재경보장치가 30초 후 작동됩니다."

나는 창문을 통해 서버 룸 안을 들여다보았다. 격자무늬의 검은 파이프들이 천장을 따라 뒤쪽 벽 아래 줄지어 있는 빨간 이산화탄소 통들로 이어져 있었다. 시스템이 작동하면 세 사람의 생명만 소멸시킬 뿐 서버 룸에 불이 일어나진 않는다.

"레이철, 무슨 방법이 있을 거야."

"해봤잖아, 잭. 다른 방법이 없어!"

그녀는 권총을 워크스테이션에 놓고 의자에 털썩 앉았다. 나는 다가가서 데스크에 손을 짚고 그녀에게 소리쳤다.

"계속 해봐야지! 틀림없이 뒷문이 있을 거야. 이런 놈들은 항상 뒷구멍으로…."

갑자기 생각난 것이 있어서 나는 말을 멈추고 서버 룸을 다시 들여다보았다. 경고방송이 다시 터졌지만 이번엔 내 귀에 잘 들리지도 않았다.

"알립니다! 베스다 화재경보가 발동했습니다. 모든 사람들은 서버 룸에서 나가주십시오. 베스다 화재경보장치가 15초 후 작동됩니다."

창문을 통해 아무리 찾아봐도 카버의 모습은 보이지 않았다. 그는 자신의 위치를 통제실 쪽에서는 보이지 않는 두 줄의 타워들 사이에 난 통로로 선택했던 것이다. 그게 꼭 적외선 연기 탐지기의 위치 때문이었을까, 아니면 또 다른 이유가 있었을까?

나는 레이철 앞에 있는 시커먼 화면들을 살펴보았다. 카버가 죽여 버린 서른두 개의 카메라가 비추는 다중화면이었다. 지금까지 나는 그 이유에 대해 생각해 보지 않았다. 갑자기 정수리에 번개를 맞은 것처럼 번쩍 하는 것이 있었다. 그러자 모든 것이 명백해졌다. 지금 눈앞에 보이는 것 때문이 아니라 이전에 목격했던 것 때문이었다. 나는 그때 분명 미주가 서버 룸으로 들어가는 것을 보고 나왔는데 잠시 후 건물 뒤쪽에서 담배를 피우고 있는 그를 발견했던 것이다. 그러자 새로운 생각이 떠올랐다. 좋은 아이디어였다.

"레이철."

경고음이 이번엔 더 길고 요란하게 울렸다. 이산화탄소 시스템이 작동하자 레이철은 벌떡 일어나서 창문을 노려보았다. 서버 룸 천장을 가로지르는 파이프에서 하얀 가스가 분출되기 시작했다. 몇 초 지나자 창문에 하얀 막이 끼어 보이지 않게 되었다. 고속방출로 인한 날카로운 고음이 두꺼운 유리를 통해 분명하게 들려왔다.

"레이철!"

나는 고함을 질렀다.

"키를 나한테 줘. 카버를 쫓아갈 거야."

레이철이 나를 돌아보며 물었다.

"그게 무슨 소리야?"

"그는 자살하지 않았어! 가스마스크를 가지고 있고 또 뒷문이 있을 게 분명해!"

날카로운 고음이 그치자 우리는 창문 쪽으로 돌아섰다. 서버 룸은 온통 하얗게 변해버렸지만 이산화탄소 공급은 정지되었다.

"키를 줘, 레이철."

그녀는 나를 보며 말했다.

"내가 가야 해."

"안 돼요. 당신은 지원팀과 응급구조대를 요청해야지. 그리고 컴퓨터로 뒷문을 찾아."

생각하고 자시고 할 시간이 없었다. 두 요원이 죽어가고 있음을 레이철도 나도 알고 있었다. 그녀는 주머니에서 키를 꺼내어 내게 건네주었다. 내가 가려고 돌아서자 그녀가 뒤에서 소리쳤다.

"잠깐만! 이걸 가져가."

레이철은 자기 권총을 내밀었다. 나는 주저 없이 받아들고 맨트랩 속으로 걸어 들어갔다.

레이철의 권총은 내 권총보다 약간 무거운 느낌을 주었다. 맨트랩을 통과하며 나는 그것을 들고 작동 상태를 점검한 뒤 총신을 아래쪽으로 향했다. 기껏해야 1년에 한 번쯤 사격장에 나가는 타입이지만, 필요할 땐 언제든 쏠 준비가 되어 있다고 생각했다.

다음 방을 지나 옥타곤으로 들어가며 총구를 쳐들었다. 아무도 없었다. 재빨리 방을 가로질러 반대편 문으로 이동했다. 웹사이트를 통해 나는 이 문이 전력과 냉각 시스템 설비를 위한 커다란 방으로 이어진다는 걸 알고 있었다. 카버와 부하 기술자들이 서버 타워들을 건축하는 작업장도 이 뒤쪽에 있었다. 따라서 다른 계단이 분명 있을 거라고 나는 짐작했다.

나는 공장으로 먼저 들어갔다. 거대한 장비들이 있는 넓은 공간이었다. 방 한가운데 설치된 초대형 에어컨 시스템에 수많은 파이프와 케이블이 연결되어 있었다. 그 뒤로는 백업 시스템과 발전기들이 보였다. 나는 왼쪽 끝에 있는 문으로 달려가 레이철의 키 카드로 문을 열었다. 길고 좁다란 설비실이 나왔다. 맞은편 끝에 두 번째 문이 보였다. 건물 설계에 대한 나의 감각은 그 문이 서버 룸으로 이어질 것이라고 말해 주었다. 급히 다가가서 살펴보니 문 왼쪽에 생체학적 장문판독기가 설치되어 있고, 그 위에 비상용 가스마스크가 담긴 상자가 있었다. 서버 룸의 뒷문이 분명했다.

카버가 이미 도망쳤는지는 판단할 길이 없었다. 그리고 그가 나오도록 기다릴 시간도 없었다. 재빨리 설비실로 돌아 나오자 맞은편에 더블 도어가 나타났다. 나는 총을 들고 쏠 준비를 한 뒤 키 카드로 한쪽 문을 열고 작업장 안으로 들어갔다. 커다란 방 안의 왼쪽 오른쪽 벽을 따라 연장통들이 죽 놓여 있고 가운데 작업장에는 건축 중인 검정색 서버 타워가 서 있었다. 골조와 벽널은 완성되었지만 서버를 위한 내부 선반들은 아직 넣지 않은 상태였다.

서버 타워 너머로 1층으로 휘어져 올라가는 계단이 보였다. 그것이 바로 애연가들의 벤치가 있는 곳과 통하는 서버 룸의 뒷문으로 올라가는 계단임이 분명했다. 나는 재빨리 타워를 돌아 계단으로 향했다.

"안녕, 잭."

내 이름 소리를 듣는 순간 목덜미에 와 닿는 차가운 총구를 느꼈다. 나는 카버를 보지도 못했다. 내가 서버 타워를 지나간 뒤에야 그 뒤에서 나왔기 때문이었다.

"냉소적인 기자로군. 자살하겠다는 내 말을 곧이듣지 않을 줄은 몰랐는데."

그는 권총으로 내 목덜미를 누른 채 다른 손으로 내 칼라 뒤쪽을 잡았다.

"이제 그 총은 좀 놓으시지."

나는 들고 있던 총을 놓았다. 그것은 콘크리트 바닥에 떨어지며 커다란 소리를 냈다.

"물론 월링 요원의 권총이겠지? 그렇다면 돌아가서 그 여잘 한 번 만나봐야겠군. 이 일을 즉시 끝낼 수 있잖아. 하긴 모를 일이지. 자네만 끝장내고 그 여잔 데려가고 싶어질지."

묵직한 물체로 몸뚱이를 가격하는 소리가 들린 순간 카버가 내 뒤에서 푹 고꾸라졌다. 돌아보니 레이철이 연장통에서 꺼낸 것처럼 보이는 렌치를 들고 있었다.

"레이철! 어떻게…."

"이자가 마우리의 키 카드를 워크스테이션 위에 놓고 갔어. 그래서 즉시 당신을 따라왔지. 서둘러. 이자를 통제실로 옮겨야 해."

"무슨 얘길 하는 거야?"

"이자의 손으로는 서버 룸을 열 수 있어."

카버는 콘크리트 바닥에 드러누워 꿈틀대며 신음하고 있었다. 레이철은 자기 권총을 회수한 뒤 카버가 들고 있던 총도 압수했다. 나는 그의 허리춤에 꽂혀 있는 다른 권총을 발견하고 빼앗아서 내 허리춤에 꽂았다. 레이철과 함께 그를 부축해 일으켜 세우며 나는 말했다.

"뒷문이 더 가까워. 거긴 가스마스크도 있고."

"앞장서, 빨리!"

우리는 카버를 부축하고 서둘러 설비실을 지나 장비들이 있는 방으로 들어갔다. 카버는 줄곧 끙끙 앓거나 알아들을 수 없는 말을 중얼거렸다. 키는 크지만 마른 체구라 그다지 무겁게 느껴지진 않았다.

"잭, 뒷문을 알아낸 건 좋았어. 하지만 너무 늦지 않아야 할 텐데."

시간이 얼마나 지났는지 알 수 없지만 몇 초 상관이지 몇 분까지는 아니란 생각이 들었다. 레이철에겐 아무 대답 못 했지만 그녀의 동료들을 구해낼 기회는 충분히 있다고 나는 믿었다. 서버 룸의 뒷문에 도착하자 나는 카버의 몸무게를 내 쪽으로 완전히 기울였다. 레이철이 카버의 손을 장문판독기에 올려놓을 수 있게 하기 위함이었다.

그때 갑자기 카버의 몸이 긴장하는 걸 느꼈다. 나를 공격하려는 기미였다. 그가 내 손목을 잡고 돌아서며 순식간에 내 몸의 균형을 무너뜨렸다. 내 어깨가 문에 부딪치는 순간 그는 손을 뻗어 내 허리춤의 권총을 움켜쥐었다. 나는 그의 손목을 잡았지만 너무 늦었다. 나는 그와 레이철 사이에 있었고, 그녀가 권총을 볼 수 없다는 걸 알았다. 카버는 우리 둘을 모두 죽일 것이다.

"총이다!"

나는 다급하게 소리쳤다.

갑자기 내 귓가에서 날카로운 폭음이 일어났다. 카버의 두 손이 내게서 떨어지며 그가 바닥에 픽 쓰러졌다. 핏방울들이 내게 튀었다. 나는 귀를 틀어막고 고개를 숙인 채 뒷걸음질을 쳤다. 기차가 옆으로 지나간 것처럼 귀가 윙윙거렸다. 눈을 들고 쳐다보니 레이철이 여전히 사격자세로 총을 겨누고 있었다.

"괜찮아, 잭?"

"괜찮아!"

"빨리 그를 일으켜 세워! 맥박이 없어지기 전에!"

나는 카버의 뒤로 돌아가서 두 손을 그의 겨드랑이 아래로 넣어 일으켜 세웠다. 레이철이 거들었지만 몹시 힘들었다. 그렇지만 우린 간신히 그를 일으켜 세웠고, 내가 그를 안고 버티는 동안 레이철은 그의 오른손을 끌어당겨 장문판독기에 얹었다.

문의 자물쇠가 풀리며 찰칵 하는 금속음이 들리자 레이철이 문을 밀어 열었다. 나는 카버를 문지방에 놓아 문이 열린 채 공기가 안으로 유입되도록 했다. 그리고 상자를 열어 가스마스크를 꺼냈다. 마스크는 두 개뿐이었다.

"받아!"

레이철에게 하나를 건네며 우리는 안으로 들어갔다. 서버 룸 안은 짙은 이산화탄소로 질식할 지경이었고 2미터 앞이 안 보였다. 레이철과 나는 가스마스크를 쓰고 그 속을 헤치고 들어갔다. 그녀는 동료들의 이름을 부르느라 가끔 마스크를 벗어야 했지만 대답 소리는 전혀 들리지 않았다.

서버 타워들이 두 줄로 늘어선 중앙 통로로 내려가자마자 우리는 운 좋게도 토레스와 마우리를 발견했다. 카버는 재빨리 도망치기 위해 그들을 뒷문 근처에 버려두었던 것이다. 레이철이 요원들 옆에 꿇어앉아 흔들어 깨웠다. 둘 다 아무 반응을 보이지 않았다. 레이철은 쓰고 있던 가스마스크를 벗어 토레스에게 씌워 주었다. 나도 내 것을 벗어 마우리에게 씌워 주었다. 레이철이 소리쳤다.

"토레스를 끌고 나가! 난 마우리를 끌고 나갈 테니!"

우리는 요원들의 팔 아래로 손을 넣어 끌어안고 뒷걸음질로 끌고 가기 시작했다. 우리가 들어온 문까지 돌아가는 것이 목표였다. 토레스는 가벼워서 내가 앞장을 섰지만, 절반쯤 가자 나도 기운이 빠지기 시작했다. 산소 부족 때문이었다.

열린 문에 가까워질수록 더 많은 공기를 마실 수가 있었다. 마침내 문에 도착한 나는 카버의 시체 위로 토레스를 넘긴 다음 장비실로 들어갔다. 울퉁불퉁한 바닥이 토레스의 신경을 자극했는지 갑자기 기침을 토해내더니 숨을 쉬기 시작했다.

레이철이 마우리를 끌고 나오며 소리쳤다.

"숨을 안 쉬는 것 같아!"

그녀는 마우리의 입에서 가스마스크를 떼어내고 심폐소생술을 시도하기 시작했다.

"잭, 토레스는 어때?"

"이 친구는 괜찮아. 숨을 쉬고 있어."

나는 인공호흡을 하고 있는 레이철의 곁으로 다가갔다. 어떻게 도와야 할지 몰라 헤매고 있는데, 잠시 후 마우리가 몸을 부르르 떨며 기침을 토해내기 시작했다. 그리곤 옆으로 돌아눕더니 두 다리를 당겨 올려 태아(胎兒)의 자세를 취했다.

"이제 됐어, 사라!"

레이철이 소리쳤다.

"넌 괜찮아. 해냈다구. 넌 무사해."

그녀는 동료의 어깨를 두드려주었다. 마우리가 기침을 토해내며 고맙다고 말한 뒤 파트너의 안부를 물었다.

"토레스는 괜찮을 거야."

레이철이 대답했다.

나는 가까운 벽으로 다가가 등을 기대었다. 기진맥진한 상태였다. 내 눈길이 문 옆의 바닥에 자빠져 누운 카버의 시신으로 옮겨갔다. 총알이 들어간 구멍과 나온 구멍을 볼 수 있었다. 대뇌의 전두엽을 가로지른 것 같았다. 그는 쓰러진 이후로 움직이지 않았지만, 얼마 후 나는 그의 귀 바로 아래쪽 목 부위에서 약하게 팔딱이는 맥박을 본 것 같다는 생각이 들었다.

레이철도 기진맥진하여 내 옆으로 와서 벽에 기대었다.

"지원부대가 오고 있어. 난 위에 올라가 기다리다가 그들을 이곳으로 안내해야 할 것 같은데."

"숨 좀 돌린 다음에 해. 당신 괜찮아?"

그녀는 고개를 끄덕였지만 여전히 숨을 거칠게 몰아쉬고 있었다. 나도 마찬가지였다. 그녀가 카버에게 눈길을 모으며 말했다.

"정말 유감이야."

"뭐가?"

"쿠리어와 카버가 다 죽었으니 비밀도 함께 묻혀버렸잖아. 그들이 왜 그런 짓을 했는지 밝힐 수 있는 증거도 없는데 다 죽어버렸으니 말이야."

나는 고개를 천천히 저으며 말했다.

"새 소식을 하나 알려드릴까? 허수아비는 아직 살아 있는 것 같은데."

19
베이커즈필드

메사에서 그런 일들이 일어난 지 여섯 주가 지났다. 그런데도 그 일들은 내 기억과 상상 속에 생생하게 남아 있었다.

나는 이제 쓰고 있다. 날마다. 항상 사람들이 북적대는 오후 시간에 커피숍에 앉아 랩탑을 펼쳐놓는다. 나는 여느 작가들처럼 조용한 분위기에서는 글을 쓸 수 없다는 사실을 깨달았다. 혼란과 백색소음과 싸워야만 한다. 기자들이 떠들썩하게 오가는 편집실 분위기와 최대한 비슷해야만 글이 써지는 것이다. 주위에서 시끄러운 얘기와 전화벨 소리, 키보드 두들기는 소리 등이 들려야 마음이 편안했다. 물론 그것들은 진짜가 아닌 대체물이었다. 커피숍 안에 기자들이나 '세상을 향한 동지애' 따위가 있을 리 없었다. 이런 것들 때문에 나는 편집실에 대한 미련을 영영 떨쳐버리지 못할 것이다.

오전 시간은 나의 주인공에 대한 연구를 위해 항상 비워두었다. 웨슬리 존 카버는 아직도 의문에 싸여 있지만, 그래도 나는 그의 정체와 행적에 대한 많은 것을 알게 되었다. 그가 로스앤젤레스 메트로폴리탄 교정센터 병동에 누운 채 코마의 황혼 속을 헤매는 동안, 나는 그에게 점점 가까이

다가가고 있었다.

내가 알고 있는 정보 중 일부는 애리조나와 네바다, 캘리포니아에서 사건을 계속 조사하고 있는 FBI가 전해준 것이었다. 하지만 대부분은 내가 직접 알아냈거나 여러 소스를 통해 들어온 것이었다.

카버는 지능이 높고 자신을 잘 아는 살인자였다. 영리하고 치밀하여 사람의 깊고 어두운 욕망을 간파하고 조종할 줄도 알았다. 웹사이트와 채팅방으로 슬그머니 들어가 잠재적인 제자들과 희생자들을 물색하고, 그들의 집까지 미행하고, 디지털 세계의 미궁 속을 추적하기도 했다. 그런 다음 현실 세계에서 태연하게 접근하여 그들을 이용하거나, 죽이거나, 이용한 뒤에 죽였다.

그는 여러 해 동안 그런 짓을 해왔다. 웨스턴 데이터와 트렁크 살인이 세간의 시선을 끌기 훨씬 이전부터였다. 마크 쿠리어는 길게 늘어선 그의 추종자들 중 맨 마지막 제자에 불과했다.

그렇지만 카버가 저지른 잔인한 행적의 기록이 그 뒤에 숨어 있는 동기를 가릴 순 없다. 이것이 뉴욕에 있는 편집자와 내가 얘기할 때마다 강조하는 부분이다. 나는 실제로 일어났던 일보다 더 많이 얘기할 수 있어야 한다. 나는 이유를 말해야만 한다. 그것은 결국 폭과 깊이의 문제였고, 나는 그것에 잘 길들여져 있었다.

지금까지 내가 알아낸 내용들은 이러했다. 카버는 아버지가 누군지도 모르고 성장한 외톨이였다는 것. 어머니가 스트립쇼 순회공연단에서 일했기 때문에 어린 시절을 로스앤젤레스에서 샌프란시스코와 뉴욕을 오락가락하며 길에서 보냈다. 사람들은 그를 분장실 아이라고 불렀고, 엄마가 무대에 올랐을 때는 무대 뒤의 의상담당이나 다른 무희들이 돌봐주곤 했다. 그녀는 'LA 우먼'이란 예명으로 활동하는 주연급 댄서였는데, 특히 세계적인 로스앤젤레스 록 밴드 '더 도어즈'의 음악에 맞춰 춤을 추었다.

카버가 분장실에 있던 몇몇 사람들에게 성희롱을 당한 사실과 자기 어머니에게 화대를 지불하고 잠자리를 같이 하는 남자들과 같은 호텔방에서 밤을 보낸 적이 여러 번 있었다는 것도 알 수 있었다.

가장 특기할 만한 사항은 카버의 어머니가 병명을 알 수 없는 비유전성 골질환 때문에 생계가 위협받고 있었다는 사실이다. 그녀는 무대에서 내려오거나 일터를 떠났을 때는 약해진 관절이나 인대를 돕기 위해 다리보조기를 착용하곤 했다. 그럴 때면 어린 웨슬리를 종종 불러 엄마의 다리에 혁대를 매는 일을 도와달라고 부탁했다.

그것은 우울하고 슬픈 광경이지만 여러 명을 살해할 정도의 발암물질은 아니다. 그것의 비밀 성분은 FBI도 나도 아직 밝혀내지 못했다. 어린 카버를 두렵게 했던 어떤 것이 성인기에 암으로 전이했는지는 아직 알 수 없다. 그러나 레이철은 자신이 좋아하는 코엔 형제의 영화 대사 한 구절을 내게 상기시키곤 한다. 누구도 그만큼은 잘 알지 못한다. 무엇이 웨슬리 카버로 하여금 그 길을 선택하게 만들었는지는 아무도 알 수 없다는 얘기였다.

나는 오늘 베이커즈필드에 와 있다. 나흘째 연속 카렌 카버와 함께 오전 시간을 보내고 있는데, 그녀는 자기 아들에 대한 기억을 내게 말해 줄 것이다. 그런데 카버가 열여덟 살 때 MIT에 입학하러 떠난 뒤로는 지금까지 단 한 번도 아들을 만나거나 얘기해본 적도 없었다고 한다. 하지만 아들의 어린 시절을 기억하고 있고 나한테 얘기해줄 마음도 있기 때문에, 그가 그런 범행을 저지르게 된 이유나 동기에 대해서는 보다 자세히 알게 될 것 같다.

내일은 나도 집으로 돌아갈 생각이다. 그때까지는 휠체어 신세를 지고 있는 살인범 어머니와의 대화도 대충 마무리될 것이다. 마무리해야 할 다른 과제가 있고 내 책의 마감일자도 슬슬 다가오고 있다. 그 모든 것보다 더 중요한 문제는 레이철을 만난 지 닷새나 되어 더 이상 참기가 어렵다는 사실이다. 나도 어느새 단발이론의 신봉자가 되어 그녀와 함께 있고 싶어 안달하고 있다.

웨슬리 카버의 상태에 대한 예후(豫後)는 그다지 좋지 않다. 그를 진찰한 의사들은 환자가 의식을 되찾긴 전혀 불가능하며, 레이철의 총알이 그를 영원한 암흑 속으로 밀어 넣었다고 믿고 있다. 구속 침대 속에 누운 상태로 가끔 웅얼거리거나 흥얼거릴 때도 있지만 그 이상 무슨 일이 일어나진 않을 것이다.

그런 상태의 그를 기소하고 유죄 판결을 받아 처형하자는 사람들도 있기는 있다. 그런가 하면 그가 저지른 범죄가 아무리 극악무도하지만 그런 식으로 처형하는 건 너무 야만적이라고 주장하는 사람들도 있다. 최근 LA 시내 교정센터 밖에서 일어난 데모에서 한 무리는 '살인자에게서 생명연장 장치를 제거하라!'라는 현수막을 들고 행진했고, 다른 한 무리는 '모든 생명은 신성하다!'는 현수막을 들고 행진했다.

나는 카버가 그런 것에 대해 어떻게 생각할지 자못 궁금하다. 그는 즐거워할까? 아니면 위안을 받을까?

내가 절대 지울 수 없다고 생각되는 것은 안젤라 쿡이 겁에 질린 눈을 치뜨고 어둠 속으로 끌려 들어가는 이미지다. 나는 웨슬리 카버가 더 높은 수준의 어떤 법정에서 이미 유죄 판결을 받았다고 생각한다. 그리고 보석 가능성이 전혀 없는 종신형을 살고 있는 것이라고 믿고 있다.

20
허수아비

카버는 어둠 속에서 기다렸다. 온갖 생각들로 마음이 복잡했다. 너무 많아서 어떤 기억이 진짜고 어떤 것이 가짠지 분간할 수 없을 지경이었다. 그것들은 연기처럼 그의 마음속을 빠져나갔다. 아무것도 머물지 않았다. 그가 붙잡을 수 있는 것은 없었다.

이따금 무슨 소리가 들렸지만 알아들을 수가 없었다. 주위에 있는 사람들이 모두 입을 막고 얘기하는 것처럼 들렸다. 그에게 얘기하는 사람은 아무도 없었다. 그들은 그에 관해서 얘기하고 있었다. 그가 질문했지만 대답한 사람은 아무도 없었다.

하지만 그에겐 아직 음악이 있었고 오직 그것만이 그를 구원해 주었다. 음악을 들으며 가끔 따라 부르려고 했지만 목소리가 나오지 않아 그냥 흥얼거릴 수밖에 없었다. 그런데 자꾸만 뒤로 처졌다.

이게 끝이야… 아름다운 친구. 끝이라고… •

• 더 도어즈의 'The End'

그는 자기에게 노래를 불러주는 목소리가 아버지의 것이라고 믿었다. 한 번도 본 적이 없는 아버지가 음악의 은총으로 그에게 돌아오고 있었다.

교회당에서 그랬던 것처럼.

그는 끔찍한 통증을 느꼈다. 마치 도끼날이 이마에 박힌 것 같았다. 무자비한 고통이었다. 그는 누군가가 그 통증을 멈춰주길 바랐다. 고통에서 구해주길 바랐다. 하지만 아무도 오지 않았다. 아무도 그의 말을 들어주지 않았다.

그는 어둠 속에서 기다렸다.

〔끝〕

허수아비
사막의 망자들

1판 1쇄 발행 2010년 2월 19일
2판 1쇄 인쇄 2019년 7월 17일
2판 1쇄 발행 2019년 8월 5일

지은이 마이클 코넬리
옮긴이 이창식

발행인 양원석
본부장 김순미
편집장 최두은
책임편집 차지혜
해외저작권 최푸름
제작 문태일, 안성현
영업마케팅 최창규, 김용환, 윤우성, 양정길, 이은혜, 신우섭, 조아라,
　　　　　유가형, 김유정, 임도진, 정문희, 신예은, 유수정

펴낸 곳 ㈜알에이치코리아
주소 서울시 금천구 가산디지털2로 53, 20층(가산동, 한라시그마밸리)
편집문의 02-6443-8862　　**구입문의** 02-6443-8838
홈페이지 http://rhk.co.kr
등록 2004년 1월 15일 제2-3726호

ISBN 978-89-255-6714-3 (03840)